For My Parents,
Who Believed

THE SWORD OF SHANNARA

沙娜拉三部曲 I

傳奇之劍

TERRY BROOKS

國家圖書館出版品預行編目(CIP)資料 沙娜拉三部曲I：傳奇之劍／泰瑞・布魯克斯著；張蓓欣譯；-- 初版. -- 新北市：凱特文化創意, 2013.10　面；　公分. -（愛小說：47）譯自：The sword of shannra ISBN 978-986-5882-42-6(平裝)874.57　102019717

凱特文化 愛小說47

沙娜拉三部曲I

傳奇之劍

作者｜泰瑞・布魯克斯
｜TERRY BROOKS
發行人｜陳韋竹
總編輯｜嚴玉鳳
主編｜董秉哲
編輯｜蔡亞霖
封面設計｜陳臻
內頁排版｜陳臻
行銷企畫｜楊惠潔、陳倍玉
特約行銷｜王紀友
印刷｜東豪印刷事業有限公司
法律顧問｜志律法律事務所・吳志勇律師

出版｜凱特文化創意股份有限公司
地址｜新北市236土城區明德路二段149號2樓
電話｜（02）2263-3878
傳真｜（02）2263-3845
劃撥帳號｜50026207凱特文化創意股份有限公司
讀者信箱｜service.kate@gmail.com
凱特文化部落格｜http://blog.pixnet.net/katebook
經銷｜聯合發行股份有限公司
負責人｜陳日陞
地址｜新北市231新店區寶橋路235巷6弄6號2樓
電話｜（02）2917-8022
傳真｜（02）2915-6275
電話｜（02）2917-8022
初版｜2013年10月｜ISBN　978-986-5882-42-6
定價｜新台幣320元

01

太陽已經沒入山谷西側，紅霞交雜一抹粉灰伸向大陸四周角落，此時弗利克・翁斯佛準備要下山了。步道綿延起伏沿著北坡而下，蜿蜒穿過崎嶇的巨石，消失在低地茂密的森林中，又隱約出現在狹小的樹縫間。疲憊的弗利克沿著熟悉的步道前進，輕便的背包鬆垮垮地掛在一邊肩頭上；輪廓分明飽經風霜的臉掛著堅定沉穩的表情，只有那雙睜大的灰色眼眸透露出平靜外表下正燃燒著不安能量。他是個年輕的小夥子，但是厚實的體格再加上灰棕色的頭髮和濃密眉毛，讓他看起來老氣橫秋。他穿著谷地人寬鬆的工作服，背包裡的金屬工具互相撞擊叮叮作響。

夜涼如水，弗利克把敞開的羊毛襯衫衣領兜攏脖子，獨自一人陷入寂靜的黑暗之中，緩緩沿著前人走過的路行進。這條路他已經走過上百次，因此他馬上就察覺到今晚山谷似乎瀰漫著一股不尋常的平靜；弗利克聚精會神聆聽生命的聲音，但他敏銳的耳朵一無所獲；他憂心地搖著頭，這樣的萬籟俱靜令人不安，特別是幾天前才聽說有人晚上在山谷北邊上空目擊一隻可怕的黑翅怪物。

他強迫自己吹起口哨，把心思轉向白天在山谷北方的工作。那些偏遠地方的人家會農耕畜牧，他每個星期都會過去，提供他們所需要的各種物品，也會帶來一些谷裡發生的新聞，偶爾還會捎來遙遠南方大陸城市的消息。

一根低垂的樹枝刷過弗利克的頭，他驀地受驚跳到一邊，一臉懊惱打直腰桿，怒目瞪視前方障礙，加快速度繼續他的行程。他現在位於低地森林深處，只有銀色月光穿過頭頂大樹隱約照亮蜿蜒小徑，但光線還是太暗，弗利克根本找不到路，於是研究起前方地形，再度發現自己又開始注意周遭沉重的寧靜。彷彿所有生命突然消失一樣，獨留他一人還在找著如何走出這個陰森鬼林的方法；他又想到那個奇怪的謠言，緊張地環顧四周後還是什麼都沒有，附近的樹也聞風不動，他難為情地鬆了口氣。

他慢慢走著，小心翼翼沿著曲折的小路前進，那塊空地之後的路又變窄了，就像隱沒在前方一片樹牆中；他知道那只是幻影，但還是不安地環顧四周。沒多久，路又變寬了，還能從厚重的樹蔭中窺視天空，現在差不多快到谷底了，距離他家只剩下兩英哩遠，他露出微笑，一邊加快腳步一邊用口哨吹起飲酒歌。因為太過於專心於眼前小路以及遠處的空地，完全沒有注意到有個巨大黑影突然從他左手邊的橡樹竄出，朝著小路快速朝他而來；在弗利克還沒意識到之前，那闇影已經幾乎罩頂。他驚聲大叫跳到一旁，後背包掉到路上猛地發出金屬碰撞的聲音，他的左手快速抽出腰間匕首，高舉手臂直指前方來人，此時有個威嚴但讓人不太安心的聲音急忙大喊。

「慢著！朋友！我不是敵人，無意傷你。我只是在找路，如果你能指引我正確的方向，我會非常感激。」

弗利克稍微放鬆警戒，並試著看清眼前這團黑影，以期能發現一些人類的形貌；但他甚麼也看不到，於是小心翼翼地向左邊移動，希望能藉著月光看清來人。

「我可以向你保證，我不會傷害你。」那個聲音繼續說著，彷彿讀出了谷地人的心，「我不是故意要嚇你，一直到你幾乎在我面前時我才看到你，我擔心你沒注意到我就直接過去」。

言畢，那巨大的黑影靜靜矗立著，儘管弗利克能感覺到當他側身移向路邊站到面光處時，有雙眼睛正跟著他移動著；慢慢地，微弱的月光開始刻畫出那陌生人大致的輪廓和藍色的影子。兩人對視許久，互相探詢著對方，弗利克想知道對方究竟是何許人也，陌生人則以靜制動。

突然間，龐大的身影飛撲過來，強而有力的手快速制住谷地人的手腕，弗利克整個人被高高舉在空中，他的匕首從指間掉落。

「嘿，我的小朋友！你現在該怎麼辦啊？只要我想，就可以把你心臟挖出來，把你扔在這裡餵狼。」

弗利克激烈掙扎，恐懼麻痺了他的腦子，心裡只想著逃脫，他完全不知道抓住他的人到底是何方神聖，力量之大超乎常人，似乎打算快速了結他；說時遲那時快，俘虜者將他舉到一個手臂的距離，譏笑嘲弄的聲音變得冷酷無情。

「夠了，男孩！我們的小遊戲玩夠了，你對我還是一無所知。我又累又餓，不想在淒淒寒夜繼續在這裡耽擱，枯等你猜想我是人還是野獸；我會把你放下來，你可以告訴我該怎麼走。我警告你，不要試圖從我身邊逃走，這樣對你沒有好處。」

那股蠻橫凶悍的聲音慢慢變小，不悅的口氣也消失了，帶著一聲輕笑又變回原來那個吊兒郎當的調調。

「更何況……」那東西一邊嘟囔著一邊鬆手，弗利克順勢滑到路上，「我可能是出乎你意料的好朋友」。

弗利克站直身體，小心撫著手腕，讓發麻的手恢復循環，那傢伙往後退了一步。他想要逃跑，但也清楚那個陌生人會馬上逮到他，而且這次肯定會毫不留情解決掉他；他戰戰競競地屈身撿起掉在地上的匕首，把它放回腰帶。

現在弗利克可以更清楚看到對方，雖然比他看過的所有人都要來得高大，快速打量後確定他是人類；他身高至少七呎，卻異常清瘦，不過這一點有待商榷，因為他外頭還罩著黑色斗篷，頂上風帽拉得老低，瘦長的臉龐布滿皺紋，看起來歷經風霜，糾結在長扁鼻樑上的濃眉幾乎遮住了凹陷的雙眼，闊嘴旁蓄滿了黑色鬍鬚。高大黑暗的樣子看來十分駭人，弗利克努力壓抑逃跑的衝動，雖然有點困難，他還是勉強擠出一絲笑容，直視陌生人深邃冷酷的眼睛。

「我猜你是個小偷。」他吞吞吐吐地說著。

「你猜錯了……」陌生人輕聲反駁，然後口風稍稍放軟，「現在，換你報上名來。」

「弗利克・翁斯佛。」帶著些許遲疑，弗利克用比較勇敢的語氣繼續說道。

「我的父親是柯薩・翁斯佛，他在距離這裡一到二哩遠的穴地谷經營一家旅館，你在那兒可以找到填飽肚子和落腳的地方。」

「啊，穴地谷……」陌生人突然驚叫，「對了，那就是我要去的地方。」他停頓了一會兒似乎在思考他說的話。弗利克留心觀察，他用彎曲變形的手指撫摸著滿是皺紋的臉，視線越過森林邊緣望向山谷搖曳起伏的草原；當他再次開口說話時，眼神還是停留在遠方。

「你……有一個弟弟。」

這不是個問題，而是陳述事實，說得既悠長又平靜，以致弗利克幾乎聽漏了他說的話，後來才驀地理解了這句話的重要性，他驚訝地看著對方。

「你怎麼……？」

「哦……嗯……」那男人說道，「不是每個像你這樣的谷地人都有兄弟嗎？」

弗利克呆若木雞地點頭，無法理解這個人到底要說些甚麼。陌生人充滿疑問地望著他，顯然是在等他帶路前往提供吃住的地方；弗利克快速轉過身去尋找倉促間弄丟了的背包，撿起來掛在肩上，回頭看看傀然出眾的那人。

「從這邊走。」他指明，兩人動身出發。

他們穿越森林，進入連綿平緩的山丘，接著就會到達位於山谷盡頭的穴地谷。出了樹林之後，夜空朗朗，圓月高懸，疾風颼颼，抽打著兩人的衣服，迫使他們必須低著頭保護眼睛，兩人一言不發的往前走。除了狂風之外，夜晚依舊闃寂無聲，弗利克仔細聆聽，他一度以為他聽到從遙遠北方傳來淒厲的叫聲，但隨即又消失，再也沒有聽到。陌生人看來不太在乎這股寧靜，他的注意力似乎一直集中在前方大約六呎遠的地上，沒有抬頭，也沒有看著年輕的嚮導尋找方向；相反地，他似乎明確知道對方要去哪兒，跟在他身旁自信地走著。

沒多久，弗利克開始跟不上高個兒的闊步如飛，弗利克相形之下變得跟侏儒一樣；偶爾，谷地人幾乎得要三步併兩步，有一兩次，那人往下瞄了眼他那矮小的夥伴，看出他沒法跟上他的步伐，就會放慢腳步。終於，快到山谷南坡了，地勢以和緩的坡度向下傾斜，弗利克找到幾個劃定穴地谷郊區的地標，大大鬆了一口氣，村子和他溫暖的家就在前方。

在這短暫的路途中，那陌生人沉默不語，弗利克也不想跟他交談；相反的，他一直偷偷打量那個巨人。他理所當然會感到畏懼，那張滿是皺紋、被黑鬍鬚遮去大半的長臉，讓他聯想到孩提時期，村內長者在深夜篝火前所描述那令人聞風喪膽的黑術師；而最恐怖的，是他那一雙眼，或者說是濃眉底下原本眼睛所在位置那深邃凹陷的窟窿。弗利克無法看穿罩住他整張臉的層層陰影，菱角分明的面容就像從石頭刻出來的一樣，一直低頭看路。就在弗利克還在忖度那張神秘的臉時，他突然想到陌生人甚至還沒提到他的名字。

兩人已經來到穴地谷外緣，高大的陌生人突然停下腳步，挺直身軀，低頭凝聽；弗利克靜候在側也豎起耳朵來，但還是什麼都沒聽到。時間彷彿定格一般，他們就在那裡一動也不動，然後高個兒急切地跟他嬌小的夥伴說。

「趕快！躲到前面樹叢裡！現在就去，用跑的！」

他拔腿狂奔，半推半拉把弗利克丟到跟前，弗利克驚慌地跑進灌木叢裡找地方躲起來，他的背包激烈晃動，裡面的金屬工具鏗鏘作響；陌生人怒斥，一把抓住他的背包塞到長袍底下。

「安靜！」他低聲輕噓，「現在馬上就跑，不要發出一點聲音！」

他們飛快跑進前方大約五十呎樹葉濃密到像牆一樣的地方，高個兒急忙把弗利克往裡面推，粗魯地拖著他深入灌木叢中，兩人都氣喘吁吁。弗利克看了一眼他的夥伴，瞧見他並沒有在看他們周遭的樹，而是透過濃蔭枝縫窺視著夜空，谷地人跟著屏息凝視，但見天空一片清朗，只有星星不斷向他眨眼。數分鐘過去，他想要開口說話，卻馬上被陌生人強而有力且警告意味十足的雙手抓住肩膀而噤聲。弗利克保持站姿，仰望天堂，拉長耳朵仔細聆聽危險的聲音，但是除了他們粗喘的呼吸聲和呼嘯吹過的風聲之外，他還是什麼都沒有聽到。

正當弗利克打算坐下伸展疲憊的四肢時，某個又大又黑的東西突然遮斷天空，從頭頂飛過後就消失不見；沒多久又再次經過，以慢到幾乎不動的速度緩緩打轉，不祥地在兩人頭上盤旋，彷彿準備俯衝到他們身上似的。弗利克心裡突然竄出一種恐怖的感覺，某個東西似乎往下伸進他的胸口，慢慢把空氣從肺裡擠壓出來，他發現自己喘不過氣來；他眼前猛然出現一幅影像，黑紅交織，還有爪子般的手和巨大的翅膀，這個邪惡的東西有著強烈的存在感，威脅他脆弱的生命。有那麼一瞬間，這個年輕人以為他會尖叫，但是抓著他肩膀的陌生人，手又握得更緊了，讓他不至於陷入災難。就如同它溘然乍現，眼下又倏地無蹤，那巨大的陰影已經消失不見，夜空平靜如昔。

弗利克肩膀上的手慢慢鬆開，谷地人一屁股跌坐地上，冷汗直冒全身癱軟，高大的陌生人也挨著他靜靜坐下來，嘴角揚起一抹微笑；他把手搭在弗利克手上，當他是孩子般輕輕拍著。

「來吧，我年少的朋友…」他吹著口哨，「你現在還活得好好的，而且谷地已經近在眼前。」

弗利克抬頭看著那人冷靜的臉，他緩慢地搖著頭，眼裡滿是驚懼。

「那個東西！那恐怖的東西是什麼？」

「只是個影子…」那人一派輕鬆地回答，「目前還不到操心的時候，我們晚點再談。現在，在我失去耐心之前，我需要些食物和溫暖的爐火。」

他幫助谷地人站起來，然後把手一揮，暗示對方如果已經準備好帶路，隨時可以走人。他們走出灌木叢的掩護，弗利克憂心忡忡地看著夜空，一切看起來似乎只不過是想像力太豐富在作祟。弗利克嚴肅思考並快速做出決定，不管發生什麼事，今晚他已經受夠了：首先是這個不知名的巨人，然後是那個可怕的陰影，他暗自發誓以後如果晚上還要出遠門，必會三思。

須臾片刻，林間灌木越來越稀疏，視線逐漸明朗，羊腸小徑拓寬為平坦的泥路，一路通往村莊；弗利克感恩地對著從安詳屋內透過窗戶發出歡迎的燈光，發自內心的微笑。前方的路沒有人走動，如果不是那些燈光，可能會讓人懷疑谷地裡的人是否還活著。不過弗利克的心思完全不在這些問題上，他已經在想他要怎麼跟父親還有夏伊說，以免他們會擔心那個奇怪的陰影，那很可能只是他想像力下的產物，晚點他身邊的陌生人也許可以針對這點提供點線索，但到目前為止，他似乎不是個健談的人。弗利克不由自主地瞄一眼靜靜走在他身邊的高個兒，再次因為這個男人的陰鬱打起冷顫；不管他是誰，弗利克深深覺得他將會是危險的敵人。

他們徐徐通過村莊房舍，弗利克可以透過窗戶看到薪火燃燒。房子本身是木造建築，以石頭作為地基，弗利克透過掛著簾子的窗戶，看了看裡面的住戶，熟悉的面孔讓身在外頭暗處的他感到安慰。這是個令人感到恐懼的夜晚，回到家處在他所認識的人之中才讓他放心。

陌生人依然對所有事都不以為意，他連看也不看村莊一眼，進入谷地後沒開口說過一句話。弗利克對他跟著自己的方式還是覺得可疑，他完全不是跟著弗利克走，似乎清楚知道谷地人要往哪裡去；到了分岔路口，每一排房子都長得一模一樣，高個子也毫不猶豫就選定了正確的路線。弗利克發現自己跟在後面走，變成對方在前面帶路。

兩人很快就抵達旅館，它是由大型原木建造而成，立在高高的石頭地基上，屋頂覆蓋類似的原木屋瓦，這個特殊的屋頂比一般家用住宅要來得高。中央建築通火通明，裡頭不時傳出歡笑聲；而客棧兩翼則是一團漆黑，那是旅客休憩睡覺的地方。弗利克快步走上門廊階梯，邁向旅館中央對開大門，陌生人一語不發跟隨在後。

弗利克滑開沉重的金屬門栓，拉起門把，打開右側大門進入大廳。桌上牆上燈燭熒煌，左方牆壁中央還有個大型壁爐，照亮一室光明，弗利克在進入屋內的瞬間一下子無法適應睜不開眼；他瞇著眼睛掃視壁爐和傢俱，掠過屋後緊閉的對開大門，再到另一頭他右手邊佔據了整面牆的供餐吧台。當兩人走進房間時，大夥兒閒來無事全都聚集到吧台附近，對那高大的陌生人滿臉驚異，但是弗利克那安靜的夥伴對他們視若無睹，他們很快又自顧自地聊天喝酒，偶爾看看新來的人打算做些什麼。兩人持續站在門邊，弗利克再次搜尋人群中的面孔，看看他的父親是否身在其中，陌生人則走向左邊的椅子。

「在你找到你的父親時，我先坐下；也許等你回來時，我們可以一起用晚餐。」

沒有多說一句廢話，他靜靜地走向屋後一張小桌子，和吧檯人群背靠背地坐著。谷地人看著他半晌，隨即旋步走向後方的對開大門，推開門穿越前方廊道，他的父親可能在廚房跟夏伊一起用餐。沿途房間全部都門房緊閉，弗利克一路跑到唯一敞開的那扇門直通旅館餐廳；他一進來，兩名在後頭工作的廚師馬上愉快地跟他打招呼，而他的父親就坐在左邊長桌的最末端，一如弗利克預期，他正在吃晚餐，一邊享用一邊揮著結實的手招呼他過來。

「兒子啊，你比平常要晚了些，」他開心地吼著，「到這邊來吃晚餐，還有東西可以吃。」

弗利克一身疲倦地走過去，把背包放到地上，坐上高腳椅；身材魁梧的父親直起身子，一臉疑惑地看著他，寬大的前額眉頭深鎖。

「在回山谷的路上我遇到一個旅行者，」弗利克欲言又止地解釋，「他想要一間房和晚餐，要我們跟他一起吃。」

「嗯，他要住宿就找對地方了！」老翁斯佛聲稱，「我看不出來我們為何不能跟他一起吃點東西，我可以輕輕鬆鬆再吃一頓。」

他示意廚師準備三份晚餐。弗利克環顧四周尋找夏伊，但是四處都看不到他。他的父親移向廚師為小型宴會餐點的準備給予一些指示，弗利克則轉向水槽邊清洗旅途沾染的塵土。當他父親朝他走來時，弗利克問起他弟弟去了哪兒。

「夏伊去幫我跑腿，應該馬上就回來了，」他的父親回答。「順道一提，跟你一起回來的那個人叫什麼名字？」

「我不知道，他沒說。」弗利克聳聳肩表示。

他父親皺著眉頭，叨叨絮絮碎念著那個寡言的陌生人，最後隱約聽到他發誓這種神秘客再也別來他的旅館。他帶頭走出廚房，他寬闊的肩膀掠過牆壁，大搖大擺地走向大廳；弗利克快速跟上，帶著滿腹疑惑一臉糾結。

陌生人還是安靜坐著，背對著聚在吧檯的人群。當他聽到後方的門打開，他稍微動了一下，瞄了一眼進來的兩人。他們在門口遲疑了一下，弗利克指向那個黑影。他可以看見柯薩・翁斯佛眼中的驚訝，在旅館主人靠近前看了他半晌；陌生人禮貌性的站起身來，過人身高氣勢壓過正走向他的兩人。

「歡迎來到我的旅館，陌生人，」老翁斯佛招呼他，徒勞嘗試看清遮蔽在斗篷風帽底的臉，「我的名字，我兒子可能已經告訴過你，柯薩・翁斯佛。」

陌生人緊緊握住伸出的手，讓壯碩的男子表情扭曲一臉怪相，然後對著弗利克點點頭。

「你兒子非常親切，帶我到這間舒適的旅館，」他咧嘴一笑，但弗利克發誓那絕對是譏笑；「我希望你能和我一起用餐喝杯啤酒。」

「那當然！」旅館主人回應，蹣跚越過對方重重坐在空著的座椅上，弗利克也拉了一張椅子坐下來，眼睛仍放在恭維著他父親有著這樣一間好旅館的陌生人身上；老翁斯佛高興得眉開眼笑，向吧台示意拿三個杯子來時，滿意地對弗利克點點頭。高個兒還是沒有摘下遮著臉的斗篷風帽，弗利克想要看清底下的陰影，但又擔心陌生人會發現，上次他想這麼做時，換來了痠疼的手腕，也非常「敬佩」這位巨人的力氣和脾氣，還是保持現狀比較安全。

在他父親和陌生人天南地北地聊天時，他安靜地坐著。他發現他父滔滔不絕地說著，偶爾被對方提出的問題打斷；但是翁斯佛父子甚至連他的名字都不知道，而他卻很狡詰地從毫無戒心的旅館主人口中，拼湊出谷地的消息。整體處境讓弗利克感到十分苦惱，但是也不確定該怎麼辦，他開始期望夏伊趕快出現，瞧瞧發生了甚麼事；但是他弟弟始終不見人影，直到晚餐都結束了，位於大廳前方的對開大門才被打開，夏伊從黑暗中現身。

這是第一次，弗利克看到陌生人對某個人多看了一眼，黑影孔武有力的手抓著桌邊默默起身；有那麼一瞬間，弗利克猜想那位陌生人打算以某種方式毀滅夏伊，那人正在試探他弟弟的想法。

他專注地盯著夏伊，深沉幽暗的雙眼快速掃過這名年輕人纖細的外貌和瘦小的體格，隨即注意到那遮掩不了的精靈特徵—藏在蓬亂金髮下的尖耳朵，和鉛筆一樣挺直的眉毛，從鼻樑以銳角揚起而非水平橫過額頭，還有纖細的鼻子和下巴；他在那張臉上看到聰慧和正直，更在那雙穿透力十足的藍色眼眸中看到決心。有一會兒，夏伊對屋內高大黑暗的奇異景象，覺得有種難以解釋的壓迫感，因而心生畏懼躊躇不前，不過他很快就擺脫這種想法，走向那望而生畏的人物。

弗利克和他父親看著夏伊走向他們，他的眼睛依舊停留在高大的陌生人身上，然後，彷彿突然明白了他是誰一樣，兩人從桌邊站起身來。在他們見到對方時出現了那麼一瞬間尷尬的沉默，然後翁斯佛家馬上用一連串隨興的家常話互打招呼，緩解了緊張氣氛；夏伊對著弗利克微笑，但是卻無法將目光從氣勢恢宏的那人身上移開。夏伊比他的哥哥要矮一些，因此跟弗利克相比，被陌生人的影子所遮蔽的面積更大，儘管如此，在面對那人時，他比較不緊張。經過一些初步觀察，夏伊轉向那初來谷地之人。

「我不認為我們曾經見過面，但你似乎從某個地方知道我，雖然不可思議，不過我覺得我應該認識你。」

他頭上那張黑暗的臉點頭表示同意，嘴角閃過那抹熟悉的神秘微笑。

「你應該是有可能認識我，你不記得也是意料中的事。但我知道你是誰，事實上，我非常瞭解你。」

夏伊瞠目結舌，杵在那兒盯著陌生人；那人撫摸下巴鬍鬚，徐徐環顧等著他繼續說下去的三人。正當弗利克張嘴想要提出翁斯佛家人共同的疑問時，那陌生人抬起手來拉開斗篷風帽，清楚露出黑暗的臉，一頭及肩黑髮遮住凹陷的雙眼。

「我叫亞拉儂。」他平靜地宣布。

三名聽眾目瞪口呆，驚愕無語許久。亞拉儂，四方大陸的神秘旅人，也是種族歷史學家、哲學家、導師，還有人說他是神祕學家；他四處遊歷，從最黑暗的阿納爾異天堂，到禁忌的查諾山脈高地，顯赫名聲連遁世的南方大陸人民都知道，現在他意外出現在大半輩子都待在谷地的翁斯佛家族前。

亞拉儂第一次面露喜色，但內心卻同情他們，這些年來他們平靜的存在已然結束，從某方面來說，這是他的責任。

「何事大駕光臨？」夏伊終於問道。

那高大的男人用銳利的眼光看著他，發出深沉竊笑讓所有人大吃一驚。

「你，夏伊⋯」他喃喃碎念著，「我是來找你的。」

翌日清晨，夏伊早早睡醒，建築內靜悄悄的，他輕聲地走向大廳，快手快腳地用壁爐生火後，坐在一張高背椅上回想起昨晚發生的事；亞拉儂怎麼會認識他？如果曾經遇過他一定會記得對方才是；昨晚一番

聲明之後，亞拉儂就不再多言，他沉默地吃完晚飯，表示一切等到隔天早上再說，然後又變回夏伊當晚初踏入旅館時所見，那個令人生畏的身影。

餐畢，亞拉儂要求帶他去房間好就寢，便先行告退；不管是夏伊還是弗利克，誰都沒有辦法從他嘴裡再聽到有關於穴地谷之行，以及為何對夏伊感興趣的隻字片語。那天夜裡，弗利克將他遇到亞拉儂跟恐怖黑影兩件事全都跟夏伊說了。

夏伊對小時候只有模糊的記憶，雖然後來被翁斯佛家收養，也只知道出生地在西方大陸某個小村落。他的父親在有記憶前便過世了；依稀還記得他與母親共同度過的那些年，和精靈們玩耍，四周都是大樹和荒野的時光。在他五歲時，母親突然病重，決定重回穴地谷老家；那時她一定已經知道自己命在旦夕，在他們抵達山谷後不久，她便撒手人寰。

他的親戚只剩下遠房表親翁斯佛家；當時柯薩．翁斯佛才剛喪妻不到一年，經營旅館養大他的兒子弗利克，夏伊成為他們家的一份子後，兩個男孩就像兄弟般一起長大，同樣都姓翁斯佛。夏伊從來不知道他的真實姓名，他也從來不問；對他來說，翁斯佛家就是他唯一的家，而他們對他也視如己出。有時候，他是個混血兒這件事讓他很煩惱，但是弗利克堅決認為那是一種天賦，因為這讓他同時擁有兩個種族的習性和性格。

他心不在焉地看著火堆，關於那個陰森浪人的事讓他感到害怕。也許這只是他的想像，但對於那人好像能夠讀出他的心思、隨時都能看穿他的那種感覺一直揮之不去。雖然好像很荒謬，不過昨晚在旅館大廳見面後，這個想法就一直縈繞在他心裡；弗利克也這麼說過，而他的感覺又更加強烈，兄弟倆在黑漆漆的臥房裡說著悄悄話，擔心隔牆有耳，也擔心亞拉儂是個危險人物。

一直到接近中午，夏伊才見到亞拉儂，他顯然整個早上都待在房間裡。正當夏伊在屋後樹陰下休息，吃著自己準備的午餐時，亞拉儂突然從旅館轉角處現身。前晚的黑暗陌生人在中午的日頭下似乎沒那麼可怕，不過那驚人的身高還是讓人感到害怕；儘管他已經將他的黑斗篷換成淺灰色的，看起來還是一團影子。他走向夏伊，然後坐在谷地人身邊的草地上，心不在焉看著東邊山頭；兩人沉默許久，直到夏伊忍不住開口。

「你為什麼來谷地，亞拉儂？找我有什麼事嗎？」

那張黝黑的臉轉向他，臉上露出淡淡的微笑。

「年輕的朋友，這是個無法用三言兩語道盡的問題，也許要回答你最好的方法，就是先問你，你曾經讀過任何關於北方大陸的歷史嗎？」

他愣住。

「你知道骷髏王國嗎？」

夏伊聽到這個名字時全身僵硬，這個名字等同於所有恐怖的東西，不管是真實的還是虛構的，這是一個用來嚇不聽話的壞小孩，或是讓在夜晚餘燼旁聽故事的大人冷到骨子裡的名詞。夏伊看著他面前那張陰森的臉，緩緩點頭，亞拉儂停了會兒才繼續往下說。

「我可能是現今還活著的歷史學家當中遊歷最豐富的，除了我之外，過去五百年來鮮少有人踏進過北方大陸。我很瞭解人族；而今日的人族已經遺忘過去，對當下迷惘，對未來更是無知。人族幾乎都在南方大陸，他們完全不瞭解北方大陸，對東方大陸和西方大陸也所知有限；遺憾的是，人族曾經是最有遠見的種族，如今已然變得短視，而現在他們也相當滿意於遠離其他種族而居，置身世界之事於外。他們依然安於現狀，你要知道，是因為這些問題還沒有影響到他們，也因為對過去的恐懼讓他們不敢期望未來。」

夏伊對這些全面性的指控有點惱火，他的回應十分尖銳。「你對人族成見太深了。」

浪人回應道「我對歷史知道的夠多了，不，我太瞭解人生了，我明白人族求生的唯一希望就是繼續跟其他種族保持距離，重建過去兩千年來所失去的一切，爾後或許可以聰明點不再重蹈覆轍；他們在超級大戰期間因為過度干預其它種族之間的事，還冒然否決隔離政策，幾乎完全毀滅自己。」亞拉儂臉色一暗。

「我很清楚這些戰爭所帶來的災難性後果，那是因為人族的草率輕忽短視近利，被權力和貪婪沖昏頭的產物。雖然已經是很久以前的事，但又有什麼不一樣？你認為人族可以重新開始嗎？夏伊？嗯，你會很驚訝地知道，即使是對幾乎因此毀掉自己的種族來說，江山易改本性難移以及權力使人腐化。過去的超級大戰，種族之戰、政策與民族主義之戰、還有能源之戰以及最終權力之戰，或許已經結束了，但是今天我們面對新的危險，對所有種族所造成的威脅更勝以往。如果你認為人族可以獨善其身不管世界其他地方的死活，那麼你對歷史就是一無所知！」

他驟然停止，滿臉怒容，儘管夏伊感覺有點害怕，還是大膽瞪視著他。

「先到這裡好了。」亞拉儂再度開口，他臉上的表情軟化下來，強壯的手臂握住夏伊的肩膀示好。

「往者已矣，來者可追，我們必須防範於未然。現在暫時先讓我喚起你對北方大陸和骷髏王國歷史的回憶。正如你所知，超級大戰後人族幾乎完全遭到毀滅，他們所知道的地理情勢已經徹底改觀；人族最後的倖存者逃往南方，國家、民族、政府全都不復存在。大約一千年以前，人族再次崛起，認為自己比被獵食的動物高等，並發展出先進的文明；雖然還很原始，但卻井然有序，也有了政府的雛形。然後人族開始發現，世界上除了他們還有其他從超級大戰中存活下來的生物各自發展出來的種族。山嶽間是高大的巨人族，力大無窮殘暴兇猛，卻很滿足現狀；而丘陵和森林有著五短身材卻奸詐狡猾的生物，我們現在稱之為地精。超級大戰過後，人族和地精經常為了爭奪土地開戰，兩族俱傷，但是他們是為了生存而戰。」

「人族還發現另一個種族，有一群人在超級大戰後為了求生逃到地底。由於長年居住在地殼底下的洞穴裡不見天日，他們的外貌也因此變得矮小精悍，上身強健，下肢粗壯方便攀爬；他們在黑暗中的視力優於其他生物，但是在光亮的地方卻幾乎看不見。他們在地底下已經生活了好幾百年，直到他們開始探出頭來想要住到地表上；起初，他們的視力非常不好，因此把他們的家建立在東方大陸最黑暗的森林裡，他們發展出自己的語言，但後來還是改採人族的語言。當人族首次發現這個失落的種族時，他們以古時虛構的種族『侏儒』來稱呼他們。」

夏伊細細回想歷史學家所說的話，他從未見過巨人族，也許看過一兩個地精和侏儒，但都沒有很深的印象。

「那精靈呢？」他最後開口問道。

亞拉儂若有所思地回望他，頭又更低了些。

「啊……是的，我並沒有忘記，不凡的生物，精靈。可能是最偉大的種族，儘管沒有人真正瞭解他們，但是精靈的故事必須要等下一次，只消說他們一直都在西方大陸的森林裡就夠了，其他種族在歷史的這個階段很少遇見他們。」

「現在我們來看看你對北方大陸的歷史知道的有多少。今天，那塊地除了巨人族外杳無人跡，是鮮少有其他族人願意前往旅遊定居的不毛之地。如今，人族居住在溫暖舒適的南方大陸，氣候和煦大地草長，他們早已忘記北方大陸曾經也是各族安居之地，除了山區的巨人族，在低地和森林還有人族、侏儒和地精；那些年間各族正在重建新文明，有新的想法、新的法律、還有許多新的文化，前途一片光明。而今各族只關心要緊緊抓住屬於他們的東西，發展他們自己的小世界；每一族都確信自己命中注定將成為霸主，像一群憤怒的老鼠聚在一起捍衛一塊腐壞的起司。而人族也是一副自得意滿，跟其他族一樣緊緊咬著機會。這些你知道嗎，夏伊？」

谷地人緩緩搖頭，無法相信他聽到的是事實。他一直被灌輸人族從超級大戰時就是被迫害的子民，在這些戰役中，人族從來不是壓迫者，而是受害者。看到他的話起了作用，亞拉儂嘴角揚起一抹嘲弄的冷笑。

「我明白你不瞭解事實真相，人族從來沒有他們自以為的那樣偉大。在那些日子裡，人族就跟其他族一樣努力奮鬥，我承認這可能是因為他們比其他族有著更高的榮譽感和更清楚的目標，因此他們比較開化一些。」他說這些話時刻意扭曲，毫不掩飾地挖苦嘲諷，「不過這些都跟我們的討論主題無關。」

「差不多在同樣的時間，當各族間發現對方的存在，為了避免彼此動輒兵戎相接，德魯伊公議會首次在北方大陸低地的帕瑞諾城堡召開。歷史對於德魯伊的起源和目的並不明確，一般相信他們來自各種族、對舊世界許多失落文化各有專精之人，他們是哲學家、預言家，同時也是法術與科學的學者，他們還是各種族的導師，給予他們生活上各種新知識的力量。他們以一位名叫格拉菲爾的人為首，他也是歷史學家兼哲學家。他召集陸上最偉大的人們組成一個公議會來建立和平與秩序，並依靠他們所學來統領各族並傳授新知贏得各族的信任。」

「在那些年間，德魯伊是一股非常強大的力量，格拉菲爾的計畫也看似可行。但是隨著時間過去，公議會裡某些成員的力量明顯高過其他人，權力開始集中在少數智者手中。要跟你形容這些權力消長需要花點時間，但現在我們時間不夠充裕，重要的是，要知道公議會中有人深信他們注定要決定各種族的未來。最後，他們從公議會中分裂出去自成一派，一段時間過後便銷聲匿跡逐漸被人淡忘。」

「大約在一百五十年後，人族發生了可怕的內戰，最終演變為歷史學家所稱的第一次種族大戰，起因至今仍然不明，簡單來說，有一部份人族揭竿而起反公議會，成立了一支強大的軍隊；他們宣稱起義的目的是為了要征服其他人族，全面統一以提高種族地位和民族自尊。最終，幾乎所有人族都站上同一陣線，戰事開始擴及其他種族，以達成這個新目標。這場戰爭背後的焦點人物是一個名叫布羅納的人，在古代地精用語中這個名字代表大師的意思；據說，他是德魯伊第一次公議會的領袖，分裂出去後消失在北方大陸，從來沒人見過他或是跟他說過話，到最後大家斷定布羅納只不過是個名字，一個杜撰的人物。而起義，最後遭到德魯伊和其他種族聯合鎮壓而潰敗，這些你知道嗎，夏伊？」

谷地人點頭。

「我曾經聽說過德魯伊公議會，以及他們的目的和作為，但自從公議會在很久以前停止運轉後，這些都是塵封的歷史；我也聽說過第一次種族大戰，雖然跟你所說的不一樣。我相信你會說我有先入為主的偏見，那場戰爭對人族而言是一次慘痛的教訓。」

亞拉儂耐心候著，在夏伊停下來思考時並未插話。

「我知道人族倖存者在戰爭結束後逃往南方，之後就一直定居在那兒，重建失去的家園和城市，試著要開創生活而非毀滅生活。你似乎認為這是出於恐懼的隔離，但我相信這在當時是，現在也依舊是，活下來最好的方法。對人類來說，中央政府一直是最大的危險，如今一切都已物換星移，只有小型社會才能存活下來。」

高個子一笑置之，讓夏伊忽然覺得自己很蠢。

「告訴我你對布羅納的認識有多少？也許……不！等一下，有人來了。」

話才出口，弗利克就從旅館轉角處出現，看到亞拉儂時頓了一下，看到夏伊向他招手，才慢慢向前站在一旁，眼睛看著朝著他笑的高個兒，嘴角再次出現那抹神秘的微笑。

「我才在想你到哪兒去了，」弗利克開口跟他弟弟說話，「我並不是故意打斷……」

「你沒有打斷任何事，」夏伊快速應答，但亞拉儂看來並不認同。

「這次對話只限我倆，」他斷然表示，「如果你哥哥選擇待在這裡，他未來的命運將造成重大改變。我強烈建議離開對他比較好，並忘掉我們說過的話；但儘管如此，選擇權在他。」

兄弟倆對視，不敢相信高個兒是認真的，不過他嚴肅的臉暗示他不是在開玩笑，兩人遲疑不決，支支吾吾吐不出半句話，最後弗利克開口說道。

「我不知道你在說些什麼，但夏伊是我弟弟，我們兩人是生命共同體；如果他遇到任何麻煩，我應該跟他一起分擔—這就是我的選擇！」

夏伊驚訝地盯著弗利克，因為他從未聽過弗利克對任何事說過這麼正面積極的話，他為哥哥感到驕傲，感激地笑逐顏開，弗利克馬上對他眨個眼並坐了下來，沒有看亞拉儂。高大的旅行者用嶙峋的手撫摸自己的黑色短鬍，出人意料地露出微笑。

「這是你的抉擇，你已經證明了兄弟情深，但這真的是正確選擇嗎？未來你可能會對今天的決定感到後悔…」

他聲音逐漸減弱，看著弗利克低下來的頭陷入長考，然後轉向夏伊。

「好吧，但我無法向你哥哥從頭複述一次，他最好想辦法理解。現在告訴我，你對布羅納知道些什麼。」

夏伊默默沉思然後聳聳肩表示。

「我知道的不多，就如同你所說的，他是一個神話，是帶頭掀起第一次種族大戰的一個虛構人物；他原本應該是一名德魯伊，後來離開了公議會，利用他邪惡的力量控制他的追隨者。根據歷史，既沒人見過他，也沒人抓到他，在最後的戰役中是生是死也不可考，說不定根本就不曾存在過。」

「從歷史角度來說完全正確。」亞拉儂嘀咕著，「那你知道他跟第二次種族大戰有什麼關聯嗎？」

夏伊笑笑面對這個問題。

「傳說他也是那次戰爭的幕後主使，但又是另一個沒有事實佐證的傳言，他跟第一次戰爭中組織人族軍隊的應該是同一個傢伙，但這一次他被稱為黑魔君—德魯伊布萊曼的邪惡對手；不過我相信布萊曼在第二次戰爭時已經將他殺死，但這不過只是妄想而已。」

弗利克趕緊點頭附議，亞拉儂沉默不語，夏伊等著某種形式的肯定。

「不管怎樣，我們說這麼多有什麼結論？」一會兒過後夏伊問道。

亞拉儂眼神銳利地掃過他，狐疑地挑起一邊的眉毛。

「別那麼著急，夏伊。畢竟我們只用幾分鐘的對談涵蓋一千年的歷史，如果你可以再多點耐心，我保證你會聽到這個問題的答案。」

夏伊點點頭，對他的訓斥感覺受到不小的屈辱；儘管如此，谷地人很快就恢復鎮靜，聳聳肩讓歷史學家依他的步調繼續說下去。

「很好！」另一人也認可，「我應該快點完成我們的歷史課，到現在為止我們所談論的，都只是歷史背景。我讓你重新回想第二次種族大戰的相關記憶，那是人族新史上最近、不到五百年前發生在北方大陸的一場戰爭。不過人族並未參與這場戰爭，他們在第一次大戰中就遭到挫敗，深居南方大陸中心，努力求生避免全面絕種威脅。那是場大族之戰，精靈和侏儒對抗殘暴的巨人和奸狡的地精。」

「在第一次種族大戰結束後，我們所熟知的世界劃分為現行的四方大陸，各族一直和睦共處了很長一段時間；在這段期間內，德魯伊公議會的權力和影響力大幅降低，因為各族看似已經不再需要他們的協助，德魯伊們對各族的關心也愈來愈鬆散；幾年過後，新成員忘卻公議會的宗旨，背離族人朋比營私。精靈是最強大的一族，但是他們將自己隔離在西方內陸，對保持相對隔離的狀態也很滿足，不過他們將為此深深懊悔；其他族人散居各地，發展成為小型、比較不統一的社會，主要集中在東方大陸，還有一些族群定居在西方大陸和北方大陸邊境。」

「當巨人大軍從查諾山脈長驅直下控制整個北方大陸時，引爆了第二次種族大戰，包括位於帕瑞諾的德魯伊要塞也宣告淪陷。部分德魯伊拿了敵方首領的好處倒戈相向，但這一次誰是主使者並不清楚，其他德魯伊，除了逃走或是正好不在的，都被抓起來丟進地牢，再也沒有人見過他們，躲過死劫的德魯伊則星散於四方大陸隱世埋名。巨人族揮軍直搗侏儒所處的東方大陸，以迅雷之姿意圖殲滅所有頑抗，但是侏儒聚集在阿納爾森林深處，雖然巨人族從少數加入侵略陣營的地精獲得援助，在侏儒堅守下還是無法越雷池一步。根據侏儒自己的歷史記載，侏儒王雷朋發現了真正的敵人，就是德魯伊的叛徒，布羅納。」

「侏儒王怎麼能證實就是他呢？」夏伊快速插嘴，「如果這是真的，黑魔君不就超過五百歲了！至少，我就會認為一定是某個居心叵測的神秘學家向國王提出這個建議，藉以復興那些古老過時的神話，好更加鞏固他的地位或是什麼的。」

「是有這可能。」亞拉儂承認，「但讓我繼續說下去。烽煙連燒了好幾個月，巨人顯然誤以為已經打敗侏儒，因此調頭西進，開始進攻強大的精靈王國。然而在巨人與侏儒交戰期間，從帕瑞諾逃出的少數德魯伊，在公議會中德高望重的長老布萊曼號召下重聚一堂；他帶領他們前往位於西方大陸的精靈王國，就此一新興威脅向人們示警，並做好萬全準備對抗北方人的入侵。當時的精靈王是傑利・沙娜拉，他可能是歷來除了伊凡丁之外最偉大的精靈王；布萊曼向國王警告他的國土可能遭到攻擊，精靈在巨人進犯前快速組織軍隊。夏伊，我相信你很清楚自己的歷史，還記得在兵戎相見後發生了什麼事，但是我要你聽清楚接下來我要跟你說的內容。」

夏伊和興奮的弗利克同時點頭。

「德魯伊布萊曼給了傑利・沙娜拉一把特別的劍來對抗巨人族，握著那把劍的人將所向披靡，即使是威力強大的黑魔君也無法與之抗衡。當巨人軍團踏進位於精靈王國邊境的瑞恩谷地時，在高處埋伏的精靈部隊發動奇襲誘陷敵軍，巨人族潰不成軍，激戰兩天慘遭落敗。精靈在德魯伊們和獲得寶劍的傑利・沙娜拉的領導下，共同抵禦巨人大軍，據說他們還有來自黑魔君統御的靈界生物護航；但是精靈王的勇氣和神劍的威力重創靈界生物並將之摧毀。當巨人族的敗將殘兵打算穿越史翠里漢平原逃回北方大陸時，遭到精靈追兵和一支來自東方大陸的侏儒軍隊兩面夾殺；在那場慘烈的戰役中，巨人幾乎遭到滅族，而布萊曼也從並肩作戰的精靈王身邊消失，獨自一人面對黑魔君。紀錄顯示德魯伊和黑魔君兩人同歸於盡，再也沒有人見過他們，甚至連屍體都找不到。」

「傑利・沙娜拉一直帶著那把劍，直到幾年後過世，他的兒子將這個神兵利器交給位於帕瑞諾的德魯伊公議會，插在一塊巨大的三方石上，放在德魯伊要塞的地窖裡。我相信你已經很熟悉那把劍的傳奇以及它象徵著什麼，對所有種族又有著什麼樣的意義，那把寶劍現在正一如過去五百年來一樣，安置在帕瑞諾。」

弗利克一臉驚呆地點點頭，但夏伊認為他已經聽夠了，這個高大的男人只是跟他們講述了一個以前父母對孩子所說的童年幻想；他基於尊重耐著性子聽完亞拉儂關於種族似是而非的謬論，但是關於劍的傳說實在荒唐至極。

「這些跟你來穴地谷又有甚麼關係？」他忍住，但是臉上淡淡的笑容洩漏了他的不屑。

「我們所聽到的全是關於一場大約發生在五百年前的戰役，一場跟人族毫無瓜葛，反而是巨人族、精靈、侏儒跟天曉得還有誰誰也捲入的戰爭，你不是說還有來自靈界的某某某嗎？別說我聽不進去，但整個故事讓人有點難以置信。所有種族都知道傑利・沙娜拉之劍的故事，但那只是編出來的，而非事實，那是一個經過包裝、充滿英雄主義的故事，好讓那些曾經也參與過那段歷史的種族激起他們的忠誠度與責任感，但沙娜拉傳奇只是說給小孩子聽的故事。你為什麼要浪費時間說這個童話故事，我只要一個簡單的答案來回答一個簡單的問題？你為什麼找…我？」

巨人強忍怒火厲聲說道，「你們太孤陋寡聞了…孩子們！人族知道什麼是事實嗎？他們除了像嚇壞了的兔子，躲在南方大陸最深處，擔心受怕地過日子之外，人族又在哪裡？你膽敢說我說的是童話故事！你，這個從未見識過戰爭的人，在你寶貴的谷地裡安然度日！我來這裡是為了尋找國王的血脈，但我卻只找到一個將自己藏身在謊言裡的小男孩。你不過是個毛頭小子！」

看到夏伊霍地跳到高個子面前，精瘦的臉龐因為怒氣耳紅面赤，攥緊拳頭擺出架勢時，弗利克完全被嚇傻，迫切希望他能夠躲進地底或是乾脆消失掉。谷地人氣到一句話都說不出來，就這樣站在對方面前，因為盛怒和羞辱全身發抖；但是亞拉儂不為所動，他渾厚低沉的聲音再度響起。

「夠了，夏伊，不要讓自己變得更無知！我所告訴你的童話故事並非傳說，而是事實。那把劍是真的，現在就放置在帕瑞諾，而最重要的則是，黑魔君也確有其人，他現在還活著，而骷髏王國就是他的地盤！」

夏伊大吃一驚，突然間明白這個人並不是在說瞎話，他放鬆心情並緩緩坐了下來，眼睛還是盯著那張陰沉的臉，猛然想起他剛說過的話。

「你說國王……你在找一個國王……？」

「沙娜拉之劍的傳說是什麼？刻在三方石上的碑文寫了什麼？」

夏伊啞然無言，完全想不起任何傳奇故事。

「我不知道……我記不得碑文說些什麼，好像是什麼有關於下一次的……」

「是子嗣！」弗利克突然大聲說道，「當黑魔君重現北方大陸時，沙娜拉家族之子將現身拔劍相向。就是那個傳說！」

夏伊審視他的哥哥，回想起碑文上寫了些什麼，回頭望向亞拉儂，正好對上他專注的眼神。

「這怎麼會跟我有關？」他脫口問道，「我不是沙娜拉家族的兒子，我甚至連精靈都不是，我只是個混血兒，不是精靈，更不是國王，伊凡丁才是沙娜拉家族的傳人。你認為我是失蹤的子嗣，下落不明的繼承人嗎？我不相信！」

他快速望向弗利克尋求支持，但是他哥哥看起來完全被搞混，困惑地盯著亞拉儂的臉，那男人輕聲說道。

「你身上確實流著精靈的血液，夏伊，你並不是柯薩・翁斯佛的親生兒子。還有，伊凡丁並非沙娜拉的直系血脈。」

「我一直都知道我是養子，」谷地人承認，「但是，我肯定不會是來自⋯弗利克，你快跟他說！」

他的哥哥也傻眼，答不出來。夏伊突然住嘴，不敢置信地搖著頭，而亞拉儂則點點頭。

「你就是沙娜拉家族之子，不過，只是混血兒，跟溯及過去五百年來的直系族譜隔了好幾代。在你還是個孩子時，我就認識你了，之後你才被帶到翁斯佛家當他們家的兒子，夏伊。你的父親是精靈，他是一個好人，母親則是人族，他們在你還很小時就雙雙過世，然後你就被當成柯薩・翁斯佛的兒子養大；雖然你跟傑利・沙娜拉血緣關係遙遠，也不是純種精靈，但你是他的子孫。」

夏伊心不在焉地點頭，還是覺得很困惑而且很可疑；弗利克看著弟弟，彷彿從來沒見過他一樣。

「這代表什麼？」他急切地問亞拉儂。

「你的這些背景，黑暗之王也一清二楚，只是他現在還不知道你住在哪裡或你是誰，但是他的使者遲早會找到你，等到那一天，你將會遭到殺害。」

夏伊猛一抬頭，害怕地看著亞拉儂，想到在谷地邊緣看到巨大陰影的傳言，他哥哥也突然打了個寒顫，回憶起那股恐怖的感覺。

「但這是為什麼？」夏伊問，「我做了什麼該死的事嗎？」

「夏伊，在你能夠理解這個問題的答案前，你還有很多事需要知道，」亞拉儂應道，「我現在沒有時間跟你全部一一說明。你必須要相信我，你是傑利・沙娜拉的後裔、你有著精靈血統、翁斯佛是你的收養家庭；你並非沙娜拉家族唯一子嗣，但卻是現今唯一還活著的後代子孫，因為其他都是精靈，很容易就被找到而遭到殺害。這也是為什麼這麼久以來，黑暗之王不曾來找你的原因，他沒有料到在南方大陸還有個混血後裔活著。」

「你必須知道，沙娜拉之劍的力量是無可匹敵的，也是布羅納最大的恐懼；這把劍的傳奇是各族手中強大的護身符，而布羅納打算終結這個神話，他將藉著摧毀整個沙娜拉家族達到這個目的，就沒有人可以拔劍對抗他。」

「但是我根本不知道沙娜拉之劍，」夏伊不平，「我甚至不知道自己是誰，或是任何跟北方大陸有關的事……」

「那些都不重要！」亞拉儂突然打斷，「如果你死了，一切也都不重要了。」他的聲音在憂心忡忡的咕噥中消失。

「我腦中一片空白，」夏伊慢慢地開口，「我有好多問題想問。發現自己不屬於翁斯佛家族的一份子，這讓我很不知所措，而且是成為一個被……故事中的角色追殺的對象。你有什麼好建議嗎？」

這是第一次，亞拉儂露出溫暖的笑容。

「現在，靜觀其變，目前你還沒有立即的危險。先想想我跟你說的這些話，下次我們再慢慢聊，屆時我會很樂意回答你所有疑問；但不要告訴任何人包括你的父親，在我們找到解決問題的辦法之前，就當作今天的對話沒有發生過。」

兩個年輕人對看一眼，雖然假裝什麼事都沒發生過有點困難，還是點頭同意。亞拉儂默默地起身，伸展他高大的身軀，舒緩一下緊繃的肌肉，看著兩兄弟也跟著他起身站著。

「不存在於昨日世界的傳說和神話，將會存在於明日世界中；那些邪惡兇殘又狡詐的東西，在沉睡了好幾個世紀之後，現在即將甦醒。黑魔君的陰影已經開始籠罩四方大陸」

他突然打住。

「我不是故意要用這種嚴厲的態度對待你，」他出人意表和善地笑著，「但若是不久的將來即將面對最可怕的情況，你就會很感激我現在的態度了。你所面對的是真實的威脅，而非可以一笑置之的童話故事；你不要想從他們那邊得到公平待遇，你會真正學到什麼叫做人生，那絕對是你所不樂見的。」

語畢，一抹高大的灰影對應著遠方青山，他的長袍嚴密罩著他枯槁的身軀，有一隻手伸過來緊緊抓住夏伊削瘦的肩膀，有這麼一瞬間他們兩人彷彿合而為一，然後他轉過身，消失不見。

03

亞拉儂要在旅館詳談的計畫並未兌現。他留下兄弟倆在旅館後方低聲交談，獨自走回自己房間；夏伊和弗利克最後各自回去做事，沒多久，就被他們的父親叫去跑腿。回來時天色已晚，他們趕緊到餐廳希望能夠進一步問問那個歷史學家，但是他並未出現。膳畢，他們等了將近一個小時，他還是沒有現身；終於，他們決定去亞拉儂的房間。弗利克想起昨晚的經過後不太情願去找那個陰沉的陌生人，但夏伊非常堅持，最後他哥哥同意一起去，希望多點人也多點安全。

當他們抵達亞拉儂的房間時，發現門沒有上鎖，那個高大的浪人不知去向，房間看起來就像從未入住過一樣；他們急忙找遍旅館和附近，還是沒找到亞拉儂，最後，他們不得不認為，他可能是因為某個原因必須離開穴地谷。夏伊對亞拉儂不告而別感到氣憤，但同時也開始對他已經不在亞拉儂的羽翼保護下感到害怕；不過弗利克倒是很開心，當他與夏伊一起坐在大廳壁爐前的高背椅時，他向他弟弟保證，一切都會迎刃而解。他說，他不完全相信歷史學家提到有關於北方大陸之戰和沙娜拉之劍的荒誕故事，即使有些是真的，一定是關於夏伊身世那部分，說到布羅納的威脅就真的太誇張了。

夏伊靜靜聽著弗利克胡言亂語，偶爾點頭表示贊同，腦子裡專心想著下一步該怎麼走。他對亞拉儂說的故事十分懷疑，究竟這個歷史學家來找他有何目的？他恣意妄為地出現，告訴夏伊有關他的奇特身世，警告他現在有危險，然後一聲不吭就揮揮衣袖走人，夏伊怎能確定亞拉儂沒有私心，像是利用谷地人成為他的爪牙？實在有太多沒有答案的問題了。

終於，滔滔不絕提供建言的弗利克也累了，閉上嘴沉重地倒在椅子裡。夏伊繼續推敲亞拉儂的故事，試著設想現在他能做些什麼；但是經過一個小時的思量，還是跟之前一樣困惑，只得昂首闊步離開休息室，忠誠的弗利克緊跟在後；回到位於東翼的小房間，夏伊悶悶不樂跌坐在椅子裡，弗利克則倒在床上興味索然看著天花板。

床邊桌上燭光昏暗搖曳，弗利克發覺自己開始昏昏欲睡，馬上打起精神，將手高舉過頭，忽地碰到一張折起來的紙，其中部分已經滑進床墊和床頭板之間；他好奇地把它拿起來放在眼前，看到上面署名是要給夏伊。

「這是什麼？」他嘟囔著，把它丟給他沮喪的弟弟。

夏伊撕開加封的紙，快速瀏覽，他低聲吹哨並跳了起來，弗利克馬上坐起，是誰留下這張紙條他已經心裡有底了。

「是亞拉儂寫的。」夏伊確認了他哥哥的猜想。

聽著，兩位：我已經沒有多餘時間詳細說明，最重要的事情發生了，雖然有些為時已晚，但我還是必須立刻離開。儘管可能無法再回山谷，但是你必須相信我以及我所告訴你的事。

你在穴地谷已經不再平安，你一定要準備好快點撤離。如果你的安全受到威脅，你可以在阿納爾森林的庫海文找到庇護，我會派個朋友去當你的嚮導，他叫巴力諾，你可以相信他。

不要跟任何人提起我們曾見過，你現在正面臨著極大的危險。我在你醬紫色的旅行斗篷口袋中，放了一個小袋子，裡頭有三顆精靈石，當你遇到危難無計可施時，它們可以指引你、保護你。要注意，只有夏伊能用，而且是所有人都無計可施時才能使用精靈石。

要是發現骷髏記號就是你撤逃的警告。希望幸運之神與你常在，我年輕的朋友，後會有期。

夏伊興奮地看著哥哥，但是多疑的弗利克眉頭深鎖不可置地搖頭。

「我不信任他，不管他說了什麼，骷髏跟精靈石？我從沒聽過庫海文這個地方，而且阿納爾森林距離這裡好遠，要走好幾天，我才不要。」

「石頭！」夏伊大叫，馬上衝去拿掛在轉角櫃裡的旅行斗篷，仔細翻找他的衣服，弗利克焦急地看著；他小心翼翼地退後，右手裡平穩放著一個皮囊。他將它拿起掂掂重量，展示給他哥哥看，然後迅速跑到床邊坐下，解開繫繩，將裡頭的東西倒在手心；滾出來的是三顆深藍色的石頭，每一顆都跟鵝卵石差不多大小，車工精細，在微弱的燭光下依舊熠熠生輝。兄弟倆好奇地盯著石頭，半期待著馬上就會發生一些不可思議的事，但什麼事也沒有；它們一動不動躺在夏伊的手掌心，就像夜裡的小藍星一樣閃閃發光，彷彿只是著了色的玻璃而已。最後，當弗利克鼓足勇氣要去摸其中一顆時，夏伊把它們丟回袋子裡，塞進他的襯衫口袋。

「嗯，關於石頭他是說對了。」夏伊不加思索地說。

「說不定它們才不是精靈石。」弗利克懷疑地指出，「反正你也沒聽過看過。那信中其他部分又怎麼說？我從沒聽過巴力諾這個人，也沒聽說庫海文這個地方。我們應該忘掉這一切，尤其要忘掉我們曾經見過亞拉儂。」

夏伊帶著疑惑點頭，無法回答他哥哥的問題。

「我們現在沒啥好擔心的，只要睜大眼睛尋找骷髏記號，或是等亞拉儂的朋友出現，也許到頭來什麼事都沒發生。」

接下來一連好幾分鐘，弗利克繼續叨念著他對這封信和來函者的不信任，直到他不再感興趣；兄弟倆已經精疲力盡，決定今晚到此為止。夏伊最後的動作就是將皮囊小心地放在枕頭下，他可以感覺到側臉壓著那一團東西；不管弗利克怎麼想，他決心未來的日子要把這些石頭收在手邊。

翌日，開始下起雨來，碩大的烏雲瞬間從北邊席捲而來，山谷完全不見天日，然後暴雨傾盆而下，毫不留情澆灌著小村莊。三天過去後，天氣還是沒有好轉跡象。到了第四天中午，雨勢逐漸減緩，連日來的傾注大雨變成悶熱的毛毛雨，還起了濃霧，濕黏的天氣讓每個人都煩躁不適。

十天後，雨勢才完全停止，天空放晴，淡藍色的天空飄著朵朵白雲，谷地漸漸回復以往，暴風雨已經成為過去式。

完成主建築的修理工作，夏伊和弗利克在後方重建被砸爛的工具房時，聽到旅館客人聊起有關於日前暴雨的對話片段；印象中，谷地在每年此時從來沒有下過這麼大的雨，讓人又再次想起遙遠北方不斷有怪事發生的謠言。

兄弟倆仔細聽著客人間的對話，但是沒有聽到什麼新聞，通常他們都在低聲談論著有關夏伊身世的奇怪故事。弗利克一直將整件事視為無稽之談，儘管夏伊比他哥哥更不想在意這件事，他還是很包容地聽著；不過雖然放不下，卻也沒有辦法接受，他覺得亞拉儂還有很多事情瞞著他，直到他掌握一切真相，他才會甘心放下這件事。他貼身保管著裝有精靈石的袋子，弗利克對他總是傻傻地帶著那些石頭，以及相信亞拉儂說的任何話，一天總要囉嗦好幾次。夏伊仔細觀察所有經過谷地的陌生人，密切追蹤他們身上可能出現任何骷髏標記；但隨著時間過去，他什麼也沒發現，最後感恩地把整件事置之度外，就當作是上一次當學一次乖。

夏伊一直沒改變看法，直到亞拉儂突然離去後的三個禮拜。兄弟倆一整天都在外面砍柴作為旅館屋頂木瓦，直到傍晚才回來；進入屋內時，他們的父親正坐在廚房長桌旁他最喜歡的座位上埋首吃飯，揮手跟他們打招呼。

「你出門時，有一封給你的信，夏伊。」他知會兩人，拿出一張摺疊起來的白色紙張，上面署名是利亞。

夏伊驚呼一聲，急切地伸出手去拿信，弗利克則悶哼了一聲。

「我就知道、我就知道，簡直讓人不敢相信……」他喃喃自語，「整個南方大陸最大的敗家子又要折磨我們了。把信拆開，夏伊。」

夏伊對他的挖苦充耳不聞，早就打開信封看裡面的內容，弗利克聳肩表示蔑視，一屁股坐在父親身旁。

「他想知道我們躲在哪裡，」夏伊大笑，「他要我們趕快去看他。」

「嗯，當然！」弗利克咕噥著，「他可能惹上麻煩，需要有人背黑鍋，我們乾脆找個懸崖跳下去不是省事多了？你還記得上次我們去找曼尼安・利亞時發生了什麼事嗎？我們在黑橡林裡迷路了好多天，差點就被狼群給吃掉！我永遠也忘不了那次的探險，笨蛋才會再接受他的邀請！」

他弟弟大笑，伸出手臂搭著他的肩膀輕拍「你是在忌妒，因為曼尼安是諸王之子，日子過得逍遙又自在。」

「鼻屎大的王國！」弗利克快嘴反駁，「最近皇室血脈根本不值錢好嗎，看看你自己……」

他猛然打住，兩人匆匆瞄了他們的父親一眼，但他顯然沒有聽到，還是全神貫注在他的晚餐；弗利克帶著歉意聳聳肩，夏伊安慰性地對他微笑。

「旅館那邊有人在找你，夏伊。」柯薩・翁斯佛突然開口，抬起頭來看著他。「他現在人在大廳，當他說要找你時，還提到幾個星期前來過這兒的高大陌生人。」

弗利克頓時被恐懼擄獲，緩緩起身，夏伊也因為這個消息突然重心不穩晃了一下，然後匆忙向正要開口的哥哥示意不要出聲；如果這個剛出現的陌生人是敵人，他必須趕快查明。他抓緊襯衫口袋，確定精靈石是否有帶著。

「那個人看起來怎麼樣？」他馬上問道，想不到能用什麼方法找出骷髏記號。

「很難形容噯，兒子。」他父親嘴裡一邊嚼著食物一邊含糊地回答，頭還是低低地對著餐盤，「他穿著一件深綠色的斗篷，今天下午騎著匹漂亮的馬來；他急著要找你，最好趕快去看看他要什麼。」

「你有沒有看到任何記號？」弗利克口氣有點急。

他的父親停止嚼食，一臉不耐煩地看著他。

「你在胡說什麼？難道要我把他畫下來你才滿意嗎？你今天是不是吃錯藥啦？」

「沒事，真的沒事……」夏伊趕快插話，「弗利克只是想知道那個……那個人長得跟亞拉儂像不像……你還記得嗎？」

「哦，是喔！」他父親會意地微笑，弗利克努力壓抑情緒，表現出鎮定的樣子，「我沒注意兩人哪裡相似，雖然這個人也很高大，我倒是有看到他右臉有一條很長的疤痕，可能是刀傷。」

夏伊點頭致謝，馬上把弗利克拉往大廳。他們快速走到對開大門前，屏息以待；夏伊小心地將門推開一個縫，盯著裡頭擁擠的人群，不過都是熟悉的老面孔和尋常旅客，不一會兒，他突然關門縮了回來並對著焦急的弗利克。

「他就在壁爐旁邊的角落。從這裡看不出來他是誰，也看不出來他長得怎麼樣，他身上裹著綠色的斗篷，就跟父親說的一樣。得要靠近一點才行。」

「是他嗎？」弗利克倒抽一口氣，「你是瘋了嗎？如果被他發現了，可能一秒鐘就認出你來。」

「不然你去。」夏伊堅定地下達命令，「藉口壁爐要加些柴火，趕快瞄他一眼，看他有沒有骷髏記號。」

弗利克雙眼圓睜想轉身逃跑，但是夏伊馬上抓住他的手臂，連拖帶拉硬把他從門口推進大廳，然後趕快蹲下躲開視線範圍；片刻過後，他把門稍微推開，透過門縫看看裡面的動靜。他看到弗利克忐忑不安地穿過大廳到壁爐旁，然後開始翻動炭火，最後才拿了根木柴加進去，而門外的他則試圖找個好位置看清穿著綠斗篷的人；那個陌生人坐在距離壁爐幾英呎遠的地方，背對著弗利克，但是稍微對到夏伊躲在後面的那扇門。

正當弗利克準備返回時，陌生人稍微挪動了一下位置，很快說了一些話後弗利克瞬間僵住，夏伊看到他哥哥轉過身去回答陌生人，並匆匆瞥向自己藏身的地方；夏伊躲到大廳暗處，讓門順勢關上。看來他們兩人不知怎麼都露出馬腳，正當他考慮著要不要逃跑時，弗利克突然把門推開，一臉慘白。

「他看到你在門邊了。那個人有一副鷹眼，他要我帶你出來。」

夏伊想了一會兒，最後還是認命地點點頭，畢竟在這短短的幾分鐘內他們又能躲到哪裡。

「說不定他什麼事都不知道⋯」他樂觀地猜測，「也許他以為我們知道亞拉儂去哪了，小心點不要亂說話，弗利克。」

他在前頭帶路，穿過大門越過大廳，到那個陌生人所坐的桌子旁；他們站在他身後等待著，但是那人頭也不回，揮手示意他們坐到對面位置，三人就這樣坐著相視無語。這個陌生人雖然沒有亞拉儂高大，但是身材一樣魁梧，全身上下都被斗篷蓋著，只有頭露出來，長得很有個性，除了從右邊眉尾沿著臉頰到嘴角上方的深色疤痕外，其實還蠻賞心悅目的，一雙眼睛好奇地審視對面兩名年輕人，淡褐色的眼眸暗示著在他剛毅外表下有顆溫柔的心，金色短髮輕鬆寫意地覆在前額和小小的耳朵上。夏伊看著這個陌生人，無法相信這個人會是亞拉儂警告過的敵人，就連弗利克臉上的表情也放鬆了下來。

「現在沒有時間玩遊戲了，夏伊⋯」那人用一種和善但卻憂心的口吻突然說道，「你的謹慎是明智的，但我身上沒有骷髏記號，我是亞拉儂的朋友，我叫巴力諾，我的父親是洛爾・巴克哈納，卡拉洪國王。」

兩兄弟馬上就認出他的名字，但是夏伊不想冒任何險。

「我怎麼知道你就是他？」夏伊馬上質問。

「就跟我認出你的方式一樣，夏伊，透過你放在襯衫口袋的三顆精靈石，亞拉儂給你的精靈石。」

他一愣一愣地點著頭，只有那個歷史學家派來的人才會知道那些石頭，他小心翼翼地傾身向前。

「亞拉儂怎麼了？」

「我不知道……」眼前的男人低聲說道，「我已經有兩週沒聽到他的消息了；我們分開時，他正要前往帕瑞諾，謠傳要塞遭到攻擊，他對沙娜拉之劍的安全感到擔憂。他派我來這裡保護你，我本來可以早點來，但是因為天候，還有那些企圖跟蹤我的人給耽擱了。」

他停下來，直視著夏伊，淡褐色的眼睛瞬間嚴厲起來。

「亞拉儂已經將你的真實身分以及可能面臨的危險告訴你，不管你信或不信，都無關緊要；現在時機迫在眉睫，你必須立刻逃出山谷。」

「馬上離開嗎？」夏伊一臉震驚大叫出聲「我不能這麼做！」

「你辦得到的，如果你還希望活命的話，你就得這麼做。有著骷髏記號的人懷疑你就在山谷，不出一兩天，他們就會現身，屆時若還在這裡，一切就完了。你必須現在就離開，盡快輕裝上路，走你熟悉的道路；若萬不得已要走在空曠的地方，也只在白天他們力量較弱的時候前進。亞拉儂已經告訴你要前往何處，你必須相信自己的智慧能夠抵達目的地。」

夏伊訝異地瞪著對方好一會兒，然後轉向啞口無言的弗利克。這個人怎能期望他就這樣打包走人？真是荒謬至極。

「我該走了。」那陌生人突然起身，「如果可以的話我也想帶你離開，但是我被跟蹤了；那些打算毀掉你的人料預料我會洩漏出你的行蹤，由我當作誘餌對你比較好，也許他們會跟我到更遠的地方，然後你就可以趁機脫逃。我會先往南走，然後再折回來前往庫海文，我們到那裡再見。記得我說過的話，不要繼續在谷地逗留，現在就走，今晚就出發！照亞拉儂的指示行事，保護好精靈石，他們是威力強大的武器。」

夏伊和弗利克跟著他起身，握住他伸出的手，他們才注意到他露出的那隻手穿戴著閃閃發亮的鎖子甲。巴力諾不再多言，迅速穿越大廳，走出大門消失在黑夜之中。

「那，現在怎麼辦？」弗利克問道，癱坐回椅子上。

「我怎會知道？」夏伊不耐煩地應著，「我又不是算命仙，一點概念也沒有，他和亞拉儂說的話是千真萬確的嗎？即便有一點可能性；為了大家著想，我必須趕快離開山谷，如果有人真的在追我，也沒無暇保護其他人，像是你跟父親，會不會因為我留下來而受到傷害。」

他沮喪地環視整個房間，無法決定怎麼做最好。弗利克靜靜地看著他，知道他幫不上忙，只能幫他弟弟分憂解勞；最後，他探過身來，把手搭在夏伊身上。

「我會陪在你身邊的。」他輕聲宣布。

夏伊瞅著他，明顯受到驚嚇的樣子。

「我不能讓你這麼做，父親永遠不會諒解的，更何況，我可能哪兒也不去。」

「記得亞拉儂說過的話吧，我要跟你同舟共濟。」弗利克頑固地堅持著，「而且，你是我弟弟，我不能讓你隻身上路。」

夏伊驚訝地看著他，然後微笑點頭表示謝意。

「我們晚點再談。無論如何，即使要走，在我決定要去哪裡還有需要準備些什麼之前，我不會動身；我還必須給父親留個紙條之類的東西，不管亞拉儂和巴力諾說了什麼，我不能就這樣貿然離去。」

他們離開位子，回廚房吃晚餐，剩下的時間兩人心神不寧地在大廳和廚房間遊蕩，還順道溜回房間好幾次，夏伊趁機翻找著自己的東西，心不在焉地準備旅行用品；弗利克默不出聲地跟著他不想讓他落單，心裡也擔心他會不說一聲就獨自前去庫海文。他看著夏伊把衣服和露營用品塞進皮製的背包裡，當他問弟弟為什麼要打包時，他說，這是預先準備，以免真的突然要走時會措手不及；夏伊向他保證，絕對不會不告而別，但是夏伊的承諾並沒有讓弗利克寬心，反而更留意夏伊的一舉一動。

當夏伊被抓住他的手喚醒時，四周一片漆黑。他睡得很淺，那個冰冷的觸摸讓他馬上清醒，心臟狂跳不止；他激烈掙扎，但是在黑暗中什麼也看不見，只能伸出另一隻手去抓攻擊者。他耳邊立刻傳來一個短促的噓聲，藉著一鈎新月和被雲遮去大半的微弱星光從掛著簾子的窗戶投射進來，他倏地認出弗利克，恐懼感馬上被看到熟悉身影的安心感所取代。

「弗利克！你嚇到……」

話說到一半，他的嘴馬上被弗利克強壯的手給摀住，再次警告他別出聲。黑暗中，他可以看到弗利克驚懼的臉，在夜裡冰冷的空氣中更顯蒼白緊繃；他突然起來，握著他的手將他扣得更牢，用力一帶把他的臉拉近他緊咬的嘴唇。

「不要說話……」弗利克的聲音因為恐懼不停地顫抖，「窗戶！小聲點！」

弗利克鬆開手，匆匆把他從床上拉下來，兩人都屏住呼吸蜷縮在房間暗處又冷又硬的地板上，然後夏伊跟著弗利克爬到半掩的窗台下，一直低伏著連大氣都不敢喘一下。等到他們到達牆邊，弗利克用他顫抖的手把夏伊拉到窗戶的另一邊。

「在房子旁邊，快看！」

難以言喻的恐懼蔓延著，他把頭探出窗台，仔細探究黑暗裡的木造建築，結果一眼就看到那個怪物，巨大恐怖的黑色外形，爬行時身體佝僂半伏著，拖著腳穿梭在旅館陰影之間；斗篷覆著它隆起的背滾滾飄動，彷彿底下有東西在催促鞭笞著它，即使從這樣遙遠的距離，都能清楚聽到它駭人的呼吸聲，它的腳在移動時還會發出奇怪的削刮聲。夏伊緊緊地抓住窗台，視線鎖住逐漸靠近的怪物，就在他低下頭的一瞬間，他清楚瞄到一個閃閃發亮的銀色吊飾，形狀正是骷髏。

04

黑暗裡兩人縮成一團。他們可以聽到怪物移動的聲音，隨著時間過去，刺耳的削刮聲愈來愈大，他們很確定現在才聽從巴力諾的警告為時已晚；他們繃緊神經聽著，連氣也不敢喘一下。夏伊想要逃跑，但也擔心稍有動靜就會被逮個正著；弗利克僵硬地坐在他身邊，在寒風拂拭下簌簌顫抖，窗簾也被吹得撲撲翻飛。

突然間，外頭不斷傳出尖銳的狗叫聲，然後變為交雜著恐懼和敵意的嗥叫。兄弟倆小心翼翼地把頭探出來，在昏暗的光線下瞇著眼睛往外看，有著骷髏記號的怪物就靠在他們窗邊蜷伏，大約十英尺遠的地方有一隻大狼狗，齜牙裂嘴對著入侵者猛吠。那怪物依舊粗聲喘氣，大狗對著空氣低聲吼叫，半蹲著步步進逼；然後，大狼狗咆哮，突然衝向入侵者，巨顎張開準備朝著烏黑的頭一口咬下時，那狗突然被抓到半空中，飄動的斗篷下伸出一隻像爪子的肢狀物，猛地扭斷那隻悲情動物的喉嚨，了斷牠的生命並丟到地上。事情全發生在一眼瞬間，兄弟倆愣住，幾乎忘記要趕快躲回去以免被看見；沒多久，他們又聽到那個令人毛骨悚然的削刮聲，怪物沿著相連的建築物牆邊拖行，不過聲音愈來愈小，似乎已經離開旅館附近。

兩兄弟在房間暗處屏息等待了好一段時間，無法控制地渾身發抖。外頭一片寂靜，他們拉長耳朵注意怪物的動向；最後，夏伊鼓足勇氣從窗邊再看一眼，等他再次低下頭時，嚇壞了的弗利克已經準備好從最近的出口爬出去，不過夏伊搖得像波浪鼓似的頭，讓他吃下一顆定心丸，那怪物已經走了。弗利克趕緊從窗邊回到溫暖的床上，但是被子蓋到一半就停住了，他看到夏伊在黑暗中快速換裝；他想開口說話，但夏伊舉起手指貼住嘴唇，弗利克馬上起身更衣，不管夏伊有什麼打算，弗利克都決心要跟著他。等到他們兩人都穿戴妥當，夏伊把他哥哥拉近，在他耳邊說悄悄話。

「只要我們還留在這裡，谷地所有人都有危險。我們今晚就得動身！你決定要跟我一起走嗎？」

弗利克斷然點頭，夏伊繼續說道。

「我們去廚房打包一些幾天份的食物，順便在廚房留一張紙條給父親。」

語畢，夏伊從衣櫃拿出裝著衣物的背包，悄然消失在通往廚房的走道，弗利克快步跟上，從臥室摸黑尾隨弟弟；但是走廊伸手不見五指，他們花了不少時間摸索，扶著牆壁沿著轉角到廚房大門。一到廚房，夏伊點亮一根蠟燭，向弗利克使個眼色去打包食物，而他則草草給父親寫了張字條，放在啤酒杯下面；弗利克快速完成任務走回弟弟身邊，夏伊吹熄蠟燭，走到後門時停下腳步，回過頭來說道。

「一旦出了這個門，就一句話都不要說，緊跟著我就好。」

弗利克點點頭，更擔心這扇門後有什麼東西在虎視眈眈，會讓他們下場跟幾分鐘前那隻被斷喉的狼狗一樣。但是現在沒有時間猶豫了，夏伊小心地推開木頭大門，看向外頭環繞著濃密樹叢的庭院；不一會兒，他向弗利克發出信號，兩人躡手躡腳走進如沁涼夜之中，輕聲關上身後的門。夏伊環顧四周確定無人，此時距離黎明破曉只剩下一到兩個鐘頭，屆時村民就會醒來；兄弟倆停在屋旁聆聽危險的聲音，確定什麼都沒有之後，夏伊帶頭穿過庭院，消失在灌木叢裡，弗利克依依不捨地回頭朝家看了最後一眼，也許以後無法再見。

夏伊靜靜地在村子裡穿梭，他知道骷髏使者不確定他的身分，否則就會在旅館逮到他們了，但怪物認為他就住在山谷裡，因此才會趁著夜黑風高前來熟睡的穴地谷。夏伊回想著他在旅館內倉促擬定的旅行計畫，如果真如巴力諾所言，被敵人發現他在哪兒的話，所有可能的逃亡路線勢必都會被監視；此外，一旦他們發現他不見了，一定會片刻不停追奔而來。他必須假設那恐怖的怪物不只一隻，而且正嚴密看管著整個山谷，弗利克跟他得把握秘密行動的機會，趕快離開山谷和周邊區域；不過這也意味著，他們必須連夜疾行，沒有太多睡覺的時間。這會是個非常艱難的任務，但真正的問題是，他們要逃往何處，去阿納爾得花上數個星期的時間，但又得在幾天內就能得到補給。除了幾條比較常走的路和幾個常去的村落，兄弟倆對谷地周邊並不熟悉，而且這些地方可能也在骷髏使者監控下；依照目前的情況，他們也沒得選擇，只能挑個大概方向，可是他們該往哪邊跑？哪邊才是那些怪物最料想不到的方向？

夏伊仔細考慮每個選項，但他心裡已有定見。谷地西邊是一片曠野，只有少數幾個村落，如果他們往那邊去，就會離阿納爾愈來愈遠。如果往南走，最後會到達相對安全的南方大城皮亞和佐羅馬克，他們在那裡還有親戚朋友，按理這也是他們打算逃離骷髏使者會選擇的路徑，那些怪物可能會嚴密把守谷地南邊的路；再者，越過督恩森林後地勢空曠，無法為亡命之徒提供掩護，要到城市必須長途跋涉，他們可能在半路就被發現，小命嗚呼。朝北的話，督恩森林那頭是寬廣的土地，有瑞潘霍拉郡河和雄偉的彩虹湖環抱著，經過這一大片荒涼未開墾的地方，最後就會抵達卡拉洪王國；來自北方大陸的骷髏使者可能會途經此地，十之八九比他們更了解這邊的情況，而且如果他們預料巴力諾已經從泰爾西斯前往谷地的話，一定會嚴加看守這裡。

阿納爾位於谷地的東北邊，中間隔著全南方大陸最崎嶇危險的區域，茫茫無際。這條路是最危險的一條，但也是敵人最不可能料到他們會走的路；它將穿越陰鬱的森林、詭譎的低地、隱秘的沼澤，面臨每年讓無數旅人丟了性命的各種不知名危險。不過在督恩森林東邊還有著骷髏使者不知道的地方，就是利亞高地，他們可以向曼尼安・利亞尋求協助；他是夏伊的好朋友，姑且不論弗利克的擔憂，他或許可以指引他們一條穿越危險地帶直達阿納爾的路。對夏伊來說，這似乎是唯一一個明智的選擇兄弟倆抵達村莊東南側，在一座柴房邊稍事喘息。夏伊謹慎地注視著前方，他不知道現在骷髏怪物會從哪裡過來；長夜將盡，萬物在靄靄月光下一片朦朧。大約再過一個小時就要天亮了，夏伊知道他們必須冒著被發現的風險，跑出山谷躲進督恩森林裡；如果等到天都亮了他們還在山谷裡，搜索他們的怪物就會在視野開闊的地方看到他們在爬山。

夏伊拍拍弗利克的背並點了點頭，跑出谷地房舍的庇護，衝進谷底濃密的樹叢中。萬籟俱靜，只隱約傳出他們踩過露草的聲音，茂盛的枝枒在他們跑過時不斷拍打著他們。他們急急忙忙地跑向坡度和緩長滿灌木的谷地東面山坡；到達斜坡後，他們極盡所能地邁開大步連蹦帶跳爬上開闊的草地，頭也不回地往前衝。因為草甸濕滑，他們多次打滑，總算到達谷邊，映入眼簾的是通往東方的大谷壁，他們精神為之一振，谷壁上布滿奇岩怪石和稀疏灌木，朦朧之中就像是隔絕了後面那個世界的巨型壁壘。

夏伊體能優異身輕體健，在崎嶇不平的路面依舊行步如飛，身手矯捷地越過擋在前方的灌木叢和小石塊；弗利克堅持不懈尾隨在後，結實的腿部肌肉傲然支撐著相對壯碩的體格，得以跟上前方的急腳子。他看著跑在他前面的夏伊，輕快地跳過小土丘和碎石子，專心一意朝著距離這裡大約一英哩遠、位在山谷東面坡底附近的林木區邁進。弗利克已經感覺到腿有點痠，但是對怪物的恐懼鞭策他不落於後；逃離他們唯一的家，被不可思議的邪惡敵人追趕著，他想知道兩人該何去何從才能不被找到？這是亞拉儂離開後，弗利克第一次如此強烈希望那位神祕浪人會再次出現。

不消一刻，前方樹林已經愈來愈近，兄弟倆疲累地在冷冽的夜裡奔馳著；他們沒有聽到任何聲音，前面也毫無動靜，彷彿他們是競技場中唯一的生物，只有頭頂的星星不停眨呀眨的；隨著暮去朝來，天邊泛起一片魚肚白，兄弟倆不顧一切往前衝刺，以免幾分鐘後太陽一露臉天光乍現，可能會被抓到。

當沒命似地跑著的兩人最後終於抵達林木區時，他們上氣不接下氣癱倒在山胡桃木旁的樹枝堆上；有好幾分鐘，他們躺在地上一動也不動，在一片寂靜中沉重地呼吸著。然後夏伊勉強起身，回頭看看谷地的方向，地面或是空中都沒有動靜，看來兩兄弟一路來到這裡都沒被發現；但是他們還沒離開山谷，夏伊拉起弗利克，拖著他在林間穿梭，準備爬上陡峭的山坡。弗利克一言不發地跟著，他已經無法思考，只能把疲弱的意志力集中在把腳抬到另一隻腳前。

東面山坡非常險峻，佈滿石塊、倒下的樹和多刺的灌木，地勢崎嶇，爬上去會很艱困耗時。夏伊打頭陣，用他最快的速度越過重重障礙，弗利克則跟隨著他的腳步；兩名年輕人一邊攀爬一邊抓踩著登上山坡，此時太陽就在他們前方發出了第一道曙光，遙遠地平線上一抹橘黃色慢慢暈染開來。夏伊逐漸感覺累了，他的呼吸變得短促，步伐也開始踉蹌；在他後面的弗利克拖著沉重的身軀強迫自己用爬的，手跟前臂被尖銳的樹枝和岩石劃破割傷。這樣的攀爬彷彿無窮盡似的，他們以蝸牛般的速度通過坎坷地勢，可能被發現的恐懼讓他們逼著自己的腳繼續前進；如果他們在這裡被抓到，所有的努力就全都……

就在他們只剩下四分之一的路程即可登頂之際，弗利克突然尖叫，滾下山坡；夏伊驚恐回頭，旋即看到一個巨大的黑色物體緩慢地從遙遠的谷地升起，像隻御風而上的大鳥，飛進清晨微光之中。他馬上趴下，示意落下的哥哥趕快躲起來，祈禱著怪物沒有看到他們；他們不動聲色地躲在山邊，可怕的骷髏使者愈飛愈近，那怪物冷不防迸出一聲淒厲的喊叫，榨乾兩名年輕人逃脫的最後希望。他們被一股莫名的恐懼感緊緊包覆著，這種感覺就跟弗利克與亞拉儂一起藏身在灌木叢下避開黑色怪物時，讓他無法動彈的感覺一樣，只不過這次沒有地方可躲。就在怪物直撲他們而來之際，他們嚇到幾乎崩潰，那一瞬間他們知道他們就快要沒命了，但是下一秒鐘，黑色獵人突然轉彎朝北邊筆直飛去，消失在地平線那端，遠離他們的視線範圍。

掉了魂的兩人一直藏身在稀疏的灌木叢和鬆散的石堆中，他們擔心只要一動，怪物就會飛回來消滅他們。那股非理性的恐懼退去後，他們抖著腳，撐著疲憊的身軀繼續朝谷頂爬，兩人加快腳步通過一小塊空地，督恩森林就在前面不遠；不消幾分鐘，他們就消失在高大的樹林裡，清晨初現的曙光照亮大地，往回延伸連接著寂靜空靈的谷地。

進入督恩森林後，兩名年輕人放慢速度，對他們要去哪裡還是一點頭緒也沒有的弗利克，終於叫住前面的夏伊。「為什麼我們要走這裡？」弗利克質問，他的聲音因為長時間不講話聽起來有點陌生，「我們到底要去哪裡？」

「去亞拉儂告訴我們的地方，阿納爾。我們的最佳選擇就是走骷髏使者認為我們最不可能會走的路，所以我們往東到黑橡林，再從那兒向北走，希望我們在路上可以找到援助。」

「等一下！」弗利克驀然理解後大聲嚷著，「你的意思是說，我們往東穿越利亞，希望曼尼安可以幫助我們。你是瘋了不成？我們為什麼不直接向怪物投降？那樣還比較快！」

夏伊擺手，疲憊地轉過身面對他哥哥。

「我們沒有其他選擇！曼尼安是我們唯一可以求助的人，他很熟悉利亞那邊的情況，可能知道通過黑橡林的路。」

「哦，當然！」他滿臉愁容地表示，「你忘記他上次讓我們在那裡迷路嗎？要我相信他比讓我扔了他更難，我懷疑我連抬都抬不起他。」

「我們沒得選擇！」夏伊重申，「但你也沒必要非得跟著我，對吧？」

他突然住嘴轉過身去。

「抱歉我動氣了，但我們必須依照我的方式做，弗利克。」

他垂頭喪氣，一言不發地重新踏上旅程，弗利克悶悶不樂跟在後頭，不贊同地搖著頭。打從一開始，逃跑就不是一個好點子，即便是他們知道那可怕的怪物正在四處搜尋著山谷；但是去找曼尼安・利亞的主意更糟，那個遊手好閒的自大狂如果沒讓他們迷路，一定會讓他們掉入陷阱。曼尼安只對自己感興趣，他是個大冒險家，現在又不知道到哪去逍遙了，找他幫忙真會讓人笑掉大牙。

弗利克對他的成見很深，打從五年前他們相識以來，他就一直很不認同曼尼安‧利亞和他所做的任何事。他的家族在過去幾個世紀一直統治著高地小國，身為家族獨子，曼尼安從小到大不斷上演脫軌失序的劇碼，也不曾付出勞力養活自己，弗利克敢打包票，他肯定沒做過任何有意義的事。他絕大多數的時間不是在打獵就是在打架，做那些辛勤的谷地人會認為是虛擲光陰的消遣；他的態度也讓人頭痛不已，他的人生、他的家族、他的家園、甚至是他的國家，對他來說通通不重要，他就如天空中的浮雲一樣漠然，揮揮衣袖不留下一點來過的痕跡。就是這種對人生如此漫不經心的態度，讓他們在一年前差點命喪黑橡林，不過夏伊還是被他所吸引，痞痞的高地人似乎也以真心回應。但弗利克從不相信他可以依賴這段友誼，如今他弟弟竟然打算把他們的生命託付給一個不知道責任感為何物的傢伙。

他在心裡反覆思量現在的情況，盤算著可以做些什麼以擺脫必然命運；最後他決定最好的方法就是當夏伊的軍師盯緊曼尼安，當他懷疑他們做出傻事時趕快警告夏伊。如果他現在就跟弟弟不和，之後就沒有機會反駁利亞王子提出的下下之策。

傍晚時分，兩人終於抵達瑞潘霍拉郡河岸。估計再過一個小時左右，太陽即將下山，夏伊可不想晚上在岸邊被抓到，如果和追捕者之間隔著水，他會覺得比較安全；夏伊向弗利克說明後徵得同意，兩人用手斧和獵刀開始打造小木筏。木筏不用太大，因為只需要運載他們的背包和衣物，沒有時間建造連他們都坐得下的大木筏，他們必須拉著他們的家當游泳渡河；馬上完成任務後，把脫下的背包和衣服緊緊綁在小木筏中央，溜進寒冷的河裡。水流很快，但是每年此時並不危險，春天融雪時期已經過去了；唯一的問題，游過來之後，對面河岸太高找不到上岸的地方。水流將他們往下沖了半英哩遠，他們使勁拖著累贅的木筏，好不容易橫渡到河的對岸，他們發現他們已經非常靠近狹窄的水灣，可以輕鬆上岸；他們連忙離開冰冷的河水，在顫抖中把木筏也拖上岸後，快速擦乾身體穿上衣服。現在太陽已經消失在視線範圍外，只留下一抹餘霞，映紅了黃昏的天際。

這一天還未結束，但夏伊提議兩人小睡片刻好恢復體力，晚上再踏上旅途，避開任何可能被發現的機會；掩蔽的水灣看起來很安全，因此他們在榆樹下用毛毯把自己包裹起來，很快就進入了夢鄉。直到午夜，夏伊才輕輕搖醒弗利克，他們快速整裝，準備穿越督恩森林。曾經有一度，夏伊覺得他聽到對岸有東西在附近搜尋的聲音，急忙警告弗利克；兩人靜靜聽了好幾分鐘，還是沒有在黑暗的樹叢間偵測到任何聲音。弗利克指出沒有東西可以蓋過河水上漲的聲音，骷髏怪物可能還在谷地尋找他們；他誤以為他們暫時用計甩掉追蹤者，讓他自信心大增。

他們一直走到日出，試著要往東邊走，但是兩人的位置不是有利的制高點，視線範圍有限，就連星星也被濃密的枝葉給擋住了。等到他們終於停下來，還是搞不清楚他們身在督恩何處，也不知道還要走多久才能抵達利亞邊界；還好太陽從他們正前方升起，讓夏伊稍微放心一點，他們目前還是朝著正確的方向前進。在三面包圍著茂密灌木叢的高大榆樹林中，他們找到一塊空地安頓下來，精疲力盡的兩人很快就沉沉睡去；直到傍晚時分兩人才又醒來，準備夜行。為了避免引起注意，他們沒有生火，將就吃著牛肉乾和生菜裹腹，再吃些水果喝點水就解決一餐；一邊吃著東西的同時，弗利克再度問起他們的目的地。

「夏伊……」他謹慎地開口問道，「你確定這真是最佳路線嗎？我的意思是說，即使曼尼安願意幫忙，我們可能還是很容易會在黑橡林那邊的沼澤山丘裡迷路，永遠走不出來。」

夏伊慢慢地點了點頭，然後無奈的聳聳肩。

「不這麼做的話，只能更往北走，那裡沒有什麼地方可躲藏，那邊說不定就連曼尼安也不熟。你覺得我們有更好的選擇嗎？」

「我想也是。」弗利克不開心地回應著，「但是我一直在想著亞拉儂告訴我們的事，你還記得吧，就是有關於不要跟任何人說起，也不要輕易相信任何人，他對這一點非常明確。」

「我們不要再談這件事了。」夏伊突然發火，「亞拉儂不在這裡，而且決定權在我，我不認為如果沒有曼尼安的幫忙我們可以到得了阿納爾森林，更何況，他一直都是一位好朋友，也是我見過最優秀的劍客之一，必要時我們會需要他的經驗。」

「因此，我們需要他的加入。」弗利克尖酸地接話，「也是，要對抗像骷髏使者那樣的東西我們一點希望也沒有，它一定會把我們撕成碎片！」

「不要這麼悲觀嘛！」夏伊笑道，「我們都還活著，別忘了還有精靈石的保護。」

這場爭辯並未完全說服弗利克，只是覺得目前確實沒有更好的選擇，他不得不承認若遇上戰鬥曼尼安會是一大助力，但在此同時，他並不確定那個讓人摸不清底細的傢伙會選擇哪一邊。夏伊相信曼尼安，是因為過去幾年，夏伊跟父親去過幾次利亞，對那個虛華的冒險家有著直覺性的好感；但弗利克不覺得他弟弟對利亞王子的分析全然合理，利亞是南方大陸少數幾個君權國家，而夏伊則是分權政府的擁護者，跟絕對權力唱反調，但是夏伊卻宣稱和王國繼承人是好朋友，就弗利克看來，這根本是自相矛盾。

兩人在沉默中結束用餐，日薄西山，兄弟倆快速打包他們的用品，平穩地朝著東方前進。即便現在已是黃昏時分，樹林間仍靜得不太尋常，機警的谷地人在不安的靜默中穿越陰森的森林，只能透過偶爾從頭頂樹縫中露出的月亮在遠方指引著；弗利克對督恩不尋常的平靜感到特別心煩，這麼大的森林卻這麼安靜真的很奇怪。有時候，他們會在黑暗中停下腳步，聆聽寂靜的夜，然後什麼也沒聽到，趕快繼續疲累的行程，看看在前方森林有沒有可以休息的地方。弗利克痛恨這種讓人有壓迫感的靜默，一度輕聲吹著口哨，但是馬上就被夏伊警告而停止。

接近清晨時，兄弟倆已經到達督恩邊緣，穿越綿延數哩長滿灌木叢的草原之後，就會到達利亞高地；還有幾個小時才會天亮，因此繼續東行。走出督恩，遠離讓人窒息的參天大樹和讓人不舒服的肅靜，讓兩人大大鬆了一口氣；儘管他們在森林庇蔭下會比較安全，但他們覺得在開闊的草原或許更有能力應付任何威脅，他們甚至開始低聲交談。大約在破曉前一個小時，他們到了一個滿布雜木林的小谷地，便停下來吃東西歇歇腿。他們已經能在東邊看到蒼茫的利亞高地，夏伊估計如果他們在日落後馬上啟程，明天日出前應該就能夠抵達目的地；然後，一切就得仰賴曼尼安．利亞了。帶著這個未說出口的念頭，他很快就入睡了。

沒幾分鐘，他們又醒過來，不是因為有東西驚醒他們，而是草原上有股不祥的死寂，讓他們立刻感受到另一個生物的存在，兩人默默拔出匕首謹慎地看著四周。不過並沒有東西在動，夏伊示意哥哥跟在後面，爬上谷坡看看前面的草原；他們趴在灌木叢間一動也不動，那裡肯定有什麼，因為兩人都太清楚他們在臥室窗前的那種感覺；他們等待著，不敢呼吸，不知道怪物是否找到了他們，如今只消數小時就可以到達安全的利亞，要是現在被發現，一切就白費了。

突然間吹起一陣狂風，骷髏使者的黑色身影從他們左方遙遠的灌木叢升起，龐大的體積沉重地懸在那兒，黎明來臨前的微弱光線勾勒出它的剪影。兄弟倆俯臥著，就像他們身邊的灌木一樣安靜，等待怪物離開；他們不知道它是怎麼追到這裡，現在可能真的死到臨頭。怪物停在空中動也不動有好一會兒，然後它緩緩張開巨大的翅膀，朝著他們躲藏的地方飛來。弗利克驚呼出聲，躲進周圍灌木叢更深處，在灰暗的光線下面色如土，手緊緊抓住夏伊纖細的臂膀；但是距離他們大約幾百英呎的地方，怪物突然飛入樹叢，暫時不見蹤影，兄弟倆在霧濛濛的光線中用雙眼專注地搜尋著，還是看不到他們的追捕者。

「趁現在！」夏伊堅定的聲音在他哥哥耳邊低聲響起，「既然怪物看不見我們，到前面那排樹去！」

弗利克聽了立刻明白，一旦黑色怪物完成現在引起它注意的事，下一站就是他們躲藏的地方；他驚慌地從藏身的地方跳出來，半跑半爬地沿著潮濕的草地衝過去。顛簸中他猛地回頭從肩膀上方快速掃過一眼，擔心骷髏使者可能隨時會從樹叢中現身；夏伊跟在後面跑著，他身段彎曲柔軟，幾乎貼著地面飛奔，在他哥哥魁梧的身軀後面呈之字形蜿蜒前進。順利抵達前排灌木後，夏伊這才想起來他們的背包，現在還躺在剛剛離開的谷底，萬一被怪物看到，屆時你追我跑的遊戲就結束了，也不用再猜他們會走哪條路。夏伊感覺胃往下沉，他們怎麼會這麼愚蠢？他絕望地抓住弗利克的肩膀，他哥哥也意識到他們的失誤，沉重地摔坐在地上。夏伊知道即使可能被看到，他還是必須回去拿那些可能洩漏他們行蹤的背包，他別無選擇；但是就在他猶豫不決地起身時，黑色獵人也出現了，在明亮的空中凝滯不動。機會已經消失。

再一次，黎明又救了他們一命。就在骷髏使者懸在草原上空之際，太陽從東邊山頭升起，射出萬丈光芒，照亮了大地也溫暖了天空。陽光灑在夜間怪物龐大的黑色身軀上，它知道為時已晚，驟然飛上天空盤旋，帶著令人膽顫心驚的恨意，發出如死去般淒厲的尖叫聲，朝著北邊飛去，迅速消失不見，留下兩個心懷感激、一臉不可置信的谷地人，無言瞪著遠方空無一物的天空。

05

當天傍晚，兩人抵達利亞高地，城市外圍用石頭和灰泥砌成的牆，谷地人對高牆壁壘感到反感，更喜歡被森林包圍著的那種自由，但已經精疲力竭的兩人很快把這些拋諸腦後，毫不猶豫地從西城門走進市區狹窄的街道。現在正逢尖峰時刻，一整排商店和市集裡熙熙攘攘擠滿人潮，一路向內直通曼尼安的家，那是一座莊嚴古老的宅邸，外頭有樹和籬笆屏障整齊的草坪和芳香的花園。對來自穴地谷的兩人來說，利亞儼然就是一座大都市，不過若要跟南方大陸中心的都會區，甚至是邊境城市泰爾西斯相比，還只是小巫見大巫。利亞是個與世隔絕自給自足的城市。統治這塊土地的政權是全南方大陸最古老的王室，也是它的臣民所知甚至是所信奉的唯一法律，雖然夏伊從不信這一套，但絕大多數的高地人似乎都安於現狀。

兩人在人群中穿梭，夏伊開始檢討跟曼尼安・利亞之間不大成立的友誼。夏伊陷入沉思，可能得用『不大成立』這個字眼形容，因為從表面上看來，他們實在沒有什麼共同點；谷地人跟高地人，光是背景就已經如此截然不同，更別說是其他的了。夏伊，是旅館老闆的養子，精明幹練實事求是，依照一般勞動階級的傳統長大；而曼尼安，是利亞皇族的獨子也是王位繼承人，生來就背負著重責大任，他卻恣意妄為不予理會，自視甚高，他擁有獵人與生俱來的直覺，就連對他反感如弗利克這樣的人都得敬畏三分；他們的政治觀也跟背景一樣南轅北轍，夏伊是堅定的保守派，傳統思維的擁護者，但曼尼安則認為用老派的方式處理種族問題已經被證明起不了作用。

儘管兩人如此不同，他們還是尊重彼此建立起友誼。曼尼安發現他的朋友有時候想法很不合時宜，但是還是欣賞他的信念和決斷力；不同於弗利克老是掛在嘴邊的意見，夏伊不是對曼尼安的缺點視而不見，而是看到了其他不一樣的特質，像是勇敢、和讓人肅然起敬的原則。

現在，曼尼安追求的是一種活在當下的生活，他四處旅行、打獵，但更常把時間花在尋找讓自己陷入麻煩的新事物上；他苦練長弓，成為獵人，卻反而激怒了他的父親，他一直嘗試要讓兒子也是唯一繼承人對治理政事產生興趣，卻屢屢失敗。總有一天，曼尼安會成為國王，但他一定沒放在心上；曼尼安的母親在幾年前初次造訪高地後沒多久就過世了，雖然曼尼安的父親並不老，但過去利亞有好幾位統治者也都是突然崩逝，萬一他的父親發生不測，不管曼尼安準備好了沒，他都將繼任為王，到時候一定會學到教訓。

利亞祖宅是棟寬闊的兩層樓石砌建築，平靜地座落在一片山胡桃林和小花園之間，四周有茂密的灌木叢，而屋前就是一個大公園；當兩人疲憊地走向前門時，還有孩子開心地在位於公園中央的小水池玩水。鐵製的大門半開著，兩名谷地人快速通過往宅邸走去，順著蜿蜒漫長的石頭步道一路往裡面走；就在他們快要到達屋前門檻時，沉重的橡木門突然從裡面打開，而開門的人竟然就是曼尼安・利亞。穿著色彩繽紛的斗篷和綠黃相間背心的他，身材精瘦，行進間就像貓一樣輕鬆優雅；雖然他只比谷地人高幾英吋，但是寬肩長臂讓實際並不高大的他看起來又瘦又長。曼尼安正打算從側邊步道下去，但是他看到有兩個衣衫襤褸一身是灰的人正沿著主步道過來，才停住腳步，接下來更驚訝地瞪大雙眼。

「夏伊！」他猛地驚叫「這是…你們怎麼了？」

他急忙衝向他的朋友，溫暖地緊握他纖細的手。

「看到你真好，曼尼安。」夏伊微笑說道。

高地人往後退一步，灰色眼睛審視著他們。

「我從未預期我的信會這麼有效果…」他聲音漸漸變小，探究對方疲憊的臉。「但不是這樣，對吧？請不要告訴我，我不想聽。我寧願認為你是基於我們的友誼，純粹來看我的，然後還帶著討人厭的老古板弗利克一起來，我知道了，這是個驚喜。」

他咧著嘴掃過夏伊對繃著臉的弗利克笑。

「這不是我的主意，你一定知道。」

「我也希望我們的友誼是此行唯一的理由…」夏伊沉重地嘆了口氣。「但我們恐怕有了嚴重的麻煩，而你是唯一能夠幫助我們的人。」

曼尼安笑了出來，不過在他看到另一張眉頭深鎖的臉後迅速收斂心境，嚴肅地點了點頭。

「這並不是個玩笑，對吧？好吧，先去洗個熱水澡吃頓晚餐，晚點再來討論是什麼風把你們吹來的。進來吧，就由我來聽候各位差遣。」

一進入屋內，曼尼安隨即指揮傭人服侍谷地人，他們去洗了澡換了衣服；一個小時後，三個朋友聚在大廳吃晚餐，他們一邊吃飯，夏伊一邊告訴曼尼安他們此行背後奇怪的故事，他詳述了弗利克與神秘浪人亞拉儂的相遇，和沙娜拉之劍的故事；儘管亞拉儂要他們保密，但是如果要請求曼尼安協助，他就必須據實以告。他還說了巴力諾的到來和他的警告，以及他們遇到骷髏怪物的驚險逃亡經歷，最後總算來到高地；全程都是夏伊一個人在發言，弗利克不想加入對話，忍住不說出過去幾個星期跟他有關的部分。他選擇閉嘴，是因為他認為不該相信曼尼安；他深信如果他們其中至少有一人保持戒心的話，對兩人會比較好。

曼尼安．利亞靜靜聽完整個故事，絲毫沒有露出訝異的表情，直到有關夏伊身世背景那一部分，他看起來似乎無比雀躍；他瘦長的臉絕大多數時間看起來還是一副高深莫測的樣子，只露出一抹神秘的笑容和眼角細微的皺紋。他很快就理解了他們為何會來找他，如果要從利亞經過克里特低地，再從那裡穿越黑橡林，他們就需要熟悉當地的嚮導幫助，一個他們能夠信賴的人；不，修正一下，曼尼安發自內心地微笑，是某個夏伊信賴的人。他知道弗利克絕對不會同意來利亞，除非他弟弟堅持，他跟弗利克沒有那麼好的交情；不過不管出於什麼原因，他們兩人都在這裡，而他絕對不會拒絕夏伊的任何請求，儘管必須冒著生命危險他也會幫到底。

夏伊說完故事，耐心等候曼尼安的回應。高地人看起來一副若有所思的樣子，當他開口時，聲音聽起來很遙遠。

「沙娜拉之劍，我已經有好幾年沒聽說那個故事了，沒想到竟然是真的。而我的老朋友夏伊．翁斯佛似乎是具有繼承權之人。但是，真的是你嗎？」他的眼神突然變得冷酷，「你可能是個幌子，是要丟給那些怪物的誘餌，我們怎能相信亞拉儂？從你說的故事中，他似乎就跟那些怪物一樣危險，說不定還是他們的一份子。」

弗利克對這段說法明顯受到了驚嚇，但是夏伊堅定地搖頭。

「我不大相信，因為太不合邏輯了。」

「也許是吧……」曼尼安慢慢地繼續說道，內心想著這個可能性，「可能是隨著年紀漸長我開始變得多疑；

說老實話，這整個故事實在太不可思議，如果真是屬實，你能夠獨力來到這麼遠的地方還真是走運。北方大陸和居住在史翠里漢荒野上的有很多恐怖魔物和傳說……」

他聲音愈來愈小，然後輕輕端起杯子喝了一小口酒。

「沙娜拉之劍……這個傳說是貨真價實的可能性……」他搖搖頭，坦率地咧嘴而笑，「但我怎麼能拒絕這個能驗證傳說的好機會？你需要一個嚮導帶你去阿納爾，而我就是最佳人選。」

「我就知道非你莫屬！」夏伊伸出手向他握手致謝，弗利克悶哼一聲，努力擠出虛弱的微笑。

「那麼，現在來確認一下我們的優勢……」曼尼安馬上掌握局勢，弗利克則回去喝他的酒；「那些精靈石怎麼樣了？讓我看看。」

夏伊馬上拿出小皮囊，把裡面的石頭倒在手掌上，三顆石頭在火炬光下兀自閃耀，藍色光輝深沉又飽滿；曼尼安輕觸其中一顆，然後將它拿起。

「它們真美……」他稱道，「我記得以前也曾看過類似的石頭，但它們要怎麼使用？」

「我也還不知道。」谷地人不情願地承認，「我只知道亞拉儂告訴我們，只有發生緊急狀況的時候才能使用這些石頭，還有它們威力十分驚人。」

「好吧，希望他是對的。」另一人嗤之以鼻，「我會痛恨兜了一大圈才發覺自己搞錯了的人，但這也是有可能的。」

他停下來，看著夏伊把石頭裝回袋子裡，然後把它塞到他的外衣胸前；當谷地人再次抬起頭時，他正漠然地盯著他的酒杯。

「我倒是知道一些那個叫巴力諾的人的事。他是個傑出的戰士，我懷疑整個南方大陸有誰能超越他，去找他父親幫忙說不定更好，卡拉洪士兵會比深居森林裡的阿納爾侏儒更能保護你。我知道前去泰爾西斯的路，全部都很安全；但是幾乎每一條通往阿納爾的路都要經過黑橡林，那可不是南方大陸最安全的地方。」

「亞拉儂要我們前往阿納爾。」夏伊堅持，「他一定有他的理由，在我找到他之前，我不想冒任何險；而且巴力諾也建議我們聽從他的指示。」

曼尼安無奈聳肩。

「那真是太不幸了，因為即使我們設法通過了黑橡林，之後的路我就真不太清楚了。我聽說那裡一路到阿納爾森林的沿途形勢不穩，居民大部分都是南方人跟侏儒，對我們應該不會有危險。庫海文位於下阿納爾，是一個靠近銀河的侏儒小村，如果我們到得了那麼遠的地方，要找到它應該不難。首先，我們要先到克里特低地，不過現在正逢春天融雪季節，難度很高，再來就是黑橡林，那將是整趟旅程最危險的一部份。」

「我們能不能繞過去…？」夏伊懷抱著希望問道。

曼尼安幫自己倒了杯酒，然後將酒瓶遞給弗利克。

「那樣要花好幾個星期。利亞北邊是彩虹湖，如果我們往那邊走，必須繞過整座湖到北邊經過朗恩山脈；而黑橡林從湖邊往南延伸大約一百英哩，如果我們先南下再折返往北走，這樣至少要花兩個禮拜的時間，而且一路都是空曠地帶，完全沒地方可躲。我們必須往東穿越低地，然後走捷徑通過黑橡林。」

弗利克皺起眉頭，想起他們上次來利亞時，曼尼安如何成功讓他們在恐怖的森林裡迷失好幾天，他們在那裡飢寒交迫還有狼群虎視眈眈，好不容易才保住小命。

「老古板弗利克還記得黑橡林吧？」看到他沉著一張臉，曼尼安笑了起來。「好啦，弗利克，這次我們應該有更充足的準備；那是一個危機四伏的地方，但是沒有人比我更了解那裡了。雖然我們不太可能會被跟蹤，但是還是不能將實情告訴任何人，就說我們去打獵就好。我父親有他自己的事要忙，不會注意到我的。」

他停下來望著夏伊，看看他有沒有漏了什麼，谷地人對高地人毫不遮掩的熱情臉上掛滿笑意。

「曼尼安，我就知道我們可以拜託你，有你加入會很順利。」

弗利克看起來一臉不屑，曼尼安逮住機會，忍不住消遣他一番。

「現在我們應該來談談這整件事對我有什麼好處，」他突然宣告，「我意思是說，如果我真的帶領大家平安抵達庫海文的話，我可以得到什麼？」

「你能得到什麼？」弗利克脫口而出，「為什麼你⋯⋯」

「沒關係⋯⋯」對方立刻插嘴，「我忘了還有你，老古板弗利克，不過你不必擔心，我可沒打算要拿走你的那一份。」

「你在胡扯什麼？」弗利克暴怒，「我從沒想過要得到任何東西⋯⋯」

「夠了！」夏伊傾身向前，氣得滿臉通紅，「曼尼安，別再逗我哥哥生氣了；弗利克也是，你要拋開對曼尼安的疑心。我們一定要信賴彼此，我們必須是朋友。」曼尼安順從地垂下眼，弗利克厭惡地咬著唇，夏伊氣消後也默默坐下。

「說得好！」過會兒後曼尼安承認道，「弗利克，握個手，我們暫時休兵吧，至少，為了夏伊。」弗利克看著伸出的那隻手，然後慢條斯理地回握它。

「話說得倒容易，曼尼安，我希望你這次是認真的。」

「夠了，弗利克！」

他鬆開弗利克的手，將酒杯裡的酒一飲而盡，他知道弗利克信不過他。夜已深，三人急著拍板定案並上床安歇。他們很快就敲定隔天一早馬上離開，曼尼安幫他們準備好輕便的裝備，包括背包、狩獵斗篷、糧食、和武器；他還畫了利亞東部一帶的地圖，但是因為那邊實在人煙罕至，因此也只能畫個大概。從利亞東部沿伸到黑橡林之間的克里特低地是塊可怕危險的沼澤地，地圖上除了標示地名之外，其他是一片空白；黑橡林位置格外突出，一大片茂密森林從彩虹湖往南延伸，就像是利亞和阿納爾之間的超大屏障。曼尼安向兩人簡略說明他對那些地方的瞭解，以及每年此時的天候狀況，但就像那張地圖一樣，資訊也不完全，會遇到些什麼也無法預期，意外往往也是最危險的。

直到午夜，三人才就寢，前往阿納爾的旅行也準備妥當。在他跟弗利克共用的房間裡，夏伊疲倦地躺在柔軟舒適的床上，凝視窗外一片漆黑；當晚雲幕低垂，陰沉沉的天空不祥地籠罩著雲霧繚繞的高地，白天暑氣一掃而空，取而代之的是沁涼的晚風，而平靜的孤寂遍佈整座沉睡中的城市。夏伊若有所思地看著他旁邊熟睡的弗利克，他的呼吸聲沉重而平穩，而他自己的頭也重得抬不起來，身體更因為一路涉險氣力放盡，但是腦子卻依舊清醒；他現在第一次明白他所面臨的處境，前來找曼尼安可能只是第一步，這個旅程可能要延續好幾年，儘管他們平安抵達阿納爾，夏伊知道總有一天他們還會是被迫逃亡；搜尋他們的行動還會持續下去，直到黑魔君被摧毀，或是夏伊死去。在那之前，他都不會再回谷地，回到他的家和父親身邊。

在寂靜的黑暗裡，夏伊獨自面對內心深處的恐懼，輾轉許久才終於睡去。隔天又溼又冷，根本毫無溫暖可言，三人往東穿越霧氣籠罩的利亞高地，開始步入前方陰鬱的低地。他們互不交談，三人依序魚貫走過狹窄的步道，蜿蜒通過笨重的大石頭和了無生氣的灌木林。曼尼安領頭，鋒利的雙眼仔細找出被遮蔽了的路徑，他輕鬆邁開大步，幾乎是優雅地走過那些愈來愈顛簸的地方。他精瘦的背上背了一個小包包，上面繫著一把梣木做的長弓和箭，另外，在包包下面，用一條皮帶緊緊綁在身上的則是一把古劍；那是他的父親在他成年時給他的，象徵他生來便是利亞王子的權利，在昏暗的光線下，閃爍著冰冷的劍光；跟在後面的夏伊，不禁也想知道傳說中的沙娜拉之劍是否也是這樣。為了想要看清楚前方的路，他的眉毛探詢地抬了起來，看來似乎沒有其他生物；這是個死人才會來的不毛之地，對此地來說，活人才是入侵者；但這可不是個可以激勵人心的念頭，他微微一笑強迫自己想別的事情。殿後的弗利克，背上扛了大部分的糧食，足夠他們通過克里克低地和黑橡林所需；假如他們能到得了那麼遠的話。儘管他現在比較放得下心，曼尼安是真心誠意要幫助他們，但是他還是不相信他有那個能耐完成使命；上一次出行發生的事他還記憶猶新，他再也不要經歷一次那種毛骨悚然的感覺。

第一天很快就過去了，等到夜幕低垂時，他們已經抵達克里特低地邊緣；他們在一個小山谷找到夜晚棲身之地。霧氣讓他們全身溼透，再加上夜晚氣溫驟降冷得他們直打哆嗦，他們一度想要生火取暖，但附近的木頭也全都溼透無法點著。最後，他們將就挨著，緊裹著一上路就做好防水措施的毛毯；大家話都不多，因為除了咒罵天氣之外，沒人想說話。終於，一整天的跋涉讓體力透支的他們，一個接著一個在不安中不知不覺地睡去。

第二、三天更糟。雨一直下個不停，一開始帶著寒氣的毛毛雨浸溼了衣服，然後滲進皮膚和骨頭，最後直達神經中樞，以至於疲憊不堪的身軀只剩下一種感覺，就是不適的潮溼感。到了夜晚氣溫急凍，周遭環境似乎也都無力對抗揮之不去的寒意，小灌木葉已然垂死，雜亂的樹和枯萎的葉子也等著滅亡，沒有人或是動物住在這裡。

到了第四天，他們開始絕望，儘管好像已經甩掉黑魔君的飛天怪物，但隨著時間過去，四周卻愈來愈深沉，後面沒有追兵的可能性還是沒有多大的安慰效果，就連曼尼安一貫的自信心都受到動搖，開始懷疑他們是不是已經迷路，在原地打轉，他知道一旦他們在這荒山野嶺中迷路，將一輩子困在這裡。針對這點，夏伊和弗利克感受尤其深刻；他們對低地一無所知，也欠缺曼尼安所擁有那獵人的技能和直覺，他們完全仰賴他，儘管高地人一直刻意保持沉默不讓他們擔心，但是他們也感覺到事情不太對勁。幾個小時過去了，四周的寒意、溼氣、和死寂還是未曾改變，他們僅存的一絲信心也逐漸消磨殆盡。

最後，到了第五天，還是沒看到從沒那麼想去的黑橡林，夏伊疲倦地要求暫停這漫無止境的行軍，沉重地跌坐在地上，用詢問的眼睛望向利亞王子。

曼尼安無奈聳肩，「我不會騙你們，」他喃喃自語，「我無法確定我們的方向感對不對，我們可能在原地打轉，甚至可能迷路了。」

弗利克不屑地把背包丟到地上，用他專屬『早就跟你說過了吧』的表情看著他弟弟夏伊看他一眼，便急忙轉向曼尼安說「我真不敢相信我們徹底迷路了！有什麼方法可以找到方向？」

「還有什麼好建議，快說出來吧……」他的朋友嚴肅地笑道，跟著也把背包丟到地上，坐在沉思的弗利克身旁伸展筋骨，「老古板弗利克？我又讓你身陷麻煩了嗎？」

弗利克怒目瞪視，但一看進他的灰眼，他馬上重新評估他對這個人的厭惡；他眼裡有著真誠，甚至可以看到傷心的痕跡，那種他讓他們失望了的難過。有種罕見的情感油然而生，弗利克伸出溫暖的手搭在對方肩上，點點頭一切盡在不言中。此時，夏伊突然一躍而起，急忙脫下背包翻找裡面的東西。

「石頭可以幫助我們。」他大聲呼叫。

另外兩人一臉茫然地看著他，然後恍然大悟充滿期望地站起身來。夏伊隨即拿出裝著珍寶的小皮囊，他們默默對著磨損的皮袋行注目禮，期待精靈石最後會證明自己的價值，用某種方法幫助他們逃離克里特低地。夏伊急切地打開繫繩，把三顆小小的藍色石頭放在掌心，它們發出微微的光芒，三人就這麼看著等著。

「把它們舉起來，夏伊，」片刻過後，曼尼安急忙催促，「也許它們需要光。」

谷地人聞言照做，焦急地看著那些藍色石頭，但還是什麼事都沒發生，他又等了好一會兒才把手放下來；亞拉儂曾經警告過他，只有面臨最嚴重的緊急事件時才能使用精靈石，也許那些石頭只有在特殊狀況下才會顯靈。他開始失去信心，他現在正面臨著不知道該如何使用這些石頭的殘酷事實，他絕望地看著他的朋友們。

「好吧，再試試別的方法！」曼尼安興奮地表示。

夏伊把石頭放在兩手之間猛烈磨擦，緊接著又搖晃它們，像骰子一樣丟擲它們，結果還是沒變。他慢慢從潮濕的地上撿回那些石頭，並仔細地將它們擦拭乾淨，那蔚藍的顏色似乎在呼喚著他，他湊近看向它們清澈如玻璃般的核心，彷彿答案就在裡頭。

「也許你應該跟它們說話或是什麼的……」弗利克懷抱希望的聲音愈來愈小。

夏伊腦海裡突然閃過亞拉儂的臉，靈機一動也許精靈石的秘密要用不同的方法解開；他把石頭放在手心，閉上眼睛集中精神進入那股深藍，尋找他們所迫切需要的那股力量，他強烈要求精靈石幫助他們。隨著時間一分一秒過去，感覺就像幾小時一樣那樣的長，他張開眼睛，三人同時盯著夏伊掌心、在黑暗間隱隱發出藍色微光的石頭。

驀忽間，它們迸發出一道灼眼的藍色強光，三人不約而同地後退保護它們的眼睛；四射威力震懾夏伊，讓他差點就弄掉了小寶石。強烈的光線變得愈來愈穩定，愈來愈明亮，照亮了他們周邊的不毛之地。石頭的亮度從深藍色加強為亮藍色，如此燦爛耀眼，讓三名觀眾為之神往；不斷增強的光線穩定下來後，突然往前射出，就像是個巨大的指路明燈，朝著他們的左邊放射，不費吹灰之力就釐清被濃霧鎖住的視線，前方大約幾百碼、可能是幾千碼的地方，就可以看到古老黑橡林的大樹瘤。光線只維持了一會兒就消失不見，四周又恢復灰濛濛的一片，三顆藍色小石頭也變回原先微光閃爍的樣子。

曼尼安最快回神，拍拍夏伊的背，嘴角溢出笑容，立刻整裝待發；夏伊匆匆將精靈石放回皮囊中，與弗利克兩人也趕緊揹上背包。他們一言不發快速朝著石頭所指的方向前進，每個人都急著趕到期盼已久的黑橡林；過去五天來揮之不去的濃霧和連綿不絕的毛毛雨漸漸沒了，幾分鐘前他們才感受到的強烈絕望感也消失了，現在總算可以逃離這片令人膽顫心寒的低地。他們並未質疑石頭所顯示的景象；黑橡林可是南方大陸最危險的地方，但是此時相較於克里特低地似乎成了希望的避風港。

他們一直往前推進，不知過了多少，迷濛灰霧倏地散去，長滿苔蘚的參天大樹乍現，精疲力盡的三人同時止步，困頓的雙眼充滿喜悅望著挺立在他們前方的龐然大物，大樹枝葉相疊、盤根錯節，彷彿一道無法穿透的牆；儘管在霧氣瀰漫的低地，這仍是一幕壯觀奇景，三人感受到這些樹木的生命力有著無法否認的存在感，彷彿另一個世界在他們面前靜靜聳立，散發著如童話故事般危險誘人的魔力。

「石頭是對的……」夏伊喃喃自語，疲倦但快樂的臉上漾出一抹微笑。

「黑橡林。」曼尼安讚嘆。

「我們又來到這鬼地方了……」弗利克嘆氣。

06

當晚他們就在黑橡林中一塊小空地上紮營，整夜都可以聽到蟲鳴鳥叫的樂音。能再聽到生命的聲音真好，這是三個旅人幾天來頭一次感到放心；不過上一次來這的陰霾還在心裡揮之不去，當時他們迷路了好幾天，差點被飢餓的野狼生吞活剝；除此之外，過去在這裡發生不幸的旅人實在多到讓人無法忽視。不過，年輕的南方人覺得在黑橡林旁邊相當安全，感激地生火，樹林裡有很多乾燥的柴火。他們脫到一絲不掛，把溼衣服掛在繩子上烘乾；晚餐也快速備妥，這是五天來第一頓熱食，三人狼吞虎嚥幾分鐘就吃完了。林地又軟又平，他們安靜地以背為席。過了半晌，曼尼安轉身側躺，好奇地看著夏伊。「這些石頭的力量從何而來，夏伊？他們可以達成任何願望嗎？我還是不太確定……」他的聲音愈來愈小，茫然地搖著頭。夏伊還是一動不動地躺著，眼睛看著上方，腦子裡回想著下午發生的事；他明白，自從那不可思議的力量指引出黑橡林的神秘景象之後，再也沒有人提過精靈石；他看了一眼弗利克，弗利克也專注看著他突然說道，「幾乎就像是它們自己做了決定……」他停住，然後心不在焉地繼續，「我不認為我能夠控制它們。」曼尼安點點頭，翻回躺平，弗利克則清了清喉嚨。「那有什麼關係？它們帶領我們離開那陰森的沼澤，不是嗎？」曼尼安瞥了弗利克一眼，光是聳肩。

「這可能有幫我們知道什麼時候還可以靠它們幫忙，你不認為嗎？」他深深吸了一口氣，雙手交疊枕在頭下；弗利克不自在地翻來覆去，從曼尼安看到他弟弟，最後又轉回來。夏伊不發一語，凝視著上頭某個地方。

隔了很久，高地人才又開口說話。「哎呀，好歹我們也走了那麼遠，」他愉快地宣布，「現在要繼續下一站。」他坐起身，在乾燥的地上畫起這個區域的簡圖，夏伊和弗利克也跟著起來，安靜地看著。「我們在這裡。」曼尼安指著某個點，代表他們現在所處的黑橡林邊緣，「至少，這是我認為我們現在的所在位置，」他快速補充，「北邊是迷霧沼澤，更北邊則是彩虹湖，有銀河分流向東到阿納爾森林；我們最好的選擇就是往北走，直達迷霧沼澤邊緣後繞過它，」他畫出一條長長的線，「從黑橡林的另一頭出來，然後再從這裡一路向北走到銀河，這樣應該可以讓我們平安抵達阿納爾。」他停下來看著另外兩人，似乎沒有人滿意這個計畫。「怎麼了？」他困惑地問道，「這個計畫可以讓我們不必直接穿越黑橡林，上次不就是因為那樣，才惹了這麼多麻煩，不要忘了森林裡還有野狼。」

夏伊皺著眉慢慢點頭。「這不是個安全的計畫，」他遲疑地開口，「我們聽過太多迷霧沼澤的故事……」

曼尼安驚訝地舉手扣額。「喔，不！別又是那個埋伏在沼澤邊，等著把迷途旅人吃乾抹淨的迷霧幽靈，那個老掉牙的故事？別告訴我你們相信那一套！」

「最好是，還不是因為你！」弗利克怒火中燒，「我想你已經忘了，上次出行之前是誰告訴我們黑橡林有多安全！」

「好啦！」精瘦的獵人安撫著，「我並不是說那一帶是安全的，也不是說那裡沒有奇怪的生物，只是沒有人看過所謂的沼澤怪物，但我們已經見識過野狼。你要選擇哪一個？」

「我想你的計畫是目前最好的了，」夏伊匆匆打斷，「但我會比較傾向直接往東穿越森林，能走多遠就走多遠，盡可能遠離迷霧沼澤。」

「我同意！」曼尼安大聲附議，「但是有點困難，如果持續三天沒有看到太陽，就會無法確定哪邊是東邊。」

「爬樹啊！」弗利克隨口提議。

「爬…」對方因驚訝而結巴，「是啊！我怎麼沒想到？我可以手腳並用爬上兩百英尺高、光滑潮濕又滿是苔蘚的樹幹！」他故作驚奇搖著頭反諷說道，「有時候你真是讓我大吃一驚啊。」

他疲倦地望向夏伊尋求理解，但谷地人興奮地跳到他哥哥身旁。「你帶了爬樹工具嗎？」他詫異地提問，對方點點頭，他忘情拍著弗利克寬闊的背。

「特殊的靴子、手套和繩索，」他快速解釋給困惑的利亞王子聽，「弗利克是谷地最會爬樹的人，他一定能征服這些龐然巨樹。」曼尼安不解地搖頭。「靴子和手套在使用之前會塗上一層特殊物質，讓表面變得粗糙可以緊緊抓住平滑、潮濕、生了苔的樹幹；他明天可以爬上其中一棵橡樹，確認太陽的位置。」弗利克沾沾自喜笑著點頭。曼尼安搖搖頭，從上到下看了壯碩的谷地人一回，「太神奇了，連最遲鈍的人都開始思考，我想成功離我們並不遠了。」

隔天早上醒來，只有幾許微弱的光線從橡樹頂端透進來，森林清晨那種充滿清新朝氣的涼爽。他們快速吃完早餐後，弗利克就開始準備爬樹；他套上靴子和手套，然後夏伊從一個小罐子倒出一種糊狀物，在靴子和手套上塗抹厚厚一層。曼尼安充滿疑惑地看著，但一看到結實的谷地人從樹底敏捷地爬上樹頂時，他的好奇轉為震驚，證明不管是他的大塊頭還是這項任務的困難度，全都不成問題。他強壯的手臂讓他輕鬆爬上交疊的樹枝，愈往上困難度愈高速度愈慢，爬上最頂端的樹枝後就暫時消失；沒多久後他再次出現，快速溜下平滑的樹幹，重新加入他的朋友們。快速收拾好爬樹工具後，一群人便朝著東北方前進；根據弗利克所報告的太陽位置，他們所選擇的路線會帶他們走到迷霧沼澤東緣。曼尼安相信這段路程可以在一天之內走完，現在是一大清早，因此他們要在天黑前穿越黑橡林。眼神銳利的曼尼安在前面帶路，在昏暗中他們必須倚重他的方向感；夏伊走在中間，而弗利克揹著裝備殿後，偶爾從肩頭瞄一下寂靜的森林。途中他們只休息了三次，還有一次停下來吃午餐，然後又馬不停蹄趕路，途中也很少談話。時間過得很快，馬上就要入夜了，但他們還是看不到森林的盡頭，更糟的是，霧又出現了，而且還愈來愈濃；不過，這次的霧不太一樣，它沒有低地薄霧的反覆無常，反而像煙一樣，讓人覺得身體被緊緊纏住，被一種很古怪、不舒服的方式箝制住。那種奇怪的感覺就像是身體被好幾百隻手溼黏冰冷的小手抓住往下拉一樣，三人都對那種持續碰觸感到極度反感。曼尼安表示，這些霧是來自迷霧沼澤，他們已經快要抵達森林盡頭了。

終於，霧已經濃到伸手不見五指，因為能見度太低，曼尼安減緩速度，三人緊跟在一起以免走散。此時已經天黑，即使沒有霧，森林也是一樣漆黑，現下又多了濃霧攪局，根本沒有辦法把路看清，三人彷彿就懸浮在地獄邊境一樣，最後連看都看不清了，曼尼安要大家用繩子綁在一起以免分開，他知道他們一定已經很靠近迷霧沼澤，因此非常仔細地看進前方灰霧，希望能夠看到破口。即便如此，最後真的到達黑橡林北邊的迷霧沼澤時，他還不知道發生了什麼事，直到他一腳踏進深度及膝的水裡時才恍然大悟。不過伴隨著他的驚訝，底下濕冷的泥巴緊緊攫著他，讓他愈陷愈深，他趕緊出言警告，才讓夏伊和弗利克免於遭罪；兩人連忙拉住綁著大家的繩索，把他們的夥伴從沼澤的死亡邊緣拉回來。沼澤裡黏滑的死水非常地淺，下面全是深不見底的泥巴，時間一久，任何人或物只要陷入沼澤，就注定在萬丈深淵中慢慢窒息死去。一直以來，它平靜無波的表面欺騙了無數沒有戒心的生物，讓牠們想要涉水而過、繞過、或可能只是想檢試一下沒有反光的水，如今腐爛的遺體全都葬身在寧靜水面下的某處；三人默默站在岸邊看著沼澤，它的黑暗秘密讓三人害怕不已，剛剛逃過死劫的曼尼安更是嚇得發抖。

「發生了什麼事？」夏伊突然問道，他尖銳震耳的聲音打破寧靜，「我們應該已經避開了這個沼澤才對啊？」

曼尼安抬頭環視了幾秒鐘，然後搖搖頭。「我們出來的地方太靠西邊了，我們必須沿著沼澤邊緣往東走，直到我們穿越這場霧走出黑橡林。」

他停下來，判斷目前的時間。「我不要在這個地方過夜，」弗利克反應激烈，期望另一人也提出相同意見。

他們很快決議要繼續沿著迷霧沼澤邊緣走，直到他們往東抵達開闊的地方，然後就在那裡過夜；雖然夏伊還是很擔心在空曠的地方會被骷髏使者抓到，但是他對沼澤的懼怕甚至蓋過了這層恐懼，目前的優先考量是要盡量遠離此地。三人綁緊腰上的繩索，排成一列沿著崎嶇的岸線走，眼睛緊盯著前方昏暗的路；曼尼安小心翼翼地引領他們，避開沼澤旁交纏的樹根和蔓生雜草。有時候腳下的路會變成軟泥，就像沼澤裡的一樣危險，必須要繞道而行。如果克里特低地是個垂死之地，那麼這個沼澤便是等待中的死亡，沒有任何跡象、任何警告、任何動靜，就蜷伏躲藏在這塊已經被它無情摧毀的土地上。大約走了一個小時，夏伊首先發覺不對勁，有一種說不上來的感覺在不知不覺中來襲，直到全部感官都警覺起來，試著想要找出問題在哪裡。他安靜地走在另外兩人中間，聚精會神聆聽著，先看看老橡樹，再望向沼澤；最後，他得到一個讓人懼怕的結論，就是，他們並不孤單—有個東西就在他們看不見的遠處盯著他們。有那麼一瞬間，年輕的谷地人被這個想法嚇到無法言語，甚至連比手畫腳都沒辦法，只能往前走；他努力鎮定下來，讓另外兩人都突然停住。曼尼安一臉疑惑地環顧四周，正打算開口說話時，夏伊將手指放在嘴唇上示意他安靜，然後指向沼澤；弗利克已經警覺看著那個方向，他的第六感也向他發出警告。他們一動也不動地站在沼澤邊，傾耳拭目專注於那一潭死水上方難以望穿的霧，四周安靜的讓人喘不過氣來。

「我想你弄錯了⋯⋯」最後他放鬆警戒低聲說道，「當你很累時，很容易胡思亂想。」夏伊搖頭否認並看著弗利克。「我不知道⋯⋯」另外那人坦承，「我以為我感覺到某個東西⋯⋯」

「迷霧幽靈？」曼尼安笑著責怪。

「說不定你是對的，」夏伊趕快緩頰，「我真的累了，累到產生幻覺；我們趕快離開這個地方。」他們繼續跋涉，雖然那種不尋常的警覺一直揮之不去，但是一路上都沒有事情發生，他們也開始把心思轉到其他地方；夏伊認為一定是因為缺乏睡眠讓他出現這種過度想像，但此時弗利克突然驚聲大叫。

夏伊馬上就感覺到綁著他們的繩索猛地一拉，將他拖向致命的沼澤，他失去平衡跌倒在地，但是在霧中什麼也看不清楚。突然間，他看到他哥哥身體浮在沼澤上方幾英呎的空中，繩索還是綁在他的腰上，下一秒，夏伊就感覺到沼澤抓住他的腳所傳上來的寒意。他們可能迷路了，利亞王子才這麼想時就出事了。繩索第一次被急扯時，他直覺反應趕快抓住身邊的東西穩住腳，那是一棵沉沒的大橡樹，樹幹深深崁入地面，上面的樹枝尚在伸手可及的範圍內，曼尼安馬上鉤住最近的一根，另一隻手緊抓著綁在腰上的繩索，試著要往回拉。現在夏伊已經脫離沼澤泥巴到膝蓋的位置，他感覺到曼尼安那頭的繩索拉得緊緊的，並試著想要拉自己一把，而弗利克則在黑暗的沼澤上空尖叫著，另外兩人只能大聲鼓勵他。緊接著，弗利克和夏伊之間的繩索突然變鬆，灰霧中出現弗利克飄浮在水面上不斷掙扎的身影，有個像是長滿雜草的淡綠色觸手纏在他的腰上，他的右手拿著銀色匕首，不斷刺向纏住他的那個東西。夏伊使勁抓著綁住他們的繩索，想要幫他哥哥脫身，不一會兒那隻觸手突然縮回去，被鬆開了的弗利克隨即掉下沼澤。夏伊勉強從沼澤中拉出已經精疲力竭的弗利克，在更多隻綠色觸手從霧濛濛的黑暗裡伸出。夏伊把繩索解開，幫弗力克站起身來；但隨後換他自己陷入險境，他感覺自己被拖向沼澤，馬上抽出匕首朝著沾滿黏液的觸手猛刺，一邊對抗，一邊看到沼澤裡有個龐然巨物，但夜晚和沼澤給了它絕佳的掩護。而在另外一頭，弗利克又被另外兩隻觸手纏住，結實的身軀被無情拖向水邊；夏伊奮勇擺脫扣住他手臂的觸手，一刀斬斷那令人憎惡的東西，正要過去他哥哥那邊時，他的腳又被另一隻觸手抓住，猛地一扯，頭部重摔到樹根，失去意識。曼尼安二度救了他們，他靈活的身軀從黑暗中一躍而出，劍光一閃劃出一道弧線揮向抓住夏伊的觸手，然後又馬上來到弗利克這邊，左劈右砍解決掉突然從黑暗中伸向他的觸手，幾記快速精準的攻擊便救出另一個谷地人。片時，觸手又縮回沼澤迷霧中，弗利克和曼尼安趕緊把失去意識的夏伊從危險的水邊拖回來；但是還沒到安全的橡樹邊，綠色觸手又再次進擊，兩人毫不猶豫挺身站在失去行動力的朋友前方，雙臂環繞胸前圈手反撲。雙方安靜對戰，只有兩人吃力濁重的呼吸聲，他們又劈又斬，觸手斷成好幾截，有時甚至整隻都砍斷了，但是絲毫威脅不了沼澤裡的野獸，反而更加激怒它；曼尼安咒罵自己忘了隨手帶上弓箭，管他躲在霧裡的是什麼東西，他都可以給它一擊。

「夏伊！」他拼命大喊，「夏伊，快醒來！我們要完蛋了！」他身後靜止的身軀微微動了一動。「起來，夏伊！」弗利克聲音粗啞地請求著，他因為跟觸手纏鬥就快要氣力放盡。「石頭！」曼尼安大吼，「拿出精靈石！」夏伊費力地跪起身，但是又被面前打鬥的威力掃到再次躺平，他聽見曼尼安大聲呼叫，昏昏沉沉地用手摸索他的背包，馬上想起背包在幫弗利克時掉了，現在他看到背包就在他右邊幾碼的地方，還有觸手在上頭不斷揮動威嚇。曼尼安似乎在第一時間就明白了，暴吼一聲掄劍為兩人殺出一條路；弗利克與他站在同一陣線，手裡依舊握著匕首，夏伊飛身撲向裝著精靈石的背包，纖細的身軀夾在數隻張牙舞爪的觸手之間，不偏不倚壓中背包。當他的手正伸進背包裡翻找皮袋時，一隻觸手抓住他的腳，他狂踢猛踹，希望能夠爭取到幾秒鐘的時間找到石頭；好不容易摸到了小皮囊，正要從背包裡抽出手時，不斷盤繞的觸手猛地一甩，差點又丟了袋子。他將袋子緊緊握在胸口，用僅存的知覺鬆開繫繩，此時弗利克不斷被逼退，絆到夏伊的身體，整個人往後倒，觸手伺機迎面而來；現在只剩下曼尼安挺在兩人和攻擊者的中間，兩隻手牢牢抓住利亞寶劍。就在這生死存亡關頭，夏伊握住三顆藍色石頭，手腳並用往後爬，然後發出一聲勝利的吼叫，將微微發出閃光的精靈石往前一舉，關在裡頭的力量瞬間解放，迸發出燦爛耀眼的藍色光芒將黑暗淹沒，弗利克和曼尼安往反方向一跳，護著眼睛避開強光。觸手躊躇不決地縮回，三人冒險再瞄一眼，看見精靈石明亮的光線如閃電般投射在沼澤上的濃霧裡，將水汽劈開，而剛剛進犯他們的怪物受到它毀滅性的衝擊，緩緩沉入水面覆蓋著黏稠物的沼澤裡；同一時間，怪物上面的強光亮度持續增加變成一顆小太陽，藍色火焰將水蒸發在空中揮發殆盡。前一刻還在眼前的強光和火焰，下一秒馬上消失無蹤，黑暗的沼澤地再度只剩下他們三人。他們迅速將武器收回鞘內，撿起掉落的背包，返回黑橡林之間；沼澤又回復襲擊之前的平靜。

有好長一段時間，沒有人開口說話，只沉默地癱靠著樹幹上深呼吸，感謝老天他們還活著，整個搏鬥的過程就像做了一場真實的噩夢。弗利克因為掉到沼澤裡渾身溼透，夏伊腰部以下也被浸溼，兩人在夜晚寒冷的空氣中兀自打顫，只休息了一會兒，他們便慢慢動了起來好趕走寒意。曼尼安知道他們必須儘快離開沼澤地，背靠著大橡樹反彈帶起疲憊的身軀，順手提起背包揹上，雖然沒那麼急切，弗利克和夏伊還是跟著照作，互相商議一下要往哪個方向走最好。選擇很簡單：冒著迷路和被狼群盯上的風險穿越黑橡林，或者是，打賭不會二度遇見迷霧幽靈沿著沼澤走；兩個選擇都沒什麼吸引力，只不過剛剛跟沼澤怪物的對戰還歷歷在目，因此他們很快就敲定要走樹林，找出和沼澤岸線平行的路線，希望幾個小時內就能到達前方曠野。因為長時間旅行再加上專注於危險，讓他們累到忘記早上的推論；他們被他們所踏入的詭譎世界給嚇到，呆滯的腦袋現在唯一的念頭就是趕快穿越這個令人窒息的森林，讓他們可以睡個好覺。這樣的想法佔據了他們全部的心思，讓他們忽略了要謹慎行事，以至於根本忘記了要把大家綁在一起。

行程一如既往，曼尼安在前，夏伊居中，弗利克殿後，大家沉默不語邁步行進，心裡只想著前方就有陽光照耀的空曠草原，可以帶領他們到阿納爾。霧似乎有些消散，而曼尼安的體型也只有個影子，夏伊還能夠讓自己跟上，不過有時候夏伊和弗利克還是會看不見前方的那個人，一直盯著曼尼安走出來的路也讓他們的眼睛疲勞。時間像蝸牛一樣慢的磨人，每個人的眼皮也因為愈來愈想睡而變得沉重，幾分鐘感覺像幾小時一樣難熬，而他們仍在黑橡林的霧中牛步前進。現在他們根本無法分辨他們到底走了多遠，或是時間過了多久，他們就像夢遊一樣，在半夢半醒的世界裡；唯一有改變的是從某處吹來的風，呢喃細語颯颯作響，然後逐漸增強變成讓人麻木的聲音，如施咒了般揪住三人疲憊的心。它在呼喚他們，提醒他們光陰似箭，警告他們只是那塊土地上微不足道的凡物，呼籲他們躺下來進入平靜的夢鄉；他們用最後一絲氣力對抗這充滿誘惑的請求，腦袋放空把注意力集中在把腳放在另一隻腳前。前一分鐘他們全都還歪七扭八的走成一列，但下一分鐘夏伊往前看時，曼尼安卻不見了。起初，他還不太能接受，因為缺乏睡眠讓他腦袋一片混沌，他繼續往前走，徒勞想要尋找高地人的背影；然後他突然停下腳步，惶然明白他們不知怎麼地走散了。他狂亂地想要抓住弗利克，一把揪住他哥哥寬鬆的外衣，累到快死掉的谷地人將他撞個滿懷，弗利克不知道甚至也不關心他們為什麼停下來，他唯一的期望就是終於能夠倒頭大睡了。黑暗森林裡的風聽起來像是欣喜若狂地嚎叫著，夏伊絕望地呼喊著高地王子，卻只聽到自己的回音；他不斷呼叫再呼叫，聲音因為絕望和恐懼變得近乎尖叫，還是什麼也沒聽到，只聽到自己的聲音，被橡樹林間狂野的風嘯聲扭曲消音，在枝葉間低迴盤繞。有一度他以為他聽到有人叫他的名字，他趕緊回應，拖著自己和精疲力竭的弗利克穿過樹林朝著聲音來源而去，但是什麼都沒有；他跌坐在地上，喊到破音沒力，還是只有風以嘲笑回應他，告訴他，他已經失去利亞王子。

07

夏伊醒來時，已經日正當中，陽光直射他半開的眼睛，起初他對前一晚的事什麼也想不起來，只記得他跟弗利克在黑橡林和曼尼安走散了；半夢半醒間，他用一隻手肘撐起上身，睜著惺忪睡眼環顧四周，發現自己露宿曠野，後頭是高聳的黑橡林，然後他便明白，在跟丟了曼尼安之後，他不知怎麼走出了可怖的黑橡林。他揉著眼睛，滿足地嘆了一口氣，昨日種種感覺遙遠地不切實際；這是這麼多天來第一次，讓他覺得阿納爾森林似乎已經近在咫尺。他突然想起弗利克，焦急地四處張望，隨即就看到他結實的身軀在不遠處酣睡；夏伊爬起身來悠閒地伸展四肢，花了一些時間找到他的背包，趕快彎下腰來翻找裡面的東西，直到他找到裝著精靈石的皮囊，確定它們還安在才讓他放心。拿起背包，他舉步維艱地走向仍在熟睡的哥哥，輕輕搖他。弗利克勉強翻身，顯然相當不悅有人擾他清夢；夏伊不得已又搖了好幾次，直到他終於睜開眼睛，惱怒斜視對方，看清是夏伊之後，才緩緩坐起身來看看四周。

「嘿，我們成功了！」他大聲歡呼，「但是我不知道是怎麼做到的，跟丟了曼尼安之後，我什麼事都不記得，只記得一直走一直走直到我以為我的腳要斷了。」

夏伊笑著表示同意並輕拍他哥哥的背，一想到經歷這麼多磨難和危險，弗利克還能這樣談笑風生，讓他內心充滿感激；他對弗利克突然有一種強烈的情感，雖然他們並無血緣關係，但是堅貞的友誼卻讓他們比兄弟更親。

「我們做到了，」他笑道，「剩下的旅程我們也能完成的，如果我可以讓你屁股離開地面的話。」

「有些人的風涼話實在讓人不敢恭維。」弗利克佯裝不可置信地搖著頭，然後沉重地爬起身，一臉疑惑細看夏伊。「曼尼安…？」

「不見了…我不知道在哪裡…」夏伊說到。弗利克撇開頭，雖然感受到他弟弟的失望惆悵，但他不願意承認沒了高地王子他們不會比較好；他就是不信任曼尼安，但高地人在森林裡救了他一命，這並不是弗利克會輕易忘掉的事。他反覆思忖，然後輕拍弟弟的肩膀。

「不必擔心那個無賴，他會在錯誤的時間點出現的。」夏伊無言點點頭，兩人對話馬上轉向手中的任務。

他們都同意最好的方案就是往北走直達匯入彩虹湖的銀河，然後逆流而上前去阿納爾；幸運的話，曼尼安也會沿著河走，幾天內就能趕上他們了。夏伊並不願意拋下朋友，但是他也知道再回頭找他的話，他們無疑是自找死路，眼下已經別無他法，只能繼續往前走。

兩人快速走過油綠寧靜的低地，希望在日暮前抵達銀河。現在已經是下午，他們無從得知距離銀河還有多遠，還好有太陽當作指標，讓他們更有自信，比起在霧濛濛的黑橡林裡，方向感好得太多。他們自在地聊著天，連日不見的太陽和劫後餘生的喜悅讓他們心情大好。有一度，夏伊在午後逐漸西斜的光影中，好像在東方某處看到有個老人慢慢遠離他們；但是在那樣的視線和距離下，他無法確定是否真有其人，而且一下子就消失無蹤，弗利克也什麼都沒瞧見，兩人便忘了有過這麼一回事。接近黃昏，他們看見北邊有一條涓涓細流，馬上就認出那就是傳說中的銀河，往西匯入有著許多冒險故事的彩虹湖。據說有個傳奇的銀河之王，他富可敵國而且法力無邊，唯一掛心的就是讓大河之水源源不絕清淨無虞；故事內容指出，他很少被人看見，但是一直都在那裡默默監督，看是真的需要他伸出援手，還是要對擅闖者施以懲戒。

等到他們抵達河岸時，天色已經暗了。他們在河的南岸發現一小塊草地，就在兩棵枝葉扶疏的老楓樹下，為他們今晚提供了絕佳的露營地；儘管午後這段路程並不遠，但也讓他們疲憊不堪，他們傾向不要冒險在這樣的曠野上夜行。此外，他們的存糧即將告罄，用完晚餐後，他們就得打野食了；更悲慘的是，如果真要打獵，他們身邊只有起不了太大作用的短獵刀，唯一的長弓在曼尼安手上。為了避免引起注意，他們沒有生火，默默吃完僅存的食物。

吃完晚餐後，夏伊轉向他哥哥。「你曾經思考過這整趟旅行的意義？」他提出疑問，「我意思是說，我們到底在做什麼？」

「你問這個問題很好笑耶！」對方簡短回應，夏伊笑著點頭。

「我想證明給自己看，那並不是個簡單的任務。我可以理解大部分亞拉儂所說的，有關於沙娜拉之劍的繼承人，但是對我們躲在阿納爾有什麼用處？這個布羅納什麼的一定會潛伏在沙娜拉之劍週遭，搜尋精靈家族的傳人，以及他想要的到底會是什麼…？」弗利克無奈聳肩，將一顆小石子扔進河裡，他的腦子現在就跟漿糊一樣，沒法回答。「也許他是想要掌權，」他茫然猜想，「每個稍微得到點權力的人不都這樣？」

「或許是如此吧。」夏伊沒把握地附和，心想就是這種貪念將各種族推向今天這種局面，長年衝突幾乎毀了所有生命；不過自從上次戰爭後已經過了好幾年，隔離政策的出現似乎為渴求已久的和平提供了些許答案。他回過身來面對弗利克。「一旦我們抵達目的地後，我們要做些什麼？」

「亞拉儂會告訴我們。」他哥哥囁囁嚅嚅地回答。「亞拉儂沒有辦法永遠告訴我們要做什麼，」夏伊馬上回應，「而且我還是不相信他已經告訴我們一切實情。」弗利克點頭表示同意。

「我不確定我是否會想知道一切真相，我也不確定能不能全部理解，」弗利克喃喃自語。夏伊對他的意見嚇了一跳，回過身對著在月光下閃閃發亮的河水。「對亞拉儂來說，我們可能只是小角色而已，」他如是覺得，「但是從現在開始，我不要再貿然行動了！」

「或許是吧，」弗利克提高音調，「但是也許…」他語帶保留的聲音沒入夜晚和河水沉靜的聲音中，夏伊選擇不去在意。兩人倒下來後很快入睡，他們困倦的心靈得以放鬆，釋出對明天的所有恐懼，在人類靈魂最深處的庇護所裡，面對並放下它。但是儘管他們周遭還有其他生物的聲音，以及恬靜奔流的銀河撫慰，仍有種擺脫不掉的恐懼偷偷鑽進夢裡潛伏獰笑，對他們的能耐瞭若指掌。兩人不斷翻來覆去，無法甩開侵入他們內心深處的恐怖幻影。

也許那正是警告的幻影，它所散發出恐懼的獨特氣味，讓兩人同時驚醒，空氣中充滿讓人膽顫心寒的瘋狂，緊咬、壓榨著他們；他們馬上就認出這種感覺，眼中充滿恐懼，呆坐著聆聽無聲的夜晚。他們依然一動不動，繃緊神經打開所有感官等待著他們知道一定會發出的聲響。接下來，就聽見巨型翅膀拍動的恐怖聲音，他們同時看向開闊的流水，骷髏使者龐大肅殺的身形可以說是優雅地越過河流俯衝到對岸，然後滑翔落地，剛好從他們藏身的上方掠過。當他們看到那怪物正朝著他們而來時，谷地人驚駭莫名無法思考，更別說是移動；它有沒有看見他們已經不重要，或許它根本就不曉得他們在那裡，因為它在接下來幾秒鐘就會知道，兄弟倆沒時間跑、沒地方躲、也沒機會逃。夏伊感覺口乾舌燥，雖然閃過拿出精靈石的想法，但是腦子已經麻木，倆人僵坐在那兒等著末日降臨。

奇蹟似的，它並沒有過來。對岸一道閃光立刻吸引它的注意，它迅速朝著光源飛去，然後遠方又有，再來是更遠方它現在飛得快、找得急，內心有一股聲音告訴它搜索就要結束了，長期追捕終於到了盡頭，但是它還是找不到光源；突然間，又出現一道閃光，但是轉瞬即逝，抓狂的怪物朝著它俯衝而去，知道它就在河的對岸深處，消失在低地成千上萬個小峽谷和山丘中某處。神秘的光線不斷閃動，每一次都更往內陸移動，嘲笑逗弄著生氣的野獸跟著它；而僵住了的兩人依舊藏身在黑暗裡，驚恐注視著陰影快速飛走，直到消失在視線範圍外。

骷髏使者離開後，兩人還是不敢妄動，幾分鐘過後，他們開始能夠順暢呼吸，放鬆僵硬的姿勢舒適地躺下，如釋重負般對視著，他們知道怪物已經走了，但事情是怎麼發生的，卻是完全摸不著頭緒。然而，他們連提都還沒提到時，那道閃光又突然出現在河的那邊，就在他們後面幾百碼的地方，倏地消失後又再次出現，而且愈來愈近；夏伊和弗利克驚訝地看著閃光朝著他們靠近，緩緩地迂迴前進。沒多久，一個佝僂老人就站在他們面前，一身樵夫裝束，星光下髮如銀絲，臉上又長又白的鬍鬚梳理得發亮；他手上奇怪的光線在這麼近的距離亮得刺眼，卻又看不出有任何焰火。突然間光線消失了，原來的位置上有著一個圓形物體，握在老人粗糙的手裡；他看著他們，微笑地打招呼。夏伊默默地注視著他希古的臉，覺得這個奇怪的老人充滿威嚴。

「那個光線⋯⋯」夏伊終於說話,「是怎麼⋯⋯?」

「一個玩具,一個早已不在人世的人的玩具,」冰涼的空氣傳來沉穩的聲音,「就跟剛剛那邪惡的怪物一樣⋯⋯」他的聲音淡出,用手指著骷髏使者離去的方向,夜裡那隻纖細乾癟的手就像枯枝一樣脆弱;夏伊帶著疑惑看著他,不確定接下來該做什麼。

「我們要往東去⋯⋯」弗利克先開口。

「去阿納爾。」和藹的聲音打斷他的話,老人理解的點著頭,在溫柔的月光下,深邃清明的眼睛銳利地望向兩人;突然間他越過兩人走到緩緩流動的河邊,轉過身背對著他們,並示意他們坐下。夏伊和弗利克馬上照作,猜不出老人的意圖。當他們一坐下,馬上感覺到一股沉重的疲倦感向他們襲來,疲憊的雙眼終於闔上。「睡吧,年輕人,這樣你們的旅程就能縮短。」他的聲音在他們心裡愈來愈強大,愈來愈有威嚴;他們無法抗拒那股疲倦感,是那麼愉快受歡迎,他們順從地放鬆四肢躺在草地上。透過模糊、半開的眼睛,他們前方的人影開始慢慢變成另一個人,那個老人好像變年輕了,衣服也不一樣了。夏伊開始喃喃自語,想要保持清醒,但不一會兒,兩人便沉沉睡去。在夢裡,他們帶著全新的體會觸摸每棵花草樹木、每隻鳥獸蟲魚,身為一個生物是多麼渺小。疲憊的心靈只聽到天空和鄉間寧靜的聲音;忘卻了穿越濃霧瀰漫的克里特低地時,那些漫長艱難不見天日、生命彷若失落靈魂般在垂死之地無望掙扎的日子;忘卻了黑橡林的黝暗,那些走不到盡頭的瘋狂和濃蔭蔽天的巨樹,遠離迷霧幽靈和骷髏使者窮追不捨的回憶。

他們不知道在夢中的世界迷失了多久,只知道醒過來時,已經不在銀河畔,感覺很興奮又很安心。就在視力還在慢慢恢復時,夏伊察覺到有一群人正圍著他,一邊打量著一邊等著他清醒。他用一隻手肘撐起身體,朦朧的視線中看到身邊站了一群小小的身影,焦慮地俯身張望,模糊的背景中出現一個高大的人,穿著寬鬆的衣服,向他靠過來,大手放在他纖細的肩膀上。

「弗利克？」他擔心地叫著，一隻手揉著惺忪睡眼，斜睇著眼想要看清楚前方的臉。

「這裡很安全，夏伊。」低沉的聲音好像是前面模糊的人影所發出來的。「你在阿納爾。」

夏伊飛快眨著眼，緩慢地起身，溫柔握著他的大手要他別起來。眼睛可以看清後，他看了一眼躺在身邊的哥哥也半起身來，身邊則是包圍著矮小但是體格卻相當壯碩的人，夏伊立刻知道他們就是侏儒。他直挺挺盯著身邊那張堅毅的臉，然後停留在那隻輕握住他肩膀、裹著鎖子甲的手上，他知道他們已經找到庫海文和巴力諾。

曼尼安．利亞沒有發現前往阿納爾的最後一段路是如此簡單。當他發覺跟谷地人走散時就陷入驚慌，他非為自己感到害怕，而是擔心翁斯佛兄弟會困在黑橡林裡走不出來；他也一樣絕望無助地大叫，在黑暗裡蹣跚而行，直到嗓子都喊破了，最後不得不承認，在這樣的情況下要找人根本是大海撈針。精疲力盡的他，強迫自己朝著他所認知的方向穿越樹林，還一邊安慰自己等到天亮一定可以找到其他兩人。他在森林的時間比他預期的還要久，出來時已近拂曉，終於在草地上不支倒地；當時他並不知道他的位置就在熟睡的兩兄弟南邊一點，他的耐力已經到達極限，被睡意快速攻佔，完全不記得倒下後發生的任何事。他似乎睡了很久，但實際上他在夏伊和弗利克動身前往銀河後沒幾個小時就清醒了；經過一番思索，他決定要往北走，在同伴們抵達銀河前抄近路過去，如果到時沒找到他們，就可能還困在森林裡。

高地人急忙捆好背包，朝著北方快速前進，直到黃昏，他才發現往銀河方向有人走過的痕跡；他發現這些足跡大概是幾個小時前才留下的，而且可以確定不只一人，但無法辨別是誰，因此曼尼安趁著天色還沒全暗，加緊腳步趕路，希望能在他們過夜時重新聚首。他知道骷髏使者也在找他們，但是應該不會把自己和他們聯想在一起。

沒多久，就在太陽完全沒入地平線前，曼尼安看到他東邊有個身影，朝著反方向前進，曼尼安馬上大聲叫住他；那人顯然被突然出現的曼尼安嚇了一跳，拔腿就跑，曼尼安急起直追，對著受驚的旅人大喊無意傷他。幾分鐘後他追上了那個人，結果是個小販，他原本就被突如其來的追趕嚇到，在此夜幕低垂之際，又是荒郊野外的地方看到這個身材高大還帶著劍的高地人，更是嚇得魂不附體；曼尼安急忙解釋沒有要傷害他的意思，只是在尋找兩個走散的朋友。不過他似乎愈解釋愈糟，現在那個小販已經徹底認為這個陌生人是瘋子。最後，小販告訴他，下午時遠遠有看到兩個旅人符合他的描述；曼尼安無法分辨那個小販這麼說的原因，是因為擔心生命受到威脅，還是只是遷就他，但他接受了他的說法並向他道晚安，那人顯然很高興這麼輕鬆就被放走，急忙往南逃進黑暗的庇蔭中。

然而現在實在太暗，曼尼安不得不承認無法跟上他們，因此他環視四周尋找可以紮營的地方，發現有兩棵大松樹，就是棲身的最佳選擇；他走過去，將背包和武器放到樹下，人也爬進低垂的樹枝下方歇息；連續兩天趕路，他早已飢腸轆轆，狼吞虎嚥吃完他僅剩的糧食，想到谷地人在未來幾天也將面臨跟他一樣糧食短缺的情況。他大聲抱怨著運氣太差害他們走散，不情願地用毯子把自己裹起來，很快就睡著了，出鞘的利亞寶劍就放在身邊，在月光下微微發出閃光。

曼尼安．利亞在隔天醒來時還有了新的打算。如果抄近路往東北方走，他應該可以更容易追上谷地人，他有把握他們應該會沿著從阿納爾森林蜿蜒流出的銀河往東走；因此他決定稍微偏東穿越低地，心想如果到河邊沒有看到他們逆流而上的跡象，他還可以折返順流去找他們。

行進間，他回想起前幾天所發生的事。他完全不知道那把沙娜拉之劍，背後有著這樣的傳奇故事，現在卻歸一個半人半精靈的無名孤兒所有了，但他直覺認為在沙娜拉之劍這張拼圖上，還少了某樣非常基本的東西。曼尼安知道他不屬於這個冒險故事的一份子，弗利克的態度一直是正確的，他單純是為了友誼，即使是現在，他還是一點也不確定自己是怎麼被說服加入這個旅程。

平整青翠的低地變成粗獷貧瘠的土坡，忽高忽低如壕溝般的山谷讓行進變得遲緩，有些地方還很危險。

曼尼安焦急地看看前有沒有平原，但是即使站在坡頂還是看不遠；他謹慎推進，暗自責罵自己選擇這條路的決定。他暫時失了神，然後突然聽到人類的聲音而被拉了回來；他專心聽了好幾秒，卻沒有再聽到任何聲音，因此便把它當作是風的聲音或是他的想像。沒多久，他又聽到了，這次很清楚，是一個女人的聲音，在前方某處溫婉地唱著歌，輕聲低迴。他加快腳步，懷疑是不是他的耳朵有毛病，但是卻聽到那圓潤的聲音愈來愈大；很快地，她充滿魔力的歌聲瀰漫在空氣中，華麗輕快近乎狂放，直達他內心最深處，吩咐他要跟上，要像曲子一樣自由。他幾乎是在恍神狀態下走著，彷彿這首快樂的歌對他施了魔法般咧嘴笑著；依稀之間，他也覺得奇怪，這樣一個女人在這蠻荒之地些什麼，但是歌曲用它發自內心的溫暖驅散了所有懷疑。

在一塊特別隆起的山岡上，曼尼安發現她坐在一棵蟠木下，盤根錯節的樹枝讓他想起柳樹根。她是個年輕貌美的女孩，顯然非常熟悉附近地勢，開朗地對著被她歌聲吸引過來的人唱著歌；他筆直走向她，和善地對著她笑，她也對他報以微笑，但並無意起身或是跟他打招呼，繼續唱著華麗輕快的曲調。利亞王子在距離她幾呎的地方停下來，那女孩馬上示意他靠近點，坐到她身邊的老樹下；此時他突然有種莫名的感覺，體內有個小小的警告神經抽動了一下，某種還沒被她動人歌聲迷惑的第六感拽了他一把，想知道為什麼這個年輕的女孩會叫一個全然陌生的人跟她一起坐。他的遲疑可能跟獵人先天對所有東西都抱持不信任感有關，但不管原因為何，它讓高地人停下腳步來。在那一瞬間，女孩跟歌全部化為水汽消失不見，只留下曼尼安在荒蕪的土丘上面對奇形怪狀的樹。

曼尼安猶豫了一秒鐘，無法相信剛剛發生了什麼事，接著便急忙要離開。但就在這瞬間，他腳下鬆軟的土地突然打開，裡頭伸出了叢生成群佈滿節瘤的樹根緊緊纏住年輕人的腳踝，曼尼安被絆倒後仰，試著想辦法脫身，但任憑他怎麼努力，都擺脫不了糾纏不休的樹根。情況變得愈來愈奇怪，他瞄了一眼那棵盤根錯節的怪樹，本來是靜止的，現在卻慢慢靠近，伸出樹枝直逼他而來，頂端還有一些小小的、但卻看似有毒的針狀物。曼尼安現在徹底清醒過來，一把丟下背包弓箭抽出寶劍，馬上明白那個女孩跟那首歌只是引誘他靠近這棵樹的幻影；他明快砍向纏住他的樹根，一連割了好幾個地方，但是卻進行的很慢，因為樹根緊緊纏著他的腳踝，他不想冒險一刀劈斷。

在他知道無法即時脫身時，一度感到驚慌，但他壓下這種感覺，放聲對那棵現在幾乎覆頂的樹發出怒吼；就在它快要靠近時，他暴怒狂甩，一連砍斷好幾根樹枝，稍稍將它逼退，那棵樹痛苦地發顫。曼尼安知道等它再次行動，他就必須直搗神經中樞才能摧毀它；但是那顆奇怪的樹有其他打算，它把樹枝全部盤繞起來，然後用力甩向被困住的旅人，將上頭的細針全部對他射出；雖然大部分的針都沒打到目標，只有少數碰到他的外衣和靴子，但是暴露在外的肌膚，包括頭手等卻無法倖免，像被螫到的感覺。曼尼安想要把它們撥掉，但是那些細針迸裂開來嵌住皮膚，一股暈眩感不知不覺向他襲來，部份神經系統開始麻痺；他馬上明白那些針有某些麻醉成分讓這棵樹的受害者失去反抗力好任它擺佈，他瘋狂抵抗那種感覺不讓它滲入，但是很快就無助跪地無力再戰，也明白是那棵樹贏了。

不過令人訝異地，那顆致命的樹看來有點猶豫，還稍稍後退了些，全身又盤在一起打算再次進攻。倒地的王子後方傳來緩慢沉重的腳步聲，小心翼翼地靠近，他無法轉過頭去看來者是誰，一個深厚深沉的聲音突然警告他不要動。就在那棵樹要釋出致命毒針前，曼尼安肩上突然飛過一把巨大的釘頭錘，給了它毀滅性的一擊，那顆怪樹完全被擊倒；看來它是受傷了，掙扎起身準備還以顏色。在他身後，曼尼安聽見搭弩張弓的聲音，一隻黑色的長箭倏地飛出射中樹幹；纏在他腳上的樹根隨即鬆開縮回地底，樹幹劇烈顫動，樹枝甩向天空，細針朝著四面八方亂射，不一會兒，便慢慢垂到地上，一陣抽搐後就再也不動了。

曼尼安全身癱軟，他感覺到那個救援者強壯的手用蠻力握住他的肩膀，讓他俯臥在地，用獵刀割斷其他還纏在他腳上的樹根。在他身前的是一個強壯的侏儒，穿著他們常見的綠色和棕色的樵夫裝，對一個侏儒來說，他算是高的，大約超過五英呎，寬闊的腰間像個小型兵工廠掛滿了武器；他俯視被麻醉了的曼尼安，半信半疑地搖著頭。「你一定是外地人才會幹這種蠢事，」低沉渾厚的聲音斥責曼尼安，「任何有點判斷力的人都不會在賽蓮附近玩。」

「我來自利亞……在西邊，」高地人勉強喘著氣說，混濁的聲音聽在自己耳裡感覺很奇怪。

「是高地人吶，我可能知道，」那侏儒衷心笑著，「嗯，別擔心，你幾天就會好了，那毒不會要了你的命，但是你可能會昏迷一陣子。」

他再次發出笑聲，轉身去拿回他的釘頭錘，曼尼安用最後一分氣力抓住他的衣服。

「我必須要去……阿納爾……庫海文……」他劇烈喘著，「帶我去找巴力諾……」

侏儒驀地回頭看著他，但曼尼安已經陷入昏迷；他低聲咕噥著，撿回他自己的武器和高地人掉下的東西，然後使出驚人怪力，一把提起癱軟的高地人跨到他寬闊的肩上，測試一下負重均不均衡，一切就緒後滿意地邁開步伐，一路碎念往阿納爾森林跋涉而去。

08

這裡是侏儒的聚居地庫海文，弗利克靜靜坐在極盡美麗的米德花園上層一張長石椅上，俯瞰錯落有致的花田。這裡本來是一片荒蕪的丘陵地，能夠創造出這樣的花園真是了不起的成就。弗利克試著算出這些讓人目不暇給的花到底有幾種顏色，不過他很快就發現這根本是不可能的任務，隨即把注意力轉向花園下方來來往往的侏儒們。對弗利克來說，他們是個奇怪的民族，如此苦幹實幹，生活嚴謹自律甚深，所有事情都先經過詳細規劃，一絲不苟到連細心的弗利克都快受不了；不過這些人們很和善也很熱心，即使是對來訪的谷地人也一樣友好。

他們已經在庫海文待了兩天，但還是不知道發生了什麼事，他們為什麼在這裡，或是他們要在這裡待多久。巴力諾什麼也沒講，只說他所知有限，時機成熟後一切自然真相大白，一番說法讓弗利克覺得有說等於沒說；不但亞拉儂沒消息，就連曼尼安也行蹤不明，而兩兄弟則是不管任何理由都被禁止離開安全的侏儒聚落。弗利克再次瞥了一眼花園底端，看看他的私人保鑣還在不在那兒，結果馬上發現他在一旁，毫不懈怠盯著谷地人；這樣的對待讓夏伊火冒三丈，但是巴力諾表示這是為了預防北方怪物又來取他們性命，才出此下策。弗利克欣然默許這樣的安排，幾度跟骷髏使者打交道都是九死一生，到現在還歷歷在目；而眼前看到夏伊沿著蜿蜒的花園步道走向他，隨即把這些想法暫時擱到一邊。

「有消息嗎？」當對方走到他身邊坐下時，他焦急地問道。

「一個字也沒有。」簡短答覆。

僅管他們一路從穴地谷過來，經歷了那樣艱辛的冒險旅程後已經休息了兩天，夏伊還是有莫名疲倦的感覺。他們在這裡一直被奉為上賓，人們也都發自內心關心他們，但是卻沒人提過接下來會怎麼樣，包括巴力諾在內，大家好像都在等著什麼，也許是許久不見的亞拉儂。巴力諾說不清楚他們是怎麼抵達阿納爾的，只說他在兩天前看到一束神祕的光線，順著光線就在庫海文外找到躺在河邊的他們，然後就把他們帶到村莊，他不知道什麼老人或是他們怎麼走到這麼遠的上游；當夏伊提到銀河王的傳說時，巴力諾不置可否地聳聳肩。

「沒有曼尼安的消息…？」弗利克遲疑地問道。

「侏儒們仍在找他，可能要花點時間，」夏伊輕聲回應，「我不知道接下來該怎麼辦。」他看了一下花園下方，巴力諾突然從前面樹林出現，還有一小群武裝侏儒簇擁著他，他跟侏儒們認真交談了幾分鐘，一副若有所思的樣子。夏伊和弗利克對卡拉洪王子知道的並不多，但卡拉洪人民似乎都非常敬重他，曼尼安也說巴力諾人不錯；他的家鄉是南方大陸最北邊的王國，通常被視為國境邊界，也是面對北方大陸的緩衝地帶。

卡拉洪公民以人族佔絕大多數，但他們和其他各族相處融洽，也不追求隔離政策；備受尊崇的邊境軍團就駐紮在那遙遠的國度。那是一支隸屬於卡拉洪國王、也是巴力諾的父親洛爾・巴克哈納麾下的軍隊，整個南方大陸都仰賴卡拉洪和邊境軍團在前線對抗入侵者，削弱敵方初步攻勢，讓大陸其它地方有時間備戰；從它成軍五百年來，邊境軍團戰無不勝，迄今仍保持不敗紀錄。

巴力諾沿著上坡路走向他們所在的石椅，邊走邊向他們微笑，他知道，對未來一無所知，再加上朋友下落不明的焦慮，讓他們很不舒服；他在他們身邊坐下來，開口前沉默了好幾分鐘。「我知道這對你們來說有多難受，」他耐心地起頭，「我已經派出所有侏儒戰士去尋找你們失蹤的朋友；如果任何人在這個區域發現他，他們絕對會知道。」兄弟倆明白巴力諾已經想盡辦法幫助他們，點頭表示理解。

「對這些人來說，現在時機非常危險，雖然我想亞拉儂並沒有提到這點。他們正面臨地精入侵上阿納爾的威脅，他們在邊界已經發生過一連串衝突，更有跡象顯示史翠里漢平原已有大軍集結；你們可能會猜想這些是不是跟黑魔君有關。」

「這是不是意味著南方大陸有危險了？」焦急的弗利克問道。

「沒錯。」巴力諾點頭稱是，「這也正是我為何在此的原因之一，要跟侏儒國統整出一個聯合防禦策略，杜絕全面進犯。」

「那麼亞拉儂在哪裡？」夏伊馬上問道，「他會儘快趕來這裡幫助我們嗎？沙娜拉之劍跟這一切有什麼關係？」

巴力諾看著困惑茫然的臉，緩緩搖頭。

「我必須承認我無法給你任何答案。亞拉儂是個非常神秘，但卻非常有智慧的人，過去只要我們需要他，他一直都是可靠的盟友。我最後一次看到他，是在我去穴地谷找你的幾個星期前，當時我們約定好要在阿納爾碰頭，但是他已經晚了三天。」

他停下來沉思，俯視花園和前方的阿納爾森林。這時，最下層花園突然有人大叫，其他人也跟著鼓譟；三人疑惑地起身，快速看向四周是否有危險，巴力諾強壯的手馬上移向繫在他身側的劍。一會兒過後，底下一個侏儒急忙跑上來，一邊跑一邊拼命叫著。「他們找到他了，他們找到他了！」他興奮地喊叫，因為太心急還差點絆到自己。夏伊和弗利克兩人面面相覷；跑上來的那人上氣不接下氣地停在他們面前，巴力諾興奮地握住他的肩膀。「他們已經找到曼尼安．利亞了嗎？」他隨即盤問。

短小精幹的侏儒衝過來把好消息傳達給他們，開心地直點頭。巴力諾一言不發，跳下步道往發出歡呼聲的地方去，夏伊跟弗利克也跟在後頭，幾秒鐘就抵達下面的空地，沿著主要步道穿過森林跑向幾百碼前的庫海文；前方興奮的侏儒歡聲雷動，不斷恭喜找到高地人的同胞，大老遠就聽到他們的呼聲。抵達村莊後，他們推開擋住去路的侏儒直達人群中心，圍成一圈的守衛退開，讓他們進入左右兩邊都是房舍、後面立著一面石牆的庭院，曼尼安．利亞一動也不動地躺在長木桌上；他的臉色蒼白，看起來毫無生氣，一群侏儒醫生盡職地幫他療傷；夏伊驚呼出聲，急忙要跑上前去，卻被巴力諾強壯的手臂給抓住，那戰士呼喚最近的侏儒。「潘恩，這裡發生了什麼事？」

穿著一身盔甲、應該也是歸來的搜救隊員之一的侏儒，快速朝他們跑來。「經過治療之後他就沒事了。在銀河下方的巴托蒙低地發現他被賽蓮纏住。我們的搜救隊沒有找到他，是韓戴爾，從阿納爾南邊城市回來。」巴力諾點頭，尋找著搜救者的身影。「他前往議會廳報告了。」侏儒回覆未問出口的話。

巴力諾示意兩個谷地人跟著他，領著兩人走出庭院穿過人群前往大議會廳；裡面是村莊治理官員的辦公室，他們看見韓戴爾坐在其中一張長凳上，一邊大口吃飯，一邊口述由抄寫員寫下報告。當他們走近時，他抬頭看著他們，好奇地打量谷地人，和巴力諾點個頭後繼續吃著他的食物；巴力諾遣退抄寫員，三人坐在興趣缺缺的侏儒對面，他看起來又累又餓。

「真是個蠢蛋，拿把劍就想對付賽蓮，」他喃喃自語，「但確實勇氣可嘉。他現在怎樣了？」

「治療過後就沒有大礙了。」巴力諾回應，對擔心的谷地人安慰性的一笑，「你是怎麼找到他的？」

「聽到他在鬼吼鬼叫。」他邊吃邊說，「我必須扛著他走將近七英哩，直到在銀河邊遇到潘恩和搜救隊。」

他停下來，好奇打量專心凝聽的谷地人，接著視線又轉回巴力諾，眉毛上抬。「高地人跟亞拉儂的朋友，」邊境人回答道，意味深長地歪著頭，韓戴爾只是草草點個頭。

韓戴爾表明，「如果有人可以告訴我這是怎麼一回事，可能會對一切有所幫助。」他拒絕再做出進一步評論，被逗樂的巴力諾對著困惑的兩兄弟微笑，輕輕聳肩暗示侏儒天生就易怒；夏伊和弗利克不太確定對方脾氣，因此在另外兩人對話時乾脆閉嘴，僅管他們真的很想聽聽曼尼安獲救的完整故事。

「你去史坦和威福特的報告情況如何？」巴力諾終於提及位於阿納爾西邊和南邊的兩個南方大城問道。

韓戴爾停下嚼食，突然大笑。「兩個了不起的大城市，官員表示會詳加考慮並送來報告。迂腐官僚，被沒不關心的市民選出來耍猴戲，直到他們可以把球丟給下一個笨蛋。我都可以看出在我開口說話後五分鐘，他們就已經覺得我瘋了；他們是不見棺材不掉淚，最後才會哭著來向我們求救。」話畢，繼續吃著他的餐點，顯然對整個話題感到厭惡。「我想，我早就猜到會有這樣的結果，」巴力諾憂心忡忡，「我們要怎麼讓他們相信有危險？已經有好多年不曾有過戰爭，現在更沒有人相信要打仗了。」

「這不是真正的問題所在，你也心知肚明，」火大的韓戴爾打斷他的話，「他們只是不想淌渾水，更何況前線還有侏儒擋著，更別說是卡拉洪和邊境軍團了；既然我們現在都已經做到這裡了，為何不繼續下去？這群可憐的笨蛋⋯⋯」他的聲音慢慢變小，話說完飯吃完，大老遠地回家讓他感到疲倦，將近三個禮拜他都在南方城市奔波，但是看起來似乎一無所獲，讓他倍感沮喪。

「發生了什麼事了嗎？」夏伊輕聲表示。「那是我們兩個的事。」韓戴爾繃著臉應道，「現在我要去補眠兩個禮拜，有事等我醒來再說。」他突然起身走出議會廳，甚至連道別都沒有，他的肩膀疲憊地垂著；三人無言地看著他離開，眼光鎖住他遠去的背影直到他消失在視線外。然後夏伊疑惑地轉向巴力諾。高大的戰士深深嘆了一口氣，站起身舒展一下筋骨，「我們現在可能正瀕臨數千年來最大的一場戰爭爆發邊緣，但是沒有人要接受這個事實，大家都因循舊例，只讓少數人把關，其他人就不必費心；這已經變成一種習慣，靠少數人來保護其他人。然後某天…當這些少數人已寡不敵眾時，敵人將長驅直入，從洞開的門戶揮軍進城。」

「真的會發生戰爭嗎？」弗利克幾近恐懼地問道。「這確實是個問題。」巴力諾慢慢回應，「唯一知道答案的人並不在場…還遲到了。」

一直處在發現曼尼安健在的驚喜當中，兩人暫且忘了亞拉儂的存在，他們之所以在阿納爾正是因為那個人；他們腦中再度閃過那個老問題，但是過去幾個星期來他們已經學會跟疑惑共處，硬生生又吞下所有費疑猜的事情。當巴力諾朝著敞開的大門走去時，兩人馬上跟上他的腳步。

「你不必把韓戴爾的態度放在心上，」他們一邊走著，他一邊向他們保證，「他對所有人都是那樣板著臉孔，但他卻是會伸出援手的好朋友之一；他在上阿納爾跟地精鬥智鬥力了好幾年，保護他的族人和那些自滿的南方大陸人民，他們早就忘記身為邊境守衛的侏儒們扮演的是何種重要的角色。我可以告訴你，地精對他恨得牙癢癢的。」夏伊和弗利克默不作聲，為他們的族人是如此自私感到羞愧，這才明白自己對上阿納爾的情勢也是一無所知，直到從巴力諾這裡才有所聽聞。他們對種族之間再次對立感到不安，這讓他們回想起過去，第三次種族戰爭的可能性讓他們不寒而慄。

「不如你們倆先回去花園吧。」卡拉洪王子建議道，「曼尼安的情況一有變化，我會馬上派人通報。」

兩兄弟勉強同意，他們也知道自己幫不上忙。當晚就寢前，他們順道去了安置曼尼安的房間，只被侏儒守衛告知他們的朋友正在熟睡不宜打擾。直到隔天下午，高地人才甦醒，焦急的谷地人趕忙去探望他。就連弗利克看到對方依舊安在，也勉強表示欣慰，僅管他很嚴肅地用一種拖長的單音調說，他早在他們決定要穿越黑橡林時，就料中他們會遭遇不幸；夏伊和曼尼安同時笑著天生悲觀的弗利克，倒也沒有反駁他。夏伊解釋曼尼安是怎麼被侏儒帶到庫海文，然後又說到他跟弗利克在銀河畔被發現的神秘經過，曼尼安跟他們一樣困惑，找不出符合邏輯的解答；夏伊忍住不提銀河王的傳奇，不必想也知道高地人會說那只是民間故事。

同一天，就在黃昏前幾個小時，他們聽聞亞拉儂回來了。當時夏伊和弗利克正準備去曼尼安房間看他，他們聽到侏儒興奮的叫聲，急匆匆地越過窗戶湧向議會廳，那裡好像準備要召開某種會議；離開房間還沒兩步路，焦慮的谷地人就被四名侏儒衛兵團團圍住，穿越不斷推擠的人群，經過議會廳大門進入比鄰的小房間，便被告知留在此處。興奮的侏儒話不多說，關上門拉上鎖，在門外站定位。明亮的屋內，困惑的谷地人在板凳上坐了下來；房間窗戶是關上的，想必跟門一樣被封住了。他們可以聽到議會廳傳來一個低沉的聲音。

幾分鐘過後，通往議場的門開了，來的人卻是曼尼安，兩名侏儒守衛連忙讓他進來。在過來的路上，他零星聽到一些對話，庫海文的侏儒們，甚至整個阿納爾似乎已經進入備戰狀態；不管亞拉儂帶回來什麼樣的消息，已經讓侏儒聚落陷入混亂狀態。他從敞開的議會廳大門瞄到巴力諾站在前方平台上，但是守衛一直推他過來，所以他也不確定。隔壁會談開始躁動，三人全都停下來注意裡面的動靜；幾秒鐘過後，依舊沸反盈天，聲音直達外頭滿是侏儒的空地。就在震耳欲聾的喧囂聲中，他們的房門突然打開，進來的是亞拉儂。

他快速走向他們，跟他們握手恭喜他們成功抵達庫海文。他親切地問候曼尼安，隨即移向最近的桌首位置，示意其他人也坐下；跟著他進來的還有巴力諾和好幾位看起來是聚落領袖的侏儒，其中也包括暴躁的韓戴爾，最後還有兩位身形削瘦，穿著古怪寬鬆樵夫裝，像幽靈一樣的人，進來後默默坐到亞拉儂身邊。

夏伊可以從他位於桌子對面的位置清楚地看到他們，快速觀察後推斷他們應該是來自遙遠西方大陸的精靈；他們的五官很立體，從飛揚的眉毛，到奇怪的尖耳朵，都顯得與眾不同。夏伊轉過頭發現弗利克和曼尼安都好奇地盯著他瞧，顯然認為夏伊酷似那兩個陌生人；他們沒有人見過精靈，知道夏伊是半個精靈後，聽過不少有關精靈的描述，但從來沒有機會拿夏伊跟真正的精靈作比較。

「我的朋友們…」亞拉儂站起堂堂七呎之軀，低沉的聲音在一群騷動聲中充滿威嚴地響起，整個房間瞬間安靜下來，所有人全部轉向他的方向，「我的朋友們，我現在必須告訴各位一些我從未跟任何人說過的事。我們遭逢了悲劇性的損失。」他稍作停頓，望向在座各位焦慮的臉。

「帕瑞諾已經淪陷！一支聽命於黑魔君的地精獵人奪走了沙娜拉之劍！」

房間陷入一片死寂，兩秒鐘過後侏儒們起身發出忿恨的怒吼，巴力諾馬上站起來安撫他們；夏伊和弗利克一臉不可置信地看著對方，只有曼尼安看起來對這個消息並不吃驚，精瘦的臉端詳著站在桌首的黑暗個體。

「帕瑞諾是從內部被佔領的。」大致恢復平靜後，他繼續說道，「目前有些疑問尚待釐清，就是要塞和神劍守衛者的命運；我所得到的訊息是，他們全部遭到殺害，沒有人確切知道到底是怎麼發生的。」

「你也在場嗎？」夏伊突然問道，隨即發覺這真是個蠢問題。

「我之所以匆忙離開穴地谷，就是因為我接到消息，想趕去營救帕瑞諾；但我太晚抵達，來不及從內部幫助他們，連我自己也是千鈞一髮才逃出來。這也是我為什麼會這麼晚抵達庫海文的原因之一。」

「但如果帕瑞諾淪陷了，而劍也被拿走了…？」弗利克的低語聲愈來愈小。「那我們現在可以做些什麼？」

亞拉儂嚴厲地接完他的話。「這就是我們現在面臨的問題，我們必須馬上找出解答，而這也正是此次會議的目的。」

亞拉儂突然離開位於長桌桌首的位置，繞著桌子最後站定在夏伊身後；他把他強壯的手放在夏伊纖細的肩膀上，面對專注看著他的觀眾們。

「沙娜拉之劍在黑魔君手上根本無用武之地，只有傑利・沙娜拉家族之子能夠舉起，單是這一點就阻止了邪惡勢力於現在發動全面進攻；相反地，他正展開有計畫的追殺，全面狙擊沙娜拉家族所有成員，所有我能找到的，並試著保護的人，已經全部殞命，獨留一人，就是年輕的夏伊；夏伊只是半個精靈，但卻是當年持劍國王的直系血親。現在，他必須再次舉起神劍。」

如果不是因為肩膀被牢牢抓住，夏伊巴不得馬上奪門而出。他絕望地看著弗利克，卻從他哥哥眼裡看到他自己的恐懼；曼尼安則是一動未動，但這項無情的宣告顯然讓他大為震動。亞拉儂似乎期望著從夏伊那兒聽到些任何人都無權發問的問題。「好吧，我想有嚇到年輕的朋友了⋯⋯」亞拉儂短笑道，「不要絕望，夏伊，事情並沒有你所想像的糟。」他轉身走回桌首面對大家。「我們必須不計一切代價找回沙娜拉之劍，我們已經沒有選擇餘地；如果我們失敗了，整個世界都將陷入自兩千年前生命近乎滅亡以來，所有種族所見過最嚴重的戰爭之中。那把劍就是關鍵；若沒有它，我們只能依賴赤手空拳、大無畏的奮戰精神去迎敵，如此兵戎相見的戰役只會造成雙邊難以計數的死傷。邪惡之源即是黑魔君，要毀滅他一定得有神劍襄助，和至少包括在座各位等少數人的勇氣。」

他再次停頓，一張張嚴肅的臉回瞪著他，室內瀰漫著凝重的空氣。這時坐在長桌另一頭的曼尼安・利亞霍地起身面對高大的發言人「你現在是提議我們去帕瑞諾找那把劍。」

亞拉儂緩緩點頭，薄唇上露出半抹微笑等著其他被嚇到的人做出反應，濃眉下凹陷的雙眼深沉地眨著，仔細觀察他周遭每一張臉；隨著亞拉儂再次開口，曼尼安悠悠坐下，俊俏的臉龐明顯露出一臉不可置信的樣子。

「劍還在帕瑞諾，有絕大的可能性它還沒離開；不論是布羅納還是骷髏使者都無法獨力除去護身符，非生物暴露在護身符的環境下超過數分鐘就會感到痛不欲生，這也意味著如果想要把劍往北運回骷髏王國，勢必得利用目前掌控帕瑞諾的地精來達成目的。」

「伊凡丁和他的精靈戰士銜命守衛德魯伊大本營和沙娜拉之劍，如今帕瑞諾已然失守，精靈仍掌控史翠里漢平原南部區域，要想北上就得衝破他們的防線。帕瑞諾被拿下時，伊凡丁顯然不在那裡，我沒有理由相信伊凡丁會將寶劍拱手讓人，至少也會阻撓任何想要移動它的企圖。黑魔君對此知之甚詳，因此我不認為他會冒險讓地精把劍運送出去；相反的，他會先在帕瑞諾築好防禦工事，直到他的部隊南下。」

「還有一個可能性，就是黑魔君根本沒料到我們會想要奪回神劍，他可能以為沙娜拉的血脈已經絕跡了，預期我們會專心加強防禦對抗他即將展開的攻擊。如果我們馬上展開行動，一小群人可以神不知鬼不覺地溜進要塞，拿回神劍；這樣的任務很危險，但即使成功的希望微乎其微，都值得一拼。」

巴力諾起身表示想要跟與會各位說些話，亞拉儂點頭並坐下。「我承認我並不瞭解神劍是否能對抗黑魔君，」高大的戰士開口說道，「但是我確實明白我們所有人面臨著布羅納大軍入侵南方大陸和阿納爾的威脅，正如同我們在報告中所言，他們已經在開始著手進行；我的祖國將首先面臨此等威脅，如果能有任何方法免於受迫，那麼我便責無旁貸。我將跟隨亞拉儂。」此時侏儒們熱血歡呼相挺呼應，亞拉儂起身舉起他的長手臂請求大家安靜。

「在我身邊兩位年輕的精靈是伊凡丁的堂弟，他們會陪同我，他們與各位一樣面臨極大的危險，巴力諾也將同行，另外還會再帶一位侏儒首領，不再多了。如果我們要成功，這一支隊伍就必須小而精，由具備高超技能的獵人所組成；選出你們的最佳人選，讓他加入我們。」

亞拉儂看向桌子末端，夏伊和弗利克混雜著震驚和疑惑的情緒注視著他，曼尼安靜靜思量，沒有看著哪個特定目標。亞拉儂期待地掃向夏伊，當他看到這個只被告知必須離開便歷經千辛萬苦才來到此一安全避風港的谷地人眼裡充滿了恐懼時，他嚴峻的臉龐突然軟化；但是現在沒有時間用更和緩的方式讓他知道情勢變化，他懷疑地搖搖頭並等待著。

「我想我最好加入。」這個突然的宣布來自曼尼安，他再次起身面對大家。「我陪著夏伊長途跋涉以確定他抵達安全的庫海文，如今他做到了，我對他的責任也已結束，但是我卻虧欠我的祖國和我的人民，我要竭盡所能保護他們。」

「那麼你可以貢獻什麼？」亞拉儂突然問道，對高地人會沒有先跟他的朋友說過就自願加入感到愕然，夏伊和弗利克更是被這個突如其來的宣布嚇得目瞪口呆。「我是南方大陸最佳射手，」曼尼安穩穩答道，「說不定也是最棒的追蹤者。」

亞拉儂似乎猶豫了一會兒，然後看向巴力諾，他平靜地聳聳肩；有那麼一瞬間，曼尼安和亞拉儂兩人眼神相互交會，彷彿各自打量著對方的意圖。曼尼安冷酷地對著嚴峻的歷史學家微笑。

桌子另一頭的那人幾近古怪地瞪視著他，空氣間瀰漫著一股死寂，就連巴力諾也吃驚地倒退一步。夏伊立刻就知道曼尼安是在自找麻煩，也知道除了他們三人之外，其他人肯定都知道某些跟亞拉儂有關的事而他們卻不知道。害怕的夏伊眼光投向弗利克，他漲紅的臉因為兩人對峙轉而發白；為了避免任何麻煩，夏伊在情急之下突然站起來並清清喉嚨，所有人都看向他這邊，他的腦袋瞬間一片空白。

「你有話要說嗎？」亞拉儂幽幽問道，夏伊點頭，知道大家在期待著什麼；他再次看向弗利克，後者微微點頭暗示不管他做出什麼決定，都會支持。夏伊再次清了清喉嚨。「我的特殊技能應該就是我生錯了家族，但我也只能接受；弗利克跟我，還有曼尼安，都會去帕瑞諾。」亞拉儂點頭表示贊同，甚至還露出一抹淺淺的微笑，內心為年輕的谷地人感到高興；比起其他任何人，夏伊更要堅強，他是沙娜拉家族僅存的血脈，眾人的命運將懸於此一微小的希望上。

在桌子的另一頭，曼尼安放鬆地坐回位子上，如釋重負的他默默恭喜自己時，幾乎聽不見有口氣從他嘴裡竄了出來。他故意向亞拉儂挑釁，藉以迫使夏伊跳出來救他，同意去帕瑞諾；這是一步引誘小小谷地人下定決心跟他們一起去的險棋，高地人差點就跟亞拉儂爆發難以挽回的衝突。他很幸運，但他懷疑幸運女神是否會一路跟他們同行，照拂所有人。

09

夏伊默默站在議會廳外，弗利克就站在他右手邊，曼尼安慵懶地靠在他們左方幾碼處的橡樹上。會議已經結束，亞拉儂要他們等他，那高大的浪人仍在裡頭跟侏儒長老們就上阿納爾可能面臨的入侵預作準備，巴力諾也跟他們在一起，居中協調卡拉洪著名的邊境軍團和東方大陸侏儒部隊之間的防禦措施。夏伊得以離開悶熱的房間，到外面空曠的夜裡讓他更能夠仔細考慮那個匆促的決定；他猜弗利克也知道，因沙娜拉之劍而起的衝突已經勢不可免，他們無法置身事外。他們可以待在庫海文，就像囚犯一樣生活著，希望侏儒能夠保護他們不被骷髏使者找到，自此遠離所有親朋好友，隨著時間過去可能只剩下侏儒記得他們。但是這樣把自己隔離起來並非根本解決之道，這是第一次夏伊明白他必須接受現實，他已經不只是柯薩・翁斯佛的養子，他是精靈沙娜拉家族的後嗣，諸王之子，神話故事中那把劍的傳人，僅管他有多麼希望情況反轉，但是一切命中都已注定。

「曾經有一段時間，」弗利克輕柔的聲音打斷他的思緒，「我發誓要在穴地谷平凡度過此生就好，現在似乎我也要為拯救人類盡一份力。」

「你覺得我應該做出其它選擇嗎？」夏伊想了一會兒後問道。

「我並不認為。」弗利克搖頭，「但是記住我們來這裡前所談論過的，有關那些超乎我們所能控制及所能理解的事嗎？你看看現在充滿了多少變數。」語歇，他直盯著他的弟弟瞧，「我認為你做了正確的選擇，不管發生什麼事，我都與你同在。」

夏伊笑逐顏開，把手放在對方肩上，他也預期弗利克會這麼說；這可能只是一個小手勢，但對他卻意義非凡。他感覺到曼尼安突然從另一邊靠近，轉過身來面對高地人。「我猜經過今晚在裡頭所發生的事後，你可能會覺得我在某種程度上是個傻子，」曼尼安突然說道，「但是這個傻子要跟老古板弗利克站在同一陣線，不管發生任何事，我們都要一起面對，同生或共死。」

「你造成那樣的場面好讓夏伊答應同行，不是嗎？」弗利克生氣地質問，「那真是我見過最低級的把戲！」

「沒關係，弗利克，」夏伊打斷他，「曼尼安知道他在做什麼，而且他做了正確的事；不管怎樣，我也會決定要去，至少我想相信我會。現在我們要忘記過去，忘記我們的歧見，為我們自身的存續並肩作戰。」

「我只要站在看得到他的地方緊盯著他就好。」弗利克尖酸地反駁。

通往會議室的門突然打開，裡面的火炬映出巴力諾的剪影，他端詳著站在黑暗中的三人，關上門，一邊對著他們微笑，一邊走向他們。

「我很高興你們決定同行。」他簡單說明「我必須補充一點，夏伊，如果沒有你，我們此行便毫無意義可言；沒了傑利．沙娜拉的後人，那把劍充其量也不過是塊鐵。」

「你可以跟我們說說這件神奇的武器嗎？」曼尼安馬上發問。

「就讓亞拉儂來告訴你們吧，」巴力諾應道，「他幾分鐘後會在這邊跟你們談談。」

夏伊和弗利克快速交換了一個眼神，他們終於可以知道北方大陸事情發生始末背後完整的故事。

「你怎麼會在這裡，巴力諾？」弗利克警覺地問道，不希望打探邊境人的私事。

「說來話長，你不會有興趣的，」對方近乎尖銳地答覆，馬上就讓弗利克認定他已經越線了；巴力諾看到他苦惱的臉，隨即安慰性地笑笑。「我的家族跟我最近處得不是很和睦，我弟弟跟我有點……意見不合，所以我想要離開一陣子；亞拉儂要我跟他一起到阿納爾，我跟韓戴爾等人通通都是老朋友，所以我就同意了。」

「這個故事好像似曾相識。」曼尼安冷冷地做出評論，「我有時也會遭遇類似的情況。」巴力諾點頭，勉強擠出笑容，但是夏伊從他眼中看得出來他不認為這是一件好笑的事；不管他是為了什麼離開卡拉洪，肯定比曼尼安在利亞所遇到的任何事都要嚴重。夏伊馬上轉移話題。「那你能夠跟我們說說有關於亞拉儂嗎？大家似乎對他有著非比尋常的信任，但我們對這個人依然一無所知。他是誰？」

巴力諾拱起眉毛，被這個問題逗得發笑，但同時間也不確定該怎麼回答；他稍微走開一點，拿定主意後突然轉身，面無表情地移向議會廳。

「我對亞拉儂瞭解的也不多。」他坦承說道，「他四處遊歷，在各地探險，把這片土地和人民的改變與成長紀錄下來；他在所有國家都是個名人，我想他已經去遍所有地方。他對這個世界的學識超凡，其中絕大多數都是書裡所沒有的，他卓絕群倫……」

「但他究竟是誰？」夏伊熱切地追問，覺得他一定得知道這個歷史學家的來頭。「我也沒辦法斷言，因為他從來沒吐露過，我幾乎就像他的兒子一樣，但他也未曾說明。」巴力諾輕聲說道，柔和到他們全都靠得更近，好確定沒有聽漏重要細節，「侏儒跟我國長老們都說他是最偉大的德魯伊，那幾乎已經被遺忘的公議會在一千年前曾經統治過人類；他們說他是德魯伊布萊曼的嫡系子孫，說不定就是格拉菲爾本人。我想其中可能有部分是真的，因為他經常去帕瑞諾，待的時間也很長，然後把他的所見所聞通通寫進收存在那裡的大型紀錄冊。」他打住話，三名聽眾互相看了一眼，想知道那個冷酷的歷史學家是否真是德魯伊的後裔，以敬畏之心思索著那男人背後數百年的歷史；夏伊之前就猜想亞拉儂可能是古早被稱為是德魯伊的哲學導師之一，顯然他對種族博聞多識，也比其他人更瞭解他們所面臨的威脅。他轉過來面對再次開口的巴力諾。

「我無法解釋，不過我不相信面臨任何危險時，即便是跟黑魔君面對面時，我們能找到比他更好的同伴；

雖然我沒有確切證據，甚至連實例都舉不出來，但我確信亞拉儂的力量超乎我們所見過的任何事物。」

「關於那一點，我深信不疑，」弗利克冷冷地嘀咕著。

沒幾分鐘，連接會議室的門打開了，亞拉儂沉著地走進視線範圍，眾人鴉雀無聲，納悶著亞拉儂要告訴他們什麼。當亞拉儂逼近時，也許已經察覺他們的想法，但是眾人卻看不穿他的莫測高深，只能在他逐一審視每張臉時，看到眼裡的閃光；彼此之間瀰漫著一股不祥的寂靜。

「現在是該讓你們知道沙娜拉之劍背後完整的故事，以及只有我才知道的種族歷史。」他一出聲，便威嚴地吸引大家注意。「這是極其重要的，夏伊一定要知道，而其他人既然要共患難，也應該知道真相。今晚你們所知道的一切必須保密，直到我告訴你們公開也無妨了才行；雖然很難，但你們一定要做到。」

他示意他們跟著，便走入前方樹林裡，深入數百呎後，轉進一小塊隱密的空地，坐在光禿禿的樹幹上，要其他人也找個地方；他們聞言照作，靜靜等著這位名歷史學家整理思緒。

「很久很久以前……」他終於開口，一邊講著一邊仍在琢磨著他的詞句，「在超級大戰之前，在我們今天所知的種族存在之前，大地只有，或是被認為只有人類居住，文明甚至在此之前就已發展了數以千年，長年的辛勤勞苦認真學習，將人類帶領到一個即將主宰生命秘密的位置，當時是多麼美好且激勵人心的年代。但是當人們那些年努力發掘生命的秘密時，卻從未設法避免對死亡的過度迷戀，即使在最開化的國家亦然。奇怪的是，每項新發現都是無止盡的不斷進行科學研究，但並非今日各族所知的科學，不是動物、植物、土地的研究，而是機器和力量的科學，一種可以不斷擴充探索領域的學科，最終都為了達到相同的兩個目的，其一就是發現更好的生活方式，或是其二，更有效率的殺戮方式。」

他住嘴對自己嚴肅地一笑，把頭偏向巴力諾的方向。「真的很矛盾，人類竟然花這麼多時間朝著兩個截然不同的目標前進；即便是過了這麼多年之後，還是沒變。」他的聲音漸漸變小，夏伊趁機偷看一下其他人，他們的眼睛全部都定在發言者身上。

「物理力量的科學！」亞拉儂突然感嘆讓夏伊把頭猛地轉過頭來。「在那個年代，這些是達成目的的手段工具。兩千年前，人類所達成的成就在地球史上空前未見，疾病差不多已經被消滅，人類甚至還找到了延長壽命的方法。部分哲學家主張生命的秘密是凡人的禁忌，卻從未有人用其他方式證明過這一點；他們或許有試著進行，但是他們的時間已經耗盡，跟讓生命遠離病痛羸弱力量相同的元素幾乎與之同歸於盡。然後便展開超級大戰，從一小群人的不合，愈演愈烈，漸漸變成基本的仇恨：種族、國家、邊界和信念⋯最終，遍及所有。緊接著突然間，突然到只有極少數人知道到底發生了什麼事，全世界都陷入不同國家之間的報復性攻擊，全部都經過科學縝密的規劃和執行；不消幾分鐘，數以千年的科學、好幾世紀的知識，便以生命幾乎全面毀滅宣告結束。」

「超級大戰⋯」低沉的聲音很冷酷，黝黑的眼睛閃閃發光盯著每張聽他講述的臉，「非常貼切的說法。這股力量在幾分鐘內迅速擴散，不但成功徹底摧毀人類數千年來的發展，同時也造成了一連串的爆炸和動亂，完全改變了地貌；最初的威力傷害最大，地球上百分之九十的生物全部被殺死，但是餘波持續發酵造成質變與滅絕，導致土地和水有好幾百年都不適於居住。這應該會成為所有生命的終點，也可能是世界的末日，只有奇蹟發生才能避免走上絕路。」

「我不敢相信。」夏伊來不及關緊嘴巴脫口而出；亞拉儂看向他，嘴邊又出現那抹嘲弄的笑容。

「這是你們文明人的歷史，夏伊。」他低聲說道，「但是之後發生的事對我們的影響更直接。人族倖存者在大屠殺後那段恐怖期間努力存活，居住在地球上孤立的地方，對抗惡劣的環境求生，這便是今日種族發展的起始，人族、侏儒、地精、巨人族，有人說還有精靈，但那又是另外一個故事，下次再說。」

關於精靈的部分，亞拉儂上次在穴地谷也是這麼跟翁斯佛兄弟說的，夏伊很想在這裡打住，問問關於

精靈族和他身世的事，但他還有自知之明，不要跟他們第一次見面時一樣隨便插話激怒高大的歷史學家，

「有一些人還記得科學的秘密，但為數不多，少數也只能記起些吉光片羽，但是他們好好保存著有關那些知識的書，而這些書可以告訴他們舊科學的多數的秘密；在最初幾百年間，他們把這些書妥善藏匿起來，無法將文字付諸實際用途，等待著重見天日的一天。他們代替閱讀這些珍貴的文字，但是藏書因為歲月蛀蝕開始風化，既不能保存也無法抄寫，保管這些書的人開始強記書裡的資訊；隨著時間過去，這些知識仔仔細細地由父親傳給兒子，家裡代代守護著這些知識，防範那些可能會不當濫用的人，以免重蹈覆轍導致超級大戰再次爆發。到最後，即便有方法能將那些珍貴知識記錄下來，那些人還是決定不這麼做，他們仍害怕可能招致的後果，害怕其他人，甚至害怕自己；因此他們決定等待時機成熟，將知識提供給發展中的新興種族。」

「如此又過了好多年，這些新種族慢慢開始進入不同於原始生活的階段。他們開始統一成聚落，想要從塵土和破舊中建立新的生活，但是就如同已經跟你們一樣，他們條件各不相同，彼此為了土地大吵大鬧，小爭執最後演變成種族之間的武力衝突。就是那時候，最先記下舊生命、舊科學秘密之人的子孫，看到發展開始開倒車時，決定展開行動。一個名叫格拉菲爾的人知道如果他們再不有些作為，各族鐵定會再次開戰；他登高一呼，把所有握有舊書中任何知識的人，都找到帕瑞諾召開一次會議。」

「所以那就是最早的德魯伊公議會，」曼尼安恍悟喃喃說道，「一個由當代所有學識最淵博的人所組成的議會，要匯聚他們的知識拯救各族。」

亞拉儂輕笑道，「德魯伊公議會也許成立之初所有人都秉著善意；他們對種族擁有極大的影響力，因為他們貢獻良多，能讓每個人的生活相對變得更好。他們以群體模式嚴密執行任務，每人都為全體福祉貢獻個人的所知所學，雖然一開始，他們成功避免了全面開戰，維持各族間的和平，但是他們卻面臨了意想不到的問題；每人所掌握的知識在許多小地方，以及代代間口耳相傳無可避免地發生了變化，以至於許多

關鍵資訊都已經偏離本意。」

「無力協調不同的人才和不同學科的知識，讓情況更加複雜；對許多議會成員來說，祖先傳襲給他們的知識缺少了實踐上的意義，因此當德魯伊，這是他們以一個追尋真理的古老團體為自己取的名字，在他們從各方面幫助種族的同時，也發現自己無法完整拼湊出那些他們銘記在心的文章，藉之以精通任何偉大學科的重要概念，那些他們覺得可以幫助國家富足強盛的概念。」

「然後德魯伊便想要以他們的條件重新建立舊世界，」夏伊立刻響亮地說道，「他們想要避免最初毀掉他們的戰爭，再次創造舊科學所帶來的美好。」弗利克困惑地搖著頭，完全不瞭解這些跟黑魔君以及沙娜拉之劍有什麼關聯。「沒錯！」亞拉儂表明，「但是有著廣博知識和良善美意的德魯伊公議會，卻忽略了一項基本概念，就是人類的存在；不管任何時候，有智慧的生物都與生俱有改善現況的慾望，解開進步之謎，他們會尋找工具達成目的，如果一個方法不成功就換另外一種。德魯伊隱居在帕瑞諾，遠離各個種族，他們單獨行動或是小組進行，鑽研舊科學的秘密；他們多數仰賴手中的素材，用個別成員涉及整個公議會的知識藉以重建並改造駕馭權力的老方法。但有人並不滿意於這樣的方法，少數人認為與其試著更進一步瞭解老祖宗回憶錄的言語和想法，更應該付諸實行，結合新點子新理論來發展。」

「也就是公議會中的這一小部分人，以其中一個名叫布羅納的人為首，在還未全面通徹領會舊科學前，就開始鑽研古老的神秘事物；他們絕頂聰明，少數幾位更是天才中的天才，迫切渴望成功，等不及要掌控對種族有幫助的力量。但奇怪的是，他們的發現和進展和公議會的研究漸行漸遠。舊科學對他們來說是沒有解答的謎題，因此他們跳脫常軌進入另一個思考領域，慢慢地讓自己陷入一個前無古人甚至不被稱為科學的研究領域，他們準備要揭開的是神祕的無窮力量『黑術』他們掌握了幾個秘中之秘，但被公議會發現後馬上被勒令停止，結果引來強烈反彈，布羅納和追隨者憤而離開公議會，決定繼續投入他們的研究；然後他們便消失了，再也無人見過。」

他停了一會兒，推敲他的說明。「我們現在已經知道後來幾年發生的事。經過長時間的研究，布羅納發現了黑術最深奧的秘密，也掌握了這些秘密。但是在這個過程中，他失去了他的身份，最終連他的靈魂也獻給了他所急於追尋的力量；他忘記了德魯伊公議會以及它要讓世界變得更美好的目標，他忘記了一切，只記得還想知道更多神秘學問，以及進入其他世界的靈力。布羅納沉迷於不斷擴展力量，為的要主宰全人類以及他們居住的世界；這種野心的下場就是醜陋的第一次種族大戰，當他控制了意志薄弱的人族，促使這些不幸的人對其他種族發動戰爭，讓他們屈服於那個人的慾望，那個已經不再是人，甚至不再是自身主人的那位。」

「那麼他的追隨者…？」曼尼安緩緩問道。

「也是他的受害者，他們成為他的僕人，全成了黑術力量的奴隸…」亞拉儂他繼續說道。「事實上，這些德魯伊狠狠摔了一跤，因為這些與他們所要追尋的正好相反；如果更有耐心一點，他們很有可能會拼湊出舊科學遺失的連結，而不至於發現靈界的可怕力量，如狼似虎般吞噬他們未受保護的心智。人類無力面對此一領域的非物質存在，任何凡人都沒有辦法長時間承受。」

他再次停了下來，陷入不祥的靜默。聽眾現在已經知道的敵人的本質，他們要對抗的是一個不再有人性的人，但卻是某種超乎他們想像之強大力量，力量之大讓亞拉儂擔心人類心智會受到影響。

「後續的故事你們都已經知道了，」亞拉儂再次開口，「那個名叫布羅納的怪物，已經不再是人類，他是兩次種族戰爭的幕後主使，而骷髏使者就是布羅納的追隨者；這些德魯伊也曾經具有人形，曾經是帕瑞諾公議會的一員，且更難以逃脫他們的命運，現在的樣貌就是邪惡力量的化身。但對我們來說更重要的是，他們代表了一個新的階段，對人類是如此，對四方大陸所有人亦然。舊科學已經成為歷史，現在就如同當年機器是上天賜予讓生活更加便利的禮物時一樣，被徹底遺忘，取而待之的是令人著魔的黑術，對人類生存是一種更強大、更危險的空前威脅。不要質疑，我的朋友們，我們現在生存在黑術師的時代，他的力量揚言要把我們全部毀滅。」

所有人再次陷入沉默之中，亞拉儂最後所言似乎成了回音來回擺盪，在寂靜的森林裡特別有壓迫感。

之後，夏伊輕聲問道。

「那沙娜拉之劍的秘密呢？」

「在第一次種族大戰時，」亞拉儂用幾近耳語的聲音應道，「布羅納的力量仍然有限，因此其他種族合縱抗敵，再結合德魯伊公議會的知識，人族大軍擊潰了他，他也被迫藏匿起來；整起事件後來被淡化成為歷史中的一個小章節，他也不可能再介入凡人的另一場戰爭，除非，在他的肉體被分解化為塵土後，他設法解開了讓他屬靈本質永生不朽的秘密。他用某種方法保存了他的靈魂，用他所擁有的神祕力量豢養它，給予它跳離實體、超脫死亡的生命；他現在可以穿梭於兩個世界，一個是我們生存的世界，另一個則是超脫於現世的靈界，他在那裡召喚了已沉睡數百年的闇黑幽靈，等待反擊的時機。在等待期間，他看著各種族漸行漸遠，德魯伊公議會的力量愈來愈小，對種族的興趣不復以往；他等到仇恨、忌妒、貪婪，所有種族都沉淪於這些人性弱點時，便一舉反攻，輕鬆掌控了位於查諾山脈原始好戰的巨人族，並派出靈界怪物壯大聲勢，揮軍直指分崩離析的各種族。」

「正如你們所知道，他們擊垮了德魯伊公議會，並將其徹底毀滅，除了少數逃出的幾人，其餘全數犧牲；走脫的人中有一位年長的神秘學家名叫布萊曼，他早就預見危險，警告其他人的努力只是枉然。身為一個德魯伊，他原是位歷史學家，深入研究過第一次種族大戰還有布羅納和他的追隨者們，他們的企圖和對神秘的德魯伊可能已經取得某種力量的懷疑，激起了他的好奇心，布萊曼也開始研究起神秘學。經過數年的追尋，他愈來愈相信布羅納確實還存在，以及各族之間即將爆發下一場戰爭，最終將由黑術的力量來定勝負；結果他被踢出了帕瑞諾，因此他開始獨力研究神秘學，從而在巨人族攻陷帕瑞諾時並未現身，等到他獲悉公議會已經被拿下時，他知道如果他再不採取行動，各種族將無力防禦布羅納所掌控的黑術，那些凡人所不知道的神秘力量。但是他還面臨著一個問題，要如何打敗一個尋常武器根本碰不著的怪物，一個已經存活超過五百年的怪物；於是他前往他那個年代最偉大的國家，在年輕有為的國王傑利・沙娜拉統治下的精靈王國，向他們提供他的援助。精靈族人都非常敬重布萊曼，因為比起其他德魯伊他們更瞭解他，在帕瑞諾失陷前，他還曾經住在這裡好幾年研究神秘學。」

「有一些事我不太瞭解，」巴力諾突然說道，「如果布萊曼也是神秘學大師，為和他自己不挑戰黑魔君的力量？」

亞拉濃的答案有點閃避，「他最後確實在史翠里漢平原對上布羅納，但那不是一場凡人看得到的戰鬥，最後兩人都消失了。有人設想布萊曼打敗了冥王，不過事後證明情況不然，現在⋯⋯」他遲疑了一下，隨即接上剛剛的故事。

「布萊曼知道如果沒有熟悉神秘學的人出來保護四方大陸的人民時，就需要一個護身符當作防護盾，阻止像布羅納那樣人再次來襲。因此他發想出神劍的點子，這個武器蘊含擊敗黑魔君的力量，他借助他自己高超的神秘本領打造出沙娜拉之劍，只用我們世界的金屬將它具體塑形，但給予它所有對抗未知事物的護身符作為保護。這把劍的力量乃是他們自身對自主的渴望，甚至不惜放棄生命來捍衛自由，就是這個力量讓傑利・沙娜拉當時得以毀滅心靈受到控制的北方大軍；現在我們必須使用同一股力量把黑魔君送回他所屬的幽冥地獄，將他永世禁錮在那裡，斬斷他跟這個世界的所有通道。但是只要那把劍在他手上，他就有機會避免有人使用那股力量將他永遠摧毀，因此絕對不能讓他拿到劍。」

「那麼為什麼只有沙娜拉家族之子能用…？」夏伊支支吾吾地提問，腦子困惑地瘋狂亂轉。

「這就是裡頭最大的諷刺！」亞拉儂連問題還沒說完就大喊，「如果你聽完我說到有關於超級大戰後生活的改變，舊唯物主義科學讓位給現行神秘的科學，那麼你就會明白我所要說的，是當中最奇特的現象。舊科學的運作原理乃是基於可以被看到、被觸摸到、被感覺到的事物所建立起來的實用理論，然而現在的黑術卻是完全不同的原理；只有被相信，它才有力量，它控制心靈的力量完全無法透過感官覺知。如果心靈確實找不到相信它的存在的基礎，那麼它就不會有實質影響。黑魔君知之甚詳，然內心對異世界、對怪物、對人類有限知覺無法理解的所有事件，這種對未知的恐懼與信念，給了他充分的論據來實踐他的神秘學，他一直靠這種假設過了五百年。同樣的，沙娜拉之劍也將無用武之地，除非持劍的人相信他的力量；當布萊曼把劍交給傑利・沙娜拉時，他犯了一個錯把劍直接交給國王和王室家族，而非授予大地的子民。結果，經過人類歪曲原意和歷史學者謬誤解讀，大家對於那把劍是精靈國王的武器，以及只有他的血脈才能持劍對抗黑魔君的說法深信不疑；導致現在除非拿劍的是沙娜拉家族之子，那個人就無法完全相信他持劍的權利，只有這樣一個人可以揮劍相向的古老傳統會讓其他非沙娜拉家族的人質疑自己，因此，一定要毫無疑義，否則就起不了作用，那把劍充其量也將不過是另一塊金屬罷了。只有沙娜拉後裔的血統和信念才能喚醒神劍沉睡的力量。」

語畢，亞拉儂重新考量他對自己的承諾；他並未將所有的事都告訴他們，刻意保留了一些可能會是他……沒說，亞拉儂內心交戰，是要全部據實以告，還是要守住成功的任何機會。他們能夠成功才……大事，只有他才知道事實的全部真相；因此他默默地坐著，為不能告人的隱情感到苦澀，也……己身上的限制而氣惱，這些限制禁止他向前來依靠的人全面揭露實情。

……夏伊能夠用劍，如果…」巴力諾突然噤聲。「只有夏伊有與生俱來的權利。」四周靜得出奇，這夜晚森林裡的蟲鳴鳥囀似乎都因為那歷史學家的回應而凝結。他們的未來只有一種選擇，不成功，便成仁！

「故事說完了，」亞拉儂突然下令，「趁你們還能睡的時候快睡，我們在日出時啟程前往帕瑞諾。」

10

在金黃色晨曦裡，眾人準備展開他們的長途旅行。巴力諾、曼尼安、還有兩個谷地人，都在等著亞拉儂和伊凡丁的堂弟們，大家全都不說話，一部分是因為還沒完全清醒，實在沒辦法要他們有好心情，還有一部份是因為每個人心裡都在想著眼前危險的行程。夏伊和弗利克坐在小石椅上，想著前一晚亞拉儂告訴他們的故事，不知道他們該如何奪回沙娜拉之劍，用它來毀滅黑魔君，最後還能夠活著回到他們家鄉。特別是夏伊，他的心境從恐懼到麻木，進而出現自我放棄，到漠然接受他將遭到屠殺的事實；但儘管他對這趟帕瑞諾之旅的態度是這樣認命，在他疑惑的內心某處卻有個揮之不去的信念，讓他覺得他能夠戰勝這些無法克服的障礙。

谷地人穿著侏儒幫他們準備的樵夫裝，包括溫暖的半截式斗篷，現在他們正裹得緊緊地來抵禦清晨冷風，從谷地帶來的短獵刀則插在腰間皮帶，而背包也改得小巧精簡。夏伊小心不讓任何人看到他的精靈石，自從來到庫海文之後，亞拉儂也沒提起過它們，不管是不是因為疏忽，夏伊不會放棄這個神力武器，因此把皮囊嚴密藏在他的束腰外衣內。

曼尼安站在距離兄弟倆幾碼處，懶散地踱著步。他穿著實在不知道該怎麼形容的獵裝，既寬鬆，又跟土地的顏色交融在一起，彰顯出他肩負追蹤者和獵人的任務，鞋子則是軟皮製成的，上面塗了某種能讓鞋子變得堅韌的油，不但可以讓他在接近獵物時不被聽見，走在硬地上又能保護腳底，至於他的劍則綑在背後，肩上還有他在打獵時最喜歡的武器弓箭。巴力諾穿著熟悉的狩獵斗篷，將他高大厚實的身軀緊緊包覆著，頭被拉起的風帽蓋住，而斗篷下還有鎖子甲，每當他抬起手做些動作時就會看到它發出閃光；他在腰間皮帶別了一柄長獵刀，以及谷地人所看過最大的一把劍，大到他們覺得只要一刀就會把人砍成兩半，現在那把劍正藏在斗篷下面。

他們的等待終於結束，亞拉儂和兩名精靈從議會廳方向走來，向所有人道過早安後，停都不停，就指示他們跟上，並警告大家一旦他們越過銀河後，就會進入地精經常往來的區域，必須盡可能避免對話；過河之後他們將直接往北走，穿越阿納爾森林進入那一邊的山區，雖然這條路線比較不好走，但被發現的機率較低。隱密是他們能否成功的重要關鍵，如果此行的目的被黑魔君發現，他們就玩完了，因此他們只在有山林掩護時才會在白天行進，其他都會採取夜行的方式，還要冒險不被骷髏使者發覺。

口風緊密的韓戴爾被族長委以重任，成為侏儒在這趟遠征軍中的代表，既然他對這一區最熟悉，便由他帶領大家走出庫海文。曼尼安走在他身邊，兩人有一搭沒一搭的說著話，他一直注意不要擋住侏儒的路，試著不要引起太多注意，不過韓戴爾覺得根本是多此一舉。在他們後面的是那兩位精靈，他們輕盈的身形優雅且毫不費力地行進，用宛如樂音般的嗓子輕聲交談著，他們帶著跟曼尼安類似的長弓箭，身上沒有斗篷，穿著和前一晚開會時一樣的合身外出服。夏伊和弗利克走在他們後面，後面跟著的，是這支隊伍的領導人，巴力諾則負責押隊，他們馬上就知道把他們安排在中間是為了要獲得最嚴密的保護；夏伊明白其他人對他有多麼重視，但另一方面也很痛苦地察覺到他們認為他在面臨危險時無力保護自己。

一行人抵達銀河畔，只要一過河就嚴禁交談，所有人目光集中在他們身邊濃密的森林，不安地觀察著；此去的路上還是相對好走，地面平坦，小徑曲折轉進森林，帶領他們一路北上。四周都被大樹擋住的他們只能仰賴韓戴爾對這附近的熟悉度以及曼尼安深諳拓荒的本事，引導大家脫離這個森林迷宮。

平安度過了第一天，當晚便在銀河北方某處的樹林裡過夜，因為擔心生火可能會引來注意，一行人將就著在寒風中吃晚餐，但是大家的心情都還很輕鬆，能夠開心聊天。夏伊把握機會跟那兩名精靈說話，他們是伊凡丁的堂弟，是精靈王國選出跟隨亞拉儂的代表，協助他尋找沙娜拉之劍。哥哥的叫都林，清瘦安靜是夏伊和弗利克對他的第一印象，他們覺得他是一個可以信賴的人；弟弟叫戴耶，是個靦腆、討人喜歡的傢伙，年紀比夏伊小了幾歲。他的稚氣在同行的老人中格外討喜，特別是巴力諾和韓戴爾，他們長年在前線征戰保衛家園，戴耶年輕充滿活力的人生觀對他們來說彷彿是讓他們重溫逝去歲月的二次機會。都林告訴夏伊他弟弟是在婚前幾天才離開精靈王國，他要娶的女孩可是全國最美的女孩之一；夏伊完全不相信戴耶年紀已經大到可以結婚，更不理解怎麼有人會在婚前離開，都林向他保證，這是他弟弟所做的選擇，不過他覺得可能跟自己的身世有關。

夏伊靠近巴力諾詢問他為什麼戴耶會被允許加入這樣的遠征隊伍，卡拉洪王子對夏伊的關心微笑以對；他說，當眾人的家鄉受到威脅時，沒有人會懷疑為何有人會跳出來幫助他們，就僅僅是接受而已，戴耶選擇前來一是因為國王的指示，二則是因為他心裡認為如果拒絕了就不夠男人。巴力諾解釋說韓戴爾為了保護祖國，已經跟地精打了好幾年的仗，委以他這樣的重責大任，是因為他是全東方大陸經驗最老道、學識最淵博的邊境人之一，他有妻子有家庭，但是過去八個星期只見過一次面；他最後總結，這趟行程中每一個人都做出了重大犧牲，也些甚至可能超乎夏伊所能理解的犧牲。

「伊凡丁是個什麼樣的人？」夏伊加入他們時，弗利克正開口問道。「我常聽聞他被視為最偉大的精靈國王，備受尊崇，實際上呢？」都林咧嘴微笑，戴耶更是開心地笑出聲音，不知怎麼覺得這個問題很有趣也很意外。

「他是一個偉大的國王，」過了一會兒後，都林很嚴肅地回答，「與其他領導者相比，他非常年輕，但是他有遠見，最重要的是，他總是未雨綢繆；受到所有精靈子民的愛戴，他們願意追隨他到天涯海角，赴湯蹈火在所不辭，是我們全民之幸。我們議會的長老們傾向維持隔離現狀，不要管其他大陸；簡直是蠢到家了，但是他們又害怕另一次戰爭，只有伊凡丁跳出來反對他們、反對隔離政策，他知道要避免他們所害怕的事，唯一的辦法就是要先發制人，直取敵軍首領的項上人頭。而這也正是此次任務為何如此重要的理由之一，要在演變全面戰爭前就阻止它發生。」從營地另一邊閒晃過來的曼尼安，坐下加入他們時，剛好聽到最後幾句話。「你對沙娜拉之劍知道些什麼？」他好奇地問道。

戴耶坦承，「雖然它對我們而言是歷史的一部份，而不僅只是一個傳說。那把劍對精靈代表著一個承諾，他們再也不必害怕來自靈界的怪物。大家一直以為那個威脅在第二次種族大戰告終後就結束了，因此根本沒人關心整個沙娜拉家族在過去幾年來已然凋零，除了極少數幾個像夏伊這樣沒有人知道的後裔還存活著。伊凡丁家族，也就是我們的家族艾力山鐸，大約在一百年前成為統治者，那把幾乎被所有人遺忘的劍一直在帕瑞諾，直到現在才被想起。」

「劍有什麼力量？」曼尼安追問著，著急的樣子讓弗利克有點戒心，用眼神向夏伊示警。

「我不知道……」戴耶坦承，看向都林，後者也聳聳肩然後搖著頭，「看來似乎只有亞拉儂才知道。」所有人一致看向坐在營地另一頭，跟巴力諾認真討論著某件事情的那個人，然後都林便轉向大家。「還好我們有夏伊，沙娜拉之子，只要我們一拿到劍，他就能解開神劍的秘密，有了那個力量，我們就能在黑暗主宰有機會興起戰爭毀滅大家之前就先擊潰他。」

「你是指，如果我們真能拿到劍的話……」夏伊馬上更正他的話，都林馬上就瞭解了，發出一聲同意的短笑，並鼓勵性地點點頭。夏伊覺得他們想要成功奪回寶劍的希望渺茫，還是先到帕瑞諾再說，至於之後會發生什麼事，他甚至連想都不敢想。

翌日破曉，一行人再度踏上旅途，隨著愈來愈深入阿納爾，四周森林也愈來愈濃密。路開始有點坡度，意味著他們已經接近橫亙中阿納爾的山區，在更往北去的地方，他們可能必須要翻山越嶺才能到達西邊的平原，再由此前去帕瑞諾。隨著他們踏進地精的地盤，氣氛也愈來愈緊張，行進間沒有人說話，所有目光都在搜尋他們四周寧靜的森林。

到了中午左右，小路陡升開始得用攀爬的，樹木生長的比較不密集，葉子也變得稀疏，他們已經能夠看到前方不遠處群巒交疊山脊聳立的景象，這表示他們已經到了中阿納爾山脈的南坡。空氣變得愈來愈冷，他們一邊爬著，呼吸也愈來愈困難；幾個小時過後，他們到達一大片枯木林邊緣，這些枯樹叢聚成群，密集到看不到方圓二三十英呎外的地方。他們兩邊都是高聳入雲的石壁，一大片綿延數百碼的枯木林便以峭壁為終點。韓戴爾叫大家稍微停一下，跟曼尼安談了幾分鐘，指一指森林又指一指峭壁，顯然是在問些事情；亞拉儂也加入討論，然後示意其他人靠近圍成一個小圈圈。

「我們即將穿越沃夫斯塔，那裡杳無人煙，地精跟侏儒都不涉足此地。」韓戴爾平靜解說，「選擇這條路是因為遇到地精獵人的機率比較小，萬一碰上免不了會是一場激戰。據說沃夫斯塔山脈住著來自異世界的怪物……」

「說重點。」亞拉儂打斷他。「重點就是……」韓戴爾繼續說道，「我們大概在十五分鐘前被幾個地精探子盯上，無法確認附近是否還有更多，高地人說他有看到一大群人的跡象。不管怎樣，探子很快就會回報我們的行蹤，然後馬上帶來援兵，因此我們動作必須快點。」

「還有更糟的！」曼尼安迅速聲明，「那些跡象顯示，我們前面某處就有地精，可能在穿過樹林後或是就在樹林裡。」

「還不能確定，高地人，」韓戴爾馬上接回，「這片林像這樣綿延大概一英哩，兩邊都是峭壁，但是過了這片林後就突然收窄，形成絞索隘口，也就是沃夫斯塔的入山口，那就是我們要去的地方，走其他路線的話會多耗兩天的時間，我們得冒著跟地精硬碰硬的風險。」

「夠了！」亞拉儂嚴厲地表示，「我們必須快點行動，只要我們到達隘口的另一邊，就進入了山區，地精不會追到那裡。」

一行人魚貫走進濃密的枯木林，都林就突然叫住大家，示意大家安靜，探詢地四下張望，顯然在找些什麼。「是煙！」他突然驚呼，「他們放火燒林！」

「我沒有聞到煙的味道。」曼尼安嘗試性地嗅一嗅空氣。「因為你沒有精靈敏銳的感官。」亞拉儂一語點破，轉向都林，「你可以分辨他們從哪裡燒林嗎？」

「我也聞到煙味了，」夏伊茫然說道，對他的感官也跟其他精靈一樣靈敏感到不可思議。都林試了一分鐘想要找出煙味是從哪個特定方向飄過來的。「沒有辦法，起火點不只一處，若真是如此，整座森林幾分鐘內就會陷入火海。」亞拉儂遲疑了一會兒，隨即要大家趕快朝著隘口方向前進。這樣的乾燥樹林最怕遇上火焰，一旦蔓延連逃命的機會都沒了。亞拉儂和邊境人邁開大步，迫使夏伊和弗利克得用跑的才不至於落後。亞拉儂在疾步行進間對巴力諾說了一些話，後者隨即退回林間消失蹤跡；在他們前面的曼尼安和韓戴爾已經看不見人，只匆匆瞥見精靈兄弟在林間急馳的背影，只有亞拉儂還清楚地留在視線範圍，在他們身後，不斷叫他們跑快點。濃密的白煙就像大霧一樣在林間快速瀰漫，不但遮蔽了他們的出路，也讓他們愈來愈難呼吸，夏伊和弗利克每吸一口氣就咳個不停，眼睛也被煙和熱氣燻得疼痛。亞拉儂突然叫他們停下來後也不說話，似乎在後頭找些什麼，他精瘦陰鬱的臉在濃煙中顯得蒼白；沒多久，緊緊裹著狩獵斗篷的巴力諾從他們身後的森林中再次出現。

「你猜得沒錯，他們就在後面……」他上氣不接下氣地擠出這幾個字，「他們燒了我們身後所有的樹，感覺像是個陷阱，要把我們逼進絞索隘口。」

「大家待在一起，」亞拉儂隨即下令，指著受到驚嚇的谷地人，「我必須在其他四人抵達隘口前趕上他們！」這樣高大的一個人以不可思議的速度拔足飛奔，衝進前方樹林，瞬間消失眼簾；巴力諾示意兩人跟著他，朝著同一個方向快速前進，在嗆人的濃煙中費力地要看清視線呼吸空氣。接著，他們就聽到燃燒木柴劈啪作響的爆裂聲，滾滾濃煙開始衝過他們，幾分鐘內他們就會慘遭大火活活吞噬！三人激烈咳嗽，夏伊匆匆瞥過天空一眼，驚恐地瞧見大火鋪天蓋地而來，熊熊烈焰如火鳳燎原般不斷催毀巨大的樹幹。

突然間，他們透過濃煙和樹林間隙看到峭壁，巴力諾示意他們往那個方向，正當他們沿著石牆前進時，看到其他人蜷伏在火樹遠處的一塊空地，前方就是直通絞索隘口的小路，三人馬上加入其他同伴的行列，整個森林已經完全陷入火海。

「他們想逼我們選擇，要不活活被烤死，要不就通過隘口，」亞拉儂在木頭燃燒的聲響中喊叫，焦慮地看著前方的通路。「他們知道我們只有兩條路走，不過他們也面臨同樣的選擇，這正是他們丟了先機的地方；都林，進入隘口一點點的地方，看看地精有沒有設下埋伏。」

精靈默不作聲倏地前去，低伏著緊貼峭壁往目標方向去，他們一直看著他直到他走進石牆間的小路。夏伊和其他人蜷縮在一起，希望他也能夠幫得上忙。

「地精不是笨蛋……」亞拉儂的聲音突然打斷他的思緒，「那些在隘口裡的地精知道他們也被火阻隔了，除非他們可以先通過我們，不管任何理由他們都不會冒險退回沃夫斯塔山脈；等一下都林就能夠告訴我們，隘口前方是不是有地精大軍等在那裡，還是他們心裡另有打算。」

「不管是哪一種，他們可能會在一個叫天人結的地方動手，」韓戴爾知會大家，「在那個地方路會收窄，一次只能一個人通過兩邊岩壁垂直相鄰的狹縫。」話到這裡他便住口，一副若有所思的樣子。「我不明白他們要怎麼阻止我們，」巴力諾馬上插嘴，「兩邊峭壁幾近垂直，不但要花點時間，還得冒極大的風險才能登頂，從地精發現我們到現在為止，他們根本沒有時間爬到那裡！」

亞拉儂點點頭反覆尋思，贊同邊境人所言，卻又不明白地精打算怎麼對付他們。曼尼安悄悄跟巴力諾說了些話，便突然離開到山壁猛然收窄的入山處，聚精會神地查看地面。六人看著高地人研究進出口外的地面，他高大的身形在煙霧瀰漫的空氣中顯得朦朧；終於，他站起身，精靈也幾乎同時回來。

「有一些腳印，但是隘口前方沒有其他生物跡象，」都林回報，「一直到最狹窄的地方為止似乎都維持原貌，沒有受到外力干擾的樣子，再往前我就不知道。」曼尼安快速插話「在入山口的地方，還有其他東西，我發現兩組往裡面和兩組出來的腳印，那是地精的腳印。」

「他們一定先溜進去過，然後在我們還在半路時，又跑出來待在峭壁附近，」巴力諾生氣地說道，「但是如果他們在我們前面，那…？」

「我們坐在這邊討論永遠找不出答案！」亞拉儂不悅地表示，「這樣只是假設而已。韓戴爾，跟高地人帶路，你自己小心一點；其他人按照之前的隊形跟上。」

壯碩的侏儒跟曼尼安並肩前進，隨著彎彎曲曲的小路收進絞索隘口，他們銳利的雙眼緊盯著路邊每一個石塊，其他人跟在幾步之後，憂慮地環顧周遭崎嶇不平的地勢；夏伊回頭看了一眼，發現亞拉儂緊隨在他身後，巴力諾則是不知去向，看來亞拉儂又留邊境人在林火外圍殿後護衛，監視地精獵人是否在某處埋伏。夏伊本能察覺他們已經被地精精心策劃的陷阱給困住了，只是不知道是哪種陷阱。

剛開始一百碼左右，前面的小路就變成了陡坡，然後變得愈來愈窄，到最後只容得下一個人從兩側峭壁間通過。兩側岩壁向內收窄，到上方幾乎併起來，頭頂只剩下一線天，彷彿有條光帶從蒼穹落下，微微照亮前方蜿蜒曲折滿是巨石的步道；因為前方帶路的人一邊找著地精留下的陷阱，他們的速度明顯變慢。夏伊不知道剛剛都林來探路時走了多遠，但顯然沒有冒險前進韓戴爾提到的天人結；他都能猜到這個名字是怎麼來的，那肯定是最狹窄的通路，就像劊子手手中等待死囚的絞索，隨著繩結愈收愈緊最終將天人永隔。弗利克沉重的呼吸聲彷彿就在耳邊，緊緊貼著岩壁讓他有種快要窒息的壓迫感；他們緩緩前進，還要彎腰避開收窄的岩壁和跟剃刀一樣鋒利的尖石。

整個隊伍忽然慢下來，一行人全部擠在一起，夏伊聽見在他後面的亞拉儂火氣冒起來，激動地盤問前面到底發生什麼事。但是在這麼擁擠狹窄的地方，實在沒有辦法讓出一條路；夏伊往前看去，注意到在帶路的人前面出現刺眼的強光，他們總算快要走出絞索隘口了。不過就在夏伊才感到他們就即將到達另一頭安全的地方時，突然傳出響亮的驚叫聲，整個隊伍完全停擺，半黑暗中傳來曼尼安驚怒交加的聲音，亞拉儂動怒低聲咒罵，要求大家往前移動，一行人再度緩慢前進，終於走出一線天，到前方被峭壁遮去大半光線的空地上。

「我就怕這樣⋯⋯」當夏伊跟著戴耶走出那壁龕時，韓戴爾正在喃喃自語，「我本來期望地精不會跑進他們的禁地，但我們似乎中計了。」

夏伊站到陽光下，其他人又氣餒又氣憤低聲討論著，亞拉儂馬上整理好情緒，和大家一起觀察眼前的景象。他們所站的石板從絞索隘口出口處延伸過來大約十五英呎，形成一個懸崖，下面就是萬丈深淵，即使在這樣燦爛的陽光下，還是深不見底。峭壁從他們身後往外延伸，呈半圓形環抱著前面的裂谷，然後呈不規則起伏向下傾斜，到前方幾百碼處開始出現森林；這個裂谷獨特的形狀就像是個缺了口的絞索，根本沒有路可以繞過去，而另一頭則垂掛著斷裂的吊橋殘骸，可能是之前旅人往來的唯一工具。七雙眼睛搜尋著陡峭的石牆，看看有沒有東西可以讓他們爬上光禿禿的岩壁，不過事實明擺在眼前，要到對面的唯一辦法，就是直接越過他們面前的大坑洞。

「地精在毀掉這座橋時，最好知道自己在做些什麼！」曼尼安氣憤填膺，「我們被困在他們和這個無底洞之間，他們連追都不必追來，只要守株待兔，等到我們都餓死。真是愚蠢…」他怒不可遏，大家全被耍了，竟然讓自己跑進這樣一個簡單、但卻有效的陷阱裡。亞拉儂站到裂谷邊，思考有什麼辦法可以越過去。「如果這個裂谷再窄一點，或是助跑空間再大一點，我也許能夠跳過去，」都林但願如此，夏伊估計兩邊距離大概有三十五英呎，就算都林是全世界最會跳的人，在這樣的情況下他還是對他的企圖持保留態度，懷疑地搖搖頭。

「等一下！」曼尼安突然大叫，跳到亞拉儂身邊指向北邊某個地方，「左邊那棵掛在懸崖邊的老樹怎麼樣？」大家都很急切地看過去，但還是不太瞭解高地人的提議；他所說的那棵樹嵌在峭壁上，距離他們大概有一百五十碼遠，灰色的樹幹對映著藍色的天空突兀地懸掛在那兒，那是他們順著裂谷石子路延伸過去的視線，唯一能看到的樹，那條路最後消失在懸崖邊掉進前面的森林裡；夏伊和其他人面面相覷，看不出有什麼幫助。「如果我能將一支綁著繩子的箭射到那棵樹上，某個比較輕的人就可以兩手交替攀繩過去，到對面幫剩下的我們拉好繩子，」利亞王子提議，左手握著那把大弓。

「那一發箭距離超過百碼，」亞拉儂不耐煩地回應，「還要加上繩子的重量，你最好有辦法射出史上最棒的一箭，不但要射到，還要深深嵌進樹裡，足以支撐一個人的重量，我不認為有辦法做到。」

「我有個點子，」弗利克往前站一步大膽說出，所有人都看向他，彷彿第一次見到他一樣，甚至忘了他也一起同行。曼尼安沒耐心地喊著，「是什麼，弗利克？」

「如果我們之中有射手，」弗利克惡狠狠地看著曼尼安，「他或許能把綁著繩子的箭射到對面的斷橋，然後把橋拉過來這邊。」

「這個想法值得一試！」亞拉儂馬上表示同意，「現在有誰…」

「由我來，」曼尼安馬上搭話，回瞪弗利克。亞拉儂點點頭，韓戴爾拿出一條結實的繩索，讓曼尼安牢牢綁在箭尾，另一頭則繫在他腰間的皮帶上。他把箭搭在弓上瞄準，所有眼睛直盯著裂谷對面的斷橋，曼尼安順著斷橋的繩索往下看，看到底下三十呎的地方有塊木頭還牢牢綁在斷橋繩索上，全員屏息以待，看著他握弓搭箭快速放箭；那箭朝著裂谷深處飛去精準嵌進木頭，繩索軟綿綿地從箭尾垂下。「好箭法，曼尼安！」都林贊許地搭在他肩上，高地人微笑以對。

他們小心翼翼地把斷橋往回拉，直到拉到斷掉的繩索。亞拉儂想找個可以把繩索綁牢的地方，但是固定用的地樁已經被拔掉，最後，韓戴爾和亞拉儂乾脆把繩索套在自己身上把吊橋拉起，讓腰間綁著另一條繩索的戴耶直接握緊吊橋繩索，交替用力向上引體越過裂谷。巨人和侏儒聯手對抗沉重的拉力，期間一度出現過幾次緊張的瞬間，還好戴耶平安到達橋的那一頭。巴力諾再次現身，告訴大家火已經快燒盡了，地精獵人很快就會進入絞索隘口找到這裡。戴耶綁好他那一頭的繩索後，馬上把繩子丟回來，這條比較長的繩索可以直接拉到山隘出口，綁住凸出的石頭固定；其他人也沿用戴耶的方式一個接著一個越過裂谷，所有人都安全到達後就砍斷繩索，跟吊橋殘骸一起丟進深不見底的洞裡，確定他們不會被跟蹤。

亞拉儂要大家安靜地離開，別讓追來的地精提早察覺他們已經逃出他們精心設計的陷阱。而在他們動身之前，高大的歷史學家走向弗利克，將黝黑精瘦的手放在他肩上，酷酷地對著他微笑。「幹得好！」他馬上轉過身，指示韓戴爾帶頭上路。夏伊看著弗利克害羞又開心的臉，窩心地拍拍他哥哥的背，他實實在在為自己贏得跟其他人並肩同行的權力，一個夏伊可能都還沒獲得的權力。

11

亞拉儂要大家停下來時，一行人已經深入沃夫斯塔山脈約十英哩，絞索隘口和可能被地精攻擊的危險早被拋諸腦後，帕瑞諾的路依舊遙遠，但看來他們做了明智的選擇。

「我們會在這裡休息過夜，」高大的浪人把大家聚集到他身邊後宣布，「但是明天一早我就會離開各位，先去探探沃夫斯塔那邊是否有黑魔君和他的爪牙的足跡。穿過這些山脈以及一小片阿納爾森林後，還得橫越前面的平原，抵達位於帕瑞諾南方的龍牙山脈；如果北方大陸或是他們的盟友派出的怪物封鎖了入口，就必須提早知道，才能趕快調整路線。」

「你要隻身獨行嗎？」巴力諾詢問。

「我想這樣對我們所有人來說比較安全，等你們再次進入中阿納爾森林之後，需要彼此照應，我想十之八九地精獵人會監視所有下山的出口，以確保你們無法活著離開。韓戴爾就是我的代理人，他會帶著大家通過陷阱，我會想辦法在各位抵達平原之前跟大家會合。」

「你會走哪一條路？」鮮少開口的韓戴爾出言問道。

「翡翠隘口提供最佳防護，我會沿路用布條做記號，就像我們以前那樣，紅色代表危險，跟著白布走就不會有問題。趁現在天還亮著，我們繼續上路。」他們平穩地穿越沃夫斯塔，直到太陽完全沒入西邊山頭，已經看不見路為止。他們在一面峭壁下紮營，巉崖拔高幾百呎就像一把大刀劈向天際，而前方開口處有濃密的松樹呈半圓形將他們包圍起來，現在他們四面都有絕佳屏障。韓戴爾安排大家輪值守夜，他覺得在陌生的環境最好這麼做，每人當班幾小時，讓其他人輪休。夏伊自願第一個守夜，積極展現身為團隊一份子的參與感，他還是覺得他沒有什麼貢獻，而其他人卻為了他甘冒生命危險。夏伊心裡深深覺得，要是在此結束，對他之於精靈和人族的感情都是一種背叛，更是否定他對全人族的安全與自由的關懷；他知道即使現在跟他說不會成功，他還是會想辦法試試看。

亞拉儂不發一言先去歇息，沒多久就沉沉入睡。夏伊在他兩小時的守夜時間仔細觀察他寧靜的睡容，一直到半夜才輪到弗利克站崗，此時他們高大的領導人已經清醒，俐落地起身，穿上弗利克第一次在穴地谷看到他時一樣的黑色斗篷；他看了看熟睡的大家和一動不動坐在石頭上的弗利克，一樣什麼話也沒說，就逕自往北方離去，消失在黑暗的森林之中。

亞拉儂在暗夜前往中阿納爾的翡翠隘口，越過隘口之後，西邊就是平原。他削瘦的身影穿梭在安靜的夜裡，幾乎是腳不點地般的飛馳而過。他再次回想這一趟帕瑞諾之行，反覆思量只有他知道但其他人不會知道的事，但是他什麼都不能說，嘴裡不自覺地喃喃自語，痛恨所發生的一切，也知道他沒有選擇的餘地。

天亮後，他發現自己走在一大片濃密的森林中，地上滿是巨石和倒落的圓木，他馬上就注意到這裡安靜的有點古怪，彷彿某種特別的疾病將它冰冷的手放在這裡。他在之前走過的地方都仔細用白色布條做好記號，現在他放慢腳步，一直到這裡為止，一路上都沒有讓他疑心的地方，但是現在第六感警告他不可大意。他走到一個分岔路口，一條比較寬敞平坦，看來曾經是主要道路，沿著左邊的這條路往下走，似乎連接著一個大村落，但是森林實在太茂密，很難看清楚幾百碼之後的景象；至於第二條路比較狹窄崎嶇，上頭長滿了矮灌木，不砍掉根本過不去，沿著這條路往上會走到一個山脊。

突然間，他全身僵硬，感覺到有另外一個生物的存在，百分之百是個邪惡的東西，就在那條通往村莊的路上某處，但是並沒有移動的聲音，不管那是什麼東西，看來它喜歡等待獵物自己上門。亞拉儂馬上撕下兩塊布條，紅布條綁在通往村莊的大路，白布條繫在通往山脊的小路；綁好布條後，他再次凝心靜聽，雖然還是能感覺到那個東西的存在，但卻捕捉不到任何聲音。儘管它的力量遜於他，不過對後面的人可能會有危險，再次檢驗布條後，他便走向通往山脊的小路，消失在茂盛的灌木叢中。

將近一個小時過後，那個生物動了。它非常聰明，它知道不管前方是誰，那個人已經察覺到它並刻意避免靠近，它也知道這個人力量凌駕於它之上，因此它靜靜地待著，等他離開。它凝望杳無人聲的分岔路口，看到兩塊鮮明的布條在微風中飄動。真是愚蠢的記號，那東西心生詭計，踩著笨重的步伐，拖著畸形的龐大身軀往前移動。

巴力諾是最後一個守夜的人，等到天一破曉，他便溫柔地喚醒大家；雖然日頭出來了，但是早上空氣還是很冷，大家狼吞虎嚥吃完早點好讓自己趕快暖起來，用完餐後繼續往前走。有人問起亞拉儂，弗利克睡眼惺忪地答說他在半夜某個時候就走了，但什麼話都沒有跟大家對他說，他這麼安靜地離開顯然一點都不意外。不到半個小時，一行人就往北穿越沃夫斯塔森林，大家依照先前指示，在行進間幾乎沒有交談。韓戴爾讓出他的位置，把帶路的任務交給曼尼安，他在盤根錯節的樹林間還能像貓一樣優雅又安靜地走過一地落葉。韓戴爾對利亞王子有某種程度的敬意，認為他遲早有一天將成為眾人無法超越的標竿；但是他也知道，初出茅廬的高地人還太自以為是，在這世上只有步步為營才能存活，練習才是成長的唯一辦法，因此他勉為其難讓年輕小夥子來領隊，自己則退居二線。

侏儒馬上就注意到一件令人困惑的細節，不過他的同伴似乎沒有放在心上。這條路竟然沒有幾個小時前才有人走過的痕跡，雖然他已經仔細審視過地面，韓戴爾還是看不出來任何有人走過的印記；白色布條就如同亞拉儂所承諾的，在固定間距就會出現，但地上卻沒有留下他走過的足跡。侏儒始終想不明白，但決定先把這件事放在心裡。

在隊伍的最後面，巴力諾也在想著那來自帕瑞諾的謎樣人物，那個歷史學家是如此博學多聞，走遍大江南北，卻沒有人確實知道他到底是誰。從小在他父親的王國長大時，他就認識了亞拉儂，陸陸續續也有好些年，不過對他只有模糊的記憶，那個高大的奇人總是來無影去無蹤，但仍從未提過他神祕的背景。各方大陸的智者都知道亞拉儂是舉世無雙的學者兼哲學家，其他人也只知道他是浪跡天涯的旅人，用他的淵博知識支付旅途所需，還擁有沒人挑得出毛病的智慧。巴力諾師承於他，對他的信任幾乎可以用迷信來形容了，但是他從未真正了解那個歷史學家；這個想法在他腦子裡停留了一會兒，然後偶然發覺，他認識亞拉儂這麼多年，卻從未見過歲月在他身上留下痕跡。

小徑再度往上走而且開始變窄，林樹和灌木密到像實牆一樣。曼尼安盡職地跟著布條走，絲毫不懷疑他們所走的路是正確的，但是當路況明顯變得比之前更不好走時，他不自覺地開始自我檢視。一直到接近中午，小路突然一分為二，曼尼安訝異地停下腳步，「這很奇怪，分岔路口卻沒有記號，我不瞭解為什麼亞拉儂沒有留個標誌。」

「一定發生了什麼事，」夏伊斷言，沉重地嘆口氣，「我們應該選哪一條？」韓戴爾仔細搜尋地面，往上通往山脊的那條路上有彎曲的細枝和最近剛落下的葉子，顯示某人曾經走過，而往下的那條路卻可以找到模糊的腳印；他直覺反應前面有危險，也許兩條路都有問題。

「我不喜歡這種感覺，事情不太對勁，」他自顧自地發著牢騷，「跡象很混亂，可能是故意的。」

「說不定這裡被稱為禁地並不是胡說八道，」弗利克冷言暗示，靠著一棵倒下的樹。巴力諾走向前，跟韓戴爾討論通往翡翠隘口的方向。韓戴爾表示，往下的那條路最快，看起來也是主要通道的樣子，但是沒有辦法辨別亞拉儂會選哪一條，最後曼尼安火大地兩手往上一甩，要求做出個選擇。「我們全都知道亞拉儂不會沒有留下記號就走過這裡，因此結論很明顯，不是記號出了問題，就是他被怎麼了。不論是哪種情況，我們都不能在這裡空坐期望能找出答案，他說過會在翡翠隘口或是更前面一點的森林跟我們會合，因此我投票走往下的那條路，最快的路！」

韓戴爾再次提出他對往下那條路上的記號有些疑惑，還有前面可能有危險那種不安的感覺，夏伊在他們抵達這裡卻沒有發現布條時也有同樣的感覺。巴力諾和其他人激辯了幾分鐘，最後同意了高地人的說法，他們要走最快速的路線，但要保持高度警戒。行進的隊伍現在由曼尼安帶頭，沿著緩降坡快速往下走，這條路看起來會帶他們走到一個山谷，不過四面八方的大樹擋住了他們的視線。走一小段距離後，路就開始變寬了，地勢也變得平坦，行進變得愈來愈輕鬆讓他們開始卸下憂慮，這條路顯然是以前住在這裡的居民的主要幹道；不到一個小時的時間他們就走到了谷底，但是在群山環繞下，很難判別他們現在所在位置，除了前面的小路和上面的藍天，其他全部都被濃密的森林給遮住了。沒多久越過谷底後，他們看到有個不尋常的建築，穿出林間聳立著，等到他們走近一看，原來是一整排生了鏽的大樑，架成無頂框架。他們不自覺放慢腳步，小心查看這會不會是某種陷阱，確認沒有其他動靜後，又繼續靠近，對這個建築感到相當好奇。

路突然沒了，奇怪的建築完全顯露出來，金屬樑柱因為年久失修破落，但還是非常挺直；它們是很久以前某個大城市的一部份，不過沒有人記得它的存在，變成遺址紀念消失的文明。整排建築從他們前面延伸出去好幾百碼，一直到森林的位置為止，也象徵人類入侵大自然的終點。在這些建築裡，地基、結構體各處已經長滿低矮的灌木和小顆的樹，讓這座城市看起來不像是因為歲月衰敗，反倒像是窒息而亡。一行人無言站著，這裡是某個年代的見證，是多年以前，跟他們一樣的人類所留下的成就，夏伊有一種使不上力的徒勞感。

「這裡是哪裡？」他輕聲問道。

「某個城市的遺址。」韓戴爾聳聳肩，面向年輕的谷地人，「我想，這裡已經有好幾世紀沒人來過了。」巴力諾走向最近的結構體，摩擦金屬樑柱，大量的鏽斑和灰塵漫天掉落，露出底下暗沉的鐵灰色，代表這棟建築本身強度還在。其他人跟著邊境人在地基附近慢慢走著，仔細尋找某個東西；沒多久，他在角落停下來，將斷壁表面的灰塵髒汙刷掉，結果出現一個清楚的日期。所有人全都彎下腰來看。「這座城市在超級大戰前就在這裡！」夏伊大為驚奇，「我簡直不敢相信，這一定是現存最古老的建築！」

「我記得亞拉儂曾經告訴我們人類以前也出現過，」曼尼安憶道，「他說，那是個偉大的年代，即便如此，卻只留下這些破銅爛鐵。」

「在我們離開之前，休息幾分鐘如何？」夏伊提議，「我想瀏覽一下其他建築。」巴力諾和韓戴爾對於停留這個意見有點不安，但還是同意只要大家不落單可以稍事休息。夏伊在弗利克的陪伴下，到隔壁建築閒晃，韓戴爾坐下來，留心查看這些巨大的骨架，這個金屬叢林跟他位於森林的老家截然不同，待在這裡的每一刻都讓他渾身不舒服。沒幾分鐘韓戴爾就發現自己的思緒飄到庫海文和他的家人身上，猛地停住白日夢提高警覺；所有人都在他視線範圍內，但是夏伊和弗利克離得更遠，往這座死城的左邊深入，好奇看著凋零的遺跡，找找看有沒有舊文明的跡象。就在同一時間，他察覺到除了同伴的低語，周遭森林卻是一片死寂，他拉長耳朵只聽到自己沉重的呼吸聲。「有點不太對勁…」話說出口，韓戴爾本能地將手伸向他的重型釘頭錘。

此時，弗利克在他跟夏伊正在巡視的建築另一側，瞥見地上有個暗白色的東西；在好奇心的驅使下，他走向那些部分藏在地基裡、大大小小形狀各異的棍狀物。夏伊沒有注意到他哥哥被某個東西吸引了，便離開了那棟建築，著迷地看著另一個廢墟。弗利克愈靠愈近，直到他站在那堆東西上面；在中午的太陽下，那堆東西在深色的地上兀自閃著幽光，他噁心地打起冷顫，那堆白色棍狀物原來竟是骨頭。

谷地人身後叢林突然爆出一聲轟天巨響，從倒了一地的斷枝殘幹中出現了一隻灰色的，有好多隻腳的恐怖巨獸。那是某個生物和機器的突變怪物，扭曲變形的腳支撐著半鐵皮、半肉身的軀體，類似昆蟲的頭接在金屬的脖子上，不規律地擺動著，前端滿是螯針的觸鬚微微垂向炯炯有神的雙眼，大顎因為飢餓獸性大發不斷狂咬。它是某個年代的人所培育出來的，雖然逃過了導致大滅絕的屠殺，但為了要活下去並保存它已經存在了好幾個世紀的實體，金屬片一塊一塊地移植到它衰敗的軀體上，讓它逐漸進化成一個畸形怪物，更糟的是，變成一個肉食性的活死人。

搶在所有人之前，它已經來到那個倒楣的受害者上方。大怪物伸出腳攻擊弗利克，將他擊倒並用針螯他、讓他癱倒在地，正當它的大顎發出刺耳的銼磨聲準備一口咬下時，最靠近弗利克的夏伊想都沒想，暴吼出聲，並抽出他的短獵刀，揮舞著微不足道的武器衝去救弗利克。怪物正緊緊抓著失去意識的獵物，注意力馬上轉向突然衝過來要攻擊它的另一個人；這突如其來的攻擊讓它猶豫了一下，鬆開致命的箝制，充滿警戒地退了一步，外凸的綠色眼睛牢牢鎖住面前這個瘦皮猴，準備二度出擊。「夏伊，不要…！」谷地人徒勞無功地出手攻擊怪物糾結的四肢，曼尼安驚恐大叫。被激怒的怪獸從龐大的身軀深處發出尖銳刺耳的聲音，伸出腳朝著夏伊用力揮擊打算將他刺昏，但是夏伊在千鈞一髮之際以極細微的差距躲過怪物的腳，跳到安全的地方，用他的小武器再次展開攻擊。然後，怪物突然衝向谷地人，就在夏伊快要抓到弗利克將他拖到安全的地方時，被怪物給撞倒，剎時間，揚起的灰塵讓一切都消失了。

這一切全都發生在一瞬間，眾人根本來不及反應。韓戴爾從來沒見過這麼大又這麼兇殘的怪物，不知道它在這深山野嶺待了多久，等著不幸的受害者送上門來；侏儒距離打鬥現場最遠，火速前去幫助倒地的谷地人，其他人也同時採取行動。等到塵埃漸漸落下，足以看到的醜陋不堪怪物時，三把弓發出整齊劃一的聲音，飛出的箭連連發出重擊聲，砰地深深刺入黑色毛髮覆蓋住的身軀；它狂暴地發出尖銳的聲響，往上抬起身體，伸出前腳，搜尋新的攻擊者。

曼尼安馬上做出回應，順手丟掉弓，從劍鞘抽出他的寶劍，用兩隻手緊緊握著。

「利亞！利亞！」王子走過坍塌的地基和傾圮的圍牆時大聲喊著沿襲千年的戰吼，巴力諾也拔出他的劍，三步併作兩步趕去幫高地人，碩大的刀鋒在烈日下閃爍金光，而都林和戴耶更是火力全開雙箭齊射連連命中怪獸的頭；怪物怒不可抑，用它的前腳去掃插在身上的箭，把箭弄鬆脫離它粗厚的皮膚。曼尼安早巴力諾一步靠近那令人憎惡的怪物，雙手一揮用他的劍深深砍進最靠近他的腳，感覺鋼鐵重創骨頭產生反作用力；當那怪獸往後退並將曼尼安推到一邊時，韓戴爾使出怪力用他的釘頭錘狠狠給它一記當頭棒喝，巴力諾立刻站到怪獸面前，往後甩開狩獵斗篷，露出耀眼的鎖子甲，一連串快狠準的攻擊，卡拉洪王子完全砍斷第二隻腳。野獸暴跳如雷瘋狂反擊，但是卻刺不到任何一人，三人發出戰吼猛烈進攻，還是無法逼退野獸接近倒下的同伴；他們的攻勢凌厲精準，主攻未受保護的腹部，都林和戴耶一邊靠近持續發出如雨箭陣，雖然多數都被鐵皮擋掉，但是連綿不絕的襲擊讓怪物無法集中注意力。期間韓戴爾一度遭到重擊失去意識幾秒鐘，怪獸馬上逮到機會打算解決他；巴力諾當機立斷，使出渾身解數暴擊斬殺，讓怪物無法靠近被擊昏的侏儒，然後曼尼安趁隙抓住侏儒的腳把他拖出來。

都林和戴耶的箭終於射瞎怪物的右眼，大大小小的傷口再加上受創的眼睛，讓它渾身是血，怪獸知道它已經輸了，如果此時不逃，可能會連命也沒了。它佯裝攻擊最靠近它的一個人，就突然改變方向，以驚人的速度逃往它在森林裡的巢穴，拋下窮追不捨的曼尼安，消失無蹤。五人立刻將注意力轉向谷地人，他們一動不動地倒在地上，因為征戰擁有多年療傷經驗的韓戴爾檢視兩人，發現有一些外傷和瘀血，骨頭沒有斷，但是很難判斷有沒有內傷；此外，他們兩人也都被怪物螫到，弗利克傷口在頸後，夏伊在肩膀，深紫色的恐怖印記暗示已經滲入皮膚。中毒了！不管怎麼努力讓他們甦醒，兩人不但沒有恢復意識，呼吸還愈來愈弱，慘白的皮膚甚至開始變灰。

「我治不好他們。」韓戴爾焦心地表示，「我們必須帶他們去找亞拉儂，他也許可以幫幫他們。」

「他們快死了，是不是？」曼尼安用幾近耳語的聲音問道。韓戴爾虛弱地點頭，所有人隨即陷入一片低壓。巴力諾馬上果斷地發號施令，要都林和曼尼安去砍一些竿子做擔架，韓戴爾跟他來準備吊床讓谷地人躺上去，戴耶則負責守衛，以防怪物再度出現；十五分鐘後，擔架做好了，昏迷不醒的兩人身上蓋著毛毯躺在擔架上，一行人立刻出發。韓戴爾在前面帶路，其他四人抬著擔架，快速穿越這一片死城，幾分鐘後就看到離開這個山谷的路；領頭的韓戴爾一臉嚴肅，後頭四人抬著被緊緊束在臨時擔架上的夏伊和弗利克，回頭瞪了一眼高過森林的建築。他們內心湧現一股苦澀的無力感，他們來到這個山谷時，是堅強果敢，充滿自信以及對任務的信念，如今離開時，卻遍體麟傷、奄奄一息。

他們匆匆離開山谷，滿心只想著受傷的兩人。直到森林熟悉的聲音又回到耳裡，代表已經遠離山谷的危險，不過除了韓戴爾之外，其他人完全沒有注意到這一點，因為他長年處於備戰狀態，自然而然會注意森林老家的些微變化。他回想起讓他們走進那個山谷的選擇，覺得奇怪到底亞拉儂發生了什麼事，那些記號又是怎麼回事。但是不用細想也知道，那個高大的浪人走上面那條路前，一定有留下記號，然後某個人或是某個東西，也許是那個怪物也說不定，偶然得知這些記號的作用後把記號移除了。他為自已的愚蠢搖頭，怎麼沒有在第一時間看清真相，用力跺腳發洩怒氣。

他們到達山谷邊緣，馬不停蹄地穿越森林；前面的路一度又變窄，他們只能呈一路縱隊前進，傍晚的天空迅速從湛藍色變成漸層錯落的血紅和紫色，意味著一天又要結束了；韓戴爾試算一下大約還有一個小時就要天黑了，他不知道他們距離翡翠隘口還有多遠，但是他相當有把握應該不會太遠。

約莫一小時過後，太陽便沒入西邊山頭，扛著擔架的四人已經到達忍耐極限，從山谷一路趕到這裡，手臂僵硬疼痛，巴力諾提出要休息一下，所有人全都癱成一堆，在寧靜的夜森林裡粗喘著氣。隨著夜幕低垂，韓戴爾把帶路的位置交棒給戴耶，看來抬著弗利克的他是所有人中最累的。那兩人還是沒有恢復意識，在昏暗的光線下面如死灰，還沁出一層薄薄的汗，韓戴爾查看他們的脈象，在軟綿綿的手臂上只感覺到似有若無的脈搏。曼尼安壓抑不住怒火，嘴裡念念有詞發誓一定要報仇，剛剛的舊仇和想要找個東西來發洩的新恨氣得他臉紅脖子粗。

休息十分鐘後，一行人又成為急行軍。現在太陽已經完全消失，黑暗之中，只有星星和新月的微弱光線引路，再加上步道崎嶇不平，拖慢他們的前進速度也增加危險。韓戴爾換到戴耶原本抬著弗利克擔架後方的位置，他懊惱地想到亞拉儂承諾會留下帶領他們走出沃夫斯塔的布條，現在，他們比之前更需要那些標記正確路線的號誌，不是為了自己，而是為了兩個命在旦夕的谷地人；雖然兩手還沒有感覺到痠痛，但是內心卻是紛亂如麻，心不在焉地看著左手邊兩座高起的山峰，過了好一陣子他才恍然大悟，他看的正是翡翠隘口的入口。

同一時間，戴耶通報前方的路分岔成三條路，韓戴爾馬上告訴大家沿著左邊的路就可以到達隘口。他們片刻不停往前走，這條路帶領他們開始下山，朝著雙子峰的方向前進，一看見終點就在眼前，懷抱著亞拉儂可能就在前面等著的期望，讓他們重新燃起鬥志，加快腳程趕路。夏伊和弗利克開始無法控制地抽搐，甚至在毛毯下死命地扭動，兇猛的催命魔咒和堅強的求生意志正在中毒的身體裡激烈對戰；韓戴爾內心認為這是一個好的跡象，他們的身體仍未放棄生存。他轉向其他人，發現他們全都盯著從黑暗的雙子峰露出的一抹光線，還隱約傳來隆隆作響和低聲唱和的聲音；巴力諾要大家繼續往前走，但是要戴耶先去探路看看是什麼情況。

「那是什麼？」曼尼安好奇地問道「從這麼遠的距離我也不確定，」都林回應，「聽起來像是鼓聲跟歌聲。」

「是地精。」韓戴爾有不祥的預感。

又走了一個小時後，現在距離已經近到可以看清楚那抹神秘的光線其實是好幾百支火把，而轟轟聲響則是來自幾十個鼓和好多好多的人。喧鬧聲震天價響，火光映在隘口入口的雙子峰上，彷彿兩支巨大柱子聳立在他們面前，巴力諾知道如果前面的生物是地精，他們肯定不會踏入禁地，因此在到達隘口之前，他們都是相對安全的；不一會兒，這群人到達翡翠隘口邊緣，他們悄悄地離開步道走進暗處，進行了一次短暫會談。

「怎麼了？」當他們全都躲進森林後，巴力諾焦急地問著韓戴爾。

「從這裡根本沒有辦法確定前面是什麼。」侏儒暴躁地咆哮著，「聲音聽起來像是地精，但是內容很模糊，我最好去前面確認一下。」

「慢著！」都林馬上勸阻，「這是精靈的工作，而非侏儒，我去的話可以比你更快更安靜，我也可以察覺到有沒有守衛。」

「交給我吧。」戴耶毛遂自薦，「我比所有人更輕盈迅速，一分鐘後馬上回來。」眾人根本來不及反對，戴耶咻地一聲已經隱身林中，都林暗暗咒罵，擔心他小弟的安全；如果真是地精在隘口，他們會宰掉任何一個鬼鬼祟祟又落單的精靈。韓戴爾不滿地聳聳肩，靠著樹坐下來等待戴耶回來。夏伊開始發出呻吟聲，而且扭動地更加厲害，把他的毯子都甩到一邊，幾乎要從擔架上滾下來；弗利克反應也是一樣，只是比較不那麼強烈，不住地悶哼，整張臉都扭曲了。曼尼安和都林快步過來幫谷地人裹緊毛毯，並試著用皮帶把他們安全地固定好；還好隘口另一邊聲音更大，讓他們不必太擔心夏伊和弗利克的喃喃囈語。他們坐回原來的位置靜靜等待戴耶回來，憂慮地看著發出火光的地平線並聽著鼓聲，他們知道不管是誰擋住入口，他們都得想個法子通過。然後戴耶突然從黑暗中出現。

「是地精嗎？」韓戴爾尖銳地發問。

「好幾百個全部都是⋯⋯」精靈嚴肅地回覆，「他們羅列在隘口入口，還有好多火，從擊鼓和吟唱的方式看來，他們一定是在舉行某種儀式；最糟的是，他們全都正面面向隘口，任何人要進出都沒辦法逃過他們的法眼。」他停了一會，看了痛苦扭曲的谷地人一眼，然後轉向巴力諾。「我暗中查看了整個入口和山峰兩側，除了直接通過地精外別無他法，我們被他們困住了！」

12

戴耶的回報馬上掀起波瀾，曼尼安跳腳拿了劍揚言要殺出一條血路，巴力諾試著安撫他，但是其他人也嚷著加入高地人的行列，一時之間吵鬧不休。韓戴爾問戴耶在入口處看到了什麼並喝斥大家安靜。

「有地精首領！」好不容易讓曼尼安平靜下來的巴力諾終於得空聽侏儒說話，「附近村落的祭司和居民全都聚在這裡，參加每個月一次的儀式。日落後他們歌頌保護他們的神祇，那些來自禁地沃夫斯塔的邪惡勢力，直到天明；要是到明天早上，身後這兩位傷患一定歸西了。」

「好個地精！」曼尼安氣炸了，「求神問卜，卻跟骷髏王國勾結！我不知道你們其他人要怎麼樣，但是我不會因為一些蠢地精在那邊叫囂沒用的咒語就放棄！」

「沒有人要放棄，曼尼安！」巴力諾馬上回應，「我們要離開這裡，就在今晚。」

「你打算怎麼做？」韓戴爾質問，「就這樣從地精祭典中間走過去？還是我們要飛出去？」

「等一下！」曼尼安突然大喊，然後傾身靠近不省人事的夏伊，急切地搜他的身，找出了裝著精靈石的皮囊。「精靈石可以幫我們離開這裡。」他抓著袋子向眾人宣布。

「你瘋了嗎？」韓戴爾不可置信地看著高地人抓著皮囊猛搖。「沒有用的，曼尼安，」巴力諾沉靜地表示，「只有夏伊才能夠使用這些石頭的力量，更何況，亞拉儂曾經跟我說過，他們只能用來對抗會混淆心智的超自然力量。這些地精是凡人，不是靈界或是想像出來的怪物。」

「是嗎？原來這招行不通了……」曼尼安愈來愈洩氣，聲音愈來愈小，頹然放下了裝著寶物的袋子。

「一定會有辦法的！」都林往前一步，「我們只需要擬定一個計畫引開他們的注意力，只要五分鐘的時間，我們就可以溜過去了。」巴力諾眼睛一亮，覺得這個調虎離山之計確實可行，但是要怎麼引開這幾千個地精的注意力，其他人一邊提出建議他一邊來回踱步。

「隘口有多寬？」巴力諾一邊問，一邊來來回回地走個不停。

「從地精聚集的地方算大概有兩百碼。」戴耶答道，避免跟曼尼安正面衝突。巴力諾邊咬手指邊回想，「隘口右邊非常開闊，但是左邊沿著峭壁有一些小樹和灌木叢，可以掩護我們。」

「這樣還不夠！」韓戴爾插話，「翡翠隘口足以容納一支軍隊過去，貿然過去簡直就是自殺。」

「那麼就必須讓他們將注意力放在別的地方！」巴力諾吼回去，腦中的計畫開始隱約成形。他突然停住，跪在地上畫下隘口入口的草圖，看向戴耶和韓戴爾尋求認可，曼尼安也湊過來加入他們。

「從這張圖看來，我們躲在沒有光線這裡，直到我們抵達那邊。」巴力諾解釋，指著靠近代表左邊峭壁的一條線，「這邊坡度很和緩，我們的地勢比地精高，還有灌木掩護；這裡大概有個二十五碼的空地，過去就是沿著峭壁生長的森林。這邊，就是聲東擊西的地方，這邊的光線會讓我們被所有人看到，所以當我們越過這塊空地時，所有地精必須朝向另一個方向。」

他停下來，看著四張巴望著他能提出個好計畫的臉，「我們會需要南方大陸最優秀的神射手，」邊境人平靜地表示，「那個人就是曼尼安．利亞。」高地人對這突然其來的宣布嚇了一跳，眼角藏不住的得意。

「只有一箭的機會……」卡拉洪王子繼續說道，「如果這一箭沒有正中目標，我們就完了。」

「你的計畫是什麼？」都林好奇地打岔。

「要從邊界進入空地時，曼尼安得瞄準其中一個地精首領，而且要一箭斃命，我們就能趁亂溜過去。」

「這不可能成功的！」韓戴爾大吼，「他們一看見首領被箭攻擊，一定會全看向通道入口這邊，馬上就會被發現。」

巴力諾搖搖頭，啟人疑竇地微微一笑。「不，我們不會被發現，因為他們會去追某個人。地精首領一倒下，我們其中某個人會出現在隘口，氣急敗壞的地精一定會急著抓到那個人，他們就不會有時間去找還有沒有其他人，我們可以趁亂溜過去。」

大家默許了他對整個情勢的評估，心裡卻有著同樣的疑問，焦慮的臉彼此看著對方。

「聽起來大家都覺得很不錯，但是留在最後面露臉的那個人，」曼尼安一副不相信的表情問到，「誰來接受這個自殺任務？」

「這是我的計畫……」巴力諾應道，「自然是由我來執行，我會留下來把地精引進沃夫斯塔，晚點我會在阿納爾附近跟你們會合。」

「你一定是瘋了才認為我會讓你留下來，自己一個人把功勞全包了。」曼尼安表示，「如果我來射箭，我會拿著弓，而如果我失手了……」

巴力諾想要出聲反對，韓戴爾跳出來表示不贊同。「這個計畫很不錯，但是我們都知道留下來的那個人要面對幾千個地精的追捕，要不然就是會有幾千個地精等著他從他們的禁地出來。這個人，必須非常瞭解地精，知道怎麼和他們周旋戰鬥；在這樣的情況下，這個人就必須是個經驗老道的侏儒了。那個人就是我！」

「而且……」他嚴肅地補充，「你們應該也知道，他們有多想要我的項上人頭；在這樣的奇恥大辱後，他們怎麼可能放過我。」

「我剛剛就說過了，」曼尼安堅持，「這是我的……」

「韓戴爾是正確的！」巴力諾尖銳地打斷，其他人驚訝地看著他，只有韓戴爾知道，雖然很痛苦，但是如果他們立場對調，他也會跟邊境人做出一樣的決定。「我們就這們決定了，因為韓戴爾的存活機率最高。」

他轉向結實的侏儒戰士，伸出寬厚的手，對方緊緊一握後，隨即沿著小路慢跑離去，不消幾秒鐘的時間他就不見了。

「塞住谷地人的嘴，以免他們的聲音引起注意。」巴力諾指揮若定，其他三人被他的嚴厲嚇了一跳，曼尼安難以自處繼續待在原地，默默看著韓戴爾離去的路，巴力諾走向他，把手放在他的肩膀安慰他，「確定你射出的箭值得他為我們犧牲，利亞王子。」

不斷抽搐的谷地人被牢牢安置在擔架上，嘴裡塞著布條蓋住他們的呻吟聲；剩下的四人拿起各自的東西抬起擔架，朝著隘口前可藏身的樹林過去。地精燃起的熊熊烈火離他們不遠，沉重有節奏的鼓聲震耳欲聾，而吟唱的聲音更是大到彷彿整個地精國的人全都來了似的，他們好像迷失在一個虛幻的世界裡。四人終於到了通道的走廊地帶，剛好避開地精的視線範圍。北坡光禿禿地沒有可以遮蔽的地方，南坡樹木相對茂盛還有濃密的灌木叢，巴力諾指示大家走向南坡。他在前頭帶路，小心翼翼朝著上頭的樹木前進，他們花了一些時間才到安全的藏身處，巴力諾示意他們慢慢往入口移動。隨著坡度愈來愈高，樹叢也愈來愈稀薄，四人躡手躡腳地在樹叢間往上爬，巴力諾一邊盯著下面的地精，速度也更加放慢下來；都林和戴耶踮著腳尖走，精靈輕盈的體型在乾燥易脆的樹枝落葉間靜悄悄地移動，完全融入周遭環境。曼尼安憂慮地望向越來越接近的地精，他們黃色的身軀隨著鼓聲搖擺，幾小時不間斷呼喊著他們的神明向山林祈求更讓他們大汗淋漓。

現在四人已經到樹叢最末端，也是他們藏身處的終點。巴力諾指向前面介於他們和阿納爾森林中間的空地，中間有一段距離，他們和隘口之間什麼都沒有，只有一些矮灌木和枯樹葉；而下方則是高聲起舞吟誦的地精，所在位置正好可以看見任何想要南坡這塊空地走過的人。戴耶是對的，想要在這樣的情況下溜過去根本就是自殺。曼尼安往上看，前面一片陡峭的岩壁剛好擋住帶著兩個傷者的他們，回過頭來再次看向空地，不知怎麼地距離看起來好像又比之前更遠。巴力諾示意大家聚集過來。

「曼尼安可以到樹叢邊緣。」他小聲說道，「等他選定目標，地精被擊中後，韓戴爾會在北坡高處吸引他們注意。現在他應該已經就定位了。等地精去追他時，我們把握時間通過空地，能多快跑多快，不要停下來張望，一直跑。」

其他三人紛紛點頭，所有目光都集中在曼尼安身上，他從背後解下弓，測試它的拉力，然後挑選了一隻黑色的長箭，他遲疑了一下，從樹叢間往下看向谷底上千個地精。突然間他明白了大家期望他做些什麼。他要殺死一個人，不是打仗也不是公平搏鬥，而是偷偷摸摸地伏擊，而那個人將一箭斃命；他本能上知道他不能夠這麼做，他既非如巴力諾一樣老練的戰士，又不像韓戴爾一樣冷靜果斷，他很衝動，雖然有時候很勇敢，隨時準備好跟別人公開決鬥，但是他並不是殺手。他回頭望向其他人，他們在他眼中看到了猶豫。

「全靠你了！」巴力諾聲音雖小卻很嚴厲，他的眼裡燃燒著強烈的決心。

都林的臉微微撇向一邊，因為不確定而滿面寒霜；戴耶直視曼尼安，因為曼尼安所面臨的抉擇害怕地瞪大著雙眼。

「我不能這樣殺死一個人⋯⋯」曼尼安不由自主地因自己所說的話發抖，「即使是為了要救他們⋯⋯」

他暫停動作，巴力諾繼續注視著他，等著他進一步行動。

「我辦得到的⋯⋯」想了一會兒後，曼尼安突然宣布，快速看了底下的山谷一眼，「但是可以換個方法。」

他未多做解釋逕自穿過樹叢，彎著身子幾乎探出了樹蔭的保護外。他的眼睛快速掃過下面的地精，最後停在一個位在隘口遠遠那邊的地精首領身上。曼尼安從箭筒中抽出第二支箭把它放在前面，然後單膝下跪，他離開藏身的小樹，搭上第一隻箭舉弓引弦瞄準，其他三人屏息看著射手。有那麼一瞬間一切似乎都靜止了，然後滿弓放箭，咻地一聲以迅雷之姿飛向目標，幾乎是一氣呵成，曼尼安馬上拿起第二支箭，以百步穿楊之能迅速搭弓射出，然後馬上躲進最近的樹蔭。

一切都發生在轉眼間，根本沒有人看清楚到底出了什麼事，只捕捉到弓箭手的動作和地精接下來的反應。第一支箭正中地精首領手上的長碗，紅炭迸裂發出爆炸聲響，燒得通紅的煤炭向上彈飛瞬間火光四射，地精首領和他的部眾們還來不及反應，第二支箭立刻朝著半轉過身來的地精首領而去，臀部被深深刺中的他發出痛苦的哀號響徹翡翠隘口。時機精準絕妙，事情發生的速度快到連倒楣的受害者都沒時間甚至沒注意到，攻擊是從哪個方向來的，或是誰是兇手。地精首領又驚又疼地跳著，其他人看起來既疑惑又擔心的樣子，不過情緒很快就出現變化；他們的儀式被無禮打斷，首領還遭到埋伏的叛徒攻擊，他們感覺受到羞辱，氣憤難平。

在箭擊中目標後幾秒鐘，眾人還來不及回神，對面北坡突然出現一個火炬，站在騰空烈焰前的，正是侏儒韓戴爾，他高舉雙手挑釁，一隻手緊緊握著碎石斷金的釘頭錘威脅所有抬頭看他的人。他的笑聲在峭壁間產生巨大的回音，震耳欲聾。「過來抓我啊，地精，大地的寄生蟲！」他嘲弄地大吼，「出來決鬥，你們的蠢神也無法跟侏儒的力量抗衡，讓沃夫斯塔的靈魂耳根子清靜點吧！」地精發出驚天怒吼震懾人心，大家前仆後繼衝向站在山坡上的那個狂徒，恨不得把他的心臟挖出來洩憤。攻擊地精首領已經夠糟了，同時褻瀆他們的宗教和勇氣更是罪無可逭，部分地精馬上就認出侏儒身分，一起高呼要他償命以死謝罪。當地精一股腦兒地湧進隘口，南坡的四人抬起擔架，蹲低姿態拔足跑過開闊的空地，炫目的火光將他們的身影投射在峭壁上，彷彿是巨大的幽靈般緊咬著他們飛馳而過；沒有人停下來查看地精的進展，他們瘋狂地往前衝，眼睛盯著遠方的阿納爾森林。

他們奇蹟似地躲進森林的庇護裡，停在大樹陰涼的濃蔭下粗喘著氣，凝聽後方的聲音。現在隘口入口只剩下幾個地精留守，其中一個人正在幫忙受傷的首領把箭拔出來，曼尼安看到這副景象不禁竊笑，不過當他望向那堆依舊猛烈燃燒的篝火時，笑意很快就散去了。抓狂的地精從四面八方爬上坡，數不清的黃色雄兵，最前頭的那個已經快要到達火堆的位置，但是卻不見韓戴爾人影，所有跡象顯示，他應該困在山坡某處。四人只看了一分鐘，巴力諾就示意大家離開，把翡翠隘口拋在後頭。

失去地精的火光照明，在濃密的森裡林簡直伸手不見五指。巴力諾讓利亞王子在前頭帶隊，沒多久，他們就找到這樣的一條路，一行人走入中阿納爾。谷地人再次激烈掙扎，即使嘴巴被布塞住了，還是痛苦地發出呻吟的聲音，抬著他們的人對他們的朋友開始失去希望；現在毒素正慢慢擴散全身，等到一抵達心臟，就會毒發身亡。四人完全無從得知兩兄弟還剩下多少時間，也無法估計要多遠才能得到醫療協助，而熟悉阿納爾的那人正困在沃夫斯塔為生存而戰。

突然間，一群地精從前方樹牆出現，四人根本來不及躲開，所有人全都凝神不動，互相透過微弱的光線瞇著眼睛想要看清楚對方；雙方人馬敵我立判，四人快速放下沉重的擔架，站到前頭排成一列，迎面而來的地精大約有十到十二人，他們集結成群，其中有一人突然跑掉消失在後面樹叢。

「他去派去搬救兵了，」巴力諾低聲告訴其他人，「如果我們不趕快通過，後援部隊馬上就會到這裡解決我們。」

話才說出口，地精就發出令人喪膽的戰吼聲，向前方四人進攻，他們手上的短劍暗光浮動看起來殺氣騰騰。曼尼安和精靈兄弟三人三箭放倒三個敵人，剩下的人一擁而上，戴耶完全被打倒，先到後方；巴力諾不動如山，巨大的刀鋒一出手就將兩名不幸的地精砍成兩半。接下來幾分鐘雙方狹路相逢激烈交戰，地精想要攝服前方四人，但是四人巧妙地守住他們受傷的同伴，對抗兇猛的攻擊者；最後，讓他們殺出一條血路，地精全部被擊斃屍橫遍地。戴耶胸前受了嚴重刀傷，必須包紮，曼尼安和都林則有一些小傷，巴力諾因為有鎖子甲護身毫髮無傷。

包紮好戴耶的傷口後，四人立刻兼程趕路，萬一地精獵人發現他們的同伴遇害，一定會沿路追殺過來。曼尼安試著利用星星的位置推算時間，不過只能推測現在大概是凌晨時分；跟在帶路的巴力諾身後，高地人感覺到他疼痛的手臂和緊繃的背肌開始出現過勞的跡象，他們已經快要精疲力竭，一整天來馬不停蹄地趕路，再加上一開始在沃夫斯塔遇到的怪獸和剛剛的地精，他們的身體已經勞累不堪，加上跟地精激戰三十分鐘後，戴耶就因為失血過多和疲勞過度而倒下，他們又花了一些時間讓他甦醒重新站起來，就算如此，他們的速度還是明顯變慢。

沒多久，巴力諾就被迫停下來，讓大家休息。他們在路邊靜靜靠在一起，洩氣地聽著周遭的喧鬧聲，雖然還很遙遠，但這是他們在路上遭遇地精之後，再次傳出喊叫聲還有隱隱約約的鼓聲，看來地精已經知道他們的行蹤，並派出了大批搜索部隊要追捕他們。他們全面清查附近山林，希望能夠抓到他們。

都林突然低聲發出警告，他們急忙抬起擔架躲進層層樹叢的庇蔭裡，身體平貼地面，屏息等待。一會兒過後，就聽見厚重的靴子聲沿著小路從他們剛剛走過的方向過來，一群地精戰士正朝著他們藏身的地方前進，巴力諾馬上就明白他們寡不敵眾，伸手遏阻激動的曼尼安讓他不要輕舉妄動。地精列隊經過，黃色的臉孔在星光下表情嚴峻，不安的雙眼瞪得大大的掃向四周黑暗的森林；走到他們藏身的地方時沒有多做停留就過去了，完全沒有發覺他們的獵物就近在咫尺。當他們消失在視線範圍外，完全聽不到聲音後，曼尼安轉向巴力諾。

「如果我們不找到亞拉儂，我們就玩完了。除非老天伸出援手，不然在這樣的情況下，我們根本沒辦法帶著夏伊和弗利克離開！」

巴力諾緩緩點頭，但是沒有進一步評論。他知道他們的情況，但是他也知道比起被抓，或是再次跟地精發生衝突，現在停下來比前兩者更糟；他們不能把兄弟倆留在森林裡，等他們找到援助後再來找他們，這樣風險太大。他示意其他人起身，大家一言不發抬起擔架，再次踏上疲倦的旅程，現在他們知道前後都有地精追兵。如果地精在他們抵達安全之地前就找到他們，曼尼安相信這次他們就沒戲唱了。

耳朵敏銳的都林再次聽到有腳步聲接近，一群人跳進旁邊的樹叢躲起來；前方森林有人出現時，他們差點來不及避開，趕緊倒臥在灌木之間。即使是在這麼微弱的星光下，都林銳利的眼睛馬上就辨認出這一群人的領袖，是個穿著黑色長斗篷的巨人。不一會兒，其他人也看見了，那是亞拉儂，但是都林馬上伸手制止準備脫口大喊的巴力諾和曼尼安；他們瞇起眼睛在黑暗中仔細看，結果發現亞拉儂身後跟著一小群穿著白袍的人，毫無疑問就是地精。「他背叛我們了！」他壓低音量厲聲說道，本能將手伸向皮帶間的長獵刀。

「不，等一下。」巴力諾馬上下令，要大家在那群人靠近他們時臥倒。亞拉儂不疾不徐地沿著小路接近，行進時目不斜視，眉頭緊皺。曼尼安知道他們會被發現，因此繃緊肌肉準備跳出去對叛徒使出一擊必殺的絕招，他知道他只有一次機會；白袍地精忠實跟著他們的領袖，興味索然地拖著腳往前走。突然間，亞拉儂停下腳步四周張望，彷彿已經感覺到他們的存在；曼尼安準備跳起身，但肩頭被一隻沉重的手抓住，將他牢牢定在地上。「巴力諾。」高大的浪人平靜出聲喊道，不往前走也不向兩側移動，他滿心期待地東張西望。

「放開我！」曼尼安勃然大怒衝著卡拉洪王子大吼。

「他們沒有武器！」巴力諾的話消除了他的火氣，他再次看向亞拉儂身邊的白袍地精，他們沒有攜帶武器。巴力諾緩緩起身走出去，一隻手裡緊緊抓著他的劍；曼尼安跟在他後面，注意到都林在樹林裡搭好弓，箭已在弦上。亞拉儂鬆了一口氣，走向前向巴力諾伸出手，但是一看到邊境人眼裡閃著不信任以及高地人臉上全寫著苦痛，他隨即停住，掙扎了一會兒，他突然回頭看著他後頭那群人。

「不，沒有關係！」他匆匆喊叫，「這些人是朋友，他們沒有武器，對你們也沒有敵意，他們是療癒者，是醫士。」

有一瞬間所有人動作都停了，然後巴力諾把劍收入鞘內，握住亞拉儂伸出的手；曼尼安也跟著照做，但還是不信任在那邊等著的地精。

「現在告訴我發生了什麼事，」亞拉儂命令，再次拿回主導權，「其他人呢？」巴力諾快速描述了他們在沃夫斯塔所發生的事，聽到谷地人受傷後，亞拉儂立刻告訴跟他同行的地精，並知會疑心的曼尼安，他們可以治療他朋友所受的傷。白袍地精急忙繞到谷地人身邊，從他們所帶來的玻璃瓶中取出某種液體敷在傷口上；曼尼安焦心地看著，不知道這些地精跟其他地精有什麼不同。聽巴力諾說完，亞拉濃深惡痛絕地搖頭。

「都是我的錯，是我失算了……」他生氣地咕噥著。「我忽略了眼前的危險。如果這兩人死了，一切就化為泡影了！」他再次跟地精交談，其中一人便匆匆離開往翡翠隘口的方向去。「我派一人回去打聽韓戴爾的消息，如果他發生了什麼事，我責無旁貸。」他命地精醫士抬起谷地人，所有人再次上路，朝著西邊前進，擔架手走在前頭，而疲憊的成員跟在後面；傷口經過照料後，戴耶不需要攙扶已能自行行走。

當一行人一邊前進，亞拉儂一邊向他們解釋為什麼他們在這裡不會遇到地精獵人。「我們已經接近史托領地，這些跟著我的地精，」他告訴大家，「是療癒者，他們不屬於其他地精國家和所有種族，致力奉獻給需要庇護或是醫療救助的人。他們自成一家，遠離世俗紛爭，所有人都尊敬他們推崇他們；他們的領地，也就是我們現在所要去的地方，叫做史托拉克，那裡是聖地，除非受邀否則地精搜兵不敢踏進這裡半步。你們今晚可以安心休息，我們已經獲得邀請。」

他說，他和這些人是多年老友，分享他們的秘密；他向曼尼安保證，史托人是可以信賴的人，他們是全世界最頂尖的醫者，不管谷地人有任何疑難雜症都能治好。他們會跟他同行並不是碰巧，在他穿越阿納爾要回到隘口跟大家會合時，聽到奇怪的傳言，他在史托拉克邊界碰上一名慌張的地精，他認為禁地聖靈已經傾巢而出要吞噬他們所有人；於是他請求史托人陪同尋找他的朋友，擔心他們可能會在隘口受到傷害。

「我在沃夫斯塔山谷察覺到那個怪物的存在，但是我不知道它竟聰明到在我離開後移除我放在岔路的記號，」他氣憤招認，「但我還是應該事先料到才對，再留下其他記號以確認你們繞過那裡；更糟的是，我經過隘口時才剛過正午，壓根沒想到地精會在傍晚聚集舉行儀式。是我辜負了大家。」

「我們全都有錯……」巴力諾如是說，雖然在另一頭默默聽著的曼尼安並不是很願意相信他說的沒錯，「如果我們警覺性再高一點，就不會發生這些事了。現在重要的是治好夏伊和弗利克，同時我們還得在地精找到韓戴爾之前，先想想怎麼辦。」大家陷入一片沉默，垂頭喪氣走著，所有人實在累到無力思考，一直到他們抵達史托村莊前，只能把注意力集中在把腳放到另一隻腳前。不知不覺中，長夜終盡，第一道曙光沿著東邊地平線升起，一個小時過後，他們終於看到史托村莊燃燒夜火的光線，映照在包圍著疲憊旅人的樹上。一下子，他們就進入村莊，被像鬼魅般的史托人包圍著，他們全都穿著一樣的白袍，用認真的、堅定的表情看著精疲力盡的旅人，協助他們進入一處低矮的房舍。

一進到屋內，大家全都默默無言癱倒在柔軟的床上，累到沒有辦法梳洗更衣，除了曼尼安之外，其他人幾乎是馬上睡著。他強忍住睏意，睡眼朦朧在房間搜尋亞拉儂，一發現他不在房間裡，硬撐著從柔軟的床上爬起身，步履蹣跚走向緊閉的木門，他依稀記得這個門通往前面另一個房間。身子沉重地靠著門上，耳朵緊貼著門縫，他隱約聽到亞拉儂和史托人在對話；在半夢半醒之間，他聽到他們提到夏伊和弗利克，那些奇怪的小人認為經過休息和特殊治療之後，谷地人應該就會康復了。緊接著門突然被打開，進來了幾個人，他們驚慌失措胡言亂語，被亞拉儂冷若冰霜的聲音猛然打斷。

「你們發現了什麼？」他質問，「跟我們所擔心的一樣糟嗎？」

「他們在山裡抓到了某個人，」他得到了個畏怯的答案，「當他們結束後，我們根本沒有辦法看出那是誰，甚至那是什麼。他們已經將他碎屍萬段！」

韓戴爾！

儘管是在這樣昏沉的狀態下，他的腦子轟地一聲巨響，高地人強迫自己挺起身來，踉蹌地走回他的床，無法相信他所聽到的正不正確；他內心深處突然開了一個大洞，無助地湧出氣憤的淚水，還未流到乾澀的雙眼，晶瑩淚珠就這樣掛在那兒，利亞王子終於沉沉睡去。

13

等到夏伊睜開雙眼，已是隔日下午。他發現自己躺在一張舒服的床上，身上換成白色的睡袍；隔壁床的弗利克，臉色紅潤，現正寧靜安詳地睡著。他完全不清楚他昏迷了多久，也不知道期間發生了什麼事，但他還記得沃夫斯塔的怪物差點殺了他。他的注意力馬上被開啟的門給拉走，出現在門口的是焦慮不安的曼尼安。

「哎呀，老朋友，你終於活著回來了，」高地人笑著走向床邊，「你把我們嚇了好大一跳啊，你知道嗎。」

「我們成功了，對吧？」熟悉的玩笑聲讓夏伊眉開眼笑。曼尼安點頭，轉向仰臥的弗利克，他在被單下翻來覆去顯示快要清醒了；谷地人慢慢睜開雙眼，抬起頭就看到笑咪咪的高地人。「我就知道沒這麼好命……」他痛苦地呻吟，「連死都擺脫不了你，這一定是個詛咒！」

「老古板弗利克也完全復原了，」曼尼安輕笑，「你應該感謝我才對，也不想想我這一路上是怎麼把你這個大傢伙扛過來的。」

「哪天你做了什麼正大光明的事，我才會嚇到吧。」弗利克喃喃自語，試著要讓惺忪睡眼視線清明，他看向莞爾的夏伊，向他招招手報以微笑。

「我們現在到底在哪？」夏伊好奇問道，讓自己坐起身來，他還是感覺有虛弱，「我昏迷了多久？」曼尼安坐到床邊，把整段過程從逃出怪物魔掌開始，全部說給兩人聽。

「這裡是史托拉克。」他最後說道，「住在這裡的地精將救死扶傷視為終生職志。他們有一種藥膏，只要把它塗在傷口上，然後把傷口蓋起來，十二個小時內就會癒合，我親眼看見它治好戴耶的傷。」

夏伊不可置信地搖頭，還想再多問問細節，此時門又開了，進來的人是亞拉儂。這是他第一次看到這個陰沉的浪人真的看起來很開心的樣子，嚴肅的臉上出現一抹鬆了口氣的微笑，那人快步走向他們，滿意地點點頭。「真高興你們兩人都康復了，看來史托人不負所托完成任務。你現在覺得怎麼樣，可以下床走走了嗎？還是要吃點東西？」夏伊探詢地看向弗利克，兩人都點點頭。「很好，那麼跟曼尼安去走走，測試一下你的體力，」亞拉儂提議，「重要的是，你評估身體的狀況，是否能夠盡快就上路。」

他沒有多說一句話，旋又從同一扇門離開。他們看著他走出去，納悶他的態度怎麼能保持如此冷靜自持，曼尼安聳聳肩不置可否，跟另外兩人說他去找回他們被拿去清洗的狩獵裝，沒多久就帶著他們的衣服回來。

更衣後三人離開房間，進入另一個建築，這裡是村莊的食堂，儘管傷勢尚未痊癒，卻吃掉了好幾客營養餐。用完膳後，曼尼安帶他們出來外面，遇見已經完全復元的都林和戴耶，兩人看到谷地人恢復健康都很開心；在曼尼安的建議下，五人前去村子南邊的藍色池塘，早些時候史托人告訴他，他們的藥水藥膏很多都是用池塘的水製造出來的，據說池子裡的水含有特殊的治療元素，世界上其他地方都找不到。夏伊品嘗了一口池水，發現它跟他所接觸過的所有東西都不一樣，但是也不是那麼難喝，其他人跟著試喝，也同意夏伊的說法。這個藍色池塘真是個寧靜的地方，半晌過後，所有人都坐了下來，想著他們的老家和那兒的人。

「這個池塘讓我想起貝里歐，我在西方大陸的家。」都林嘴角揚起微笑，用手指劃過水面，讓他想起一些畫面，「在那邊也可以找到同樣的寧靜。」

「我們會回去的，」戴耶保證，然後又很急著，幾乎是孩子氣地補充說道，「而且我會跟琳莉絲結婚，還要生好多好多小孩。」

「算了吧……」曼尼安突然說道，「單身萬歲！」

「你又沒見過她！」戴耶開心地繼續說，「你一定從未見過像她那樣那麼地溫柔和藹的人，就像這池塘一樣清澈美麗。」曼尼安假裝絕望地搖搖頭，輕拍精靈的肩膀，笑著表示他瞭解對方對那精靈姑娘的感情。大家心思各異，靜靜地看著藍色的池水，然後夏伊疑惑地轉向大家。「你們覺得我們現在在做正確的事嗎？我是指這趟旅程跟這些全部，對你們來說值得嗎？」

「從你嘴裡說出來變得很好笑，夏伊。」都林想了一下後說道，「我是這麼看的，一路走來你會失去的東西最多，事實上，你就是這趟旅程的目的；你覺得值得嗎？」夏伊思考著，其他人不發一語端詳著他。「問他這個問題並不公平。」弗利克辯解。「不，這樣是公平的。」夏伊嚴肅地打斷，「他們全都因為我冒著生命危險，而我卻是唯一對我們所做的事有疑問的人。但是我無法回答我自己的問題，即使是對自己也說不出來，因為我覺得我還是不知道到底發生了什麼事，我不認為我們已經完全了解這趟旅程的真相。」

「我明白你的意思。」曼尼安同意道，「亞拉儂沒有把一切都告訴我們，關於沙娜拉之劍一定還有些什麼是我們不知道的。」

「我想我們必須相信亞拉儂，時機到了他自然會回答。」另外一個聲音響起。那個新的聲音來自五人身後，所有人突然轉過去，一看到是巴力諾後便鬆了一口氣。夏伊一邊看著卡拉洪王子朝他們走過來，心裡還是覺得很奇怪，為什麼他們全都對亞拉儂有種難言的恐懼感。邊境人向夏伊和弗利克微笑致意，跟大家坐在一起。「嗯，看來我們辛苦越過翡翠隘口是值得的，很高興看到你們兩人恢復健康。」「關於韓戴爾，我感到很遺憾。」夏伊的口氣聽起來很尷尬，「我知道他是一個很親近的朋友。」

「一切是情勢所逼，」巴力諾輕輕帶過，「他知道他在做什麼，他這麼做是為了我們大家。」

「接下來會怎麼樣？」弗利克隔了一會兒後問道。「我們等亞拉儂決定最後一段路要怎麼走。」巴力諾回應，「順道一提，我剛說到要相信他一事，他是個大人物，是個好人，雖然有時候好像並不是這樣；他會告訴我們他覺得我們應該知道的事，但相信我，他為我們所有人操心。不要太快蓋棺論定。」

「你知道他沒有全盤說出真相，」曼尼安言簡意賅道出。「我確定他只跟我們說了其中一部分，」巴力諾點點頭，「但一開始就意識到這個威脅已經危及四方大陸的人，只有他，我們都虧欠他太多，最起碼也要有一點點的信任。」其他人贊同地點點頭，絕大部分的理由是因為他們都尊敬邊境人更勝於他們相信他的擔保，對曼尼安而言尤其如此，他認為巴力諾英勇出眾，是他視為領袖的人。

太陽快要下山時，高大的歷史學家意外出現，加入他們走到藍色池塘旁。

「在我跟大家說完話之後，大家都先把握時間小睡一下，我們會在午夜前後離開這裡。」

「可是夏伊和弗利克受傷了，這樣不會有點突然嗎？」曼尼安小心翼翼地開口。

「我們隨時可以出發！」夏伊毅然決然地宣示。

亞拉儂開口「很好，我們會在今晚穿越瑞柏平原，大約要四個小時的時間；幸運的話，我們不會在空曠的地方被發現，雖然我很確定骷髏使者一定還在找尋夏伊跟我的下落，我們只能期望他們不會追我們追進阿納爾。我之前沒有告訴你，因為你必須先照顧自己，但每用一次精靈石，就會把我們的位置曝露給布羅納和骷髏使者；任何靈界生物都能察覺到這些石頭的神力，警告他有人用了類似的魔法。」

「所以說，當我們在迷霧沼澤用了精靈石時⋯⋯」弗利克驚懼。「你正好也告訴了骷髏使者你在哪裡，」亞拉儂又露出那種氣死人的微笑。「如果你們沒有在黑橡林和霧裡迷路，他們可能就在那裡逮到你們了。」一想到當時他們有多靠近死亡，夏伊渾身打了個冷顫。

「如果你知道用這些石頭會把靈界怪物引來，那你為什麼不告訴我們？」夏伊生氣地質問，「如果你知道使用的後果，為什麼還拿那些給我們防身？」亞拉儂吼回去，「沒有那些石頭，你早就死了；更何況，它們有足夠的能力抵禦那些有翅膀的鳥東西。」他大手一揮暗示這個話題已經結束，讓夏伊變得更疑心也更氣憤；觀察入微的都林看在眼裡，伸出手壓住谷地人的肩膀，搖頭示警。

「回到正題！」亞拉儂用一個比較平緩的音調繼續說道，「讓我說明接下來幾天所要走的路線，不要打斷我的話。通過瑞柏平原後，天亮時我們就會到龍牙山脈腳下，這些山可以保護我們不被任何人找到；但真正的問題是，我們要翻山越嶺到另一邊環抱著帕瑞諾的森林。所有通過龍牙山脈的隘口都會被黑魔君的爪牙嚴密監視，如果從其他地方翻過山脈，可能會讓我們一半的人死在那裡。所以，我們要選一條不一樣的路，一條不會有人看守的路。」

「等一下！」巴力諾驚愕大叫，「你不會是計畫要帶我們穿越王寢吧？」

「我們已經沒有其他選項！我們可以在日出時進入王殿，穿越山脈，日落時從帕瑞諾出來，隘口的守衛完全不知情。」亞拉儂回答道。「但是傳言沒有人從那些洞裡活著出來！」都林強調，跟巴力諾站在同一陣線，無法完全相信這個提案，「我們不怕活著的東西，但是洞裡有死靈，只有死人才能毫髮無傷地通過，從來沒有活人從那裡出來！」巴力諾點頭附議，其他人則焦慮地在一旁看著，曼尼安和谷地人從沒聽過那個讓其他人那麼害怕的地方。亞拉儂竟然對都林最後的評論露出奇怪的微笑。

「你的資訊並不完全正確，都林，」一會兒過後他才繼續說道，「我就曾經穿過王寢。雖然並非絕對安全，洞穴裡確實有死靈，這是布羅納為了預防人類進入所佈下的；不過，我的力量應該足以保護大家。」曼尼安不清楚那個洞穴怎麼樣，連巴力諾這樣的人都會考慮再三，但不管它是什麼，他覺得應該是有讓人害怕的理由；他現在關心的是，這個提議要帶領他們穿越龍牙山脈洞穴的人，擁有什麼樣的力量，能夠保護他們不被死靈所傷。「旅程是有必然的風險存在，」亞拉儂再次開口，「在我們出發之前，我們全都知道它的危險性。你們打算半途而廢，還是堅持到底？」

「我們會跟隨你。」僅僅一瞬間的遲疑，巴力諾馬上應允，「如果我們能把劍奪回來，就值得冒這個險。」

亞拉儂微微一笑，深邃的雙眼洞悉一切般地和每一人對望，他的視線最後停留在夏伊臉上；雖然內心感到恐懼和不確定，谷地人還是堅定地瞪了回去。

「非常好！」亞拉儂點頭板起面孔說道，「現在就離開快去休息。」他突然轉身，朝著史托村莊的方向走回去，巴力諾急忙跟上，顯然是還有事情想問，其他人就這樣看著兩人離開，這一刻大家都沒動，之後才默默起身走回寧靜的村莊，在午夜指定的時間到達前先小睡片刻養精蓄銳。

彷彿才剛剛入睡沒多久，夏伊就感覺到有一隻強壯的手在搖他，沒多久，火把就照耀一室明亮，夏伊的惺忪睡眼被炫目的光線刺激地瞇了起來，迷迷糊糊從睡夢中醒來，他看見曼尼安堅毅的臉，對方焦慮的眼神彷彿在告訴他離開的時間已經到了。他搖搖晃晃地起身，遲疑了一下隨即匆匆換裝；弗利克也醒了，現在在更衣。幾分鐘後，三人就結伴穿過沉睡中的史托村落前去和其他夥伴會合。

當他們抵達史托拉克西邊邊界時，其他人都已經在等著了，就除了亞拉儂。在黑暗中的都林和戴耶感覺起來很不真實，他們來回踱步不發一語，凝神靜聽夜裡的聲音，輕飄飄的身型就像影子一樣。

夏伊的視線移向高大的巴力諾，像雕像一樣站在一邊，他的臉在黑暗中看起來平凡無奇，但他無疑是這次遠征中最可靠的人。邊境人給人一種金剛不壞之身的感覺，這種特質感染了所有人，給予他們勇氣，即使是力量大於他的亞拉儂也無法像他那樣激勵他們，說不定亞拉儂就是因為這個理由才帶著他一起來。

「正是如此，夏伊！」耳邊突如其來的聲音，讓夏伊嚇了好大一跳，穿著黑袍的浪人從他身邊經過，示意其他人都靠過來。「我們必須趁著黑夜走完預定行程，大家要聚在一起，眼睛盯著前面那個人，避免交談。」說完，亞拉儂便領著大家沿著一條小路往西離開史托拉克進入阿納爾森林。

一行人到達阿納爾森林西邊，從這裡開始就是瑞柏平原，時間比夏伊預期地要來得早。儘管夜色很暗，谷地人還是可以感覺到龍牙山脈就在遠處；大家默不作聲互相看了一眼，隨即不安地盯著前方一片漆黑。亞拉儂率領眾人穿越空曠的平地，未做停留也未放慢腳步。瑞柏平原坦蕩無垠，完全沒有天然屏障，可以說是毫無生氣，只零星長了一些低矮的灌木，土質也非常硬實，乾燥到裂出鋸齒狀的缺口。他們默默地往前走，周遭一片寧靜，但是他們隨時眼觀四面耳聽八方，注意有無不尋常的事情發生。在他們大約走進瑞柏平原三小時左右，戴耶做了一個手勢讓大家停住，他似乎聽到他們後面有聲音；他們安靜地蹲低身子，但是好幾分鐘過去了，並沒有發生任何事情。最後亞拉儂聳聳肩，示意大家排好隊重新上路。

在天亮之前他們便抵達了龍牙山脈，夜色依然深沉，雖然已經走了很久，夏伊和弗利克還是覺得體力充沛；亞拉儂似乎也想要立刻出發，就像趕著赴約一樣著急，他帶著他們沿著滿布鵝卵石的小路緩緩上山，進入一個看起來像是峭壁上一個礦坑的地方。弗利克一邊走著，一邊伸長脖子看向兩側山峰鋸齒狀的尖頂，龍牙山脈這名字取得真是恰到好處。

有一段時間他們一直在一堆大石頭間蜿蜒前進，不斷往上爬，其他人完全不知道要爬到哪裡，不過他們的領袖似乎胸有成竹。終於，他們爬到石堆上的一塊空地，在這裡他們可以把周圍的峭壁看個清楚，現在已經接近礦坑的出口，前頭的路也差不多到頂，過了上面之後，路不是往下就是平行切入山裡。巴力諾在這裡低聲吹了口哨打破寂靜，讓一行人停了下來，他跟都林短暫交談後，帶著驚訝轉向亞拉儂和其他人。「都林很確定他聽到有人跟蹤我們的聲音！」他很緊張地告訴大家，「這一次千真萬確，後面有人。」亞拉儂匆匆瞥了一眼，他眉頭深鎖，顯然非常擔心巴力諾所說的話，他猶豫地望向都林。「我很確定後面有人。」都林斷言。

「先別管他，我必須在天亮之前到達前面的山谷，」亞拉儂突然表示，「不管後面是什麼，都必須等抵達後再說，事關緊要！」夏伊從沒聽過那個人對哪一件事這麼果斷堅決，眼角餘光看見弗利克和曼尼安兩人臉上都出現同樣驚愕的表情，三人互相看了彼此一眼。不管亞拉儂要在山谷裡做什麼，在他完成之前都不能被打斷。

「我留下來！」巴力諾自願，拿出他的寶劍，「在山谷裡等我。」

「兩個人有個照應，」曼尼安馬上出聲，「我跟你一起留守，以防萬一。」

巴力諾淡淡一笑，向高地人點頭表示同意；亞拉儂看了他一眼想要反對，然後簡短點了個頭，示意其他人跟著他走。夏伊回頭看了一眼，瞧見兩人分別躲在小路兩邊的石頭間簡直融為一體。

亞拉儂帶著其他四人穿越倒落一地的殘枝斷木，繼續往上爬向看來應該是山谷邊緣的地方；不消幾分鐘的時間，他們就站在山谷邊沿，驚訝地看著眼前景致。山谷裡滿是碎裂的大小石塊，現在視線所及除了一個小湖之外，到處都是這種石頭，而滯積的墨綠色湖水，上頭還有小小的渦流，似乎顯示湖裡還有生命；夏伊馬上覺得湖面上奇怪的動靜有點不對勁，因為現在根本沒有風，怎麼會有漣漪。他看向沉默不語的亞拉儂，看到他陰沉的臉上散發出奇異的光線而大感震驚，高大的浪人若有所思地看著下面的湖。「這裡是頁岩谷，王殿的入口，也是累世亡靈的大本營。」突然傳出深沉的聲音，「那個湖叫黑帝斯角，人類碰到湖水必死無疑；跟著我走進山谷，然後我必須一個人過去。」

不待任何回應，他開始沿著山坡緩緩而下，視線則牢牢鎖住前方的湖；其他人困惑地跟著，但都能感覺到待會兒對他們所有人來說將是非常重要的一刻。等大家全都到頁岩谷後，他再次轉向大家。「你們在這裡等我，等會兒不管發生什麼事，你們都不能跟來，前方有的就只有死亡而已。」

當他離開他們，朝向那個神祕的湖泊時，他們的腳彷彿生了根站在原地，目視著那個高大的身影不急不徐地往前走去，寬大的斗篷微微飄動。夏伊很快地看了弗利克一眼，緊繃的表情透露出他對待會不知道會發生什麼事的恐懼，他腦子裡突然閃過逃跑的念頭，但馬上就明白有勇無謀成不了事；他下意識地抓緊外衣，那個裝有精靈石的鼓起物讓他安心不少，它們的存在讓他有安全感，僅管他懷疑連亞拉儂都束手無策的東西它們可能也莫可奈何。他掃過每一張焦慮的臉，然後把視線轉回來看到亞拉儂已經走到黑帝斯號角邊，他似乎在那裡等著什麼。整個山谷陷入一片死寂，四個緊盯著一動不動站在水邊的亞拉儂。

高大的浪人慢慢舉起雙臂伸向天空，其他人目瞪口呆地看著湖面開始快速攪動然後劇烈翻騰，緊接著整個山谷都跟著震顫搖晃；大家被嚇得魂不附體，不可置信地面面相覷。當水從中間開始如沸騰般的洶湧起伏時，亞拉濃還是不動如山站在岸邊，伴隨著尖銳的嘶聲，一層薄霧冉冉升起，從暗夜中傳來嗚咽之聲，被禁錮的靈魂發出淒厲喊叫，站在黑帝角旁的那人喚醒了他們。來自靈界的死亡之聲嚎天動地，一股寒意瞬間從腳底貫穿全身，四人魂散九霄全身僵住，無法移動、無法言語、甚至連思考的能力都失去了。

在這令人膽顫心驚的悲鳴聲中，黑帝角水面出現一個漩渦，混濁的湖水中央升起一個佝僂老人的模樣。他浮出水面後，彷彿站在湖面上似的，高大、清瘦、如鬼魅般呈現半透明的灰色身體，正如底下的池水閃著邪魅的波光。弗利克的臉血色全失，這令人震悚的一幕意味著他們已經死到臨頭。亞拉濃還是文風不動站在湖邊，現在雙臂稍稍放低，黑色的斗篷緊緊裹著他如雕像般的身軀，他的臉朝向站在他面前的那團黑影，看起來像是在交談的樣子，但是四人什麼也聽不到。他們的對話持續不到幾分鐘，那幽靈突然轉向他們，伸出它襤褸嶙峋的手臂，指著四人；刺骨寒意襲向夏伊，有一瞬間他有種被死亡點到名的感覺。然後那團黑影轉身離去，向亞拉儂比了個再會的手勢，便慢慢沉回黑帝斯角幽暗的湖水裡消失不見，令人發毛的嗚咽聲也在低鳴哀嚎中淡去，沸然的湖水再次恢復平靜。

當曙光從東邊的地平線升起時，站在湖邊的亞拉儂似乎晃了一下，隨即不支倒地，四人愣了一會兒，立刻衝過山谷跑到癱倒的領導者身邊，他們小心地彎身查看，但是也不知道該怎麼做。最後，都林輕手輕腳地去搖他一動也不動的身體，嘴裡叫著他的名字，而夏伊摸著他的大手，發現他四肢冰冷而且臉色蒼白。還好幾分鐘後亞拉儂稍稍動了，深邃的雙眼再次睜開來時，他們懸在心中的大石終於放下；他盯著大家看了一會兒便慢慢坐起身來，他們全都緊張地蹲在他身邊。「一定是消耗太多精神了⋯⋯」他摸著頭喃喃自語，「失去聯繫後突然失去意識，休息一下就好了。」

「那是誰？」弗利克馬上問道，擔心它隨時可能再次出現。亞拉儂似乎在思考他的問題，陰沉的臉痛苦扭曲，然後稍稍放鬆。「一個失落的亡靈，被這個世界以及它的族人所遺忘的人，」他悲傷地表示，「他毀滅了自己變成永世不朽的活死人。」

「可以說得清楚點嗎？」夏伊說道。

「他是誰不是重點，」亞拉儂突然打斷，「剛剛跟我說話的人是亡靈布萊曼，那個曾經迎戰過黑魔君的德魯伊，我跟他說了沙娜拉之劍、帕瑞諾之行、以及我們一行人的命運。他所說不多，意味著我們的未來還在未定之天，除了一個人之外。」

「什麼意思？」夏伊遲疑地問道。亞拉儂疲倦地站起來，默然地看著周遭，似乎在確定他跟布萊曼鬼魂的接觸已經結束，然後轉過來面對焦急等待著他的臉孔。「這件事實在不知道該怎麼說，但是你已經到了這麼遠的地方，幾乎就快要到了終點，你有知道的權利。當我召喚出禁錮在幽冥地獄中的亡靈布萊曼時，他對我們的命運做出了兩個預言；他承諾我們會在兩天內找回沙娜拉之劍，但是他也預見我們其中一人可能過不了龍牙山脈，而他卻將是第一個拿到寶劍之人。」

想了一會兒後夏伊坦言，「我還是不明白？我們已經失去了韓戴爾，他說的應該是他吧。」亞拉儂輕嘆，「不，你錯了！年輕人，在預言的後半段，亡靈指著站在山谷邊的你們四位，你們其中一人將無法到達帕瑞諾！」

在大石塊的掩護下，曼尼安悄悄埋伏在通往頁岩谷的路邊，等著跟蹤他們進入龍牙山脈的不速之客；卡拉洪王子則躲在他對面陰暗處，寶劍垂放在地上岩石，用一隻手抓著劍柄上的圓球。曼尼安握著自己的武器，緊盯著漆黑之中，他只能看到前面大約十五英呎的地方。雖然都林很篤定他們被跟蹤了，但是等了半個小時，還是什麼都沒有，曼尼安不禁猜想跟蹤他們的怪物會不會是黑魔君的爪牙，骷髏使者可以騰空而起越過他們去找其他人。正當他要向巴力諾打暗號時，下面路上突然發出一記聲響引起他的注意，他立刻臥倒。

某人拖著腳沿著蜿蜒的小路往上走來，在天空就要露出魚肚白的微弱光線下緩緩穿梭在石塊之間，聲音清晰可辨。不管那是誰或是什麼，他或它很明顯地沒有預料到，或更糟的是根本不在乎他們在上面埋伏，因為他完全無意掩飾來意；曼尼安飛快瞄了一眼，那個矮矮胖胖走起路來左搖右晃的樣子，讓他想起韓戴爾。他緊抓利亞之劍等著來人。攻擊計畫很簡單，當入侵者一靠近，他會跳到他前面擋住去路，而巴力諾會在同一時間截斷他的後路。

高地人以閃電般的速度跳出石堆，面對面迎擊神秘的入侵者，他的劍幫他在猛然停住的瞬間保持平衡；他面前的身影立刻蹲低身子，一隻手亮出巨大的釘頭錘。下一秒鐘，準備好迎戰的兩人目不轉睛地盯著對方，看清楚來者何人後，利亞王子驚呼出聲。「韓戴爾！」

巴力諾即時從後面出現，喜出望外的曼尼安又叫又跳地衝過去擁抱那小矮個兒，放下一顆心把劍收入鞘內，邊笑邊搖頭看著欣喜若狂的高地人和不斷掙扎抱怨的侏儒，他們全都以為他陣亡了，這是他們從翡翠隘口逃出沃夫斯塔以來，他第一次覺得成功在望，他們一定會在帕瑞諾並肩作戰。

14

低矮的雲層和濃厚的朝霧完全遮斷了太陽升起後所帶來的暖意和光亮，疾風從貧瘠的岩地上呼嘯而過，高山空氣已經不只是冷，而是嚴寒刺骨，龍牙山脈山頭覆蓋著白雪，四季變化對這樣的海拔已經沒有多大的效果，這裡氣溫總是在零下徘徊。

今天早上開始他們就有一種奇怪的預期心理，從庫海文成軍的八人小組心中一直繚繞著這種不安的感覺，不是因為布萊曼惱人的預言，或是即將穿越禁忌的王殿，而是感覺某個東西正在等待著他們，躲在他們行經的區域。他們一路顛簸向北前進，身體緊緊包覆著棉製斗篷禦寒，低著頭躲避凜冽冷風直襲。不過那東西還是不現身，只讓大家意識到它的存在，等著那股感覺一點一點磨掉八人的防備；然後獵人就會變成獵物。

果然不用多久，疑慮開始悄悄地囓咬著他們疲憊的心靈。酷寒和強風將他們彼此阻隔開來，無法溝通更增添不安的感覺。只有韓戴爾是免疫的，寡言獨行的天性讓他更加堅強不被自我懷疑打倒，在翡翠隘口逃脫瘋狂的地精讓他暫時免於死亡的恐懼；他一度瀕臨死亡邊緣，近到最後只能靠本能拯救他；來自四面八方的地精像得了失心瘋一樣撲向他，似乎只有流血才能平息他們的怒火。他飛也似的溜進沃夫斯塔邊緣，躲在灌木叢裡不動，冷靜地讓地精虛耗體力，直到有個地精幾乎快要碰到他；幾秒鐘後那個獵人才意識過來，侏儒已經用他特有的習慣把斗篷套在他的俘虜身上，然後大聲求援；興奮的獵人一擁而上，但是黑暗中除了斗篷什麼也看不清楚，他們不分青紅皂白就將自己的同胞千刀萬剮碎屍萬段。韓戴爾一直躲在山裡，隔天才溜過隘口，再次死裡逃生。

谷地人和精靈沒有韓戴爾強烈的自我意志，亡靈布萊曼的預言讓他們深陷困惑，那些字句在風的嚎叫聲中不斷重複，其中有一句就是離別；雖然預言用字遣詞並非那樣，但言外之意正是如此。沒有人能夠接受這樣的未來，他們會想辦法證明預言有錯。

遠在前方帶著大家的亞拉儂，腦子裡不斷思考剛剛在頁岩谷發生的事。他想了一百遍有關於他跟亡靈布萊曼的會面，那年高德劭的德魯伊自我放逐到幽冥世界，等待黑魔君終於被消滅的那一天到來，但現在並非那亡靈的出現讓他如此心神不寧，而是它所帶來的訊息；一顆凸出的石頭讓他腳下一個踉蹌，差點失去重心。他稍稍轉過來看看後面努力跟上他的一行人，他在頁岩谷知道了比預言更重要的事情，但是他現在還不能將全部實情告訴這些信任他的人，就像他並未將沙娜拉之劍完整的故事跟大家說一樣；他深邃的眼裡有著熊熊怒火，這是他自作自受，沒有據實以告讓自己陷入這樣的困境，有那麼一瞬間，他想過要全盤托出。他們已經付出太多，但是這只是犧牲的開始：下一秒鐘，他立刻收回這樣的想法，為了顧全大局，他言難由衷只能片面吐實。

從清晨到中午，一行人沉悶地走著，一成不變的山路讓他們沒有多大進展的錯覺。然後他們進入了一個寬闊的峽谷，突然間峰迴路轉，往下延伸縮成一條狹窄的通道，兩邊盡是險峻峭壁。亞拉儂帶著大家穿越五里雲霧，現在不但看不見地平線，就連風也靜止了，突然間的靜默彷彿是對旅人的耳提面命。走著走著，小路驀地變寬，濃霧也漸漸淡去，前方峭壁出現一個巨大的洞穴，巉崖曲徑也在這裡告終。

這裡便是王殿的入口。莊嚴雄偉，令人敬畏。漆黑的入口兩側岩壁上雕鑿出兩尊巨大的武士石像，昂藏之軀高逾百呎，手持寶劍，劍身朝下，如門神般鎮守著大門；他們的臉因為經年累月的日曬雨淋已經嚴重風化，但是眼睛看起來依舊炯炯有神，八人站在他們守衛的古老大殿前，似乎都能感受到它們的凌厲目光。仰面石壁上用早已失傳的古語橫鐫著三個字，警告來人這裡是死者安息的墓地，而偌大的入口後面，只有全然的漆黑和寂靜。

亞拉儂召集大家聚在他身邊。「幾年前，還沒爆發第一次種族大戰時，有一群狂熱份子擔任死神的祭司，他們來自何方早已不可考，他們在這些洞穴裡，埋葬了四方大陸的君王，以及王室成員、僕人、和他們多數的財寶。傳言只有死人才能在這裡活下來，只有祭司才能看見已經入土的統治者，其他進入這裡的人就再也沒有出現過。隨著時間過去，祭司逐漸凋零，但是王殿中的邪靈依然存在，在祭司的遺骨還未化為塵土之前盲目地侍奉著逝去的祭司。鮮少有人能夠通過……」他在這裡打住，看到他們眼中出現疑問。「我曾經穿越王殿，而現在，換成你們。我是一名德魯伊，也是現世僅存最後一個德魯伊。就像布萊曼，以及他之前的布羅納，我也研究過黑魔法，我是魔法師；雖然沒有像黑魔君一樣的力量，但是我可以讓大家平安穿越洞穴到龍牙山脈的另一邊。」

「然後呢？」巴力諾輕聲問道。「有一條人們稱之為龍崖壁道的狹窄棧道，可以下山；到了那邊，我們就可以看到帕瑞諾了。」語畢，所有人陷入一股奇異的沉默，亞拉儂知道他們在想什麼；他決定不予理會，繼續說道。「這個入口後面有好幾個通道和房間，不知道路的人會覺得是個死亡迷宮。在我們進去後不久，會到達人面獸身隧道，跟門前這些巨型雕像一樣，不過是刻成半人半獸，如果你看它的眼睛，馬上就會變成石頭，所以你們一定要矇上眼睛，另外，還用繩子繫在一起。你們一定要將注意力集中在我身上，只想著我，因為它們擁有強大的念力，可以迫使你撕掉眼罩去看它們的眼睛。」七人面面相覷，他們已經開始懷疑這是否是個明智的選擇。

「過了人面獸身之後，幾個通往風嘯迴廊的走道都沒有危險；風嘯迴廊那裡有一種靈體叫做報喪女妖，它們的聲音會把人逼瘋，因此要摀住耳朵保護自己。切記，你們一定要把注意力放在我身上，讓我的心智蓋過你們的意向，以免你們的心神被那些聲音攝去；你們一定要放輕鬆，不要抵抗我，瞭解嗎？」七人微微點頭，動作小到難以察覺。

「通過風嘯迴廊，我們就到了王寢。那裡只有一個關卡……」他欲言又止，謹慎地看向洞穴入口，便直接示意他們進入黑暗的通道。亞拉儂撕了幾條布分給每人一條，再利用一條長索將彼此綁在一起組成繩隊，步履穩健的都林排在首位，卡拉洪王子則繼續擔任押隊的後衛；確認綁好用來當作眼罩的布條之後，一行人手拉手形成一條人龍小心翼翼地進入王殿。

洞穴裡幽暗寂靜，走廊地面出奇地平坦，但是凜冽寒風刺骨，讓每個人冷得直打哆嗦。一路上沒有人說話，大家都試著讓自己放鬆，聽從亞拉儂的指揮走過幾個彎。走在中間的夏伊，可以感覺到在黑暗之中，弗利克緊緊握住他的手；從穴地谷一路走來經歷了風風雨雨，他們的關係早已超越家人變得更緊密，不管發生任何事，夏伊覺得他們的情誼永遠不會變。而曼尼安為他所做的付出，他也不會忘記，他想了想利亞王子這個人，過去幾天來，高地人已經改頭換面，變成截然不同的另一個人；當然，舊的曼尼安還在，但是夏伊卻在他身上看到全新的面向，有一種說不出的新氣象。他在想，不知道亞拉儂有沒有看到他的改變，因為他待他總是像個男孩，而非男人。

他們突然停了下來，在一片沉寂中，每個人內心傳來德魯伊充滿威嚴的聲音：記住我的警告，把你的意識轉向我，注意力集中在我身上！然後一路縱隊繼續向前行。矇著眼的眾人馬上就感受到前方有東西在等著他們，不動聲色、有耐心地觀察著他們；隨著時間過去，深入洞穴中的他們也開始發覺兩側靜靜矗立著某個巨大的東西，那就是有著人臉，但是頭部以下卻是某種野獸伏臥的樣子。是人面獸身像！那些眼睛就映在他們的腦海，亞拉儂的身影漸漸模糊，他們開始跟自己的意志力拔河，努力專注在德魯伊身上；但是石獸強大的欲念不斷滲入腦子，動搖他們的定性，雙方一攻一守互相對峙。大家開始感受到一股強烈的衝動，想要一把摘掉遮蔽視線的眼罩，隨心所欲地凝視低頭看著他們的怪獸。

就在人面獸身的靡靡之音即將吞噬眾人最後一絲定力之際，亞拉儂鋼鐵般的意識像銳利的刀鋒劈頭砍下，專注想著我！他們內心本能地服從，猛地勒馬懸崖，克制住拉下眼罩去看石像的念頭。這場莫名的對抗戰線持續拉長，一行人汗下如雨氣喘如牛，想要擺脫看不見的雕像，走出心裡的迷宮；腰間的繩索，手上的人鏈，和亞拉儂威嚴的聲音，將大家緊緊繫在一起，最後全員告捷。德魯伊堅定地帶大家通過人面獸身像，他的視線鎖在洞穴地面，努力用意志力穩住大家的心；終於，石像的臉開始淡去，獨留這些凡人在沉靜的黑暗之中。

他們繼續前進，穿越蜿蜒曲折的通道；然後，隊伍又再次停了下來，此時響起亞拉儂低沉的嗓音，要大家把眼罩拿掉。他們聞言立刻照做，發現自己在一條狹窄的隧道裡，未經琢磨的粗石發出奇異的綠光，他們趕快看向其他人，確定大家都還在。德魯伊默不作聲地從頭走到尾，測試繩索有沒有牢牢綁住每個人的腰，並警告大家風嘯走廊還在前頭；先用小碎布塞好，再用布條整個纏住耳朵，屏蔽報喪女妖所發出的聲音，眾人再度手拉手牽起人龍。一行人在微弱的綠光下，緩緩穿越狹窄的隧道，因為耳朵被緊緊塞住幾乎聽不道腳步聲。這一段洞穴長逾一英哩，之後豁然開朗，通道霎時放寬，變成一條淩空的廊橋，視線所及一片漆黑，彷彿進入了幽暗詭譎的幽冥煉獄，如果不是腳下還踩著地，否則真有地表完全消失的錯覺。

突然間，有聲音響起。那種令人毛髮直豎的恐懼感瞬間淹沒眾人，一開始的衝擊漸漸變成穿腦魔音，如同萬馬奔騰發出的嘶吼撼動天地，但接下來卻是驚悚的哭喊聲，哀淒逾恆，彷彿經歷了各種慘絕人寰的折磨，心如死灰般對救贖徹底絕望。再來吼聲攀高成尖叫，刺耳高音超乎常人所能忍受極限，這種撕心裂肺的精神折磨肆無忌憚地吞噬眾人的理智。他們被恐怖的聲音沖蝕著，反映出他們內心如同被剝皮抽筋敲骨吸髓般，沉淪在絕望的深淵中無法自拔。

一切都發生在彈指之間，再下去，他們就將失陷。將死的眾人二度獲救，這一次是從徹底瘋狂中被拉回來，亞拉儂強大的意志力硬是衝過攝魂魔聲，七人狂亂的心裡出現他嚴酷的臉，喝令大家：放鬆且專注地想著我！恐怖的尖叫聲和嘶吼聲似乎逐漸變小，只剩下像耳鳴般的嗡嗡作響；他們步履蹣跚，機械化地走過黑暗的隧道，心裡緊緊抓著亞拉儂拋出的生命線。雖然看不到牆壁在哪，但是反彈回來的尖叫聲仍依稀可聞，洞穴裡的大石被震得隆隆如雷。報喪女妖的聲音最後一次響起，試圖打破德魯伊樹立的潛意識防線，孤注一擲般的激烈尖叫仍然無法推倒這道牆；聲音的源頭最後氣力耗盡，陷入一片死寂。沒多久，走道又再次縮窄，一行人通過了風嘯走廊。

亞拉儂讓隊伍停下時，眾人渾身發顫，滿臉冒汗，就這樣呆若木雞站著。搖搖頭試著恢復思緒，他們解開了綁在腰上的繩索和纏住耳朵的布條；現在他們位在一個小洞穴，面對著兩道被鐵鍊鍊住的巨大石門，他們身旁的石牆跟之前所看到的一樣，會發出奇特的綠光。亞拉儂耐心等著大家完全恢復，招招手要他們往前，然後在石門前停了下來；他的手輕輕一推，厚重的石門便悄然打開，「王殿。」在一片寂靜中，德魯伊低沉的嗓音如耳語般響起。

過去逾千年來，除了亞拉儂之外，無人曾經踏足此禁地。一直以來，這裡都維持原貌不受外界干擾，巨大的圓形洞穴，峨然矗立的光滑石牆，頂篷也跟他們所經過的隧道一樣微微發出綠光。沿著圓形大廳的牆邊，陳列著崩逝君主的雕像，每一尊都朝向大廳中央、一個外形為巨蛇盤繞的奇怪祭壇。雕像前堆放著殉葬的寶物，金銀、珠寶、毛皮、武器，全是死者生前所擁有的財產；而後面牆上則是密封的長型洞穴，裡頭停放著往生者的遺體，包括國王、他的親族和奴僕，而地窖上方還有墓誌銘，用大家所不熟悉的文字鏤刻著死者的身分地位和生平事蹟。房間裡積滿塵埃，累積了好幾世紀的灰土被行經的眾人揚起一團塵雲；過去千年來，除了亞拉儂之外從未有人冒瀆這裡的平靜與恣意妄為，或是試圖打開守護死者的門，而現在⋯⋯

夏伊莫名地渾身打顫，他可以感覺到有一個小小的、遙遠的聲音告訴他，他不應該在這裡；並非因為王殿是神聖不可侵犯的，而是因為這裡是墳墓，是先人葬身之地，不是活人應該來的處所。突然有東西抓住他，他嚇了一跳隨即明白是亞拉儂碰了他的肩膀；德魯伊皺眉，輕聲叫住大家，壓低音量對聚在綠光下的七人說道。「穿越那邊的門，就是聖堂，」他用手指引他們的視線到圓形大廳的另一頭，那邊又有第二道石門，「過了之後會有石階，一路往下會走到一個溫泉池；到了石階盡頭，就在池塘前有個火葬用的柴堆，那些埋葬在這裡的君王死後會先停靈在此，至於停幾天端視他們的身分與財富，這樣他們的靈魂便能超脫生死。我們必須通過那裡才能到達通往龍崖壁道的路。」

他深深吸了一口氣，徐徐吐出，繼續說道。「之前我穿越這些洞穴時，我將自己隱身起來，躲避那些消滅入侵者的怪物，但我沒有辦法幫你們隱身。聖堂那裡有些東西，那些東西的力量可能比我還大；雖然它無法感覺到我的存在，但是我很清楚地意識到它就躲在池塘深處。下了樓梯之後，沿著池塘兩側到對面的路都很狹窄，不管守護火葬柴堆的是什麼，都會在那裡攻擊我們。等我們進去之後，巴力諾、曼尼安和我會走左邊那條路，這樣應該可以引誘它現身；當我們被攻擊時，韓戴爾帶剩下的人趕快從右邊過去。一路跑到龍崖壁道不要停下來，聽懂了嗎？」

大家緩緩點頭，夏伊覺得不太對勁，但無憑無據多說無益。亞拉儂挺直七呎之軀，露出森然雪白的牙齒冷笑著；夏伊驀地打了個寒顫，慶幸自己不是這個兩百公分長人的仇家。巴力諾抽出巨大的寶劍，劍身摩擦劍鞘發出嗡嗡聲響，韓戴爾則是早就穿越王殿，一隻手緊緊抓著他的釘頭錘；曼尼安也跟上，但行進間卻遲疑了一下，忍不住瞄了一眼那些金銀珠寶，心裡一邊揣度著，拿一些有沒有關係？谷地人跟精靈跟在韓戴爾和巴力諾之後，亞拉儂雙臂交叉，意味深長地看著高地人，曼尼安轉過頭，用提醒的眼神看著他。

「如果我是你，就不會打那些陪葬品的主意⋯⋯那些東西表面塗了某種致命毒物，碰了它，你的小命在一分鐘之內就沒了。」曼尼安難以置信地瞪著他，回頭又看了看那些寶藏之後，無奈地搖搖頭。走到半路時他突然靈光一現，抽出兩隻黑箭，走到放滿金幣的箱子旁，小心翼翼地把箭插到金幣堆中磨蹭；詭計得逞後，滿意地露出笑容，快步加入其他人的行列穿過王殿。不管石門後面有什麼，正是測試這種毒藥的最佳機會。

被亞拉儂一碰，石門旋即開啟，一行人無聲地走進聖堂，他們現在在一個高台上，高台前方有個凹室，再往前就是一連串的下階梯。而洞穴前面則是一個保存完整的大洞窟，富含礦物質的水經過千年點滴，在洞頂形成鐘乳石，當水滴掉落時，便在底下的水池激起漣漪。大家戒慎恐懼走到平台邊，望向階梯底下的石頭祭壇，表面已經傷痕累累，有些地方甚至已經碎成石屑；石牆斷斷續續地發出陰冷的磷光，讓這古老的洞室閃著一種詭異的螢光。一行人緩緩步下階梯，看到石頭祭壇的表面刻了字，不過，鮮少人知道這個詞的意義，這個字源自於古老的地精方言，意指死亡。他們的腳步聲在巨大的洞穴裡來回震盪，走到階梯底部之後，他們猶豫了一會兒，目光緊緊盯著寂靜的湖水。亞拉儂示意韓戴爾帶著谷地人和精靈到右邊，然後他帶著曼尼安和巴力諾快步來到左邊的走道；現在開始一失足將成千古恨。夏伊看著池塘對岸的三人，貼著凹凸不平的石牆沿著池塘邊往後面的步道前進，池塘水面平靜無波；走到一半的地方，夏伊才放鬆屏住的呼吸，第一次喘氣。

然後深幽的池水突然高高捲起，出現一個巨大蛇形怪獸，身上覆蓋著一層厚厚的黏液，瞬間衝向天際將鐘乳石撞得粉碎，如雷似的怒吼震天價響，竄出水面的巨獸全身扭曲著。它細長的前肢有著致命的鉤狀利爪，在空中不斷舞動，而巨顎用力閉合更發出激烈的碰撞聲響，露出森然可怖的黑色尖牙；駭人血眼怒目瞪視，畸形的頭除了大大小小的肉瘤還長了觸角，皮表淌流著黏涎的浮渣和廢料，嘴角滲出的毒液更是不斷滴落水裡，還冒出陣陣水煙。怪獸疾視走道上的三人，釋出強烈敵意嘶嘶吐信，接著殺機乍現，它血盆大口一張，率先展開攻擊。

大家立即做出反應。曼尼安發出沾有毒液的箭，朝著巨蛇裂開的大嘴飛去，砰地一聲深深插進它的血肉裡，怪獸痛苦地往後仰。巴力諾立刻掌握主導權，移到走道邊緣，猛然攻擊它裸露的前肢，但寶劍砍在麟片上簡直就是隔靴搔癢，只擦過濃稠的黏液，讓他大吃一驚；它的第二隻前足立刻甩向攻擊者，目標對象馬上撲到另一邊躲過突襲。韓戴爾見狀立刻推趕精靈和谷地人從另一邊衝向池塘對面的通道，但是他們其中有人誤觸了秘密機關，一片厚重的石板瞬間崩落，堵住逃生出口；在走投無路之下，韓戴爾奮不顧身撞上前面的路障，但是石牆還是不動如山。

石板掉落的聲音引來蛇怪注意，它撇下曼尼安和巴力諾，見獵心喜地轉向這些比較瘦小的敵人；如果不是驍勇善戰的侏儒，此刻他們就完了。把石板和自身安全全部拋諸腦後，韓戴爾反射性地衝向快速逼近他們的巨獸，沉重的釘頭鍾當頭劈進燃燒著熊熊怒火的血輪眼裡；疾如風動如雷震般的凌厲攻勢，瞬間打爆怪獸一隻眼球。騾不及防的劇烈痛楚讓蛇妖倏地往後衝高，一頭撞上尖銳的鐘乳石，巨大的身軀瘋狂地東摔西撞，致命的石頭碎片向石刀一樣不斷掉落。弗利克不慎被打到頭失去知覺，池塘邊的韓戴爾，則是被埋在如瀑布般流瀉的碎石堆下一動不動；其他三人背抵著被封住的入口，龐然怪獸赫然聳現在他們上方。

最後亞拉儂也加入了這場一面倒的對戰，他高舉雙臂，伸出嶙峋雙手，手指好像小小光球般發出亮光，突然間眩目的藍色火焰從他的指尖飛射而出，攻擊猛獸的頭部。新一波的攻擊威力震懾了因為劇痛和暴怒不斷拍擊水面嘶吼尖叫的巨蛇，德魯伊快步移到走道前方展開第二波攻勢，再度射出藍色火焰攻向怪物的頭部，讓它一百八十度大翻轉，往後翻倒撞到石牆上，氣急敗壞的巨蛇暴跳如雷，震鬆了擋住出口通道的石板；夏伊和精靈們即時將昏厥的弗利克拖出來，還好沒被巨蛇龐大的身軀輾爆。他們聽到石板砰地一聲往前傾倒，發現出口開通後立刻大聲呼叫其他人；此時野獸一記回馬槍打算攻擊巴力諾，再度被亞拉儂的力量鎮住，兩人注意力都在巨蛇身上，只有曼尼安看見他們到底在喊什麼，拼命向他們招手指著出口。戴耶和夏伊抬起倒地的弗利克，扛著他跑進前方的坑道，都林殿後，但是瞥見失去意識、人還埋在碎石堆下的韓戴爾時腳步頓了頓，旋即回頭，跑到池塘邊，緊緊抓住侏儒癱軟的手臂，卯足了勁還是無法拉他出來。

「快滾！」突然看見精靈的亞拉儂大吼。巨蛇趁著這個空檔還擊，銳利的前爪奮力一掃，將巴力諾掄飛撞上石牆，曼尼安旋即跳到野獸面前，卻被它猛力撞昏；多處重傷的巨蛇痛苦難耐，只想抓到黑袍巨人，了斷他的性命洩恨，它現在就要拿出終極武器來對付他。牙尖淌著毒液的血盆大口猛地裂開，被選定的攻擊目標毫無防備地獨自站著，然後突然噴射出一大片火焰，完全吞噬掉德魯伊。都林目睹一切發生經過，驚愕地倒抽一口氣，站在出口處的夏伊和戴耶，看到亞拉儂被烈焰灼身嚇到說不出話來；但是下一秒鐘，炎火瞬間熄滅，亞拉儂毫髮未傷站在一臉驚愕的眾人面前。他抬起手，手指射出藍色火焰重擊巨蛇的頭，它再度後倒；洶湧的池水冒出一團蒸氣，交雜著戰鬥揚起的塵土，讓一切變得昏暗不明。

然後，巴力諾從一片朦朧中走到都林身邊，他的斗篷已經支離破碎，閃亮的鎖子甲也出現破損裂口，熟悉的臉龐滿是汗水和血水；兩人一起將韓戴爾從碎石堆下拉出來，卡拉洪王子一肩扛起不省人事的侏儒，示意都林走在前面，進入通道。邊境人要他們帶著弗利克，不待他們是否聽從，他一肩扛著韓戴爾，空著的另一隻手緊緊握著他的寶劍，逕自消失在黑暗的走廊；精靈兄弟立刻遵從邊境人的指令，但是夏伊有些遲疑，擔心地搜尋曼尼安的下落。剛剛的殺戮戰場現在慘不忍睹。在洞穴的另一邊還能看到渾身是血、垂死掙扎的巨蛇，但就是不見曼尼安和亞拉儂；不一會兒，兩人身影同時從一團煙霧中走出，曼尼安一拐一拐地前進，手裡還是緊緊抓著長弓和利亞之劍，亞拉儂的斗篷破爛不堪，一身全是塵土。他不發一語，揮手叫谷地人走在他們前面，三人舉步維艱地通過部分被封住的出口。

沒有人記得接下來發生了什麼，兵疲馬困的一行人帶著兩個昏迷不醒的傷號，急忙穿過通道，只覺得時間過得像蝸牛一樣遲緩，然後突然間他們就到了外面；午後的烈日刺得大家睜不開眼，站在危險陡峭的山壁邊，右方就是蜿蜒的龍崖壁道，從這邊可以一路走到下面山區。驀地間，整座山彷彿地牛翻身一樣隆隆作響，亞拉儂機警地發號施令，要大家趕快下山。巴力諾肩挑著昏迷的韓戴爾當先鋒在前面帶路，再來是曼尼安，扛著弗利克的都林和戴耶緊跟在後，夏伊尾隨三人，亞拉儂殿後押隊。地底深處不斷傳出不祥的隆隆聲，一行人在狹窄的步道上緩慢推進，一方面得注意頭頂的突出物和落石，另一方面必須緊貼峭壁壓低身子，以免失去平衡掉入萬丈深淵；龍崖壁道這名字取得真是好，迂迴曲折的絕壁天險，原本就需要高度專注力和警覺心，現在又加上不斷地震，讓這個任務愈發困難。

此路多歧，他們步步為營，才前進了一小段距離，又聽到新的聲音，甚至蓋過山裡隆隆響聲。跟亞拉儂一起走在隊伍最後的夏伊，原本還搞不清楚這是什麼聲音，直到他幾乎站在聲音源頭時才恍然大悟；一個急轉繞到北面山側後，站在一塊岩棚上的他，這才發現有個大瀑布從他們所在位置傾瀉而下。大氣磅礴的滾滾流水發出震耳欲聾的轟鳴聲，以千軍萬馬之勢衝下深谷的大水，穿越山脈後分流成好幾道支流，往東流入瑞柏平原；激湍的洪川從他們所站的岩棚下奔流而過，震盪出無數的白色水花。夏伊看傻了，在亞拉儂喝令下才匆匆上路，這時候他們已經落後其他人一大截距離，還一度被岩石擋住視線差點跟不上。

過了岩棚大約一百呎後，突然一陣天搖地動，這次震度比前幾次都要來得大，夏伊所站的那一段路無預警地斷裂，柔腸寸斷的壁道連同谷地人往下滑向山腰。夏伊驚聲大叫，拼命掙扎試圖阻止自己往下掉，他看到前方就是斷崖，再停不下來就要墜落於底下的排壑怒濤之中；亞拉儂衝向前去，骨碌碌滾下山的夏伊揚起一片碎石飛沙。「快找個東西抓著！」德魯伊大吼，「穩住自己！」夏伊手腳並用，費力扒著陡峭的岩壁，就在快要掉落懸崖的千鈞一髮之際，他死命抓住邊上一塊突出的石頭，緊緊貼著幾近垂直的峭壁，不敢動彈。「撐住，夏伊！」亞拉儂鼓勵他，「我去拿繩子來，不要輕舉妄動！」亞拉儂叫喚其他人，但是他們能夠幫上什麼忙，夏伊已經無從知曉。就在亞拉儂大聲求援的當兒，地牛再度大翻身，震鬆了原本就已經命懸一線的谷地人，夏伊根本來不及思考就摔落懸崖，手腳胡亂揮舞著，就要一頭栽進湍急的河水中；亞拉儂一籌莫展眼睜睜看著夏伊摔落水中，被激流沖往東邊，夏伊就像浮木般在急流中載浮載沉，失去蹤影。

15

弗利克不發一語站在龍牙山脈腳下，茫然望著天空。他輕輕摸著自己的頭，感覺頭上腫了一個包，被石頭砸中的地方還隱隱約約感到疼痛，都是因為自己昏迷不醒，才沒有辦法在他弟弟最需要他的時候伸出援手。這股椎心之痛啃噬著弗利克，讓他想要大喊出聲，但就算是現在，他還是做不到；內心氣結難紓的他，只強烈感受到自己的無用。

曼尼安的反應截然不同，他因為受傷而駝著背，在距離谷地人幾碼外的地方，暴躁地反覆踱步；怒火中燒的他雖然知道他無法幫夏伊做些什麼，但這樣還是無法減輕他的罪惡感，。曼尼安憤怒地來回走動，用力把腳根插入土裡洩憤；他拒絕承認已經停止搜尋，因為這麼做就等於承認了此次任務失敗，現在距離沙娜拉之劍只剩下一步之遙。他停下來反覆思量他們的搜尋目標，現在他還是覺得一切並不符合邏輯；即使他們找到了寶劍，一個人怎麼有辦法對抗像黑魔君那樣的怪物，更遑論是個少不更事的男孩？曼尼安驀地明白他們之間看似尋常隨意的友誼對他有多麼重要，他們從未討論過這個話題，但是這份情誼卻始終如一，對他來說彌足珍貴；然而現在已經付之烏有，曼尼安既氣憤又無奈地咬住下唇，不斷來回踱步。

其他人聚在龍崖壁道底部，都林和戴耶兩人交頭接耳，精緻的五官因為憂慮糾結在一起，目光低垂，只偶爾看向對方；韓戴爾則靠在旁邊的樹幹，平常總是沉默寡言的他，現在看起來情緒不太穩定難以親近。他的肩膀和腿上都綁著繃帶，沒有表情的臉上有著和巨蛇對戰時留下的傷疤和瘀青，他知道如果沒有沙娜拉之劍，沒有夏伊，他的家園將遭到北方大軍的踐踏蹂躪；巴力諾也有著跟韓戴爾一樣的想法，他看著亞拉儂獨自一人遠遠站在小樹林旁，不發一語一動不動。他知道他們現在正面臨著無法選擇的選擇，一則放棄搜索，原路折返各自回家，或許可以順道找到夏伊在哪；二則繼續前往帕瑞諾，即使沒有勇敢的谷地人也要奪下沙娜拉之劍。和弟弟大吵的回憶從他腦子裡晃過，他哀傷地搖搖頭，等他回泰爾西斯時，他也有自己的問題要解決，不管做出什麼樣的決定，都沒有辦法皆大歡喜；他從未跟別人提起過這件事，此刻他的個人問題也不是問題。

突然間，德魯伊轉身快步走向他們，他的心裡顯然已經有了決定；他們看著他走近，行進間黑色長袍隨風搖曳，儘管在這麼挫折的情況下，他的臉看起來依舊堅決果敢。曼尼安停下腳步，心臟瘋狂跳著，等待他跟他們攤牌，因為高地人已經胸有定見，他猜想亞拉儂的選擇一定跟他不一樣；弗利克捕捉到利亞王子臉上露出一絲恐懼，但是也看到了那人環抱胸前，湧現一股奇異的勇氣。隨著亞拉儂的靠近，他們全都站起來聚在一起，躊躇之間，又累又沮喪的他們突然有了新的念頭，再次抖擻精神絕不言敗；他們不知道亞拉儂要說什麼，但是他們知道他們已經走得太遠犧牲太多，不能現在說放棄。

他站在大家面前，深邃的雙眼翻騰著各種複雜的情緒，當他開口時，從他嘴裡吐出的話彷彿結了霜似的，尖銳地劃破寧靜。「或許我們已經落敗了，但是在這裡就回頭，不僅別人瞧不起我們，連自己都會唾棄自己。如果我們注定要被北方大陸的邪惡力量打倒，那麼我們就必須回去面對；我們不能夠退縮，期待在我們和敵人之間出現奇蹟。如果死亡終究要來，我們也要拿到沙娜拉之劍，正面迎戰至死方休！」他鐵心決定背水一戰，大義凜然的談話連巴力諾都感到莫名激動渾身顫慄；所有人都對德魯伊不屈不撓的堅定意志感到萬分欽佩，對於能夠跟他並肩作戰，獲選為這項危險任務的一員感到自豪。

「夏伊怎麼辦？」曼尼安突然開口，德魯伊穿透力十足的眼神轉向他，「夏伊會怎麼樣？這次遠征最初的緣由不就是因為他嗎？」亞拉儂緩緩搖頭，再次考慮谷地人的命運。「我並不比你悲傷；他被河水沖往平原，可能還活著，也可能已經遭遇不測，但是現在我們愛莫能助。」

「所以你的建議是要我們忘記他，去找沙娜拉之劍，少了他，那把劍根本只是一塊廢鐵！」曼尼安失控大喊，他壓抑已久的挫折感一股腦全倒了出來。「除非我知道夏伊怎麼了，否則我不會再前進一步，即使這意味著放棄任務，我也要找到他。我不會背棄我的朋友！」

「注意你的口氣，高地人！」亞拉儂慢條斯理地嘲諷道，「少愚蠢了。把失去夏伊怪到我頭上根本毫無意義，因為我是最希望他毫髮無傷的人。」

「說夠了沒有，德魯伊！」曼尼安大怒，不計後果地往前跨出一步，亞拉儂對於失去夏伊的冷血反應讓他脾氣爆發。「幾個星期來我們一直跟隨著你，跋山涉水，赴湯蹈火，也從未質疑過你說的話，但是這件事已經超乎我的忍耐極限。我是利亞王子，不是呼之即來揮之即去的乞丐，不是只關心自己的小人！我跟夏伊之間的友誼對你來說無關緊要，但是對我而言，我們的情誼更勝於一百把沙娜拉之劍。現在站一邊去！我要走我自己的路！」

「蠢材，你算什麼王子，不過是跳梁小丑，竟然說出這樣的話，」亞拉儂大聲斥責，臉上表情因為怒氣而僵硬，兩手抱拳攥得關節格格作響。其他人被反目的兩人嚇得臉色發白冷汗直冒，在兩人就要爆發肢體衝突之際，趕緊介入他們之間，說之以理動之以情，擔心他們一旦分裂，事情就真的沒了指望，任務將在這裡劃下句點；只有弗利克袖手旁觀，他腦袋裡仍然都是夏伊，對自己的無能為力感到憎惡。他知道曼尼安說出了心裡的想法，沒有夏伊的消息他就不會離開這裡；但亞拉儂似乎總是比他們知道更多，他的決定一直都沒有錯過，現在完全無視德魯伊的話似乎不太對。他內心掙扎著，試著猜想夏伊在這樣的情況下會怎麼做，忽然腦中靈光一閃，他已經有了答案。

「亞拉儂，我有個辦法……」他突然開口，大喊蓋過其他人的聲音，所有人同時看向他，對他堅定的表情暗暗吃了一驚。亞拉儂點頭表示他在聽著。「你擁有跟亡者對話的力量，我們在山谷裡曾經看到你這麼做，你不能分辨夏伊的死活嗎？如果你能夠喚出亡靈，就一定能夠找到活人。你可以找出他在哪裡，不是嗎？」所有人又同時轉向德魯伊，等著看他會怎麼做；亞拉儂深深嘆了一口氣並低下頭來，他的怒氣蒙蔽了他的判斷力，他思忖著谷地人的提問。「我是辦得到……」他的回應讓大家喜出望外，大大鬆了一口氣，「但是，我不會。如果我用我的力量找出夏伊，不管他是生是死，我等同把我們的行蹤直接洩漏給黑魔君和骷髏使者，他們就會有所警覺，在帕瑞諾等我們自投羅網。」

「如果我們到得了帕瑞諾的話……」曼尼安板著臉打斷他的話，亞拉儂怒氣攻心，立刻衝上前去，所有人再度跳出來拉開他們。

「夠了，快停下來！」弗利克生氣地發號施令，「這樣對誰都沒有幫助，尤其是夏伊。亞拉儂，一路上我從未要求過什麼，我也沒有權利要求，是我自己選擇要來的；但是現在我有這個權利，因為夏伊是我的弟弟，也許我們沒有血緣關係，甚至不屬於同一種族，但是我們的感情比親兄弟更親。如果你不用你的力量找出他在哪裡，那麼我會跟著曼尼安，直到找出夏伊。」

「他是對的，亞拉儂……」巴力諾徐徐點頭，大手輕放在小谷地人的肩上，「不管我們會出什麼事，這兩人有這個權利知道能不能找到夏伊；我知道如果我們被發現意味著什麼，但是我認為我們必須冒這個險。」

都林和戴耶也點頭如搗蒜，德魯伊看向韓戴爾，但是寡言的侏儒不說也不動，就這麼和他四目相接；他環視每一張臉，一邊衡量著沙娜拉之劍的價值和失去兩個夥伴的風險得失，可以體會他們不願意再繼續下去，理解地對自己點點頭。他的眼神再次回到其他人身上，看到他們的眼神熠熠生輝，認為他已經同意了弗利克的要求。連個默許的微笑也沒有，亞拉儂堅定地搖著頭。

「決定權在你們手裡，我會遂其所願。退後，在我開口之前，不要跟我說話也不要靠近我。」眾人聞言往回走，留下他一人站在原處；他低頭凝神，雙臂交疊胸前，大手埋在黑色長袍裡，萬籟俱靜，只有遠方隱隱飄來黃昏的聲音。這時德魯伊突然全身僵硬，一束白光從他緊繃的身體綻放開來，精芒奪目讓人睜不開眼，然後光線逐漸擴散瞬間大放光明，亞拉儂隱沒在白光中央，下一瞬間耀眼光芒倏地消失，亞拉儂仍在原來的位置，在黑暗中一動不動，然後砰然倒地，一隻手緊緊壓著前額。其他人見狀只稍稍遲疑了一會兒，不管他先前的吩咐，立刻飛奔向前，擔心他受了傷；亞拉儂不認同地看著大家，對他們違背他感到憤怒，但是在他眼裡的卻是一張張憂心忡忡的臉；雖然他們來自不同種族、不同國家、有著不一樣的人生，這六人即使在經歷了這一切之後，對他還是真誠以對，讓他深受感動，有股奇異的暖流流遍全身。這是失去夏伊後，亞拉儂第一次有如釋重負的感覺。他顫抖地站起身來，輕輕扶著巴力諾強壯的手臂，剛剛殫思極慮搜尋夏伊讓他元氣大傷，稍事休息後，他露出虛弱的微笑。

「我們的年輕朋友確實還活著，我能感覺到他的生命跡象，就在山的另一邊，他可能被沖向東邊平原的河流附近；身邊還有其他人，得進行深入的心靈探索才能確定他們的意圖，如果這麼做的話，不但會洩漏我們的位置，還會讓我變得虛弱無力。」

「所以他還活著，你確定嗎？」弗利克急切地問道。亞拉儂點頭確認，大夥兒終於露出放心的笑容；弗利克滿心歡喜，曼尼安拍拍他的背，自己也高興地手舞足蹈。「現在問題已經迎刃而解……」利亞王子雀躍不已，「我們必須重回龍牙山脈找他，然後再繼續前往帕瑞諾奪回寶劍。」當亞拉儂搖頭否決時，他的笑臉瞬間僵住，怒火隨之取代喜悅，其他人也目瞪口呆，因為他們確信德魯伊自己應該也會這麼提議才對。「夏伊在地精的手裡……」亞拉儂一語道破，「他正被帶往北邊，很有可能是去帕瑞諾；如果我們要找他，就必須穿越守備森嚴的龍牙山脈，一路追到地精遍布的平原。會耗費更長的時間，行蹤也馬上就會曝光。」

「又不能保證對方已經發現我們了……」曼尼安怒吼，「那是你自己說的。如果夏伊落入黑魔君的手裡，我們能得到什麼好處？如果沒了持劍者，沙娜拉之劍於我們何用？」

「我們不能夠拋棄他。」弗利克懇求，不由自主地往前跨出一步。其他人不發一語，默然站在一旁，等著亞拉儂做出解釋。「你忘了預言……」亞拉儂耐心提出警告，「預言最後一部份斷言我們其中有一人將無法看到龍牙山脈的另一邊，但此人將會第一個拿到沙娜拉之劍，現在我們知道這個人將是夏伊；除此之外，預言還說經過兩晚之後，我們就會看到寶劍。看來命運會讓我們重新團聚。」

「那對你來說可能是個好消息，但是對我而言還不夠，」曼尼安冷漠地表示，一旁的弗利克拼命點頭，「我們怎能相信鬼魂說的鬼話？你是要我們拿夏伊的生命當賭注！」亞拉儂怒火中燒，努力壓下自己的脾氣，平靜地看著兩人，失望地搖著頭。「你一開始就不相信所謂的傳說吧？」他輕聲問道，「你不是曾在你所屬的世界裡見過靈界的據點嗎？我們不是從一開始就在對抗力量超乎常人的生物嗎？你親眼見識過精靈石的威力，為什麼如今又全盤否定，只相信你的理智，用符合常識的邏輯來看這個世界、你們的物質世界。」他們無言地看著他，心裡雖然明白他是對的，還是不願意放棄尋找夏伊的計畫。這次的旅程就是以夢想和傳說為前提所展開的，而非基於常識的行動，如果突然又決定要回歸現實面實在很可笑；從逃離穴地谷的那一天開始，弗利克就看破了這一點，有些事不能只用理智看待。

「不必擔心夏伊。」亞拉儂安慰大家，突然走到他們身邊，將他的他放在每個人的肩上，「夏伊還帶著精靈石，它們的力量可以保護他，還能引導他找到沙娜拉之劍；幸運的話，找到寶劍就能找到他。現在所有的方向都指向德魯伊要塞，我們必須確保我們在那裡，給予夏伊任何我們所能給的援助。」其他人已經整裝待發，弗利克凝望北方黑暗的森林，龍牙山脈前的低地長滿樹木，茂密的叢林當中有個像是方尖塔突起的地方，就是帕瑞諾的峭壁，峭壁之巔就是德魯伊要塞，沙娜拉之劍就在那裡，也是這次探險的終點。弗利克看著孤高的尖塔好一會兒，然後轉向曼尼安，高地人不太甘願地點了頭。

上游河道穿行在山脈之間，湍急怒濤不斷拍擊著兩側坡陡，水勢澎湃洶湧朝著東方奔流而去；掉落水裡的漂流物一路順流而下，河道彎曲跌宕，急流險灘處處。隨著地勢漸趨平緩，河道也變得開闊，然後逐漸分流，流入瑞柏平原上的丘陵低地。就是在其中一條的小支流，有個人用皮帶把自己綁在斷裂的樹幹上，終於被沖上泥濘的河床上；因為溺水而昏迷的他，身上衣服破爛不堪，皮靴也不知去向，從上游被沖到這裡的他一路上持續受到撞擊，不但臉色發白還沾了血。甦醒之後，他知道他至少已經到陸地了，虛弱地把自己從樹幹上解下來，手腳並用吃力地爬上岸，躲進山崗上的草叢中；好似本能反應一般，他傷痕累累的手摸向腰間尋找小皮囊，好險沒有弄丟，用皮帶緊緊地捆好。不一會兒，他便氣力放盡，沉沉睡去。

白天的寧靜和溫暖讓他睡得十分安穩，一直到下午微風輕輕吹起，帶著涼意的青草拂過他的臉，他已經有點醒了。不過還有其他的東西，他突然感覺到有危險逼近，但是身體實在太沉重了，他只能勉強坐起來；山頂約莫十到十二人，看到他時大吃一驚，迅速下山跑到他身邊。他們粗手粗腳地把他翻過來檢查一番，然後用力一推，將他的手擰到背後，用皮帶牢牢地捆起來，雙腳也被綁住；最後，他被翻過身來，這才看到俘虜他的人是誰，沒想到最恐懼的噩夢真的應驗了。黃皮膚短身材，穿著樵夫裝，以短劍為武器，幾天前聽過曼尼安描述翡翠隘口一役，他很快就認出這些特徵；他害怕地看著地精銳利的眼睛，他們對他一半人類一半精靈的外貌感到驚訝，對他身上不尋常的南方大陸裝束也覺得詫異。最後，他們的首領蹲下來對他搜身，夏伊在掙扎中挨了好幾次打，當地精拿走裝著精靈石的皮囊時，他終於放棄反抗，躺著不動了。

地精們好奇地圍在一起，三顆被倒到首領手中的藍色石頭，他們你一言我一語的討論著，大家各說各話莫衷一是，最後決定俘虜和石頭都必須帶回帕瑞諾營地，讓高層來處理。地精將他們的俘虜拖離地，割斷腳上的皮帶，強迫他往北邊走，還不時推推因為疲憊而慢下腳步的他；一直到太陽下山，他們仍持續行進中。而此時，在龍牙山脈另一邊的德魯伊正努力用他的力量找出失蹤的夏伊。

凌晨時分天還未亮，一行人終於站在帕瑞諾腳下。此時此刻對他們來說，將是一輩子的回憶，一雙雙充滿期待的眼神由下往上仰視拔地參天的石牆，一旁的松樹和橡樹都自愧弗如；高聳的峭壁越過樹頂後，繼續往上延伸到頂端的建築—德魯伊要塞。城堡式的要塞，城牆為石塊修砌而成，圓形和方形的塔樓具有重要戰略功能，建有防禦工事，固若金湯易守難攻，這裡便是德魯伊的據點。在這個銅牆鐵壁的正中間有著人類對抗靈界的勝利紀念，那是很久以前各族勇氣與希望的象徵，隨著世界交替逐漸為人所遺忘，那就是不可思議的沙娜拉之劍。

就在七人站在那觀察德魯伊要塞時，弗利克的心思飄回到日落時從龍牙山脈出發後所發生的總總；他們快速走過帕瑞諾森林外圍草原，沒幾個小時就順利來到漆黑的森林邊緣，亞拉儂也跟他們大致講述接下來可能發生的情況。他說，如果不知道方法，一般人是無法通過這個森林的，黑魔君在這裡設下許多危險的障礙，嚇阻試圖接近德魯伊要塞的人。森林裡到處都有大灰狼，不管是兩隻腳的還是四隻腳的，只要被牠抓到，幾秒鐘之內就會身首異處屍骨無存；通過狼群的考驗之後，城牆底部則是佈滿無藥可解的有毒荊棘，不過足智多謀的德魯伊顯然有備而來。他們進入黑森林後，步道比直貫穿森林，亞拉儂警告大家要緊跟著他，不過這樣的警告有點多餘，只有曼尼安迫不及待地往前衝，但是一聽到狼嗥聲，馬上踅回來跟大家一起走。在他們進入森林後幾分鐘，狼群馬上出動，腥紅雙眼充滿敵意地盯著獵物，血盆大口露出猙獰獠牙，不斷發出的低嗚聲令人不寒而慄；但是就在牠們準備一擁而上時，亞拉儂突然發出一個奇怪的口哨聲，音頻之高人類無法察覺，卻讓咆哮的狼群一哄而散，在附近徘徊一會兒後便落荒而逃，悲嗥聲不絕於耳。

一行人輕輕鬆鬆就來到城堡腳下的荊棘。但是有毒棘刺叢生，看來這次就算是神通廣大的亞拉儂也過不去了。不過他提醒大家，這裡是德魯伊的家鄉，而非黑魔君之屬；他帶著大家從右邊繞著荊棘的邊緣走，一直來到某一個點，他走向附近某棵橡樹，從弗利克眼中看來，這棵橡樹不就是一般尋常橡樹，亞拉儂從這棵橡樹量出一段距離，在荊棘前方地上做了一個記號，點點頭知會其他人這裡就是入口處。讓大家驚訝的是，這名神秘學家就這樣走進如剃刀般鋒利的棘刺，消失在蔓草間，不一會兒後又毫髮未傷的出現；他壓低聲音解釋，這個點的荊棘是假的，是通往要塞的秘密通道，其他地方也有，但是肉眼很難分辨出來。

一行人忐忑地走過幾可亂真的荊棘，發現尖刺真的不會造成任何傷害，最後終於來到帕瑞諾的城牆下。

這一切對弗利克來說實在太不可思議，他們飽嘗艱辛總算來到這裡，現在剩下的就是攀上峭壁奪回寶劍，這不是件容易的事，但是再難也難不過他們曾經經歷過的種種。他仰望城垛，審視照亮城牆的火炬，知道有敵軍守衛著這些高牆和裡面的寶劍；他想知道敵人究竟是誰，或是什麼，不是地精或巨人，而是真正的敵人，屬於另一個世界的怪物，但卻以某種莫名的方式入侵這個世界奴役這裡的人們。它們為什麼在這裡，傳說中的沙娜拉之劍到底有什麼威力，他對一切的一切依舊不明就裡；現在他只想完成任務，然後活著離開這裡。

他的思緒突然被打斷，亞拉儂示意大家走向陡峭的岩壁，這一次他又再找些什麼，幾分鐘後他停在峭壁某處平滑的表面前，觸碰了岩石裡的某個東西，隱藏的門倏地開啟露出秘道；亞拉儂入內片刻後，帶著未點燃的火炬回來，給每人一把火炬後交待大家跟著他走。他們魚貫入內，剛剛通過的石門悄然關上，四周旋即陷入一片漆黑，他們透過通道前方搖曳的火光，瞇著眼勉強看到有條石階往上穿越岩石，他們小心翼翼地將手上的火把點亮，提供必要的光線。亞拉儂伸出一隻手指放在嘴唇上，暗示大家保持絕對無聲，然後就轉身爬上潮濕的石階，他的黑色長袍在他行進時輕輕擺動，整條通道都被他的黑色身影擋住，其他人不發一言地跟著他，開始突襲德魯伊要塞。

螺旋狀的樓梯一圈圈盤旋向上，眼前不斷重複的畫面讓他們忘了已經走了多遠。走了數不清的樓梯之後，終於走到通道終點，前方的去路被一道沉重的木門擋住，而亞拉儂再次證明了他知道要怎麼走；他觸碰門邊鑲條，木門隨即開啟，一行人進入一間大房間，裡頭有好幾條通往外頭的通道，每一條都燈火通明。快速掃過每一條通道後，看來沒有人在裡面，亞拉儂再次要大家靠過來。

「現在我們在城堡下方，」他用幾乎聽不到的聲音解釋給擠在他身邊的人聽，如果我們能夠隱密地進入放置沙娜拉之劍的房間，或許可以避免正面衝突。」

「好像有點奇怪⋯⋯」巴力諾提出警語，「沒什麼沒看到衛兵？」亞拉儂搖頭，表示他不知道，但是其他人同時也看到了他眼裡的擔憂，看來事情有些古怪。「我們要走的通道通往供暖系統的主要風管，那邊有一條樓梯直通中央大廳。在我們到達那邊之前不要交談，眼睛記得放亮點！」不待任何回應，他轉身走向其中一條隧道，其他人趕緊跟上。這條通道盤繞向上，走了一小段距離之後，似乎又回到原點，巴力諾丟了火炬，走了幾步之後便抽出他的劍，其他人馬上跟到他後頭。他們蹲伏前行，牢牢固定在洞穴岩床鐵架上的火炬，將他們的身影映在石牆上，看起來就像某個鬼鬼祟祟試圖躲避光線的怪物一樣。他們躡手躡腳地穿越這些古老的通道，德魯伊、兩位王子、谷地人、精靈兄弟和侏儒七人全都充滿期待，隨著狩獵即將結束，收網前的興奮感淹沒他們；他們一個一個沿著通道牆邊分散開來，準備好武器，提防任何危險的訊號，然後穩穩地往前移動，朝著德魯伊要塞的核心邁進。接下來，開始傳出一些聲音，聽起來隱約像是沉重的呼吸聲，還有一股氣流愈來愈熱；前方，就是通道的終點，石門上有個鐵製把手，後面房間的光線從門縫透出來，那個神祕的聲音愈來愈清晰。那是嵌在他們腳下岩石的機器，正有節奏地進行抽吸所發出的聲音。在亞拉儂無聲的指示下，他們靠向緊閉的門。

德魯伊一打開沉重的石門，眾人突然遭到一股熱氣襲擊，猛地從肺部直衝胃部，他們倒抽了一口氣，猶豫了一會兒才進入房內，身後的石門隨之關上。他們馬上就知道他們在哪裡，這裡有個環型通道跟一個大型坑洞，估計深度超過百呎，底下還燒著某種東西，烈焰直衝洞口。這個坑洞佔去房間大多數空間，只留下幾呎寬的走道，旁邊用鐵欄杆圍著，天花板和牆壁有許多暖氣輸送管，將熱空氣傳送到城堡各處；輸送的量則由一個隱藏式的幫浦系統來控制，因為現在是晚上，幫浦系統被關閉了，相較於坑洞底部的熾熱，通道附近的溫度還在忍受範圍內。如果下面火力全開，任何走過這裡的人都會遭到瞬間蒸發。

曼尼安、弗利克和精靈兄弟停在欄杆邊一探究竟，韓戴爾躊躇不前，不同於老家開闊的樹林，這裡狹窄的空間讓他非常不舒服；亞拉儂走到巴力諾身邊，兩人交頭接耳，不安地環視幾道緊閉的門，然後指向一個通往上方大廳的螺旋梯。最後，兩人似乎達成某種共識，示意其他人趕緊跟上；韓戴爾巴不得立刻離開這裡，曼尼安和精靈兄弟聞言也馬上加入，只有弗利克目光還流連於下面的火焰而逗留了一下。這短暫的延誤卻造成了意外的結果，當他抬起眼睛無意識地瞥向房間另一頭時，他赫然看見黑暗的骷髏使者從某個地方冒出來。

弗利克瞬間僵住，蟄伏的怪物正好隔著坑洞和他迎面對上。那雙邪惡的眼睛直挺挺地盯著張口結舌的弗利克，眸中淡紅色的火光赤裸裸地引誘他投入死神懷抱；它緩緩拖著腳，愈來愈靠近出神的弗利克。他想要大叫、逃跑，但是只能木然杵在這裡，那雙奇怪的眼睛讓他無法動彈；他知道他完蛋了。

但是其他人已經注意到他僵立在那裡，跟著他的視線看過去，驚見黑色骷髏使者沿著坑洞邊緣匍匐靠近。亞拉儂一個箭步就跳到弗利克面前，一把將他轉過身去，打破怪物眼睛對他產生的魔咒；弗利克突然感到一陣天旋地轉，便往後倒進趕來幫忙的曼尼安懷裡，其他人也上弓拔劍，全部都站到德魯伊身後備戰。怪物在距離亞拉儂數碼處停住腳，保持著半蜷伏的姿勢，一隻翅膀抬起遮住它駭人的臉，伴隨著沉穩刺耳的呼吸聲，殘酷的雙眼逼視著站在它和谷地人之間的瘦高個。

「德魯伊，你這個膽敢反抗我的愚蠢之徒……」從怪物不成形的臉上某處發出噓聲，「你們氣數已盡，在你們選擇為寶劍而來那一刻，你們就注定失敗。主人知道你要來，德魯伊！他什麼都知道！」

「在還有機會逃命之前快滾，醜陋的傢伙！」亞拉儂用其他人從未聽過如此嚴厲的口吻喝令，「你嚇不到我們的，我們將會奪回寶劍，你這個小嘍囉快滾一邊去，叫你主人自己出來！」一字一句像刀子般射向骷髏使者，被惹毛的怪物怒火噴薄欲出，呼吸急促起來，身子伏低準備採取下一步行動。「我要毀了你，亞拉儂，然後就沒有人會反抗主人了！雖然你不這麼認為，但打從一開始你就是我們的人質；現在你又自投羅網，還帶著你最有價值的盟友。來看看你帶了什麼給我們，德魯伊—沙娜拉最後的血脈！」

那爪子一般的手超乎大家意料之外的指向驚愕的弗利克，那怪物似乎不知道弗利克不是什麼沙娜拉的後人，也不知道夏伊在龍牙山脈就跟他們斷了連繫，一行人陷入沉默。坑洞火焰猛地竄起，一陣熱氣襲向毫無防備的眾人，黑色靈界怪物趁機向他們伸出魔爪。

「你的時候到了！」它發出刺耳怨毒的聲音說道，「受死吧！」

當最後幾個字從黑色怪物嘴裡蹦出的瞬間，亞拉儂大手一揮，喝令大家衝向前面通往德魯伊要塞主廳的樓梯，就在六人拔腿狂奔之際，骷髏使者立刻撲向亞拉儂；短兵相接的兩人撞出激烈戰火，其他人一鼓作氣準備衝上樓梯，就除了弗利克之外。他心裡掙扎著要逃跑，但是腳步卻遲疑不前，就在烈焰前幾英吋交鋒的兩個身影讓他無法動彈；他站在樓梯底端，聽到其他同伴上樓的腳步聲愈來愈小，沒多久，腳步聲就消失了，只剩下他獨自見證德魯伊和骷髏使者的驚人交戰。

兩個黑色身影在火爐邊僵持不下，德魯伊的手緊緊扣住靈界怪物的前肢，骷髏使者則試圖將利爪伸向他的喉嚨直取他的性命，好快速解決這場戰鬥。它鼓動著黑色的翅膀，增加進攻的作用力；緊接著，那怪物突然伸出它結實的腿絆倒德魯伊，他往後一摔，倒在坑洞邊緣，攻擊者立刻欺身而上，伸出利爪就要使出致命一擊。但是受害者反應更快，靈巧地閃開它的奪魂爪；不過弗利克還是看到它抓到部分肩膀，清楚聽到衣帛撕裂的聲音，鮮血迸流。弗利克倒抽一口氣，但是亞拉儂起身後卻沒有受傷的跡象；此時亞拉儂伸出手從指尖射出兩道藍色電光，重擊上升中的骷髏使者，將暴怒的怪物摔向扶手。雖然在王殿時，神秘的藍光明顯對巨蛇造成傷害，但是對北方魔物卻起不了太大的作用，頂多只拖慢它幾秒鐘而已；怒極狂吼的怪物立刻做出反擊，熊熊燃燒的眼裡發射出兩道紅光，卻被亞拉儂即時拉起的斗篷反射到石牆上。怪物頓了一下，兩造像森林裡對決的野獸一樣繞著圈子，鎖定這場不是你死就是我亡的生死決戰。

這是第一次，弗利克注意到溫度升高。隨著天即將破曉，負責看管火爐的人已經起床準備提供暖氣給城堡使用，他們並沒有注意到上頭的走道發生戰鬥，啟動了坑洞底部的風箱機器，撥旺爐火到達可以溫暖整座城堡的強度；現在火燄高度已經超過坑洞口，暖房內溫度持續攀高。弗利克揮汗如雨，身上的獵裝已然濕透，但他還是不離開，他認為如果亞拉儂被打敗了，他們也難逃一死，沙娜拉之劍對他們來說便沒有任何意義。弗利克專注地看著來自凡間和靈界的兩方鬥士，誰能勝出可能決定各族以及四方大陸未來命運。

亞拉儂再度展開攻勢，他密集發出藍色閃光，藉以逼迫骷髏使者動作加快，而速度一快就容易出錯；

不過靈界怪物並非傻子，它巧妙地迴避亞拉儂的攻擊，等待反撲的時機。突然間，它展開黑色翅膀，盤旋飛上火焰上空，然後迅速俯衝而下伸出利爪突襲亞拉儂；有那麼一瞬間，弗利克心想一切都將完蛋了，但亞拉儂奇蹟般地躲過魔爪，趁勢反手抓住骷髏使者，狠狠地把它甩出去。怪物失算，迎頭撞上前方石牆，它掙扎地起身，但這一次攻擊讓它元氣大傷；在它還能逃跑前，亞拉儂已經來到身邊，準備殺它個片甲不留。

兩個黑色的身影靠在牆邊扭打成一團，他們的手臂就像扭曲的樹枝糾纏在一起。等到能夠完全看到他們時，弗利克發現亞拉儂站在拼命掙扎的骷髏使者身後，強壯的手臂像老虎鉗一樣緊緊鎖住怪物的頭，不斷收緊的肌肉一絲一絲地榨乾它的生命；它瘋狂地鼓動翅膀，利爪徒勞無功地想要抓住什麼掙脫亞拉儂的箝制，盛怒之下睚眥俱裂，雙目噴出火光在牆上打出一個一個的黑洞。在激烈拉鋸間，兩人突然倒向欄杆，弗利克睜大雙眼，一度以為兩者都將失去平衡摔進下面的火坑；但是亞拉儂驀地挺直腰桿，他的俘虜也被順勢拉起，就是這個突然的動作將怪物往反方向一帶，憤恨的雙眼正好停留在沒有完全躲起來的弗利克身上。說時遲那時快，正當斯時，怪物亟力甩開掐住它咽喉的德魯伊，將主要攻擊目標轉向毫無準備的弗利克，它的火眼金睛立刻發出雙重魔焰攻擊，樓梯石塊被擊成碎片，致命的碎石像無數把小刀朝著四面八方飛散；弗利克當下就從樓梯跳到走道上，整個過程像是本能性的反射動作一樣，敏捷的反應讓他逃過一劫，只有手上和臉上被石頭劃傷。而這麼一跳，整個出入通道瞬間土崩瓦解，宛如瀑布般掉落的石塊完全遮斷往上的通路，揚起漫天塵土。

同一時間，弗利克驚魂未定但神智依舊清醒地躺在石地上。亞拉儂稍有鬆懈，立刻被狡猾的怪物逮到機會，發出驚天一吼旋身一拳就朝著分了心的德魯伊頭部重重揮出。骷髏使者趁勝追擊，打算格殺雙膝跪下的亞拉儂；孰料，亞拉儂並未就此倒下，馬上站起身來反守為攻，雙手發出藍色閃電劈擊來襲者的頭部，接著又使出致命鐵拳，拳拳往對方兩側腦門上招呼。德魯伊再次將它翻過身來，咬牙切齒用全身的重量壓住它，用力把它的翅膀和利爪扭到背後，渾身是傷的怪物不斷扭動。此時，仍就躺在地上的弗利克突然聽到嘎吱作響的恐怖聲音，骷髏使者身體裡某個東西被啪地一聲折斷了，然後舉步維艱的雙方再次靠近低矮的鐵欄杆，臨死的怪物發出淒厲的哀號聲；拼著最後一口氣，骷髏使者奮力飛過欄杆，墜落時利爪深深嵌進穿著黑色斗篷的攻擊者，打算跟它最痛恨的敵人同歸於盡，雙方身影便消失在熊熊火光當中。

恍惚的弗利克緩緩爬起身，滿是傷痕的臉上漸漸出現駭然的表情，他踉蹌著走向大火爐邊，但是溫度實在太高無法靠近，他前額的汗水像瀑布一樣流進他的眼裡和嘴巴，混雜著因為無能為力的憤怒而流下的淚水。坑洞除了火紅的烈焰和難以忍受的高溫之外什麼都沒有；他絕望地聲聲呼喚德魯伊的名字，每一次喊叫發出的回音迴盪於石牆間，最後也消失在高溫高熱之間，他終於明白德魯伊已經離開人世。

他慌了手腳，倉皇奔向樓梯瓦礫堆，這才想起來出口已經被擋住了，看著滿地碎石，差點崩潰；他急忙搖頭醒腦，開始感覺到火爐熱力全開，他知道如果他不能在幾分鐘內離開這裡的話，熱氣會將他活活烤熟。他一躍而起，跑向最近的石門，又推又拉直到雙手都因為用力過猛流血了才停下來，石門還是不動如山；他往下看，發現第二道門，他跌跌撞撞地過去，但是一樣從另一邊鎖上了。他覺得希望逐漸幻滅，強迫自己走向第三道石門，使出最後一絲氣力，瘋狂地又推又拉，卻在無意間觸碰了藏在岩石裡的某個機關，石門應聲開啟。弗利克如釋重負，飛身穿過石門，躺在半黑暗中用腳把門踢上，將自己阻隔在高溫和死亡之外。

精疲力竭的弗利克躺在黑暗的走廊上許久，灼燒的身體吸收著石地和空氣的涼意；他什麼都不想去想，只想讓自己就這樣沉浸在地道岩石的祥和寧靜之中。最後他還是強迫自己起身，先是膝蓋，再來是腳，還是一陣天旋地轉，他虛弱地靠在冰冷的石牆上，等待氣力恢復；這時他才頭一次注意到他的衣服已經幾近燒毀，全身都被烈火燻黑有點灼傷。他站直身子蹣跚前行，從架子上拿起燃燒的火把，拖著腳慢慢往前走。突然間他聽見前方某個地方傳來大聲嚷嚷的聲音，空出的那一隻手反射性地抽出短獵刀；幾分鐘過後，聲響似乎愈來愈遠然後完全消失不見，谷地人還是什麼也沒瞧見。這條通道的設計很奇怪，弗利克順著路走已經穿越了好幾道門，既沒有往上也沒有其他分岔，只有不斷重複出現的火炬，昏黃的光線將他的影子打在牆上，看起來就像是個畸形的幽靈要逃進黑暗裡。

然後通道突然變寬，前面的光線也更加明亮，弗利克遲疑了一會兒，抓緊他的短刀，滿是汙垢的臉上被淌下汗水沖出一道一道灰白，但是表情卻相當堅定；他寸步移進時並沒有聽到任何聲音，他知道某個地方一定有樓梯通往德魯伊要塞的主廳，但是找了這麼久還是毫無所獲，疲勞感再度向他襲來。如今他懊悔萬分，一念之差讓他跟其他夥伴失散，被困在這個幽深難測的通道裡打轉，可能再也找不到大家的念頭讓他愈想愈著急，腳下的步伐也不自覺地加快。大出他意料之外的是，他現在來到一個圓型房間，連接著好幾條通道，十數支火炬照得一室光明，發現這裡沒有人時，他大大鬆了一口氣；不過情況並沒有好到哪裡，其他通道看起來就跟他所走的那條一樣，接下來該何去何從還是毫無頭緒。他困惑地看著其他通道，愈研究，心愈沉，搖搖頭，他走向牆邊，疲倦地坐了下來，閉上眼睛強迫自己接受現實。

在亞拉儂一聲令下，其他人立刻強行衝上樓梯。都林和戴耶最靠近石頭通道，速度也最快，已經走到一半，韓戴爾、曼尼安和巴力諾則緊追在後，他們的速度除了因為沉重的武器和壯碩的身形給拖慢了之外，也為了避免在狹窄彎曲的樓梯間撞到其他人。慌亂間，根本沒有人想到弗利克。

第一個通過德魯伊要塞梯間入口的都林，幾乎是用摔的摔進大廳，身材較他矮小的戴耶隨後跟上。大廳氣勢恢弘，走廊屋頂挑高，火炬燃燒的光輝，和從斜角窗灑進來的晨曦，投射在拋光的實木牆上，讓整體氛圍更加富麗堂皇；長長的走道則掛滿各式繪畫、石木雕像，還有巨大的手工掛毯一直垂到晶亮的大理石地板上。

但精靈兄弟無暇欣賞帕瑞諾的美，他們闖進來後馬上就遭到地精守衛突襲，這些地精看似同時從四面八方蜂擁而上，都林用他的長獵刀抵禦攻擊，就快要失手之際，戴耶趕緊前來救援，把長弓當做武器揮舞，將攻擊者一個一個打倒，直到堅固的弓箭啪的一聲斷裂為止。兄弟倆一度以為在其他人趕到之前，他們就要被地精五馬分屍，都林猛地掙脫開來，從一旁展示的某個時代盔甲武士手上搶下長矛，奮力掃擊把地精從他弟弟身邊驅趕開來，讓他們不敢近身；不過地精立刻增援，展開第二波攻勢。精靈兄弟被逼到牆邊，因為耗費大量體力而氣喘如牛，身上滿是刀劍砍傷和攻擊者的鮮血；地精聚集成一隻黃色部隊，手持致命短劍像步兵一樣朝著他們而來，希望能夠攻破精靈的長矛防線，並將兩人亂劍砍死。

不幸的是，地精忘了查看樓梯，確認精靈有沒有其他同夥。就在他們衝向都林和戴耶時，其他三人即時現身，殺個地精措手不及；這些地精從未遇過這樣的敵人，中路是來自卡拉洪的邊境人，閃著銀光的闊劍左劈右砍，從手持短劍的地精中殺出一條路。地精被高大的對手嚇得抱頭鼠竄，但一頭是大力士侏儒的釘頭鎚，另一邊則是鬼靈精高地人的百兵長；現在面對的是五名戰士，地精硬著頭皮攻擊，終於強行突破後拔腿就跑，把勝利拋諸腦後。五人急起直追，躍過一地死傷。

長廊盡頭地精死傷相枕，最後一支黃軍現在集結在門前，將短刀舉在胸前的樣子就像一排釘牆，抱著必死決心展開最後戰役；地精守衛一直試圖突破中心位置，但是在巴力諾和曼尼安的鎮守下，功敗垂成。五人已經戰到精疲力竭，氣喘吁吁汗下如雨，渾身是傷；都林重重地單膝跪下，一隻手和一隻腳都被地精的劍嚴重砍傷；曼尼安頭部側面被長矛劃傷，傷口鮮血直冒，但高地人似乎沒有感覺自己受了傷。地精一再發動攻擊，長時間的肉搏戰大大消耗雙方戰力，現在地精數量已經減少將近一半，但是時間愈來愈緊迫，還是不見亞拉儂身影，地精馬上會增援保護沙娜拉之劍，如果那把劍真的在這裡，多麼希望現在就能夠讓他們拿到。

然後，巴力諾突然衝到大廳另一邊，如有神助般用力推倒一根巨大的石柱，柱子和頂端金屬製的甕缸轟然倒下，落地聲如洪鐘，震得屋裡回聲良久不息。圓形石柱並未因為倒下的衝擊力而斷裂，在韓戴爾的協助下，將石柱滾向地精，和後方大門深鎖的房間；在重力加速度下，石柱愈滾愈快，威力也愈來愈大，前面的地精遲疑了一會兒，高舉著短劍，最後還是鳥獸散逃命要緊，腳程不夠快的地精只有被壓扁的命。被充當成臨時攻城槌的石柱撞向緊閉的大門，門晃了一下出現鬆動跡象，再次重擊後，門上的絞鏈應聲撞飛，其他五人立刻衝進房裡奪取沙娜拉之劍。

但房裡什麼也沒有；偌大的房間裡只有長窗、帷幔、成排的大師級畫作，和幾件華麗的家具，完全不見寶劍蹤影，五人不可置信地注視著密閉的房間。都林因為失血過多虛弱地重重跪下，幾乎就要昏厥過去，戴耶立刻上前，撕了幾塊布條綁住傷口，協助他哥哥坐到椅子上；曼尼安盯著牆一面看過一面，尋找其他出口，巴力諾仔細查看地上的大理石後發出一聲低呼。房間中心位置的地板顏色和光滑度跟其他地方不太一樣，看得出來有個方形的大型物品經年累月一直放置在這裡。「是三方石！」曼尼安斷言。「如果它被動過了，一定是最近的事，」巴力諾臆測，呼吸緩慢且聲音疲倦地說道，「那麼，地精為什麼不讓我們進來…？」「也許他們也不知道被動過了，」曼尼安絕望地猜想。「說不定是調虎離山…？」韓戴爾大膽假設，「但是他們為什麼要浪費時間誘騙我們，除非…？」

「他們想讓我們在這裡抽不開身，因為劍還在城堡裡，他們還沒把它送出去！」巴力諾興奮地下結論，「他們還沒有時間把劍送出去，所以才會用計呼嚨我們！但是現在劍在哪裡？誰拿了劍？」

「等等！」在房間另一頭的都林虛弱地喊道，他緩緩站起身來，「當我跑上樓梯時，我看到另一組往下通到大廳的樓梯好像有什麼事發生，有人上樓。」

「塔樓！」韓戴爾大喊，旋即衝向門口，「他們把劍鎖在塔樓裡！」巴力諾和曼尼安立刻跟上，疲倦感頓時一掃而空，沙娜拉之劍仍在唾手可得的範圍之內；都林依舊虛弱，大半個身子靠在戴耶身上，慢慢地跟上前面的人，兩人眼神充滿希望。休息了幾分鐘之後，弗利克無精打采地往前爬，他已經決定好接下來他該做的事，就是選一條通道，然後順著路走，希望能找到往上通到要塞的樓梯；他想到在廊道上方某處的其他人，說不定已經寶劍在握，他們可能不知道亞拉儂已經摔到熔爐裡，也不知道自己被困在像迷宮一樣的隧道裡。他希望他們能夠來找他，但是他也明白，如果他們得到了沙娜拉之劍，他們也沒有時間來找他；他們必須在黑魔君派出骷髏使者搶回寶劍之前，趕快逃跑。另外，也不知道現在夏伊情況如何，被找到時是否還活著，還是有人救了他；他知道如果他還活著，夏伊絕對不會丟下他離開帕瑞諾，但是他又沒有辦法讓夏伊知道他並沒有死在加熱室裡，現在的情況真的讓他覺得很無助。

此時，某一條隧道突然傳來靴子踏在石板地上發出篤篤篤的聲響，有人朝著圓形大廳而來；谷地人立刻越過房間，躲到另一條隧道躺在暗處，抽出他的短獵刀以防萬一。不一會兒，一群地精守衛就衝進房間，然後又進入某一條隧道，腳步聲經過幾個彎之後便渺無聲息；弗利克不知道他們打哪兒來，又要往哪兒去，但不管他們去哪兒，那正是他要去的地方。他們應該是從德魯伊要塞的上層過來的，而那正是谷地人的目的地，押寶在他們身上機會很大；他躡手躡腳地移往地精方才通過的隧道，他把刀放在胸前循線折返，拿下掛在牆上的火把，沿路細看粗糙的牆面有沒有門或樓梯的跡象。才走了一百碼左右，他眼前一片岩石毫無預警地打開，有個地精霍然現身。

瞪大雙眼面面相覷。這名地精守衛才從樓上的激烈戰鬥中落荒而逃，在隧道裡又遇到入侵者讓他大吃一驚，雖然體格比谷地人還小，拿著短劍的地精立刻揮劍攻擊，弗利克反射性地躲開，在他還沒來得及把劍收回前，馬上跳到他面前，一把將他摔到石板地上，徒勞的是，一陣扭打間不但沒搶下他的劍，反而把自己的刀給弄丟了。弗利克沒有受過貼身肉搏戰的訓練，但是地精卻擅於此道，小黃個兒立刻扭轉劣勢；因為他以前就殺過人，可以不做他想再次下手，但是弗利克只想解除對方武裝，然後趕快逃跑。他們在地上激烈扭打翻滾，地精脫身後立刻拔劍往他的頭砍去，弗利克一個仰身倒臥驚險躲過一擊，拼命地尋找他的刀；情急之下，他就近去抓取第一次被攻擊時掉落的火把，地精守衛毫不留情地再次來襲，短劍擦過他的肩膀，刺進他的手臂；同一時間，谷地人手一夠到火炬，立刻猛力一揮正好擊中地精的頭，他呈大字型倒下後就再也不動。弗利克緩緩起身，花了些時間找回他的刀，手臂上的傷口鮮血直流，他趕緊撕下地精身上的衣服綁在傷口上止血，然後撿起地精的劍，他走向半開啟的厚石板門，看看那條路通往何處。

果不其然，他在門後發現一條往上的樓梯，溜進來後，用他沒有受傷的那隻手拉了好幾次才將門關上。昏暗的火光隱約勾勒出樓梯的輪廓，他小心翼翼拾級而上，一直到達樓梯頂端有一扇緊閉的門；他停下來把耳朵貼在門縫上，還是一片寂靜，什麼都沒有聽到。他謹慎地把門推開一個縫隙，看看古老的納瑞諾大廳；他達到目的地了，於是將門再打開一點，戒慎恐懼地走進安靜的廊道。此時一隻如鋼鐵般的手突然緊緊扣住他伸出劍的臂膀，猛地將他拉出來。

在通往塔樓的樓梯底，韓戴爾遲疑地停下腳步，沉重地凝視著深幽黑暗的頂端，其他人靜靜地站在他身後，聚精會神跟著他的目光抬頭望去。螺旋狀的石梯沿著圓形的塔樓盤旋而上，他們所處位置也只能看到幾層樓梯而已，愈往上愈黑暗，往下亦然，樓梯間一層一層交錯盤結，就像個黑洞一樣沒有盡頭。曼尼安站到樓梯邊，查看上下有沒有地精守衛；他往下丟了一顆石頭，等著聽它什麼時候落地，但是，沒有任何聲音回傳。他掃視開放的樓梯和不知道盡頭在哪裡的塔頂，然後轉向其他人。「看起來很像陷阱。」他言簡意賅地點出重點。

「很有可能…」巴力諾表示贊同，往前進一步查看，「但我們還是得去。」曼尼安點點頭，隨意地聳聳肩便往上走去，其他人也默默跟上，韓戴爾尾隨高地人之後，再來是巴力諾，精靈兄弟走在最末。他們小心翼翼拾級而上，注意有無陷阱，肩膀緊貼著牆邊，儘可能遠離沒有欄杆圍籬的危險梯間。

曼尼安仔細審視每一層階梯，就連石牆也不放過，如老鷹般銳利的雙眼來回搜尋有沒有暗藏機關；有時還會投石問路，測試有沒有重量感應陷阱，但情況一如既往沒有什麼異常。不知走了多遠，終於看到上方出現一抹微弱的火光，不知從塔頂那兒來的風吹得火光搖曳閃爍不定；樓梯頂端有一處小小的平台，再往前，則是一扇用鐵鍊牢牢鎖上的門。這裡是德魯伊要塞之頂。

曼尼安在這裡觸發了第一個陷阱。他的腳踩到石階上的隱藏機關，石牆瞬時間彈發出長箭，如果曼尼安還踩在那一階上，肯定直接打穿他的腳，不但腳廢了，還會迫使他倒向鏤空的梯間，墜入無底深淵；但是機伶的韓戴爾聽到了觸動機關的聲音，在陷阱起動前，一把將高地人往後拉向其他人，大夥兒差點來不及反應摔下狹窄的樓梯。一行人在黑暗中劇烈搖晃，好不容易穩住腳步，五人還是平貼在牆上粗喘著氣，然後侏儒便用他的釘頭錘擊碎了這些箭，把路重新開通，現在改由他來領路，曼尼安落到巴力諾後面；沒幾步路，韓戴爾又發現同樣的陷阱，觸發後打爛繼續前進。

就在平台已經近在咫尺之際，戴耶突然叫住他們。他靈敏的聽覺聽到其他人沒有注意到的聲音，一個極細微的喀嚓聲意味著他們觸發了另一個機關；所有人立刻屏氣凝神，不敢妄動，十隻眼睛快速掃視牆壁和階梯，但是並沒有發現任何異樣。最後，韓戴爾嘗試性地跨出一步，還是相安無事，其他人留在原地，侏儒步步為營走到樓梯頂端；他一平安抵達平台，其他人也立刻跟上，站在高處看向深不見底的樓梯間。他們簡直不敢想像要怎麼通過第三個陷阱，巴力諾猜測可能是因為年久失修無法正常發揮功用，但是韓戴爾覺得事情沒這麼簡單，他就是有種感覺，他們一定疏忽了些什麼。

平台上的大門看起來似乎無法移動，門上傷痕累累經過歲月的洗禮依舊屹立不搖，上頭的鐵鍊牢牢嵌進岩石，巨型的鐵釘釘在石牆裡固定鉸鏈；五人站在門前，心想可能連地震都無法撼動這個門一吋。巴力諾小心靠近這個龐大的路障，用手撫過門上的裂縫和鎖頭，看看能不能找出隱藏的機關打開它；他輕手輕腳地轉開門把並試著把門推開，結果大出意外之外，因為鐵鍊生鏽發出嘎嘎聲響的石門竟然微微滑開，不一會兒，大門便完全洞開撞上裡面的石牆發出轟然巨響，塔樓的神秘面紗也隨之揭開。

圓形房間的正中央，放置著拋光黑亮的巨型三方石，劍身倒插在石臺裡，看起來就像是微微發出閃光的十字架一樣，他們目不轉睛地看著傳說中的沙娜拉之劍。陽光從塔樓上的鐵窗灑進來，映在頎長劍鋒上閃耀璀璨光芒；五人從未見過傳言中的寶劍，但是他們確定這就是他們所要找的劍。有那麼一瞬間，他們就這樣呆立在門邊，詫異地看著眼前的一切，不敢相信經歷了這麼多苦難之後，他們不惜犧牲一切也要找到的寶物就近在眼前。沙娜拉之劍是他們的了！他們瞞天過海以智取勝贏了黑魔君。他們依序進入石室，忘記身體有多累、傷口有多痛，現在的他們臉上帶著笑意，帶著疑惑也帶著感謝默默地注視著插在石臺上的劍；他們無法再往前把劍從石頭裡拔出來，對於凡人如他們，這個任務太過神聖。但是亞拉儂不知去向，夏伊也下落不明，就連⋯⋯

「弗利克在哪裡？」戴耶驚呼出聲，他們這才發現他也不見了；他們面面相覷，茫然地希望有人能夠提出解釋。此時，曼尼安似乎有所預感地回過身面對著閃閃發亮的寶劍，目睹不可能的事情在他眼前發生；他眼睜睜地看著三方石和上面的劍開始發光，然後漸漸消失，才幾秒鐘的時間一切就幻化為煙霧在空氣中繚繞，留下五人守在空無一物的房間裡。「是陷阱！第三個陷阱！」曼尼安大喊，從一開始的震驚中恢復理智。但是他已經聽到身後石門嘎嘎作響就要將他們關進這個監牢裡的聲音，他立刻衝向大門，而門卻喀答一聲鎖上，他頹然倒地，心臟因為氣憤和挫折劇烈跳動；其他人來不及反應，徒然看著高地人把臉埋進手裡，耳裡不時傳來微弱的但卻真切的笑聲，嘲笑他們的愚蠢也嘲笑他們的失敗。

17

淒冷的北方大陸灰霧繚繞只有茫茫一色，黑魔君的城堡就盤踞山頭，骷髏王國的中心位置，四周平原合抱，前臨剃刀，後倚刀鋒，兩條山脈就像生鏽的鋸齒鎮守南北兩方，警告活人勿進。被世人遺忘、被歲月唾棄的冥王，在垂死的骷髏山任憑韶光荏苒，死亡黑雲壓頂，邪惡的氣息瀰漫整個大陸；毀滅的時代默默在北方大陸黑魔君王國蟄伏著，現在死亡的時刻已然到臨。

骷髏孤山終年不見天日，瀰漫在幽冥王國中的灰霧裡只有寂靜和死亡，但就算是這裡仍有活動的跡象，只不過那並非凡人所熟知的生命姿態；它起源於山頂，一個黑暗詭異的房間，不但能夠看見北方陰鬱的天空，橫亙王國的重巒疊障更是盡收眼底。在這個如洞穴般的房間，牆壁又濕又冷，刺骨寒氣不斷從石縫灌進來，黑魔君的嘍囉們神色慌張忙進忙出；它們又小又黑的身體伏在地上爬行，偌大的房裡竟聽不到一絲聲響，卑躬屈膝渾身依舊簌簌發顫，因為站起來的代價就是消滅。它們是無關緊要的幽靈，只為了服侍主人而存在。而房間中央有個大型底座，上面放著一盆水，混濁的表面像死水一樣平靜無波；有時候，這些爬行怪物會跑到水邊看著冷冷的水，然後在四周窺探，等待、期盼。一會兒過後，傳出一個小小的抽噎聲，它們就會急忙跑到洞穴暗處躲起來；「主人在哪裡？主人在哪裡…」那一群小東西不安地在黑暗裡竊竊私語，「他會來的，他會來的，他會來的…」答案充滿怨恨地迴盪著。

然後空氣突然像空間扭曲般劇烈攪動，水盆邊的霧氣凝聚成一團巨大的黑影，逐漸成形，幻化為黑魔君，一個罩著黑色斗篷的巨大身影看似懸吊在空中一樣；他舉起袖子，但裡頭卻沒有手，垂在地上的罩袍裡也空無一物，只有地板。

「主人！主人！」被嚇得魂不附體的生物整齊劃一地喊著，順從地跪伏在他面前。沒有臉的風帽轉過身來面對他們，不可一世地往下看，黑暗裡只有一團綠色迷霧，還有兩盞燃燒著濃濃恨意的火光，然後黑魔君又轉過身去，看著奇怪的水盆，等著意識圖像出現；幾秒鐘後，黑暗散去，取而代之的是帕瑞諾的加熱室，亞拉儂一行人和骷髏使者正面交鋒的畫面。

綠色迷霧中如火般的雙眼一開始先盯著谷地人不放，接著便一直看著戰鬥進行，直到雙方摔到坑洞裡，被下面的熊熊烈火吞噬；此時他身後突然發出一個聲響，打斷了黑魔君的注意力，他微微轉過身來，兩名骷髏使者從山裡某個黑暗隧道進入房間，垂首而立聽候他的差遣。他掃過一眼又轉過身來看向水盆裡的水，等到水面再次清明，這次顯現出塔樓的影像，他們在沙娜拉之劍前欣喜若狂的樣子全部看在他的眼裡；他等了幾秒鐘，先將他們玩弄於股掌之間，享受操縱事態發展的優越感，看著他們像老鼠愛起司一樣靠近沙娜拉之劍後瞬間解除他佈下的幻影，讓大家眼睜睜看著劍消失，然後甩上門，將他們永遠關在要塞裡。他身後的兩個僕人甚至都能感受到他令人不寒而慄的笑聲穿透空氣。

黑魔君背對着骷髏使者，突然用手指向洞開的北面，兩名手下立刻行動，不消多問他們便知道該做些什麼；他們要飛往帕瑞諾，擒殺沙娜拉之子，可恨的沙娜拉之劍唯一的繼承人。只要消滅沙娜拉家族最後一個血脈，再加上劍也落在他們手上，就再也不需要擔心有神秘的力量大過於他們；即使是現在，寶劍正從帕瑞諾運往北陸王國途中，之後它將會埋身於此，被遺忘在骷髏山脈的洞穴中。

黑魔君微微轉身看著他的兩名僕人，醜陋地拖著腳走到牆邊，如鷹般騰空飛進灰濛濛的天空往南而去。精靈王伊凡丁肯定會試圖攔截沙娜拉之劍，但是這個計畫注定要失敗，自由國度最後一個偉大的領導者、各族希望之所繫的伊凡丁也會被拿下；只要伊凡丁淪為階下囚，再加上寶劍在手，沙娜拉家族最後傳人死去，最讓人討厭的敵人亞拉儂也葬身帕瑞諾的火爐裡，這場仗還沒打就已結束。第三次種族大戰他已經是勝利者。

他的袖子一揮，水盆裡的水恢復渾沌，德魯伊要塞和受困的凡人影像全部消失不見；緊接著，黑色幽靈周遭的空氣再度激烈擾動，他的形體漸漸化為一團迷霧然後付之烏有，只留下水盆和空蕩蕩的房間。經過好些時候，服侍黑魔君的奴隸們確定主人真的離開之後，才一個一個從暗處出來，湊到水盆旁邊對着如平靜無波的水嗚咽啜泣。

在帕瑞諾的高塔裡，四人又累又沮喪，在他們的監獄裡來回踱步，只有都林靜靜靠在牆邊坐，因為傷勢嚴重痛得他無法任意動彈；巴力諾靠近高處一扇鐵窗時，晃了一下腳後跟。他們已經困在這裡一個小時，寶劍和勝利的希望現在都離他們遠去；一開始他們還耐心等待亞拉儂來解救他們，甚至還不斷呼叫他的名字，希望他能聽到循聲前來。曼尼安提醒大家弗利克仍然下落不明，可能也在帕瑞諾某處尋找他們。

但是隨著時間過去，他們開始失去信心，儘管內心不斷掙扎強迫自己承認，但是卻沒有人願意說出不會有人來救他們的事實，以及德魯伊與谷地人都落入骷髏使者魔掌的事實，和黑魔君已經贏了的事實。曼尼安一想到他們的命運，他淒楚一笑，希望他至少能有一次機會對抗真正的敵人，揮劍直指萬能的黑魔君。

突然間，一直保持警戒狀態的戴耶發出噓聲示警，所有人聞聲停下手邊動作，眼睛緊盯著大門，凝神靜聽微弱的腳步聲朝著他們漸漸靠近。曼尼安將手伸向放在地上的利亞之劍，漠然把劍從鞘中抽出，邊境人也早已拿起他的武器，所有人快步走向門邊，將入口包圍起來；即便是傷重如都林也起來，和同伴站在同一陣線。腳步聲在外面的平臺停了下來，周圍頓時陷入一股不祥的寂靜。

然後，沉重的石門霍地向內開啟，嘎吱聲中從黑暗裡出現的身影，竟是弗利克，但是一開門就看到他的朋友們準備對他武力相向時，他嚇得雙眼圓睜；同樣被弗利克嚇到的大家緩緩放下手中的武器。谷地人勉強走進塔樓內，而他身後還跟著一個高大的黑色身影。

是亞拉儂！

他們無言地盯著他，滿頭大汗，身上滿是灰塵和煤煙的他默默走到大夥兒中間，一隻手溫柔地放在弗利克的肩頭上，他對大家的反應報以微笑。「我很好！」他向大家說明。弗利克還是難以置信地搖著頭。「我看到他掉下…」他試著向其他人解釋。「弗利克，我很好。」亞拉儂輕拍谷地人的肩膀。巴力諾往前靠近一步，彷彿是想要親自確認這是真的亞拉儂，而不是另一個幻影。「我們以為你…不見了。」他改口說道。

亞拉儂臉上再次出現那抹熟悉的笑容。「某部分要怪我們這位年輕的朋友了。他看到我跟骷髏使者一起摔進火爐裡，就假定我已經死了；但他不知道的是，火爐裡有架設鐵梯檔，讓工人能夠進入坑道內進行修繕。幾個世紀以來，帕瑞諾一直是德魯伊的老家，我知道這些梯檔的存在；當我一發覺那邪惡的傢伙把我拉過欄杆之後，我馬上抓住坑洞邊的梯檔，弗利克當然沒有看這些，而爐火劈里啪啦燃燒的聲響又蓋過我叫他的聲音。」他停下來用手撣去袍子上的塵土。

「弗利克很幸運能夠逃出那裡，不過後來他在隧道裡迷了路。跟骷髏使者一戰過後耗掉我太多體力，即使我很享受火的特別保護，但還是花了我一些時間爬出洞裡；出來後我就去找弗利克，在地下廊道繞來繞去終於找到他。當我把他拉到亮處時，他被嚇得半死。之後我們就一起來找你們，但現在我們必須馬上離開。」

「那劍呢…？」韓戴爾脫口問道。

「不見了，稍早前已經被移走了，關於這一點我們晚點再談。如果我們繼續留在這裡會有危險，地精馬上會增援防衛帕瑞諾，黑魔君也會派遣其他骷髏使者過來確保你們不會再惹麻煩；他現在握有沙娜拉之劍，又相信你們已經被困在德魯伊要塞裡，他的注意力馬上就會轉移到入侵四方大陸的計畫。如果他能快速拿下卡拉洪和其他邊境國家，南方大陸其他地方對他來說就等於是探囊取物了。」

「但現在為時已晚，我們已經輸了！」曼尼安痛苦地大喊。亞拉儂斷然搖頭。「我們只是被算計了，還沒被打敗，利亞王子。黑魔君也相信自己已經勝券在握，也許我們可以利用這一點來對付他；我們不能絕望，現在快跟我走。」他帶領他們快速走出石門，塔樓再次淨空。

18

地精帶著夏伊一路北。他本來就已經精疲力盡，當一行人停下來過夜時，他立刻不支倒地，地精還沒將他腳綁好就已經沉沉睡去。經過漫長跋涉，他們已經從某個不知名的河岸，往北進入上阿納爾森林西部邊境和北方大陸接壤的丘陵地；接下來的路也愈來愈不好走，地形從一望無垠的草地，變為連綿起伏的山陵。俘虜他的人完全不讓他有喘息的時間，在後面不斷催促他，他只能集中注意力把腳抬到另一隻腳前。

夜幕低垂，一行人已經深入山區，如果夏伊能夠查看地圖，他會發現他們的紮營地就帕瑞諾的正東方；但是他實在累到無法思考，他只記得他疲憊的身子倒在草地上，然後就不省人事了。

地精把他綁好後就著手生火準備晚餐。其中有一人負責站崗，第二個地精則負責監視俘虜，他們的首領還是不清楚夏伊是誰，也不瞭解他知不知道精靈石的重要性，但他可明白這些石頭肯定很值錢。他計畫帶著谷地人到帕瑞諾，跟高層商量要這麼處理這個年輕人和這些石頭；地精只關心做好份內巡邏的工作，除此之外，一概與他無關。

火很快就生好了，地精們狼吞虎嚥吃完麵包和肉條後，首領在其他地精的催促下拿出精靈石，一夥人好奇地打量這三顆小小的石頭。其中一人伸出手想要摸它，馬上挨了領隊者一拳，摔個四腳朝天；倒是地精首領自己好奇地把玩攤在掌上的石頭，其他人著迷地看著，最後他們也厭倦了這個消遣，這些石頭又被收回小皮囊裡放進地精首領的衣服裡。然後他們開了一瓶麥芽酒來驅寒，地精士兵們恣意暢飲，圍著營火又笑又鬧，最後酒喝完了，人也累了，地精團團圍著火堆，拉上毛毯準備就寢；哨兵甚至還丟了一條毯子給他們的俘虜，以防萬一他發燒了，拖著個病人到帕瑞諾可不是件爽差事。一會兒過後，大家全都沉沉睡去，整個營地靜悄悄的，站在暗處的衛兵也昏昏欲睡。

夏伊睡得極不安穩，一整晚噩夢連連，不斷夢到他和弗利克、曼尼安前往庫海文途中所發生的事，在夢裡，他再度遇上迷霧幽靈，腳也陷入沼澤裡，還有那種直衝腦門的顫慄感；三人再次在黑橡林走散時，他感到徹底絕望，只不過這次是他獨自一人困在林子中，最終可能會孤獨死去；他甚至可以聽到四周此起彼落的狼嚎聲。沒多久又換了一個場景，大家站在沃夫斯坦山裡一個城市廢墟，完全沒有注意到後方叢林虎視眈眈的怪物，他想要開口警告大家，卻一句話也說不出來，眼睜睜看著龐然怪物攻擊毫無戒心的眾人，他卻完全使不上力。然後夏伊便落到水裡，他不斷划手踢腿讓自己的頭探出湍急的水面呼吸，但是他一直被往下拉；他知道自己快要窒息了，拼命掙扎，還是不斷下沉、下沉……

之後他驀地醒來，手腳都被皮帶綁住的他四肢冰冷發麻，他焦慮地看向只剩一地餘燼的火堆，躺在旁邊的地精還在呼呼大睡；曙色將明未明的清晨，安靜到谷地人可以聽見自己沉重的呼吸聲。營地另一頭還有衛兵，小小的身軀靠在灌木叢旁，一度讓夏伊誤以為那就是樹；再次環視營地後，他捲起身子想要趁地精清醒前掙脫綁住他的繩子；徒勞試了幾分鐘，他就放棄了這個想法。他怔怔地盯著地上，心想這次真的玩完了，一旦地精回到帕瑞諾，他就會落到骷髏使者手中，然後馬上就被解決掉。

此時，他突然聽到有個沙沙聲，隱約從漆黑的空地後方傳來，他馬上警覺性地抬起頭來，側耳拭目，還是一無所獲；他再次望向隻身守夜的衛兵，依舊一動不動地待在灌木叢邊。但接下來，有個巨大的黑影從樹叢中分離出來，那名守衛被罩住後便突然消失，夏伊不可置信地猛眨眼睛，但是剛剛還在那裡的哨兵確實不見了；好長一段時間過去，夏伊一直等著還會不會發生其他事情。

左邊傳來一個小小的聲音，他馬上轉過頭來，樹叢後出現了一個他有生以來從未見過的詭異景象；有個人，穿著全身通紅，從那裡走了出來，他在穴地谷從來沒有看過有人穿成這樣。一開始，他還以為是曼尼安，不過他馬上就否定了這個想法，因為不管是體型、姿勢、還是接近的方法，都截然不同於曼尼安。那個人一隻手拿著短獵刀，另一隻手則拿著奇怪的銳器，躡手躡腳地走到他身後，安靜迅速地割斷綁住他的皮帶，然後另一隻手從他面前晃過，他這才看到那人沒有左手，取而代之的是致命的鐵矛。

「一個字都別說。」那人在他耳邊說道，「不要看、不要想，現在往左邊的樹移動，然後在那裡等著！」

夏伊聞言立刻照作，雖然沒有看到救命恩人的臉，但從他粗獷的聲音和截斷的左手，聽從指示才是上策。他低伏身子悄悄地快步穿越營地，跑到樹叢後便停下腳步轉過身來等那一個人，不過讓他驚訝的是，那抹鮮紅色的身影不聲不響地潛到熟睡的地精身邊，像是在找東西似的；現在太陽已經完全從東邊升起，他屈身靠近地精首領，帶著手套的手小心翼翼地伸入地精的衣服裡摸索，不一會兒便找到了裝有精靈石的袋子。手還沒抽出來，地精就醒了，一隻手立刻抓住陌生人的手腕，另一隻手猛然抽出短劍砍向大膽的小偷；但是那人速度實在太快讓地精猝不及防，他用左手的鐵矛擋住短劍的攻擊後，立刻反手割斷地精的咽喉。當他正要從斷了氣的地精首領身上離開時，這場騷動已經驚醒了整個小隊，還沒來得及脫身前，地精們猛然朝他進攻，他被迫回過頭來抵抗，用一隻短刀對付一打的地精。

夏伊知道那人逃不掉了，正打算出去幫他時，那個神奇的陌生人完全不把攻擊者當一回事，輕鬆迎擊對方毫無章法的攻勢，三兩下就讓兩個地精傷重倒地；就在其他地精準備發動第二波進攻時，他突然發出尖銳的呼聲，營地另一邊赫然衝出一個巨大的黑色身影，驚愕莫名的地精根本毫無招架之力，被巨人的棒槌當成肉餅般對待，不到一分鐘就全部躺平。夏伊在樹叢後目睹這一切的發生，目瞪口呆看著巨人像隻忠心的小狗尋求主人肯定那樣地靠近救他的人；陌生人輕聲細語地向巨人說了些話，然後從容地走向夏伊，而他的夥伴則留在原地看守地精。

「應該沒事了。」那紅色身影靠近夏伊時說道，完好的手上掂著裝有精靈石的皮囊。夏伊看了一下他的臉，還是不知道他的救星到底是誰。他那昂首闊步的樣子，夏伊心裡認定那肯定是個傲慢的傢伙。

飽經風霜的面容膚色黝黑，清爽的臉上只在唇上蓄了短短的鬍鬚，同樣修剪地整整齊齊；歲月沒有在他臉上留下痕跡，外表看起來不老，舉止也很年輕，如果不是粗糙的皮膚和深邃的眼睛可能猜不出他已經年過四十；烏黑的頭髮夾雜著些許灰白，不過在清晨朦朧的光線中很難分辨出來；臉部線條有稜有角，五官輪廓也很突出，特別是那寬闊，看起來很有親和力的嘴；那是一張英俊瀟灑，會迷惑人的臉，但是夏伊直覺認為那是隱藏他本性的面具而已。陌生人輕鬆寫意地站在谷地人面前，夏伊尷尬地笑著不知道要用什麼態度面對他的救命恩人。

「我想要謝謝你，如果不是你，我可能就⋯⋯」夏伊結結巴巴地脫口說出。「沒事、沒事；雖然本來不干我們的事，但是這些惡魔會把你剁碎了當作消遣。我也是來自南方大陸，雖然好久沒回去了，但不管怎樣依舊還是我的家；我看得出來你也是來自那裡。而且，你身上還流有精靈的血⋯⋯」他突然打住，現在夏伊確定這個人不但知道他是誰，也知道他的身分，現在他是從一個火坑跳進另一個火坑；他快速回頭看了一眼待在地精身邊的巨怪，確認他不是骷髏使者。

「你是誰，朋友，你來自何處？」那陌生人突然問道。夏伊將名字告訴他，也說明了他來自穴地谷，他原本打算乘船南下探險，怎知船翻了，他被沖到下游，後來地精在一處河岸邊發現不省人事的他。胡謅的故事情節跟真實情況也差不到哪裡去，那個人應該會相信他，現在夏伊對這個陌生人還存有疑心，等他更清楚了他跟他的巨人夥伴之後再說；因此他說地精發現他，要把他當成囚犯。

那人默默盯著他良久，一邊把玩著小皮囊，嘴角漾出笑意。「嗯⋯⋯我其實對你的故事半信半疑，」他輕笑，「但也不能怪你，如果立場換過來，我也不會一五一十通通告訴你，反正以後有的是機會。我的名字是派那蒙・奎爾。」夏伊衷心握住他伸出的手，那陌生人的手相當有勁，谷地人不由自主地從他強而有力的握手中退卻；他微微一笑並鬆開手，指著他們後方的巨人。「我的同伴，凱爾賽特。我們已經在一起將近兩年了，沒有比他更好的朋友了，雖然有時候我希望能有個健談一點的朋友。凱爾賽特是個啞巴。」

「他是誰？」夏伊好奇地問道，看著那個大個兒在小小的空地裡緩慢地移動。「你肯定沒見過什麼世面吧？」那人開心地笑著，「凱爾賽特是岩石巨人，他的老家在查諾山脈，但是後來被族人驅逐了。我們倆都被這忘恩負義的世界拋棄了，不過我想人各有命，我們也無法怨天尤人。」

「岩石巨人啊…我以前從沒見過岩石巨人，我以為他們都是殘暴的怪物，跟野獸沒有兩樣。你怎麼會…」夏伊驚訝地重複他的話。

「注意你的口氣，朋友。」陌生人出言警告，「凱爾賽特不喜歡這種說法，你這樣說話，他會很敏感，一腳把你踩扁；你的問題在於從你的雙眼看到的是野獸，是不同於你我的怪物，在心裡猜想著他危不危險。讓我告訴你，他是岩石巨人，而你之所以堅信他的獸性大於人性，我敢說這是因為你才疏學淺，見識淺薄。過去幾年你應該跟我一起到處遊歷，哈，然後你就會學會什麼叫做笑裡藏刀！」

夏伊仔細看著凱爾賽特，他閒來無事到處翻找地精的衣服和背包，看看有沒有漏掉些什麼。凱爾賽特有著人的外型，穿著及膝長褲和束腰外衣，腰間還繫著一條綠色繩索，脖子和手腕則戴了金屬頸圈和手環作為護具，外表最不一樣的地方就是全身上下像樹皮一樣的皮膚，顏色就像是全熟但還沒燒焦的肉；至於五官除了一付濃眉和一雙凹陷大眼外，其他就比較沒有特色不好形容，而除了手之外，四肢則和人類一樣，他的手沒有小拇指，只有大拇指和其他三隻指頭，有力的指頭幾乎就跟谷地人的手腕一樣粗。

「他好像不是很喜歡我…」夏伊靜靜地說道。「看吧！像完全沒有根據的輕率言論。就只是因為凱爾賽特外表看起來野蠻，五官也不怎麼聰明的樣子，你就將他當成是野獸；夏伊，當我說凱爾賽特是個很敏感的人，跟你我一樣有感覺時，你可以相信我，北方大陸的巨人就跟西方大陸的精靈一樣稀鬆平常，在這裡你跟我才是外人。」

夏伊審視眼前這張臉，看似發自內心帶著輕鬆的微笑，但是他的直覺告訴他不要相信這個人。這兩個人不過是旅人，剛好路見不平，基於同胞之愛拔刀相助；他們技巧純熟地追蹤地精營地，一發現地精蹤跡，就快狠準地消滅整個地精巡邏隊，他相信派那蒙．奎爾就跟岩石巨人一樣危險。「我想你說得沒錯…」夏伊坦承，謹慎選擇他的用詞，「來自南方大陸的我，沒出過大遠門，對這個地方的一切都很不熟悉。兩位救了我一命，謝謝你，也謝謝凱爾賽特。」

瀟灑的陌生人對夏伊的恭維開心地笑了。「不需要道謝！」他回覆道，「在凱爾賽特完成他的任務前，過來這裡跟我一起坐，我們必須談談是什麼帶你到這裡來，這個地方非常危險，尤其是一個人旅行。」

他領著夏伊走到最近的樹，疲倦地靠著樹幹坐下。他完好的那隻手仍然拿著裝著精靈石的袋子，但夏伊覺得現在還不是提起這個話題的時機，希望待會兒陌生人會主動問到那些東西是不是他的，到時他再拿回來，好趕去帕瑞諾，他的同伴們現在一定在找他。

「為什麼凱爾賽特要搜這些地精的身？」夏伊打破沉默。

「嗯，可能會有些跡象顯示他們是打哪兒來的，又要往哪裡去，他們可能會帶著食物，我們現在就可以拿來用；誰曉得，也許他們身上還有其他值錢的東西…」

他突然停下話，充滿疑惑地打量著夏伊，一隻手拎著裝有精靈石的皮袋，像把餌放在獵物前似的，在夏伊眼前晃；他困難地嚥下口水，驀地明白他已經感覺到那些石頭是他的。他必須趕快做些什麼，否則他也要露出底細了。

「那個袋子和裡面的石頭是我的。」

「現在還是嗎？」派那蒙貪婪地咧嘴而笑，「袋子上面又沒有寫你的名字，你是怎麼得到它們的？」

「幾年前我父親給我的……」夏伊謊道，「我都隨身攜帶著它們，就像是某種幸運物一樣。地精找到我的時候，從我身上搜出來的，但它們是我的。」

一身鮮紅的陌生人微微一笑，把石頭倒出來放在手心，皮袋則掛在左手的鐵刺上。他用手掂掂這些石頭的重量，又拿起來欣賞它們明亮的藍色光輝，然後目光又回到夏伊身上，質疑地抬起眉毛。

「也有可能是你偷來的吧？他們看起來比被當作幸運物要有價值，我想我會保管這些石頭，直到我相信你就是真正的主人。」

夏伊支支吾吾，「但是我必須要去……我必須去見我的朋友，我不能一直跟著你直到你相信這些石頭是我的！」

派那蒙緩緩站起身來，笑容斂去，把皮囊連同裡面的東西塞進他的衣服裡。「這不成問題，只要告訴我可以在哪裡找到你，等我調查完之後，我會將這些石頭物歸原主。這幾個月我會南下南方大陸。」

夏伊氣得跳腳，「為什麼，你不過是個小偷，半路殺出來的搶匪！」他怒不可抑，鼓起勇氣反抗。

派那蒙忍不住失聲爆笑，笑到不能自已，最後總算消停，連眼淚都笑出來了，他不可置信地搖搖頭；夏伊也一臉莫名奇妙，看不出來他的指控笑點在哪裡，就連岩石巨人也停下來看著他們，平靜的臉上看不出任何表情，陌生人依舊開心地兀自發笑。夏伊被搞糊塗的腦袋慢慢將事實拼湊起來，這兩個奇怪的人在北方大陸這裡做什麼？他們為什麼要費心救他？他們怎麼知道他是地精的俘虜？

他馬上想通，原來事實早就擺在眼前。「派那蒙．奎爾，親切的救命恩人！」夏伊嘲諷挖苦「難怪你覺得我的話很好笑，你跟你朋友根本就是我剛剛所說的，你們是小偷、強盜、土匪！原來你始終在打這些石頭的主意！你怎能這麼低級……？」

「注意你的口氣，年輕人！」紅衣人跳到他面前，揮舞著短矛，帥氣寬闊的臉因為突然湧現的怒意而扭曲，深幽的雙眼盛滿憤恨，那抹玩世不恭的笑容倏地消失。「我從遠方來到這裡，沒有人伸出援手！既然如此，別人也別想從我這裡拿走任何東西！」夏伊提防地往後退，他踩到那兩人的地雷讓自己也被嚇到。他們一開始就打算從地精那裡偷走精靈石，口不擇言的下場可能會讓夏伊賠上自己的小命；人高馬大的小偷邪惡地瞪著他的俘虜，然後慢慢地往後退，收斂盛氣，又變回之前和顏悅色的臉。他神氣活現地往後走去，繞了幾步後突然又轉回夏伊面前；「我們跟那些靠著智慧跟知識求生的人沒有兩樣，喔！除了我們對偽善的鄙視！就某方面而言，所有人類都是小偷，我們還更像是誠實的那一類，所以問心無愧。」

「你們怎麼會來這裡？」夏伊猶豫著問道，擔心又會激怒喜怒無常的陌生人。「昨晚日落之後，我們偶然看到他們的營火。」那人輕鬆以對，所有敵意剎時消失，「我走近空地邊想要看得更清楚，結果看到我們的黃色小朋友正在把玩這三顆藍色寶石；我也看到你，被他們綑得結結實實。所以我便決定帶凱爾賽特過來，準備來個一石二鳥；阿哈，你看，我可沒有騙你喔，我跟你說過我不想看到同鄉落在這些惡魔手中吧！」夏伊點點頭，很高興自己被救了，但他還是不確定現在的情況有沒有比落在地精手裡好。

「別擔心啦，朋友。」派那蒙看穿了他未說出口的恐懼，「我們無意傷害你，我們只要這些石頭，它們應該能賣個好價錢，我們可以好好利用這筆錢；你現在自由了，隨時都可以離開。」

他霍地轉身，走到凱爾賽特身邊，後者順從地站在堆積如山的東西旁等著，那一堆東西有武器、有衣服、以及各式各樣有價值的物品，都是他從死去的地精身上搜括而來的。站在巨人身邊，高大的他顯得小鳥依人，而巨人那黝黑又宛如樹皮般的皮膚讓他看起來真的就像大樹一樣，庇蔭著紅衣人；兩人短暫交談，派那蒙低聲跟巨人說話，巨人用手語回覆後點了點頭，然後走到那一堆東西旁，把大多數沒有價值的東西當作垃圾丟到一邊。夏伊看著那兩人，不知道接下來該怎麼辦，沒有那些石頭，他在這個蠻荒之地根本毫無防衛能力。

派那蒙從肩上瞄了一眼，看到谷地人還站在原地不動，他帥氣的臉龐著實嚇了一跳。「你還在等什麼？」

夏伊緩緩搖頭，表示他也不確定，高大的竊賊意味深長地看了他好一會兒，然後笑著揮手叫他過來。「過來這邊吃點東西，夏伊，」他提出邀請，「最起碼我們能為你做的，就是在你返回南方大陸前先填飽肚子。」

十五分鐘後，三人圍著一小堆營火坐著，看著乾牛肉條被燻烤。凱爾賽特安靜地待在小谷地人身邊，深邃的眼睛專注地看著煙燻牛肉，像個孩子般雙手緊握蹲在火堆前；夏伊忍不住想要伸出手去碰觸他，去感覺他粗糙的皮膚，即使是這麼近的距離，巨人的容貌有種說不出的溫柔。烤肉期間，巨人像石頭一樣動也不動，派那蒙注意到夏伊一直留心著巨人，露出會心一笑，伸手攬過谷地人的肩膀拍了拍。

「他不會咬人，只要他吃飽了！我一直重複說著同樣的事，你都沒有聽進去。凱爾賽特就跟你我一樣，只是長得大了點、也更安靜，剛好是我做這一行最喜歡的拍檔，他比我之前合作的人做得更好，我可以跟你說，之前跟我合作過的人還不少。」

「我猜，是你怎麼說他就怎麼做吧？」夏伊簡短提問。「當然！」答案也很簡短，然後紅衣人突然屈身靠近對方，鐵刺也威嚇性地貼過來，「不過不要搞錯我的意思，男孩，因為我可不是說他是動物，有需要的時候他也會為自己打算；但我是他的朋友，因為沒有人如此待他，沒有人！他是我所見過最強的生物，他可以不費吹灰之力就捏爆我，可是你知道嗎？我打敗他了，所以現在他跟著我！」他停下來看看對方的反應，夏伊一臉不可置信的表情，雙眼瞪得老大；他開心地笑了，用誇張的幽默拍了拍自己的膝蓋。「我是用友誼打敗他的啦，不是力氣！我敬他如人，平等待他，用這麼便宜的代價，我就贏得了他的忠心。哈，嚇到你了吧！」

咯咯笑個不停的小偷將肉條拿給沉靜的巨人，他拿了幾塊肉後便大口大口津津有味地嚼著；夏伊伸手接過食物後才發覺自己有多餓，他甚至忘了上一次吃東西是什麼時候，飢腸轆轆的他又急又猛地吃著美味的牛肉，派那蒙饒富興味地搖著頭，又遞給夏伊第二塊肉之後，自己才開動。三人默默吃著，此時夏伊大膽問道。

「是什麼因緣際會讓你決定成為…盜賊？」他謹慎發問。派那蒙快速看了他一眼，驚訝地抬起眉毛。你幹嘛關心是什麼原因？想寫我們的人生故事嗎？」他猛地打住，對自己的敏感微笑以對，「也沒什麼秘密啦，夏伊。我從沒老老實實做過什麼正當活兒，我是個野孩子，喜歡歷險，喜歡到外面闖蕩，討厭工作；在一次意外中我失去了我的左手，讓我更難找到一份舒心的工作，得到我想要的東西。當時我住在南方大陸內陸，剛開始我惹了一點麻煩，然後像滾雪球越滾越大，大到後來我回過頭來才發現自己已經在四方大陸間流浪，以搶劫維生；好笑的是，我發現自己在這一方面非常拿手，而且我也樂在其中，樂在這所有的一切當中！所以，這就是我，也許不富有，但在我的年少時期，或者至少在我的成年時期，我很快樂！」

「你沒想過要回去嗎？你沒想過一個家還有…？」夏伊追問，不相信這個人已經實話實說。「拜託，別這麼多愁善感，小子！」對方大笑著喊道，「再繼續下去，你要把我搞哭了，求求你饒了我吧！」他無法自已地放聲大笑，過了一陣子笑聲才漸漸變弱，兀自咯咯發笑的竊賊搖搖頭，試著也吞下一些食物，然後就自顧自地繼續剛剛的話題。

「凱爾賽特的故事跟我的截然不同，我必須先說清楚；我沒有必要過這種生活，但是他卻有充分的理由。他打從一出生就是個啞子，巨人不喜歡殘障的族人，我想，可能是在他們開某種玩笑吧；因此，他們不讓他有好日子過，當他們的怒氣無處發洩時就踢他揍他，他是所有玩笑的笑柄，不過他從不還手，因為那些人是他唯一所有。之後他愈長愈大，不但塊頭大力氣也大，大家開始怕他；有一天晚上，一群比較年輕的巨人試圖要傷害他，是真的要傷害他好讓他自己走人，甚至死掉；但是事情並未如他們所預期的發展，他們逼人太甚，他忍無可忍終於反擊，卻也殺死了其中三人。因此他被逐出村莊，無家可歸，一直獨自流浪，直到我遇見他。」他微微一笑，看著一臉平靜專心吃著肉條的大塊頭。

「他知道我們在做什麼，我猜他也知道這都是些見不得人的勾當，但是他就像是個受虐兒一樣，他不會尊重其他人，因為他們從不對他好；此外，這裡只有地精和侏儒，他們都是巨人的死敵，我們從北方大陸內陸逃出來，很少往南走太遠，我們過得還不錯。」他心不在焉地嚼著牛肉，眼睛一邊盯著餘燼，然後伸出腳用皮靴前端去撥動，星火揚起後在空中灰飛煙滅；夏伊不發一言吃完手中的食物，心裡一直在盤算著要怎麼拿回他的精靈石，真希望他知道其他夥伴現在在哪裡。不久，用完餐後，紅衣人倏地站起身來，用皮靴在餘燼裡掃呀掃地把火堆弄熄，巨人也站到他朋友的身旁等待下一步行動，龐然體魄完全擋住夏伊的天；最後夏伊也站了起來，看著派那蒙把一些小玩意兒和武器放到一個麻布袋裡，交給凱爾賽特揹著，然後轉向夏伊，向他點了個頭。

「認識你很有趣，夏伊，祝你好運。當我想起袋子裡那些寶石時，我就會想起你；真抱歉你說的那些不管用，不然你就能保住它們了，不過至少你撿回了一命，又或者是我救了你一命，把那些石頭當作是救了你的謝禮吧，這樣會好過一點。如果你想要在接下來幾天抵達南方大陸安全的地方，你最好現在趕快動身，伐夫利市就在西南邊，你在那裡可以找到幫助；記得走在空曠的地方。」

他轉身就要離去，示意凱爾賽特跟上，大步走了好幾步後回頭看了一眼，發現夏伊還在原地，出神盯著離去的他們；派那蒙厭惡地搖搖頭，腳步走得更快，然後突然惱怒地停下來，猛地轉身，另一人則在原地等著。

「你是有什麼毛病啊？」他生氣地質問，「你別告訴我你想要跟蹤我們找機會把這些寶石拿回去！這樣會破壞我們的美好友誼甚至賠上你的小命！現在就走，從這裡滾開！」

「你一點不知道這些石頭的意義！」夏伊絕望地大喊。

「我想我知道。」對方很快回答，「它們代表著，過一會兒後我跟凱爾賽特就不再是窮光蛋，意思就是說我們有一段時間可以不必再去偷竊或是乞討；它們代表錢，夏伊。」

夏伊突然衝向他們，他根本無法思考，只想著要拿回精靈石；派那蒙驚訝地看著他接近他們，心想他一定是瘋了竟敢攻擊他們以奪回三顆藍色寶石。他過去從沒遇過這麼頑固的傢伙，他已經饒了他一命，還仁慈地給了他自由，但是這些似乎還無法滿足他。

夏伊在距離兩個高頭大馬的人幾碼處氣喘吁吁地停了下來，「之前我並沒有告訴你實話，」他上氣不接下氣地說道，「我不能…我自己也不知道，但是這些石頭非常重要，不只對我，而是對四方大陸的所有人民，甚至是你，派那蒙。」紅衣盜賊在驚訝中帶著懷疑的表情看著他，臉上那抹微笑消失了，但並無慍色；他一言不發，等著谷地人繼續說下去。

「你必須相信我！」夏伊激動地大吼，「事情遠比你所想的要嚴重。」對方冷漠以對；他看著站在他肘邊的凱爾賽特，對夏伊奇怪的行為懷疑地聳聳肩，然後巨人快速移向夏伊，把谷地人嚇得直往後退，但派那蒙一舉手便阻止了大塊頭進一步行動。「拜託，就幫我一個忙，」夏伊絕望地懇求，以期能多爭取一點時間來思考下一步，「帶我跟你們一起往北去帕瑞諾。」

「你瘋了嗎？」竊賊對夏伊的提議驚駭地大叫，「有什麼理由要去那個烏漆抹黑的地方？那個地方非常危險。回家吧，男孩，回南方大陸去，讓我圖個清靜！」

「我一定要去帕瑞諾，地精抓到我的時候，我就是要去那裡；我朋友他們應該在找我了，我必須到帕瑞諾跟他們會合！」夏伊堅持說道。「帕瑞諾是個邪惡的地方，是北方怪物的繁殖地，連我都不敢踏進那裡！」派那蒙激昂地表示，「而且，如果你真的有朋友在那裡，你可能會誘導我跟凱爾賽特落入陷阱，你好拿回那些石頭；那就是你的計畫，對吧？算了吧，聽我的勸趕快往南回頭！」

「你在害怕，是吧？」夏伊氣急敗壞地說道，「你怕帕瑞諾，也怕我的朋友；你沒那個勇氣…」他猛然住嘴，那紅衣盜賊勃然色變，氣得全身發抖，站在原地不動瞪著谷地人；夏伊堅持立場，把一切賭在最後的請求上。「如果你不讓陪我去帕瑞諾的話，那麼我就自己去，碰碰運氣賭上這一把，」他做出保證，看了看其他人的反應後繼續說道，「我只要求你們帶我到帕瑞諾邊境就好，不會要求你再越雷池一步，我不會害你們落入圈套。」

派那蒙不可置信地再次搖著頭，當他轉過身面對岩石巨人時，慍容已然退去，緊閉的雙唇也出現笑意，不置可否地聳聳肩點了點頭。

「我們為什麼要擔心？」他自我解嘲地說，「皇帝不急太監急什麼，一起走吧，夏伊。」

19

三人結伴同行，直到中午才停下來休息吃午餐。接下來的地勢跟之前一樣高山低谷峰巒疊起，增加他們行進的難度，即便是壯如凱爾賽特都吃不消，有時被迫手腳並用，還是很難找到立足點或是平地讓他可以往上走。不過，聊天倒是不間斷，事實上，有好幾次夏伊甚至希望派那蒙嘴巴會痠，能歇停會兒。

他把夏伊當成戰友般對待，就像是個他可以隨意吹噓他的瘋狂行徑而不會因此斥責他的夥伴，不過他一直很小心不去提到夏伊的背景、精靈石、或是此行的目的；他顯然認為處理這件事最好的辦法，就是趕快將煩人的谷地人送到帕瑞諾，讓他跟他的朋友團聚。

有時候他們邊走邊聊時，夏伊會看一下沉默的岩石巨人，想知道在這樣一個面無表情的外在底下是什麼樣的人；派那蒙曾說過巨人是一個生不逢時的人，被自己的族人逐出家門，現在跟他結伴同行，故事聽起來平凡真切，不過巨人的某些特質卻讓夏伊懷疑他是否真的遭到族人流放。

這位巨人有著無可否認的威嚴，高視闊步，氣宇軒昂，雖然從不說話，但是深邃的雙眸中卻散發著智慧，讓夏伊認為凱爾賽特一定比他的夥伴所描述的他要更複雜，就跟亞拉儂一樣，夏伊覺得派那蒙沒有說實話；不過跟德魯伊不同的是，那機靈的小偷可能是個騙子，夏伊覺得從他嘴裡吐出來的任何一句話全都不能相信，他很肯定派那蒙不清楚凱爾賽特背後不為人知的故事。

除此之外，他也很確定這個上一秒鐘救了他的小命，下一秒鐘卻偷了他的精靈石的紅衣投機客，絕不只是個攔路打劫的尋常強盜而已。

快速解決午餐後，他們現在距離北部邊界的亞尼松隘口已經不遠，經過這道隘口後，他們會往西穿越史翠里漢平原直達帕瑞諾，他們將在這裡分道揚鑣，夏伊可以見機行事跟朋友會合或是前往德魯伊要塞；夏伊點頭表示理解，也知道對方話中有話，他們希望他趕快採取行動拿回精靈石，但是他不動聲色，也不讓他們知道他已經料到他們在引誘他，只在心中暗自盤算，繼續踏上旅程。

派那蒙再度沒完沒了地說起他的冒險故事，不過奇怪的是，他很少提起凱爾賽特，由此可見那小偷對巨人的瞭解比他聲稱的要來得少，夏伊開始覺得，那位巨人的夥伴可能跟他一樣，對巨人所知有限，認為他是為了其他理由才和紅衣人結伴同遊。

他們繞著迂迴曲折的山路成之字形攀登，不但費力，速度也慢。派那蒙一路上喋喋不休，跟夏伊像老朋友似的笑鬧。兩個小時後，他們抵達亞尼松隘口。位於兩條山脈交接處的隘口非常寬敞，也很容易通過，從這裡可以直達前方的平原。從南方縱貫上來的山脈是龍牙山脈的延伸，不過北方這條山脈夏伊就不熟悉了，他知道那是查諾山脈，岩石巨人的家鄉就在他們北方某處。

在寬闊的隘口入口處，派那蒙突然叫停，他前進幾碼，小心翼翼地往上看向兩側高坡，顯然是在擔心可能會有什麼在那裡等著，仔細觀察了一陣子後，他命凱爾賽特前去隘口調查，以確定現在通過安不安全；巨人移動著笨重的身軀，很快便消失在山陵和岩石後。派那蒙建議夏伊坐下來等，臉上掛著掩飾不住的笑意，暗示這個自詡聰明的小偷，顯然很得意自己會採取這樣的預防措施防範陷阱，就像夏伊的朋友可能會為他做的事一樣；雖然他現在覺得帶著夏伊很安全，也很確信夏伊不會對他造成威脅，他擔心夏伊可能會有更有力的朋友，一找到機會就會反擊。在等待他的夥伴回來的當兒，派那蒙再度打開話匣子，開始說起他驚心動魄的攔路虎生活，夏伊發覺這個故事也跟其他故事一樣荒誕不經，派那蒙顯然比聽故事的人更享受講故事的過程；夏伊極力忍受他的吹噓，試著讓自己看起來很感興趣的樣子，但實際上思緒早已飛到其他地方。

凱爾賽特突然出現在隘口，示意他們一起過來，三人同行並進。亞尼松隘口沒什麼遮蔽物可供意欲突襲的人埋伏，因此這裡還算安全，偶有大石小丘，但也都躲不了人；悠長的通道，竟也花了他們一個小時才走到另一邊，不過走起來舒適愜意，時間倒也過得不知不覺。

夏伊知道他們已經接近他們的目的地，派那蒙帶著大家一路往西邊走，小心提防著任何突襲。當谷地人問到他們現在之於帕瑞諾的相對位置時，那竊賊只笑著向他保證他們已經愈來愈近了，繼續追問也毫無意義，夏伊乾脆放棄，等到那人決定好什麼時候要讓他獨行時再說吧。他轉而將注意力放到前方的平原上，廣大無邊的平原令他心馳神往，對他來說，這是個全新的世界，雖然他現在的處境朝不保夕，他仍然下定決心不要錯過這一切；這個精彩絕倫的長途冒險旅行，正是弗利克跟他夢寐以求的生活，儘管最後的結局可能是他們雙雙死去，任務失敗告終，寶劍也不知所蹤，他仍想在他有生之年開開眼界。

到了下午，三人已經汗流浹背，天氣酷熱難耐，脾氣也跟著暴躁起來。凱爾賽特保持平穩步伐，行進速度不變，聒噪的派那蒙也不再說話，只希望能趕快走到目的地，甩掉夏伊；而夏伊則是又累又瘦，連續兩天長途跋涉耗盡他僅存的力氣。現在他們右手邊的山脈已經來到盡頭，黃土平原豁然開朗，浩瀚無垠，天地連成一線，放眼望去幾乎可以看見整個半球劃出的地平線；夏伊最後開口詢問這裡是否為史翠里漢平原，派那蒙並未馬上回答，想了一會兒後才簡短地點頭。

他們出了這個形似馬蹄鐵的山谷後，踏入史翠里漢平原的東部，寬闊的平原夾在北方陡峭的山脈和他們左手邊的森林間平行展開，但是平原地卻出人意表地有許多小山丘連綿起伏，而且不是那種遠遠就可以看見的地勢變化，而是非要走到上頭才知道的那種小土丘；除此之外，還有一些小樹叢小灌木，和某種不屬於大地的東西。三人同時看到了那個東西，派那蒙突然要大家停住，狐疑地從遠處盯著那些東西猛瞧；在炙熱的日頭下，夏伊舉手擋光瞇眼望過去，結果看到地上有很多奇怪的竿子，方圓百碼的地上還散布著一堆一堆各色布料和金屬或是玻璃的碎片，他勉強看到衣料和殘骸間有小小的黑色的物體在動。最後派那蒙大聲呼喊，是不是有誰比他們早一步到達這裡；但結果讓他們大為震驚，他們遠遠看到黑色的翅膀撲動，被打擾的食腐者發出可怕的叫聲，那些緩緩飛起的黑色物體原來竟是大禿鷲。派那蒙和夏伊驚訝地說不出話來，兩腳像生了根似地僵在原地，高大的凱爾賽特往前移動了好幾碼，小心地觀察前方動靜；一會過後，他突然折返，向他的夥伴示警，紅衣盜賊清醒地點點頭。

「看來之前發生過某種戰鬥，」他簡略地宣布，「前面那些都是死屍！」

三人朝著可怕的戰鬥現場前進，夏伊有點猶豫，突然很害怕那些一動不動、屍骨不全的遺體會是他的朋友們。才往前走了一段路，他們就看出那些奇怪的竿子原來是長矛和軍旗，在陽光下閃閃發亮的碎片則是刀劍兵器，有些是被丟棄的，有些仍緊緊握在倒下的人手裡；原來一堆一堆的有色布料竟然是屍體，他們戰死沙場倒臥血泊，被烈日烘烤著。死亡撲鼻而來，第一次聞到這種味道的夏伊嗆到無法呼吸，努力壓抑從胃湧上來的噁心感，強迫自己跟著另外兩人踏上戰場；小小一方土地屍橫遍野，少說也有好幾百具，看這陣屍的樣子，帕那蒙肯定這一定是場決絕的殊死戰；他馬上就認出了地精的軍旗，他們的外型辨識度也很高，但是跟他們對戰的另一方，他仔細看了好幾個蜷縮在一起的遺體才確認是精靈戰士。

凱爾賽特突然的舉動將派那蒙的注意力重新拉回到他的夥伴身上。他看到巨人撿起一支倒下的軍旗，細長的三角旗幟破爛不堪血跡斑斑，旗竿也斷成兩截，旗幟上頭的徽章則是一頂王冠放置在綠葉扶疏的大樹上，大樹旁還環繞著大樹枝。凱爾賽特看起來非常激動地向派那蒙比手畫腳；後者不悅地皺起眉頭，視線匆匆掃過地上的屍體，往外繞了一大圈走向他的夥伴。凱爾賽特焦慮地四處搜尋，然後目光突然停在夏伊身上，小小谷地人臉上顯然有些什麼引起他的注意，一會過後，面帶憂色的派那蒙走到他身邊。

「我們在這裡遇到大麻煩了，夏伊，」他嚴肅地表示，然後兩手叉腰，「那張軍旗是精靈皇室艾力山鐸家伊凡丁私人所有的旗幟，我在死者中並未發現他的屍首，但這並沒有讓我感覺好一點。如果精靈王發生了任何事，可能會掀起難以想像的大規模戰爭，屆時將烽煙四起！」

「伊凡丁！」夏伊驚呼，「他正守衛著帕瑞諾北方邊界，以防……」他猛地住口，擔心自己漏了口風，不過派那蒙自顧自地說著話，顯然沒有聽到。「這實在太不合常理了，地精和精靈在某個不知名的地方開戰。是什麼讓伊凡丁遠征此地？他們一定在爭奪些什麼。我不瞭……」他話講一半就停住，然後突然望向夏伊。

「你剛剛說什麼？什麼跟伊凡丁有關？」谷地人害怕地隨口帶過，「沒什麼……」高大的竊賊一把拽過夏伊的衣領，將他拖過來舉離地面，直到兩人的臉只剩下幾吋的距離。

「不要想要聰明，小鬼！」因為怒氣脹紅的臉在眼前像巨人似的，嚴厲的雙眼因為疑心瞇成一線，「關於這一切你知道些什麼，現在就說。我本來就懷疑你知道的東西一定不只你說的那些石頭，你也知道地精抓你的原因；現在耍猴戲的時間已經結束了，還不說實話！」

但是接下來夏伊會如何反應已經無從得知。正當他被吊在空中，拼命想要掙脫那人強而有力的箝制時，一個巨大的黑影突然落在他們頭上，緊接著是翅膀撲撲拍動的聲音，那巨大、如野獸般的黑色怪物緩緩從天而降，距離他們只有幾碼之遙。一看到那如死神般的外形，夏伊驚駭地毛骨悚然全身發麻，仍在氣頭上的派那蒙被突然現身的怪物給搞糊塗了，將夏伊一扔，面對奇怪的不速之客。夏伊抖著雙腳，全身血液凝結成冰，就連最後一絲勇氣也被抽乾；那怪物是黑魔君的骷髏使者！他們終於還是找到他了。

那雙殘酷的紅眼快速掃過待在一旁一動不動的巨人，在紅衣賊身上停了一會兒後，轉向小谷地人，兇殘的眼神烙印在他身上。派那蒙對這有翅膀的怪獸還很困惑，不慌不忙地轉過身來面對那邪惡的東西，慢條斯理地露出奸邪的微笑，面帶慍色伸起手指著對方給予警告。「不管你是什麼妖魔鬼怪，保持距離不要靠近，」他尖銳地提出警語，「我只關心這個人而已，別來⋯⋯」

憤怒的雙眼憎惡地定在他身上，突然間他一句話也說不出來，驚詫地瞪著那黑色怪物。「寶劍在哪裡，庸徒？」充滿威嚇的嗓子厲聲問道，「我可以感覺到它的存在，把它給我！」派那蒙不甚理解地注視著黑暗的怪物許久，然後又看了一眼夏伊滿是驚懼的臉，他這才瞭解不知為何這恐怖的怪物竟是谷地人的仇敵，現在情況非常危急。

「否認也是沒有用的！」刺耳的聲音如魔音傳腦，「我知道你們之中有人拿了劍，而我一定要得到它。對抗我是無用之舉，這場仗對你們說已經結束了，寶劍最後的傳人早已殞滅，你們必須把劍給我！」派那蒙完全不知道這個黑色怪物在說些什麼，但他也知道，那頭野獸決心要殺了他們，跟他說什麼都沒有意義；高大的小偷舉起他的左手，用上頭的鐵刺撫弄著他的小短鬍，英勇地笑了笑，飛快看了一眼站在一旁的巨人，兩人心照不宣，他們知道這將是一場至死方休的決鬥。

「不要傻了，凡夫俗子！」接著是一聲刺耳的噓聲，「你們對我來說毫無用處，我只在乎寶劍。就算是大白天，我還是可以輕易除掉你。」突然間夏伊看到了一線生機。亞拉儂曾經說過，骷髏使者的力量會隨著日光而減弱，也許他們在太陽底下就不是無敵的了，也許這兩個身經百戰的盜匪可以放手一搏；但是他們要怎麼消滅一個非生物，一個存在於實體內的不朽亡靈？此時無人輕舉妄動，後來那怪物突然往前跨步，派那蒙立刻用完好的右手以閃電般的速度拔劍出鞘，伏低身子準備攻擊，凱爾賽特也在同一時間單手抄起沉重的釘頭錘進入戰鬥模式；骷髏使者遲疑不前，灼熱的目光注視著步步進逼的岩石巨人，頭一次這麼接近地研究這個巨型生物並說出了「凱爾賽特！」

然後紅衣人驚愕地兩眼圓瞪，還在思考骷髏使者怎麼會認識沉默的巨人，下一秒鐘，那怪物不可置信的眼裡，映照出派那蒙眼裡同樣的情緒，然後巨人便以令人炫目的速度發動攻擊；凱爾賽爾用強而有力的右手拋出釘頭錘，正中黑色骷髏怪物的胸部，派那蒙也箭步向前，鐵刺和劍身同時揮向怪物的頸胸。但是致命的北陸怪物並沒有這麼輕易被打敗，重新振作後，利爪擋住派那蒙的武器，另一隻手立刻將他重擊倒地，那憤怒的雙眼瞬間燃燒，朝著頭暈目眩的小偷發出一記紅色閃電，他敏捷地撲向另一邊，電光攻擊也隨即跟上，但這次猝不及防弄焦了他的衣服，他也再次被擊倒。

就在攻擊者打算趁勝追擊時，凱爾賽特忽地撲向他，將他壓制在地；儘管骷髏使者身形已經十分壯碩，但是在岩石巨人前卻顯得矮小，人獸在地上扭打成一團。派那蒙仍然跪著，暈眩不止，他一直搖頭希望能把這股暈眩感給搖掉；夏伊知道他也必須做些什麼，於是衝到那小偷身邊，豁出去抓住他的手臂。

「石頭！」他拼命哀求，「快把那些石頭給我，我就能夠幫忙了！」傷痕累累的臉抬起來怒瞪他，粗魯地把谷地人推開。「閉嘴站到一邊去！」他大吼，搖搖晃晃地站起身來，「現在別耍花招，朋友。留在原地就好！」

拾回了劍，他又加入戰局協助他的夥伴，妄圖給骷髏使者一記紮紮實實的打擊但卻徒勞無功；三人在戰場上來回搏鬥，地精和精靈的遺骨形同遭到鞭屍般不斷遭到踐踏。派那蒙體格雖不如另外兩個強壯，但是他動作敏捷而且非常耐打，機靈地閃過北陸怪物的電光攻擊；而凱爾賽特不可思議的力量幾乎就快比上骷髏怪物的靈力，那邪惡的東西甚至已經開始感到情況不妙；巨人粗糙的皮膚被火砲燙傷燒焦的地方不下十數個，但是他毫不在乎，持續猛烈攻擊。

夏伊在一旁乾著急也很想幫忙，但他的力量和體格都遠不如他人，再加上他的武器更是荒謬，要是能夠拿回那些石頭的話…

在靈界怪物持續不斷的攻擊下，兩個凡人也開始感到疲倦，他們攻擊沒有任何實質功效，這才理解光靠人類的力量無法打敗靈界攻擊者；他們就快要輸掉這場戰鬥了。突然間，英勇的巨人絆了一跤，一邊膝蓋重重跪下，骷髏使者逮住機會，伸出利爪猛烈攻擊巨人裸露的頸部到腰部，遭受重擊的巨人後仰倒地；派那蒙怒氣攻心，大叫一聲，瘋狂對怪物發動一連串攻擊，但是都被擋下。急於進攻下的他，後防漏洞百出，黑魔君的特使立刻見縫插針，一隻手將對手的鐵刺格開，兩眼瞇成一條線，迸出的火光直直射進派那蒙的胸部，灼燒他的手臉附近，最後他也失去意識不支倒地；要不是夏伊，骷髏使者當下就要了斷派那蒙的性命，他鼓起勇氣，將長矛射向攻擊者未設防的頭部，結果正好打中邪物的臉，來不及擋下突襲的利爪氣急敗壞地抓住自己的臉，試圖從痛楚中回復。

派那蒙仍然一動不動地躺在地上，但是經久耐戰的凱爾賽特又重新站了起來，用雙手將骷髏怪物的頭緊緊鎖在自己的腋下，睚眥俱裂咬牙切齒的模樣彷彿要將它夾爆似的。

在怪獸掙脫之前，只有短短幾秒鐘的時間可以行動，夏伊衝到派那蒙身邊，大叫著要他醒來，遍體鱗傷的他用超人般的勇氣回應夏伊，隨即因為氣力放盡昏了過去；夏伊拼命搖他，乞求他把石頭給他，現在只有石頭能夠幫助他們了，谷地人絕望地大喊！它們是活命的唯一希望了！

他回頭看兩名纏鬥中的戰士，讓他驚恐萬分的是，凱爾賽特漸漸失去箝制力，再過幾秒鐘，那怪物就要自由了，而他們就要完蛋了。接下來，他的手裡意外塞進一個小皮囊，派那蒙用沾滿血的拳頭把那些珍貴的石頭還給他了。

跳開倒下的派那蒙，谷地人趕緊拉開皮袋上的細繩，把三顆藍色石頭倒在他的掌心。在那一刻，骷髏使者也掙脫了凱爾賽特的束縛，一切就要完結之際，夏伊放聲喊叫，握緊石頭伸向攻擊者，祈禱它們的神祕力量現在能夠幫助他；當那怪物一轉身，耀眼的藍色光輝瞬間四射，骷髏使者這才看到沙娜拉之劍的傳人使用了精靈石的力量，燃燒的雙眼轉而攻擊谷地人，但一切為時已晚。

藍色光芒封鎖並粉碎了最後攻擊，伴隨著不斷湧現的強大能量，筆直射向前方蜷縮的黑色怪物，發出刺耳的爆裂聲，那怪物痛苦不堪地扭曲嚎叫，直到黑暗的靈體被抽離生物的軀殼。凱爾賽特一躍而起，撿起一根長矛，將手臂高舉過頭，狠狠刺穿怪物的背；北陸怪物瘋狂顫抖，全身扭曲成一團，發出最後一聲尖叫後，便緩緩滑落地面，黑色軀體化為塵土，只剩下一堆黑色灰燼。夏伊靜止不動，石頭延伸出去的光線依舊集中在那一堆灰塵上，之後灰塵顫動了一下，從中間升起了一團烏雲，如一縷輕煙冉冉升起後消失在空中；寶石不再發出藍光，戰鬥也結束了，三個凡人跟雕像一樣杵在靜默與空曠的殺戮戰場上。

片刻過後，三人還是不動如山，依然深陷在這場激烈對戰突然結束的震驚當中。夏伊和凱爾賽特凝視著那一小堆黑色灰燼，彷彿在等著它死而復生似的；派那蒙疲倦地側躺在地上，用一邊的手肘把自己撐起來，燒傷的雙眼急切地想要搞清楚剛剛到底發生了什麼事。

最後凱爾賽特小心地走向前去，伸出腳去撥弄骷髏使者殘留下來的灰燼，看看有沒有漏了些什麼；夏伊靜靜地看著，機械化地把三顆精靈石重新放回袋子，收到衣服裡，然後馬上想起了派那蒙，快速轉向受傷的小偷，不過耐操的南方人已經坐了起來，深棕色的眼睛充滿疑惑地盯著谷地人。

凱爾賽特匆匆跑過來，溫柔地將他的夥伴扶起來站著；他的身上有許多燒燙傷和刀傷，臉上胸膛被燻得焦黑，還有多處破皮，幸好骨頭沒斷。看了凱爾賽特一會兒後，他甩掉扶著他的手臂，步履蹣跚地走向等在一旁的夏伊。

「我想得果然沒錯！」他大發雷霆，粗喘著氣，搖著頭，「你果然隱瞞了什麼，尤其是有關於石頭的部分。你為什麼不一開始就說實話？」夏伊辯解，「你才不會相信！而且，關於你自己和凱爾賽特你也沒有老實跟我說，」他停下來瞥了一眼高大的巨人，「我不認為你很了解他。」傷痕累累的臉難以置信地打量著谷地人，然後一抹微笑慢慢地從他鼻青臉腫但依然帥氣的臉上漾開，彷彿紅衣賊突然又看到了好笑的東西，不過夏伊認為他的一番評論讓派那蒙刮目相待，他從對方深幽的眼裡看到了不情願的尊敬。

「你說的可能沒錯，我開始認為我一點也不認識他，」微笑擴大為爽朗地笑，那竊賊銳利的目光落在巨人面無表情的臉上，然後又看回夏伊。

「你救了我們的命，夏伊，這份恩情我們永遠無法償還。現在我要說，那些石頭是你的，我不會再跟你搶了；不光如此，我保證，只要你有需要，我必當為你效犬馬之勞。」他疲倦地停口，平穩呼吸，因為身受重傷依舊抖得厲害；夏伊趕緊向前攙扶，但是高大的小偷讓他別靠近，搖頭表示拒絕。

「我認為我們可以成為好朋友的，夏伊。」他嚴肅地喃喃自語，「但要是不坦誠以告，就無法成為朋友。我想關於那些石頭，那個差點毀了我輝煌人生的怪物，還有我從沒見過的什麼該死的劍，你都欠我一些解釋。而我也會解開你對凱爾賽特跟我的誤解，以做為交換，同意嗎？」夏伊懷疑地對他皺著眉頭，試著從他的臉看進他的心；最後他肯定地點點頭，甚至還露出了淺笑。

「真替你的決定高興。」派那蒙衷心讚賞，拍拍他纖瘦的肩膀。但下一秒，高大的小偷就因為失血過多，而引發的暈眩感癱倒了，其他兩人立刻衝到他身邊，不管他嚷嚷著他還很好的抗議，強迫他保持仰躺姿勢，然後凱爾賽特就像母親一樣拿沾濕的布輕輕地幫他洗去臉上的髒汙；巨人從無敵破壞王變身為溫柔小護士，中間巨大的轉折讓夏伊大感驚奇，他一定有些非比尋常的故事，而且奇怪的是，夏伊肯定凱爾賽特必然跟黑魔君以及追尋沙娜拉之劍脫不了關係。骷髏使者認識岩石巨人，這點已經無庸置疑，雙方之前肯定遇過。

派那蒙神智雖然是清醒的，但是他的狀況實在不適合長途旅行，他多次試著起身，都被凱爾賽特強制但溫柔地推回去；暴躁的小偷激動咒罵，要求讓他站起來，但凱爾賽特都充耳不聞。最後他終於明白他哪兒也去不了，要凱爾賽特帶他離開太陽下休息一會兒；夏伊環顧四周都是平原，在合理走路範圍內就能到達的陰涼處，就是南邊包圍著德魯伊要塞的森林。派那蒙之前曾經表明他不會接近帕瑞諾，但是現在不是他說了算；夏伊指向南方不到一英哩遠的森林，凱爾賽特點頭表示同意。傷患一看到夏伊建議的地方，氣急敗壞地喊著他寧願死在這裡，也不要被帶進那片森林；夏伊試著說服他，向他保證不會有危險，不過他似乎受到一些有關於帕瑞諾的奇怪傳言所影響；夏伊必須一笑置之，要派那蒙回想他曾經經歷過那些驚心動魄生死交關的冒險。

就在兩人對話期間，凱爾賽特緩緩站起身來掃視四周，在他屈身貼近他們時，他們還在說個不停，然後便突然給了派那蒙一個手勢打斷兩人對話；那小偷點點頭，臉上血色盡失，夏伊憂慮地起身準備查看，但被小偷強壯的手壓下來。

「凱爾賽特剛剛發現我們南邊的灌木叢裡有東西在動，他在這裡無法確定那是什麼，它就在這個戰場邊緣，大約在我們和森林中間的位置。」夏伊臉色瞬間刷白。「準備好你的石頭以防萬一，」派那蒙小聲交代，看來十之八九他認為有第二個骷髏使者潛伏在灌木叢裡，等待太陽下山和他們放鬆戒備的機會。

夏伊擔心地問道，「我們要怎麼辦？」並揪緊胸前的小袋子。

「先發制人！」派那蒙急躁地表示，示意凱爾賽特把他抱起來。巨人順從地俯身將他抱在懷裡，夏伊拿著小偷落下來的劍，默默地跟著凱爾賽特往南方去；派那蒙依舊叨叨絮絮講個不停，一邊敦促夏伊加快腳步，一邊責怪凱爾賽特對傷患太粗魯。夏伊實在無法讓自己放鬆，走在後面左顧右盼，大有草木皆兵之感；他的右手緊緊握著小皮袋，裡面的精靈石是他們對抗黑魔君爪牙的唯一武器。離開他們剛剛和骷髏使者對戰約莫一百碼處，派那蒙突然叫大家停下來，痛苦地抱怨著他肩膀的傷勢，凱爾賽特便輕輕地將他放下來。

「我的肩膀再也受不了這種粗魯的對待了！」派那蒙大肆咆哮，意有所指地看著夏伊。谷地人馬上知道就是這裡了，用顫抖的雙手打開皮袋取出精靈石，凱爾賽特隨手拿著他的釘頭鍾，從容不迫地站在兀自嘀咕的盜賊身邊；夏伊緊張地環顧四周，最後將目光放在他們左方灌木叢裡一個隆起處，有個地方出現非常輕微的動靜。凱爾賽特立刻行動，一個旋身跳進灌木叢中，消失在視線外。

20

接下來完全是一場大亂鬥。一個超高分貝的恐怖叫聲喊得整片灌木林都為之顫動，派那蒙掙扎地爬起來，叫谷地人把劍丟給他；但夏伊置若罔聞，緊握著精靈石僵在原地，驚恐地等著灌木叢裡某個不知名的怪物。派那蒙喊到不支倒地，無力走到夏伊那兒。灌木叢間零星傳出尖叫聲，還隱約帶有拍擊的聲響，接下來是一片靜默；不一會兒，凱爾賽特回來了，手上還拎著一個地精。脖子被鎖住的地精不斷掙扎扭動，還是擺脫不了巨人鋼鐵般的箝制。地精通常都穿著皮外衣、狩獵短靴，腰間還繫著劍帶，而劍正如夏伊所猜想一樣，在灌木叢裡被逮到時給丟了。凱爾賽特走向勉力坐起身的派那蒙，盡職地把俘虜帶向前盤查。

「讓我走，讓我走，我要詛咒你！」地精充滿怨毒地大聲叫罵，「你沒有這個權利！我又沒做什麼事！我跟你說，我甚至連武器都沒有，放我走！」派那蒙饒富興味地地看著這個小東西，如釋重負地搖搖頭，地精接著不斷求饒，讓他忍不住笑出聲。「好個可怕的對手，凱爾賽特！如果你沒抓到他的話，他可能會要了我們所有人的命；那肯定會是一場惡鬥！哈哈，我實在無法相信，我們怕的是另一個黑色怪物！」可是夏伊覺得一點也不好笑，他想起穿越阿納爾時遇到的地精可不是這副模樣，他們既危險又狡猾，他才不認為他們無傷大雅；派那蒙看到夏伊嚴肅的表情，也收起玩心，轉而跟夏伊說。「別生氣，夏伊。我把笑話他們當成娛樂，好讓自己頭腦清醒。好啦，言歸正傳，我們該拿我們這位小朋友怎麼辦啊？」

地精驚恐萬分地盯著眼前不再搞笑的男人，兩眼圓睜，開始哀嚎。「拜託，讓我走吧，」他卑屈地哀求，「我會走得遠遠的，不會跟任何人提起你們；你們說什麼我一定照做，好朋友，讓我走吧。」被凱爾賽特緊緊扣住脖子的地精就快要窒息，派那蒙終究還是示意巨人放開他，讓在半空中掙扎的他回到地面。針對地精的苦苦哀求，派那蒙考慮了一會兒，快速跟夏伊使個眼色後，猛地轉過來面對他們的俘虜，左手前端的短矛直指地精的喉嚨。

「我看不出有什麼理由讓你活命，更別說是放你走了，地精。」他厲聲道，「我想對我們大家都好的辦法，就是現在在這裡就割斷你的喉嚨，之後就不需要再擔心你。」夏伊雖然不信他是玩真的，但是他的聲音聽起來卻是異常認真，嚇破膽的地精一口氣喘不上來，雙手握在前面討饒，哭求的樣子連夏伊都覺得尷尬；但是派那蒙不為所動，就只是坐在那裡注視著那個倒楣鬼被嚇壞的臉。

「不！不！我求你，不要殺我。」地精拼命懇求，瞪得老大的綠色眼睛哀求著每一張臉，「拜託，拜託讓我活命—我還有利用價值，我可以幫忙！我可以告訴你們沙娜拉之劍的事！我甚至可以幫你們得到它！」意外提到沙娜拉之劍，夏伊著實吃了一驚，於是把手放在派那蒙的肩膀上制止他。

「所以你可以跟我們說有關於沙娜拉之劍的事，是嗎？」派那蒙冰冷的聲音聽起來興味索然，完全忽略了夏伊，「你可以跟我們說些什麼？」地精緊繃的身軀稍微放鬆，眼睛也回復正常大小，急切地四處張望，希望能夠抓住任何活命的機會。不過夏伊彷彿看到了些什麼，地精小心掩飾著他的情緒，不讓他的奸巧露出馬腳，瞬間又換上他完全臣服與無助的嘴臉。

「如果你願意的話，我可以帶你去找劍。」他低聲說道，怕有人聽到似的，「我可以帶你去，如果你保證不殺我！」派那蒙抽回左手，短矛在地精脖子上留下一條小小的血痕，凱爾賽特依舊不動聲色，對眼前發生的事似乎一點興趣也沒有；夏伊想要警告派那蒙那個地精的重要性，只要能從他身上挖到一點沙娜拉之劍的蛛絲馬跡都好，但是他知道那小偷想要吊俘虜的胃口故弄玄虛。夏伊不清楚派那蒙對劍的傳說知道多少，到目前為止，他對種族一直表現出漠不關心的樣子，也沒有跡象顯示他知道沙娜拉之劍的歷史；他看著全身直打哆嗦的俘虜，嚴厲的表情略微放鬆，嘴角出現一抹淡淡的微笑。

「這把劍很值錢嗎？我可以換到黃金嗎？」他隨口問道。「對某些人來說，那把劍是無價之寶，」對方保證，點頭如搗蒜，「有人會願意付出一切換得那把劍，在北方大陸…」

他突然住口，擔心他已經透露太多；派那蒙露出豺狼般的微笑，對夏伊點點頭。「這個地精說，那把劍對我們很值錢，」他揶揄著，「地精不會說謊，你會嗎，地精？」地精黃色的頭搖得像波浪鼓似的，「那麼，也許我們應該讓你活久一點，好證明你可以拿出值錢的東西來交換你這副沒用的臭皮囊；我可不想因此丟掉一個賺錢的機會。你意下如何，地精？」

「您的決定真是太正確了！」地精哀嚎著，在派那蒙跟前像狗一樣搖尾乞憐地跪著，「我可以幫忙，我可以讓您變有錢，包在我身上。」

派那蒙臉上堆滿笑意，壯碩的身軀鬆懈了下來，用完好的那一隻手搭載地精窄小的肩膀上，彷彿他們是老朋友似的；他拍著那佝僂的肩膀不下一次，像是要俘虜放寬心的樣子，然後還一邊鼓勵性的點點頭，目光從地精看向凱爾賽特，再看向夏伊，然後又繞回來。「告訴我們你一個人在這裡做什麼，地精⋯⋯」派那蒙催促他回答，「哦，順道一問，你叫什麼名字？」

「我叫奧爾・費恩，是上阿納爾佩歐部落的一名戰士，」他急切地應答，「我⋯⋯我是從派瑞諾來這裡傳信的，但他們全都死了，我也無能為力；然後我就聽到你們的聲音便躲了起來，我怕你們是⋯⋯精靈。」

他停下來，害怕地看著夏伊，年輕的精靈處變不驚，什麼也不做，等著看派那蒙會有什麼反應；派那蒙理解地看著地精，友善地對他報以微笑。「來自佩歐部落的奧爾・費恩。」高大的小偷慢條斯理地複述，「獵人、勇士齊聚的偉大部落。」他搖搖頭，彷彿在惋惜著什麼事似的，然後又轉向地精，「奧爾・費恩，如果你想要證明你的價值，我們一定要互信，謊言只會阻礙我們的夥伴關係。戰場上有一面佩歐軍旗，那是你在地精國所屬的部落，當他們在打仗的時候，你一定也在那裡。」地精啞口無言，骨碌碌的綠色眼睛帶著恐懼和懷疑；派那蒙依舊一派輕鬆地對著他微笑。

「看看你是什麼模樣，身上血跡斑斑，前額還有刀傷。為什麼不說實話？你一定在這裡，對嗎？」極具說服力的聲音誘使對方馬上點頭，派那蒙開懷大笑，「你當然在那裡，奧爾・費恩。當你們遭到精靈攻擊時，你奮力抵抗，直到你受傷了，可能是被擊昏了，嗯，然後你就一直躺在那裡，直到我們過來之前不久才醒來。對不對？」

「對，就是這樣！」地精馬上承認。「不，那才不是事實！」現場氣氛為之凝結，派那蒙臉上笑容依舊，進退兩難的奧爾・費恩眼裡流露出懷疑的神色，嘴邊掛著似笑非笑的表情；夏伊好奇地看著兩人，不知道兩人在玩什麼把戲。

「聽著，你這個說謊的鼠輩，」派那蒙斂去笑意，冷峻的神情令人望而生畏，「打從一開始你就謊話連篇！佩歐人會戴佩章，你卻什麼章都沒有；你才不是在打仗時受傷，你頭上的傷根本就沒什麼！你是個撿破爛的，你是逃兵，對吧？不是嗎？」派那蒙抓住地精的領口猛搖，力量大到夏伊都可以聽到他牙齒打顫的聲音；瘦小的俘虜氣都快喘不上來，無法相信事態發展怎麼會突然急轉直下。「對，對！」他終於坦承，派那蒙用力一甩，將他推到凱爾賽特手中。

「背棄你的族人……」派那蒙一臉不屑地吐出這幾個字，「所有的生物中，最低等的就是背信者。你在這個戰場上從死者身上搜刮了值錢的東西，那些東西在哪裡，奧爾・費恩？夏伊，去搜一搜他剛才藏身的灌木叢。」正當夏伊前去灌木叢，地精發出了最恐怖的尖叫聲，讓他認為凱爾賽特一定是扭斷了地精的脖子，不過派那蒙只是笑笑地對著他點頭示意他繼續，確信地精一定藏了些什麼在灌木叢裡；夏伊穿過濃密的樹枝，仔細搜索有東西藏匿的任何跡象；因為凱爾賽特和地精剛剛一陣扭打，附近地面和樹枝早已經面目全非，眼前實在看不出個端倪。他在附近找了許久，正當打算放棄時，突然瞥見灌木叢另一頭有個東西被樹葉樹枝和泥土給蓋住，只露出一半；他用短獵刀和手，很快就找到一個裝著金屬物品的長型布袋，立刻跟派那蒙說，他找到了些東西，然後馬上聽到俘虜發出一連串哀嚎的聲音。

夏伊把布袋拉出灌木叢，丟到眾人面前，奧爾・費恩簡直就要抓狂，逼得凱爾賽特得用兩隻手才能制住他。

「這裡不管有什麼，肯定對我們的小朋友來說很重要，」派那蒙對夏伊咧嘴一笑，伸手去拿布袋。夏伊走到他身邊，看著派那蒙解開布袋上方的皮繩，把手伸進去一探究竟，不過他馬上又改變主意，抽出手，把布袋裡的東西全部倒出來；其他人看著被地精藏起來的東西，好奇地逐一審視。「垃圾！」派那蒙考慮了一會兒得出結論，「都是垃圾，地精真是蠢到家了，才會擔心這些值錢玩意兒。」

夏伊默默看著地上東西，不過是一些匕首、刀啊劍的之類，另外還有少部分便宜的珠寶在太陽光下閃閃發亮，以及一兩枚地精幣，除了地精之外，這錢幣對其他人來說根本一文不值。這些東西看起來還真是垃圾，不過奧爾．費恩顯然不這麼認為，夏伊忍不住為可憐的地精搖搖頭；當他背棄部落時，他也失去了一切，如今只拿得出手這些個破銅爛鐵和便宜珠寶。現在看來地精得為欺騙派那蒙賠上他的小命了。

「死得真不值，地精。」派那蒙咆哮，向凱爾賽特點個頭後，後者便高高舉起他的釘頭錘，準備了結倒楣的傢伙。「不！不！等等！等一下！拜託！」地精哭喊著，現在他已經死到臨頭，這將是他最後的請求，「關於劍的事，我沒有騙你，我發誓我沒有！我可以幫你找到它！你不知道沙娜拉之劍對黑魔君有多重要嗎？」

夏伊想都不想，便伸出手抓住凱爾賽特的手臂，巨人似乎明白他的意思，慢慢放下了釘頭錘，好奇地看著夏伊；派那蒙火冒三丈準備開罵，但話到嘴邊他就猶豫了，他想知道夏伊之所以在北方大陸的原因，看來跟沙娜拉之劍有很大的關係。他瞪著谷地人，然後又轉向凱爾賽特，無所謂地聳聳肩。

「我們可以晚一點再取你的狗命，奧爾．費恩，如果這又是你的詭計，你的下場自己清楚。在他不值錢的脖子上綁一條繩索，讓他一個人待著；夏伊，如果你可以幫我站起來，並借我靠一下，我想我可以走到樹林那邊，凱爾賽特會盯著我們那聰明的小東西。」

夏伊協助受傷的派那蒙行動。凱爾賽特在地精脖子綁了一條繩子，還另外留了一段可以牽著，雖然很心急，但他還是很認命地讓繩子綁起來。夏伊覺得地精說他知道哪裡可以找到沙娜拉之劍是騙人的，只是在想辦法拖延，找機會逃命；雖然夏伊不會親手殺了他，也不會同意讓人殺了他，不過他還是一點也不同情這個說謊精；奧爾．費恩是個懦夫、背信者、是個撿破爛的腐食者，一個不屬於任何民族或國家的人。夏伊現在知道地精先前的苦苦哀嚎和卑躬屈膝，全是為了掩飾他的奸詐狡猾和不可救藥所精心設計的面具，一旦他認為自己不再有危險後，就會毫不留情地割斷他們的喉嚨；夏伊幾乎有個念頭，希望剛剛凱爾賽特已經了斷那個傢伙的性命，好讓他們不再有後顧之憂。

派那蒙暗示夏伊他已經準備好前往林地，但是走沒兩步路，奧爾．費恩苦苦哀求的聲音就讓他們停下腳步；不開心的地精說，如果不讓他保有他的布袋和寶物，他就拒絕前進，頑固地嚎叫抗議讓派那蒙為之氣結。「有什麼關係呢，派那蒙？」夏伊最後也被煩到受不了，「如果那樣能讓他高興的話，就讓他拿著那些小玩意兒吧，等他安靜下來，我們再處理掉那些東西。」最後派那蒙也不甘願地點頭表示默許，他已經受夠了奧爾．費恩。

「很好，僅此一次下不為例，」得到小偷的允許，奧爾．費恩馬上住嘴，「但是，如果他再一次像這樣哭天搶地的話，我會割掉他的舌頭。凱爾賽特，讓他離那布袋遠點，我可不想讓他拿到武器割斷繩索來對付我們！那些爛刀可能沒辦法做得乾淨俐落，會讓我死於敗血症。」夏伊忍不住噗哧一笑。老實說，這些武器賣相差又俗氣，實在入不了他的眼，但如果落在詭計多端的奧爾．費恩手裡，可能就變成致命的危險武器；凱爾賽特一肩揹起那個布袋和裡頭的東西，一行人繼續往樹林方向前進。

這段路相對短程，但是夏伊因為得支撐著受傷的派那蒙，抵達森林邊緣時就已經累壞了，一行人在小偷的命令下停了下來，為了預防萬一，他派凱爾賽特回去消除他們走過的足跡，另外再多留幾條假線索混淆視聽，以免後有追兵；夏伊並不反對，雖然他也希望亞拉儂和其他夥伴會來找他，但他更擔心地精獵人，或是骷髏使者可能會發現他們的行蹤。把地精綁在樹上後，巨人便折返剛剛的殺戮戰場，抹滅他們走過的證據。不到一個小時天就會完全黑了，夜晚將有助於他們躲避敵人。

「派那蒙，你之前說到會解釋有關於凱爾賽特的事，」夏伊輕聲提到，「骷髏使者怎麼會認識他。」過了一會兒都沒有回應，夏伊起身查看他是不是沒聽見，結果派那蒙正靜靜地看著他。「骷髏使者？看起來你對這整件事瞭解的比我知道的多，你來告訴我有關我的巨人夥伴吧，夏伊。」

「你把我從地精手裡救出來時，說的那些話不是事實吧？」夏伊問道，「他並不是被他族人趕出家門的怪人，他也沒有因為被攻擊而殺害他們，是吧？」派那蒙愉悅地笑著，用他的鐵矛搔起鬍子。

「或許吧，也許那些事情真的發生在他身上，我不知道。我總是覺得他一定經歷過些什麼，導致他跟我這樣的人在一起；他不是小偷，我不知道他是做什麼的，但他是我的朋友。我沒有騙你。」

「他從哪裡來的？」沉默了一會兒後，夏伊繼續問道。「兩個月前我在這裡的北邊找到他，他正離開查諾山到處遊蕩，全身是傷體無完膚，像行屍走肉一樣。我不知道他發生了什麼事，他不說我也不問，他有權隱藏過去，我也是；幾個星期來都是我在照顧他，我懂一點手語，他也瞭解手語，所以我們還能夠溝通，他的名字是我從他的手語猜的。我們對彼此瞭解並不多，只有一點。當他痊癒後，我問他要不要跟我一起走，而他也同意了；我們有過一些美好時光，你也知道，他不是真的小偷真是太可惜了。」

夏伊搖搖頭，對最後一句話忍俊不禁，派那蒙可能永遠也不會改變。但即便是一個小偷，友誼對他們來說彌足珍貴，不容踐踏；就連夏伊都開始覺得跟浮誇的派那蒙產生了某種不太可能會產生的友誼，因為他們的個性和價值觀簡直就是南轅北轍。不過他們都理解對方的感受，他們在戰場上並肩作戰對抗共同的敵人，或許這正是友誼的基礎。

「骷髏使者怎麼會認識他？」夏伊追問。派那蒙聳肩，表示他不知道或是他根本不在乎，不過夏伊覺得一定不是後者，他一定很想找出兩個月前凱爾賽特之所以會出現的原因，他隱藏的過去肯定跟靈界怪物有關。當時在靈界怪物殘暴的眼裡，夏伊發現恐懼的影子，他想不通強大如骷髏使者會害怕這樣的凡夫俗子；派那蒙也看到了，心裡一定也有著同樣的疑問。

等到凱爾賽特加入他們時，只剩下落日餘暉勉強照亮黑暗的森林。現在派那蒙可以自己使得上力了，但還是要求凱爾賽特扶他，直到他們找到合適的營地，因為天黑的太快不適合行進；夏伊則被分配到牽著綁住奧爾・費恩的繩子，雖然不喜歡，他還是沒有怨言的接受。這一次，派那蒙又想丟了那個破舊的布袋和裡頭的東西，但是地精絕不輕言放棄他的寶物，又發出驚天動地的痛苦哀號，那小偷喝令塞住他的嘴，到最後他只能發出隱約的呻吟聲；但是等到他們打算進入森林時，地精乾脆把自己往地上一扔，被派那蒙猛踢狠踹也拒絕起身。雖然讓凱爾賽特一邊扶著派那蒙一邊扛著地精並不是問題，但實在太麻煩，派那蒙暗自咒罵地精，最後還是讓凱爾賽特去撿回布袋，四人才又繼續前進。

當天色已經暗到無法判斷方向時，派那蒙讓大家在一小塊空地前停下來，這裡的大橡樹枝繁葉茂，彼此相連形成一個天然的屋頂遮擋著。將奧爾・費恩綁到樹上後，其餘三人各自生火準備晚餐，等到食物備好，奧爾・費恩也被放下來吃飯；雖然派那蒙並不確定敵人在哪裡，但是他覺得生個火還安全無虞，晚上不會有人追蹤他們

經過一整天的長途跋涉，一行人又累又餓，就連煩人的地精也難得安靜，大口大口地吃著，狡黠的臉靠近火堆取暖，深綠色的雙眼憂慮地看著每一個人。直到晚餐吃完了，俘虜再次被綁回最近的橡樹，在他再三保證絕對不會哀叫之下，便不再塞住他的嘴，然後派那蒙舒適地坐在快要燒完的火堆旁，注意力回到夏伊身上。

「夏伊，是時候告訴我關於那把劍的事了，」他輕快地開場，「不要說謊或有所保留。我保證我會提供協助，但是我們必須互相信任；我已經對你開誠布公，希望你對我也一樣。」

因此夏伊便將一切告訴了他；一開始，他並不打算如此，他也不確定他應該說多少，但是一件接著一件，等他意識到時，他已經全盤托出。派那蒙從頭聽到尾沒有打斷夏伊的話，對他的故事難以置信地瞪大雙眼；深不可測的凱爾賽特坐在他身旁，粗糙卻睿智的臉專注地看著谷地人；奧爾・費恩不安地動來動去，跟其他兩人一起聽著時，喃喃自語說著一些聽不懂的話，雙眼圓睜環顧四周，彷彿黑魔君隨時會來似的。

「這真是我所聽過最不切實際的故事了……」派那蒙最後表示，「實在是太不可思議了，連我都覺得難以置信；但我真的相信你，夏伊。我相信你，因為我親身跟那個黑翼怪獸在平原對戰過，也因為我親眼見識過精靈石的神奇力量。但是關於那把劍和你是沙娜拉家族失落的傳人——我不知道耶，你自己相信嗎？」

「一開始我也不信……」夏伊坦誠說道，「但是現在我動搖了，發生了太多事，我再也無法決定要相信誰或是相信什麼。不管怎樣，我必須歸隊，亞拉儂和其他人現在可能已經找到那把劍了，有關我的身世和那把劍的威力，他們可能會有解開這一切謎團的答案。」

奧爾・費恩突然狂笑。「不！不！他們沒有拿到！」他尖聲喊叫，「不！不！只有我能讓你找到那把劍！我能帶你去找它！只有我！你可以去找，哈哈哈哈，儘管去找。只有我知道它在哪裡！我知道誰拿了那把劍！只有我！」

「我想他可能瘋了。」派那蒙嘀咕著，命凱爾賽特把地精的嘴重新塞起來。「明天早上我們再來研究他知道些什麼，雖然我很懷疑，但如果他知道有關沙娜拉之劍的任何事，他會告訴我們的！」

「你想他可能知道劍在誰的手裡嗎？」夏伊認真地問道，「那把劍意義重大，不光是對我們，而是對四方大陸所有人民而言皆為如此。我們一定要挖出他到底知道些什麼。」派那蒙輕蔑地嘲諷「你還想為人民請命，真是讓我熱淚盈眶，見他的大頭鬼，我才不在乎咧，他們從來沒有為我做過什麼。」他看向夏伊失望的臉，毫不在乎地聳肩，「不過，我對那把劍還是很好奇，所以我還是很樂意幫你；畢竟，你有恩於我，我不會過河拆橋忘恩負義。」

凱爾賽特塞住地精的嘴後，重新加入他們坐在火堆旁；奧爾．費恩兀自發出一連串尖銳的笑聲，一邊念念有詞顛三倒四說著一些渾話，塞了布條也無法完全讓他發不出聲音。

「你為什麼會認為？」派那蒙重新開口，「那個北方怪物相信我們把沙娜拉之劍藏了起來？這真的很奇怪，他說他可以感覺到劍在我們手上，你要怎麼解釋這一點？」夏伊想了一想，最後還是不確定地聳聳肩。

「一定是因為精靈石的關係。」派那蒙同意，若有所思地用好的那一隻手撫摸下巴，「有可能。坦白說，我還是不瞭解。凱爾賽特，你認為呢？」

岩石巨人嚴肅地看著兩人，然後用手比出好幾個簡短的手勢，派那蒙專注地看著，然後一臉不屑地轉向夏伊。「他認為那把劍非常重要，而且黑魔君對我們所有人是極大的威脅！」那小偷開懷大笑。「那把劍非常重要！」夏伊複述，便不再說話，各自陷入沉思之中。

夜已深，微弱的火光外是深沉的黑夜，派那蒙又說了好一會兒的話，等到火堆完全燒盡，他起身踢了踢餘燼，然後向其他夥伴道了晚安，終於不想再繼續談下去；凱爾賽特蓋了毛毯後也馬上倒頭睡著，夏伊甚至還沒選好適合的地方來睡。歷經了長途跋涉以擊和骷髏使者的對決，讓谷地人感到異常疲累，躺下來踢掉靴子後，隨意望著頭上繁茂的枝葉，和隱隱約約露出來的夜空。

夏伊想著發生在他身上的一切，從穴地谷開始一路跋山涉水，咬緊牙關撐過來，但他依然不知道是為了什麼。神秘的亞拉儂可能是唯一一個知道所有解答的人。為什麼他不在一開始就將一切告訴夏伊？為什麼他總是語帶保留，讓他們無法徹底瞭解沙娜拉之劍未知的力量？

他轉身側躺，看著睡在他不遠處的派那蒙，還可以聽到凱爾賽特沉重的呼吸，伴隨森林夜晚的聲音有節奏的響著；奧爾．費恩靠在綁著他的樹坐著，他的眼睛像貓一樣在夜裡閃閃發光，視線定在夏伊身上一動不動。夏伊和他四目相交，被他看得渾身不自在，但最後他還是強迫自己翻過身並閉上眼睛，很快就進入夢鄉；他記得睡著前的最後一件事，就是緊緊抓著胸口前的小皮囊，不知道精靈石的力量在未來幾天能不能繼續保護他們。

夏伊在天還沒全亮前，就被派那蒙一連串惡毒的咒罵聲給驚醒，他幾乎是呈現暴走狀態，一邊用力跺步一邊破口大罵；夏伊還搞不清楚發生了什麼事，他揉揉惺忪睡眼，用手肘撐起身體，瞇著眼到處張望。他覺得他好像只睡了幾分鐘，全身肌肉痠痛，腦袋也一片混沌，派那蒙繼續大發雷霆，凱爾賽特則靜靜跪在橡樹旁，此時夏伊才明白，奧爾・費恩不見了。

他連忙起身跑過去，一看不得了，他最擔心的事還是發生了；綁著地精的繩索斷成好幾截落在樹幹旁邊，他逃跑了。夏伊失去了找到寶劍的機會。「他怎麼跑掉的？」夏伊生氣地質問，「我以為你把他綁得牢牢的，不會讓他拿到任何可以割斷繩索的東西！」派那蒙看著他，彷彿他是個蠢蛋，毫不掩飾一臉不屑的表情。「我看起來像笨蛋嗎？我當然有綁好他，不讓他碰到任何武器；我甚至還把他綁在該死的樹上，還塞住他的嘴以防萬一。那小惡魔並沒有割斷繩索，而是用嚼的！」現在換成夏伊瞪大雙眼。

「我沒開玩笑，這些繩索是用牙齒咬斷的，這鼠輩比我想得還詭計多端。」派那蒙氣道。「或許是被逼急了狗急跳牆，」谷地人經過沉思後說，「我在想為什麼他沒有殺了我們，他對我們應該恨之入骨吧。」

「做出這樣的提議，你真是太沒有慈悲心了，」對方假裝不相信，「既然你問了，我就來告訴你為什麼。他害怕他這麼做的話會被逮到，那個地精是個背棄族人的人，最低等的懦夫；除了落跑，他沒那個膽做其他事！什麼事，凱爾賽特？」巨人遲緩地移到他身旁，快速比了幾個手勢然後指著北邊，派那蒙厭惡地搖著頭。

「沒骨氣的老鼠今天一早就跑了；更糟的是，那個蠢蛋往北邊逃了，我們追去的話不太妙，他的族人可能會找到他，並替我們把他給了結了，他們不會庇護一個叛逃者。呸，就讓他走吧！他不在更好，有關沙娜拉之劍的事說不定是他在說謊。」夏伊含糊地點頭，不全然相信地精說過的話全是謊言，他表現地非常肯定他知道沙娜拉之劍的下落，以及誰拿了它。現在他已經知道一切秘密，這一點讓夏伊非常緊張，他會不會跑去找劍了？

「忘了這一切吧，夏伊，」派那蒙無可奈何地說，「那個地精怕我們怕得要死，他只想逃命；他說他知道劍在哪裡只是他在耍的一個小把戲，好拖延我們殺了他的時間，直到他找到逃跑的機會。你看看！他匆匆忙忙地離開，連他寶貝的布袋都忘了。」

夏伊現在才注意到那個布袋開口打開著躺在空地的另一邊。這實在很奇怪，奧爾・費恩這麼死皮賴臉地製造一堆麻煩，就是要俘虜他的人拿著它一起走，結果他卻拋棄了他視若珍寶的布袋；夏伊疑心地看著那個布袋，走過去把裡面的東西全倒了出來，刀劍、匕首、珠寶匡啷落地堆成一座小山。凱爾賽特也來到夏伊身邊，研究起這些被地精拋棄的東西，彷彿裡頭藏了什麼秘密似的；派那蒙看了一會兒，也念念有詞地加入他們，看了看這些武器和珠寶。

「我們就走我們的吧！」他輕聲提議，「我們必須要找到你的朋友，夏伊，或許有了他們的協助，我們可以找出那把劍的下落。你在看些什麼？你已經看過那些沒用的垃圾了，又沒有變。」

然後夏伊注意到了。「不一樣⋯」他緩緩地道出，「不見了，他拿走了。」

「什麼東西不見了？」派那蒙暴躁地吼叫，朝著那堆垃圾踢了一腳，「你在說些什麼？」「那把古老的劍，外頭套著一個皮製的劍鞘，上面有一隻手和一個火炬。」派那蒙很快掃過那一堆刀劍，好奇地皺著眉頭，凱爾賽特忽然站挺身來，睿智的雙眼直視夏伊，他也知道了。「所以他拿了一把劍，」派那蒙咆哮著，「這並不表示他⋯」他猛地打住，震驚地下巴都掉了下來，不可置信地翻了白眼「喔，不！不會是的，不行！你是說他拿了⋯？」

派那蒙語塞，夏伊絕望地搖頭。「是沙娜拉之劍！」

21

當天早上，夏伊和他的新夥伴面臨著可怕的事實，奧爾．費恩帶著沙娜拉之劍逃之夭夭；同一時間，亞拉儂和其他夥伴也陷入他們自己的難關。在神秘學家的帶領下，他們很快就逃出德魯伊要塞，穿越如迷宮般的隧道走到山下的森林，一路上都沒有遭遇阻礙，只在通道附近看到幾個行色匆匆的地精；等到一行人完全離開禁忌的高地，朝著北方前進穿越森林時，已經是日暮時分。

亞拉儂篤定地精在他們和骷髏使者交手前已經將沙娜拉之劍移走，但無法確切知道他們是在什麼時候完成這項任務；伊凡丁一直在帕瑞諾森林北邊巡邏，想要從那裡運走寶劍勢必會遇上他的士兵。或許精靈王已經得到了沙娜拉之劍，或許他甚至找到了失蹤的夏伊，亞拉儂原本預期他們能在德魯伊要塞相遇，現在他實在很擔心這個小谷地人；當他在龍牙山脈用靈力尋找他時，確實看到夏伊和其他人往北朝著派瑞諾前進，看來是有事發生讓他們改道而行。儘管如此，夏伊是個機伶的傢伙，還有精靈石的力量保護著他，德魯伊只希望他們能夠儘快找到對方，別再橫生枝節，也希望夏伊平安無事。

不過，亞拉儂還有其他憂心的事。現下，地精增援部隊開始大舉進駐，花不了多少時間，亞拉儂等入侵者已經逃出城堡，跑進帕瑞諾周圍森林裡；事實上，地精根本搞不清楚他們要找誰，他們只知道有人侵入城堡，他們必須抓到或是消滅入侵者。黑魔君的特使還未抵達，而他本人也還不知道獵物已經逃了，自以為麻煩的亞拉儂已經葬身火海、沙娜拉的傳人等一竿人都成了階下囚，而沙娜拉之劍也在運往北方大陸途中，正心滿意足地在他的領地休息；為了確保寶劍不被奪走，他提早派了骷髏使者南下，現在應該已經攔截到珍貴的寶物。而新進駐的地精開始大舉搜查帕瑞諾周遭森林，尋找不明入侵者，因為認為他們會往南逃，便將大部分的搜查兵派往南邊。

亞拉儂一行人持續朝北邊前進，但是隨著搜索的地精愈來愈多，他們行進的速度愈來愈慢；如果他們往南走的話，肯定逃不過地精的法眼，但敵人多數都往南邊去找，因此他們採用欺敵策略，躲避地精的追緝；等到他們走出森林時，天已經微微發亮，遼闊的史翠里漢平原近在眼前。亞拉儂轉身面對大家，帶著倦意的臉表情嚴肅，但目光卻相當堅決有神；他審視著每一張臉，彷彿第一次看到大家似的，最後他終於開口說話。

「我們已經到達終點了，朋友們；帕瑞諾之旅到此結束，大家解散的時間到了，個人去走個人的路。至少就此時而言，我們已經失去拿回沙娜拉之劍的機會，而夏伊仍然行蹤不明，我們無法確定要花多久時間才能找到他。但此時我們面臨最大的威脅是北方的入侵，我們必須保護自己，以及各方大陸的族人；我們沒有看到原本應該在這個區域巡邏的精靈軍隊，看來他們已經撤軍了，而撤退的唯一理由就是黑魔君已經開始南下。」

「所以說，他已經開始入侵了嗎？」巴力諾簡短提問。

亞拉儂嚴肅地點頭，其他人面面相覷。「沒有劍就無法打敗黑魔君，因此我們必須阻止他的軍隊；為了達成這個目的，我們必須儘快聯合自由國家，現在說不定為時已晚。布羅納將派兵攻佔整個南方大陸中心地帶，為此他只需消滅卡拉洪的邊境軍團就能得逞；巴力諾，邊境軍團必須守住卡拉洪，為其他國家爭取更多的時間組成聯軍，好擊退入侵者；都林和戴耶可以跟你一同返回泰爾西斯，再從那裡回到他們的祖國。

伊凡丁應該是率兵越過史翠里漢平原去支援泰爾西斯，如果泰爾斯西失守，黑魔君就達到讓聯軍無法組成的目的了，更糟的是，整個南方大陸將門戶洞開任人宰割。人族一定無法及時成軍，卡拉洪的邊境軍團是他們的唯一機會了。」

巴力諾點頭表示同意，隨即轉向韓戴爾。「侏儒可以提供什麼支援？」

「伐夫利市是卡拉洪東陲重鎮，」韓戴爾仔細斟酌情勢，「我的族人必定會捍守任何企圖穿越阿納爾的攻擊，但是我們可以分出足夠的人力協防伐夫利，但是你們必須守住肯恩和泰爾西斯。」

「精靈軍隊可以從西邊挹注兵力。」都林馬上承諾。

「等一下！那夏伊怎麼辦？你們好像忘記他了，是不是？」曼尼安難以置信地大聲叫嚷著。

「還是一樣口不擇言。」亞拉儂陰鬱地表示；曼尼安惱羞成怒，滿臉脹紅等著聽他要說些什麼。「我不會放棄尋找我弟弟！」弗利克輕聲說道。

「我猜你也不會，弗利克。」亞拉儂頷首微笑，「你跟曼尼安還有我會繼續搜尋我們的小兄弟和失落的劍。記得亡靈布萊曼對我說過的話，夏伊會是第一個拿到沙娜拉之劍的人，說不定他已經這麼做了。」

「那我們就趕快出發！」曼尼安暴躁地提議，避開德魯伊的眼睛。「我們現在該離開了，」亞拉儂宣布，另外還特別強調，「但是你必須明白要看緊你的舌頭，利亞王子說話必須有智慧，必須經過深思熟慮，要有耐性和判斷力，而不是魯莽的亂發脾氣。」

曼尼安不情願地點頭，七人心中五味雜陳互道再見後便各自離去。巴力諾、韓戴爾、和精靈兄弟往西越過夏伊和其他夥伴過夜的森林，希望繞過森林後再往南穿越龍牙山脈北邊山區，以期在兩天內抵達肯恩和泰爾西斯；亞拉儂和另外兩人則往東尋找夏伊的下落，他相信谷地人一定是朝北往帕瑞諾方向前進，也許在附近被地精給俘虜了。

救出他不是件容易的事，但亞拉儂最害怕的是黑魔君得知他被抓的消息，發現他是誰後，會馬上處決他；如果事情演變至此，那麼沙娜拉之劍也無用武之地，他們便只能仰賴其他三方大陸的軍隊能夠挺過去。這不是個樂觀的想法，亞拉儂馬上將注意力轉移到前方土地。

在隊伍最前面走著的曼尼安，雙眼緊盯著路上行跡，檢視所有經過的腳印，他最擔心的是天氣，一旦下雨，他們就找不到足跡了；即便是晴天無雨，平原上突然颳起的大風也會抹去任何人走過的痕跡。弗利克盡職地走在最後，衷心希望他們能夠找到夏伊的下落。

到了中午時分，日正當中的熾熱艷陽讓人不敢逼視，三名旅人盡可能貼著森林邊緣的樹蔭前進，最後兩個南方人已經累到寸步難移，亞拉儂便叫停，帶他們到涼爽的樹蔭下，簡單吃了麵包和肉乾果腹。弗利克很想問亞拉儂關於夏伊獨自一人在那荒蕪的地方存活的機會有多少，但是他開不了口，因為答案非常明顯；現在其他人都離開了，他覺得異常孤單，他對謎樣的德魯伊總是敬而遠之，覺得他跟骷髏使者一樣神秘而且致命，他還是不朽亡靈布萊曼的化身，既強大又睿智，看來並不屬於弗利克所屬的人間，更像跟黑魔君同屬一個世界。弗利克無法忘記這個神祕學家和危險的骷髏怪物之間的激烈交戰，亞拉儂九死一生，逃過任何一個凡人都無法躲過的劫難，簡直是不可思議，甚至是恐怖；只有巴力諾看起來有辦法應付德魯伊，但是現在他離開了，讓弗利克覺得孤單又沒有安全感。

而曼尼安又更沒把握了，他並不是真的怕德魯伊，但是他認為那個巨人對自己沒有太多的想法，帶他來只是因為夏伊要他，即使在連弗利克懷疑他的動機時，夏伊都相信他。但是現在夏伊不見了，曼尼安覺得只要再次激怒德魯伊，那個陰晴不定的神秘學家將會永遠把他趕走；因此他默默地吃著一句話也沒說，此時此刻識時務者為俊傑。

吃完安靜的一餐後，德魯伊示意兩人起身，繼續沿著森林邊緣朝著東方前進，他們疲憊的雙眼不斷來回掃描，尋找失蹤的夏伊；這次只走了十五分鐘，他們就發現了不尋常的跡象，曼尼安幾乎是馬上就鎖定這些足跡，看來幾天前有大批地精士兵經過這裡。他們跟隨足跡往北走了大約半哩路，來到一塊微微隆起的土丘，遠遠就發現戰死的地精和精靈遺體，他們緩緩走近白骨和腐肉的墳場，恐怖的屍臭味陣陣撲鼻而來；弗利克再也無法邁進，站在原地看著另外兩人走進一堆遺骸之中。

亞拉儂穿梭在死屍間，檢視被扔下的武器和軍旗，只匆匆掃過骸骨；曼尼安又發現一組新的足跡，眼睛盯著地上，開始在戰場上移動。弗利克遠遠地從他這裡看不清楚他們在做什麼，但高地人好像原地折返了好幾次，纖細的手放在眼睛上方遮擋陽光，像是在找些什麼似的；最後，他往南朝著森林方向前進，又緩緩走到弗利克所在的位置，低頭沉思，然後停在一堆灌木叢旁，單膝跪下，顯然是在觀察有趣的東西。

好奇的谷地人逐漸忘記他對戰場和屍體的厭惡感，快步向前；正當他來到曼尼安身邊時，亞拉儂突然驚聲大叫，兩人全都停下來盯著他瞧。亞拉儂低著頭像是在確定什麼，然後轉身大步走向他們；當他抵達時，滿臉通紅難掩興奮之情，看到他那抹熟悉的嘲諷式微笑漸漸擴展為咧嘴大笑，他們全鬆了一口氣。「太神奇了！真是太神奇了！我們年輕的朋友比我想像的還要機伶。

我在那邊發現一堆灰燼，那些是骷髏使者剩餘的遺體；凡人無法消滅那個怪物，那是精靈石的力量！」

弗利克充滿希望地大叫「那麼夏伊在我們之前到過這裡！」。亞拉儂肯定地點點頭，「其他人無法使用那些石頭的力量，地上的痕跡顯示這裡曾經經歷過一場惡鬥，而且夏伊並非獨自一人；但是我無法判定跟他在一起的人是敵是友，也無法確定北方怪物是在地精和精靈開打時還是開打後才被消滅。你找到了什麼，高地人？」

「很多條故佈疑陣的行跡，是個非常聰明的巨人留下的，」曼尼安彆扭地回應，「多數腳印我都看不出來，但是我很肯定岩石巨人來過這裡，他在這裡到處留下腳印，但沒有一個指明方向；不過，還有跡象顯示這些灌木叢曾經發生過扭打，看到這些彎曲的樹枝和剛掉落的葉子了嗎？但更重要的是，有個腳印來自矮小的人，很有可能是夏伊。」

「你認為他被巨人抓走了嗎？」弗利克擔心地問道。曼尼安微笑以對，然後聳聳肩。「如果他有辦法對付骷髏怪物，我懷疑一個尋常巨人能耐他何。」

「精靈石沒有辦法對抗一般生物，」亞拉儂冷漠地指出，「有沒有任何清楚的跡象顯示這個巨人往哪裡去了？」曼尼安搖搖頭給予否定的答案。「為了更加確定，我們必須馬上找出相關足跡。這些足跡至少是一天前留下的，巨人離開的時候非常清楚他在做什麼，我們可能永遠也無法確定他走哪一條路。」

弗利克一聽，心都沉了；如果夏伊真的被這個神祕的生物帶走，那麼他們可能又走入了另一個死胡同。

「我找到了一些別的線索，」亞拉儂一會過後說道，「一面破損的艾力山鐸家族的軍旗，那是艾凡泰私人的旗幟，他可能也加入了這場戰役，或許被俘虜了，甚或是遇害了。很有可能是地精企圖帶著沙娜拉之劍逃出帕瑞諾，結果遭遇到精靈王和他的戰士們；若是如此，那麼伊凡丁、夏伊和劍，可能都落入敵人手裡。」

「有一件事我很確定，」曼尼安馬上說道，「巨人的腳印和灌木叢裡的打鬥都是昨天發生的，而地精和精靈之間的戰事已經發生了好些日子。」

「沒錯，我認為你是正確的，」德魯伊也同意曼尼安的想法，「這裡發生過太多事，我們不能夠將我們所知道的片面事實拼湊在一起，我想我們在這裡沒有辦法找到所有答案。」

「現在我們該怎麼辦？」弗利克著急地問。

「有一些行跡是往西穿越史翠里漢，」亞拉儂若有所思，說話時還看著那個方向，「那些足跡很模糊，很有可能是這場戰役的倖存者所留下的……」

他疑惑地看著沉默的曼尼安，尋求他的意見。「神秘的巨人不是走那條路，」曼尼安擔心地表示，「如果他在離開時留下了這樣一條清晰的腳印，就不會費心做出那麼多條假的足跡！我不喜歡這樣。」

「我們有其他的選擇嗎？」亞拉儂堅持，「這個戰地上唯一一條清晰的足跡是往西邊去，我們必須跟著那些腳印，抱持最大的希望。」

不管是誰留下這些足跡，可能會跟夏伊有關，弗利克向曼尼安點點頭，表示他同意亞拉儂的建議，同時也注意到高地人臉上愕然的表情，顯然曼尼安對於這樣的決定很不高興，他相信會有另一條行跡，從中可以找到更多有關於巨人和骷髏怪物的跡象。亞拉儂招手叫喚他們，折返史翠里漢平原到帕瑞諾西部；弗利克回頭看了一眼，那些人的屍骨在高溫下烘烤腐爛，他不禁搖搖頭，也許他們的下場也會是如此。

三人一路朝著西邊前進，彼此並不多話，各自陷在自己的思緒中，漫不精心地跟著眼前的足跡走，直到夜色暗到無法繼續，亞拉儂指示他們進到森林邊緣，準備紮營過夜。他們現在已經來到帕瑞諾森林的東北隅，再度面臨被地精或是狼群發現的危險，德魯伊解釋雖然他們現在有著被發現的危險，但他相信此時搜尋的任務已經因其他緊急事項而取消；以防萬一，他們還是不生火，整晚持續注意有無狼隻靠近，弗利克暗自祈禱狼群不會太靠近平原，而是待在黑暗的森林裡，往德魯伊要塞那邊去。

他們草草吃完一餐後，便直接就寢，曼尼安先守夜再跟其他人輪流；睡了好一會兒的弗利克被高地人叫醒輪值時，總覺得自己好像才剛入睡似的；午夜時分，亞拉儂無聲無息地走近，讓弗利克回去睡覺，此時谷地人才守了一個小時，不過他還是聞言照做。

等到弗利克和曼尼安再度醒來時，天已經破曉，灰白中夾雜著淡紅色的曙光不知不覺透進樹蔭裡，他們看到德魯伊平靜地靠著一棵榆樹回望著他們，他坐在那裡一動不動，看起來就像是樹的一部份，他們知道亞拉儂一定一夜未眠守護他們。快速吃完早餐後，他們就離開森林繼續往西邊走，但沒多久，一行人全都驚懼地停了下來；隨著太陽從東邊山頭逐漸升起，他們附近的天空是一片清澈淡藍，但是北方天際卻是烏壓壓地一片，彷彿地球上所有雷雨雲全部聚在一起，形成一堵黑色的巨牆，延伸整個北方大陸，烏天暗地讓人怵目驚心，而它的中心就是黑魔君的王國。

「那是怎麼一回事？」曼尼安勉強擠出問題。亞拉儂一言不發，出神地注視著黑暗的北方，下巴肌肉緊繃，眼睛也瞇了起來；曼尼安在一旁靜候，最後德魯伊才明白曼尼安在跟他說話，轉過來面對他。「這是末日的開始。布羅納已經昭告天下他要開始征戰，那股黑暗將隨著他的軍隊橫掃南方，再來是東方和西方，直到整個地球都籠罩在黑暗之中。當太陽消失在四方大陸之際，自由也將死去。」

「我們被打敗了嗎？」弗利克問道，「我們真的被打敗了嗎？我們已經毫無希望了嗎，亞拉儂？」他憂慮的聲音觸動了德魯伊的心弦，於是默默轉向他，看進他因為害怕而睜大的雙眼「還沒有，我年輕的朋友，還沒有⋯⋯」

亞拉儂帶著兩人又往西走了好幾個小時，一路上緊貼著森林邊緣，並警告曼尼安和弗利克注意敵人跡象。既然黑魔君已經展開佔領行動，骷髏使者白天也會出現，不再害怕陽光，也不必再隱藏行跡；主人躲在北方大陸的日子已經結束，現在，他將進駐其他大陸，派出忠心的靈界怪物當作先頭部隊；他會賜予他們足夠的力量抵禦日光，那籠罩著骷髏王國的烏雲很快將會擴及四方，光明的日子已經接近尾聲。

接近中午時，三人開始往南走，沿著帕瑞諾森林西緣前進。他們所跟隨的腳印在這裡和從北方南下的足跡會合，繼續往南朝著卡拉洪的方向移動；這些足跡範圍很大也很明顯，完全沒有隱藏他們的人數和行進方向的意圖。曼尼安根據這些行跡的寬度和壓痕，斷定幾天前至少有好幾千人從這裡經過，是地精和巨人所留下的腳印，顯然是黑魔君北方部眾其中的一部份；陸陸續續又有其他團體加入，讓他們原先所追蹤的足跡變得難以辨識，亞拉儂現在肯定大軍已經在卡拉洪北邊的平原集結，打算肅清南方大陸。

接下來他們一直往南走，以期能在天黑之前趕上北方大軍。部隊走過的足跡實在太明顯，曼尼安只是出於習慣看看被踏平的土地；荒蕪的史翠里漢平原到這裡開始長出青草，對弗利克來說，現在就像是要回家的感覺一樣，熟悉的穴地谷山丘彷彿就近在眼前，直到一天很快就過去了。

等到他們又開始踏上旅程，溫暖的太陽已經高掛在天空；到了下午風雲突然變色，深灰色的烏雲瞬間遮蔽了明亮的太陽，空氣變得又濕又黏，一場暴風雨即將來襲。此時他們已經到達帕瑞諾森林的最南邊，再過去就是龍牙山脈，但是現在還是不見大軍蹤影，曼尼安開始擔心他們到底已經南侵多遠；越過龍牙山脈就是卡拉洪了，這裡距離邊界並不遠，如果北方大軍已經拿下卡拉洪，那麼末日就真的降臨了。

聽到隆隆作響的聲音時，已經是黃昏時分。曼尼安想起他曾經在進入阿納爾森林前聽過這個聲音，那是地精擂鼓的聲音；陣陣鼓聲穿透濕黏的空氣，在夜裡平添緊張氣氛，就連大地也為之撼動。曼尼安藉由鼓聲的強度判斷，他們的距離比之前在翡翠隘口遇到的地精要來得遠，如果北方大軍的規模可以透過鼓聲來衡量，那麼人數肯定是成千上萬；他們快速往前推進，震天價響的戰鼓聲更是懾人心魄。厚重的烏雲依舊籠罩著夜空，曼尼安和弗利克已經看不到路，沉默的德魯伊像是裝了雷達般精準地帶著他們進入帕瑞諾南方的低地；沒有人開口說話，因為他們知道敵營就在前方不遠處。

前面的地形突然從灌木散生的低矮丘陵，變為滿佈樹枝和石塊的陡坡，在幾近黑暗中，亞拉儂還是正確無誤踏出每一步，兩個南方人認份地緊跟在後；曼尼安猜測他們一定是到了龍牙山脈上的山麓丘陵，亞拉儂選擇此路應該是為了避免跟北方士兵正面衝突。現在還是無法斷定敵軍確切的紮營地，但是從鼓聲來源推測，他們應該是在敵軍上方。三人小心翼翼地在黑暗中迂迴前進。走了大約一個小時後，他突然轉過來面對他們，警告意味濃厚地把食指放在噘起的嘴唇上，然後慢慢地、小心地，走進一堆巨石中，悄無聲息地往上爬著；突然間，遠處出現微弱的火光，他們手腳並用爬上巨石邊一塊向上傾斜的石板，緩緩地探出頭屏息俯視。

結果三人莫不震懾。在他們視線所及，四面八方綿延數哩全是北方大軍的營火，來回穿梭在亮光之間的是短小精幹的地精和魁梧奇偉的巨人；成千上萬，全副武裝，全員待命等著一舉南下殲滅卡拉洪王國。曼尼安和弗利克實在難以相信，就算是傳奇的邊境軍團可能都無法擋住如此浩大的兵力，彷彿地精和巨人所有人口全部都聚集在下面的平原。為了避開偵查兵或是衛兵，亞拉儂沿著龍牙山脈西部邊緣接近敵軍，現在三人在巨石上就像在桅杆上的瞭望台，居高臨下一覽無遺，他們的祖國要如何抵擋得住如此壯盛軍容，這是第一次他們完全理解他們要對抗的是什麼；之前，只聽聞亞拉儂口頭描述所謂的入侵，如今親眼所見，也明白了為什麼如此迫切需要神秘的沙娜拉之劍，他們需要借助它的力量來摧毀組織大軍對付他們的邪惡勢力。但現在為時已晚。

他們無言看著敵軍營區許久，曼尼安觸碰亞拉儂的肩膀，正準備開口時，德魯伊馬上用手摀住高地人的嘴，指了指他們躲藏的斜坡下方，曼尼安和弗利克小心地往下看，驚訝地看見地精守衛在附近巡守；沒有人料想到敵人會在離營地這麼遠的地方派駐守衛，很顯然他們不想冒任何風險。亞拉儂示意兩人離開，他們馬上照做，跟著他爬下石頭；等到他們全都平安下來，德魯伊馬上跟他們聚在一起，商討他們所面臨的困境。

「我們必須非常安靜，」他用低沉緊繃的聲音警告兩人，「我們的聲音可能會被石壁反射到平原，那些地精就會聽到！」曼尼安和弗利克點頭表示理解。

「情況比我想的嚴重，」亞拉儂繼續說道，「看來北方大軍在這裡集結了所有兵力準備攻擊卡拉洪；布羅納打算直取南方大陸，截斷東西結盟，然後再各個擊破。他已經把持了卡拉洪北部，我們必須警告巴力諾和其他人！」他停了一會兒，然後滿懷希望地看向曼尼安。

「現在我不能離開，」曼尼安反應激昂，「我必須幫你找到夏伊！」

「我們沒有時間在這裡辯論事情的輕重緩急，」亞拉儂幾乎是用威脅的口氣，手指像把匕首對著高地人的臉，「如果沒有人向巴力諾示警，卡拉洪便會淪陷，然後是整個南方大陸，包括利亞。現在就是你開始為你的人民著想的時候，夏伊只是一個人，現在你什麼事都無法為他做，但是你卻能夠為那些即將因為卡拉洪淪陷而面臨黑魔君奴役威脅的千萬個南方子民做些什麼！」

亞拉儂冷酷的聲音讓弗利克覺得有一股寒意從脊椎一路冷上來，他可以感覺到身邊的曼尼安全身緊繃，但是面對這樣嚴厲的訓斥，利亞王子保持緘默，和德魯伊僵持不下相互瞪視；然後，曼尼安突然撇開視線，快速點頭，弗利克如釋重負嘆了一口氣。

「我會去卡拉洪警告巴力諾，」曼尼安嘀咕著，聲音中仍帶著怒氣，「但是我會回來找你。」

「你知會其他人之後，就照你的意思做吧。」亞拉儂冷酷地回應，「不過，試圖闖過敵軍陣線充其量不過是匹夫之勇。弗利克和我一定會試著找出夏伊和劍，我們不會丟下他，高地人，我向你保證。」

曼尼安一臉懷疑地看著他，但是德魯伊眼神清澈坦率，他沒有騙人。「沿著這條山脈走，直到你越過敵軍警戒線，」亞拉儂平靜地建議，「抵達肯恩上方的摩米頓河後，在天亮前過河進城。我預期北方大軍會先揮軍肯恩，那個城市可能抵擋不住這種規模的兵力；那裡的人民應該在入侵者截斷退路前先撤到泰爾西斯。泰爾西斯地處高原，後有高山為靠，易守難攻，面臨任何攻擊可以挺個幾天不成問題；這樣的時間也夠都林和戴耶回到家鄉，率領精靈軍隊前來支援，韓戴爾應該也能從東方大陸提供協助。也許卡拉洪能夠撐住，爭取時間動員三方大陸組成聯軍，共同對抗黑魔君。在沒有沙娜拉之劍的情況下，這是我們唯一的機會！」

曼尼安點頭表示理解，然後轉向弗利克，伸出手與他道別；弗利克微微一笑，緊緊地握住他的手。「祝你好運，曼尼安・利亞。」

亞拉儂走向前，將手放在高地人的肩膀上。「切記，利亞王子，我們就靠你了。卡拉洪人民必須知道他們所面臨的危險，如果他們動搖了或是遲疑了，他們就輸了，整個南方大陸將跟著他們一起沉淪。不要失敗。」

曼尼安迅速轉身，德魯伊和谷地人默默看著他離去，直到他的身影消失在視線範圍；兩人又站在原地好一會兒，接著亞拉儂對弗利克說道。「我們現在的任務是找出夏伊和劍，」他壓低聲音又說了一次，重重地坐在一顆岩石上，弗利克走過去更靠近他一點，「我也很擔心伊凡丁，我們在戰場上找到那面破損的旗幟是他的私人旗幟，他可能已經被俘，如果是的話，在他被救出之前，精靈軍隊可能會按兵不動；他們非常愛戴他，不願冒任何風險危及他的性命，即便是出兵救南方大陸亦然。」

「你是說精靈人民不在乎南方大陸的人民怎麼了嗎？他們不知道如果南方大陸淪落黑魔君手中的話，他們會怎麼樣嗎？」弗利克難以置信地驚呼出聲。「事情並沒有那麼簡單，」亞拉儂深深嘆了一口氣，「追隨伊凡丁的人知道危險之所在，但是其他人卻認為精靈應該置身其他大陸之事外，除非他們直接遭到攻擊或是威脅；現在伊凡丁下落不明，情況就更加渾沌了。光是討論是非對錯恰當與否可能就會延誤精靈軍隊的行動，等到想幫時已經來不及了。」

弗利克緩緩點頭，想到之前在庫海文時，韓戴爾也說過類似的話，實在很難想像在面臨這麼危險的情況下，人們還這麼優柔寡斷舉棋不定；不過夏伊跟他初聞夏伊的身世和骷髏使者的威脅時，也同樣嗤之以鼻，直到他們親眼見證之後……

「我必須知道那個營地發生了什麼事。」亞拉儂堅定的聲音打斷弗利克的思緒，他想了想後，盯著小谷地人猛瞧。「我年輕的朋友，弗利克……」他在黑暗中微微一笑，「你想不想成為地精啊？」

22

就在夏伊仍舊失蹤，而亞拉濃、弗利克和曼尼安三人留在北方尋人之際，其餘四人兼程趕路，穿越綿亙在北方大陸和卡拉洪王國之間的危險山岳，走了將近兩天的時間，如今泰爾西斯已然在目。現在太陽即將沒入西邊地平線，目的地已近在眼前，他們的身體又累又痛，腦子也因為缺乏睡眠和長時間行走而停擺，但是精神卻因為看見雄偉的泰爾西斯而亢奮不已。

從龍牙山脈往南延伸到卡拉洪是一片森林，他們在森林邊稍事休息，從這裡往東就是伐夫利市，鎮守著朗恩山脈唯一的隘口，這一條小型縱貫山脈位於彩虹湖上方，摩米頓河則一路從上游的肯恩，流經泰爾西斯，再繞過伐夫利，匯入彩虹湖；而他們的西邊則是島城肯恩，事實上，摩米頓河的源頭在史翠里漢平原更西部，在肯恩形成天然的護城河，全年幾乎都是汛期，水流又急又深，這座島城也從未被敵人攻克。

一個是惡水環繞的島城肯恩，一個是峻嶺為靠的山都伐夫利，兩個各自擁有天然屏障的城市看似防守嚴密難以攻佔，然真正捍守南方大陸免於被侵略的則是泰爾西斯的邊境軍團，他們總是在人族遭到敵人進犯時第一個站上火線對抗入侵者。泰爾西斯曾經在第一次種族大戰時被毀，經過多年重建擴建，如今成為全南方首屈一指的大都市，也是目前北部地區最強大的城市。

這座城市原先就是設計成為任何敵人都無法攻破的要塞，在背倚著峭壁的高原上築高牆興壁壘，每一世代都投入城市建設，讓它更牢不可破。距今超過七百年前，卡拉洪又在高原邊緣興建高大外城牆，將泰爾西斯的邊界擴充到大自然的極限；人民散居在外圍鄉間，只有受到侵略時，才仰賴高牆保衛，他們平日在要塞下方的平原農耕畜牧餵養整座城市，而源源不絕的摩米頓河則滋養著肥沃的黑土。從第一次種族大戰後數百年來，卡拉洪多次成功抵禦惡鄰攻擊，三大城從未被敵人攻陷過，聞名遐邇的邊境軍團更是攻無不勝戰無不克，但卡拉洪從未遭遇過黑魔君大軍那樣的規模，真正的試煉還在後頭。

巴力諾看著遠方高塔內心五味雜陳。他的父親是一個偉大的國王也是一個好人，但是他年事已高；他長年指揮邊境軍團對抗地精的突襲，有時還被迫攻打意圖不軌的巨人族，戰事勞民又傷財。巴力諾既是長子，也是王位的當然繼承人，從小就在父親的教導下努力學習，也廣受人民愛戴，只有尊敬和理解才能贏得人民的友誼，而他做到了；他跟人民一起共事、並肩作戰、也從人民身上學習，因此他能夠感同身受，從他們的角度看事情。他愛這片土地，不惜挺身為它而戰，正如同他過去幾年來所做的事一樣；他統領一支邊境軍團，佩帶他個人的佩章，為一隻蟄伏的雲豹。

這支部隊是整個軍團的作戰主力，對巴力諾而言，能夠保有他們的尊敬和忠誠至關緊要，畢竟他已經不見數月；他用『不見』這個字眼來形容他的自我放逐，隨亞拉儂同去，再到庫海文和其他夥伴共同歷險。他的父親曾要求他留下，請求他重新考慮他的決定；但他心裡早有定見，就算是父親也不能動搖他。當他看著他的家鄉時，忍不住眉頭深鎖，下意識伸出手撫摸臉上的疤。

「又想到你弟弟了嗎？」韓戴爾問道，雖然這聽起來不像是個問題，而是陳述一個事實。巴力諾回瞪他，然後緩緩點頭。

「不要再想這些事了，」侏儒平淡地表示，「如果你一直視他為弟弟而非一個人，他就真的會對你造成威脅。」

「我們是血脈相連的兄弟這個事實並不容易忘記，」邊境人鬱鬱不樂地說道，「我無法忽視或是忘記這麼強烈的連結。」

都林和戴耶一時之間聽不懂兩人的對話，他們只知道巴力諾有個弟弟，但是他們從未見過，更沒聽過巴力諾提起他。巴力諾注意到精靈兄弟一臉疑惑的表情，馬上對他們報以微笑。「事情也許沒有想像中的糟，」他平靜地向兩人保證。韓戴爾搖搖頭陷入沉默。

「我的弟弟帕蘭斯跟我，是卡拉洪國王洛爾・巴克哈納唯二的兒子，」巴力諾主動提及，眼神飄向遙遠的城市，「我們從小一起長大，關係密切，就跟你們倆一樣親密；隨著年紀漸長，我們在各個方面的想法也漸行漸遠…因為我是長子，也是下任的王位繼承人，帕蘭斯當然也知道，但是長大後這一點卻分裂了我們兄弟，多數是因為他治理國家的想法跟我有所出入所致…實在是很難解釋清楚，你瞭解吧。」

「其實也沒那麼難…」韓戴爾意味深長地悶哼一聲。

「好吧，其實也沒那麼難…」巴力諾坦承，韓戴爾頷首相應，「帕蘭斯認為卡拉洪應該退出保護南方大陸的第一線，他要解散邊境軍團，將卡拉洪跟其他南方大陸隔離開來。我們在這一點上意見完全相左…」他的聲音淡入苦澀的沉默之中。

「剩下的也跟他們說明一下吧，巴力諾。」韓戴爾再次冷冷地說道。「他跟一個名叫史坦明的神秘學家過從甚密，亞拉儂認為這個人沒有榮譽感，將會讓帕蘭斯走向毀滅；史坦明告訴我父親和人民，應該由我弟弟來統治王國而不是我，他讓我弟弟和我反目。當我離開時，帕蘭斯甚至也相信我不適合統治卡拉洪。」

「那道疤痕呢……」都林輕聲提問。「在我打算跟亞拉儂離開前，我們起了爭執，」巴力諾一邊回想一邊搖著頭，「我甚至不記得是怎麼開始的，但是帕蘭斯突然暴怒，他的眼裡真的出現仇恨；我轉身離開，而他卻從牆上抓了一支鞭子，直接打中我的臉。這也是我選擇離開泰爾西斯的原因，好讓他重新找回他的理智；如果那場意外後我還繼續留在這裡，我們可能會……」他哽住不言，韓戴爾向精靈兄弟使了個眼色，他們可以想見如果兩兄弟又發了爭執會有什麼樣的後果。都林難以置信地皺起眉頭，他無法想像是什麼樣的人會跟巴力諾作對；在他們前往帕瑞諾的旅途中，他不斷證明自己的勇氣力量，就連亞拉儂都很倚重他，但他的兄弟卻這麼敵視他，回到一個連自家都容不下他的地方，精靈不禁為這位勇敢的戰士感到傷心。

「你們一定要相信我，我弟弟不是一直都是這樣的，我也不相信他現在是個壞人，」巴力諾繼續說道，聽起來更像是他在解釋給自己聽而非其它人，「這個神祕學家史坦明用某種方式控制了帕蘭斯，讓他跟我交惡，做出有悖他所知正確的事。」

「還有更過分的事，帕蘭斯是個理想主義狂熱份子，他假藉人民利益跟你唱反調，他正為他的自負付出代價。」

韓戴爾尖銳地打斷，「也許你是對的，韓戴爾，」巴力諾默認，「但他還是我弟弟，而且我愛他。」

侏儒挺身站在高大的邊境人面前，和他對視，「這也是他之所以危險的原因，他已經不再愛你。」

巴力諾沒有回應，遠眺泰爾西斯，其他人也保持沉默，把時間空間留給陷入沉思的王子；最後他回過身來面對大家，表情十分平靜，彷彿什麼事都沒發生過一樣。「該上路了，我們可以在入夜前到達城牆。」

「我就不再跟你同行了，巴力諾，我必須返回我的家鄉，協助侏儒軍隊對抗入侵阿納爾。」韓戴爾馬上插話。

「嗯，你可以在泰爾西斯休息一晚，明天再走，」戴耶知道他們四人都累了，也知道侏儒安全的急迫性。

韓戴爾耐心地微笑以對，然後搖頭婉拒，「不了，我必須連夜趕路。如果我在泰爾西斯待上一晚，就等於落後了一整天的行程，現在時間對我們來說非常寶貴；整個南方大陸的存亡與否，就在於我們能夠多快籌組聯軍對抗黑魔君。如果我們失去了夏伊和沙娜拉之劍，我們的軍隊就是我們唯一所有。我會到伐夫利再休息，保重了我的朋友們，未來的日子祝你們好運。」

「你也一樣，勇敢的韓戴爾。」韓戴爾緊緊握住巴力諾和精靈兄弟接連伸出的手，然後揮揮手消失在森林裡。

三人一直等到完全看不見韓戴爾的身影才動身前往泰爾西斯。現在太陽已經完全沒入西邊地平線，紫紅色的天空暗示夜晚即將來臨；等到天色完全變黑時，他們才走了一半，巍峨的城市在暗夜中更顯雄偉，卡拉洪王子一邊行進，一邊向精靈兄弟詳述泰爾西斯的歷史。這座人造壁壘有好幾道天然屏障，盤踞高原，背有奇嶺絕壁為靠，並從左右兩側環抱，雖然高度不如龍牙山脈或是北方大陸的查諾山脈，卻極其陡峭，朝北的那面山更幾乎是垂直的，從未有人成功攀頂，因此後防有著絕佳保護，無須再增加其他防禦工事；而泰爾西斯所立基的高原，最寬處逾三英哩，然後高度陡降為平原，一路往西北延伸到摩米頓河，東至卡拉洪森林。

事實上摩米頓河才是卡拉洪反侵略的第一道防線，少有敵人能夠通過這裡；就算是敵人成攻過河了，馬上又遇到高原峭壁，讓他們可以從制高點進行防禦，而要登上此處的主要途徑是一條由鐵和石頭打造而成的高架坡道，隨時可以打倒它的主要支撐讓它垮下來。即使敵人真的攻上高原，還有第三道防線等著他們。由大石塊和灰泥砌成的外城牆，連接後方峭壁沿著高原邊緣呈半圓形將整座城市環抱起來，範圍延伸將近兩百碼，高更逾百碼，表面還特別磨光，想要徒手攀爬根本是不可能任務；而在牆頂還有防禦壁壘讓守軍反擊，弓箭手可以佈署在城垛後，由上而下射擊進攻者，這道防線至今無人能破。

或許這座城市風格很傳統，但是過去近千年來卻成功阻擋了入侵者，從第一次種族大戰之後，就再也沒有敵軍進入這裡。

邊境軍團就駐紮在外城牆內一整排長型斜頂的兵營裡，另外還有幾棟建築是用來存放補給品和武器；再往內還有第二道牆，將軍營、彈藥庫和練習場等軍用設備和民間資產劃分開來，牆內有街道、民房和商業區，也是泰爾西斯的市區，從第二道石牆一直延伸後方峭壁。到了市中心還有第三道矮牆，那裡是政府機構和皇宮的入口，皇宮四周有綠樹公園圍繞，這是相對空曠和稀疏的高原上唯一的綠地；這第三道牆並無防禦功用，只是劃定這是皇室專屬用地，而公園則是全民共有。

巴力諾從城市興建史切入，講到卡拉洪王國是世界上少數幾個開明的君權國家，雖然技術上來說是由國王統治，不過政府內有民選代表組成的議會，協助元首立法治理國家；人民對他們的政府相當自豪，對邊境軍團同樣無比尊敬，每個人都曾經或是正在軍隊中服役。在這個國家人人生而自由，這也是值得他們捍衛的重要價值。

卡拉洪同時反映了過去和未來。從一方面來說，這座城市當初是為了防禦好戰鄰國的入侵而興建的，邊境軍團更是從舊時代沿襲下來的產物；現在在南方內陸的新興城市中很難見到這種純樸復古的老式建築，獨獨泰爾西斯，霸氣的石牆和堅強的勇士成為南方大陸其它地方的保護傘，讓他們有機會朝著新方向發展。更特別的是，這個國家各種族間彼此包容互相理解，接受每個人的人格，並據此待之，人民團結一心，其他受到卡拉洪庇護的國家無人能及。

泰爾西斯位於四方大陸的交會點上，也讓這裡的人們有更多機會見識到不同的文化，瞭解用外在來區分種族是沒有意義的，內在才是評斷一個人的重要依據；一個岩石巨人不會因為長相怪異就在卡拉洪遭到歧視，在這裡，巨人是常客，地精、精靈、侏儒等各式人種在這個國家往來頻繁，只要他們是朋友，來者便是客。這個新興現象現在終於也擴及各方大陸，巴力諾說到此時眉飛色舞，他為他的子民能夠成為扭轉舊觀念的先鋒感到驕傲；都林和戴耶不答腔心中暗許，他們知道如果人們無法擺脫自身枷鎖，在世界上將何其孤單。

言畢，三人從草地走上一條大路，現在他們已經可以從前方地平線隱約看到高原城市燈火闌珊，城牆上有人來回巡守，高聳的外城牆入口被火炬照得通亮，門軸上了油的巨大城門對外敞開，有幾個身穿制服的哨兵負責守衛；鄉間營區同樣燈火通明，但是卻聽不到人們的笑鬧聲，讓巴力諾覺得有點奇怪。他耳裡聽聞的聲音像是在說悄悄話，突然覺得情況不太對勁，但是除了不尋常的寧靜之外，又說不出哪裡奇怪。他決定不放在心上。

精靈兄弟沉默地跟著巴力諾從便道爬上高原。途中跟好幾個人擦身而過，當他們看到是卡拉洪王子時的表情，從警惕轉為震驚；巴力諾沒有注意到這些奇怪的表情，專心往市區前進，但是精靈兄弟全部看在眼裡，彼此交換了一個警告的眼神。肯定出大事了！

不一會兒登上高原後，三人全都吃驚地停下腳步。巴力諾看向城門，然後又看看周遭經過的人們，他們行色匆匆，沒有人發現他是誰；三人默默站在原地，看著行人來來去去，沒有人理會他們。

「這是什麼，巴力諾？」最後都林開口問道。

王子緊張地回應，「我不確定，看看城門那些守衛的佩章，上面的紋飾不是我的邊境軍團，那不是雲豹而是我沒見過的獵鷹，就連那些人我也不認識。你注意到他們的表情了嗎？」精靈兄弟同時點頭，眼中明顯流露出擔憂。

「不管怎樣，」邊境人宣稱，「這裡仍是我父親的城市，他們也是我的子民，等我們抵達皇宮再來細探究竟。」精靈兄弟跟著他走向雄偉的外牆城門；高大的王子在接近四名武裝守衛時，毫不掩飾他的身分，他們的表情就跟其他震驚的路人如出一轍，但是他們不阻攔，也不說話，只有一人匆匆離開崗位，跑進內城牆消失在前方市區街道。三人通過敞開的城門和警戒的守衛，進入外城牆後，他們可以看到低矮、斯巴達式的軍營，這裡駐紮著有名的邊境軍團，但是幾乎沒有燈火，看起來就像廢棄了一樣。

附近有少數幾個人穿著雲豹佩章的外衣，未著盔甲也未帶武器；三人杵在軍營中庭時，有人瞧見他們，然後一臉不可置信高聲呼喚其他同袍，其中一棟營舍大門猛地打開，出現一個頭髮灰白的老兵，和其他人震驚莫名地望著巴力諾和精靈兄弟。那人下令，其他士兵不甘願地回房去，而他則遲疑地來到三人面前。

「巴力諾大人，你終究還是來了。」他驚呼迎接，向他的指揮官立正敬禮。

「席隆上尉，見到你真好，」巴力諾緊握對方的手，「這個城市是怎麼了？為什麼守衛佩帶獵鷹的佩章，而不是我們的雲豹？」

「大人，邊境軍團已被勒令解散！只剩下少部分仍在值勤，其他人業已解甲歸田！」他們同時瞪著這個老兵，彷彿他在瘋言瘋語。在南方大陸面臨史上最嚴重入侵之際，邊境軍團竟然遭到解散？亞拉儂才說過邊境軍團是他們最後的希望，必須力抗黑魔君大軍的話還言猶在耳，現在卡拉洪軍隊卻莫名其妙的被解散⋯

「是誰下的令⋯？」巴力諾惱怒。

「是你的弟弟，」席隆隨即回話，「他下令他的護衛軍接手我們的任務，命邊境軍團在另行通知前予以解散；艾克頓大人和梅沙林大人前去皇宮求國王重新考慮，但是他們全都沒有回來，我們也無能為力只能聽從⋯」

「所有人都瘋了不成？」邊境人火冒三丈，質問那名士兵，「那我父親呢，國王呢？現在不是他在治國，不是他在統御邊境軍團嗎？他對這個胡搞瞎搞的把戲怎麼說？」席隆看向別的地方，思索著該怎麼回答這個他不敢說的答案；巴力諾一把揪住他。

「我⋯我不知道，大人⋯」那人支支吾吾，「我們聽說國王病了，然後就再也沒有其他消息；你的弟弟隨即宣布暫代國王職務，那已經是三個星期之前的事了。」

巴力諾震驚地放開了那人，眼神空洞地飄向遙遠的皇宮，那可是他抱著無窮希望重新回來的家。當初他選擇遠走他鄉是因為他和弟弟之間出現難以彌補的裂痕，如今他的離開卻讓事情變得更糟；現在他必須面對的是喜怒無常的帕蘭斯，不但要面對他、還要說服他解散邊境軍團是一件不智之舉。

「我們必須馬上前往皇宮和你弟弟談一談。」戴耶焦慮的聲音打斷他的思緒，年輕的精靈突然讓他想起自己弟弟的幼齡，要對帕蘭斯說之以理肯定不會是件容易的事。

「沒錯！」巴力諾心不在焉地回應著，「我們一定得去找他。」

「不，你絕對不能去那裡！」席隆尖銳的叫聲讓他們全都停住腳，「其他人全都有去無回。而且謠傳你弟弟已經宣告你是叛徒，他發現你跟邪惡的亞拉儂結盟，還有人說你應該被關起來處以死刑！」

「真是荒謬！」邊境人厲聲譴責，「我不是叛徒，我弟弟一定也知道，而亞拉儂更是南方大陸最好的朋友兼盟友；我必須去找帕蘭斯跟他談一談，我們也許會意見不合，但他不會關自己的兄長。他沒有這個權力！」

「除非，也許，你的父親已經死了，我的朋友……」都林提出警告，「在我們踏入皇宮之前一切小心為上；韓戴爾認為你弟弟受到神祕學家史坦林的影響，如果是的話，你所面臨的危險可能比你所想的要來得大。」

巴力諾猶豫了一會兒，然後點頭默許。他快速向席隆解釋卡拉洪正面臨北方大陸即將入侵的威脅，再三強調他相信邊境軍團是捍衛國土必不可少的力量，之後他緊緊抓住席隆的肩膀，屈身貼近他。

「給我四個小時，等我或是我派人回來；如果我在這個時間內沒有出來，或是沒有傳出隻字片語，你就去找金尼森大人和范威克大人。立刻重組邊境軍團！然後訴諸於民，向我弟弟要求公開審判，他必不能拒絕；同時派人到精靈和侏儒國傳話，告訴他們包括我和伊凡丁的兩個堂弟都被抓了，記得我跟你說的話了嗎？」

「是的！大人！」士兵急切地點頭，「你一聲令下，我定不負使命。願幸運之神與你同在，卡拉洪王子。」

他轉身返回軍營，而怒氣沖沖的巴力諾則往市內移動。都林壓低音量要他弟弟留在城牆外，直到巴力諾和他此行明朗後再行動，但戴耶堅持同進退，都林知道爭下去沒有意義，最後還是退一步讓戴耶同行。

三人通過中庭穿越內城牆，進入城門內的市區，守衛看到他們一樣震驚，卻也同樣沒有阻止他們進入。三人走在城市的主要幹線泰爾西斯大道上，巴力諾包覆在狩獵斗篷下的身軀似乎正在蠢動，從拳頭和脖子露出來的鎖子甲閃閃發亮；他似乎看起來又更高大了，不再是旅途告終的疲憊遊人，而是重新返家的卡拉洪王子。市區內的人民馬上就認出他來，跟城外的人一樣，剛開始都是一臉震驚不敢置信，隨即為他傲視群倫的神情所折服，歡迎他的民眾蜂擁而來，從原先幾十個到後來變成幾百個；最受人民愛戴的卡拉洪之子昂首闊步走過市區，一路上向他的追隨者微笑致意，但他內心只想趕快前往皇宮。人民欣喜若狂歡聲雷動，不斷高呼邊境人的名字，有些人還試著提醒他當心一點，但是王子只是搖搖頭，繼續前進。

從泰爾西斯大道途經樓房民宅到連接公園和皇宮的森迪克大橋，群眾持續湧入，夾道爭睹王子歸來。走到拱橋上最高點時，卡拉洪王子突然回頭，面對死心塌地擁護他的人民，才舉起他的雙手，所有人立刻順從地安靜下來，等著聽他發表談話。「我的朋友們，我的同胞們，」自豪的聲音從黑暗中響起，激盪出如雷回音，「過去我忽略了這塊土地和這裡勇氣十足的人民，但是我回來了，而且我將不再離開！無須再恐懼，這塊土地將永遠存續下去！如果是君權發生問題，那麼就由我來面對。現在各位必須回家，等到明早旭日東昇時，再讓我看看各位是否一切都好；現在就請大家都先回家，而我也應該回我的家。」

不待群眾回應，巴力諾便轉身過橋，往皇宮大門方向前進，精靈兄弟仍緊跟在後。此時民眾呼聲再度響起，但是卻沒有人跟上來，沒多久，他們就慢慢散去，只剩下少數人仍對著黑暗的城堡高喊他的名字，而其他人則不斷喃喃自語，擔心邊境人和他兩名朋友此去將會面臨何種命運。

幾分鐘後，三人就來到巴克哈納皇門前，巴力諾並未停下腳步，而是抓起鑲在木門上的巨大鐵環，用力扣門，發出如雷響聲；過了好一陣子裡頭才傳出一個小小的聲音，要求他們表明身分，巴力諾報上自己的名字，並嚴令裡面的人立刻把門打開，沉重的門栓往後一拉，巨大的皇門向內開啟，讓三人進入。巴力諾目不斜視，完全不理會一旁守衛，逕自跨越中庭朝著前方宏偉的圓柱型建築邁進；除了左翼一樓的窗戶有燈光透出來之外，其他窗戶全是黑漆漆的，都林示意戴耶走到他前面，藉機掃視周邊暗處，結果馬上發現約有一個班的武裝守衛在附近埋伏，所有人都戴著獵鷹佩章。

心思縝密的精靈馬上就知道他們現在是自投羅網，就跟他們一踏進此城時他的預感一樣；他腦中出現的第一個念頭，就是警告巴力諾，但隨即意識到巴力諾可是身經百戰的勇士，怎會不知道迎接他的是場鴻門宴。

三人通過花園一路暢行無阻，直達洞開的皇宮大門；年代久遠的宅邸在火炬的照明下一室光亮，傳神地重現巴克哈納家壁畫的繽紛壯闊，拋光的木造裝潢古典富麗，牆上還掛著精緻的掛毯和刻有歷代名君紋飾的金屬牌匾。

精靈兄弟跟著王子走過安靜的宅邸，不由自主想到不久前的帕瑞諾經驗，他們也是在這樣的風華絕代裡，掉入陷阱。

他們往左走進另一個走廊，巴力諾仍走在他們前方的距離，高大的身形幾乎填滿了通道空間，他的斗篷隨著行進的節奏擺動；有那麼一瞬間，他讓都林想起亞拉儂，渾身散發著危險的味道。都林憂心地看著戴耶，但是年輕的精靈似乎沒有注意到，臉上因為興奮緊張而泛著紅光；都林的手伸向匕首握把，讓冰涼的金屬鎮靜他發燙的掌心，如果他們又將落入圈套，勢必躲不過一場惡鬥。

在一處敞開的門口前，邊境人突然停下腳步，精靈兄弟趕緊到他身邊，看著前面明亮的房間。在這間雅緻的會客室裡，有個體格壯碩、金髮蓄鬍的人，他身上罩著一件紫色斗篷，上面有著獵鷹標記；那人把手負在背後，年紀看起來比巴力諾年輕幾歲，但是魁梧身材和後者不分軒輊。精靈立刻認出他就是帕蘭斯・巴克哈納。

巴力諾踏進房裡，不發一語，雙眼直視他的弟弟，精靈也跟著邊境人，充滿戒心地環顧四周，這裡太多道門、太多簾幔，可能有武裝守衛埋伏。緊接著，他們身後的大廳出現了一些動靜，戴耶微微轉過身來面對門口，都林稍稍離開其他人，抽出長獵刀，半蹲屈著身子呈備戰狀態。巴力諾漠然不動，內心卻因那雙充滿仇恨的眼睛翻騰不已。雖然他早有心理準備這會是個陷阱，也始終相信他們可以撇開歧見，兄弟倆開誠布公展開對話，但是如今面對這張熟悉的臉卻只看到不斷燃燒的怒火，他知道他弟弟已經失去理智，甚至可能神智失常。

「父親在哪裡…？」巴力諾的質問被驟然打斷，他們頭頂上咻地一聲，落下一張大繩網，精準地罩住三人，突然增加的重量讓所有人大驚失色跌坐在地，他們的武器對上經過強化的繩索完全派不上用場。武裝守衛從四面八方湧向拼命掙扎的俘虜，他們根本毫無機會反擊，逃不出精心設計的圈套；三人被迫繳械，雙手被縛在身後，眼睛也被矇住，然後被粗暴地拉起來，十數隻看不見的手牢牢將他們箝制住。此時突然一陣安靜，有人走到他們面前。

「我要是你我就不會回來了，巴力諾。」黑暗中傳來一個令人膽寒的聲音，「你要知道如果我再次找到你會落得何種下場，你的所作所為比賣國賊、比懦夫還要罪大惡極，看看你對人民、對父親、現在甚至對我幹了什麼好事。你對雪若做了什麼？你對她做了什麼？你將為此償命，巴力諾，我發誓！帶他們下去！」

他們被又推又拉地拖出去，經過一道門，往下走過長長的階梯後抵達一塊平台，之後又繞了好幾圈到另一個大廳，他們可以感覺到踩在潮濕的石頭上；突然間他們又往另一個下階梯走，進入另一個通道，一路上可以聞到空氣中的腐味和寒冷，也能感受到從牆壁和地板滲出來的溼氣。之後是拉開門栓鏽鐵摩擦發出刺耳的聲音，沉重的大門被打開後，架住他們的手粗魯地將他們轉過來，又毫無預警地鬆手，讓他們結結實實地摔在石地板上，然後關門上鎖，三人靜靜聽著腳步聲遠離，一道一道的門被上鎖，直到只剩下監獄裡的呼吸聲。

巴力諾回家了。

23

直到接近午夜，亞拉儂才滿意他幫弗利克作的偽裝；他用腰間皮袋裡的一罐奇怪的乳液塗在谷地人的臉上和手上，讓皮膚顏色變成深黃色，然後再用一塊煙煤改變他的眼型和臉部線條。只能說是權宜之計，但是在夜裡只要不詳加檢視，別人會認為他是體型比較高大壯碩的地精；即使是對身經百戰的獵人來說，這仍是個危險任務，讓一個沒有受過訓練的人喬裝成地精混進敵營，簡直可以說是自殺。但是他們沒有其他選擇，總是有人得進去那裡一探究竟，想辦法找找伊凡丁、夏伊和沙娜拉之劍的下落；亞拉儂又不可能蒙混過關，因此這個任務就落到弗利克頭上，為了避免情況變得複雜，他必須在天亮之前離開敵營，如果沒有辦法及時脫身，他的偽裝可能會在白天時被揭穿，因而被逮。

亞拉儂要弗利克脫下他的狩獵斗篷，動手修改一下剪裁，並加長了風帽，好更能夠隱藏穿衣人的面容。巧手完工讓弗利克重新穿上後，他發現改過的斗篷更貼身，除了手之外其他地方都看不到，臉也被遮住了；如果不要太靠近真的地精，到清晨前一直保持機動，他還是有機會找到重要情報，並活著出來告訴亞拉儂。他再次確認短獵刀牢牢繫在腰間，雖然這把刀根本不算是武器，但是帶著它純屬心安，至少讓他覺得自己並非手無寸鐵毫無保障；他緩緩站起來，亞拉儂詳細檢視後滿意地點點頭。

亞拉儂大致向他解釋營區配置，主力部隊外圍有衛兵駐守，他要弗利克去找地精首領和巨人首領麥丘倫家族的旗幟，他們一定在靠近營火中心位置；無論如何，他絕對不能跟其他人說話，因為他的口音馬上會洩漏他是南方人的事實。弗利克一邊聽著，心跳也愈來愈快，他知道他逃不過地精法眼，但是現在夏伊的安全受到威脅，對他的忠誠度讓谷地人背離常識判斷。最後亞拉儂肯定地說，他會平安通過坡底的第一線守衛，然後便要他抱持絕對安靜跟他走。

他們走出大石的掩護，但夜色實在太黑，弗利克完全看不到路，只能靠前人的牽引迂迴往平原方向前進，花了好長一段時間才走出曲折的石陣，再次看到遠方營區的火光。黑夜在他們和營火之間就像是一道衝不破的牆，弗利克完全看不到也聽不到衛兵在哪裡，亞拉儂不發一語，貼近石頭側耳傾聽；有好長一段時間，他們一直保持不動，然後亞拉儂忽然間起身，示意弗利克留在原地，而他則悄悄消失在夜裡。當他離開時，谷地人焦慮地四下張望，對未知感到驚慌；他將發燙的臉貼著冰涼的石頭，在腦子裡重新推敲他到營區後要做的事。事實上他並沒有所謂的計畫，他只能避免跟其他人說話，如果可以的話，盡量跟其他人保持距離，遠離可能會讓他洩底的火光；要是營區內有囚犯的話，應該會關在靠近中心有人守衛的帳篷裡，他的首要目標就是找到那頂帳篷；一旦讓他找到，他會想辦法看一下裡面有誰，然後回來向亞拉儂稟報，再來決定下一步行動。

不過弗利克最後還是挫折地搖搖頭，他既無先天資賦，後天也沒培養出多大能耐，憑他這付德性絕對無法全身而退。但自從在龍崖壁道失去夏伊之後，他的態度出現一百八十度的轉變，迂腐的悲觀主義和鄉愿的實事求是，被置之死地而後生的決心所取代。但如今大家接連離開，到最後只剩下弗利克孤單地站在這裡，身心都瀕臨崩潰邊緣。幸好還有亞拉儂給了他些許安慰；高大的德魯伊一路走來始終神祕，不像其他人彼此間與日俱增的革命情感，高深莫測的他一直保持某種疏離感，即使他跟大家說了他的出身和目的還是無法揭開罩在他身上的神祕面紗。

他身後突然發出一個聲響，弗利克立刻抽出短獵刀自衛，高大的亞拉儂從黑暗中竄出來，一言不發地抓住他的肩膀，兩人小心翼翼地躲到石坡後；亞拉儂審視他的臉，彷彿在評斷他的勇氣，研讀他的想法，弗利克只能強迫自己面對他的目光，一顆心因為恐懼也因為興奮砰砰跳著。「已經解決掉衛兵了，障礙已經排除。」低沉的聲音像是從地底深處傳上來似的，「去吧，我年輕的朋友，膽要大心要細。」

弗利克點點頭旋即起身走進黑暗的平原。他的腦子停止思考、停止臆測，讓本能去探索黑暗中隱藏的危機。天空中依舊烏雲密布，一點星光或是月光都透不進來，他半伏著身子跑向遠方的火光，只偶爾停下來查看他的位置並聽聽看其他人的動靜。開闊的平原長滿青草，完全吸收掉他落下來的腳步聲，另外還有一些灌木，和一兩棵稀疏盤曲的樹填補草原的空隙，黑暗中只聽到颯颯風聲和自己的呼吸聲。隨著谷地人愈來愈靠近營區，方才在山腳下所見的一團火光，也逐一分明，有些才加入新柴燒得正旺，有些則因為負責管照的人已然睡去只下一團灰燼；弗利克現在已經近到能夠聽到帳棚裡傳出的聲響，但是還沒有辦法明確分辨他們說了些什麼。

弗利克到達外圍營火時，已經過了約莫半小時，他蹲在遠處研究前方形勢。夜晚的冷風從北方襲來，吹得焰火劈啪作響，冒出來的煙更是直接飄往谷地人這裡。前面還有第二圈守衛，但是並不密集，北方人顯然認為附近都是自己人無須掛心，這些哨兵以地精為主，還有一些身型高大許多的巨人星散其間。

弗利克盯著不熟悉的巨人猛瞧，儘管體態各有不同，他們全都有著粗壯的四肢，像樹皮般看起來又粗又硬具有高度防護力的皮膚。除了站崗的哨兵，還有少部分士兵沒有睡，他們或在附近閒晃，或在火邊取暖，而且絕大多數人都穿著厚重的斗篷；弗利克滿意地點點頭，看情況風勢會逐漸增強，明天日出前氣溫會持續下探，意指大家可能會一直裹著斗篷，他也更容易混進營區。

從這個角度看，營區規模好像比他們在龍牙山脈上所看到的小，若不是之前曾經親眼目睹，他可能會被眼前景象所矇騙；等過了裡面的防線，他必須在成千上萬的地精和巨人間穿梭，經過數百個可能揭穿他身分的火堆，一路上還得避免和敵軍接觸，以免露出破綻。而就算他沒被發現，他還要找出囚犯和劍的位置，想到這他就忍不住搖搖頭。與生俱來的好奇心讓谷地人忍不住想要靠近光源，仔細瞧瞧地精和巨人的樣貌，不過他努力克制這股衝動，提醒自己沒有多餘的時間做其他事。對小南方人來說，即便是生活在同一個天空下，這兩個外來種族仍像來自另一個世界般陌生；前往帕瑞諾途中，他和狡詐的地精曾經多次交手，在德魯伊要塞還有過近身肉搏的經驗。但就算這樣，他還是不瞭解地精，只知道他們是想要殺害他的敵人，對於深居在北方高山隱密谷地裡的巨人，他更是一無所悉；但不管怎樣，弗利克都知道這支軍隊隸屬於黑魔君麾下，至於他的目的為何，更是昭然若揭！

一直等到陣陣強風將煙吹到他跟哨兵之間，弗利克才起身，看似隨意地走向營區，黑夜再加上煙霧為他提供了絕佳掩護，他小心選了一個士兵都已入睡的點進入；不一會兒，他就站在一群熟睡的士兵之間，哨兵完全沒有注意有人偷偷溜過。弗利克仔細拉好斗篷，蓋住他的身體，以確保有人經過他時最多只會看到他的手，而他的臉更是被風帽壓得只剩下陰影。

小谷地人遮著臉在碩大的營區內走動，一雙眼睛不斷蒐尋觀察；無數個圍在營火邊酣睡的身軀，就像無數道障礙，完全擋住他的去路，每越過一道障礙，他就多一次被揭穿的風險。有好幾次他都覺得自己已經被發現，他的手不自覺地伸向短獵刀，每次準備跟發現他的敵人決一死戰時，他的心臟都隨著緊張程度升溫而加快；一次又一次，有人朝他走過來時，他們好像都知道他是個騙子，一付打算要揭發他並訴諸全民公審的樣子。不過，每一次他們都擦身而過，沒有停下來，也沒有說話，獨留弗利克一人在熟睡的營區中。有好幾次，他經過一群一群圍在篝火邊取暖聊天的人們時，他們還會跟路過的他打招呼，低著頭包著斗篷的他隨意揮個手示意一下；他一直很害怕他會不小心開口說話，不小心走錯地方，還好每一次都有驚無險。

他在占地遼闊的營區繞了好幾個小時，還是沒有找到任何有關夏伊、伊凡丁或是沙娜拉之劍在哪裡的線索；隨著時間流逝，他也開始失去信心。他經過了無數的火堆，看著或仰躺或踢被、睡成一片的人海，還有數不清的帳篷，全都有敵軍首領的旗幟，不但沒有駐守衛兵突顯他們的重要性，偷看過後也沒有發現異樣。

他還聽到地精和巨人交談的片段，但是他完全聽不懂巨人的語言，地精說的話也只略知一二，內容全都是些無關緊要的訊息，就好像大家對失蹤的兩人和那把劍完全不知情一樣，或者是說，他們似乎從沒被帶到這裡。弗利克開始懷疑亞拉儂是不是弄錯了，過去幾天他們所追的足跡根本就跟夏伊他們無關？

他擔心地瞭望滿是烏雲的夜空，雖然不確定現在幾點，但是他知道只剩下幾個小時就要天亮了，而這也意味著他可能來不及回到亞拉儂藏身的地方；他搖搖頭甩掉他的恐懼，也釐清他混亂的思緒，如果要在拂曉前脫身，他勢必得縮短逃跑路線，好在太陽出來前回到龍牙山脈。

此時，有四個巨人戰士出現在他的右手邊，經過受驚的谷地人身邊時，四人彼此低聲交談著；弗利克突然有股衝動，想知道全副武裝的四人在大半夜要去哪裡，不禁好奇偷偷跟上他們進入營區。小谷地人馬上注意到這裡的營區和之前有很大的不同。這裡帳棚更多，有些還很高，明亮的燈火正好投射出裡面有人，而外面的營火也不斷投入新柴保持光線不滅，不但沒什麼人在睡，還增加了巡哨的守衛，到處一片通明，弗利克根本無處可躲，為了不被問話，他硬著頭皮跟上前面的巨人，假裝他跟他們是一起的。

他們經過了好幾個守衛，還簡短打了招呼並看著他們通過，沒有人攔下包得密不透風的地精問話，走在隊伍最後面的他就這樣蒙混過關。

然後巨人小隊突然往左轉，弗利克也自動跟上，發現他們似乎正往一處長型的矮帳而去，而且那裡巨人守衛更多。現在已經來不及回頭，因此當隊伍停在帳篷前時，害怕的小谷地人故作鎮靜繼續往前走，彷佛這裡不關他的事似的，衛兵也不覺得有異，所有人就這樣目送他快速經過，閃進前方黑暗處。

他猛地停下來，持續的緊張感讓他汗流浹背呼吸急促，就算只有一秒鐘的時間，他還是從重兵駐守的帳篷內瞄到有個黑翅野獸跟地精巨人在一起，那種讓人心寒的顫慄感錯不了，那就是搜遍四方大陸追殺他們的怪物；他躲在黑暗裡，一顆心瘋狂地跳著。

那裡肯定有什麼大事發生，很可能是失蹤的夏伊和伊凡丁還有劍，都落在黑魔君爪牙手裡，弗利克一定得看看裡面的情況。但他的時間已經不夠，運氣也快用完了，光是守衛就足以擋住任何一個企圖闖入帳棚的人，加上還有骷髏使者，想一探究竟無疑是自找死路，弗利克黯然神傷；除了這個死亡任務之外，他還有沒有其他選擇？如果現在就回去，他們等於回到原點，夜探敵營的努力也將付諸流水。

他無語問蒼天，期許老天能給他答案，惟烏雲依舊罩頂，阻隔著星月和大地的交會；長夜將盡，弗利克起身拉好斗篷，他已經決定放手一搏，會不會被殺就交給命運來決定吧！因為夏伊只能依靠他，也許亞拉儂和其他人也是，就看他能不能探到重要敵情。他必須知道帳棚裡有些什麼，於是慢慢地、小心地，往目標步步逼近。

黎明很快到來，東邊逐漸出現抑鬱的灰色，史翠里漢的天空黑雲翻滾，一副山雨欲來的感覺。龍牙山脈腳下的衛兵已經撤守返回營區，亞拉儂一整晚都坐在石坡邊，不斷搜尋弗利克的身影；隨著曙光初現，希望愈來愈渺茫，但是他還是繼續等著，期待小谷地人能夠騙過敵人耳目，然後找到夏伊、找到精靈王、找到沙娜拉之劍，在天亮之前脫身。

敵軍已經開始拔營，底下密密麻麻黑壓壓的一片，展現懾人軍威；終於，黑魔君的戰爭機器開始南下了。德魯伊從藏身的石頭後走出來，如果谷地人已經逃出來，馬上就可以看到他；但他等了又等，還是只有呼嘯而過的風聲，他默默站著，只有眼睛背叛了內心的苦澀。最後，德魯伊決定跟著大軍南下。身高腿長的他很快就拉近跟敵人的差距，而此時大雨也開始傾盆降在人跡已杳的大草原上。

曼尼安抵達島城肯恩北邊的摩米頓河時已近黎明。亞拉儂給他的忠告是對的，要從敵人眼皮底下溜過確實不容易，他們的哨兵除了營區之外，還從龍牙山脈南段一路往西拉到摩米頓河，河岸以北全部都在黑魔君的監視範圍；幾個橫貫山脈的重要隘口更是受到嚴格把關，巴力諾、韓戴爾和精靈兄弟就設法通過了其中的肯能隘口。但曼尼安沒有山的掩護，他離開亞拉儂和弗利克之後，便被迫直接穿越空曠的草原往南直達摩米頓河；雖然缺乏地利，但是他有天時人和配合，一則夜黑風高，眼前簡直伸手不見五指，再加上曼尼安可是南方大陸頂尖的追蹤者，他可以靠著敏銳的耳朵聽聲辨位，在黑暗中快速前進。

他剛離開時，對亞拉儂強迫他放棄搜尋夏伊、前去警告巴力諾和卡拉洪人民時還很氣憤，留弗利克一人跟脾氣陰晴不定的亞拉儂在一起也讓他很不放心；他從來就不信任神祕的德魯伊，那個人對沙娜拉之劍的瞭解肯定比他說出來的要多。他們以盲目的信念去做亞拉儂要他們所做的事，每當危機升溫時，他們也毫不保留地相信他，雖然每一次他都是正確的，但是他們不但沒拿到劍，還失去了夏伊。而現在，撇開這一切，北方大軍已經做好南侵準備，看來只有卡拉洪王國能夠抵禦攻擊；不過看到敵軍壯盛規模之後，曼尼安也不知道傳說中驍勇善戰的邊境軍團要如何對抗如此龐大的軍力。

他的內心告訴他，唯一的希望就是採取拖延戰術，讓邊境軍團有時間整合精靈和侏儒軍隊，共同抗敵；他認為他們已經失去沙娜拉之劍，就算他們找到夏伊，恐怕也沒有機會去找那個奇怪的武器了。

直到膝蓋卡進鋒利的石縫裡，他的注意力才轉移到身體的痛苦，他咒罵了一聲，旋即專心於腳下；他就像一隻黑色的蜥蜴，悄無聲息地爬下龍牙山脈的矮坡，穿過覆滿尖銳石塊的山腰直達山腳。一路走來始終順遂，他開始相信他可能已經在不知不覺中越過敵軍守衛，然後他聽見一個小小的聲音，跨出一半的步伐瞬間凝結，豎起耳朵尋找聲音來源，沒多久就在他前方不遠處，聽見有人低聲咳嗽。那個哨兵及時救了高地人一命，如果他直接撞上那個哨兵，肯定會馬上引來其他人。

曼尼安馬上蹲低，一隻手緊緊抓著匕首，躡手躡腳朝著咳嗽聲的方向前進，直到他的眼睛可以辨識出那個人就在他前方不遠處；從他的體格看來，這個哨兵是地精，曼尼安又等了幾分鐘，等地精完全背對他之後，往前推進到只隔幾步的距離。曼尼安抓準時機快速起身，用鋼鐵般的臂膀緊緊鎖住那人的喉嚨，阻止他發出聲音示警，然後用刀柄猛地一敲，地精立刻倒地不起；得手後，高地人立刻閃身進入黑暗之中，以免引起其他守衛的注意，快速逃離他們的聽力範圍。

最後，他終於抵達摩米頓河，隔著河遠遠可以看到對岸肯恩市微弱的燈光，他在一處小山丘上停下來，半蹲伏的身體外包覆著長狩獵斗篷抵禦凌晨寒風。能夠成功躲過敵軍守衛來到這裡，連他自己都覺得意外，也大大鬆了一口氣，他想他可能真的在無意之中，在雙方都不知情的情況下通過至少一個哨兵。利亞王子仔細掃視四周，確定附近只有他一個人，這才起身舒展筋骨。他知道如果不想要在冰水裡游泳，他就必須再往下游走，應該可以找到船或是擺渡人到城裡去。

走沒多遠，在冷風暫時停止吹拂的片刻寂靜中，前方突然傳出一個陌生的低語，他馬上趴到地上，等到風再次平息，又聽到了竊竊私語的聲音，而且這一次他也鎖定了聲音來自於河邊；他立刻爬回剛剛藏身的小山丘，以免對岸的光線洩漏他的位置，然後起身彎著腰，悄無聲息平行沿著河岸快速奔跑，靠近傳出聲音的草叢。他拉長耳朵細聽，還是無法確認對話內容，於是小心匍匐爬上土丘，看看到底是誰在河邊。

他首先注意到有一艘小船綁在河邊灌木上，如果他能弄到那艘船的話，他就可以過河了；想是這樣想，但他隨即斷了這個念頭，因為圍在船邊的，是四個高大的武裝巨人，他們在跟第五個人說話，從體型和穿著判斷，那顯然是個南方人。

曼尼安仔細觀察他們，但是光線實在太暗，他只能大致判斷應該沒有見過那人；陌生人削瘦的臉上蓄了黑色短鬍，而且還有個特別的習慣，講話時會神經質地拍自己的鬍子。然後有個用斗篷蓋住並牢牢捆緊的東西引起曼尼安的注意，雖然在黑暗中他無法確認那是什麼，但另他震驚的是，那一包東西動了一下，動作很輕微，但足以顯示底下藏了某個活的東西；就在他想辦法要靠近一點時，那四個巨人和不明陌生人已經準備分道揚鑣。其中一個巨人走向神祕的包裹，隨手一抬就把包裹甩到肩上，而陌生人鬆開船後就爬了上去，把槳伸入水裡，然後互相道別；曼尼安聽到一些片段，包括什麼一切都在掌握中，而最後一句話則是來自陌生人的警告，他要巨人靜候王子吩咐。

曼尼安往後退到草叢裡，看著那人和小船消失在霧氣瀰漫的摩米頓河上。黎明總算來了，但是四周灰濛濛的一片，能見度就跟晚上一樣糟，深沉而凝重的烏雲依舊把天空壓得低低的，再過不久可能就要下起大雨，空氣中已經瀰漫著潮濕的霧氣，浸濕了高地人的衣服和裸露在外的肌膚。北方大軍恐怕在一個小時內就要揮軍南下，約莫中午就會到達肯恩，他已經沒有多少時間可以去警告肯恩的市民，他們必須馬上撤到泰爾西斯或是更南邊的地方去避難，巴力諾必須知道現在這個情況，邊境軍團一定要跟侏儒精靈合力才行。

四個巨人帶著奇怪的包裹朝他的右手邊方向過來，曼尼安確信一定是某個人被當成囚犯交給北方，如此大費周章安排夜間會面，那個囚犯肯定是個重要角色，對黑魔君肯定也很重要。曼尼安看著巨人在濃密的晨霧中離開，心裡還沒決定要跟哪一邊。亞拉儂給了他一個搶救千萬人命的任務，沒有時間耗在其他事情上，僅僅只為了滿足某個人的好奇心，即使這意味著搶救……夏伊！如果他們抓的人是夏伊呢？他的腦子快速閃過這個想法，內心也馬上做出決定；夏伊是一切的關鍵，如果被綑在裡頭的俘虜是他，曼尼安必須想辦法救他。

他馬上原路北返，想辦法跟剛剛離去的巨人平行並進；雖然在大霧中很難保持他的方向感，但是他無暇理會這些枝微末節的事，要如何從四名彪形大漢手中帶走那個囚犯才是困難所在，再加上前面還有哨兵，如果他不能在那之前阻止他們，他就完了。

曼尼安一邊跑著，豆大的雨水開始降落，隨著風變得愈來愈強，沉悶的雷聲不絕於耳；他用可能跌斷脖子的速度，在草原上狂奔，搜尋他們的蹤跡。雨水不斷打在他的臉上，擋住他的視線，水氣和霧氣迫使他慢下速度來，他氣憤地搖頭，他們一定就在附近！他絕不能跟丟那些巨人。

突然間，那四個巨人出現在他左後方的濃霧裡，原來他完全判斷錯誤，不但超過、還越過了他們；他馬上蹲下來躲在矮樹後面，看著他們慢慢靠近。曼尼安推算，如果他們保持行進方向不變，應該會經過前方那一大片的灌木叢，趁他們看到他之前，他趕快躲進濃霧裡，繞到前方灌木叢，準備在這裡發動奇襲。

四個高大的身影慢慢從濃霧中朝著他藏身的地方過來。他脫掉已經濕透了的斗篷，現在要對付巨人，他需要速度，因此他連笨重的靴子也脫了，然後抽出利亞之劍放在身邊，並馬上調緊弓弦，再從箭筒中抽出兩支黑色的長箭。一切準備就緒，巨人也愈來愈靠近他藏身的樹叢。他們一行四人兩兩一組，俘虜由前排當中的一人扛著，他們在自己勢力範圍內顯然很放鬆，完全沒有注意到有人埋伏；曼尼安慢慢採取高跪姿，拉弓搭箭，等待放箭時機。

此時咻地一聲一箭飛出，正中扛著俘虜的巨人，那人發出痛苦的哀號，把包裹一扔，雙手抱著中箭的腳；在一片混亂中，曼尼安又將第二支箭射向前排第二人的肩膀，強大的作用力讓那人直接倒向後方的兩人。高地人見縫插針，高舉利亞之劍大喝一聲，迅速從灌木叢後一躍而起，讓震驚的巨人措手不及，一連倒退了好幾步，一時間甚至忘了囚犯的存在；說時遲那時快，敏捷的攻擊者趁巨人還沒反應過來之前，用空出的手將癱軟的俘虜撈上肩膀，左竄右閃轉眼間就甩掉了巨人，距離他最近的那人試圖攔阻他不成，前臂還白白挨了一劍。就是現在，往摩米頓河的方向沒有人擋住去路！

一個毫髮無損、一個輕微受傷的巨人拔腿就追，但是笨重的盔甲再加上笨重的身軀在濕滑的草地上移動速度相對緩慢，但是仍然比曼尼安預期的要快，而且他已經精疲力盡不若他們體力充沛，更何況他還扛著個俘虜。現在強風夾帶著大雨，像針砭般扎在他的身上，他忍著全身痠痛赤足跑過草地、繞過灌木、跳過水窪，多次滑倒又立刻站起來往前衝。地上尖銳的石頭和星散的荊棘，讓他的腳滿是傷口，鮮血直流，但是他完全不感覺痛，只顧著往前跑，除了風聲雨聲，他什麼也聽不到，看似無止境的賽跑變成一場精神與耐力的嚴酷考驗。

前方還是看不到河。他已經不再回頭看巨人是否接近，他可以感覺到他們的存在，在心裡聽到他們沉重的呼吸，他們已經快速拉近距離。他必須再跑快一點！他必須趕快到達河邊，讓夏伊自由⋯⋯他不自覺地將這個人視為他的朋友，因為他一抓起這個神祕的俘虜時，就感覺到這人體態輕盈身型纖瘦，沒有理由不相信他就是失蹤的谷地人。在高地人一邊奔跑時，他也不斷掙扎著，還隱約傳出一些含糊不清的話語，曼尼安只簡短告訴他、他們就快到安全的地方了。

雨勢突然變大，滂沱大雨像用倒的一樣完全分不清東南西北，草原瞬間積水成澤；曼尼安被樹根絆了一跤，整個人往前摔進泥濘的草地，連帶讓他肩上的俘虜也跟著仆倒。又痛又累的高地人，手腳並用把自己撐起來，旋即拿起寶劍回頭看看，還好沒有追兵，看來大雨跟濃霧幫他一個忙；不過有限的可見度只能暫時延緩他們的追擊，屆時⋯⋯曼尼安猛烈搖頭，甩掉眼裡的水氣和憂慮，然後快速爬向拚命掙扎的俘虜；看來不管這件斗篷下包裹的是誰，狀況應該不錯，可以跟他一起跑，他的氣力已經快要耗盡。他知道他沒有辦法再承擔其他負重。

高地人拿著劍，眼睛盯著綁得牢牢的繩索。一定要是夏伊，他在心裡不斷告訴自己，一定要是夏伊；那些巨人和不明陌生人費了這麼大的功夫，做得這麼保密⋯⋯然後繩索被劍割斷⋯⋯一定要是夏伊！斗篷倏地打開，裡面的人掙脫出來。

曼尼安・利亞不可置信用力眨著眼睛，撥開雨水，瞪視著眼前這個人。他救的是一個女人！

24

一個女人！為什麼北方人會綁架一個女人？曼尼安透過滂沱雨勢望進疑惑地看著他的藍眼睛，她絕對不是個普通女人。她有著傾城國色，一張小巧的圓臉，小麥色的肌膚，配上精緻絕倫的五官，身材纖細姿態優雅，身上的絲質衣裳更突顯出她盈盈一握的腰身，而她的頭髮⋯⋯！他從沒看過那樣的頭髮！即使是因為大雨，頭髮又濕又黏地貼在臉上，她一頭及腰紅髮在灰暗的清晨中顯得十分奇異。他出神地看著她，但是腳下的傷口提醒他危機尚未解除。

曼尼安馬上起身，著地後一陣劇痛又立刻縮回，他覺得自己已經快要不支倒地，只能靠意志力和他的劍來支撐搖晃的身體。那女孩一臉驚恐地看著他；是的，他突然想到這點，她還能被叫做女孩；她起身扶著他，用一個低沉遙遠的聲音跟他說話，他搖搖頭，然後又傻傻地點頭。

「現在沒事了，我很好⋯⋯」他似乎已經有點語無倫次，「趕快過河，我們必須要去肯恩。」他們在大霧瀰漫的雨中快速通行。一邊走著，曼尼安覺得他的思緒逐漸清晰，體力也慢慢恢復中；那女孩走在他身邊，雙手抓著他的手臂，一半撐著他一半扶著他。他的眼睛不斷蒐尋四周，確定巨人距離他們不遠，然後他突然聽到了一個新的聲音，那是摩米頓河；河水因為大雨氾濫溢出河床，發出隆隆聲響，那女孩也聽到了，鼓勵性地抓緊他的手臂。

不一會兒，他們已經來到平行於北岸的山丘。眼見河川水位不斷上漲，曼尼安並不清楚他們跟肯恩的相對位置，擔心他們會完全錯過登島的機會；那女孩似乎知道他們所面臨的問題，她抓著他的手沿著山丘順流而下，一邊凝視著迷濛的對岸。曼尼安也不多問，就讓她帶著他走，而他則把心力放在追兵上。現在雨勢似乎有減緩趨勢，霧也漸漸散去，再過不久暴風雨即將過去，能見度也將恢復正常，屆時他們在獵人面前將無所遁形；他們必須冒險渡河。

曼尼安不知道那女孩帶著他沿著河邊走了多久，忽然間那女孩停了下來，慌忙地用手指著河堤邊的小船，曼尼安立刻把劍繫到背後，和女孩一起把船推進湍急的摩米頓河裡。滔滔激流不斷把小船往下游帶，曼尼安拼命地划，船卻老是團團打轉，隨著奔騰的水勢顛簸起伏，這場人與河之間無止境的拉鋸戰讓曼尼安的腦袋也開始暈眩失衡。

接下來發生了什麼事，他已經沒有印象；他依稀知道有人把他從船上拉到岸上後便不支倒地，他聽到女孩輕柔的聲音跟他說話，然後一片黑暗襲來，他就失去意識。他在睡與不睡的邊緣天人交戰，被危險追著跑的不安全感不斷啃噬他疲憊的心靈，他要自己起身抵抗，但是他的身體無法回應他的要求，最終還是闔上了沉重的眼皮。

當他醒來時，日前的滂沱大雨變成毛毛細雨，不斷落在玻璃窗上，讓微弱的光線得以透進來；他躺在溫暖舒適的床上，一覺醒來後精神飽滿，傷痕累累的腳也變得乾乾淨淨並綁上繃帶，北方人恐怖的追逐看似已經離他遠去。他環顧裝潢精緻的房間，馬上就知道這不是一般老百姓的家，而是皇室所有，因為房內擺設有著卡拉洪國王的佩章和紋飾。高地人靜靜躺在床上打量著房間，恣意放任睡意完全退去，讓腦子完全清醒過來；他瞧見床邊椅子上放著一套乾淨的衣服，正打算起身著裝時，房門剛好打開，有位年長的侍女帶著一盤熱騰騰的食物進來。她禮貌性地點頭微笑致意，連忙走到床邊，把餐盤放在高地人的腿上，把枕頭撐在他背後，催促他趁熱全部吃完；很奇妙的是，他讓曼尼安想起自己的母親，那慈祥愛操心的婦人在他十二歲時便去世了。這個侍女一直等到他吃了第一口才轉身離去，並將身後的門輕輕帶上。

曼尼安慢慢品嘗著佳餚美饌，覺得他的身體再次充滿了能量；一直到吃了快一半他才想起來，他已經至少二十四小時沒吃過東西。他再次望向細雨紛飛的窗外，不知今日是何日，是他昏倒的那天？還是已經過了一天…他驀地想到前來肯恩的主要目的，是要警告他們北方大軍入侵在即，現在可能為時已晚！這個想法讓他整個人為之僵硬，此時門又打開了，這次是他所救的那個年輕女子，神清氣爽，穿著暖色系的長禮服搖曳生姿，一頭秀麗紅髮光可鑑人，即便是在這樣昏暗的陰雨天裡依舊閃閃發亮；她絕對是利亞王子所見過最讓人驚豔的女子。他突然想起他舉了一半的叉子，將把它放回餐盤，對她微笑致意；她關上門走到床邊，他內心忍不住讚嘆她不可思議的美貌。她怎麼會遭到綁架？巴力諾知道這件事嗎？他會給他什麼樣的答案？她站在床邊，用一雙清澈深邃的眼睛看著他。

「你看起來很好，利亞王子，」她微笑道，「休養之後你就快康復了。」

「妳怎麼知道我是…？」曼尼安困惑問道。「你的劍上有著利亞國王的標記，除了他的兒子，誰能夠擁有這樣的武器？但我並不知道你的名字。」

「曼尼安。」高地人應道，年輕女子伸出她纖細的手與他一握，開心的點頭。「我是雪若．雷文洛克，這裡是我家，島城肯恩，如果不是你，我可能再也回不來了；由衷感激你的仗義相助，我將終生銘記在心，並成為你的朋友。我們一邊談，你一邊吃吧。」

語罷，她便坐到床邊，並示意曼尼安繼續用餐；他再次舉起叉子時，隨即想起入侵這檔事，匡噹一聲把叉子丟到餐盤上。

「妳必須傳話給泰爾西斯，給巴力諾，跟他說北方大陸已經展開入侵行動！有一支大軍就駐紮在肯恩北邊，準備要…」

雪若馬上搭腔，「我知道，沒事的。」舉起手阻止他繼續說下去，「即使在睡眠中，你也不斷提到此事；在你還沒昏過去前，你就把警告傳達給我們了；現在話已經帶到泰爾西斯。由於國王依然病重，現在是帕蘭斯．巴克哈納代替出走的哥哥執政；肯恩市已經動員防禦，但此時還無真實危機，摩米頓河因為暴雨氾濫，讓大軍無法過河。我們在後援到達前應該是安全的。」

「巴力諾應該在好幾天前就回到泰爾西斯了……」他警覺地問道，「那邊境軍團怎麼樣了？全軍動員了嗎？」那女孩茫然地看著他，顯然不知道巴力諾和邊境軍團的情況。曼尼安霍地把餐盤推到一旁，從床上起身，驚愕的女孩跟著他站起來，試著讓激動的高地人平靜下來。

「雪若，也許妳認為妳在這個島是安全的，但是我向妳保證，現在分秒必爭，我們全都沒時間了！」曼尼安大聲說道，伸手去拿他的衣服，「我親眼見識過敵軍的百萬雄兵，區區河水根本擋不了多久，妳不要妄想會有奇蹟發生。」他在解開睡衣的第二顆扣子時停了下來，突然想起這裡有個年輕女子；他手指著門，但她搖頭不從，然後轉過身去，避開視線讓他更衣。

「妳怎麼會被綁架？」曼尼安問道，一邊快速著裝，一邊審視著她窈窕的背影；「妳知不知道妳對北方人來說有何重要性，除了妳是個美女之外？」他調皮地笑著，弗利克的自以為是似乎又回來了；即使沒看到她的臉，高地人也知道她已經害羞地滿臉通紅。她沉默好一會兒後才又開口。

「我不記得到底發生了什麼事……」她如是說道，「當時我已經睡了，被房裡的聲音吵醒，然後有個人抓住我。我想起來了！是一塊沾了某種惡臭液體的布，讓我不能呼吸，然後我就失去了意識；接下來我只記得躺在河邊沙灘上，我猜想那是摩米頓河。我被毯子包住，完全看不到，只能聽到一點聲音，但是我完全不懂他們在說什麼。你知道原因嗎？」

曼尼安搖搖頭聳了聳肩，但想起那女孩背對著他看不到，又補上「不，我完全猜不透，」一句。「有個男人載妳過河，然後把妳交給四個巨人。我無法看清那個人，但是如果再看到他的話應該可以認得出來。那麼回答我第一個問題，為什麼有人要綁架妳？轉過來吧，我已經換好衣服了。」

她聞言照做，然後走向他。「我有皇室血統，曼尼安。」她輕聲回答。

曼尼安停下手邊的工作，抬頭看著她；當她認出劍上的利亞紋飾時，他就知道她不是肯恩的普通市民而已；現在他或許可能找到她被綁架的原因。

「我的祖先是肯恩國王，在一百年前，巴克哈納取得政權前，曾經統治過整個卡拉洪。我是…嗯，我想你可以說我是個公主，前朝的公主，」她對這個愚蠢的說法忍不住笑了出來，而曼尼安也報以微笑。

「現在我父親是管理肯恩內政的議會長老，卡拉洪的統治者才是國王，但卡拉洪是個開明的國家，因此國王很少干預肯恩的管轄。他的兒子帕蘭斯一直很喜歡我，他打算娶我這也早就是公開的秘密；我…我想，敵軍可能會想藉此來要脅他。」

曼尼安冷靜地點頭，旋即閃過一個想法：帕蘭斯並非卡拉洪的第一順位繼承人，除非，除非巴力諾發生不測。除非他們確定長子巴力諾不會出現，不然怎麼會浪費時間對小兒子施壓？他再次想起雪若對卡拉洪王子回國之事一無所悉，這應該是好幾天前發生的事，而且應該是全國民眾都會知道的大事才對。

「雪若，我睡了多久？」他憂心忡忡地問道。「將近一整天，」她應道，「他們昨天早上把我們從摩米頓河拉上來時，你已經累癱了，我想，你應該好好睡一覺；你已經給了我們你的忠告…」

曼尼安氣急地大喊，「又少了二十四小時！如果不是因為下雨的關係，這個城市早就淪陷了！雪若，妳父親和議會！我必須跟他們談一談！」她的遲疑讓他著急地抓住她的手臂，「議會在哪裡，趕快帶我去找他們！」

不待女孩帶路，他直接抓著女孩的手臂往門外走，經過長廊走出住家到戶外寬敞的草坪，在毛毛細雨中一路往議會廳的方向跑去；雪若一邊問他是怎麼來到這裡，但是曼尼安的回答避重就輕，不願意說出亞拉儂和沙娜拉之劍的事。他覺得他可以信任這個女孩，但是亞拉儂的警告言猶在耳，絕不能將沙娜拉之劍背後的故事告訴帕瑞諾之行以外的任何人，因此對她隱瞞了這一部份事實，而是告訴她，他是受巴力諾之託，前來助他抗敵；雪若不疑有他，相信了他的說法，讓他覺得說謊騙她很有罪惡感，不過亞拉儂也從未將事實真相全盤托出，也許他知道的根本比他所想的要少。

他們抵達議會廳，悠閒站在入口旁的警衛，什麼都沒問，他們便馬上進入，穿過挑高的長廊，走上迴旋梯，靴子急匆匆踩在石地上的聲音不斷在梯間迴盪。議會的會客室位在四樓，他們來到會客室木門外時，雪若建議由她先去通知她的父親和其他議員，儘管不情願，高地人還是同意等候；她進去後，曼尼安靜靜地在走廊上站著，聽著裡面急切的低語聲，只能眼睜睜看著時間一分一秒流逝。

曼尼安的思緒暫時迷失在老建築的平靜裡，他想起各奔東西的夥伴們，從帕瑞諾一別後不知道有什麼遭遇；也許他們不會再聚首，再經歷一次之前那樣恐懼的日子，但是他永遠也忘不了他們臨危不懼的過人勇氣和犧牲自我的無私大愛。一想到他們一路過關斬將，一股自豪感油然而生，就連趕鴨子上架的弗利克都展現出堅定不移英勇不屈的氣節，大出他意料之外。

曼尼安一動不動站在大廳中央，眼神空洞地落在斑駁的石牆上；夏伊和沙娜拉之劍，一個保守份子和一個舊時代產物，如今卻是未來的希望，生存的關鍵。

議會廳沉重的木門在高地人身後打開，他的思緒也在雪若輕柔的聲音中嘎然而止。站在高挑的入口處等待的她看起來很嬌小柔弱，漂亮的臉蛋滿是憂慮，難怪帕蘭斯．巴克哈納想要娶這女子為妻；曼尼安走向她，牽起她的手進入議會廳。古老的會室莊嚴雄偉，這裡是這個島城的基石所在；二十個人圍坐在一張長木桌旁，每一張臉看起來都年高德劭，或許也很博學睿智堅決果斷，不過他們的眼睛卻背叛了他們外表的平靜，雖然未說出口，但憂國憂民的恐懼一目瞭然，他們知道雨停水退之後，北方大軍就會採取進一步行動。他停在他們面前，女孩依舊站在他身邊，腳步聲在期望的靜默中漸漸消失。

他用詞小心精準，仔細描述大軍在黑魔君的麾下集結，他還提及部分前往卡拉洪的故事，談到巴力諾和星散於四方大陸的其他夥伴們；他並沒有說出沙娜拉之劍或是夏伊神祕的身世，就連亞拉儂也提都不提，除了肯恩面臨入侵危機之外，這些長老沒有必要知道其他非關於此的事。

曼尼安呼籲他們趁大軍還未全面進攻之前，現在還有時間馬上撤離這座城市，言畢，他感到一股莫名的成就感；他不惜冒生命危險前來警告這些人，如果他失敗了，他們將連逃命的機會都沒有就全數遭到殲滅。能夠不辱使命對利亞王子來說真的非常重要。

議會成員又氣又驚地爭相發問，曼尼安極力保持平靜，向他們保證威脅已經迫在眉睫；終於，一開始的紛亂喧鬧逐漸平息，大家開始為種種可能性展開辯論。少數長老以為，肯恩能在帕蘭斯王子率領邊境軍團趕來馳援前挺住，但是多數人認為，雨這幾天就會停了，一旦如此，北方大軍就會肆無忌憚地搶灘上岸，肯恩將毫無招架之力；曼尼安靜靜聽著議員們商量籌議，自己也在腦子裡推敲各種可能方案。

最後，一名激動的灰髮男子，也是雪若的父親，在議會你來我往的辯論中轉向曼尼安，將他拉到一邊私下會晤。「你見過巴力諾嗎，年輕人？你知道可以在哪裡找到他嗎？」

「他應該在幾天前就回到泰爾西斯了，」曼尼安憂心忡忡應道，「他打算動員邊境軍團為此番入侵做好準備，伊凡丁・艾力山鐸的兩個堂弟也跟著他一起回去。」老者皺眉搖頭，一臉驚愕。

「利亞王子，我必須告訴你，情況恐怕更危急。卡拉洪國王洛爾・巴克哈納幾週前便已病重，而且情況一直沒有改善，當時巴力諾並不在，因此就由國王的小兒子代理他父親的職務；他的性格一直很不穩定，到後來愈來愈乖僻怪譎，代理王權後發布的第一道命令，就是解散邊境軍團，裁到只剩下一小部分。」

「解散！為什用這樣的名義…？」曼尼安不可置信地大喊。

「他認為邊境軍團沒有存在的必要，」對方馬上接話，「所以他用自己的心腹取而代之。事實上，他一直覺得活在兄長的陰影下，而邊境軍團更是由國王下令直接聽命於巴力諾；很有可能是帕蘭斯認為他們仍效忠於國王的長子更勝於他，而若國王駕崩，他也無意將王位還給巴力諾，圖謀之心昭然若揭。邊境軍團多位指揮官和巴力諾的下官從屬不是被抓就是被關，而且為了避免此端無理之舉引起公憤，這些行動全都祕密進行；我們的新王只聽信弄臣，也是他唯一的密友兼顧問史坦明的饞言。他是個陰險的神祕學家，到處招搖撞騙的神棍，把自己的野心私心擺在第一位，一點也關心人民、甚至是帕蘭斯・巴克哈納的福祉。在我們的領導權如此分歧不定的情況下，我們怎能期盼能擋住入侵行動，我甚至不確定我們能夠讓王子相信大難臨頭，除非敵軍已經兵臨城下！」

「那麼巴力諾恐已身陷險境。」曼尼安陰沉地表示，「他已經去了泰爾西斯，完全不知道父親病重，也不清楚弟弟代位取得主導權，我們必須馬上傳話給他！」

議員們群情激動，全都站起來激烈辯論著該如何拯救即將陷落的肯恩，雪若的父親匆匆走到人群中間，又花了好一陣子才讓大家恢復秩序繼續討論；曼尼安聽了一會兒，注意力便飄到窗外，他留意到天空已經不若之前昏暗，雨勢也有減緩跡象。

看來明天雨就要停了，因為摩米頓河暴漲而駐紮在對岸的敵軍可能會開始想辦法過河，如果沒有勢均力敵、訓練有素的軍隊保護這座城市，肯恩很快就會淪陷，人民將慘遭屠殺。他突然想起亞拉儂，那個足智多謀的德魯伊會怎麼做；現在情況不明，泰爾西斯被一個野心勃勃又失去理性的篡位者所統領，肯恩又群龍無首，議員們各執己見，爭辯一個早就該付諸執行的行動；曼尼安耐心漸失，再討論下去實在愚不可及！

「議員們！聽我說！」他惱怒的聲音響起，如洪鐘之鏗鏘擲地有聲，嘈雜的長者們漸漸靜下來。「如果我們現在不行動的話，不光是卡拉洪，整個南方大陸，包括我的家和各位的家，都將毀滅！等到明晚，肯恩將化為焦土，人民將淪為奴隸。我們生存的唯一機會就是逃往泰爾西斯避難，戰勝北方大軍的唯一希望就是巴力諾重新召集的邊境軍團；精靈軍隊以伊凡丁為首，將與我們一起並肩作戰，長年和地精抗戰的侏儒也承諾鼎力相助。為了救亡圖存，在聯軍完成合縱對抗敵人之前，我們必須堅持下去！」

「好個義正詞嚴的呼籲，利亞王子，」激動的高地人一停下來，雪若的父親馬上接口，「但是也給我們個方法以解決當前的問題，好讓我們的人民前去泰爾西斯。敵軍就駐紮在對岸，我們可以說是毫無防衛能力，還得讓島上將近四千人平安撤離到位於南方數十哩之遙的泰爾西斯；不幸的是，敵人已經在沿岸部署了哨兵，以防我們提前脫逃。我們要怎麼克服這樣的難關？」

曼尼安唇間掠過一抹微笑。「我們主動出擊，」曼尼安言簡意賅。所有人目瞪口呆看著眼前這個看似消極的小子，正要開口駁斥時，他舉起了一隻手。「攻擊，正是他們最料想不到的反應，尤其是夜襲。如果我們戰術執行得宜，對他們的側翼發動奇襲，可以混淆他們，讓他們以為遭到重兵攻擊，夜色再加上騷動可以隱藏我們的真實戰力；這樣的攻擊肯定會吸引島嶼外圍哨兵的注意，一個小小的指令可以製造出很多噪音、點燃很多把火苗，拖住他們至少一個小時的時間，然後我們便可以趁機全面撤空。」

其中一名長者不認同地搖頭。「雖然你的計畫很大膽，但是一個小時的時間還是不夠，年輕人。即使我們能夠將四千人撤離島上，還要帶他們南下五十英哩走到泰爾西斯；在正常的情況下，婦孺都需要走個幾天才能到達，更何況只要敵軍發現我們棄城了，他們一定會追過來。我們無法預期可以超越他們，為什麼還要去攻擊他們？」

「不需要超越他們……」曼尼安應道，「不必帶著他們走陸路，而是帶著他們走水路！讓他們搭乘小船、木筏，或是可以連夜打造出來、任何會浮起來的東西都好；摩米頓河往南流入卡拉洪，距離泰爾西斯約莫十英哩，在那裡上岸，所有人可以在破曉前抵達安全的地方，等到北方大軍恍悟後已經望塵莫及，不，是望河興嘆。」

議員們全體起立叫好，被高地人熱情的決心所感染，只要能夠救肯恩人民，就算全城淪陷也要放手一搏；簡短討論動員全城勞工之後，議院隨即休會。從此時到日落這段時間，所有市民都投入興建能夠運載百人的大型木筏；現在已經有幾百艘現成的小船，是市民平常用來前往大陸的交通工具，另外還有幾艘大型渡輪隨時待命。曼尼安建議議會下令所有士兵開始沿岸進行巡邏，以防有人擅自離島，除了議員之外，撤逃計畫的細節必須對所有人保密，不到最後關頭絕不輕言說出；高地人擔心有人可能會出賣他們，在他們還有機會行動前，先行洩漏他們的逃亡路線。雪若在自家被俘，還被帶離稠密的市區，過河送到巨人手中，不是熟悉島上環境的人絕對無法完成這個任務；不管他是誰，他依舊在暗處逍遙，如果逃亡細節被他知道，他肯定會想辦法警告北方人。如果想要成功，就必須絕對保密。

接下來的時間快速流逝，曼尼安暫時忘卻了夏伊和其他夥伴。利亞王子完全理解他所面臨的問題，運用他的所知所學來解決問題；這次的敵人不再是骷髏王或是服侍他的靈界怪物，而是血肉之軀，跟其他人一樣遵循自然法則或生或死的生物，高地人能夠理解並加以分析他們所帶來的威脅。而時間是他的計畫中唯一的致勝關鍵，因此他全心投入他此生最重要的一役，就是要拯救全城。

他和議員們一起指揮建造大型木筏，載運民眾前往安全的泰爾西斯；而上船的地點就位於城市的西南岸邊，那裡有個寬闊但卻隱密的水灣，木筏和小船可以趁著夜色從這裡下水，對岸河堤則是一整排的矮灌木。曼尼安認為，稍晚攻擊行動開始時，有一部份人可以涉水過河制伏對岸的哨兵，然後木筏小船便可以出發順流而下；雖然並不保證他們的船隻不會被發現，不過曼尼安相信，只要烏雲罩頂的天候不變，哨兵因為主營遇襲撤回，而市民又能夠保持安靜的話，疏散計畫就會成功。

到了傍晚，雨過天晴，全城將在一彎新月和滿天星斗的光輝下顯露無遺。當曼尼安看到天候轉好的跡象時，他正坐在議會廳某間小房間內，注意力暫時從他面前的大型地圖中抽離；而他身旁還有兩位被解散的邊境軍團成員，肯恩最高階級的軍團中尉指揮官亞努斯・山培，和一名頭髮灰白的老兵范德茲。范德茲是全肯恩最瞭解周邊地形的人，因此他也被叫來為攻擊計畫提出建言；而他的長官山培，就軍階而言，他實在超乎想像的年輕，連長年投身軍旅、精銳幹練的老兵都對他俯首聽命；他是巴力諾忠實的追隨者，一片丹心的他對泰爾西斯竟然不知道王子已然歸來感到憂慮。稍早前，他才從已遭裁撤的邊境軍團中挑選了兩百名精兵，組成一支攻擊部隊，準備執行今晚襲擊敵營的任務。

曼尼安提出的建議讓坐困愁城的肯恩獲得一線生機，雖然他的腳在救了雪若之後所受的外傷和瘀傷還沒好，他仍拒絕跟大家一起撤退；弗利克可能會嘲笑他目中無人剛愎自用，但是對岸開戰時，曼尼安．利亞豈能隔岸觀火。這麼多年來，他一直在追尋某種比自我滿足和再一次冒險的誘惑更值得他奮鬥的東西，在人族面臨幾世紀來最嚴重威脅的此時，他不要做個袖手旁觀的外人。

「這裡，就是我們要登陸的點，」范德茲高亢的聲音讓他的注意力馬上又回到地圖上，亞努斯附議，並望向曼尼安確認他也仔細在聽，高地人馬上點頭表示知曉。「他們會沿著沙洲布署衛兵防備，」他應道，「如果我們不馬上解決掉他們，會影響到我們的撤離計畫。」

「你的任務就是讓他們離開那裡。」軍團指揮官指示。曼尼安開口表示反對，但是馬上就被打斷。「我很感激你想要加入我們的決心，曼尼安，但是我們動員必須比敵軍更快，而你的腳現在並不適合長跑，大家都清楚這一點，因此沿岸巡邏兵就交給你了；比跟我們一起行動，讓水路暢通才是幫了我們一個大忙。」

儘管大失所望，曼尼安還是點頭表示同意。他多麼希望能夠站上前線，內心甚至還期盼著能在敵營找到被當成俘虜的谷地人；他憂傷地搖頭，夏伊啊夏伊，為什麼這樣的事會發生在像你這樣一個遺世獨立的人身上？這個問題可能永遠無解，除非，或許，只能一死了之。

沒多久會議就結束了，曼尼安沉浸在自己的思緒裡，茫然地晃出會議室，下意識走下石梯，離開雄偉的議會廳，往雪若家邁進。到底要往哪裡去？黑魔君的威脅就像一堵無法翻越的高牆，他們要怎麼打敗一個沒有靈魂的生物，一個生存法則跟現世完全不同的生物？一個來自不知名村落的天真少年怎麼會是能夠摧毀這個魔物的唯一凡人？曼尼安真的很想弄清楚事情的前因後果，就算只是有關於黑魔君和沙娜拉之劍這幾千張拼圖中的一小片都好。

不知不覺中他已經回到雷文洛克家，他突然不想進去，也不想跟任何人在一起，很快又轉身離開門口，此時的他寧可待在空無一人的陽臺，沉浸在孤寂中。他沿著步道慢慢走到屋旁的花園，由於連日大雨打落了樹葉花朵，現在是一地的潮濕和綠意。他無聲佇立，恣意任由那股絕望無力在他想到他已經失去多少時吞噬自己；在此之前，就算是隻身在黑暗的森林裡打獵，他也從未感到如此孤單，內心裡有個聲音告訴他，他再也回不去原來的地方，回不去他的朋友身邊，回不去他的家、他以前的生活，幾天之後，他將一無所有。

他搖搖頭，眼淚不爭氣地在眼眶裡打轉。

他身後突然傳來腳步聲，一個嬌小輕盈的身軀靜靜在他身旁停了下來，杏眼圓睜仰望著他一會兒後，又走到後面的花園，兩人默默無語，跟外界全然隔絕開來。此時忽又烏雲翻滾，日暮微光隱隱沒入幽暗之中，驚風亂颮密雨斜侵，曼尼安確信肯恩今晚將是個月黑天。直到午夜時分，毛毛細雨仍舊下個不停，精疲力盡的曼尼安一個踉蹌登上西南岸邊一艘簡陋的小木筏，兩隻纖細的手臂在他倒地時接住了他，他驚訝地瞪著那雙手主人的眼睛，雪若・雷文洛克；誠如她所言，她會等他，不管他在大撤逃行動開始前是如何苦口婆心，要她跟大夥兒一起走。傷痕累累的他，衣衫襤褸，身體被雨水和自己的血水浸溼，他任由她將乾爽溫暖的斗篷包覆在他身上，兩人蜷縮在黑夜裡等待著，她摟著他，讓他靠在自己肩膀上。

其他跟著曼尼安一起回來的人，現在也陸續登船，他們全都戰到形神俱累，但卻為自己當晚所展現出來的英勇感到無比驕傲，利亞王子從未見過在面對如此不可能的任務時，還能展現出如此大無畏的精神；這些傳言中的邊境軍團果然讓敵軍陣腳大亂，即使是突襲後四個小時的現在，還是鬧得人仰馬翻。對方千軍萬馬，規模超乎想像，他們見人就殺，就連自己人也不放過，簡直像著了魔似的。邊境軍團的人在前線浴血奮戰，敵我皆有死傷，曼尼安能保住一條小命，簡直是奇蹟。

綁住船隻的繩索鬆開了，他感覺到木筏漂離岸邊，順著水流進入航道，前往下游的泰爾西斯；幾個小時前，肯恩人已經成功撤離；四千人，搭著大輪船、小木筏、甚至是兩人座的救生艇，趁著哨兵以為卡拉洪雄師來襲而趕回主營的當兒，不動聲色順利出城。丁丁雨聲、潺潺水聲，再加上敵營傳出的嘶吼戰聲，完全遮蓋了人們發出窸窸窣窣的聲音，驚慌失措努力追尋自由的他們擠在船上彼此相依；就連暗沉的天空也為他們提供了絕佳庇護，所有人匯聚起來的勇氣支撐著大家，瞞天過海騙過黑魔君。

木筏規律地晃動讓曼尼安不自覺地打起盹來，恍惚中他做了好幾個奇怪的夢，焦躁不安的心竟然空前平靜；然後有一道聲音直達他的潛意識，強迫他醒來，一睜眼就看見瀰漫在他周遭耀眼的紅。他倏地瞇起眼，離開雪若懷裡，一臉困惑地看著北方天空有一片火光交映在晨曦清輝裡；雪若輕聲在他耳邊說話，聽起來氣若游絲又句句椎心。「他們放火燒城，曼尼安；他們燒了我的家！」曼尼安垂下眼，用一隻手緊緊握住女孩纖細的臂膀；雖然肯恩人找到出路，但肯恩市卻到了盡頭，帶著尊嚴化為焦土。

25

在暗如墳墓的小囚房裡，不知過了多久，幽閉中那種孤絕感還是不斷啃噬著他們的知覺，摧毀三人辨識時間的能力；除了自己渾濁的呼吸聲外，他們只聽到老鼠匆匆跑過以及水滴有節奏打穿石頭的聲音，最後就連他們的耳朵也開始出現幻聽。在上頭某個明亮的地方，帕蘭斯．巴克哈納正在決定他們的命運，也間接決定了南方大陸的命運。

巴力諾和精靈兄弟在俘虜他們的人離開後沒多久，馬上就掙脫了綁住三人的繩索，一把扯掉眼罩，三人在黑暗裡聚在一起商議。房裡除了泥地石牆，四壁蕭條空空如也，巴力諾很熟悉皇宮地窖，但是卻不認得關押他們的這個房間。而此時他才恍然大悟，原來他們竟是被關在比酒窖還要深的地牢，這個數百年前就已存在的地牢後來被封起來，也逐漸為人所淡忘，帕蘭斯一定是發現了地牢的存在，重新開啟作為私人所用。進宮陳言反對解散邊境軍團的人很有可能也是被關在這裡；不過這個監獄十分隱密，巴力諾懷疑外人根本找不到這裡。

他們很快就結束討論，因為結果很清楚，巴力諾已經指示席隆上尉，如果他們沒有回來，就去找巴力諾最信任的兩位指揮官金尼森和范威克，命他們重新集結邊境軍團抵抗黑魔君的入侵行動；同時席隆也會傳話給精靈國和侏儒國，向他們警告現在這個情況，並請求即刻支援，伊凡丁不會允許他的堂弟淪為卡拉洪的階下囚，時間不會太久，亞拉儂聽到他們的遭遇也會盡快趕來。他想，四個小時應該早就過去了，只剩下早晚的問題；但是現在時間寶貴，再加上帕蘭斯有意竄位，他們命在旦夕處境堪憂。邊境人現在開始後悔當初沒有聽都林的建議，在情況還不明朗之前別跟他弟弟發生正面衝突。

他從沒料想到事態會如此一發不可收拾；帕蘭斯已經完全失控，對他恨之入骨，完全聽不進巴力諾要說的話。但是這種不理性的行為實在不尋常，絕對不僅只是兄弟倆個性差異造成今日帕蘭斯殘暴的表現；而他父親的病也很奇怪，帕蘭斯似乎認定他的兄長難辭其咎。就連雪若．雷文洛克也被牽扯進來，幾個月前帕蘭斯瘋狂愛上這個迷人的女性，不顧對方的緘默誓言要跟她結婚；那個肯恩女孩肯定出事了，而這筆帳也算到巴力諾頭上。如果她真的失蹤了，帕蘭斯會不惜任何代價讓她平安回來，誠如他們被關進地牢前，帕蘭斯所暗示的那一段話。邊境人把情況向精靈兄弟解釋清楚，他肯定帕蘭斯很快會來找他們，質問那年輕女子的下落，而當他們告訴他不知道時，他也不會相信他們……

但是超過二十四小時過去後，還是無人前來，也沒有東西可吃，一開始他們還想找找看鐵門上的絞鏈有沒有弱點，但是它門得實在太牢，而在沒有任何輔助工具的情況下，在冷如冰硬如鐵的泥地也挖不了多深；石頭砌成的牆壁雖然年代久遠，但還是非常的穩固牢靠，沒有任何泥灰碎掉的跡象。最後他們放棄逃跑，默默地坐回去。

不知又過了多久，他們聽到遠方傳來金屬碰撞的聲音，沉重的鐵門應聲開啟，接著是有人低聲交談和踩著石梯往地牢下來的聲音；他們馬上彈起擠到門邊，聽著這些聲音愈來愈靠近他們，巴力諾能夠聽出來其中一個是他弟弟，不過聲音卻有點遲疑沮喪。然後門閂倏地拉開，尖銳的金屬摩擦聲，震得他們早已習慣監獄裡一片死寂的耳朵嗡嗡作響；再來，囚房的門緩緩往內打開，三人全都往後退開，閃耀的火光照亮黑暗的地牢，刺得他們睜不開眼。在他們慢慢適應光線的當兒，房裡進來了好幾人，全杵在門口。

卡拉洪國王的小兒子站在四人之首，臉部表情放鬆，嘴唇微微噘起，唯獨他的眼睛洩漏出心裡熊熊燃燒的恨意，雙手緊緊背在身後的他，用一種近乎深惡痛絕的眼神掃過一個個囚犯；他肯定是巴力諾的弟弟，兩人外貌身材如出一轍。而他身邊的人，即便是沒見過他的精靈兄弟，也一眼就認出那是神祕學家史坦明；他的身型枯瘦，還有些許駝背，穿得一身通紅，陰鬱的眼神看起來有說不出的邪惡，這人受到自以為是繼任新王的完全信任；他神經質地挪動手，就像被制約似的不斷舉起來撫摸頰邊的鬍子；在他身後還有兩個戴有獵鷹佩章的黑衣侍衛，另外兩個則站在門外，全都帶著邪氣的長矛。兩造在狹小的牢房裡藉著火光互相打量互不說話，然後帕蘭斯移向門邊。

「我要單獨跟我兄長談談，將另外兩人帶出去。」侍衛領命，將不從的兩精靈帶離房間。高大的王子等他們出去後，疑惑地望向兀自站在他身邊的紅衣人。

「我想您可能會需要我⋯？」那張充滿算計的臉直視著面無表情的巴力諾。「下去吧，史坦明。我要單獨跟我兄長說話。」他語帶惱怒，神秘學家順從地點點頭，快速退出去；沉重的鐵門碰的一聲關上，留下兩兄弟無言對視，只有火炬燃燒乾柴發出的嘶嘶聲打破沉靜。

巴力諾靜靜等著，試著從弟弟年輕的臉龐找出兒時曾經共享的愛與友誼，但他只看到暴戾之氣；不一會兒後，怒火和輕蔑被平靜和漠然所取代，兩種截然不同的情緒反應讓巴力諾覺得完全不合常理，彷彿帕蘭斯在演戲一樣。

「你為什麼回來，巴力諾？」一字一句聽起來很哀傷，「你為什麼這麼做？」

邊境人不語，無法理解他為何情緒驟變；之前，他還一付恨不得將他生吞活剝好挖出雪若・雷文洛克的下落，但是現在卻又好像完全不在意這一回事似的。巴力諾還沒從他突然轉變的震驚中回復過來，他逕自說著，「在…在這一切…在你變節之後，你可以躲得遠遠的，我希望你會這麼做，因為我們曾經那麼要好，而你，畢竟是我唯一的兄弟。我會成為卡拉洪國王…我應該身為長子…」他的聲音漸漸淡去，然後突然陷入某個思緒裡。巴力諾絕望地認為，他已經瘋了，再也無法跟他心靈交流！

「帕蘭斯，聽我說，好好聽我說。我什麼也沒做，對你是，對雪若亦然；幾個星期前我離開之後，我就在帕瑞諾，而我之所以回來，只是要警告我們大家，黑魔君已經籌組大軍準備橫掃南方大陸！為了所有人民，拜託你聽我說…」

他尖聲喝令穿透空氣，「我已經聽夠了這些愚蠢的入侵之論！我的士兵查遍了邊境，完全沒有看到敵人蹤影；而且，沒有人膽敢攻擊卡拉洪、攻擊我…我們的人民在這裡很安全，我為何要去管南方大陸的其它地方？我欠他們的嗎？他們總是讓我們孤軍奮戰，獨自守護這些邊境之地，我什麼也沒欠他們！」

他向巴力諾走近一步，手指著他，年輕的臉因為再度湧出的恨意扭曲變形。「當你知道我將登基為王之後，你背棄了我，哥哥；你不但對父親下毒，對我也想如法炮製，想要我跟現在的他一樣無助無能…被人遺忘，孤單死去。當你跟叛徒亞拉儂離開時，你以為你找到可以幫你奪回王位的盟友了嗎？我有多恨那個人，不，他不是人，是邪惡的東西！他必須被毀滅！而你，巴力諾，必須待在這個牢房裡，一個人，被人遺忘，就像你打算置我於死一樣，關到你死為止！」他突然轉身，狂放一笑，走向緊閉的房門，巴力諾以為他要開門時，他又停下來看著他，那抹悲傷的神情再度出現。

「你本可以逃得遠遠的，然後平安無事…」他喃喃自語，「就算我跟史坦明保證你不會回來了，他還是說你會的。這次他又說對了。」

巴力諾腦子飛轉，他必須抓住他弟弟的注意力，好查出他父親和朋友們到底發生了什麼事。「我…我發現我錯了，」他緩緩回答，「我回家是為了看我們的父親，還有你，帕蘭斯。」

「父親…」王子往前一步，彷彿這個名詞對他來說很陌生，「我們已經完全幫不了他，現在他就像死人一樣躺在南翼的房裡；史坦明像我一樣照顧他，但是我們愛莫能助，他好像沒有求生意志…」

「他發生什麼事了？」巴力諾失去耐心，充滿脅迫性地靠近對方。

「站遠點，巴力諾，」帕蘭斯急忙往後，充滿防心地抽出匕首保護自己；巴力諾遲疑了一會兒，他可以輕而易舉地奪下匕首，挾持王子當作釋放他的籌碼，但是他心裡有個聲音叫他別這麼做。他馬上停住腳，高舉雙手退回牆邊。

「你要記住，你現在是囚犯。」帕蘭斯滿意地點點頭，聲音有點不穩：「你對國王下毒，還想對我下毒，我可以判你死刑，史坦明建議我馬上處決你；但是我跟他不一樣，我不是懦夫，之前我也是邊境軍團的統帥…但他們現在全散了，解甲歸田去了，在我的統治下應該是個和平的年代。你一點也不理解，巴力諾，是嗎？」

邊境人搖頭否認，拼命拉住他弟弟的注意力。帕蘭斯顯然是瘋了，而原因也已不可考；現在的他，已經不是那個跟巴力諾從小玩到大、他所摯愛的弟弟，而是一個住在他弟弟身體裡的陌生人，一個處心積慮成為卡拉洪國王的陌生人。巴力諾知道背後主使就是史坦明，他使了某種手段扭曲了他弟弟的心靈，讓他為其所用，不斷用他才是天命灌他迷湯；帕蘭斯一直想要統治卡拉洪，就算他離開了泰爾西斯，他知道帕蘭斯確信總有一天自己會登基為王。而史坦明一直是他的密友，不但提供他大小建議，也伺機大進讒言，挑撥兄弟感情；一直以來，帕蘭斯一直都很堅定理智，但如今他完全變成另一個人，韓戴爾曾經錯判過帕蘭斯，很顯然地，巴力諾也錯判了。誰都預料不到今天這個情況，如今為時已晚。

「雪若呢，雪若怎麼樣？」邊境人馬上又問。怒氣再度從他眼裡消退，嘴邊緩緩漾出一抹微笑，痛苦的臉龐頓時放鬆下來。

「她好美…好美…」他傻氣地一嘆，張開手強調這種感覺時，匕首應聲掉落地上，「你把她從我身邊帶走，巴力諾；不過她現在安全了，她被一個南方人，一個跟我一樣的王子給救了。不，我現在是國王，他不過是個王子，一個巴掌大的小國，我連聽都沒聽過；他跟我會成為好朋友，巴力諾，就像我們以前一樣。但是史坦明…他說我不能相信任何人，我甚至必須把梅沙林和艾克頓給關起來；邊境軍團被遣送回家時他們來找過我，想要勸我…嗯，我想他們是想說服我放棄我的和平計畫。他們不瞭解…為什麼…」

他突然停了下來，眼神落在掉下的匕首，隨即將它撿起，像個擔心受到責罵的孩子，羞赧地對哥哥一笑，將匕首放回腰間鞘內；現在巴力諾心中再無疑慮，他弟弟已經無法做出理性決定。他突然為先前想要奪刀制人的想法大受衝擊，如果他那麼做了，他就犯了彌天大錯，現在他總算明白當時心底為什麼會出現那個警告聲；史坦明太瞭解帕蘭斯的狀態，才故意讓兩兄弟單獨留在房裡，如果巴力諾有意解除帕蘭斯的武裝並挾持他藉以脫逃，就稱了那個神祕學家的心，他正好可以冠冕堂皇地一舉殺了兩兄弟。如果他說帕蘭斯是因為他哥哥計畫脫逃時意外死亡，誰會質疑他？如果兩兄弟都殞命，而他們的父親又無法執政，邪惡的神秘學家可能會伺機掌握卡拉洪政府，而南方大陸的命運便落在他一人手裡。

「帕蘭斯，聽我說，我求你！」巴力諾輕聲乞求，「我們曾經那麼親密，我們之間的關係更勝於血脈相連的兄弟，我們是朋友，是夥伴，我們彼此信任，相互敬愛，所有問題終會迎刃而解；你不能忘了這一切，聽我說！就算是國王也要試著去瞭解他的子民，就算他們不認同他處理事情的方法，你也同意這樣的做法，不是嗎？」帕蘭斯冷靜地點點頭，眼神空洞超然，試著釐清占據在他腦子裡的陰霾；他似乎有些動搖了，巴力諾決心要挖掘出埋藏在他心底深處的記憶。

「史坦明在利用你，他不是好人！」他弟弟猛然回瞪他，往後退一步彷彿不想繼續聽下去，「你一定要明白，帕蘭斯。我不是你的敵人，也不是這個國家的敵人，我沒有對我們的父親下毒，我也沒有傷害雪若，我只想要幫忙……」刺耳的開門聲突然打斷他的請求，狡猾的史坦明現身，高傲地鞠躬行禮，進入囚房，殘酷的眼睛沒離開過巴力諾。

「我想我聽見您的呼喚了，我的國王。」他立刻換上笑臉，「您單獨在此好久，我想一定是發生了什麼事……」帕蘭斯似懂非懂地看著他，然後搖搖頭，轉身就要離開；在那一瞬間，巴力諾一度考慮要捏碎眼前這個邪惡的神秘學家，但他不確定這樣是否能救到自己，或是幫到弟弟，而機會也稍縱即逝。被侍衛帶回牢房的精靈兄弟不解地看著，隨即和牆邊的夥伴站在一起。此時巴力諾突然想起，帕蘭斯談及雪若時提到有個來自南方小國的王子，有個王子救了那個年輕的女孩，是曼尼安・利亞！但他現在怎麼會在卡拉洪……？

侍衛轉身準備離開，紅衣男引導著呆滯的王子，然後猛一回頭望向三人，小心撇向一邊的臉上露出一抹神秘的微笑。

「巴力諾，如果我的國王忘記跟你說明……」他的用字聽起來燃燒的恨意，「衛兵在外城牆看到你跟前邊境軍團的席隆上尉說話，他企圖告訴別人有關你的……困境，他已經被抓去關了，我想，他不會再給我們帶來其他麻煩了。現在事情就到此告終，你也將被人遺忘。」

最後一段話讓巴力諾心臟倏地下沉。如果席隆在連絡到金尼森和范威克之前就遭到拘押，那麼便無人可以重新集結邊境軍團，也無人能夠代替他訴諸於民；其他夥伴來到泰爾西斯後亦將無從知曉他被監禁，即使他們察覺不對勁，也找不到這裡，只有極少數的人知道皇宮深處的地牢，而且入口也都被封了。三人苦澀地看著侍衛將一小盤麵包和水放在地上，然後他們又離開，將照亮一室光明的火炬也全都帶走，只剩下陰森冷笑的史坦明，手上握著最後一隻火把等著頹喪的帕蘭斯跟在魁梧的侍衛身後離開；但是帕蘭斯突然困惑地停下來，無法將目光從他哥哥驕傲但順從的臉上移開，微弱的火光清楚映出他的輪廓和臉上那道深刻的疤痕。兄弟倆默默對視良久，然後帕蘭斯緩緩走向巴力諾，甩掉試圖拉住他的史坦明，來到距離他哥哥只有幾吋遠的地方，茫然的眼睛盯著他堅毅的面容，彷彿想要理解那張臉上所顯示的決心；一隻手不確定地抬起，在空中遲疑了一會兒，隨即穩穩地放在巴力諾肩上，手指抓得死緊。

「我想要…知道…」他低聲說道，「我想要瞭解…你一定要幫我…」巴力諾默默點頭，緊緊握住弟弟的手，展現對他的深厚感情；兩人握住許久不放，彷彿兒時的愛與友誼從未消失過一般。然後帕蘭斯轉身快速離開囚房，搞不清楚狀況的史坦明急忙跟上，緊接著是刺耳的關門聲，門閂匡嚐上鎖，三人再度被關進黑暗裡，隨著腳步聲漸漸遠去，又是無止境的等待，但獲救的希望已不復存在。

當晚，拱橋下方的公園裡，突然閃過一道黑影，快速奔向巴克哈納皇宮，一雙充滿戒心的眼睛緊盯著皇室高牆，探詢是否有衛兵巡邏；公園上方的鐵門有幾個守衛，藉著入口火炬的光線，可以看到他們戴著獵鷹的佩章。黑影慢慢爬上公園上面的高地，神不知鬼不覺地混入大門，趁著月色昏暗，徒手抓著堅韌的藤蔓爬上皇宮西邊石牆，小心翼翼地抬起頭來確認下面空曠的皇室花園沒有守衛，立刻翻過石牆，輕聲落在花圃中央。

半蹲伏著的神秘人快速衝向茂密的柳樹，屏住呼吸躲在大樹後面，他結實的身軀跟樹幹緊緊貼在一起，讓人完全查覺不出來他的存在；不一會兒又有一批守衛通過，談話的聲音一貫輕鬆自在。他偷偷躲在樹後休息了幾分鐘，藉機觀察草木茂盛的花園中心，那高大古老的卡拉洪皇宮；巨大的石砌建築只有幾扇窗是亮的，還傳來模糊的聲音，但無法得知來自於誰。一個閃身，入侵者快速穿越屋子打在花園上的陰影，躲到一扇沒有開燈的窗下，然後不斷用力推著窗鉤，試圖將它弄鬆；最後，發出了一個彷彿能穿透整個皇宮的聲響，窗鉤壞了，窗戶往裡頭打開。不等巡邏守衛有沒有聽到他強行進入的聲音，入侵者急忙鑽進窗縫，將身後的窗戶關上，微弱的月光這才捕捉到來人寬闊堅毅的臉，令人敬畏的韓戴爾。

史坦明將巴力諾和精靈兄弟關起來時犯了一個嚴重的錯。他的如意算盤打得精，席隆一離開巴力諾之後馬上就被監禁，讓他無法傳達王子的指示，巴力諾和同他一起進城的精靈兄弟，則安全地鎖在皇宮地底，就連王子的密友艾克頓和梅沙林也被關進牢裡，另外還派人在城裡到處散播消息，表示巴力諾短暫回訪後又去找亞拉儂了；史坦明讓帕蘭斯和泰爾西斯多數人民相信，那個人是敵人，會對卡拉洪造成威脅。如果巴力諾其他朋友來了，質疑他為何突然離開的話，他們一定會來皇宮找他的弟弟，也就是現在的國王，那麼就能安靜地解決掉那些人。看似天衣無縫的計畫，獨獨漏算了韓戴爾一人；不形於色的侏儒早就看穿奸詐狡猾的史坦明肯定會耍陰招，猜測他一定控制了心理失常的帕蘭斯，在找出失蹤的夥伴前，韓戴爾知道不能輕易洩漏行蹤。

一連串機緣巧合讓他重返泰爾西斯。當他離開三人時，一心只想著趕快到達伐夫利，然後再從那裡回庫海文；只要一回到他的國家，他會堅持立刻動員侏儒軍隊鎮守阿納爾對抗黑魔君的入侵行動。他連夜趕路，清晨抵達伐夫利，隨即拜訪了一些舊朋友，短暫寒暄後，直接去補眠，醒來時已是午後時分，簡單梳洗進食後，便打算立刻返回老家。但人還沒到城門，就發現街上有一群衣衫襤褸的侏儒要求去議會；韓戴爾急忙跟上被護送前往議會的他們，認出其中一人，追問之下，驚覺巨人和地精大軍已經從龍牙山脈南下，打算直取伐夫利，不出兩天就要來襲。他們隸屬於侏儒巡邏隊，發現大軍壓境後打算通風報信時不幸行跡敗露，一場酣戰後慘遭殺害，只有少數人逃到現在仍在過太平日子的伐夫利。

韓戴爾知道如果大軍朝伐夫利而來，肯定還有第二波、更大規模的武力往泰爾西斯而去，骷髏王肯定想一舉拿下卡拉洪大城，讓南方大陸門戶洞開；當下他的首要之務就是要警告他的族人，但是此去庫海文路途遙遠，一來一回得耗掉四天的時間。

而他也馬上發覺巴力諾肯定誤判情勢，他的父親恐怕已經不在其位。如果巴力諾在確保王位、奪回邊境軍團指揮權之前，就被他那瘋狂的弟弟或是那邪佞的神秘學家給殺了或是關了，那麼卡拉洪也危在旦夕；在一發不可收拾之前，得有人去警告邊境人。他當機立斷，命其中一名侏儒即刻返回庫海文，不論如何，一定要將話帶給侏儒長老，告訴他們侵略行動已經從卡拉洪展開，侏儒軍隊必須立刻前來支援伐夫利。卡拉洪絕不能淪陷，否則各方大陸將分崩離析，亞拉儂最恐懼的那個東西也將長驅直入；一旦南方大陸被攻克，侏儒和精靈軍隊也將四分五裂，最終勝利將歸統御四方大陸的黑魔君所有。

此時行動十分危險，韓戴爾花了好幾個小時的時間才回到泰爾西斯。森林裡到處是地精，這裡的偵察網路佈置得比龍牙山脈要嚴密。侏儒成功穿透地精最後一道防線時，天還是亮的，現在他已經十分接近泰爾西斯北方平原，雖然暫時免於被地精發現的危險，但前面還有史坦明和帕蘭斯的威脅；他曾經見過帕蘭斯幾次，但是王子應該不太記得他，至於史坦明也只遇過一次，不過，避免引起任何人的注意才是上策。

他混在一群商人和旅人之間進入泰爾西斯，經過高大的外城牆之後，在幾近廢棄的邊境軍團營地遊蕩了好幾個小時，跟那裡的士兵說話，試圖尋找他朋友的下落；最後，他總算探出他們早在兩天前的傍晚回到城裡，之後直接去了皇宮，接下來就再也沒有人見過他們，據稱巴力諾短暫拜會父親之後復又離去。韓戴爾知道這代表什麼，趁著天還亮著的幾個小時，他一直在皇宮附近看看有沒有其他線索。

他注意到守衛皇宮的士兵佩戴的是他不認得的獵鷹紋飾，主要城門、通城內外全戴著同樣的佩章，顯然是泰爾西斯唯一的執勤單位；就算他找到巴力諾，而他也還活著，並想辦法逃出來，要奪回這座城市的控制權並讓解散的邊境軍團歸建，恐怕也不是件易事。此外，侏儒也沒有聽到有人談到北方入侵的事，看來大家完全不知道大禍即將臨頭，韓戴爾簡直不敢相信帕蘭斯對黑魔君大軍壓境竟是如此淡漠，因為如果泰爾西斯垮了，洛爾・巴克哈納的小兒子也沒有王冠可戴了。韓戴爾仔細觀察沿著森狄克拱橋下方延伸出來的人民公園，等天一黑，他就要入侵守備森嚴的皇宮。

他在黑暗的房裡等了一會兒，緊緊關上身後的窗戶，躡手躡腳地走向門邊，從地板門縫發現有光，機警的侏儒盯著光亮的走道並無人員經過，但也隨即想到還沒有決定好接下來要怎麼做；巴力諾跟精靈兄弟可能在皇宮任何一處，他左思右忖馬上得到結論，如果他們還活著，最有可能的地方就是皇宮的地窖，他要從那裡開始找起。侏儒凝神靜聽，深吸一口氣後，平靜地走到走廊。

韓戴爾多次來此拜訪巴力諾，雖然不記得確切房間位置，但是大廳和樓梯都還有印象，也去過存放食物和酒的地窖。走到大廳盡頭，左轉便看到通往地窖的樓梯就在前方；他聽到後面有聲音傳來，立刻走向阻絕下層通道冷空氣的大門，但任憑他怎麼用力拉扯，大門還是文風不動，隨著聲音愈來愈近，他情急之下躲到旁邊，眼神正好落在靠近地板處有個門閂，難怪他怎麼開也開不了。當聲音一過轉角，侏儒冷靜地拉開門閂，立刻鑽進門內，才一關上，正好有三名準備交班的哨兵從轉角經過。

門內有些什麼，韓戴爾一點也不放在心上，直接走下石頭鋪成的階梯往黑暗的地窖去；到了階梯盡頭，侏儒沿著石牆一番摸索找到火炬架後，隨即用打火石點燃了火炬。

然後，他仔仔細細搜遍了每個角落，整個地窖都快翻過來了，還是一無所獲。看起來他的朋友可能沒被關在這裡，他不由得懷疑他們可能被囚禁在上面某個房間，但帕蘭斯或是他邪惡的朋友會冒險讓外人看到他們嗎，這樣的安排似乎不太合理；或許巴力諾真的離開泰爾西斯去找亞拉儂了，不過他馬上推翻了這個想法，巴力諾不是會拿這種問題找人幫忙的人，他會面對他弟弟，而非逃跑。韓戴爾絞盡腦汁猜想把他們關在哪裡才能完全避人耳目，最合乎邏輯的地方就是黑暗的皇宮地底…

他忽地想起在這地窖底下還有地牢，巴力諾曾經說起這檔事，還提到那些地牢早已廢棄封死；侏儒大受鼓舞，四處搜尋陰暗的地窖，試著回想起古老的通道蓋在哪裡。他很確定他的朋友一定被關在那裡，因為除了皇室成員和他們的摯友，外人幾乎不知道地牢的存在，就算最老的市民對這些陳年往事恐怕也早就不復記憶。

韓戴爾確定他在這裡看過被封閉的入口，如果真的被重新打開了，應該不難找到；不過經過他地毯式的搜尋，情況並不如他預期的樂觀，他再次懷疑自己是不是又弄錯了。他沮喪地靠著放在地板中間的酒桶，一雙眼睛來來回回搜尋著牆壁，試著回想起當時巴力諾帶他參觀的景象。現在韓戴爾正在跟時間賽跑，如果他無法在天亮前脫身，恐怕也會被抓；他知道他一定漏了些什麼。他低聲咒罵，從酒桶起來，在偌大的房間裡邊走邊想，跟牆壁有關⋯跟牆壁有關⋯

然後，他靈機乍現。通道不在牆，而是在地板中間！努力壓抑歡呼的衝動，侏儒跑到中央使盡吃奶的力氣移開笨重的酒桶，掩飾入口通道的石板也隨之出現；大汗淋漓的韓戴爾抓住一邊的鐵環，悶哼一聲用力往上拉，石板發出嘎吱聲響，然後完全露出通道，透過火光映入眼簾的是個古老潮濕、長滿青苔的石梯，侏儒舉著火把緩緩走進被世人遺忘的地牢，心中暗自祈禱，希望他別又錯了。

他馬上就感覺到一股陰寒腐臭的空氣迎面而來，刺鼻的霉味差點讓他窒息，他厭惡地皺起鼻子，加快下樓梯的腳步。這種跟墳墓沒有兩樣的狹窄洞穴才令人害怕，他不禁懷疑這個決定到底對不對，但萬一巴力諾當真被關在這個恐怖的地方，這個險就值得冒了；韓戴爾絕不會拋棄他的朋友。到達樓梯底部後，有一條往前延伸的走廊，他緩緩往前推進，即便是透過昏暗的火光，他已經可以看到前方石壁有好幾個鐵門，以固定間距一字排開；年代久遠又滿是鐵鏽的門上沒有任何窗戶，被大型金屬扣環牢牢固定住。任何人被關在這些沒有窗沒有光的小方塊裡，只能慢慢等死。

一路走過來，可以看出這些門已經許久不曾開啟。他忘了已經數了幾道門，昏暗的走廊看似無止境地深入黑夜之中，讓他想要大叫，但又害怕聲音傳到上面；回頭一看，他發現也看不見入口或是樓梯，就跟前方的路一樣漆黑。他咬緊牙關自我激勵，仔細查看他經過的每一道門有沒有最近使用過的痕跡。此時，大出他意料之外的事情發生了，在一片死寂中，他竟然聽到微弱的人聲。

他瞬間凝住，傾耳靜聽，果然又聽到了那個聲音，雖然很模糊，但百分之百是人類發出來的。佚儒循聲前進，但那聲音又倏地消失，他不死心地看向兩邊的門，其中一邊都是鐵鏽，而另一道門上則有新的刮痕，灰塵和蜘蛛網也被刷掉，門閂還上了油，顯然最近使用過！他一使力，往後拉開金屬門閂，猛地推開沉重的牢門，把火炬往裡面一照，昏黃的火光落在三張震驚的臉上，反射性地伸手擋住突如其來的光線。

四人再度聚首，精靈兄弟難掩喜悅滿臉笑意，巴力諾看似自在寫意，但那雙藍眼睛卻誠實地表露出他內心如釋重負的感覺。機智的佚儒又再次救了大家一命，但現在沒有感動的時間，韓戴爾馬上示意他們離開地牢，如果天亮前他們還在皇宮地底遊蕩，肯定會被發現，他們必須立刻回到市區。

然此時卻傳出石頭互相摩擦的聲音，然後轟然一聲巨響，就像墳墓被關起來似的，韓戴爾又驚又懼，衝向潮濕的石階後猛然停住；就在上頭，巨大的石板被關上了，通往自由的路被截斷了。佚儒難以置信地搖著頭，他救人不成，反倒讓自己也成了囚犯。他手上的火炬逐漸熄滅，四人陷入黑暗之中，再度開始無盡的等待。

26

「垃圾，除了垃圾什麼都沒有！」派那蒙挫折地怒吼，又踢了一次他面前那一堆無用的刀劍珠寶，「我怎麼會這麼蠢？我應該馬上就看到才對！」

夏伊默默地走到空地北邊，眼睛盯著奸詐的奧爾・費恩所留下的足跡；沙娜拉之劍已經近在呎尺，但他卻因為沒能認出它這種不可原諒的失誤與它擦身而過。魁梧的凱爾賽特悄悄地走近他，彎下身子靠近潮濕的草地，一雙眼異常和善地在他臉上搜尋著，謎樣的臉幾乎貼著他，夏伊靜靜地轉向暴走的派那蒙。「不是你的錯，跟你又無關，」他沮喪地低語，「我應該聽聽他那些胡說八道的混話，多少聽一點也好，是我自己沒有睜大眼睛看清楚。」

派那蒙顯然已經忍無可忍，護送一個愚蠢到家的谷地人在危險的帕瑞諾森林附近遊走，尋找可能是敵人的人跟一把只有夏伊知道但卻認不出來的劍。

這個紅衣盜賊和他的巨人朋友已經因為那把神秘的劍差點丟了性命，夏伊別無選擇，現在只能試著找到他的朋友；等他真的找到他們時，他首先就要面對亞拉儂，跟他說他失敗了，他讓大家失望了。一想到要面對嚴厲的德魯伊，他不由得渾身打了個寒顫。他突然想到之前在頁岩谷所聽到的預言，原來這一切早就已經被料到了，而夏伊卻完全忘了這一回事。

疲倦的谷地人閉上眼睛，他還是搞不清楚自己怎麼會跟圍繞著靈界和神劍這兩股力量之間的戰爭有關；他只感覺自己是如此渺小無助，看來現在最簡單的逃避方法，就是挖個洞把自己埋了，然後祈禱自己早死早超生。他打從一開始，就自認不夠格擔起這個拯救世界的任務，他什麼也不會，若非靠其他人的犧牲幫助，他無法來到這裡，但如今他手上依舊空空如也⋯⋯

「我決定了，我們去追他。」派那蒙低沉的聲音就像刀鋒砍在樹上般尖銳，夏伊吃驚地看著他。

「你的意思是說⋯追進北方大陸嗎？」

紅衣賊雙眼充滿殺氣的回看他，「他把我當傻子一樣耍，讓那個鼠輩逃了我寧願割斷自己的喉嚨；這次他再落到我手裡的話，我要讓他知道什麼叫做生不如死。」俊俏的臉看不出任何表情，聲音裡的憤恨如雷貫耳，這就是派那蒙的另一面，他可以冷血手刃一整個營地的地精，對抗無可匹敵的骷髏使者也毫無懼色；他這麼做不是為了夏伊，也不是為了要奪走沙娜拉之劍，而是要向膽敢傷害他自尊的人進行報復。

夏伊瞄了一眼凱爾賽特，他還是一貫無動於衷的樣子；派那蒙突然大笑，大步走向猶豫不決的谷地人。

「你想想看，夏伊，我們的地精朋友把這件事變得簡單多了，你找了這麼久的劍，他可是直接告訴你那把劍在哪兒了；現在你不必再找它，因為我們已經知道它在哪裡。」

夏伊點頭表示認同，還是有點擔心他真正的目的，「我們有機會追上他嗎？」

「這麼說好了，那正是我們的目標。」派那蒙滿臉自信，對著他咧嘴一笑，「我們當然能追上他，這不過是時間早晚的問題，困難處在於會不會有人捷足先登。地精根本無處可躲，而且他必須一直跑一直跑，因為他沒有人可以求援，就連他自己的族人都沒辦法幫他。他到底是怎麼地到沙娜拉之劍或是察覺它的價值，這一點我們已經無從得知，但我可以肯定的是，他百分之百是個叛徒。」

「他或許是把劍送交給黑魔君的地精之一，又說不定根本是囚犯？」夏伊推想。

「後者比較有可能。」另一人附和道，然後像是想到了什麼事似的望進北方濃霧深鎖的森林。

現在太陽已經完全從東邊地平線升起，但北方天空似乎暗得不合常理，就連平常聒噪的派那蒙都無言盯著這幅不尋常的景象，最後，他一臉狐疑地轉向大家。

「北方有點不太對勁。凱爾賽特，我們要馬上行動，在那個地精碰到其他人前先找到他，他人生的最後一刻是屬於我的！」

巨人馬上行動在前方帶路，低著頭尋找奧爾．費恩留下的蛛絲馬跡，派那蒙和夏伊緊跟在後；凱爾賽特毫不費力就找到了他逃跑的路線，轉過身用單手比了個簡短的信號，派那蒙翻譯給好奇的夏伊聽，那個手勢意指地精跑得太匆忙，根本無暇顧及他的足跡，顯然早已決定好要往哪裡去。夏伊開始猜想他會跑到哪去。既然沙娜拉之劍在他手裡，他可能會把劍交給自己族人呈給黑魔君，以此贖罪；但是奧爾．費恩被他們抓住時，表現毫無理性可言，夏伊覺得那絕對裝不出來，他一直喋喋不休，不成文法的單字片語就夾雜著劍在哪裡的訊息。如果夏伊對他的話多花一點心思去想，就能夠看穿奧爾．費恩正拿著他所夢寐以求的寶劍。不，那個地精已經精神失常，他的行動無法按照正常邏輯推理；他會從他們這裡逃到哪裡？

「我現在想起來了……」他們一邊往史翠里漢平原走，派那蒙一邊說道，「那個有翅膀的怪物一直堅持我們拿了劍，它不斷告訴我們它可以感覺到劍的存在，而事實也確實如此，因為奧爾．費恩把東西藏在布袋就躲在灌木叢裡。」

夏伊點點頭，現在回想起來，骷髏使者不斷明示他們那把寶劍就在附近，但是他們為了活命根本沒有注意到這個重要線索；派那蒙一肚子火，叨叨絮絮念著抓到地精之後，要用哪些慘絕人寰的方式來處置他。然後，前方就是森林出口，再過去就是寬闊的史翠里漢平原。

他們被眼前不可思議的景象震懾得愣在原地，一堵巨大的黑牆正鋪天蓋地而來，從北方大陸一路延伸到天際的盡頭；這是夏伊有生以來所見過最恐怖的一幕，內心直覺告訴他，這堵黑牆正緩緩南移，準備籠罩全世界，而這也意味著，黑魔君來了……

「我的天啊！現在這是什麼情況……？」派那蒙猛地住嘴。夏伊心不在焉地搖搖頭，這個問題可能沒有答案，那個東西已經超乎凡人所能理解；三人看著巨大的黑牆良久，像是在等著接下來會發生什麼事似的。然後，凱爾賽特彎下腰來仔細瞧著前方草地，往前走了幾碼後起身直指那堵黑暗的中心，派那蒙倒抽一口氣，一臉惡寒。

「地精跑向那團鬼東西去了，」他咬牙切齒說道，「如果不能在他到達那裡之前抓到他，那黑暗會遮掉他的足跡，我們將追丟他。」

前方幾哩遠處，一路死命逃跑的奧爾．費恩面對著那團黑色迷霧，也害怕地躊躇不前，一雙綠眼睛猛盯著盤繞的黑暗。地精一大清早就逃離那三個陌生人往北逃去，跑到沒有力氣時，開始拖著腳快走，一隻眼睛隨時盯著後面，唯恐有人追來。他的腦子已經無法理性思考，過去幾個星期來，他靠著本能僥倖存活下來，除此之外不做他想，他要讓那些不願意接納他的人對他刮目相看；別說外人，就連自己的族人都視他如草芥，孤獨導致他原本正常的心理狀態愈來愈扭曲，愈來愈偏執。

不過命運又開了他一次玩笑，讓他得到了贏回人類溫情的利器。拾荒維生的他偶然從史翠里漢平原上某個垂死之人口中得知了沙娜拉之劍的存在，那人一死，手中那把操縱凡人的神器就成為奧爾．費恩所有。就在他還在猶豫要採取何種行動之際，恐懼和猜疑仍不斷扭曲他瀕臨崩潰的理智，一時的優柔寡斷讓他淪入別人之手，也弄丟可以讓他重回族人身邊的寶劍；於是最後一絲理性也跟著斷線，絕望和瘋狂徹底傾覆了他早已嚴重失衡的心智，如今他內心只有一個也是最強的一個執念，就是劍在人在，劍亡人亡，除非他死，否則這把劍必是屬於他的。他荒謬地向俘虜他的人吹噓劍是他的，只有他知道劍在哪裡；但是俘虜他的陌生人只當他在胡說八道，聽不出他的言外之意，然後就讓他帶著劍逃往北邊。

他停住腳，茫然地看著擋住他去路的神秘黑牆。對！北邊！就是北邊！他陷入沉思，歪著嘴笑，死睜著眼睛，被驅逐的人可以在那裡找到安全和救贖；雖然內心有一股想要回頭的衝動，但是完全不敵救星就在北方大陸的想法，在那裡，他可以找到……主人。黑魔君。

他低下頭看著緊緊綁在腰上、長度已經拖地的古老劍帶，蠟黃嶙峋的雙手沿著雕工精細的把手往下摸，他高舉火把，上頭鍍的金漆已經逐漸斑駁，露出底下拋光的劍柄；他緊握把手，彷彿要將力量從劍身抽出來似的。笨蛋！所有人都是笨蛋！竟然不對他放尊重一點，他可是這把神劍的持有人，現世最偉大傳奇的擁有者，而它將會是他……他突然打住，擔心他的秘密被看穿，把劍偷走。

前方黑暗正等著他入內，奧爾．費恩一臉驚懼，但他已經無路可去。他想起那三個人。一個是高大的巨人，還有一個毫不掩藏恨意的獨臂人，跟一個半人半精靈的小夥子；他對後者一直有種奇怪的感覺，讓他心亂如麻。他茫然地搖搖頭，開始往前邁進，周遭一片死寂；他一直沒有回首，直到黑暗完全包圍著他，猛烈疾風和逼人寒氣取代了原先寧靜的氛圍。當他真的轉過頭去時，真正恐怖的是後面什麼都沒有，四顧全是凝重深沉穿不透的黑。風勢愈來愈強，他也開始注意黑暗裡的其他生物；起先他只是模糊意識到，接下來那些東西開始從濃霧中朝他步步逼近，最後那些看似活人的人，怯生生地用手指摸他的身體。

他放聲大笑，知道他現在所處的世界早已人事全非，這裡只有絕望地想要逃離永生苦牢的活死人。他加入他們之中，笑著、談著、甚至開心地唱著，他周遭圍繞著來自黑暗世界的生物，他們知道，這個瘋癲的凡人很快就會成為他們的一員，剩下的不過是時間早晚的問題；當他陽壽已盡時，他就會跟他們一樣，永遠失落。奧爾．費恩再也無法回到族人身邊。

三人連追近兩個小時，現在就跟地精當時一樣，停在那團黑色迷霧邊，審視著進入黑魔君屬地的門檻；這團霧像一層一層貼著裡頭的沉沉死氣，愈往裡愈黑暗，讓人無法看穿，恐懼之心油然而生。派那蒙來回踱步，目光沒離開過眼前黑霧，試著鼓足信心往前跨出這一步；凱爾賽特粗略查看附近地面，確認地精真的逃往北邊後就像個雕像一動也不動。

從他們開始追捕奧爾．費恩開始，夏伊又恢復了對命運的信念，他相信他們會找到他，拿回沙娜拉之劍；有股力量一直拉著他，跟他說他不會失敗，內心深處某個東西給了他全新的勇氣。他著急地等派那蒙說出繼續往前走的那句話。

「我想我們一定是瘋了，」紅衣賊再次行經夏伊時喃喃說道，「我可以從這道牆裡的空氣嗅出死亡⋯⋯」他猛地打住，停下來等夏伊說話。

「我們一定要追到他。」夏伊語氣平靜地回復。派那蒙看向他高大的朋友，但是凱爾賽特還是不動如山，他又等了更久，顯然對巨人打從他們決定深入北方大陸時就不表示任何意見有點心煩意亂；之前只有他們倆人相依為命時，巨人都站在他這一邊支持他，但是最近他卻一反常態，總是一付不置可否的樣子。

最後，冒險家肯定地點點頭，三人毅然決然躍入迷霧中，還好平原一片荒蕪沒有高低起伏，他們一路平順走了好一會兒，但隨著四周霧氣愈來愈濃，能見度愈來愈低，看著其他人只剩下模糊的身影；派那蒙馬上叫大家停下來，從背包裡拿出一條繩索，建議大家綁在一起以免走散，完成後便繼續往前走。

一路上寂然無聲，只偶爾傳出靴子走在硬地上的聲音。事實上，霧並不潮濕，但不舒服的黏膩覺卻讓他想起迷霧森林，他們雖然走得很快，還是感受不到風在吹；到最後，他們已經分不清楚東南西北，陷入全然黑暗之中。

他們一定已經走了好幾個時辰，但是杳無聲息的黑暗混淆了他們的時間感；身上的繩子讓他們遠離死亡滲進霧裡的孤寂，這一條救命索不但是他們跟其他人，更是他們與後面那個光明世界的連結。在這個幽冥世界裡，人的感官會窒息而死，任由恐懼恣意撒野；所有的不真實在黑暗裡變得能被接受，人類感官的限制全都消失在如夢似幻的往事裡，內心世界的景象、潛意識馬上一躍而起尋求認同。沉溺在潛意識裡一度讓人感到歡愉，但接下來不是開心或是討厭，而是直接成了行屍走肉，時間完全消失，迷霧永遠不散。內心深處緩緩出現灼熱的疼痛感，突然穿過夏伊麻木的身體，瞬間解放了他被蒙蔽了的心靈，他胸口的灼燒感愈來愈強烈；雖然還是很昏沉，身體卻異常輕盈，他疲倦地抓著束腰外衣，最後將手放在那股疼痛的來源、那只小皮囊上。

他緊緊抓著精靈石，迷失的神智再度清醒。他嚇了一大跳，原來他竟然躺在地上，根本沒有在走，也搞不清楚他們到底在哪裡；他瘋狂地拉扯腰間的繩索，呆滯的悶哼聲讓他至少知道他的夥伴還在。他掙扎地起身，這個不斷撫慰著他們，最終麻痺了他們的溫柔陷阱，差點讓他們永遠沉睡在恐怖的幽冥世界裡。全靠石頭的力量拯救了他們。

夏伊整個人都虛脫了，擠出僅存的力氣拼命將凱爾賽特和派那蒙從死亡邊緣拉回生命的世界；他一邊大叫，一邊使勁，結果反而跌向他們，他用力踢他們萎靡的身體，直到他們被痛醒。數分鐘過後，他們才意識到發生了什麼事，從而激起他們的求生意志，強迫自己站起來；他們彼此攙扶，逼自己一定要保持清醒，然後再度在黑暗中踽踽前行，每跨出一步，都是對身心靈極大的挑戰。這次夏伊走在前頭，不確定方向的他全靠精靈石激發的直覺來引導他。

最後，他們戰勝了疲倦，這次死亡敗給了求生意志，此刻三人得以在人類世界活得久一點；大家再次恢復活力，不正常的嗜睡狀態也退去了，但他們時時謹記，那種感覺勢必會再次來襲。他們不發一語，獨自品嘗他們剛剛所經歷過死亡的味道，也知道總有一天，它將不請自來永遠帶走他們。最後三人只記得他們九死一生逃過死神索命，恢復鎮靜後，繼續尋找這團迷霧的終點。派那蒙低聲詢問夏伊，他如何得知他們朝著正確的方向前進；他敷衍地點個頭，小谷地人也生氣地懷疑自己，不知道又怎樣，如果他的直覺是錯的，反正也沒人幫得了他們；精靈石已經救了他一次，他決定相信它們。他不知道奧爾・費恩是怎麼通過這團奇怪的黑霧，也許他自有方法，但這個可能性實在不高；而如果他淪陷了，沙娜拉之劍勢必也掉在某處黑暗的角落裡，他們將無法及時取回。

眼前是夏伊所見過最荒涼的地方，放眼望去灰棕色的漠土一片蕭條，沒有陽光沒有植物，就連最強韌的灌木叢都無法生存；萬物無聲警告，這裡是黑魔君的王國無誤。乾裂的硬土向北延伸，蜿蜒的峽谷只剩下早已乾涸的河床，這塊曾經生機盎然的土地如今除了死亡，其他什麼也沒有。遙遠的北方有幾座陡峭險峻的峰尖直上天際，夏伊知道那裡就是黑魔君布羅納的巢穴。

「現在你打算怎麼做？我們已經完全跟丟了，我們甚至不知道這位地精朋友有沒有活著走出那片鬼東西；事實上，我也不認為他有這個本事。」派那蒙盤問。

「我們要繼續找他。」夏伊平靜地表示。

「然後那些會飛的怪物則繼續找我們，」對方一針見血地指出，「事情已經超乎我的預料之外，夏伊，我已經沒興趣繼續追下去了，尤其是當我根本不知道對手是誰的時候；我們剛剛差點就死在那裡了，而且我完全沒看到是誰要弄死我們！」

夏伊理解地點點頭，這是他第一次看到派那蒙竟然會怕死，現在球權在夏伊手上，要不要繼續下去全由他說了算。凱爾賽特離兩人遠遠地，溫柔的棕色眼睛看著谷地人，濃密的睫毛會意地眨了眨；夏伊再度為他在巨人眼底深處見到的智慧所打動，對巨人還是一無所知的他，現在很想深入瞭解他；凱爾賽特是某個重要秘密的關鍵，是個連聲稱兩人交情匪淺的派那蒙都不知道的秘密。小谷地人最後說道，「我們可以在霧的這邊尋找奧爾・費恩，和骷髏使者賭上一把，或是，我們可以冒險回頭…」

話沒說完，派那蒙的臉色已經變白。「我不要再從那裡回去，至少現在不要…」氣餒的小偷斷然搖頭，他的義肢急忙伸到空中揮掉這個荒唐的提議，然後，他那抹熟悉的笑容近乎羞怯地重新回到臉上；他是如此強悍的一個人，對生存遊戲知之甚詳，不會讓任何東西威脅他太久。他硬是壓下在黑暗的死亡世界中盲目穿梭的記憶，用昔日冒險和偷拐搶騙所累積下來的豐富經驗幫自己重建信心；如果此行注定要死，他也要死得其所。

「我們先花一分鐘來整理思緒。」言畢，他又開始來回踱步，那個昂首闊步堅忍剛毅的派那蒙又回來了，「如果那個地精沒出來，那劍就還在那裡，我們隨時可以去找；但萬一他跟我們一樣出來了，那麼會去哪裡…？」話說一半，他的眼睛開始四處張望，尋找可能地點；凱爾賽特快速來到他身邊，直指北方的巉山峻嶺。

「當然，你又說中了，他一定朝那裡去了，那是他會去的唯一所在。」派那蒙虛弱地一笑。「黑魔君？」

夏伊輕聲問道，「他帶著劍直接去找黑魔君嗎？」

對方點頭。在沒有亞拉儂的協助下，他們就這樣追到黑魔君家門口去找地精，這個念頭讓夏伊臉色發白；如果行跡敗露，他們除了精靈石之外，將毫無招架之力，而石頭雖然可以打敗骷髏使者，但用來對付強大如布羅納的人，有沒有用則完全是個未知數。

第一個問題是奧爾・費恩有沒有逃出後面這團黑霧，他們決定往西沿著這堵霧牆的邊緣尋找地精的足跡，如果沒有，再沿著反方向找另一邊；如果還是沒有，那麼他們就能夠認為他肯定失落在殺人迷霧裡了，他們也將被迫重回那裡尋找劍的下落。沒有人喜歡後者，但夏伊向他們保證，就算是可能被靈界生物發現，他會用精靈石的力量來找它；這是一個賭博，但是如果想在大海裡撈針，他們就必須冒這個險。

三人立刻付諸行動，凱爾賽特犀利的眼睛不斷搜尋地精的腳印，直到天色愈來愈暗，意味著夜幕即將低垂，他們搜索地精的行動可能得暫時告一段落。此時狂風驟起，昏霧蔽天，夜晚氣溫直降，三人拉緊斗篷抵禦寒風。沒多久，一個風暴已然成形，暴雨肯定會將地精所有足跡通通沖刷掉…

但就像從天上掉下來的禮物一般，凱爾賽特發現有道足跡從霧牆出來，然後一路往北走，這些腳印顯示是一個身材矮小的人所留下的，可能因為身受重傷或是精疲力竭而走得搖搖晃晃；綜合種種跡象幾乎確定這就是他們所要找的人，這個發現讓三人喜出望外，趕緊沿著足跡追上去。忘卻了當天早上的磨難，忘卻了他們是踏在誰人的土地上，忘卻了他們失去了沙娜拉之劍後所感受到的絕望，奧爾．費恩再也逃不出他們手掌心了。天空黑雲翻騰，西邊開始出現沉悶的雷聲，狂風呼嘯而過，預告待會兒將有超級暴風雨來襲；他們急切地掃描北邊看看有沒有地精的身影，隨著腳印愈來愈鮮明，預告著他已經在前方不遠處。

這裡的地貌開始出現明顯變化，貧瘠的基本型態不變，如鋼鐵般乾硬的土地上零星散佈著岩石和石塊，高低起伏劇烈，加上沒有植被，再再增加行走困難，三人邊滑邊爬往前推進。強勁的風吹散鬆軟的土壤，風沙滾滾的模樣簡直就跟沙漠裡的沙塵暴一樣，讓人無法呼吸、睜不開眼，就連視覺敏銳的凱爾賽特也分辨不出他們正在追的足印，但是三人還是執意前進。

緊接著，雷聲轟然響起，一道道閃電不斷從他們頭頂劃過，天地為之撼動；罩頂黑雲從西邊愈來愈靠近，派那蒙在狂風中扯開喉嚨。「夠了！我們必須要在暴風雨來襲前找個地方躲起來！」

夏伊大吼「我們不能現在放棄！」聲音幾乎被同時響起的落雷聲給淹沒。

「別傻了！」高大的小偷艱難地靠近他身邊，單膝下跪用手擋住暴風揚起的沙粒，看到右手邊有個山丘，上面滿是突出的石塊，可以幫他們遮風避雨。他向兩人示意後，隨即往石塊的方向前進；頃刻間，大雨如注，狂風驟雨，雷鳴電閃，夏伊持續看著北方，他知道他們已經非常接近，不想在這裡結束。

當他們快靠近石塊時，他看到有東西在動，此時電光一閃勾勒出前方山頭有個小小的身影，迎著強風拼命想往山頂去；小谷地人瘋狂大喊，抓住派那蒙的手臂指向現在已經陷入黑暗的前方。三人按兵不動，傾盆大雨隨之倒下，接著又是一道閃電劃破長空，遠方山頭的小小挑戰者形跡畢露，耀眼銀光消逝後又是一片漆黑。

「是他！是他！」夏伊激動大叫，「我要去追他！」興奮的谷地人不等其他兩人急起直追，下定決心不再讓沙娜拉之劍從他手中溜走。

「夏伊！不！夏伊！」派那蒙急忙大喊，「凱爾賽特，快追！」大巨人拔腿狂奔，幾步就超越小谷地人，一隻手就輕鬆把他撈起，帶回派那蒙身邊；夏伊掙扎嘶吼，完全擺脫不了凱爾賽特鋼鐵般的箝制。派那蒙帶他們走進岩石間，在山丘東面尋找棲身之所，不理會夏伊的威脅和懇求；快速審視一番後，他在山頂看到一處三面都被大石塊包夾的地方，可以保護他們免於強風豪雨的襲擊；拼著最後一絲氣力，他們拖著疲憊的身軀頂住風雨，總算到達目的地時，三人全都累癱了。派那蒙隨即示意凱爾賽特放開夏伊，谷地人怒氣沖沖找他興師問罪，大雨恣意在他臉上奔流。

「你瘋了不成？」他的聲音夾在狂風和炸雷中爆發開來，「我本來可以抓到他的！我本來可以抓到他的…」

「夏伊，聽我說！」派那蒙把望向遠方的目光拉回來對上眼前生氣的臉，轟然一聲雷讓夏伊為之卻步，「在這樣的暴風雨下，根本追不上他，我們可能全都會被吹走，或是被泥流沖走；先平復你的情緒，等強風平息後，我們可以去幫地精收屍。」

夏伊忍住跟他辯論的衝動，隨著怒氣退去理性回來，他明白派那蒙的決定是正確的。

沒有任何保護力的地表慘遭暴風雨蹂躪，一道道泥流沿著山壁傾洩而下沖入峽谷。三人縮成一團躲在石頭邊禦寒，夏伊看著滂沱大雨灌注在荒蕪的土地上，四下除了他們三人彷彿沒有其他活人，這場暴風雨如果再拖得久一點，或許連他們也會被沖走。雖然他們有地方躲雨，但還是躲不過衣服被雨淋濕所帶來的不適。剛開始，他們只是默默地坐著，像是在等雨停後可以再去追奧爾·費恩，但是枯坐空等讓他們愈來愈疲憊，看來這場暴風雨將會持續一整天；他們吃了些東西，然後打算養精蓄銳睡飽再說。

派拉蒙將兩條毛毯放在用防水布料包裹起來的背包裡，他把毛毯給了夏伊，谷地人感激地回絕了他的好意，但一看凱爾賽特完全不受外界影響，倒頭就睡，因此兩人便將自己裹進溫暖的毛毯裡，彼此挨著，靜靜看著外頭的雨。

一會兒過後，他們開始聊起往事，派那蒙一如既往地主導話題，但這次他所說的旅行故事跟之前完全不同，去掉了荒誕瘋狂和天方夜譚的元素，夏伊這才明白，現在他所說的才是真正的派那蒙·奎爾。他們聊到忘了時間，忘了暴風雨，這是打從他們相遇以來，兩人第一次拉得這麼親近；隨著時間過去，夜晚降臨，夏伊開始從一個全新的角度認識他。小谷地人內心認為，也許對方也更瞭解他了。

最後，夜幕完全籠罩大地，就連雨也看不見了，只聽見風聲和水塘泥流潑濺的聲音，他們之間的對話開始圍繞著熟睡的凱爾賽特，猜測他到底來自何方，試著瞭解是什麼原因讓他來到他們這裡，又是什麼原因讓他接受重回北方大陸的自殺之旅，骷髏使者怎麼會一眼就認出他？就連派那蒙也坦承凱爾賽特絕非小偷之流。他的風度舉止流露出無比驕傲和勇氣，沉默的外表隱藏著深深的智慧，他的過去肯定有著不為人知的秘密，兩人都覺得這件事直接或間接跟黑魔君有關；兩人又聊了一會兒，直到凌晨睡意來襲，才裹緊毛毯進入夢鄉。

27

「那邊的人！等一下！」

弗利克身後某處發出一個嚴厲的聲音，如剜骨般削去他已然消逝的勇氣；谷地人緩緩轉身，腦子一片空白的他來不及想到要逃跑。最終還是被發現了；他緊緊握住藏在斗篷底下的狩獵短刀，雖然沒有太大的作用，但是當敵人逐漸靠近時，他的手指絲毫沒有鬆動。他對地精語所知有限，但是聲音語調足以讓他理解剛剛那句簡短的指令；他僵硬地看著一個壯碩的地精從帳棚暗處現身。

「別光只是杵在那裡！」身材圓胖的地精搖搖晃晃地靠近，一邊生氣地罵道，「趕快過來幫忙！」

谷地人一臉震驚地看著對方走向他，粗壯的手臂上疊了好幾層餐盤，跟著他顛簸的腳步都快晃出來了；弗利克想都沒想，立刻伸手接過上面幾層的餐盤，剛煮好的食物香味隨即撲鼻而來。

「總算看得到路了⋯⋯」地精如釋重負地鬆了一口氣，「如果我再繼續前進的話，肯定會把這些東西全砸了整個軍隊都駐紮在這裡，就沒人幫我拿首領的晚餐嗎？沒有一個地精願意，我必須全部自己來，真是讓人生氣─不過你倒是個好傢伙，還肯幫個忙，等等我請你好好吃一頓當作回報，嘿？」

這個多話的傢伙到底說了什麼，絕大部分的內容弗利克並不瞭解，不過這一點也不重要，重要的是，他並沒有被發現。他暗自喘了口氣，重新調整一下手上的餐盤，那人還是滔滔不絕說個沒完；弗利克罩著寬大的風帽，頻頻點頭假裝聽懂對方在說什麼，目光還是緊盯著大帳裡移動的身影，他必須進去那頂帳篷一探究竟。

接下來，那個地精彷彿讀出了弗利克的心聲，開始朝著他所想的地方前進，他還半轉過臉好讓他剛發現的夥伴聽清楚他的長篇大論。現在他知道了，他們正要送晚餐給帳棚裡的人，給組成大軍的兩國首領，以及令人畏懼的骷髏使者。

「真是瘋了，我馬上就會被看破手腳。」弗利克腦中突然浮現這些念頭，但是他又必須探探裡面的情況……然後，他們來到入口，那個地精大喊著請求進入，有個衛兵很快進入帳棚向某人報告，一會兒後又出現，示意兩人可以入內；地精從肩膀上方向簌簌發抖的弗利克點個頭，快步經過守衛，大氣也不敢喘的谷地人則盡職地跟在後頭，祈禱奇蹟出現。大帳內燈火通明，中間放置了一張大型木桌，幾個巨人忙著把桌上的圖表和地圖收到一個包著黃銅的箱子裡，其他人則準備坐下享用期待已久的晚餐。所有人全部穿上戎裝，戴著巨人領袖麥丘倫的佩章。

帳棚後半部被一塊大型掛毯擋住，就連明亮的火光也透不進去。主帥營裡不但煙霧瀰漫還充滿著惡臭，味道重到弗利克差點無法呼吸，武器和鎧甲整齊地堆放在房內，盾牌則像裝飾品般掛在鐵柱上。弗利克仍然可以感受到骷髏使者的存在，因此他推斷那個黑暗怪獸應該是在掛毯後半部；那樣的怪物不需要吃東西，它的肉體早已化為塵土，殘存的靈魂端靠黑魔君來滋養。

突然間，谷地人在靠近掛毯處，大半被火炬煙霧和往來巨人所擋住的地方，看到有個模糊的身影坐在一張高大的木椅上，弗利克直覺認為那就是失蹤的夏伊。飢餓的巨人現在正朝著他過來，將盛滿食物的餐盤拿走，放到桌上。巨人自顧自地聊天說話，弗利克完全聽不懂他們陌生的口音，在明亮的火光下不自覺地縮進狩獵斗篷裡；他應該早就被發現了，但這些巨人首領已經又累又餓，又太專心於入侵計畫，根本無暇注意體格超乎尋常的假地精。

最後一道餐盤送上桌後，帶著弗利克進來的小地精轉身準備離開，心急的谷地人頓了一會兒，快速檢視後方那個身影。他不是夏伊，那個囚犯是個精靈，年約三十五，看起來眉宇軒昂機智過人，可惜距離太遠無法看得更清楚，不過弗利克覺得那個人應該是伊凡丁，被亞拉儂認為是南方大陸勝敗關鍵的精靈王。隔離在西方大陸的精靈王國有著自由世界最強大的軍隊，如果他們失去了沙娜拉之劍，就必須靠他共同阻止黑魔君；然而這個人，如今身陷囹圄，一個指令就能讓他歸西。

弗利克感覺有隻手放在他肩膀上，突然的觸碰讓他嚇了一大跳。

「來吧，我們該離開了。」小地精壓低聲音催促他，「下次你再慢慢看吧，他跑不掉的。」

弗利克突然心生一計，反正要在天亮前逃出營地去找亞拉儂為時已晚，他夜探敵營的任務尚未成功，不能就此離開。

「走吧，我說，我們必須…喂，你在做什麼…？」弗利克拽著地精的手臂，把他推到巨人首領跟前，地精不自覺地大喊出聲，席間用餐的人全停了下來，好奇地看著兩個小矮個兒。弗利克隨即舉起手，指向被綁起來的囚犯，巨人順勢望過去，他則屏息等待；然後有個人下了一道命令，其他人則無所謂地聳肩點頭。

「你瘋了，你腦子有問題！」地精大吃一驚，完全無法壓低音量，「你幹嘛去管精靈有沒有東西吃？他餓死又怎樣？…」

話說一半，有個巨人便叫他們過去，遞給他們一個餐盤，弗利克遲疑了一會兒，快速看向震驚的地精，不但頭搖得像波浪鼓似的，還滿嘴牢騷。「不要看我！」他大聲叫嚷，「那是你出的主意，你去餵他！」

弗利克沒有完全聽懂地精說了些什麼，但是他大概知道他在驚聲怪叫些什麼，隨即接過餐盤。儘管他的臉被寬大的風帽遮住，但他沒有時間看其他人的臉，抓緊斗篷小心翼翼地走向帳篷另一邊的囚犯，內心為自己豪賭贏了狂喜不已；如果他能夠靠近伊凡丁，便能將亞拉儂就在附近，會想辦法救他的消息告訴他。他不安地回頭看看帳篷裡其他人，但巨人首領注意力早回到晚餐上，只有地精廚師還繼續盯著他；如果是在其他地方，他這身愚蠢的變裝肯定馬上會露出馬腳，但是在這裡，在敵軍主帥營裡，內有骷髏使者，外有百萬雄師，他們絕對不會料到有人會溜進警衛森嚴的大帳裡。

弗利克默默地接近俘虜，把餐盤遞到他面前。伊凡丁和正常人身高差不多，就精靈而言身材已經相當高大，大地色系的裝束還殘留一部分的防護背心，藉由微弱的火光隱約還能看見破損的艾力山鐸佩章，剛毅的臉上滿是傷痕。他並不是那種在人群中一眼就會被認出的人，當弗利克來到他面前時，他面無表情十分淡定，然後像是注意到有人在看他的樣子，他的頭稍稍動了，一雙深綠色的眼睛凝視著眼前的人。

當弗利克回望那雙眼時，整個人為之凝結，他眼裡展現出來的決心、力量和信念，不知為何讓他想到亞拉儂；他從未在其他人臉上看過這種表情，就算是公認天生的領袖巴力諾也沒有，精靈王的眼睛就跟德魯伊一樣懾人心魄。弗利克馬上低頭看著盤子上的食物，思考下一步該怎麼做，機械化地把一小塊還溫熱的肉用叉子叉好；他所處的帳篷一角光線並不明亮，再加上還有裡頭煙霧瀰漫，多少掩飾了他的行動，只有地精一直盯著他看，但是任何差池都會讓他們注意到他。

他慢慢揚起頭，直到火炬的光線能讓俘虜看清楚他的臉；精靈面無表情的臉上閃過強烈的好奇心，一邊的眉毛挑得老高，弗利克馬上縮攏嘴唇，警告對方保持安靜，再次低頭看著食物。伊凡丁沒有辦法自己進食，因此谷地人一邊餵他，一邊想著下一步計畫；現在精靈王已經知道他不是地精，但弗利克擔心他跟精靈說話會被聽到，他突然想起骷髏使者就在掛毯後面，也許只有幾吋之遙，說不定還有順風耳⋯⋯但是他沒有其他選擇，他必須在離開前想辦法跟俘虜溝通，機會稍縱即逝。鼓起僅存的勇氣，他藉著舉起叉子的時機往前傾身，小心翼翼地拿捏跟巨人與伊凡丁之間的距離。

「亞拉儂。」

聲音小到不能再小。伊凡丁吃下食物，微微點個頭做為回應，一臉冷漠無情；弗利克已經仁至義盡，在好運用完前，該是離開的時候了。

拿著還剩一半食物的盤子，他緩緩轉身走向一臉不屑又急躁等著他的地精廚師；經過巨人首領時，他們甚至連頭都沒抬埋首吃著他們的晚餐，接著經過地精時，他把盤子交給他，然後趁他還沒反應過來前，快速離開帳篷，從門口兩名巨人衛兵中間出去。等到他已經遠離後，地精這才出現在大帳門口，對著他大喊一堆他聽不懂的話；谷地人轉過身，很快地跟他揮揮手，臉上浮現一抹滿意的微笑，旋即消失在黑暗裡。

天一破曉，北方大軍開始朝著卡拉洪前進，弗利克沒有在約定的時間內離開敵營；亞拉儂心情沉重地從孤絕的龍牙山脈靜靜看著一切。清晨的大雨差點讓谷地人逃亡的希望破滅，因為雨水可能會沖掉他臉上的黃色顏料，但是大白天根本無法逃跑，因此他用斗篷外套把自己包得密不透風，並試著保持低調；沒多久他已經全身濕透，不過讓他喜出望外的是，皮膚上的黃色顏料並未消失，雖然有點掉色了，但所有人都在拔營出擊的興奮當中，根本沒有人注意到他。事實上，是因為天氣實在太糟，讓弗利克免於被揭穿的厄運，如果是好天氣的話，大家會更樂於分享彼此的喜悅；如果是好天氣的話，根本不需要穿斗篷，弗利克肯定會招來異樣的眼光，一旦他脫掉斗篷，北方人一眼就會看穿他的偽裝。大雨和強風救了他一命，讓他混在揮軍卡拉洪的北方部隊之中不被發現。

壞天氣持續了好幾天，冷冽的空氣更讓渾身已經被雨淋濕的軍隊簌簌發抖痛苦難耐。同樣已經全身濕透的弗利克一直跟著大軍行進，還要避免長時間跟特定團體一起行動，必須保持距離，躲開需要對話的場合。

午後時分，軍隊抵達暴漲的上摩米頓河邊，和島城肯恩遙遙相望，指揮官一看到傾盆雨勢，立刻決定再次紮營，不要涉險過河，而且他們也需要大型木筏載運士兵，現下他們沒有任何船隻，得要好幾天的時間打造，屆時暴風雨也將過去，摩米頓河的水位下降後會更容易渡河。當曼尼安・利亞還熟睡在雪若・雷文洛克家裡時，對岸肯恩市的人民已經看到北方大軍而陷入驚慌，敵軍不會繞過肯恩直接朝著主要目標泰爾西斯而去；不管是從城市大小還是軍隊規模來看，肯恩遲早會被拿下，現在只是幸運的大雨和暴漲的河水延緩了它的降臨。

弗利克完全不知道這些事，一心只想著如何逃跑，暴風雨可能在幾個小時就會減緩，讓位處敵軍中心的他非常不利；尤有甚者，入侵南方大陸已經付諸行動，隨時都有可能跟卡拉洪的邊境軍團正面交鋒，喬裝成地精的他會不會被迫對自己人拔劍相向？

自從第一次在穴地谷遇見亞拉儂以來，弗利克已經脫胎換骨，現在的他，堅強、成熟、有自信，他從未想過自己也可以成為這樣的人，但是過去二十四小時，他已經通過一項連沙場老將韓戴爾可能都會害怕的重大考驗，證明了他的勇氣與毅力。這個初出茅廬單純脆弱的小谷地人，可以感覺到自己在極端壓力下已經瀕臨崩潰邊緣，隨著他的一舉一動而來的恐懼與疑惑差點讓他徹底屈服。

當其他人駐紮在摩米頓河邊時，擔心受怕的谷地人不安地穿越營區，拼命想抓住逐漸流逝的決心。大雨還是下個不停，來往的人們最後只看得見模糊的身影，四周一片淒冷，而這樣的天氣更是不可能生火，因此到了傍晚還是黑暗無光，大家彼此都看不到臉。當弗利克在營區附近走動時，他暗自記下主帥營的安排、地精和巨人守衛的佈署、以及哨兵的配置，心想這些資訊可能有助於亞拉儂救出精靈王。他很快就找到巨人領袖麥丘倫家那頂大帳，但是就跟其他帳篷一樣又冷又暗，被雨霧罩著。現在完全無法得知伊凡丁是否還在裡面，或是被移到其他帳篷，又或是根本沒有跟著大軍南行；帳篷入口還是有兩名巨人衛兵，也看不出裡面有什麼動靜，弗利克觀察了好一會兒後，就悄悄溜走了。

等到夜晚來臨，谷地人決定執行他的脫逃計畫；他不知道哪裡可以找到亞拉儂，只能猜測德魯伊追著大軍一起南下，但在這樣大雨的夜裡，要找到他根本是不可能的任務，因此最好的方法就是找個地方躲起來，等到天亮再想辦法找他。他悄悄地往營區東邊移動，小心翼翼跨過半夢半醒的士兵，繞過他們的裝備和鎧甲，牢牢抓緊已然溼透了的斗篷。

雖然沒有刻意，弗利克此時卻想到了夏伊，找到夏伊是他決定夜探軍營的主要原因，但是關於夏伊的行蹤卻一無所獲，已經做好最壞打算的他也還是自由之身，如果他現在能夠逃出去找到亞拉儂，他們可以想辦法救出被囚的精靈王以及⋯

谷地人突然停下來，蹲在一堆用帆布蓋住的裝備邊。就算他真的找到德魯伊，他們要怎麼幫伊凡丁？去找人在泰爾西斯的巴力諾得要耗掉不少時間，而在他們想辦法救伊凡丁時，夏伊又會怎樣？既然他們已經失去了沙娜拉之劍，對南方大陸而言精靈王肯定比他弟弟更重要；伊凡丁會不會知道些什麼關於夏伊的事？他會不會知道夏伊在哪裡，甚至連沙娜拉之劍在哪裡都知道？他疲倦的腦子開始湧現各種可能性。他必須找到夏伊，此刻沒有比這件更重要的事了；自從曼尼安前去卡拉洪示警後，身邊已經沒有人可以幫他，就連亞拉儂也鞭長莫及，不過伊凡丁可能知道夏伊在哪裡，只有他能夠為這個可能性做些什麼。

在夜晚寒風中兀自顫抖，他把臉上的雨水抹去，望進濃霧裡，他怎麼會想到回去那裡？現在的他已經身心俱疲。但是天時地利，此時不冒險更待何時！瘋了，他想他真是瘋了，如果他再回去那裡，如果他想一個人救出伊凡丁⋯真是必死無疑。

然而他也下定決心，這就是他想要做的事。他真正關心的人只有夏伊，而精靈王似乎是唯一知道他發生了什麼事的人；他獨自一人撐了這麼久，過去二十四小時以來他一直膽戰心驚地混在敵營裡，不但進了巨人首領的帳篷，還想辦法傳遞訊息給精靈王，也許這一切都是誤打誤撞，但他這樣就要離開了嗎？他嘲笑自己蠢蠢欲動的英雄感，以前的他總是成功忽略那種讓人難以抗拒的挑戰，現在他卻落入它的圈套，待會就能證明他是自尋死路。儘管又冷又累，身心交瘁的他還是決定賭上最後一把；他一臉嫌惡地想到不知道曼尼安看到會怎麼笑他，但同時卻又希望狂野的高地人能夠在這裡，把勇氣借給他。但是曼尼安不在這裡，而且時間不斷流逝⋯

接下來，在自己都還沒意會過來前，他已經原路折返穿過熟睡的人群和翻騰的濃霧，在距離麥丘倫大帳只有幾碼的地方蹲下來，屏氣凝神觀察他的目標；霧氣和汗水不斷從他的臉上滴下，懊悔和懷疑卻不斷湧上心頭。黑魔君麾下的怪物不久前還在裡面，那個渾身漆黑的死靈想都不想就會毀滅弗利克，它可能還在裡面，監視著任何想要解救伊凡丁的愚蠢企圖，而更糟的是，精靈王可能早被移監，到任何地方⋯⋯

弗利克強迫自己別再想，深呼吸讓自己鎮定下來。前方的帆布帳篷在黑暗的霧裡不過是模糊的影子，就連門前的巨人守衛也看不清楚；結束觀察後他鼓起勇氣，一隻手伸進斗篷，抽出他藏在溼衣服裡唯一的武器，然後在心裡先標記出他認為前一晚他餵伊凡丁吃飯的地方，便躡手躡腳地往前。

弗利克低伏著貼近潮溼的外帳，豎耳傾聽裡頭的聲音，他在大霧和黑暗裡一動不動至少十五分鐘，只隱約聽到北方人沉重的呼吸聲和間歇傳來的打呼聲。他曾經考慮要從前門溜進去，但隨即又打消了這個念頭，因為這樣還得在黑暗中花一番力氣繞過熟睡的巨人才能找到伊凡丁；因此他選擇了他所認為掛毯掛放的位置，精靈王就被綁在角落邊的椅子上，然後，慢慢地，把短獵刀的刀尖刺進防雨帆布，往下割開，一次只割一股，一次只割一吋。

他完全不記得三英呎的切口花了他多少時間，只覺得怎麼割也割不完，擔心任何一點聲音會把所有人都吵醒，但是當時間一分一秒過去，他開始覺得偌大的營區裡只有他一人似的，沒有人接近他，或者至少他沒有看到有人經過，也沒有聽到有人出聲。

然後，帆布上出現一個長型的垂直裂口，邀請他入內，他小心翼翼地往前，用手探著進入口地面，除了有帆布鋪著是乾燥的之外，裡面就跟他所跪著的潮溼地面一樣冰冷，把頭也伸進後，戒慎恐懼地盯著黑暗中酣聲四起的室內；他一邊等待眼睛適應，一邊調息，卻也擔心曝露在帳篷外的下半身隨時可能被經過的人發現。都到了這個地步，他不能在此功虧一簣，因此等不及看清黑暗，他冒險往前挪了一呎，讓全身都進入帳篷；裡頭沉重的呼吸聲和打鼾聲依舊，還偶有翻身的聲音，還好沒有人醒來。

弗利克繼續保持著伏地的姿勢，好不容易等到終於能夠看清一個個緊緊裹著毛毯睡在地上的人時，他才驚覺某個熟睡的士兵竟然近在咫尺；如果他在眼睛適應黑暗之前，再冒險往前一步的話，他肯定就會爬到那個士兵身上。頓時有種恐懼感襲來，他努力壓抑內心不斷傳出要他落跑的聲音，他甚至能夠感受到冷汗直流，呼吸也變得急促；此時他所有感官全部放大，心理也瀕臨崩潰邊緣。但接下來，他再也感受不到這些張力，他的腦海裡只記得巨人和他搜尋的目標，伊凡丁；弗利克馬上就鎖定他的位置，精瘦的精靈王沒有坐在木椅上，而是躺在距離谷地人只有幾呎遠的地上，張著深邃的眼睛看著這一切。弗利克選擇的切入點是正確的，他像貓一樣靠近國王身邊，用狩獵短刀快速割斷綁住手腳的繩索。

精靈獲釋後，兩人立刻往出口移動，伊凡丁停了一會兒，從某個熟睡的巨人身邊拿了某個東西，弗利克迫不及待先鑽出帳篷，然後馬上蹲在帳篷邊，環顧四周有無動靜，但還是只有毛毛細雨打破黑夜的寧靜；幾秒鐘過後，精靈王也從裡頭出來，弓著背站在他的救命恩人身邊。他拿了一件晴雨兩用的斗篷和一把劍，當他穿好斗篷，他朝著害怕卻開心的弗利克一笑，然後溫暖地握住他的手，一切感謝之意盡在不言中，谷地人點點頭滿心歡喜地報以微笑。

弗利克．翁斯佛從虎口裡救出了伊凡丁．艾力山鐸，此時是他最美好的一刻，讓他覺得最壞的情況已經過去，接下來逃出營區就難不倒他們了，然而此時兩人卻在暗處僵住，逃跑的時機看來已經溜掉了。

不知道從哪裡出現三個全副武裝的巨人哨兵，一眼就看到蹲在麥丘倫帳篷旁的兩人，所有人都愣住了；伊凡丁緩緩起身，直接站在帆布破口前，而更讓弗利克驚訝的是，機智過人的精靈王招手叫三人過來，用流利的巨人語言跟他們講話。哨兵猶豫了一會兒，但聽到熟悉的母語讓他們卸下心防，長矛也垂了下來；伊凡丁站到一邊露出裂縫，在毫無戒心的巨人朝他們過來時，向弗利克點頭示警，害怕的弗利克退到一旁，緊緊握著藏在斗篷裡的狩獵短刀。當三人接近，目光持續鎖定在裂開的帆布上，精靈王以迅雷不及掩耳之姿發動突襲。其中兩個巨人根本來不及反應就封喉見血，最後一個哨兵放聲求救並和伊凡丁激烈對砍，結果砍中精靈的肩膀，但隨後他也慘遭斃命，四周再度陷入沉靜。弗利克站在帳篷邊臉色發白盯著死去的巨人，受傷的精靈王徒勞想要止住肩膀傷口上的出血，然後他們聽到附近有聲音傳來。

「哪個方向？」伊凡丁低聲說到，沒有受傷的那隻手緊緊握著血跡斑斑的劍。

小谷地人不發一語快步跑到精靈身邊，用手指了指後面；現在聲音愈來愈大，而且聽起來不只從一個方向過來，兩個逃亡者快速離開帳篷，在大霧瀰漫的夜裡蹣跚前行。然後聲音漸漸落在後頭愈來愈小，直到他們發現哨兵屍體時才又拉起警報，號角聲隨之響起叫起熟睡的北方大軍，士兵立刻起身準備應戰。

領頭的弗利克拼命想記起到營區邊緣最快的途徑，但現在幾乎是埋著頭在跑，只想趕快逃離這個可憎的地方，血流不止的精靈王忍痛極力跟上營救他的人，在後面叫著他，想警告他小心一點。

但話才出口，他們就一頭撞進一群酒醉的士兵身上，剛被號角叫醒的士兵也措手不及，雙方人馬全都嚇了一跳，手腳交纏倒成一團；混亂中，弗利克感覺到他的狩獵外套被扯開，拼了命地用狩獵短刀反擊任何想要靠近他的人。痛苦的哀號聲和暴躁的怒吼聲隨之響起，拉扯他的手腳也馬上縮回，弗利克一躍而起，旋又遭到攻擊倒下，他瞥見劍光一閃，舉起短刀擋住從他頭頂掃來的這一擊；一時間，雙方陷入大混戰，弗利克拼命滾動掙扎，倒地後又爬起，硬是衝出一條生路，全身傷痕累累的他，大聲呼喚伊凡丁。

他沒料到的是，當他跌進那一群毫無防備的北方大兵時，他們被拼命揮舞著狩獵短刀的他嚇個正著，只想制住他，奪走他的武器，但是谷地人掙扎地太厲害，讓他們莫可奈何；伊凡丁立刻衝去支援他，一番激戰後總算讓攻擊者抱頭鼠竄，擊退最後一個頑抗者後，精靈王一把抓起貌似地精的弗利克，衣領被拽住的谷地人掙扎了一會兒，意識到是誰後立刻鬆懈下來，心臟狂跳不止。震耳欲聾的號角聲和此起彼落的呼叫聲，讓谷地人頭腦亂哄哄的，想聽卻聽不清楚伊凡丁在說些什麼。

「⋯⋯找出最近的路出去。不要跑，穩穩的走，不要急；跑步的反而會讓大家注意到我們，現在趕快走！」

伊凡丁抓住他的肩膀，將他轉過來對著他如是說，精靈王嚴厲的眼神令人望而生畏，谷地人不敢多看，兩人手持武器，肩併肩一起往營區邊緣方向前進。弗利克現在頭腦清楚多了，模糊中看到營區中的地標，確認他們的方向正確無誤；他已經將恐懼感拋諸腦後，取而代之的，是他身邊強而有力的存在所帶給他的決心，精靈王就跟亞拉儂一樣渾身散發出無比自信。

好幾十個士兵跟他們擦身而過，但卻沒有人要他們停下來，或是跟他們說話，兩人平安無事遠離他們引起的騷亂，往營區周邊巡守的哨兵方向前進，營區內的紛擾離他們愈來愈遠。現在雨暫時停了，但是濃霧揮之不去，從史翠里漢到摩米頓河之間到處都是白茫茫的一片；弗利克看了一眼身邊沉默不語的同伴，發現他痛到微微彎著身子，左手臂軟綿綿地垂著，被刺傷的地方鮮血直流。英勇的精靈因為失血過多，臉色發白，體力嚴重透支，弗利克不自覺地放慢速度，走近他的同伴，以防他不支倒地。

他們在消息還沒從主帥營傳到崗哨前就快速抵達邊界，但是號角聲仍讓他們進入警戒狀態，但諷刺的事，他們以為危險來自外圍，因此視線死守著營區外的動靜，也讓伊凡丁和弗利克兩人有機可乘；精靈王輕鬆自若地從兩個崗哨間走過，相信黑夜和大霧仍夠保護他們免於被發現的危險。

時間緊迫，不消幾分鐘整個營區都將動員起來準備應戰，他們一發現他逃了，肯定會派出追兵。如果他能夠往南到肯恩，或是反方向往北去龍牙山脈，或是往東往森林跑，他就能找到安全的地方；不管是哪個選項，都要花上好幾個小時的時間，他的體力也已大量流失，但就算被發現的風險極高，他也不能在這裡停下來。

兩人大膽從兩支巡守哨兵中間穿過，目視前方朝著草原而去，果然成功突圍；但突然間有幾名哨兵看到他們，並大喊出聲，伊凡丁微微轉過身，用沒有受傷的那隻手和他們打招呼，用巨人語回覆他們，並繼續往黑暗裡前進。弗利克忐忑地跟著，後面的哨兵一直盯著他們看，然後有一人突然大聲呼叫並往他們的方向過來，揮手要他們回來；此時伊凡丁放聲要弗利克快跑，將近二十名守衛揮舞著長矛高聲吶喊拔腿便追，一場追逐戰就此展開。

打從一開始這就是場不公平的競賽。伊凡丁和弗利克兩人體型都相對輕易甩掉追兵；但此時精靈身受重傷，因為大量失血體力衰弱，小谷地人更是因為過去兩天的磨難，身心俱疲，而追捕他們的人個個身強體壯精力充沛。弗利克知道他們唯一的希望就是在暗夜的霧裡趕快找個藏身的地方，希望敵人找不到他們

他們前方一片漆黑中突然亮出一支矛，刺中伊凡丁的斗篷，將他釘在地上，弗利克驚恐地想到，一定是外圍的哨兵，他竟然忘了還有他們！有個模糊的身影從霧中奔向倒地的精靈，重傷的國王用盡最後一絲力氣滾向一旁，劍身正好掠過他的頭刺入土裡，但他也同時提起武器反手一擊，來人倒抽一口氣，被劍刺中。

弗利克站在原地，四處搜尋還有沒有其他攻擊者，看來這只是落單的哨兵。他急忙跑到同伴身邊，拔出長矛，使勁將精疲力盡的精靈拉起來；但伊凡丁走了幾步後就不支倒地，谷地人害怕地跪下來希望把他搖醒。

「不，不！到此為止……」最後他用嘶啞的嗓音回應，「我再也走不動了……」

後方追兵的聲音愈來愈近。弗利克再次試著將癱軟的身軀拉起來，但這次全無反應，無助的谷地人緊握著狩獵短刀，望向四周一片漆黑，心想，這裡就是終點了，他絕望地大喊「亞拉儂！亞拉儂！」他的呼喊消逝在黑夜裡。此時雨水翩翩落下，已經飽和的土壤吸不了更多水，開始形成水窪和泥沼，估計不到一個小時就要天亮了。弗利克默默地蹲在昏迷不醒的精靈王身邊，聽著人群的聲音愈來愈靠近他們，像是在嘲笑他白費力氣似的，冒死救出伊凡丁，還是不知道失蹤的夏伊到底怎麼樣了。他的左手邊突然出現叫聲，地精還是發現他了！心一橫，他起身面對敵人。

但下一瞬間，他與敵人之間突然迸發出刺眼強光，驚人的威力將弗利克震倒在地，火光噴濺迅速燎原，接連不斷的爆炸聲讓大地為之撼動；霎時，北方大兵的身影全部被火光吞沒消失不見。霹啪作響的火焰就

像大型火柱，穿越迷霧和黑暗直衝天際；瞇著眼望進眼前不可思議的景象，弗利克心想，這應該就是世界末日了吧。火牆持續延燒，大地為之焦黑，就連空氣也變得灼熱，熨燙著弗利克的皮膚；然後絢爛歸於平淡，火光一閃後化為煙幕和水氣，漸漸交融在濃霧和雨水裡，只留下空氣中的熱氣緩緩飄盪。

弗利克單膝起身，充滿戒心地盯著眼前，然後像是感覺到有人接近他似的猛地轉身，翻騰的霧裡出現一個黑影，飄動的斗篷往外翻揚彷彿死神前來索命般震懾人心，當那高大的身影從他眼前經過時，他才認出，那是黑暗的浪人，亞拉儂。

28

最後一批抵達的肯恩市民一身疲憊一臉驚恐，他們的家已經全毀，有些人甚至不知道北方大軍發動突襲之後，還放火燒城。這場奇蹟般的撤退行動可以說是空前成功，雖然家沒了，但是無人傷亡全員平安；北方大軍沒有料到肯恩的大逃亡，他們的注意力全都被邊境軍團突襲大本營拉走，當他們發覺這是調虎離山之計後，島上市民已經乘船順著摩米頓河離開。

曼尼安．利亞是最後一批入城的人員之一，他全身傷痕累累，腳上的傷口因為從摩米頓河跋涉十哩到泰爾西斯再度裂開，但是他拒絕讓人背著他，用盡最後一分力量撐住自己，一邊依靠著連睡覺都不願離開他身邊的雪若，另一邊則被同樣疲乏的亞努斯．山培攙扶著。年輕的邊境軍團指揮官在那一場激烈的夜戰中大難不死，和曼尼安、雪若搭乘同一艘船離開四面楚歌的肯恩，他們一起出生入死，讓他們關係變得更加緊密。搭船南下的途中，他們開誠布公地說到邊境軍團遭到解散一事，兩人一致認為如果泰爾西斯要擋住北方大軍那種規模的攻擊，就一定需要邊境軍團；此外，唯有行蹤不明的巴力諾才懂得作戰的兵法謀略，以及領導他們的統御能力，必須趕快找到王子，恢復他的指揮權，就算他弟弟反對也一樣。雖然高地人跟邊境軍團指揮官猜想巴力諾可能在幾天前進入泰爾西斯時遭到逮捕，他們現在還不知道要重組邊境軍團，恢復巴力諾的兵權這個任務有多困難，不過他們絕不會讓肯恩滅城的噩夢在泰爾西斯重演，這一次他們會挺身迎戰。

進了城門後，穿著黑衣的皇家侍衛立刻向他們傳達國王誠摯的歡迎，並堅持他們即刻進宮。當亞努斯提到他聽說國王重病在床時，小隊長立刻補上一句，國王的位置由他的兒子帕蘭斯暫代；曼尼安再也高興不起來，只想趕緊進入皇宮一探究竟。小隊長示意靠近內城牆的守衛，一輛華麗的四輪馬車隨即駛近，載送他們前往皇宮，但山努斯拒絕陪同他們進宮，表示想先看看他的士兵們在閒置的邊境軍團營區過得怎麼樣，並保證隨後就會去找他們。當馬車駛離，年輕的指揮官表情嚴肅向曼尼安行最敬禮，然後在范德茲和幾名軍官的陪同下，大步朝著軍團營房前進；坐在馬車裡的曼尼安虛弱地微微一笑，並緊緊握住雪若的手。

馬車穿過緩緩駛入人聲鼎沸的泰爾西斯大道，的街道上滿是焦心憂慮的人們，當皇家侍衛所護送的馬車經過時，大家全都停止交談，好奇地盯著馬車猛瞧，少數人認出馬車裡的紅髮女孩，震驚地指著她或是向她揮手。馬車已經駛上連接公園與皇宮的森狄克大橋上；曼尼安充滿讚賞地俯視橋底沐浴在陽光下的公園，樹型整齊花草扶疏，萬物看起來是那麼祥和溫暖，彷彿不屬於紛擾的人世間。

連接著皇宮的橋頭城門已經開啟，曼尼安不可思議地凝視前方，身穿黑色制服、戴著獵鷹佩章的皇家侍衛立正夾道歡迎；隊伍盡頭小號響起，宣告貴客駕到。高地人大感詫異，他們所接受的是只有四方大陸領袖才能享有的正式歡迎儀式；南方大陸少數幾個君權國家都恪守成憲，全軍禮的破格歡迎盛況顯示帕蘭斯．巴克哈納不但不重視他們現在的處境，還褻瀆了幾個世紀沿襲下來的傳統。「他一定是瘋了，絕對是瘋了！」南方人氣憤填膺，「他以為這是什麼？我們現在遭到敵軍圍攻，他還把軍隊搞成變裝遊行！」

「曼尼安，跟他說話時小心你的用詞；如果我們要幫助巴力諾，就必須有耐心。」雪若抓著他的肩膀，微笑著警告他，「同時也要記得他愛我，他可能受到誤導，他曾經是個好人，而且他仍是巴力諾的弟弟。」

雖然很火大，但是曼尼安明白雪若是對的；表現出他對這個愚蠢的大陣仗歡迎儀式很氣憤，對他們一點好處也沒有，雪若建議他在巴力諾獲釋之前，先順著王子的意。曼尼安默默坐回去，馬車緩緩進入皇宮大門，國王的私人護衛列隊歡迎，嘹亮的小號聲持續從四面八方響起，中庭的騎兵隊動作整齊人馬合一嫻熟自如；接下來，馬車平緩地停下來，卡拉洪的新統治者出現在馬車邊，既緊張又興奮地微笑著。

「雪若，雪若，我以為我再也見不到妳了！」他走近門邊，幫助纖細的女孩從車廂裡出來，握著她近距離看了一會兒後，又退了一步再看一眼，「我…我真的以為我失去妳了。」

內心一把火開始燃起，曼尼安面無表情自行從車廂裡出來，站到他們身邊，帕蘭斯轉過來歡迎他時，對他報以微微一笑。

「利亞王子，我的王國真心歡迎你，」高大的王子握住高地人的手，「你幫了我…一個大忙；從此之後，我的東西就等於是你的，我們應該能夠成為好朋友，你跟我！好朋友！已經…好久沒有…」他突然打住，專注地看著高地人，陷入沉思；他的談話變得呆板而緊張，彷彿不確定自己在說什麼似的，曼尼安心想，如果他不是瘋了，肯定病得很嚴重。

「我很高興來到泰爾西斯，」他應道，「雖然我希望情況對所有相關人等本來能夠更愉快。」

「你說的想當然是我哥哥，對吧？」他滿臉通紅，問句脫口而出，彷彿又醒過來似的，曼尼安驚訝地看了他一會兒。

「帕蘭斯，他指的是北方人入侵，肯恩被大火吞沒了。」雪若馬上插話。

「是啊…肯恩…」統治者聲音又變小，這次緊張地看著四周，像是有人不見了一樣；曼尼安環顧一圈，原來是神祕學家史坦明竟然缺席，雪若跟亞努斯都跟他說過，王子所到之處必有他隨行提供諮詢。他馬上就感覺到雪若警戒的眼神。「出了什麼差錯嗎，陛下？」曼尼安用正式稱呼馬上就引起他的注意，然後就像是個隨時準備伸出援手的朋友般立刻報以微笑，他的伎倆收到意外的效果。

「只有你能夠幫助我…還有這個國家，曼尼安・利亞。我哥哥想要稱王，他會殺了我，我的幕僚史坦明讓我免於遭受此難—但現在還有其他敵人…到處都是！你跟我必須成為朋友，我們必須並肩對抗企圖奪走王位的人，和想要傷害你帶回我身邊那可愛的女人之人。我…我不能跟史坦明說…像朋友那樣跟他吐露。但是你，我可以跟你說！」他像個孩子般，急切地望著驚訝莫名的曼尼安，等著他的回答；高地人突然對洛爾・巴克哈納這個兒子感到憐惜，他真心希望能夠幫助這個不幸的男人。他哀傷地笑著，點頭表示同意。「我就知道你會站在我這邊！」帕蘭斯興奮地大叫，開心地大笑，「我們都是皇室血脈，我們應該成為好朋友，曼尼安，但現在…你得先去休息。」

卡拉洪新任統治者大手一揮，向他私人護衛隊的指揮官點個頭，便帶著兩名客人往巴克哈納家去；三人進入古老宅院，數個僕人等在一旁，準備護送客人到他們的房間。主人又停了一會兒，傾身跟他的客人說起悄悄話。

「我哥哥被關在我們下方的地牢，但你們不必害怕…」他意味深長地看著他們，快速掃過等在一旁的僕人，「他到處都有朋友，我想你應該也知道。」

正中下懷，曼尼安和雪若雙雙點頭。「他不會逃出地牢吧？」曼尼安追問。「他跟他的朋友們昨晚曾試過…」帕蘭斯志得意滿地笑著，「但是被我們逮個正著…永遠關在地牢裡。史坦明現在就在那裡…你一定要見見他…」

話未說完，他就挺起身來，召喚了幾個僕人到他身邊，泰然自若地指揮僕人護送他的朋友到各自房間，好讓他們在跟他一起吃早餐前能夠先沐浴更衣。事實上天才剛亮不久，肯恩難民從前一晚就沒有進食，而曼尼安還需要接受醫療，御用醫師也已經在一旁待命，準備幫他換藥。一行人沿著走廊離開，突然有個驚慌的聲音叫住雪若，卡拉洪新任統治者遲疑地靠近美麗的女孩，最後終於來到她面前並快速抱住她，曼尼安別過頭，但他們之前的談話還是聽得一清二楚。「不許再離開我，雪若…」雖然軟語呢喃，但這是個命令，而非請求，「妳的新家就在泰爾西斯，以我的妻子的身分。」接下來是一陣沉默。

「帕蘭斯，我想我們…」雪若的聲音顫抖著，試著要做出解釋。「不，什麼也別說，現在不需要討論…」帕蘭斯打斷她的話，「晚點…等我們獨處，等妳休息後…那時再說。妳知道我愛妳…我一直愛著妳，而我知道妳也愛著我。」然後又是一片默然。

雪若快步走開，迫使僕人急忙跑到前頭帶領兩位前往客房，高地人立刻跟上，跟女孩並肩同行，因為主人在後面默默地目送他們離開，讓他不敢越雷池一步伸手去碰她。

在僕人帶他們到西翼客房的路上，兩人一直沉默不語，直到曼尼安讓醫生幫他重新上藥包紮時，他們才暫時分開。四柱大床上擺放著乾淨的衣物，熱水盆也已等候多時，但是心煩意亂的曼尼安完全不放在眼裡，他快速溜出房間，穿過空曠的走廊，輕敲雪若房門後推門進入；當他關上沉重的木門時，雪若緩緩從床上起身，然後快速跑進他懷裡，敞開雙臂緊緊環抱著他。

兩人深情相擁，不需言語，曼尼安溫柔地撫摸著她一頭秀麗紅髮，輕輕將她漂亮的臉龐貼在他的胸膛上。她信賴他，這個念頭如閃電般穿過他麻木的腦子；當她失去力量、失去勇氣時，她直奔他而來，曼尼安恍悟原來他已經瘋狂愛上她。他們的愛怎麼會在世界即將崩潰的此時降臨。從庫海文以來，曼尼安時刻都在面對生死存亡的考驗；過去他的生活一直漫無目標，但是跟夏伊的友誼，以及與帕瑞諾同伴們之間的交情，讓他有了築夢踏實的感覺，讓他開始相信儘管世界在變，有些事情永遠不變。然後，雪若．雷文洛克意外出現在他的生命裡，過去幾天他們所經歷的一切已經將他們牢牢綁在一起，曼尼安閉上眼睛，將她抱得更緊。

帕蘭斯至少還是有用的，他說出了巴力諾、也許還有其他人跟他一起被關在皇宮底下某處的地牢裡，顯然是逃跑計畫敗露，曼尼安下定決心絕不能出任何差池；他低聲和雪若討論，接下來該怎麼走。如果帕蘭斯堅持就近照顧雪若以確保她的安全，那麼她的行動就會嚴格受限，更糟的是，王子一廂情願地認為雪若真的愛他，癡心妄想跟她結婚；帕蘭斯似乎已經瀕臨全然瘋狂，目前他的神智狀態極度不穩定，隨時可能崩潰，萬一這樣的情況發生在巴力諾還是他的囚徒時……曼尼安立刻警覺到現在不是猜想明天會發生什麼事的時機，因為北方大軍即將兵臨城下，屆時如何多想無益，當務之急必須馬上救出巴力諾。

亞努斯是曼尼安強大的盟友，但是皇宮由只效忠於統治者的黑衣侍衛戒護，當下顯然是聽命於帕蘭斯；沒有人知道數週不見的老國王怎麼了，顯然是重病臥床不良於行，不過這只是他兒子的片面之詞，而他兒子只聽信神祕學家史坦明的片面之詞。雪若曾經提過，她從未見過帕蘭斯在沒有顧問隨侍在側時一人獨處，但從他們到這裡後，就一直沒有見到史坦明，似乎事有蹊蹺，尤其是史坦明自認是王子背後真正握有實權之人；雪若的父親在肯恩議會發言時曾經提到，邪惡的神秘學家似乎對洛爾・巴克哈納的幼子有某種奇怪的支配力，但願曼尼安在有限的時間和資源下能夠找出那股神祕的力量，那個神祕學家肯定是造成王子精神錯亂的關鍵。

當他重新回到自己房間後，拯救巴力諾的計畫已經在他心裡成形，他難過地想起失蹤的朋友，腦子裡轉了千百回那小谷地人是否還活著，他責怪自己不應該在泰爾西斯，夏伊仰賴他的保護，小谷地人顯然是所託非人。曼尼安一再容許自己接受亞拉儂所下的指導棋，每一次他都有負於他的夥伴，他對自己罔顧他對谷地人的責任感到深惡痛絕，然而來到泰爾西斯是他的決定，除了夏伊之外，還有其他人也需要他……

越過寬敞的臥室，仍深陷思緒的他重重倒臥在柔軟的大床上，伸出的手正好放在冰冷的劍上，手指輕撫著劍，揣度他所面臨的問題；雪若恐懼的面容不斷在他腦海縈繞，她對他來說非常重要，不管後果如何，他都無法丟下她去找夏伊。如果真的需要選擇的話，這將是個痛苦的抉擇，然他的責任已經遠超過這兩人，還有巴力諾和與他一起被關押的同伴，最終還擴及卡拉洪所有人民；如果夏伊還活著的話，就由亞拉儂和弗利克負責找出失蹤的谷地人，一切就仰仗他們了。身心俱疲的他意識逐漸朦朧，他們只能祈禱成功…祈禱並等待著，然後就進入夢鄉沉沉睡去。

過沒多久，他一個機靈猛地醒來，不知是因為極細微的聲音還是高度敏銳的第六感讓他醒來，不管何者，再睡下去他可能連怎麼死的都不知道。他躺在床上不動，耳裡隱約聽到從遠方牆壁傳來的刮削聲，眼縫間看到掛毯有些微晃動，後方的石頭似乎被往外推開，然後有個弓著背、罩著紅色斗篷的身影悄無聲息地出現在視線範圍。雖然他的心臟狂跳不止，催促他從床上跳起來制住這個神祕的入侵者，但是曼尼安強迫自己繼續保持呼吸平穩。那人悄悄地越過臥室地板，不熟悉的臉孔快速環視房間四周，便轉向呈大字型躺在床上的高地人；當入侵者把手伸進斗篷，拿出一把長匕首時，距離床邊只剩幾呎之遙。

曼尼安的手隨意放在利亞之劍上，等到攻擊者進入一碼的範圍內，將匕首舉到腰部高度時，他便像貓一樣展開攻擊。精瘦的身軀一躍而起讓入侵者大吃一驚，仍未出鞘的劍一把甩向對方的臉，結結實實賞一記火辣辣的巴掌，不速之客被打得暈頭轉向，防衛性地舉起匕首；曼尼安二度出擊，武器相撞震得對方手指發麻，將匕首落在地上，而他也不留餘地，立刻撲上紅衣人，用自身重量將不斷掙扎的入侵者壓倒在地，掐住氣管的手猛地一扭。

「說話，刺客！」曼尼安威嚇地咆哮。

「不！不！等等，你弄錯了…我不是敵人…拜託，我不能呼吸了…」他的聲音突然噎住，只能大口大口粗喘著氣，高地人保持不動，冷酷的眼睛審視著對方的臉，他確定他沒見過這個人；他的臉頰瘦長，還留有黑色的短髭，因為疼痛全皺在一起，不過他骨子裡燃燒著濃烈恨意，咬牙切齒氣狠狠的模樣全被他看在眼裡。曼尼安站到一邊，把入侵者也揪起來，一隻手仍然緊緊鎖住他的脖子。

「那麼，在我割掉你的舌頭把你交給侍衛前，告訴我哪裡弄錯了，你只剩一分鐘的時間！」他鬆開對那人的箝制，將離開喉嚨的手移向衣領，然後把劍扔到床上，撿起地上的匕首，警告他的攻擊者別輕舉妄動。

「這是個禮物，利亞王子…只是國王的一份禮物…」他的嗓子略略變了聲音，「國王想要表示他的謝意，我就…我就從另一個門過來，這樣就不會打擾到您休息。」他停下來像是在等待著什麼似的，銳利的眼睛直視高地人，但他不是在等著看他的故事有沒有人買帳，倒像是期待曼尼安看到其它東西…利亞王子將他猛地一拉靠近自己。

「這是我聽過最爛的故事！你是誰，刺客？」他的眼睛再度出現熊熊的恨意。「我是史坦明，國王的私人顧問，」他現在似乎找回了他的理智，「我沒有騙你，那把匕首是帕蘭斯・巴克哈納要求我帶給你的禮物。我無意傷害你，如果你不相信，你可以去找國王，直接問他！」

他言語中流露出來的自信讓曼尼安認為，不管這個故事是真是假，帕蘭斯都會幫他的顧問背書。現在他手裡正抓著卡拉洪最危險的人，也是真正手握實權的地下國王，如果想要救出巴力諾，這個人就必須被消滅；他不了解為何這個人連見都沒見過他就要攻擊他，但結果顯而易見，不管是現在放了他，還是把他抓到帕蘭斯面前告狀，高地人將會失去主動權，再次置自己的生命於險境之中。他粗魯地將他扔進附近一張椅子，並命令他不准動；那人安靜地坐著，眼睛漫無目的環顧整個房間，雙手緊張地撫弄自己的鬍子；曼尼安心不在焉地看著他，腦子裡仔細評估各種選項後馬上決定，他不能再浪費時間等待救出朋友的時機。

「站起來，神秘人，隨便你喜歡怎麼稱呼自己！」邪惡的臉狠狠地瞪著他，火大的曼尼安猛地將他從椅子上拉起來，「我應該不加思索就解決掉你，卡拉洪人民會過得更好，但目前我需要你的幫助，帶我去關押巴力諾和其他人的地牢，現在！」提到巴力諾時，史坦明驚訝地雙眼圓睜。

「你怎麼會認識他⋯這個國家的叛徒？」神秘學家驚訝地大喊，「國王親自下令把他哥哥關到死，利亞王子，就連我⋯」

他話說到一半，曼尼安粗暴地抓住他的喉嚨，然後開始用力，史坦明的臉慢慢變紫。「我不想聽見任何解釋，只要帶我去找他。」曼尼安再度收緊鋼鐵般的手，逼得俘虜死命點頭，乖乖就範，然後冷不防鬆手，奄奄一息的史坦明軟趴趴地單膝跪下。高地人快速更衣，繫好劍，連同匕首也塞進腰帶，他一度想到叫醒隔壁房間的雪若，但隨即打消了這個念頭，因為他的計畫實在太危險，沒有必要把她拖下水；如果他成功救出他的朋友，還有足夠的時間回來找她。他轉身面對他的俘虜，抽出匕首讓對方看到。

「如果你企圖玩手段或是背叛我，你如此好意帶來給我的禮物，將原封不動還給你，」他用嚴厲無比的聲音提出警告，「別想耍聰明，我們一離開這個房間，就去囚禁巴力諾和他朋友的牢房；別想通報侍衛，你的速度沒那麼快。如果你懷疑我說的話，那麼這句話聽清楚了⋯我，是亞拉儂派來的！」史坦明一聽到德魯伊的名字立刻驚恐地瞪大雙眼，臉色頓時刷白，順從地往門邊移動，曼尼安跟在後方，隨手將匕首放回腰帶。現在時間緊迫，他必須在侍衛警覺前，趕快救出巴力諾等人並抓住失常的帕蘭斯，然後連繫上還效忠於巴力諾的亞努斯，可以快速馳援，如此便可以不流一滴血就奪回政權。

如果邊境軍團能在北方大軍動員南侵泰爾西斯之前重新組建並快速佈署，也許有機會把入侵者擋在摩米頓河北岸，想要在對岸有鐵衛鎮守的情況下渡過暴漲的河流可以說是個不可能的任務，敵軍可能得花個幾天想出其他側翼進攻戰術，而這個時間也夠伊凡丁率軍前來；曼尼安知道未來取決於接下來的幾分鐘。

兩人小心翼翼地踏出房間，曼尼安快速掃視走廊兩側，確定沒有黑衣侍衛之後，示意史坦明往前走。神秘學家不情願地沿著迂迴的走廊深入皇宮後半部，兩度跟侍衛擦身而過，他都不吭一聲，抱著拼死一搏的決心垂首前進。

走過門廳時，四周湧現各種聲音，為數眾多的僕人各自忙於自己的工作，當兩人行經時，他們顯然刻意忽視史坦明，暗示他們若非不喜歡就是不信任這個神祕學家；沒有人問他們為何在此，兩人便一路直達通往地窖的入口。門口站在兩個武裝衛兵，門上還有個大型金屬橫桿緊緊閂住。

「管好你的嘴！」曼尼安低聲說道。兩人在門口前停住，保持戒心的曼尼安站在史坦明身邊，隨意地把手放在腰間的匕首上，守衛好奇地盯著他，隨即轉向發話的顧問。「把門打開，利亞王子跟我要看看酒窖和地牢。」

「國王下令所有人禁止出入此地，閣下。」站在右側的守衛特別強調。

「國王命我來此！」史坦明暴躁地大吼，曼尼安輕推他示警。「衛兵，這是國王的個人顧問，並非國家之敵⋯⋯」高地人假笑指出，「我們正在參觀皇宮，既然是我救了國王的未婚妻，因此他相信我應該能夠認出企圖綁架她的人；如果有需要的話，我可以知會國王，帶他過來這裡⋯⋯」

他意味深長地拖慢，祈禱衛兵明白他話中有話，想清楚要不要請國王過來；猶豫了一會兒後，衛兵便默默點頭將門閂拉開站到一旁，露出往下的石梯。史坦明不發一語在前面帶路；如果巴力諾獲釋，重新取回邊境軍團的指揮權，他翻雲覆雨操弄卡拉洪政權的日子也結束了。曼尼安知道他肯定在謀算著什麼，只是天時地利還沒有配合好。身後的大門緩緩關上，他們在火炬的照明下往地窖走。

曼尼安在樓梯上幾乎一眼就看到地上的活板門，衛兵並沒有將酒桶放回原來的位置封住出入口，而是用一堆鐵條和門閂鎖住石板，有效防止被關在下面的人逃出來。這裡只有兩個衛兵守在被封住的門邊，現在注意力全放在從皇宮過來的兩人身上；曼尼安看到酒桶上有一盤起司和吃了一半的麵包，另外還有兩個酒杯放在半空的酒瓶邊。他們喝了酒，高地人微微一笑。

兩人一踏上石地，曼尼安假裝興致盎然地環視酒窖，開心地跟沉默的史坦明說話；守衛注意到國王顧問表情嚴肅，於是緩緩起身，高地人知道他們已經起疑，決定充分利用這個機會。「我明白你的意思，閣下。」他兩眼直瞪著史坦明，一邊走向衛兵。「他們在值勤時喝酒！囚犯可能在他們喝得不省人事時已經逃走，等會兒一定要馬上秉告國王。」

衛兵嚇得臉色發白。「閣下，你弄錯了，」其中一人連忙求情，「我們在吃早餐時只喝了一點酒，我們沒有酗酒⋯」曼尼安揮手打斷他要說出口的話並說「國王自會定奪。」。史坦明怒瞪兩人，但衛兵誤解了他的意思以為他要懲罰他們，神秘學家想要說話，不過曼尼安更快一步擋在他面前，像是要阻止他靠近倒楣的衛兵，抽出匕首貼著他毫無防禦力的胸部。

「當然，他們有可能在說謊⋯」曼尼安不改音調，「國王又是個大忙人，我痛恨因為一點小事就麻煩他。或許就給個口頭警告⋯？」他回頭看了一眼默默點頭的守衛，抓住機會不讓史坦明發飆，他們就像這個國家裡的其他人一樣，害怕他在帕蘭斯身上所施展的神秘力量，極力避免觸怒他。

「很好，那麼，你們已經學乖了，」曼尼安收回匕首，然後轉身面向簌簌發抖的衛兵，「現在把地牢的門打開，將犯人帶上來。」他緊靠著史坦明，警告意味十足地瞄了他一眼，陰沉的臉似乎不再看他，兩眼茫然注視著擋住他們進入地牢的石板；兩個衛兵也遲疑不動，面面相覷。「閣下，國王禁止任何人探視犯人⋯不論任何理由⋯」最後守衛咽了咽口水，「我不能將他們帶出地牢。」

「所以你要阻攔國王的顧問和他的貴客囉？」曼尼安早已料到會有這樣的反應，「那麼我們也別無選擇，只好請國王下來這裡⋯」衛兵立刻跑到石板，推開門閂，拉住鐵環用力將門往上拉開，活板門應聲開啟重重掉落石板上，露出一個黑洞。兩人舉起劍，朝著洞口大聲叫喚犯人出來；裡頭傳來拾階而上的腳步聲，充滿期待的曼尼安現在也抽出劍，另一隻手緊抓住史坦明的手臂，並低聲警告他不要輕舉妄動。然後，巴力諾首先從地洞裡現身，依序是精靈兄弟和幾個小時前因為營救計畫失利才被關的韓戴爾；他們一開始並沒有看到曼尼安，扣著史坦明的高地人搶先開口。「就是這樣，讓他們聚在一起；這樣的人得好好看著，他們可是危險人物。」

疲倦的囚犯匆匆瞥過一眼，看到利亞王子時難掩訝異之情，曼尼安立刻在守衛背後對他們眨眨眼，然後四名俘虜轉過身去，只有戴伊臉上那一抹淺笑洩漏了他們看到老朋友時的驚喜。現在他們全出來了，就站在距離守衛幾呎遠的地方，而守衛現在正背對著他，但就在曼尼安準備行動前，一直保持被動的史坦明突然掙脫他的箝制，跳到一旁大聲警告還未會意過來的守衛。

「叛徒！衛兵，這是個騙局……」他永遠也別想把話說完了。正當困惑的衛兵還不明究理時，曼尼安像貓一樣跳到打算落跑的神秘學家面前，重重將他摔在地上。衛兵明白他們的錯誤時已經太晚，四個囚犯在他們的獄卒來得及反應前，搶先解除了他們的武裝，幾秒鐘就制服了衛兵，將他們綁好並塞住嘴巴，拖進地窨看不見的角落裡；徹底失敗的史坦明被猛地拽起面對逮住他的人，曼尼安緊張地看向樓梯上方緊閉的門，還好無人現身，顯然沒有人聽到他的呼救。巴力諾等人疲憊的臉上掛著感激的笑容走向他，拍拍他的背，再次跟他握手。

「曼尼安‧利亞，我們欠你的恐怕永遠也還不了，」邊境人緊緊握住他的手，「我從未想過我們還能見到你，亞拉儂在哪裡？」

曼尼安快速解釋他跟亞拉儂、弗利克分道揚鑣，是為了前來卡拉洪警告他們北方大軍即將兵臨城下的消息，接下來停了一會兒，把史坦明的嘴堵住以防他再次出聲後，高地人繼續說到救了雪若‧雷文洛克、逃到肯恩、以及肯恩淪陷後來泰爾西斯的經過，其他人一臉嚴肅地聽他說完。「不管怎樣，高地人，」韓戴爾平靜地說道，「今天你已證明了自己的能力，我們絕不會忘記。」

巴力諾快速插話，「必須馬上組建邊境軍團，然後派他們去鎮守摩米頓，並把消息傳出去，還要找到我父親……跟我弟弟，但我希望能夠不傷一兵一卒就保住皇宮；曼尼安，我們能相信亞努斯‧山培嗎？」

「他對你跟國王忠心不二。」曼尼安肯定地點頭。

「你得傳話給他，我們繼續待在這裡，」卡拉洪王子步向史坦明，「只要他帶兵前來，問題就迎刃而解了，我弟弟將會孤立無援，但我父親……？」神祕學家被高大的身影籠罩著，巴力諾拿掉俘虜口中的布，居高臨下俯視著他，史坦明快速看了他一眼，狡猾的眼睛滿是仇恨；因為神祕學家心知肚明若帕蘭斯失去王位就等於他也輸了，眼看計畫就要吹了，此時的他，哀莫大於心死。曼尼安覺得奇怪，他鼓動帕蘭斯是想從中得到什麼；支持失常的帕蘭斯成為卡拉洪國王的原因不言可喻，因為這樣才能確保他的地位，但是既然知道北方大軍可能踏平南方大陸、滅了他賴以營生的王國時，為何還慫恿帕蘭斯解散邊境軍團？他為什麼要費力把巴力諾關起來、把老國王藏起來，何不輕鬆地暗中做掉他們？他又為什麼要殺從來沒見過的曼尼安．利亞？

「史坦明，你對這塊土地的統治，以及對我弟弟的控制已經結束，」巴力諾冷酷地宣告，「你能不能看見明天的太陽取決於你現在的表現。你對我父親做了什麼？」神秘學家絕望地四周張望，因為害怕而面如死灰。

「他……他在北翼……的塔裡，」他的聲音小到不能再小。「如果他受到傷害，你……」巴力諾憤怒地轉過身，史坦明縮到牆邊，凝望著邊境人的背影，緊張地抬起一隻手撫弄他的鬍鬚；曼尼安同情地看著那人，心裡咯噔了一下，腦海裡突然想起幾天前在摩米頓河北岸看到的場景，那個同樣的怪癖—摸鬍子的動作！現在他終於摸清史坦明打算做什麼了！他殺氣騰騰地衝向前。「你是河邊那個綁架犯！」他怒不可遏出言指控，「你想殺了我是因為你怕我認出你是企圖綁架雪若的人，你想把她交給北方人，你這個叛徒！你打算要背叛我們所有人，把這座城市交給黑魔君！」

他不顧其他夥伴的呼叫，衝向神秘學家，後者拼命想躲開逃向地窖樓梯，曼尼安一躍而起，舉起他父親的劍準備發動攻擊；才爬上一半樓梯就被逮住的他驚聲大叫，但是他的小命並未在此結束。正當曼尼安抽回劍，將他壓向石牆時，地窖的門突然打開，來人正是帕蘭斯．巴克哈納。

29

所有人的動作瞬間凝結，王子蒼白的臉皺在一起，眼裡交雜著既生氣又困惑的情緒。曼尼安緩緩放下手中的劍，毅然迎上他銳利的目光，原本正在發作的脾氣也因為事態有變而收斂；如果他不快點行動，可能會讓所有人賠上性命。他粗魯地一把拎起史坦明，輕蔑地將他扔向王子。「叛徒在這裡，帕蘭斯，他才是卡拉洪真正的敵人，綁架雪若．雷文洛克交給北方的人就是他，打算拱手將泰爾西斯奉送給黑魔君的人就是他……」

「主上，您來的正是時候。」神秘學家迅速回神打斷曼尼安的話，他踉踉蹌蹌跑上樓梯，撲倒在王子跟前，指著下面一夥人，「我發現他們打算逃跑，我正要跑去警告您！那個高地人是巴力諾的朋友，他要來殺害您！」他一邊抓著保護者的衣服慢慢爬起身來，一邊語帶恨意幽幽地吐出這些話，「他們打算殺了我，然後就是你，主上。您看見了嗎？」

曼尼安壓下衝上樓梯割掉他舌頭的衝動，強迫自己保持冷靜，眼神正對著震驚的帕蘭斯。「你被此人背叛了，帕蘭斯，」他平靜地繼續說道，「他毒害了你的心靈，他一點也不關心你，更遑論被他賤賣給敵人的這塊土地。」史坦明生氣地怒吼，但是曼尼安不予理會，「你曾經說過我們會成為朋友，既然是朋友，就必須信任彼此；不要被騙了，否則你的王國將會淪沒喪亡。」

在樓梯底端的巴力諾等人靜靜地看著一切，害怕任何會分散注意力的事可能會打破曼尼安正在編織的咒語，帕蘭斯仍在聽著，心困愁城的他一直想要突破包圍著他的混亂狀態。他緩緩走到前方平台，將身後的門關上，對史坦明視若無睹從他身邊掠過；王子的顧問慌了手腳，猶豫不決地瞄了一眼地窖的門，似乎在盤算著逃跑的可能。不過他還沒準備好認栽，於是快速跑向帕蘭斯，抱住他後將臉貼近王子的耳朵。

「你瘋了嗎？你像別人說的那樣神經錯亂了嗎，國王陛下？」他惡毒地低聲說道，「你打算現在拋棄一切，全部還給你哥哥嗎？注定要成為國王的是他，還是你？這全部都是個天大的謊言！曼尼安・利亞是亞拉儂的朋友。」

帕蘭斯緩緩面對他，眼睛瞪得大大的。「對了，亞拉儂！」史坦明知道他已經戳到痛處，打算乘勝追擊，

「你認為是誰把你未婚妻從肯恩的家裡抓走？一直把友情掛在嘴邊的人也參與了綁架事件，這全是為了滲透皇宮好刺殺你的陰謀，你會被殺！」

韓戴爾往前一步，但被巴力諾擋了下來；曼尼安知道現在任何舉動只會更加證明史坦明的指控，他輕蔑地看了一眼詭計多端的神秘學家，然後快速轉向帕蘭斯，搖頭說道。「他才是叛徒，他是黑魔君的人。」

帕蘭斯下了幾階樓梯，看了看曼尼安之後，目光隨即鎖住耐心在樓梯底端等候的哥哥身上；他困惑地停下腳步，嘴角泛出一抹微笑。「你怎麼看呢，哥哥？我真的…瘋了嗎？如果我沒瘋，那麼…為什麼，一定是其他人都瘋了，只有我…才正常。你說話啊，巴力諾，我們現在必須談一談…以前…我真的想說…」

言未盡，帕蘭斯回頭再次看向史坦明，現在的他就像是窩在角落裡的猛獸，伺機而動。「你實在太可悲了，史坦明，站起來！」

他一聲令下，那神祕學家立刻挺直背脊，「給我建議，我該怎麼做，」帕蘭斯嚴命，「我要將所有人都賜死嗎，那樣可以保護我嗎？」史坦明立刻回到他身邊，銳利的眼神冷酷中帶著狂怒「叫您的侍衛來，主上。將這些刺客就地正法！」帕蘭斯好像有些動搖，高大的身軀有氣無力，目光專注於地窖牆上的石藝

品；曼尼安感覺卡拉洪王子又跳離現實，掉入殘害他心智的瘋癲世界，史坦明對此也知之甚詳，陰沉的臉露出一抹冷酷的微笑，伸起一隻手摸著他的鬍子。

然後，帕蘭斯突然又開口了。「不，不會有士兵…不會殺人…國王必須是具有判斷力的人…雖然巴力諾妄想取代我成為國王，但他是我兄長…他跟我現在必須談一談…他不會受到傷害…不會受傷…」他的聲音淡去，意外地對曼尼安笑，「你把雪若帶回我身邊…我以為我已經失去了她…你…為什麼…這麼做…如果你是敵人…」

史坦明氣得大叫，猛烈地抓住王子的外衣，但帕蘭斯似乎不知道他在那裡。「對我來說很困難…要清晰思考，巴力諾，」帕蘭斯繼續低聲說道，一邊慢慢地搖頭，「事情全都不再了然…對於你想要成為國王，我甚至沒有生氣的感覺；一直以來…我都想當國王，你知道的，我是這樣。但是我必須有…朋友…有傾訴的對象…」他平心靜氣地面向史坦明，眼神空洞無神，他的顧問似乎看到了什麼從而鬆開了他的手，縮回牆邊，害怕地牙齒打顫；只有距離他們最近的曼尼安才知道到底發生了什麼事，不管那邪惡的神秘學家用什麼操控帕蘭斯，那個東西已經消失了，現在他連人都認不出來了。

「帕蘭斯，聽我說…」曼尼安輕聲呼喚，拉住一度落入黑暗世界中的他，高大的身軀緩緩轉身，「叫雪若下來，她能夠幫你。」王子遲疑了一會兒像是想要找回記憶，然後憔悴的臉上出現一抹淺笑，整個身子似乎平靜了下來；他記得她的軟語呢噥，她的舉止優雅，她的美麗精緻，這些回憶喚起他心中的祥和平靜，以及對其他人從未有過的深刻感情。如果他能夠跟她相處一會兒…

「雪若…」他輕聲呼喚她的名字，然後轉身走向緊閉的地窖大門，一隻手往前伸出。當他正要經過史坦明身邊時，蹲伏在牆邊的神秘學家突然抓狂，飛身撲向王子抓住他的衣領；曼尼安馬上一躍而起要隔開兩人，但還差幾步，史坦明已經高高舉起他藏在斗篷裡的匕首，在那恐怖的一瞬間，巴力諾失聲驚叫，然後武器落下，帕蘭斯突然挺身站起，匕首完全刺入他寬闊的胸膛，他年輕的臉龐瞬間變得慘白。

「把你兄弟還給你，蠢蛋！」抓狂的史坦明將人推下石梯。

受傷的王子重重摔落曼尼安的懷裡，讓他撞上牆壁，一時間失去了平衡，也失去了逮到敵人的機會，史坦明轉身就跑，死命拉開地窖的門；巴力諾一個箭步跳上樓梯，試圖阻止神祕學家脫逃，精靈兄弟也馬上跟上，大聲呼叫守衛。正當那紅色身影打算從打開的門縫中溜走時，站在樓梯下的韓戴爾奮力擲出手中的釘頭錘，以碎骨的威力正中史坦明的肩膀，痛苦的尖叫聲在潮濕的牆壁間發出回音。不過這仍不足以完全阻止他，不一會兒，他就從門口消失，然後從走廊那邊傳來他淒厲的尖叫聲，高喊著國王遭到犯人暗殺。

巴力諾只停了一會兒，回望一動不動躺在曼尼安懷裡的弟弟，旋即追出地窖。兩名黑衣侍衛突然從前方走廊過來，拔出劍準備迎戰手無寸鐵的邊境人，結果三兩下就被疾如電的攻勢擊倒，巴力諾撿起掉落的劍消失在眼簾，都林和戴耶也馬上跟上；曼尼安獨自跪在樓梯上看著他們，手裡抱著受傷的帕蘭斯，韓戴爾默默地爬上階梯站到他身邊，難過地搖頭。王子還活著，他的呼吸粗淺，眼皮偶爾跳動。侏儒嚴肅地伸出手，緩緩抽出致命的匕首，憎惡地把武器丟到一邊，然後彎下腰協助高地人扶起傷者，此時帕蘭斯眼睛突然睜開了一下，他用幾乎聽不到的聲音喃喃說了些話，便又昏了過去。「他想見雪若⋯⋯」曼尼安低語，看著懷裡的他，淚水忍不住在眼眶裡打轉，「他還愛著她。」

而在前方的走廊，巴力諾和精靈兄弟試圖抓住逃跑的史坦明。三人一路追到中央走廊，還看得到史坦明，但是他已經突破人群，正打算要出去時，巴力諾怒髮衝冠，腎上腺素急速分泌不計一切將所有擋路的人推開，現在的他面目猙獰滿臉寒霜。

然後，皇宮大門突然震顫了起來，大批戰士就在邊境人和精靈面前破門而入，從門口湧進內廳，揮舞著手中的武器呼叫巴力諾的名字；一時間，王子還不能確定他們是誰，但接下來他就看到了他們戴著邊境軍團的雲豹佩章。邊境士兵馬上就認出了巴力諾，隨即湧向他將他高舉過頭，歡慶勝利；都林和戴耶從巴力諾身邊被擠開來，歡聲雷動的群眾擋住了他們追擊史坦明的路，邊境人諾拚命大叫掙扎，但是他完全抵擋不住突然湧現的人潮，讓他不斷往地窖方向退。精靈拼命擠出人群，朝著已經消失在另一條走廊的史坦明疾馳而去，健步如飛的精靈快速拉近雙方距離，過個轉角就再次看到他，都林在心中咒罵自己沒把弓箭帶在身邊；前方那人突然停下來，試著打開走道的房門，試了好幾次，終於讓他打開其中一扇門，在千鈞一髮之際躲了進去，將精靈關在門外。兩人花了好久時間好不容易用劍撬開反鎖的門，那個神祕學家已經逃逸無蹤。

在巴力諾與邊境軍團指揮官談話時，曼尼安默默站在巴克哈納家門前，雪若一臉憂慮，纖細的手臂挽著他，曼尼安垂首看了她一會兒，給了她一個安慰的笑容，將她擁緊。在外城牆外，已經有兩師邊境軍團重新組建完成，等待指揮官下達命令，即可出發應戰；現在在摩米頓河北岸的北方大軍已經準備過河，如果邊境軍團能夠守住南岸，就算只有幾天，也足夠精靈動員才來馳援。時間，曼尼安苦澀地想著，只需要再給他們多一點時間就好。泰爾西斯一重獲安全，巴力諾隨即重掌兵權，邊境軍團在最快時間內重新集結，但此時，摩米頓河邊的北方人已經開始行動。

巴力諾現在為卡拉洪國王，但現在不是高興的時候，他弟弟仍昏迷不醒，生命岌岌可危；全國最好的醫生診斷後研判他的失常行為源自於長時間服用某種強效藥物，瓦解了他的意志力，變成任人操縱的傀儡；最後，服用劑量超乎他身心所能負荷，因而迷失心性瘋癲無常。巴力諾不發一語聽完他們的結論。一個小時前，他在皇宮北塔某個廢棄的房間內發現了他的父親，年邁的國王已經死亡多日，醫生報告顯示他是遭到毒殺；除了史坦明和精神錯亂的帕蘭斯之外，神祕學家不准任何人靠近那個房間，因此洛爾·巴克哈納的死訊輕而易舉地被掩蓋下來；如果巴力諾也死了，要說服帕蘭斯打開城門迎接黑魔君的軍隊，也就不是什麼難事了，然後泰爾西斯也將宣告毀滅。罪魁禍首史坦明現在仍藏在城裡某處。

現在南方大陸的命運就掌握在新任卡拉洪國王的手中。泰爾西斯人民奉巴克拉納家族為領袖，而邊境軍團更以巴力諾馬首是瞻，現在他已經是巴克拉納家最後的繼承人，萬一他出了什麼意外，邊境軍團將失去最傑出的指揮官，而泰爾西斯也將失去最後的巴克哈納氏。

亞努斯・山培在當天早上也完成了他的任務；與曼尼安分道揚鑣之後，他找到了邊境軍團的指揮官范威克和金尼森，三人秘密運作，重新召回軍團重要成員，快速奪回城門和營區控制權之後，便朝著皇宮前進；在幾乎沒有遭遇到任何反抗的情況下，他們迅速控制了皇宮以外的所有區域。正當他們守在皇門外，等著曼尼安發出信號時，突然聽到暗殺的呼叫聲，於是立刻衝進皇宮內，陰錯陽差讓巴立諾跟史坦明失之交臂。還好這次兵不血刃，就成功奪回大統，帕蘭斯的追隨著不是被關就是重新歸建回邊境軍團原屬單位；現在邊境軍團五個師已經有兩個師重新組建完成，另外三個在日落前也將完成備戰，但是探子回報北方大軍蠢動，巴力諾必須立刻採取行動。

韓戴爾和精靈兄弟不安地踱向皇宮右側的階梯，表情複雜。曼尼安將目光轉向巴力諾和其它邊境指揮官，金尼森體格魁梧一身紅色毛髮；范威克上了年紀，頭髮與嘴上髭鬚皆已灰白；艾克頓身材中等外貌平凡，但據說他的騎術無人能出其右；梅沙林高頭大馬雙肩寬闊，巴力諾跟大家說話時，他還一邊抖腳，看起來頗自負；再來是亞努斯・山培，因為拯救肯恩的英勇表現以及收復泰爾西斯的關鍵角色，最近才被提拔為最高指揮官，曼尼安仔細觀察每一個人。然後，巴力諾走向他，示意侏儒和精靈也一起加入。「我將即刻啟程前往摩米頓，」他低聲告訴大家，曼尼安想開口，但馬上被巴力諾制止，「不，曼尼安，我知道你想要問什麼，而答案是，不！你們所有人都待在城裡；我要將我的生命託付給你們，既然我的重要性次於泰爾西斯，我請求各位守護這座城市吧。如果我發生了什麼事，你們最清楚這場戰鬥要怎麼怎麼繼續下去，亞努斯會跟你們留在這裡，指揮防禦工事，我已經吩咐他所有事情都要跟你討論協商。」

「伊凡丁會趕來的。」戴耶快速說道，試著讓自己的口氣聽起來很高興。巴力諾微笑點頭表示同意。「亞拉儂從未食言，現在也不會讓我們失望。」韓戴爾警告，「這座城市和這裡的人民全都仰賴你，他們需要你活命。」

巴力諾緊緊握住侏儒的手，「再見，老朋友，所有人之中我最信任你，你比我更有經驗，更具謀略，保重。」他快速轉身，示意其它指揮官一起步上候在門外的馬車，亞努斯向曼尼安揮揮手，護送他們到城門，留下來的四人和雪若・雷文洛克看著他們消失在遠方，直到完全聽不到噠噠的馬蹄聲為止。然後韓戴爾唸唸有詞，提到要再次搜索皇宮尋找逃跑的史坦明，不待其它人回應，便逕自折返巴克哈納家；都林和戴耶也隨後跟上，莫名覺得傷感，這是一行人從庫海文聚集以來第一次，跟巴力諾分開這麼久，讓他獨自前往摩米頓讓他們感到極度不安。

他們的感覺曼尼安最能感同身受，因為他內心也不斷鼓吹他追隨邊境人，跟他並肩對抗黑魔君兵團，但已經有將近兩天沒闔眼的他實在累壞了；從雪若綁架事件，到逃出肯恩城，和後來救出巴力諾一連串事件，已經完全把他榨乾；他東倒西歪地帶著雪若走到皇宮旁邊的花園，重重地坐在石椅上，女孩靜靜地坐在他身邊，看著他閉上眼睛強迫自己放鬆。

「我知道你在想什麼，曼尼安…」她輕柔的聲音穿過他疲憊的心靈，「你想要追隨他而去。」高地人微微一笑，緩緩點頭，腦子卻愈來愈模糊。「但你得休息一會。」他再次點頭，然後突然想起夏伊。夏伊在哪裡？那小谷地人的尋劍之旅走到哪裡？他猛地醒過來，面向雪若，好像他以為她不在那裡似的。他累壞了，但他想要談談，他必須談談，因為以後可能再也沒有機會，於是他開始跟她說起關於他和夏伊的故事，鉅細靡遺地將兩人之間緊緊相繫的友情全部向她傾訴，從他們在利亞高地上度過的時光，到帕瑞諾之行所發生的種種。高地人滔滔不絕地說著，雪若開始明白，曼尼安想說的不是夏伊，而是他自己，她不加思索地伸出手放在他的唇上。

「他是你唯一交心的朋友，對吧？」她輕聲問道，「他就像是兄弟，而你覺得對他所發生的事有責任？」

曼尼安悲傷地聳聳肩，「我沒有辦法概括全部，但我又做了什麼；一開始就把他留在利亞也只是讓必然發生的一切延後發生，但這樣無助於解決問題，我還是覺得有種…罪惡感…」

「如果他也跟你有著同樣深刻的感受，不管現在他在哪裡，他一定打從心裡知道你為他所做的一切，」她快速回應道，「沒有人能夠質疑你在過去五天所展現的勇氣，還有，我愛你，曼尼安・利亞。」

曼尼安一愣一愣地望著她，突然的告白讓他措手不及，女孩笑他的癡傻，伸手擁他入懷，一頭紅髮就像柔軟的面紗般落在他的臉上；曼尼安緊緊抱住她，然後溫柔地握著她的肩膀，將她拉開審視她的臉龐與眼睛，她直視他的凝望。「我想要大聲說出來，我要你聽見，曼尼安，如果我們即將死去…」她突然哽住，把頭撇向一邊，南方人看見淚珠緩緩從她臉頰滑落，他伸出手將它抹去，微笑著起身並將她拉近他。「我來自遙遠的地方，」他輕聲說道，「我可能已經死了上百次，但我活下來了；我曾經親眼見證過存在於這個世界的邪惡，以及存在於凡人根本無法想見的世界裡。沒有什麼東西傷得了我們，愛情能夠給予我們戰勝死亡的力量，但你需要一點信念，只要相信就好，雪若，相信我們。」她不禁笑了起來。「我相信你，曼尼安・利亞，現在請你記得相信你自己。」

疲倦的高地人回笑，緊握住她的手，她是他所見過最美麗的女子，他愛她如他的生命，他傾身熱烈地吻她。「沒有事的，」他輕聲向她保證，「一切都會迎刃而解。」兩人繼續在花園裡獨處了一會兒，談天說笑，漫無目的沿著午後香氣四溢的花圃散步；但是曼尼安愈來愈睏，雪若馬上要他把握還能睡覺的機會趕快養精蓄銳，他笑著回到自己的臥房，和衣就倒在柔軟的床上，沉沉睡去。

等他醒來時，夜幕早已低垂，雖然身體充分休息了，心裡卻異常混亂；他急忙找到雪若，然後一同前去尋覓韓戴爾和精靈兄弟。匆匆的腳步聲在空蕩的走廊間低迴，經過雕像般的衛兵和黑暗的房間時，只稍稍停下腳步探視仍舊昏迷不醒的帕蘭斯，現在的他還在跟死神拔河，情況沒有改善，醫生寸步不離地守在床邊看顧他。兩人離開時，淚水再度不受控制地湧上雪若的眼裡。

他認為他的朋友們必定在城門等待卡拉洪王子歸來，兩人便策馬往城門方向前去。今晚萬里無雲星月交輝，平時人聲鼎沸的泰爾西斯大道，雖然家家戶戶燈火通明，卻少了平常的歡樂笑語，兩人在不安的寂靜中奔馳。遠方城牆上的胸牆點燃了數百支的火炬，為泰爾西斯士兵照亮回家的路，曼尼安心想他們此去良久，說不定他們成功守住摩米頓，阻止了北方勢力南侵……

兩人在城門下馬，邊境軍團營區仍在進行操演，積極為即將到來的戰爭預做準備。好不容易登上城牆上的防禦土牆，他們隨即受到亞努斯熱情問候；從巴力諾離開之後，年輕的指揮官就一直不眠不休保持警戒，削瘦的臉龐滿是疲倦和焦慮。沒多久，都林和韓戴爾便從夜裡現身加入他們，戴耶也在稍晚跟上，一行人默默站立望向北方的黑暗裡，遠方傳來金戈鐵馬浴血沙場的吶喊聲，隨著晚風灌進他們耳裡。

亞努斯說他派出了六名偵察兵，去查探前線戰況，但是無人回來，這是個不祥的預兆，他數度打算親自前往，但韓戴爾提醒他，現在的他負責守衛泰爾西斯，不要輕易涉險；都林則暗自決定若巴力諾未能在午夜前回來，他就要去找他，精靈可以不被敵軍發現單獨行動，但現在，他也跟其它人一樣心急如焚。雪若一度提到帕蘭斯的狀況，但是沒有人有興趣，她也放棄了轉移他們注意力的想法。大夥兒等了一個小時，然後又是一個小時，聲音變得愈來愈響亮，愈來愈危急，似乎愈來愈靠近泰爾西斯。突然間，前方出現密集列陣的騎兵和步兵，朝著他們而來，突如其來的出現讓城牆上所有人倒抽一口氣；亞努斯立刻衝向關閉城門的裝置，但韓戴爾馬上把他叫回來。他已經知道是怎麼一回事了，傾身一看，侏儒用他的語言往下大喊，馬上就得到回應；韓戴爾一臉嚴肅地向其他人點點頭，指向隊伍中高大的騎士，巴力諾沾滿塵土的臉在柔和的月光下抬頭凝望，他們認出了他。邊境軍團出師未捷，未能守住摩米頓，黑魔君已經揮軍直指泰爾西斯。

從庫海文組成的五人小組直至午夜時分才在巴克哈納家食用晚餐。雖然邊境軍團將勇兵驍殺敵無數，但終因寡不敵眾，在摩米頓河與北方大軍的鏖戰敗下陣來。艾克頓的騎兵如風馳電掣守住軍團側翼，粉碎敵人越過壕溝突襲包抄的企圖，如此一來，敵軍只能正面衝鋒突破，地精巨人死傷慘重；這是巴力諾所見過最可怕的一場屠殺，摩米頓河逐漸被鮮血染紅。但緊管如此，他們彷彿毫無知覺、毫無意識、毫無恐懼般，還是拼了命往前衝；黑魔君奴役了大軍的心智，讓他們變成木石不知死為何物。最後，一支兇猛的巨人部隊衝破邊境軍團右翼防線，雖然全數遭到殲滅只剩一名活口，但分散戰略奏效，迫使泰爾西斯縮減左翼，終究還是讓北方大軍過了河。

此時已近日暮，巴力諾知道就算是全世界最精良的士兵，也無法在夜裡重新奪回南岸。邊境軍團在午後激戰中，損傷輕微，因此他下令眾將士撤回摩米頓河數百碼後一處小丘，重新調整陣式；巴力諾命騎兵在側翼保持活絡，對敵軍進行短距離突進，讓他們疲於奔命無法反攻，接下來便靜候夜晚降臨。等到夜幕低垂時，北方大軍開始渡河，邊境軍團一臉驚懼看著數百然後成千、上萬，源源不斷湧入的敵軍登陸，放眼望去竟未看到盡頭。

不過它的規模也牽制了它的靈活度，指揮調度看起來亂無章法，也未全力驅逐從小丘攻過來的泰爾西斯士兵，相反地，過了河後大軍就在南岸亂哄哄地推擠，像是在等著誰來告訴他們接下來要做什麼；幾支重裝的巨人部隊對邊境軍團展開一連串突進，但是沒有壓倒性人數相挺，雙方強弱懸殊，馬上就遭到擊退。等到完全入夜後，敵軍開始將隊伍重整為密集方陣，巴力諾知道他們第一次突進就會徹底擊潰邊境軍團。

卡拉洪王子不但是邊境軍團的靈魂人物，更是南方大陸最強的戰地指揮官，現在他要執行一項困難的戰術；不待敵人出擊，他決定先聲奪人將部隊一分為二，利用地利優勢摸黑佯裝攻擊北方大軍左右兩縱隊，引誘側翼士兵往外拉出一個半圓的弧形，左翼以巴力諾和范威克為首，右翼由艾克頓和梅沙林領軍，一左一右緩攻急退欺敵上鉤。

被激怒的敵軍開始瘋狂進攻，但一則因為地形陌生，二則因為夜晚視線不明，北方大軍跌跌撞撞，而邊境軍團又故意保持幾步距離，讓敵人恨得牙癢癢；巴力諾慢慢請軍入甕，等到側翼士兵都掉進他的陷阱裡，步兵全部撤退後，輪到騎兵出馬，最後一次佯擊，便快速溜走。左右兩翼北方士兵狹路相逢，都認為對方就是躲了他們幾個小時的敵人，毫不遲疑見人就砍。

到底有多少個巨人和地精死於自己人手中，恐怕無從得知，在巴力諾和邊境軍團平安回到泰爾西斯時，北方人還在自相殘殺，而除了失散的一隊騎兵全數陣亡外，邊境軍團可以說是全身而退；但讓敵人拔劍相向的計謀並未阻擋他們的進軍計畫，泰爾西斯的第一條防線摩米頓河已然淪陷。現在大軍駐紮在泰爾西斯南方的草原，遠遠就能夠看到敵方營火；巨人和地精的聯合部隊將在拂曉出擊，就算有堅如金鐘的外城牆，恐也難敵大軍來襲。

坐在巴力諾對面的韓戴爾想起稍早前跟亞努斯一起檢查防禦工事時，心頭湧上那股不祥的感覺；外城牆毫無疑問是一道堅固的防線，但就是有些地方不對勁，他也無法確定到底是什麼原因讓他如此不安，就算是現在他還是滿腹狐疑，百密中的那一疏在哪裡。

他回溯保護城市的防線：泰爾西斯人已經在懸崖邊緣豎立壁壘，不讓敵人在高原上取得立足之地；如果在懸崖下方的草原也擋不住北方大軍，邊境軍團將會退回城內，依靠外城牆來阻止敵軍進犯；而從後方進入泰爾西斯的路，也被高聳入雲的峭壁阻斷，巴力諾向他保證，無人能爬上那些平滑、連個能立足的縫隙也沒有的岩片。泰爾西斯應該固若金湯堅不可破，但韓戴爾還是充滿不安。

都林和戴耶則跟巴力諾輕聲交談著。戴耶也跟韓戴爾一樣，正想著他的家，雖然害怕眼前即將爆發的大戰，但受到其它人的鼓舞，他也決心要跟其它人一樣奮勇抗敵；他想起了琳莉絲，她靦腆溫暖的臉龐將永遠烙印在他心裡，他會為了她的安全而戰。都林審視著弟弟的臉，注意到他突然一笑，無須開口提問他就知道戴耶想起了即將成為牽手的精靈女孩；對都林而言，戴耶的安全勝過一切，打從一開始他就決定亦步亦趨跟著弟弟好保護他，在前往帕瑞諾途中，他們好幾次都差點丟了性命，而明天將有更大的危險，都林會責無旁貸看顧弟弟。然後他想到了伊凡丁和強大的精靈軍隊，不知道他們是否能夠及時抵達，如果沒有他們的支援，黑魔君勢力終將擊潰泰爾西斯的防禦。他端起酒杯一口飲盡，讓酒溫暖他的喉嚨，銳利的目光觀察其他人，最後停在曼尼安焦慮的臉上。

將近一整天沒有進食的曼尼安，狼吞虎嚥吃完晚餐，幫自己斟滿一杯酒後，不斷向巴力諾提出關於下午戰況的問題。現在，在寧靜的凌晨時分，酒足飯飽眼皮開始鬆懈的他突然想起，從庫海文開始所發生過的一切，和接下來幾天可能發生的一切，關鍵就是亞拉儂；此時不是夏伊，不是沙娜拉之劍，不是雪若，而是那個神祕的德魯伊。

但亞拉儂現在不在他們身邊，如果弗利克還活著的話，只有弗利克能問他，大家未來會如何。他們生存的關鍵就維繫在亞拉儂身上，要是他會怎麼做？失去沙娜拉之劍後，他還有什麼？傑利・沙娜拉的傳人失蹤甚或是殞命之後，還有什麼？曼尼安緊咬下唇，夏伊一定得活著！曼尼安咒罵造成今日這種局面的一切，現在他們眼前只有一條路，在明天的大屠殺中，人類將會死去，極少數能活下來的人，如果有的話，將會知道原因；這是戰爭中無法避免的一部份，人類為了不知名的原因而滅亡，數世紀以來，就是如此發生。但這場仗乃是靈界與凡間之戰，在完全不瞭解的情況下，要如何催毀如黑魔君等的邪惡勢力？看來只有亞拉儂才知道它們的本質，但是在他們最需要他的時候，他在哪裡？

30

搜尋奧爾・費恩的第三天早上，襲擊北方大陸的豪雨終於停了。剛開始，太陽的現身還令人高興，但是一個小時過後，氣溫持續攀高，因為暴雨沖刷出來的峽谷溪流開始蒸發，熱氣瀰漫，溼度飆升，讓萬物陷入另一種更不舒服的潮熱當中。光禿禿的地表慢慢又變回暴雨前的模樣，天空萬里無雲，大地乾燥荒蕪了無生機，只有太陽固執地由東往西，日復一日年復一年的升起落下。三人彎著腰從岩丘邊一處凹洞中走出來，慢慢挺直身軀，充滿戒心望著四周荒漠。夏伊轉向其他同伴，派那蒙正拱起背，搓揉四肢舒緩痠痲的肌肉，現在的他蓬頭垢面，蓄了三天的鬍子未刮，看起來一臉憔悴，但是迎上夏伊好奇的眼光時，雙目變得炯炯有神；至於凱爾賽特則默默地爬上山丘頂，觀察北方地平線。

過去三天來，三人就縮在小小的岩洞裡躲避暴風雨，對奧爾・費恩和沙娜拉之劍的追擊也錯失了三天，地精逃跑的足跡早就被沖得一乾二淨。他們躲在岩洞裡，因為必須吃而吃，因為沒事做而睡，聊天讓夏伊和派那蒙更瞭解彼此，但凱爾賽特猶原是個謎。夏伊堅持要不顧風雨繼續追下去，但派那蒙認為沒有人能夠在這樣的天氣中跋涉，奧爾・費恩勢必得找地方遮風避雨，否則就得冒險被土石流淹沒或是被暴漲的河水沖走；小偷沉著推論，不管是那一種情況，地精都跑不了多遠。凱爾賽特從山頂下來，用一隻手比了個清除的手勢；地平線那頭很晴朗。

無需多做討論，三人拿起行囊便爬下了陡峭的堤岸，往北邊移動，夏伊和派那蒙又再次取得共識；搜尋沙娜拉之劍已經不僅只是自尊心受損，或是找出神秘寶物的任務，而是一個危險且瘋狂的追捕行動，但問題是，他們能不能在這片蠻荒之地存活下來的。

黑魔君的堡壘就在他們前方高聳黑暗的山峰間，而後面則是致命的濃霧，現在行進就跟暴風雨之前一樣困難，缺乏植被的土地地質堅硬，滿布碎石瓦礫和鬆軟表土，讓他們很難找到穩固的立足點，又摔又爬手腳並用讓三人渾身是傷；因為地勢不平，他們無法保持方向也無法計算到底有多少進展，再加上地標不復存在，四面八方的景象看起來並無二致，隨著時間過去，他們還是一無所獲。

空氣中的溼度持續上升，三人早已汗流浹背，於是脫下斗篷綁在背上，等到夜晚降臨時可能還會變冷需要穿上。「這裡就是我們最後看到他身影的地方。」派那蒙一動不動地站在他們剛剛爬上來的山頂，深深吸了一口氣，夏伊也來到他身邊，不可置信地環顧四周，所有的山丘看起來通通一樣；他疑惑地看著地平線，甚至無法確定他們到底是從哪裡過來的。「凱爾賽特，你看到什麼？」另一人開口問道。岩石巨人在山頂掃瞄四周地上有沒有地精的足跡，但暴風雨顯然抹去了所有跡象；他悄無聲息地在附近走動了一會兒，然後轉向他們，否定地搖搖頭。灰頭土臉的派那蒙一把火從心裡升起，氣得滿臉脹紅。

「他一定就在這裡，我們再往前走一點。」他們默默往前走，滑下山坡後又爬上另一座山丘，如果派那蒙錯了，除了繼續睜大眼睛看，其他人也沒有更好的建議。他們費力地往北方前進，又一個小時過去後，夏伊開始明白，要搜尋眼前一百八十度無限延伸的土地簡直是不可能的任務；不管地精走哪一邊，他們根本無從得知，說不定他在暴風雨中已經跟沙娜拉之劍一起埋進土石流中，他們可能永遠也找不到他。

爬過幾座山丘後，他們似乎發現了些什麼，凱爾賽特從高處看到谷底有個東西一半被埋在土裡。他向兩人指明後，快速滑下滿布岩石的山坡，衝向被丟棄的物件，將它拿出來給他們；那是一大條袖子，他們安靜地盯著它猛瞧，然後夏伊看向凱爾賽特，確定這塊布是否確實屬於奧爾．費恩，巨人嚴肅地點頭。派那蒙用尖矛刺穿那塊布，露出冷酷的微笑。「所以我們又找到他了，這次他逃不掉了！」不過他們那天並未找到他，也沒有發現他經過這裡的其他跡象。看來在暴風雨中遊蕩的奧爾．費恩，躲過了土石流和被溺死的厄運，雨水洗掉了他的足跡，但卻留下了被扯破的袖子；它可能是從任何地方被沖過來，因此沒有辦法確定地精從哪兒來或打哪兒去，等到夜幕低垂，難以看透的黑暗迫使他們放棄搜尋。凱爾賽特先輪值守夜，精疲力盡的派那蒙和夏伊直接倒頭就睡；儘管白天的溼氣依舊，但夜涼如水，三人拿出早已被曬乾的斗篷緊緊包覆著自己。

白晝再次降臨時，雖然不比前一天潮溼，但太陽被如鉛般沉重的霧給遮住了。食不知味地吃完早餐，三人再次展開搜尋。現在他們只想趕快結束一切，百般不願下繼續追緝，一方面是出於自我保護，一方面也是因為他們現在根本無處可去。派那蒙和夏伊兩人已經開始猜想，為何凱爾賽特要持續搜尋；這是他的祖國，如果他決定走自己的路，他可以一個人活得好好的。三天暴雨期間，兩人曾經試著釐清，他之所以繼續跟著他們的原因，但現在他們實在累到無法思考，但也打定主意在這次的旅程結束前，要弄清楚他究竟是何方神聖。三人在滿地塵土和漫天大霧中拖著沉重的腳步，一路走到中午。

派那蒙突然停下來。「腳印！」高大的竊賊心喜大喊，衝向他們左邊一處窪地，凱爾賽特和夏伊驚訝地看著他，不一會兒過後，三人熱切地跪在清楚拓印在地上的腳印旁；來自於誰已經無須言語，就連夏伊都認得出來，那是地精的靴子留下的足跡；一連串腳印大致朝著北方而去，但是迂迴行進彷彿他不確定那是他的目的地似的。看了一會兒後，派那蒙催促大家趕快起身，這些足跡應是幾個小時前才留下來的，照它們曲折的程度看來，應該可以輕易追上奧爾．費恩；漫長的追逐終於快要來到盡頭，讓帕那蒙喜不自勝，三人堅定地往北方移動，就是今天了，他們會抓到奧爾．費恩。

地精留下的足跡飄忽不定。沉悶的午後冗長乏味，雖然凱爾賽特表示留下腳印的時間愈來愈接近，但他們的速度似乎還是沒有變快，如果入夜前沒能趕上他，他們將再次失去抓到他的機會；夏伊暗自發誓，如果有需要，就算天全黑了，他也要追到底。遠方陰森的山峰就是令人生畏的骷髏王國，黑色頂端像剃刀般突出於地平線。谷地人心裡有股揮之不去的恐懼感，隨著三人深入北方大陸愈來愈強烈；他所承受的一切已經遠超乎他的想像，搜尋奧爾・費恩和沙娜拉之劍都只是眾多事件中的一小部分，雖然他並未因此驚慌，但內心敦促著他趕快結束這場瘋狂的追逐，早日回家的聲音仍刺痛著他。

到了下午，疊巒起伏的丘陵地形漸漸進入平原，這是第一次他們能夠以輕鬆的姿態挺直走路。但放眼望去盡是荒涼空虛的黃土和灰石，往北延伸直達連接骷髏王國和黑魔君巢穴的高峰，漫無邊際，赤裸空曠，絕無人煙，只有同樣令人恐懼的死寂籠罩著，沒有蟲鳴鳥叫，就連風吹過的聲音也沒有；奧爾・費恩歪曲的足跡就消失在這片荒野裡，就像被這塊土地吞了似的。三人駐足良久，一臉不情願踏入這塊不友善的土地，但現在沒有太多時間讓他們仔細盤算，只能硬著頭皮往前走。在視野更好的平原上能夠看到更遠的足跡，三人截彎取直省了不少時間，不到兩個小時，凱爾賽特就表示距離他們的目標物不到一個小時了。太陽逐漸西沉，薄暮在揮之不去的灰霧下更顯蒼茫，大地呈現一片詭異的朦朧景象。

跟隨著地精的腳步，他們進入一處有許多尖銳突起物和巨大岩石的深谷，落日餘暉幾乎完全掩沒在山谷黑暗的陰影裡，派那蒙只能瞇著眼屈身貼近地面搜尋足跡，但印記卻到這裡戛然而止，夏伊和凱爾賽特立刻到吃驚的派那蒙身旁，經過一番仔細觀察，他們發現有人刻意清除了地精所留下的所有痕跡。幾乎在同一時間，巨大黑色的身影從暗處現身，夏伊最先看到他們，但總覺得是他的眼睛花了，派那蒙立刻心裡有數，隨即抽出劍並舉起他的尖矛想要突圍，但凱爾賽特卻做出驚人之舉，他快速向前，將震驚的小偷拉回來；派那蒙不可置信地瞪著無聲的夥伴，勉強放下武器。他們周邊至少包圍了十二個人，夏伊知道他們被巨人發現了。

疲倦的精靈騎士勒住大汗淋漓的坐騎，俯視瑞恩谷地，空曠的山谷從他們面前往東延伸兩英哩，兩旁稜脊險峻，灌木匍匐。這個傳奇的隘口千年來就是史翠里漢平原進入西方大陸森林的通道，也是精靈國度渾然天成的門戶；就是在這個著名的隘口，精靈軍團和傑利・沙娜拉擊敗了黑魔大軍，也是在這裡，布萊曼和神秘的沙娜拉之劍重挫了布羅納，落荒逃回平原卻遇上侏儒士兵，掉入陷阱，遭到殲滅。瑞恩谷地見證了超級大戰以來最大威脅的覆亡，各族人民都將此和平谷地視為古蹟，也是人類歷史的天然遺址，有些人還專程繞了大半個世界來此，隔著時空感受當時那場恐怖的戰役。

芎．林．桑德命騎士下馬，此時他關心的不是過去的歷史，而是眼前的未來。他憂慮地看著從北方大陸鋪天蓋地襲來的黑色屏障，一天比一天更接近西方大陸邊界和精靈的家園；他瞭望東方地平線，黑暗已經滲入帕瑞諾周邊森林。他痛苦地搖搖頭，咒罵那天他怎會允許自己離開國王也是他老朋友的身邊；他和伊凡丁從小一起長大，伊凡丁登基後，他就成為他的私人顧問，更自封為國王的守門員。他們一起擬定計畫，為布羅納的入侵預作準備，神秘的浪人亞拉儂曾經警告過精靈，雖然被某些人鄙夷地嘲笑，但伊凡丁有深入的瞭解；亞拉儂從未失誤，他預見未來的能力雖然可怕，卻準得嚇人。

精靈人民遵從伊凡丁的指示備戰，但入侵並未如預期地發生，之後帕瑞諾就跟沙娜拉之劍一起淪陷了；亞拉儂再次前來，請求精靈巡邏帕瑞諾以北的史翠里漢平原，阻止地精攻占德魯伊要塞將劍北送到黑魔君城堡，而他們也照辦了。但料想不到的事就發生在芎．林．桑德離開國王之後。被壕溝困在帕瑞諾的地精出人意表決定突圍，派出三支重裝部隊展開突擊，伊凡丁和他分頭並進攔截地精，若不是中途殺出地精和巨人聯合部隊，他們可以輕取敵軍；穹．林指揮的精靈潰不成軍，他苟延殘喘保住一條命，但卻找不到伊凡丁，精靈國王和他整支部隊全都消失無蹤，芎．林．桑德整整找了三天還是不知下落。我們會找到他的，他不是這麼好對付的人，他會找到活下來的方法。」精靈微微點頭，瞥了一眼站在他身邊那張年輕的臉龐。「聽起來很不可思議，但我知道他還活著，」另一人冷靜說道，「我不知道該怎麼解釋，但我就是感覺得到。」

布林．艾力山鐸是伊凡丁的弟弟，如果他哥哥崩逝，他將成為下一任精靈王，但他還沒準備好繼承大統，或者更誠實一點的說，是他並不想要；自從伊凡丁失蹤後，他既未接掌日漸萎靡的精靈軍隊，也未理會驚慌的議會，而是立刻加入搜尋他哥哥的行列；結果導致現在的精靈政府一團混亂，兩個星期前還上下一心全民共禦外侮的國家，如今卻因為群龍無首陷入分裂局面。

伊凡丁有著公認的王者風範，繼位之後就獲得人民愛戴，年輕有為、魅力非凡、穩若泰山的他，總是有求必應，而人民也樂於接受他的建言。伊凡丁失蹤的消息對精靈造成相當大的打擊。但是除了找到失蹤的國王，布林和芎．林沒有時間擔心其他事。九死一生的精靈倖存者一邊躲著地精士兵和北方大軍，一邊尋找伊凡丁的下落，風塵僕僕的他們回到邊界小村庫什得到新的馬匹和補給後，立刻又上路繼續搜尋。

如果伊凡丁還活著的話，芎．林．桑德知道哪裡可以找到他。將近一個星期前，北方大軍已經揮軍南下卡拉洪王國，除非邊境軍團被擊潰了，否則他們走不了多遠；幾番推敲後，布林和他都相信伊凡丁成為俘虜的可能性非常高，對布羅納來說，精靈王是個相當具有價值的談判籌碼，連伊凡丁都被打敗了，其他城市的領導者考慮投降的意願可能更高。不管如何，黑魔君確實肯定伊凡丁對精靈人民的重要性，他是自傑利．沙娜拉以來最受尊崇的精靈領袖，他們會不計一切代價讓他平安回來。他如果死了，對布羅納不但一點好處也沒有，可能還會激怒精靈，讓他們重新團結起來打倒他；若留下活口，精靈肯定不敢輕舉妄動危及他們最愛的精靈之子。

「夠了，上馬！」芎．林不耐煩的聲音打破寂靜，騎士們紛紛上馬；他最後一次望向遠方那片黑暗，然後迅速跳上他的坐騎，跟早已候在身邊的布林，領著一群人快步走下谷地。這是個灰暗的早晨，空氣仍帶有昨晚雨後的濃烈氣味，仍在平原上徘徊不去；濕潤的青草默默承接噠噠踏過的馬蹄，在遙遠的南方，可以看到湛藍色的天空從雲層後露出臉來，精靈們在適中的溫度中舒適地騎乘。

他們很快就抵達谷地盡頭，進入隘口東邊通道後，便勒馬放慢速度，前面就進入北方大陸，騎士們彼此低聲交談，沒多久便一個接著一個踏上史翠里漢平原。穹．林隨意瀏覽眼前一片礦野，之後突然勒住韁繩。

「布林—有騎士！」對方立刻上前，一起注視遙遠的騎馬者朝著他們快速馳來。精靈們好奇地盯著，但在朦朧的光線中無法確切辨認來者何人；有一瞬間，布林認為那是他的哥哥回來了，但那人身材實在太矮小，讓布林的希望應聲破滅，而且他肯定不是騎士，當他朝著他們過來時，他像逃命似的緊緊抓住韁繩和鞍角，一臉潮紅滿身大汗。他不是精靈，而是南方人。他猛地在精靈面前煞住腳，說話前拼命喘氣，看著眼前一張張看好戲的臉，變得更加面紅耳赤。

「我在幾天前遇到一個人，」那陌生人開口說道，停了一會兒確定大家是否注意聽他說話，「他要我前來尋找精靈國王的得力助手。」看好戲的表情瞬間消失，精靈騎士們傾身向前。「我是芎．林．桑德。」指揮官低聲應道。疲憊的騎士如釋重負地嘆了一口氣，並點了點頭。「我是弗利克．翁斯佛，從卡拉洪過來，」他翻身下馬，不斷摩擦發疼的背部，「讓我休息幾分鐘，我帶你去找伊凡丁。」

夏伊安靜地從兩個巨人中間走過，被凱爾賽特背叛的感覺一直無法從他腦海中抹去；遇到埋伏的他們本來至少還有機會反擊，但是凱爾賽特卻要他們無條件投降。夏伊本來希望凱爾賽特會認識他們其中一人，或是至少看在同族的份上勸勸對方，讓他們全身而退，但是他完全沒有跟他們溝通，順從地讓他們綁住他的手；派那蒙和夏伊也被解除武裝，雙手被縛，三人一起被帶往北邊。

走在派那蒙後頭的夏伊端詳著前者的背，猜想那暴躁的小偷有什麼想法。他對巨人馬上投降的舉動大為震驚，以至於到現在仍未開口說過一句話，顯然無法相信自己錯看了他的巨人朋友。凱爾賽特神秘的表現讓兩人同感錯愕，但相較於夏伊只是覺得困惑，派那蒙內心卻大為受傷；不管他們之間有過什麼，凱爾賽特一直都是一個他認為他能夠依賴的朋友。他的不信任很快就會變成敵意，夏伊知道派那蒙．奎爾在任何情況下都不是好惹的。

北方大陸的夜晚月黑無光，一行人在星散的岩塊和鬆散的土石堆中迂迴前進，夏伊只能專心注意自己的腳步，他突然想到奧爾・費恩，他的腳印在他們被抓的地方就沒了，那麼他肯定也被俘虜了；那麼他們把他帶到哪兒去了？沙娜拉之劍又怎麼樣了？

他們在黑暗中走了數個小時，夏伊很快就忘了時間不支倒地，接下來的路程就像一包穀物被某個巨人扛在肩膀上。當他們到了某個陌生的營地時，他曾經醒來一會兒，被放到地上後帶進一處大帳裡，確認他的雙手雙腳都綁好後，就只留下他一人在這裡，派那蒙和凱爾賽特則被帶往他處。

剛開始他還拼命掙扎，但手上腳上的繩索完全沒有鬆脫跡象，他最後乾脆放棄，睡意開始慢慢向他疲憊的身軀襲來；他拼命抵抗，強迫自己想法子逃跑，但事與願違，愈是不想睡，腦子愈沉重，結果不到五分鐘他就沉沉睡去。

他感覺才睡沒多久，就被粗糙的手給搖醒。有個巨人用他聽不懂的話對他說話，然後又指向一盤食物，便離開帳棚進入外頭的陽光當中；夏伊茫茫然地起身，瞇眼看著黑暗的帳棚，這才注意到北方大陸一貫昏暗的早晨，意味著又是一天的開始。而綁住手腳的繩子被拿掉了，則是讓他感到些許訝異，搓揉手腕轉動關節恢復循環後，立刻吃起為他準備的餐點。在他的帳棚外顯然有什麼事情發生，營地早晨的空氣中瀰漫著巨人的驚叫聲，剛吃完早餐的谷地人正打算冒險偷瞄一眼時，帳棚入口的布幕突然被掀開，進來一位魁梧的巨人守衛，要夏伊隨他過去；夏伊緊抓著外衣，確認精靈石在那裡後，不情願跟著巨人出去。

小小南方人在巨人護送下穿越偌大的營地，除了大大小小的帳棚之外，還沿著山脊搭建了石屋充當營房，大致看了一下周遭環境，夏伊可以斷定他們所在之處比昨晚所走過的平原要高。但整個營區空無一人，剛剛的喧鬧聲也不復聽見，一股寒意突然竄過他的全身，看來這次真的是死路一條了。害怕自己即將孤獨死去的夏伊，甚至連逃跑的力氣都沒有，只能木然地跟著巨人穿越安靜的營區；經過山脊邊的營舍和帳棚之後，他們來到一塊寬敞的空地，夏伊難以置信看傻了眼。

數十個巨人呈半圓形面對著山脊而坐，在他出現時，轉過頭看了他一眼，而山脊下則坐了三個體格各異，也許年齡也不一樣的巨人，手裡握著上有三角旗幟的杆子；派那蒙•奎爾坐在圓形的另一側，憂鬱的表情在看到夏伊之後也沒有改變。大家都注意看著一動不動站在圓心的凱爾賽特，他雙臂交疊面對三名掌旗者，當夏伊被帶進來坐在若有所思的派那蒙身邊時，也沒有轉過頭來，四周陷入長時間的安靜，這是夏伊所見過最詭異的場面。接下來，一名坐在前方的巨人鄭重地起身，用旗杆輕輕點地，其他人也跟著起身面向東方，用他們的語言齊聲說了一些短句，然後又默默地坐了下來。

「你能想像嗎？他們在祈禱。」這是派那蒙開口說的第一句話，夏伊嚇了一跳，看向那小偷，但他只專注望著凱爾賽特。另一個掌旗的人起身對與會群眾說了一些話，又對著派那蒙和夏伊指指點點了幾次，小谷地人不解地看向他的同伴。「這是一場審判，」他用一種冷默的聲音表示，「但不是對你，也不是對我。我們會被帶到刀峰山後的骷髏山脈，黑魔君的王國，被當成⋯隨便被當成什麼抓起來，我想他們還不知道我們是誰。黑魔君有令，所有外來者一律交由他處置，我們沒有受到差別待遇，因此，還有希望。」

「但審判⋯」夏伊懷疑地問起。「是凱爾賽特。他有權要求由族人審理，而非交由布羅納來判，這是一項古老的習俗，因此他們不能拒絕他的請求。他在他們那族正與我們交戰之際，被發現跟我們兩個在一起，任何跟人族為伍的巨人都會被認為是叛徒，他也不例外。」

夏伊不由自主地望向凱爾賽特，他坐在眾人中間，主持審判的那個巨人滔滔不絕地說著。谷地人樂觀地認為，他們弄錯了，凱爾賽特完全沒有出賣他們；但他明知道自己可能也將因此喪命，為什麼束手就擒？「如果他們裁定他是叛徒，會怎麼對他？」他脫口問道。派那蒙嘴角浮現一抹難以察覺的微笑。「我知道你在想什麼，」他語帶譏諷，「他豁出去了。如果他們認為他有罪，馬上就會從最近的懸崖把他丟下去。」他意味深長地止住話，第一次正眼看著谷地人。

發言者說完長篇大論之後回座坐好，眾人再次陷入沉默。一會兒過後，有個巨人走到三名主持審判的巨人前，夏伊現在知道那人應該就是法官，簡短發表聲明後，跟著他進來的幾個人，則針對法官提出的問題一一回答；夏伊完全不知道發生了什麼事，猜想那些巨人應該是前一晚抓了他們的人。這樣的審問看似沒完沒了，但凱爾賽特依舊不動如山。夏伊審視沉默的巨人，還是無法理解他為何會讓事情朝這個方向發展。夏伊和派那蒙都知道凱爾賽特並非平庸之輩，他那雙溫柔的眼睛充滿睿智，對沙娜拉之劍、黑魔君，甚至夏伊還不知道的事，似乎有某種程度的瞭解。有某種經歷深藏在巨人內心，夏伊突然想到，他就跟亞拉儂一樣，兩人似乎都握有沙娜拉之劍的關鍵秘密；這個奇怪的發現讓夏伊疑惑地搖頭，但他無暇多做思考。

證人陳詞完畢，三名法官叫被告起身進行答辯。包括法官、列席旁聽的巨人、派那蒙和夏伊全都期待地看著凱爾賽特，但他還是一動不動，就像進入恍神狀態似的；夏伊極力壓抑大吼打破沉默的衝動，接下來在毫無預警的情況下，凱爾賽特站起來了。

他不卑不亢地挺起身板，面對法庭時展現大將之風，目不斜視看著三名法官，然後從腰間皮帶拿出一個黑色金屬吊飾，將其高舉於法官面前，他們驚訝地傾身向前；夏伊看了一下中間有個十字的圓形吊飾，然後巨人慎重地將項鍊舉過頭，緩緩戴到脖子上。

「老天啊……我簡直不敢相信！」派那蒙驚訝地倒抽一口氣。法官也驚訝地起身，當凱爾賽特緩緩轉身面對其他感到疑惑的巨人時，他們也馬上起立，爆出興奮的呼聲，拼命指著站在他們中間的巨人；夏伊莫名其妙看著其他人，完全搞不清楚狀況。

「派那蒙，發生了什麼事？」他大聲問道。但是眾人歡聲雷動，幾乎蓋掉他的聲音，派那蒙也起身，一隻手猛拍夏伊的肩膀。

「我實在不敢相信，」那小偷喜形於色，嘴裡不斷重複這一句話，「這幾個月來，我從未料想到。就是他藏起來的東西，小谷地人！那就是他為何要我們不戰而降的原因，但是一定還有其他的……」

「你可以告訴我是怎麼一回事嗎？」夏伊激昂地質問。「那個吊飾，圓圈中間有個十字！」他瘋狂大喊，

「那是黑色伊利克斯，巨人頒給他們族人的最高榮譽！你終其一生可能看不到三個。要贏得這面獎章，你必須成為巨人國尊崇的典範，成為眾人效法的楷模，你必須成為最接近神的人；凱爾賽特曾經獲得這份殊榮，我們卻從未料想到！」

「那他被發現跟我們在一起的事呢…？」谷地人還是一知半解。「任何擁有伊利克斯的人絕對不會背叛他的族人，」派那蒙打斷他的話，「這份榮譽代表牢不可破的信任，戴著它的人絕不會做出違反族人律法之事；他們認為背棄這樣的信任將會遭到天譴，面臨永世的懲罰，沒有人會笨到這麼做。」夏伊回望凱爾賽特，歡呼聲依舊久久不散。

巨人再次面對承審法官，三人花了好幾分鐘好不容易恢復秩序，眾人回座，焦急等著凱爾賽特開口；又過了一會兒，沉默的被告身邊出現一位口譯員，然後凱爾賽特開始用手語進行溝通。翻譯緊盯著凱爾賽特的大手，將其翻譯成巨人語，其中有位法官問了一些話，但夏伊還是什麼都不懂，還好派那蒙也開始他自己的翻譯，低聲解釋給谷地人聽。

「他說他來自諾本，一個位於查諾山脈的巨人大城，家族姓氏馬里寇斯，是個歷史悠久且深具光榮傳統的家族，但慘遭滅門，據稱可能是意圖洗劫的侏儒所為。左邊那位法官問凱爾賽特如何逃過一劫，他們一直認為他也死於那場滅門血案。不過接下來，你聽著，夏伊！凱爾賽特說，對他抄家滅族的兇手是黑魔君密使！大約一年前，骷髏使者來到諾本，控制政府要求巨人軍隊聽命於它們；它們企圖讓大家相信布羅納已經起死回生，不但活了數以千年，而且凡人將奈他莫何！身為諾本統治家族之一的馬里寇斯拒絕屈服，呼籲大家挺身對抗黑魔君。凱爾賽特的用詞很重，因為他戴著黑色伊利克斯。除了凱爾賽特之外，黑魔君將整個馬里寇斯家族都殺害了，然後將他帶到位於刀鋒山的巢穴。侏儒強盜的故事只是個幌子，好誘使同仇敵愾的巨人加入南侵陣營。」

「但是凱爾賽特在他們將他關起來之前逃了出來，一路往南遊蕩直到我發現了他。黑魔君下令燒壞了他的嗓子，好讓他無法跟任何活物交談，但他學會了手語，等待重回北方大陸的機會……」其中一位法官突然打斷，派那蒙的翻譯也暫時停了下來。「法官問他為什麼現在回來，我們的大朋友說，他聽說布羅納害怕沙娜拉之劍的力量，以及精靈家族之子將再次舉起神劍的傳說……」派那蒙突然打住。這是第一次，那巨人面對著夏伊，那雙溫柔的眼睛專注地望著小谷地人；有股寒意竄過夏伊。

接下來，巨人向法官比了些手勢，派那蒙猶豫了一下，然後輕聲說道。「他說，他們必須跟他一起前往骷髏王國，一旦進去後，你，夏伊，將親手毀滅黑魔君！」

31

帕蘭斯．巴克哈納在破曉時溘逝，當第一道陽光照進東方地平線時，死亡便悄悄到來；當巴力諾被告知時，他僅點頭表示知曉，然後就轉過身去，他的朋友全陪著他，直到韓戴爾默默示意他們離開。他們聚在房間外的走廊，壓低聲音交談；現在巴力諾是巴克哈納家唯一的血脈，如果他在即將到來的戰事中死去，他的姓氏將永遠從地球上消失。

同一時間，攻擊泰爾西斯的行動也在長夜盡頭無預警展開。當曙光逐漸顯現，站在牆頭的邊境軍團士兵看見北方大軍已經兵臨城下，如棋盤格般列陣站好，懾人軍威放眼從城下到摩米頓河都是黑壓壓的一片；他們一動不動，等到陽光滲入天空，地精擂動戰鼓劃破長空，攻城戰正式開打。拂曉出擊的百萬雄師緩緩朝著泰爾西斯推進，武器鎧甲隨著整齊的步伐鏗鏘有聲。大軍進入距離邊境軍團一百碼的範圍內，戰鼓聲依舊不疾不徐，節奏平緩；直到太陽從東邊山頭升起，黑夜完全消失在西邊地平線時，鼓聲戛然而止，大軍也驀然打住。清晨冷冽的空氣中瀰漫著一股緊張的氣氛，然後北方人發出驚天喊聲，一波接著一波湧向邊境軍團。

站在城門緊閉的外城牆上，巴力諾表情嚴峻看著來襲的北方雄師，語氣平穩交代傳令兵分別派人去找左翼的艾克頓和范威克，與右翼的梅沙林和金尼森前來，目光隨即轉向堡壘下方進擊的兵團；在緊急搭建的防禦工事後，弓箭手和長矛兵耐心等候他下達命令。巴力諾知道憑著他們先天防禦優勢，他們能夠擋下這一波攻勢，但是得先催毀五座慢慢滾向峭壁底部的高架坡道；既然敵人想得到，他也早料到這樣的裝置會被用來攀登高原和較低的堡壘，現在北軍前鋒已經逼近五十碼範圍，新任卡拉洪國王仍在等待。

緊接著，敵軍腳下的土地突然裂開，反應不及的攻擊者失聲尖叫掉落敞開的大洞，兩座高架坡道無預警崩塌，不但輪子鬆了，橫桿也斷了，讓敵方第一波攻勢大受衝擊；位於堡壘上方的弓箭手終於等到巴力諾的指令，攻擊亂了陣腳的敵軍；霎時間，城頭箭如雨下，前鋒部隊非死即傷，紛紛掉落下方平原，被緊接而來的第二波進攻無情踏過。另外三座高架坡道躲過陷阱，持續朝著城寨壁壘前進；邊境軍團立刻放出點了火的弓箭，射向木造的高架坡道，數十個小黃人馬上跳上去將火撲滅。此時地精射手也就定位還以顏色，但是毫無掩蔽的他們形同人肉箭靶，到處都能聽到痛苦的慘叫聲；受了傷的邊境軍團士兵能夠躲在壁壘後，並接受治療，但北方傷兵卻只能無助地躺在曠野，還來不及被移到安全的地方，就慘遭殺害。

三座高架坡道仍持續滾向高原，其中一座已經被大火吞噬，滾滾濃煙遮蔽了方圓百碼的視線，剩餘兩座進入壁壘二十碼內後，巴力諾做出最後防禦信號。大鍋大鍋的油被倒到下方的草原，正好就在高架坡道行經的路線上，北方人根本來不及轉向，緊接著被丟下來的火把讓整個區域瞬間成為煉獄，冒出大量黑煙直衝天際。熊熊火牆阻斷了敵軍攻勢，前排士兵被大火活活燒死，只有少數幾人僥倖逃出火海。強風將濃煙橫向吹往西邊，兩軍都被嗆到難以為繼。

巴力諾馬上看見他的機會，現在展開反攻或許能夠擊潰北方大軍。他一躍而起，向負責城內衛戍的亞努斯打信號，沉重的城門隨即緩緩向外開啟，配備短劍和長槍的騎兵立刻奔向艾克頓和范威克駐守的左翼防線；他們放下一座輕便的高架坡道，然後艾克頓率領邊境騎兵以迅雷不及掩耳之姿衝下峭壁，在左邊大範圍繞圈。巴力諾計畫繞過火牆，然後突襲的人右翼，當北方人被迫迎戰時，他將率領步兵攻擊腹背受敵的前鋒，將敵人逼回摩米頓河；如果反擊計畫失敗，兩翼仍可藉由煙幕的屏障退回峭壁。這是個大膽的賭博，邊境軍團和北方大軍兵力比例懸殊，至少是一比二十，如果泰爾西斯人輸了，他們將全數遭到殲滅。一小支邊境步兵已經從左翼的行動坡道降到地面，以保護騎兵撤退的唯一途徑，此時左翼的敵軍彷彿全都消失了一樣，全被著火的高架坡道燃起的黑煙所混淆。

而煙霾在右翼則未造成太大影響，兩軍戰火正熾，北方持續猛烈進攻。邊境軍團的弓箭手全數放倒了第一波攻擊者，但是第二波敢死隊立刻攻到峭壁下方，企圖利用爬城梯翻上峭壁；地精弓箭手一字排開，朝著壁壘猛射，希望爭取時間越過泰爾西斯防線，而邊境射手則以火還以顏色，其他人則用長矛擊退進犯敵軍。一支驍勇的巨人小隊一度攻破邊境軍團防線，攻上峭壁，防守的指揮官金吉森怒髮衝冠，重整士兵力抗巨人；在這一場血腥的肉搏戰中，邊境將士手刃敵軍，關閉防線。

在外城牆制高點上，四名老友跟亞努斯啞然看著底下怵目驚心的景象。韓戴爾、曼尼安、都林和戴耶全都留在城內，他們的任務是觀察戰況，幫助巴力諾協調邊境軍團行動；滾滾濃煙完全遮蔽了邊境人的視線，讓他無法掌握騎兵的行動，得靠位於高處的他們給他建議，才能在適當時機從中線發動攻擊。新手國王尤其仰賴韓戴爾的判斷，沉默寡言的侏儒已經馳騁沙場三十年，悍守阿納爾邊境。四人焦慮看著兩軍纏鬥，右翼戰況尤其慘烈，北方人持續猛攻，企圖攻上峭壁，邊境軍團奮不顧身攔擊敵方的凌厲攻勢；城門正下方的平原則因為燃燒油料和木造坡道，被鋪天蓋地的黑煙籠罩著，煙霧邊緣的北方士兵彷若無頭蒼蠅，想要重新發動攻勢未果；至於左翼的邊境騎士已經殺出濃煙重圍，正與第一波反抗勢力對抗。

北方大軍在右翼布署了大批地精騎兵以防側翼攻擊，但是卻被發動奇襲的對手打得潰不成軍，在艾克頓的率領下，邊境士兵如入無人之境直取敵軍心臟地帶。熱血沸騰的四人站在牆頭觀戰，此時敵軍立刻調整戰線，要從右邊發動的新一波攻擊；等敵人一動，韓戴爾立刻向巴力諾發出信號。此時又從中線位置放下了第二座移動坡道，由梅沙林領軍衝向下方草原，隨著他們消失在黑霧中，後衛盡職留守保護他們的退路。巴力諾火速登上外牆城頭觀察反攻的成果。

他們打了一場漂亮的側翼戰，北軍轉向右翼迎戰，讓中間防線洞開，梅沙林率領步兵從正面強襲，訓練有素的邊境軍團一舉攻進敵軍中心，而艾克頓的騎兵仍持續從左翼壓迫；敵軍右翼防線徹底崩潰，霎那間，驚恐的尖叫聲四起，北方人落荒逃往西邊。站在牆頭的曼尼安驚異地看著這一切。「太讓人難以相信，邊境軍團真的把他們趕回去了，他們被打敗了！」韓戴爾輕吁，「現在還言之過早，接下來才是真正的考驗。」高地人的目光重新回到戰場。在邊境軍團持續猛攻下，北方人節節敗退，但是新一波行動也逐漸成形；黑魔大軍不會這麼輕易就被打敗，既然人員缺乏訓練，他們就用數量來補足。大批地精騎兵重新集結抵禦邊境軍團的攻擊，在弓箭手和投擲兵的支援下，快速逼近艾克頓北方，而中後方的士兵也用盾牌組成了一個盒狀陣式，朝向攻入中線的邊境步兵移動；牆頭上觀戰的人不解地看著，但隨即就被從陣式中衝出來的武裝戰士嚇了一跳，他們不分敵我殺出血路，這是曼尼安所見過最兇殘的行動。

「岩石巨人！」巴力諾大喊，「他們會屠殺梅沙林和整支軍隊。亞努斯，放出撤退信號。」新任指揮官立刻舉起一面大型的紅色三角旗，曼尼安難以理解地看著沉默的邊境人，為什麼要放棄唾手可得的勝利而撤軍，國王捕捉到他詢問的眼神，對他未說出口的問題冷冷一笑。「岩石巨人一出生就接受戰鬥訓練，那是他們生活的方式。在徒手對戰中，他們不管是戰技還是體能都比邊境軍團優越；繼續攻擊對我們沒有任何好處，他們已受到重創，而我們也保住了據點，如果我們想要打敗他們，就必須一點一點蠶食漸進，削弱他們的力量。」

曼尼安點頭表示理解，然後巴力諾匆匆抬手返回下面的指揮位置，當下他主要考量是撤軍安全，守住移動式坡道，保衛士兵回家的唯一途徑。高地人看著邊境人離開視線後重回城頭，眼下草原就是修羅屠場，從高原峭壁放眼望向北軍後防，盡是伏屍百萬血流千里；沒有人見過如此慘絕人寰的殺戮，無言看著兩軍浴血奮戰。梅沙林旗下的步兵已經開始撤退，但岩石巨人卻將他們逼往前排團團圍住的自己人陣中，準備來個甕中捉鱉；而艾克頓率領的騎兵則遭到地精反擊，在巨人追兵的左側激烈交戰，前方不但有騎兵還有弓箭手雙重火力，加上後防也受到地精和巨人組成的小隊包夾，現在艾克頓正陷入三面楚歌的困境。

韓戴爾憤恨地喃喃自語，曼尼安也開始感到不安，就連亞努斯也緊張地來回踱步，他們最大的恐懼待會就要坐實了。筋疲力竭的邊境軍團被精力充沛的巨人快速追上，無法趕抵安全之地，在距離移動坡道約一百碼處，直接掉頭迎戰。底下的黑煙讓守在城門前的巴力諾完全無法掌握事態發展，但是高處眾人卻對這突如其來的轉變看得一清二楚。「我必須要警告巴力諾！」韓戴爾大聲叫嚷，隨即從胸牆往下跳，「整支軍隊會遭到碎屍萬段！」

亞努斯馬上跟進，曼尼安和精靈兄弟仍然無法把視線移開，眼睜睜看著巨人凌遲梅沙林的弟兄。邊境士兵向中間靠攏，盾牌一致對外，並將矛柄抵在地上，將矛頭伸出盾外防禦；巨人也迅速組成一個橫向的長形方陣，打算用絕對優勢三面夾擊南方人，攻破他們的防線。曼尼安著急地往下看，但巴力諾不為所動，似乎仍未察覺聞名遐邇的邊境軍團已經瀕臨滅頂邊緣，就在他把目光移回戰火正熾的草原上之際，恰好看見韓戴爾和亞努斯正瘋狂向邊境人打手勢示警，但曼尼安在內心大喊，來不及了，一切為時已晚。

但突然間，奇怪的事情發生了。被觀戰眾人暫時遺忘的邊境騎兵不意突破地精攻擊，重組成完美的弧形陣式，不但衝過阻擋的騎兵，更將弓箭手的招呼視為無物，全力朝著東邊死咬邊境步兵的巨人後方疾馳而去。他們放低長槍，以秋風掃落葉之姿一路往東攻擊巨人方陣下盤，後防遭到突如其來的攻擊，讓高大的戰士接連絆倒。但這些是世界上最精良的武士，隨即恢復陣式，面對新的威脅。此時艾克頓的騎兵又往西邊退，用足以跌破眼鏡的速度再次掃向巨人方陣的後衛，北方人立刻擲出長矛和釘頭錘還擊，逾十二名騎兵因此墜馬或死或傷，執行完衝鋒任務的邊境軍團又突然急轉南返泰爾西斯。艾克頓已經達成他的目的，及時分散注意力，讓梅沙林的步兵趁機突圍，堪稱是超完美的戰術執行，觀戰眾人忘情地大聲叫好。

怒火中燒的巨人依舊窮追不捨，但是邊境步兵成功躲進煙霧的保護傘下，然後在以巴力諾為首的營救部隊馳援下，安然返回。在邊境軍團準備撤守時，和企圖奪取移動坡道的敵軍發生激烈對戰，最後，他們乾脆把它丟到下方的平原，毫髮無損的樣子只保持了片刻，就被凌空丟下來的一把火給燒了，徹底毀壞。

而位於左翼的移動坡道在後衛的英勇守護下安全無虞，艾克頓率領騎兵返回時再次進入地精弓箭手的射程內，因此又造成更多死傷。逃過箭雨，衝破劍陣，不斷遭到襲擊的騎士們終於平安抵達，一刻不停留地登上便道走向敞開的城門，受到同袍和市民的熱情歡迎；等到所有騎兵通通歸來，後衛也撤守並將移動坡道拖至安全處存放。

日正當中，太陽的熱氣像條潮濕的毛毯籠罩兩軍，北方大軍不甘不願拖著死傷者撤離戰場，重新部署。接下來好幾個小時，一度青翠的綠地如今空空如也，被夏日艷陽曬烤著，讓人不由得認為入侵行動已經結束，死亡的陰霾暫時散去。

但在午後時分，北方大軍開始二度進攻。地精射手萬箭齊發，攻擊低處壁壘和後方高牆，另有一支集合地精和巨人持劍士兵的大型部隊則是不斷攻擊南方大陸的防禦工事，企圖找出弱點；然後是活動舷梯、小型爬牆梯、綁著繩結的爪鉤，各式各樣可能突破邊境軍團防線的工具都用上了，但是每一次嘗試每一次攻擊都失敗了。這是一個讓泰爾西斯疲於奔命的耐力戰，時至黃昏，雙方還是打得難分難解，直到最後，這場仗對邊境軍團卻是以悲劇告終。

等到夜幕低垂，困頓的兩軍發動最後一波攻擊，在幾乎看不穿的薄暮中互相發射長矛和弓箭；正從左翼返回的騎兵指揮官艾克頓，遭到亂箭封喉，從他的坐騎上摔進隨從懷裡，沒多久就戰死沙場。

黑魔君的王國是已知世界中最荒蕪最險惡的地方，東邊和浩瀚的麥格沼澤接壤，那是一個從未有活物成功橫渡的酸澤地，滿布苔蘚的淺水底下，早已變成腐泥和流沙，將所有經過的東西吞噬，而且據說深不見底。從麥格沼澤往西橫亙北方的山脈叫做剃刀，山勢南高北低參差不齊，中間沒有任何隘口可以穿越；經驗老到的登山者也許能夠找道穿越剃刀山的方法，曾經就有一、兩個人嘗試過，要不是山裡特有的毒蜘蛛，他們說不定就成功了。星散於岩石上的白骨，就是他們到過此地的無聲證詞。

不過致命的剃刀仍有鈍口，位於王國西北角的山峰在這裡逐漸降低為山麓丘陵，往南延伸五哩都很容易通行，正好進入重重障礙包圍起來的心臟地帶，這裡沒有抵禦入侵者的天然屏障，但這個進入王國的通道同時也是最明顯的入口，黑魔君在此設置了陷阱，等著粗心的人自投羅網。眾多只聽令於他的耳目嚴格把守著這塊狹窄的土地，有任何風吹草動就會立刻封山；而從山麓一路往南延伸五十哩，是一個名叫奇耶洛克的荒漠，廣闊無垠的沙地上空瀰漫著看不見的有毒煙霧，源自於一條名為忘川的有毒溪流，從南邊蜿蜒流進滾燙的戈壁，匯入大漠裡一處小湖。就算是鳥，飛得太靠近毒霧，也會在瞬間死亡，死於沙漠熔爐和奪魂氣體的生物會在數小時內朽化為塵土，因此完全沒有留下他們來過的痕跡。

其中最艱鉅的障礙，就是始於奇耶洛克沙漠東南，往東延伸到麥格沼澤的刀鋒山。它就像是一支支被某個怪力巨人插入土裡的超大型石矛，連雲疊嶂拔地參天，外型也不若一般山脈，矗矗巉巖如痛苦伸直的手指般占據了地平線，而山腳下還有發源自麥格沼澤的忘川毒流盤繞。只有瘋子才會想攀登刀鋒山。只有個通道可以穿越這道障礙。一條狹窄曲折的峽谷通往綿延數千碼的山麓，直達環狀邊境內一座孤山；由於風化嚴重，南面山壁破碎疏鬆，地貌尤其險惡，猛一看就像是一顆駭人的骷髏頭，這裡就是冥界主人的家，黑魔君布羅納的王國，到處都有象徵死亡的骷髏印記。

時至中午，偌大的要塞籠罩在一股詭異的氣氛當中，雖然天空依舊灰澀，黃土一樣寂寥，但今天的空氣因為一行正要穿越刀鋒山的凡人，散發出強烈的壓迫感，彷彿迫不及待要發生些什麼似的。

巨人小心穿越池邏峽谷，豐偉的身材在群山峻嶺間就像岩石上的螞蟻一樣渺小。他們進入了死亡的王國，如同孩子進入黑暗的房間，既害怕又期待，等不及想瞧瞧前面有什麼。雖然知道他們來了，但是他們卻一路暢行無阻，因為他們中間正是精靈沙娜拉家族最後的血脈，冥王所認為的已死之人。

夏伊走在魁梧的凱爾賽特後面，他的手看起來被綁在身後，在他之後的派那蒙手臂也被縛住，一雙灰眼充滿警戒看著兩邊聳立的石牆。他們的欺敵策略奏效，當三個假俘虜到達骷髏王國最南邊的忘川時，巨人帶著他們登上一艘由朽木和鏽鐵捆紮而成的大型木筏，擺渡者與其說是人更像是獸，他駝著背，充滿霉味的黑色斗篷完全罩住他的臉，但是覆滿鱗片、像鉤子一樣的手卻在他撐篙越過毒河時清晰可見，讓不安的乘客心生反感，直到終於抵達河的彼岸才鬆了一口氣，而他與他的船隨即消失在河面上飄渺的霧氣之中。但是空氣乾燥汙濁，灰濛濛的一片過了河後什麼都看不見，只隱約看見面前的刀鋒山，漆黑如墨的峭壁像是把霧撥開似的，一行人無言走進切開山脈的峽谷，深入黑魔君的領地。

打從知道自己的身世後，夏伊就覺得這一天遲早會來，命運終將讓他面對這個拼了命想置他於死地的怪物；如今那一刻就要來了，但他最信任的朋友都不在身邊，只有一群巨人、一個小偷，和一個意欲復仇的謎樣巨人，實際上形同他將在這塊世界上最荒涼的地方孤軍奮戰。凱爾賽特說服了法庭讓他帶少數幾個巨人戰士前往骷髏王國，並非因為他們相信那個不起眼的谷地人真有毀滅布羅納不死之身的能力，而是因為他們的族人擁有黑色伊利克斯。

奧爾・費恩的命運也在這裡拍板，原來在他們三人被抓前一個小時，巨人先逮到了地精，隨即將他押到主營，麥丘倫法庭很快就裁定他已經失去理智。他一直喋喋不休癡狂地說著有關秘密和寶藏之類的事，乾枯的黃臉猙獰可怖，有時候他還會對著空氣喃喃自語，手腳不斷掙扎像是被什麼東西抓著似的；唯一讓他跟正常搭上關係的地方，就是那把古劍，他拚命抓著那把看起來一文不值的劍，無計可施的巨人乾脆將他跟劍綁在一起，不到一個小時就被押往黑魔君的地牢。

強壯的巨人健步如飛，少數幾個來過這裡的人帶著大家快速穿越委蛇的通路；現在速度至關緊要，萬一他們耽擱太久，黑魔君可能就會知道奧爾・費恩和他所拒絕交出的寶劍，已經安全關進自家地牢裡。這結果讓夏伊渾身發顫，而且很有可能已經成為事實，或許他們現在正走向自己的刑場；太瘋狂了，這個風險實在太高！就算他們真的成功，就算夏伊真的拿到沙娜拉之劍⋯那然後呢？夏伊在心裡苦笑。沒有亞拉儂在身邊告訴他如何啟動隱藏在神器中的力量，他能夠對抗黑魔君嗎？

夏伊覺得經歷了這麼多千鈞一髮的逃亡和毛骨悚然的冒險，這應該是派那蒙有生以來第一次感到害怕，但他還是跟凱爾賽特與夏伊來了，因為他們是他唯一的朋友，也因為自尊心不允許他辜負眾望；他的本能就是不計任何代價存活下來，但絕不容許苟且偷生。至於凱爾賽特，夏伊認為巨人之所以堅持奪回沙那拉之劍的理由，除了復仇，肯定還有別的；凱爾賽特有某些特質讓夏伊想到巴力諾，他有種沉靜的自信，能夠把力量帶給其他人。當巨人表示要去找奧爾・費恩和沙娜拉之劍時，他就感受到了，那雙溫柔睿智的雙眼彷彿對他深信不疑，雖然無法做出合理的解釋，但夏伊知道他必須跟巨人朋友一起走；都已經花了兩周尋找沙娜拉之劍，如果他現在掉頭離去，他不但背叛了朋友也背叛了自己。

兩側峭壁突然消失，峽谷通向一處山谷，看起來就像骷髏王國裡的一個大型坑洞，外觀荒蕪乾枯，地表也因為散佈的岩丘和乾涸的河床而顯得不平整。他們無言地停下腳，每一雙眼睛都不由自主地看著山谷中央的孤山，山的南面就是一個骷髏頭，空洞的眼窩看似注視著他們，枯槁的面容永遠期待著主人大駕光臨。夏伊站在谷口，感覺頸後毛髮倒豎，有股寒意竄過全身。

而岩石那邊還有一些畸形的生物，黃褐色的龐大身軀就跟垂死的土地一樣，臉上幾乎看不出五官，他們可能曾經是人，如今已成非人，雖然一樣都有雙手雙腳，但是相似處就到這裡，他們的膚質是白堊的油灰，看起來就跟橡膠一樣，移動時彷彿行屍走肉；就像噩夢中會出現的幽靈一樣，這些奇怪的生物靠近巨人，茫然看著他們如樹皮般的臉，彷彿要確定來者是何方神聖。凱爾賽特微微轉身，向派那蒙示意。

「巨人稱呼他們為喑族人。」冒險家低聲說道，「放輕鬆站好，記得你們假裝是犯人，保持冷靜。」其中一個怪物用刺耳的音調跟領頭的巨人說話，又比一比兩個俘虜，短暫交談後，有個巨人側過頭跟凱爾賽特說了些話，沉默的巨人隨即示意夏伊跟派那蒙跟著他去；在另外兩個族人的陪伴下，三人默默跟著一位喑族人朝著左邊更裡面的峭壁踽踽前行。

夏伊回頭望了一眼，看到巨人隨意站在峽谷入口兩邊，像是在等他們的夥伴回來一樣，其他喑族人則留在原地不動；將視線重新放在前方，小谷地人看到峭壁面上有一道長逾百呎的裂縫往上延伸，可以通到後面某個地方。一行人走進石牆，突如其來的黑暗讓眾人一時適應不過來，他們的嚮導從牆上拿了一個火炬，將它點燃後茫然地交給後面的巨人；而他本人顯然完全適應這種伸手不見五指的黑暗，因為他還是繼續在最前面引路。

接著來到一個潮濕發臭的洞穴，裡面又分岔成好幾條小路，夏伊隱隱約約聽到遠方傳來令人膽顫心寒的尖叫聲，在石壁間不斷迴盪，縈繞不止。心神恍惚的喑族人拖著腳走進其中一條通道，從裂縫透進來的微弱光線也全部被黑暗吞噬。

眾人腳步的回音，是他們所發出的唯一聲音，而他們的目光則流連於通道兩側沒有窗戶的鐵門上，遠方虛無縹緲的尖叫聲持續入耳，但現在似乎又更遙遠了一些，他們所經過的牢房區沒有一絲人聲。最後，嚮導停在其中一扇門前，簡短地比劃一番，並用一樣刺耳的聲音跟巨人說話，然後便轉身離開，繼續往裡面走；才踏出第一步，最前面的巨人就用鐵錘狠狠往他的頭上招呼去，暗族人幽幽倒地當場死亡。同行的兩個巨人站在囚房前把風，凱爾賽特立即將夏伊和派那蒙鬆綁，然後像貓一樣走到鐵門邊，滑開門閂，拉開咯吱作響的鐵門。

「現在我們該來瞧瞧了……」派那蒙低聲說道；從凱爾賽特手中接過火炬，他小心翼翼地踏進小房間裡，另外兩人緊緊跟在他身後。

奧爾．費爾坐在牆邊縮成一團，骨瘦如柴的雙腳被固定在地上的腳鐐銬住，衣服破爛到幾乎認不出原樣，他肯定已經不是他們幾天前在史翠里漢抓到的那個人。他眼神空洞地看著三人，蠟黃消瘦的臉露出猙獰的笑容，不斷喃喃自語，一雙眼睛在火光下詭異地放大，他說話時還不斷環顧四周，彷彿這一方囚室裡還有某些只有他看得到、其他人卻看不到的生物在。

大致看了一下他的狀況之後，三人快速掃向他的嶙峋雙手，果然還綁著他們一直苦苦追尋的謎樣寶物。他們找到了，他們找到了沙娜拉之劍！但是沒有人挪動腳步，瘋癲的地精又把劍抱得更緊，當他看到派那蒙緩緩舉起手上的尖錐時，彷彿認出了什麼似的，眼底閃過一抹光芒；小偷充滿壓迫感地向前，屈身靠近地精的臉。「我找到你了，地精。」他厲聲說道。

派那蒙的聲音似乎讓奧爾．費恩突然變了一個人，從唇間迸出驚恐的尖叫聲，拼命往後躲。「把劍給我，你這狡詐的鼠輩！」他一把抓住武器，試圖把劍從驚駭莫名的地精手中搶過來，但是奧爾．費恩抵死不從，還放聲尖叫，派那蒙震怒，用他有矛的那隻手連人帶劍舉起來；那小東西頭下腳上，沒有任何保護的頭就這樣遭到重摔，地精失去意識倒在地上。「過去幾天我們一直追著這個不幸的東西！」派那蒙大吼，然後又突然停下來低聲說道，「我以為我至少會很高興看著他失去生命，但是……已經不值得了。」

他一臉厭惡，把手伸向劍柄，打算把它從地精手中抽出來，但凱爾賽特趨步向前，把手放在他肩膀上制止他，仍在氣頭上的派那蒙冷酷地回瞪他，巨人向戒慎恐懼的夏伊示意，然後兩人雙雙退開。

沙娜拉之劍是夏伊與生俱來的權利，但是他猶豫了。一路跋山涉水，經歷重重險阻，一切都是為了這一刻，但是當他看著那古老的武器時，內心卻突然感到寒冷；有一瞬間，他認為有一部份的自己沒有辦法接受這些強加在他身上的沉重責任。他突然想起精靈石的驚人威力，那麼沙娜拉之劍又有甚麼樣的力量？他內心浮現弗利克、曼尼安和其他一路上捨身相挺的夥伴，如果他現在轉身離開，他就背叛了他們對他的信任，實際上等同告訴他們，他們為他所作出的犧牲奉獻都是毫無意義的，另外，他還看到了亞拉儂責罵他的臉，他要怎麼回答他，亞拉儂肯定不會滿意……

他僵硬地走向倒地不起的奧爾・費恩，彎下腰，手指緊握成拳伸向冰冷的金屬劍柄，停住片刻，才緩緩抽出沙娜拉之劍。

32

泰爾西斯之戰的第二天跟前一天一樣慘烈。龐大的入侵勢力一樣拂曉出擊，在地精的戰鼓聲中以整齊劃一的隊形逼近高原，並在百碼處停下來；然後，在震耳欲聾的嘶吼聲中，一波波衝向對手陣營，企圖攻上峭壁。因為來不及重建，他們這次沒有使用巨型高架坡道，而改用千千萬萬小型的爬城梯和爪鉤；這是一場殘酷又苦澀的競賽，前幾分鐘就死了上百個北方人。

艾克頓殉職後，選擇正面迎敵，盡可能守住陣線。他下令焚燒燃油並派出弓箭手迎戰第一波攻勢，但是這一次攻擊者並未落荒而逃，反而前仆後繼接踵而至，最後總有人躲過弓箭和火焰到達高原底部，把梯子丟上峭壁；北方士兵蜂擁而上，最後變成徒手肉搏戰。雙方酣戰近八小時，英勇的泰爾西斯戰士擊退了規模是他們二十倍的敵人。北軍久攻不破，最後終於在左翼防線讓他們衝出缺口，在勝利的歡呼聲中，敵軍大舉衝上岩壁。

現在左翼由年長的范威克一人主事，眼見局勢惡化，范威克身先士卒，率領邊境軍團奮勇殺敵，但北軍緊咬不放，決意由此瓦解泰爾西斯的防禦；鏖戰許久，雙方互有傷亡，包括英勇的范威克也戰死沙場。巴力諾立刻從中線率兵馳援，最後成功堵住缺口，但是撐不了多久，第二、三個漏洞接連被突破，卡拉洪國王知道他的部隊已經守不住，於是傳令其他指揮官撤回城內；重新集合已經分崩離析的左翼士兵，邊境人將他最外圍的防線往內收，將敵軍留在外城牆外，迅速撤回城裡。不過北方大軍並未繼續進擊，反而開始拆卸防禦壁壘，在邊境弓箭手的射程外築起自己的防禦工事；兵疲馬困的邊境軍團從城牆上默默看著入侵者奔波忙碌，直到日薄西山，北軍移進城外平原紮營，在夜幕低垂之際燃起營火。

趁著暮色還未完全消逝，敵人揭露了部分翻越泰爾西斯高牆的計畫，連接平原和峭壁的高架坡道在有限時間內輔以石頭和通道殘骸的橫梁作為支撐，快速就定位，然後還有三座高逾外牆的攻城塔，被放置在營區最後面；這顯然是心理戰的一部分，好讓受困的邊境軍團喪失信心。站在城頭的巴力諾面無表情地看著這一切，突發奇想對北方大軍發動夜襲，燒了他們的攻城塔，但隨即打消了這個念頭；對方肯定也預期他會這麼做，然後會徹夜嚴守城門；此外，就算用它們來攻擊，邊境軍團也會像燒了高架坡道一樣，輕而易舉放把火就燒了它們。

巴力諾蹙額搖頭，北方大軍的進攻概念錯得離譜，但是他又說不出個所以然；他們想必知道那些攻城塔無法讓他們越雷池一步，肯定有其他如意算盤。他內心轉了不下百次，到底精靈軍隊能否及時趕到，他不敢相信伊凡丁會大家失望。現在夜已深了，就在泰爾西斯西方幾碼處一座小山上，有一小群騎兵躲在樹叢裡，看著底下血腥的大屠殺。他們在暗中觀察，看著北軍把攻城塔推到營區後方，準備明早發動襲擊。「我們應該給他們捎個消息，」穹・林・桑德低聲說道，「巴力諾會想要知道我們的狀況。」

弗利克看向纏著綳帶的伊凡丁，他審視圍城的雙眼像要燒起來似的。「我相信軍隊已經在路上…」精靈王用幾乎聽不到的聲音喃喃自語，「布林已經去了三天，如果他明天還沒回來，我會自己去。」他的朋友把手放在他未受傷的肩膀上。「你的狀況不適合行動，伊凡丁，你弟弟必不負你所望。巴力諾是個經驗豐富的戰士，而且泰爾西斯建城以來，就從未被入侵者攻陷過，邊境軍團可以撐住。」

接下來良久無語。弗利克視線轉回入夜的城市，不知道他的朋友們是否還安好；曼尼安一定也在城裡，他不會知道弗利克怎麼了，也不會知道伊凡丁出了什麼事，更不會知道變幻莫測的亞拉儂變得如何。在谷地人帶著精靈搜救隊回來後，他又莫名消失了一會兒，雖然那個德魯伊自從去過頁岩谷之後，對很多事情都刻意保持模糊，他總是會說清楚才離開；也許他跟伊凡丁談過了…

「整座城都被包圍起來嚴密看守，」伊凡丁的聲音突然從黑暗中響起，「要通過他們的防線傳訊給巴力諾會非常困難，但你是正確的，穹・林，他應該知道我們沒有忘了他。」「我們的兵力不夠，別說是攻入泰爾西斯，可能連敵軍的後防都打不過，」他的朋友考慮周延，「但是…」他快速看向停放在平原上的攻城塔。「發一個小小的信號倒是無妨。」國王意味深長地接完話。

當巴力諾被緊急請到瞭望台時，還不到午夜。他跟韓戴爾、曼尼安、都林、戴耶一起站在城牆上，目瞪口呆望著底下半數都已醒來的敵方陣營亂成一團。在營區後方的三座攻城塔，中間那座已經成了一堆超級營火，照亮了方圓數哩的平原；氣急敗壞的北方人急忙衝向毗鄰的高塔，希望能夠避免火勢延燒。入侵者顯然沒有預料到會有這麼一招；巴力諾看著其他人苦笑，知道援軍其實沒那麼遠。

第三天破曉，卡拉洪南軍北軍都籠罩在一片沉悶的寂靜當中，沒有地精震天價響的擊鼓聲，沒有軍士大步流星的橐橐聲，也沒有如雷貫耳的喊殺聲。太陽從遙遠的東方升起，在泰爾西斯高牆上的士兵緊張地等著，茫然在底下一片迷濛之中尋找敵軍的蹤跡。巴力諾在外城牆中間位置統籌指揮，金尼森在右，梅沙林居左，亞努斯繼續負責城內衛戍和後備軍人；曼尼安、韓戴爾、跟精靈兄弟默默站在巴力諾身邊，在冷冽的清晨裡簌簌發抖。他們幾乎沒有休息，但卻異常警覺、異常冷靜。

血紅色的晨曦漸放光明，北方大軍再度現身，從峭壁邊緣到三座已經垮了兩座的攻城塔間列隊站好，不動也不說話，只是靜靜地等待著；韓戴爾馬上看出他們的計謀，急忙告知巴力諾；邊境指揮官立刻差人通知下屬，警告他們會發生什麼事，要他們讓士兵堅守位置保持冷靜。正當曼尼安打算發問時，城門下突然有了動靜，一名武裝戰士緩緩出列站到城牆前，將手上繫著一面紅色三角旌旗的旗杆慎重其事地插到地上後，又往後退，轉身走回他的位置，然後，還是一片靜默；遠方突然傳來長緩低沉的號角聲，響了一次、兩次、三次，又停了下來。「是格殺令！」韓戴爾低聲示警打破沉寂，「這表示他們不再手下留情，要將我們趕盡殺絕。」

地精戰鼓轟然響起，所有人如潮水般向前湧進，霎時間漫天箭雨飛越城頭，還有長矛、長槍、釘頭錘，從衝鋒的北方大軍手中襲來，而僅存的攻城塔也在數百名士兵的推拉下，上到新蓋好的高架坡道上遲緩地靠近外城牆。邊境弓箭手不斷射下企圖進逼的攻擊者，城內還有士兵抱著防禦用的石頭，就等巴力諾一聲令下。

等到攻城塔進入二十五碼範圍內，敵軍已經迫不及待用爪鉤和爬城梯翻牆過來，突然間，一大鍋一大鍋的油從牆上被倒下來，濺得下面的人和機器還有峭壁表面全是油，然後被緊接而來的火炬點燃，北軍前鋒立刻陷入火海；直衝天際的黑煙瞬間遮蔽了攻城塔和周遭的士兵，試圖攀上城牆的攻擊者也被困住了，少數幾個想要登上壁壘的人很快就陣亡，大部分人要不沒抓好，要不被濃煙嗆到，發出淒厲的尖叫聲掉入火坑。攻擊行動在幾分鐘內就遭到瓦解，整支北方大軍再度消失，牆上眾人緊盯著黑色煙幕，妄想預知下一波攻擊會怎麼打。巴力諾看著他們夥伴，不確定地搖頭。「實在是以卵擊石，他們一定知道下場，卻還執意攻來。他們瘋了不成？」

「也許是故弄玄虛……」韓戴爾喃喃說道，「要我們幫他們弄個煙幕出來。」

「死了這麼多人只為了要弄出個煙幕？」曼尼安不可置信地大聲嚷嚷。

「若是如此，他們肯定有什麼志在必得的計謀，」巴力諾聲稱，「幫我從上面盯著，我要下去城門。」他突然轉身，幾乎是用飛的跑下蜿蜒的石梯，其他人不發一語看著他離開，隨即又面對城牆。燃油和草原持續燃燒，烈焰濃煙遮斷他們的視線，但已經聽不見垂死哀嚎的聲音，取而代之的是一股詭異的平靜。「他們打算做什麼？」曼尼安終於忍不住開口，但無人回應。

「我真希望我們能抓住史坦明，」最後是都林忍不住低聲嘀咕，「雖然我們在這些牆後面，但那個瘋子還在城裡某處，讓我無法感到安全。」

「我們差一點就抓到他了，」戴耶接著說，「我們跟著他進入那間房間，然後他就憑空消失了，那裡一定有秘密通道。」都林點頭以表同意。曼尼安盯著漫天黑煙，想起在皇宮裡等著他的雪若，想起夏伊、弗利克、他的父親和他的家鄉，他們像洪水似的突然湧進他漂泊的心；這一切將要如何結束？

「這是個幌子！」韓戴爾猛地將他扯過來，讓他嚇了一大跳，「我真是個笨蛋，就近在眼前，我竟還渾然不覺。秘密通道！就在皇宮地底，酒窖下面，這幾年都被封起來的地牢裡，有一條通道可以穿越山脈到後面的平原；老國王多年前曾經跟我提過一次，史坦明一定知道這個秘密通道！」

「入城的通路！」曼尼安失聲大叫，「他們打算攻其不備從我們背後下手，」然後猛地住口，「韓戴爾！雪若正在宮中！」

韓戴爾馬上步下樓梯，「我們時間不多，曼尼安，跟我來；戴耶，去找亞努斯，告訴他馬上到皇宮協助我們。趕快，祈禱一切都還來得及。」他們立刻拔足策馬狂奔。

萬籟俱寂，一切看似平常，一名侍者走過來從滿身大汗的騎士手中接下韁繩，望著他們的眼睛帶著一絲好奇；韓戴爾瞪了他一眼，隨即將那人打發走，示意曼尼安跟他走到前門，還是什麼都沒有。也許他們及時趕上，甚至也許是他們弄錯了……

兩人再次在門廳停下時，宅邸走廊還是空無一人，侏儒輕手輕腳帶著焦急的高地人朝反方向往地窖去；兩人在走廊轉彎處停了下來，平貼著光潔的木牆，小心翼翼觀察四周。

酒窖的門半開啟著，在入口的地方有三個武裝侍衛看守著空曠的大廳，他們全都戴著獵鷹佩章。曼尼安和韓戴爾默默往後退，利亞王子現在才發覺自己竟然手無寸鐵，他把利亞之劍掛在馬鞍上；他馬上掃視身後的大廳，看到遠方有一對長矛交叉掛在牆上，雖不滿意但也別無選擇，悄悄拿了一支後馬上回到韓戴爾身邊。他們動作一定要快，如果地窖的門被反鎖，他們就失去抓到史坦明的機會，也失去了秘道；但是他們只有兩個人，下面還有多少敵人在等著他們？他們並未多加考慮，一個箭步就從藏身處來到門前，三個守衛反應不及，最靠近門口的兩人接連被曼尼安的長矛刺穿，第三人則挨了韓戴爾的釘頭錘，悄無聲息地倒下，曼尼安順手抄了守衛的劍之後，兩人立刻閃進地窖，衝下石階，面對他們此生最慘烈的決鬥。

現在地窖擠滿了武裝士兵，從四面八方包圍兩名入侵者。韓戴爾和曼尼安被蜂擁而上的敵軍包圍在中間，高地人與侏儒兩人背靠背站立，開始斬殺敵人。他從眼角餘光瞄到有個紅色身影從地牢出來，一看到那令人憎惡的史坦明，利亞王子內心突然湧現一股憤怒，燥動的血液給了他超乎尋常的力量，對守衛發動更猛烈的攻勢，試圖逼近那個叛徒，那個神祕學家臉上閃過一抹害怕的神情。

兩人彷彿殺紅了眼，靠近他們的人一個接著一個死去，他們身上也有多處傷口，但是卻絲毫感覺不到痛；曼尼安兩度倒地，韓戴爾每次都挺身擊退攻擊者，幫他爭取時間站起來。現在只剩下五個敵人還站著，但韓戴爾和曼尼安卻已氣力難支，汗珠混著鮮血大滴大滴地落下，手腳也已麻木，機械化地拼鬥。史坦明靈機一動，衝到地牢洞口呼救；曼尼安拼著一口氣立刻衝向兩名攻擊者，將兩人打趴在地，第三人企圖上前阻擋，高地人將劍深深刺入他身體，只剩下劍柄留在外面。放開劍，撿起地上的長矛，曼尼安突然撲向史坦明，一棍將他打昏後，抓住沉重的活板門，耗盡最後一絲力氣，奮力把門拉起來。

那石門文風不動，地牢遠方金屬碰撞石頭的鏗鏘聲被靴子跑上石梯的砰砰聲取而代之。只剩下幾秒鐘的時間了，等他們上來，曼尼安就死定了。這次他使出渾身解數，傾全力舉起石門，這一次，門被抬起來了。高地人咬牙苦撐，直到門被拉到另一邊，隨即倒下發出一聲轟然巨響；用他麻痺出汗的雙手，將鍊條穿過鐵環綁住，然後再用鐵門牢牢固定住。通道，總算封住了；如果北方大軍想從這裡進來，他們必須想辦法鑿穿好幾呎厚的石頭和鐵。

「曼尼安！」

有個嘶啞的聲音喊著他的名字，高地人已經不支四肢跪地，一隻手在地上摸到一把劍，抬起滿是傷痕的臉，目光越過滿地已死或是將死之人，利亞王子發現了他的朋友；侏儒背對著牆，站在地窖樓梯底端，一隻手還緊握著他的釘頭錘，而周圍全躺著被他解決掉的對手，沒有人僥倖逃過。他堅定的眼神跟曼尼安交會，彷彿他們第一次在黑橡林之後的低地相遇時那樣，他還是老韓戴爾，沉默寡言、一臉嚴肅、勇猛過人；然後，釘頭錘緩緩從他手中滑落，兩眼漸漸呆滯，接著長嘆一聲，身子也慢慢倒地，直到死亡奪去他的生命。

韓戴爾！腦子轟然一響，曼尼安掙扎著起身，淚水瞬間決堤，在髒污的臉上傾瀉而下；他抬起千斤重的腳，從滿地伏屍中前進，因為氣憤和無助不住抽噎著。他只模模糊糊意識到在他身後某處的史坦明已經慢慢恢復意識。他走到侏儒身邊跪了下來，溫柔地搖著他癱軟的身體；韓戴爾救過他幾次？他救了大家幾次，自己卻…？他的腦子停不下來，只能不斷哭泣。

史坦明慢慢起身單膝跪著，茫然看著遍地橫屍，他的人全死了，石板門也被關上鎖住了，而…恐懼瞬間湧現，還有一個入侵者還活著，是那個高地人！他恨死那個人，巴不得能殺了他洩憤，但是沒多久馬上被恐懼征服，萌生逃跑的念頭，逃了才能活！這裡只有一條路能出去，只要經過跪著的那人，就能上樓離開地窖；腦子這麼想時，他已經起身，小聲地走過屠宰場，半走半逃地往無人守衛的樓梯過去。

抱著侏儒屍體的高地人還背對著他，史坦明滿頭大汗，現在是恐懼驅策著他前進；只要再走幾步路，他就會重獲自由了。一隻手碰到石階，接著腳也跟上，只有數呎之遙的高地人還沒察覺，地窖的門半開著，而且無人看守！自由！只要再幾步…曼尼安突然轉過來。當對方一看到利亞王子恐怖的臉，隨即驚駭地失聲尖叫，然後瘋狂地往門口爬去，卻不斷被長紅袍絆住。只走爬一半，他就落入曼尼安手中。

一切看起來都沒有異樣，由門樓負責操控的門閂，一根根擋住城門進出口，還加上了粗重的鐵門做雙重保險，巴力諾緊盯著城牆，卻一直有種說不出的疑慮；他可以感覺到，有事情要發生了。城門是固若金湯的石牆唯一的弱點，也是泰爾西斯的要害；攻城塔、爪鉤、爬城梯，這些都企圖翻越城牆未果，黑魔君也心知肚明，城門才是關鍵。

他的眼睛掃向上方的塔樓，那個石頭蓋的封閉型建築裡頭有著控制門閂開關的機關，兩名邊境士兵嚴守在唯一的一道門前，巴力諾更親自挑選了一支小隊，由上尉席隆為首負責保護這個關鍵裝置，而門樓兩邊城垛也安排了重兵戍守，看起來北方人不太可能攻佔這個地方。但…

邊境人走上通往門樓的狹窄樓梯，但從城牆另一邊突然傳來聲音，立刻讓他停下腳步，此時弓弦震動傳出的嗡嗡聲響劃破空中，緊接著如雨箭陣，成千上萬的弓箭便朝著外城牆而來。巴力諾急忙衝上城垛，看到城牆下已經是滿目瘡痍，北方人已經暫時放棄直接攻擊。

他馬上就知道對方採取新戰術的原因了。在峭壁邊緣，有一支武裝巨人小隊推著一根巨型破城槌過來，破城槌的上面和側邊都被鐵罩包覆著的；趁著邊境軍團被敵方弓箭手的強大火力拖住，巨人可以推著槌子來到城門前，準備破門而入。

這個計畫乍看之下覺得既可笑又不切實際。如果門樓落入敵人手中，他們可以輕易開啟重重門閂，剩下長條型的鐵門根本抵擋不住這麼大型的破城槌。巴力諾跑向門樓，匆匆瞥向立正站好的守衛，緊張地把手伸向門把；他沒有看到席隆。門向內打開，他踏入房裡，沒有看到任何人。

邊境人直覺反應，橫跨一步躲過身後守衛的突襲，抓住差點刺傷他的長矛，將它從刺客手中擰下來；他背靠著牆，透過微光匆匆檢視房內的情況，席隆和其他人全都被殺了，僵硬的屍體躺在一邊，身上的衣服和武器全被扒光。房間後方陰暗處馬上衝出一群攻擊者，高舉匕首試圖將他滅口，巴力諾將長矛射向他們，準備奪門而出，但還在外面把風的第二名守衛一看到他要出來便立刻把門拉上。他沒有時間破門，也沒有時間拔劍，就被一擁而上的刺客撲倒在地，還好身上的鎖子甲替他擋下了匕首的連番攻擊；緊接著他猛地一甩，掙開眾人束縛，重新站好。透過從活動遮板透進來的光，這些攻擊者看起來只是影子，但是他的眼睛已經逐漸適應黑暗；當他們再次撲向他時，他立刻拔劍相向，兩人失聲尖叫，便倒地斃命，但其他同夥已經躲過他揮出的劍，再次靠近國王。

巴力諾二度被撂倒，又再次擺脫箝制，小室內大戰正酣，但全被外頭兩軍交鋒的聲音蓋過；邊境人知道除非能夠讓這道門打開，否則沒有人會來幫他。他再次背對著牆，敵人持續強襲猛攻，被他的闊劍奮力一揮，又有三人倒下，數人受傷，但其他人依舊前仆後繼衝上來，讓他逐漸感到吃力，他必須趕快逃脫才行。緊接著，傳出齒輪咬合和操縱桿連動嘎嘎作響的聲音，巴力諾寒毛直豎，有人已經打開了城門門閂；他突然衝向門鎖裝置，但攻擊者擋住他的去路，讓他無法靠近。不一會兒，就聽到刺耳的金屬碰撞聲音，然後是一連串錘擊的聲音，他們要卡住控制桿！勃然大怒的巴力諾顧不得自身安全，撲向敵人。

門突然打開，守衛的屍體被扔了進來，伴隨日光進入暗室的是精瘦的都林，兩人聯手擊退了幾個攻擊者，迫使他們遠離被卡住的機器，遠離敞開的房門，將他們全逼到房間角落，然後是拳拳到肉招招見血的徒手搏擊，敵人被全數殲滅。渾身是血的國王對他們不看第二眼，衝向受損的設備，看著嚴重扭曲變形的操縱桿和齒輪，巴力諾一臉震怒，憤而撞上主要開啟裝置，但它還是不動；都林明白發生了什麼事之後，臉色倏地發白。「我們沒有時間了！」巴力諾氣炸了，拼命扳動卡住的操縱桿。

突然間傳出轟隆巨響，整個門樓為之震盪，也撼動了兩人。「城門！」都林驚惶大叫。緊接著第二聲，然後是第三聲。外面城牆傳來急促的腳步聲，過了一會兒，梅沙林就出現在門口，正要開始講話時，巴力諾已經開始下達指令，並朝著城垛方向移動。

「把這個房間收拾好，要工兵想辦法鬆開這些齒輪，城門門鎖不但被打開還被卡住了！」梅沙林的表情看來像是遭到致命一擊似的，「用橫樑加固城門的結構，派出最優秀的軍團以密集方陣守在城門兩邊五十步的地方，在內城牆設置兩排弓箭手瞄準城門入口；後備軍人和戍守指揮部會負責防禦內城牆，其他人就繼續留守外城牆。我們能撐多久是多久，如果城門失守了，邊境軍團將撤回第二道防線；若是內城牆也淪陷了，我們會在森迪克大橋重新集結，那裡將是我們最後一道防線。還有其他的嗎？」

都林馬上將韓戴爾的去處告訴他，巴力諾憂慮地搖頭。「我們現在是四面楚歌，韓戴爾必須自己想辦法；如果皇宮陷落，讓他們從後門闖進來，我們還是完了。梅沙林，你守在方陣的右翼，金尼森守左翼，我在中線，絕不讓敵人突破！祈禱伊凡丁在我們氣力放盡之前趕到。」梅沙林立刻飛奔離去，破城槌持續撼動著城牆，小室裡只剩下巴力諾和都林四目相望。外面的日光愈來愈灰暗，黑魔君的影子持續逼近命數已盡的泰爾西斯。邊境人緩緩伸出手，「再見，我的朋友。我們已經來到盡頭，時間已經用罄。」並握住了精靈朋友。

「伊凡丁不會辜負我們的……」精靈認真說道。「我知道，我知道……」巴力諾回應他，「亞拉儂也不會。他沒有找到沙娜拉之劍或是沙娜拉之子，他的時間也用完了。」

城牆上的喊叫聲和城牆下的破門聲打破兩人之間的沉默，巴力諾抹去眼睛上方傷口上的血。「去找你弟弟，都林。但是在你離開外城牆之前，最後再倒一鍋油淋在破城槌上，然後放把火燒了它，就算我們不能一起擋下他們，至少也不能讓他們過得太輕鬆。」巴力諾朝著他一笑，便離開了門樓。都林悵惘地望著他，到底是何種乖張的命運讓他們面臨如此不公平的結局。巴力諾是他所見過最傑出的人，但他卻失去了所有，包括他的家人、他的家園、他的祖國，現在就連他的生命也要被剝奪；到底是甚麼樣的世界讓好人不長命，禍害卻可以遺留千年？他曾經很篤定地認為他們不會失敗，相信他們總會找到消滅黑魔君的方法，拯救四方大陸；但如今美夢將盡。都林茫然地抬頭，數名魁梧的邊境工兵進入房間開始修理被卡住的門閂開啟裝置；他也馬上離開，該去找戴耶了。

守住外城牆的任務異常艱鉅。無懼於地精如蝗蟲過境般的箭陣攻擊，眾將士奮力抵禦企圖破門的巨人，將一鍋鍋的油直接澆灌在敵人和他們的武器身上，然後丟下火炬，底下瞬間陷入火海，捲起陣陣黑煙；炙人高溫持續悶燒，燒熔了金屬，巨人的盔甲變成熔爐，讓他們無法逃脫，幾分鐘就被活活燒死。但是其他士兵立刻接手，破城槌持續衝撞城門，撞擊聲震天價響；沒多久，鐵閂和橫樑就彎曲了，接下來更是逐漸出現裂痕。灰色的天空瞬間被濃煙染黑，城牆外焦黑的巨人屍體堆積如山，人肉被炙烤的嗆鼻焦味讓邊境士兵差點窒息；兩軍戰況膠著，一度讓人以為會持續對峙到太陽下山。但最後，橫閂應聲斷成兩半，加固的樑木也裂成碎片，破城槌穿破了泰爾西斯城門。部分北方大軍湧進廣場，馬上被埋伏在內城牆的弓箭手放倒，城門內還有邊境軍團三面包夾，方陣兵手持長矛巨盾嚴陣以待。破城槌持續推進，城門被撞得更開，前鋒部隊持續擠進城門，卻是直接衝向長矛，邊境軍團搖晃了一下便立刻守住，將進擊者逼退，還在疑惑時就遭到內外城牆上的弓箭手射殺。須臾，廣場上已是遍地哀鴻，北方大軍死的死，傷的傷，城門破口遭到嚴密封鎖，以至於入侵勢力無法越雷池一步。

都林仍在外城牆的門樓邊，他從這裡可以看到北方進擊部隊被邊境方陣打得潰不成軍。在他發現弟弟已經跟亞努斯前往皇宮後，便決定留在巴力諾這裡。現在敵軍打算重整旗鼓，在下方的平原，麥丘倫家族下令巨人軍隊前進城門，北方大軍召來中心支柱，打算一鼓作氣而且一勞永逸擊垮南方人。現在外城牆再度受到攻擊，地精和部分巨人用梯子、繩索、爪鉤等各種攀牆工具企圖登城；城垛上的邊境士兵竭力封堵攻勢，但我軍人數愈來愈少，敵軍卻像無窮盡似的接踵而至。

接著，在北邊漸漸沒入黑暗的天空中，有兩個怪物盤旋升空，都林感到血液瞬間凝結，是骷髏使者！他們如此確信勝券在握，膽敢在白天現身嗎？精靈整顆心往下沉，他在這裡已經無能為力，該是去找他弟弟的時候了，不管等著他們的是何種命運，至少他們要一起面對。他敏捷地壓低身子跑下城牆，繞到邊境方陣的左翼後方，有一條堤道通往距離邊境後防約數百呎的營區。突然間，發出震耳怒號，都林看見高大的巨人武士衝破外城牆的決口，他不由自主地停下腳步，接下來幾分鐘肯定又是一場惡戰。

巨人軍團直逼巴力諾的中央防線，方陣隨之收緊陣勢；在兩軍相距約十呎時，巨人突然全員向左轉攻擊邊境軍團側翼。霎時間劍劈、斧斫、刀砍、矛刺，武器盾牌交擊發出懾人聲響；剛開始邊境軍團還能嚴守防線，巨人前鋒部隊紛紛倒地，但是憑藉著過人的體力和天生的體格優勢，北方人逐漸佔上風，到最後方陣的右端開始四分五裂。

負責指揮的金尼森快速移向缺口，一頭紅髮在戰鬥中隨風飄揚。巨人被右邊的巴力諾和後方的梅沙林包夾節節後退，都林充滿敬畏地看著這場血腥衝突，巨人逐漸擋住邊境士兵的攻勢，轉眼間戰局逆轉，巨人開始推進，方陣再度出現缺口，金尼森完全被壓倒消失眼前，巨人軍團直奔營區和內城牆而去。

都林正好就在他們前進的路徑上，他還有機會躲開，但是他已經單膝跪下，舉弓拉弦；第一個巨人在五十步的地方倒下，第二個又靠近了十步，再來第三個，二十五步。城牆上的士兵火速衝下來馳援，駐守在內城牆低處的弓箭手也試圖阻擋逼近的巨人，現在精靈面前一團混亂，巨人和邊境軍團近身肉搏，其他北方人還是繼續朝他而來，於是，都林朝他們中間射出了最後一支箭。

他抛下弓，這是他第一次萌生逃跑的念頭，但是為時已晚，在敵人衝過來前隨手抓了一把劍，他踉踉踉蹌退到營區牆邊，一個巨人武士直奔他而來，碩大的釘頭錘重重一揮，他的左肩感到一陣劇痛，然後整個發麻。他試著保持清醒，但痛楚開始蔓延，他的身體再也無法支撐，臉部朝下倒地不起；他感覺到戰局已經往前移，有股力量重重壓在他身上，他想要看清楚，但他連睜開眼睛的力氣都沒有，就這樣失去意識。

曼尼安把臉貼近韓戴爾，謹慎地抱起那已無生息的身體，機械化地跨出腳步，越過被他們擊倒的敵人，走到樓梯，一步一步小心翼翼地往上爬，連看也不看，就跨過那一具沒有頭、躺在樓梯中央的紅袍屍體。高地人茫然走出地窖，緊緊抱著侏儒往皇宮大廳方向前去；來到門廳時，東邊走廊傳來空洞的腳步聲，他停了下來，溫柔地把手中的負重放在光潔的地板上，靜靜地站著，那紅髮女孩出現在他面前，眼淚瞬間從她美麗的臉龐滑落。「噢，曼尼安，」她低語，「他們做了什麼？」

他目光閃爍，動著嘴巴，卻說不出話。雪若馬上靠向他，纖細的手臂緊緊抱著他駝著的身軀，小臉貼著他的；過了一會兒，她感覺到他強壯的臂膀圈住她的肩膀，壓抑在他內心深處的痛苦無聲潰堤，在她的沉靜和溫暖中不復存在。

在內城牆的城垛上，巴力諾對邊境軍防完成最後一次檢查，憂心忡忡地停駐在重重封鎖的城門上，北方人已經開始聚集準備展開最後一次進攻。不久前，堅不可摧的外城牆已經破了，邊境士兵被迫退回第二道防線；巴力諾瞪著群聚的敵人，手緊握著劍柄，直到指關節都泛白了。他的斗篷和外衣都在守衛外城牆的激烈拼搏中嚴重破損，他守住了中間的方陣，但是兩翼都垮了；金尼森陣亡，梅沙林重傷，數百名弟兄死守著外城牆直到希望徹底破滅，就連都林也在戰鬥中失蹤了，現在只剩下卡拉洪國王一人形單影隻。

他揮手向城門底下環抱橫樑的人示意，身上的鎖子甲隨著他抬手的動作微微發出閃光，上頭有許多在戰鬥中留下的切口裂痕。他暫時允許自己放下勇氣，在此瞬間，他只有絕望的感覺，他們全都拋棄他了，所有人，伊凡丁跟精靈軍隊、亞拉儂、還有整個南方大陸；泰爾西斯和卡拉洪王國已經瀕臨毀滅邊緣，還是沒有人伸出援手，只靠邊境軍團來拯救所有人。這一切是為了什麼？他馬上打住，不讓自己胡思亂想，現在沒有耽溺的時間，需要拯救的人太多，而他是他們唯一的依靠。

北方大軍集結在外城牆下，熟悉的爬城梯、繩索、和爪鉤也準備就緒，剛剛在廣場前的廝殺中，已經有部份巨人爬上內城牆，闖入城內。不知道韓戴爾和曼尼安怎麼了，巴力諾心想他們定是守住了皇宮，避免敵人從後面攻擊，否則這座城市早就淪陷了，現在他們應該是跟闖入內城牆、企圖攻佔皇宮的敵人交火中。

滾滾黑煙掉落的煤灰燻得他眼睛痛，他不斷揉到眼淚將它沖乾淨；他掃過城牆防禦工事，似乎全部都籠罩在濃厚的煙霧裡。現在守軍情勢非常不利，敵軍人多勢眾，而他們卻已經折損了數以百名將士，兵力嚴重不足；他想起韓戴爾在他父親和弟弟過世時所說的話：巴克哈納家最後的傳人，這個姓氏將如同泰爾西斯與她的子民一樣，跟著他一起死去。如雷的戰吼聲再度響起，北方大軍不計後果地衝向城牆。邊境人臉頰上的疤痕由紅變紫，面帶慍色地拿起他的闊劍。

幾乎在同一時間，第一批突破內城牆的巨人已經前進到森迪克橋下，視死如歸的邊境士兵守在石頭拱橋中間，擋住進入巴克哈納家的所有去路；亞努斯站在最前面，一邊是曼尼安，包著繃帶的他用雙手拿著利亞之劍，而另一邊則是戴耶，年輕的臉龐雖然緊張卻十分堅定。巨人後方不斷有濃煙竄出，城內的房子相繼失火，驚恐的呼叫聲甚至蓋過了內城牆的戰事。兩軍對壘，巨人陣容因為援兵加入不斷壯大，他們自負地審視南方人，相當有信心他們是世界上訓練最精良的戰鬥部隊，而橋上的守軍還不到五十人。

突然間白晝如夜，一股不安的沉靜降臨在兩軍之間，曼尼安從燃燒的城市中某處聽到孩子微弱但卻清晰的尖叫聲，而在他左邊幾呎的戴耶則感覺到北風伴著颯颯聲響漸漸消去。他們面前的巨人已經列好隊，接下來，便整齊劃一地向前進攻；位於橋上的最後一道防線準備好迎接北方人的襲擊。

而在城市的西邊，弗利克和精靈騎兵一籌莫展地看著泰爾西斯步向滅亡，北方大軍突破外城牆後長驅直入，邊境軍團節節敗退，這個城市的防禦已經土崩瓦解。他驚恐地看著骷髏使者在進擊的敵軍上空盤旋，亞拉儂所預言最糟的情況就要發生了，黑魔君贏了。

此時谷地人左邊有位騎士突然大叫，伊凡丁臉色瞬間發亮，立刻策馬向前。在遼闊的草原那邊，還在西方好幾哩遠的地方，有一條黑色的線衝破地平線；遠方傳來隆隆的馬蹄聲，和戰場上的吼叫喧鬧聲交纏在一起。

隨著距離愈來愈近，那黑色的線，規模瞬間放大變成騎兵，成千上萬英勇雄壯的騎兵，和色彩斑斕的旗幟、金光閃閃的長矛，清晰刺耳的號角聲響起昭告他們的到來；山邊的精靈歡聲四起，聲勢浩大的精靈騎兵鋪天蓋地湧進平原，直指泰爾西斯。得到預警的北軍後衛已經封鎖後防，回頭面對後方援兵。精靈軍隊終於還是來了，為了泰爾西斯的守軍，為了三方大陸陷入困境的國家，更為了歷代人類努力保存下來的一切，他們終於來了，但也許為時已晚！

33

夏伊從老舊的劍鞘中抽出古老的劍，劍身在微弱的火光下散發出深藍色的光輝，金屬表面完美無瑕，彷彿從未上過戰場一樣，而且超乎想像地輕，劍身纖細對稱，鑄劍工藝卓越，劍柄上則刻著一隻手舉起火炬，現在他們都已經相當熟悉的紋飾。夏伊謹慎地舉起劍，快速看了一眼派那蒙和凱爾賽特，擔心突然會有事情發生，不過他的夥伴們還是面無表情動也不動。黑暗的牢房讓他渾身血液都快凍結，他用雙手緊緊抓著劍，東晃西晃才讓劍身向上；須臾過後，夏伊意識到劍柄上的刻飾印壓在他滿是手汗的掌心，但還是安然無事。

…在骷髏山頂昏暗無人的房間內，石盆裡的水沉靜無波，黑魔君的力量仍在休眠中…突然間，夏伊手中的劍開始發熱，有股奇妙的悸動從黑暗的金屬流向谷地人的掌心，旋又消失；他嚇了一大跳，往後退了一步並把劍放低，那股熱力瞬間被一股從武器發散出來的刺痛感所取代，雖然不會痛，但是他卻反射性地退縮，然後他感覺到肌肉變得緊實。他直覺認為，他已經解放了這把劍；更讓他驚訝的是，他發現自己已經無法鬆手，內心深處有某種東西不允許他這麼做，他的手就這樣緊緊抓著劍柄。

那種刺痛感源源不斷地湧進他的身體，同時也感覺到有股能量在拉他的生命力，將它帶往冰冷的金屬，直到劍變成他的一部份；劍柄圓球上的金漆開始剝離，劍柄變成亮銀色，還有看似在燃燒的紅色光條紋，栩栩如生纏繞著發亮的金屬上。夏伊感覺有一部份的自己醒來了，雖然很陌生很細微，但卻很堅定，讓他更深入內心。

派那蒙和凱爾賽特就在幾步遠的地方看著，小谷地人看似就要昏睡，他的眼皮愈來愈重，呼吸愈來愈慢，他的身軀在微弱的火光下看起來像雕像似的。他用雙手抓著沙娜拉之劍，劍身向上指著天空，銀色把手閃閃發亮；有一瞬間，派那蒙想拿走谷地人的劍然後把他搖醒，但有個東西不讓他這麼做。在暗處的奧爾・費恩不死心地爬向他的寶劍，派那蒙頓了一下，粗魯地用靴子把他推開。

夏伊覺得自己一直被往裡面拉，就像陷入退流的浮木，他的周遭逐漸模糊，囚房的牆壁、天花板和地板開始不見，然後是蜷縮嗚咽的地精，最後連派那蒙和凱爾賽特也慢慢消失，這股奇異的潮流看似就要完全淹沒他，但他卻無法抵抗；漸漸地，他被拉進內心最深處，直到一切都暗了下來。

…瞬間的顫動在平靜的水盆激起了漣漪，服侍主人的那些東西從黑暗的牆邊驚惶逃竄；黑魔君從被打斷的睡眠中醒來…

在情感和自我的漩渦中，沙娜拉之劍的持有人終於和自己面對面；剛開始是一片混沌，但這股潮水似乎開始逆流，帶著他往完全不同的方向走。接下來隱約出現一些畫面，不意間，他眼前出現一個世界，那是他的出生地，從小到大的景象現在全部攤在他面前，赤裸裸地褪去他所營造的幻覺，他看見了存在的現實。沒有綺麗夢想妝點視界，沒有痴心虛妄粉飾太平，沒有矯情自許美化生澀，他看到自己的人生竟是如此卑微，無足輕重。

夏伊的內心就快要爆炸，拼命想要抓住一直以來支撐著他的自我幻影，不願承認心靈的貧乏和弱點。那股潮水漸漸消退，夏伊強迫自己打開眼睛，逃避內在影像；他面前就是閃閃發光的沙娜拉之劍，在更遠處的派那蒙和凱爾賽特正一瞬不瞬盯著他。然後，巨人的眼神緩緩移向那把劍，夏伊的目光也跟著巨人重新回到沙娜拉之劍，它的光似乎悸動地更加厲害，有種不安份的感覺，彷彿拼命想要從劍身進入他的身體，卻不知為何受到阻撓。

谷地人一度想要抗拒，之後他再度閉上眼睛，內在影像也回來了。第一個揭露的真相現在正發生在他身上，他努力去釐清頭緒，把注意力集中在夏伊・翁斯佛的形象上，讓自己完全沉浸於塑造出他這種人格特質的種種面向。

但他突然看到另一面的自己，那是他從未認識，或根本是拒絕接受的自己。他的記憶像圖畫書般不斷在他腦海中翻頁，清算他對別人造成的傷害、他的嫉妒、他的偏見、他的不坦率、他的自我憐憫、他的恐懼，所有藏在他內心的黑暗面。現在的夏伊，是個逃出穴地谷，不保護家園朋友，只擔心自己的生命，為自己的驚慌不斷找理由的人；這樣的夏伊自私地讓弗利克分擔他的噩夢，好減輕自己的痛苦；這樣的夏伊，嘲笑輕視派那蒙・奎爾的道德標準，卻還讓那小偷冒著生命危險去救他；還有這樣的⋯⋯這些畫面永無止盡不斷浮現，夏伊被自己所見到的一切嚇得往後彈；他無法接受！他永遠不能接受！

汲取來自內在的力量，他的心靈逐漸能夠接受這些弱點，說服他甚至強迫他承認這些呈現在他眼前的真相；他無法否認另一面的自己，只看到自己以為的自己，這只是夏伊・翁斯佛的一小部分，雖然只是一小部分，卻是很難接受的一部份。但是他必須接受，因為那是事實。

事實？夏伊再次睜開眼睛，看著通身閃耀著白光的沙娜拉之劍，有一股溫暖的悸動竄過他全身，但不再有新的自我影像，只有深層的內在覺醒。突然間，他知道了劍的秘密，沙娜拉之劍擁有揭開真相的力量，讓持有它甚至是接觸它的人認清自己。他一下子無法讓自己再相信它，也對自己的分析感到懷疑，想要繼續探究這個意外的發現，去挖掘更多東西；但這就是全部，這就是沙娜拉之劍所謂的神力，除此之外，它也不過就是個精心打造的上古武器。

知道了這所代表的意義讓夏伊大為震驚，難怪亞拉儂從不公開劍的秘密。這到底是個什麼樣的武器能拿來對付黑魔君的無邊法力？它有什麼能耐可以抵抗不費吹灰之力就取人性命的東西？寒心的夏伊知道他被騙了，劍的傳奇力量根本是個謊言！他發現自己開始恐慌，於是緊緊閉上雙眼抗拒這股寒意，周遭的黑暗開始劇烈攪動，讓他跟著頭暈目眩，眼看著就要失去意識。

…滿溢著熾熱的憤怒，黑魔君完全醒了…

他的怒氣慢慢沉澱下來，滿意地點點頭。他以為已經消滅了的谷地人還活著，而且竟還找到了劍，可是那人實在弱的可憐，缺乏理解寶物的必要知識；他已經被恐懼壓垮了，毫無招架之力。主人悄然無聲，迅速離開洞窟般的房間…

亞拉儂遲疑地迎風停在貧瘠的山邊，審視北邊地平線聳立的山脈，它們看起來也像在回望他似的。這裡是北方大陸，德魯伊拉緊他的黑斗篷，大口呼吸；不會錯的，他處心積慮所要達成的目的終於要發生了。

在刀鋒山深處，夏伊．翁斯佛已經舉起了沙娜拉之劍！

但全部都錯了！即使谷地人能夠抵擋並接受有關自己的真相，也許也知道了劍的秘密，但是他還沒準備好正確使用它來對抗黑魔君；現在他孤立無援，缺乏只有亞拉儂才能賦予他的知識。沒有時間讓他培養必要信心，他會充滿自我懷疑，被恐懼折磨，很容易就落入布羅納的魔掌。即使是現在，德魯伊都能感受到醒來的敵人，黑魔王已經離開他的巢穴，只剩下幾分鐘的時間，他們就會正面交鋒，亞拉儂知道他無法及時抵達幫忙。當他最後終於知道夏伊和沙娜拉之劍都在北方時，立刻離開卡拉洪趕去協助谷地人，不過事情發展地太快；現在只剩下一個辦法可以幫助夏伊，但是他還是離得太遠。德魯伊抓緊他的斗篷，表情堅定，飛也似的下山。

派那蒙衝上前要扶住已經單膝跪地的夏伊，但凱爾賽特動作更快，旋即轉過來面對洞穴入口，豎耳傾聽；派那蒙什麼也沒聽到，但他內心突然出現一股恐懼感，讓他停止往谷地人的方向移動。凱爾賽特的眼睛轉動，彷彿跟著某人沿著走廊往牢房過來，派那蒙的恐懼逐漸加深。

緊接著，有個陰影降臨，照亮囚房的火光瞬間變暗，門口站著一個罩著黑色長袍的高大身影，派那蒙本能認為那就是黑魔君。被風帽蓋住、原本應該是臉的位置，什麼都沒有，只有黑暗和彌漫在兩盞火星間的深綠色迷霧；那火眼先轉向派那蒙和凱爾賽特，馬上讓他們變成一動不動的雕像，僵硬的身軀充斥著莫名的恐懼。派那蒙試圖警告小谷地人，但是他卻說不出話來，莫可奈何看著蒙頭怪慢慢移向夏伊。

谷地人重新恢復意識，所有的一切對他來說是那麼地陌生遙遠，雖然內心深處有個模糊的聲音在警告著他，但是他反應不過來。迷濛之間，他看到一動不動的派那蒙和凱爾賽特就在距離他不到五呎的地方，僵硬的表情滿是驚恐；而奧爾．費恩像個小黃球般蜷縮在囚房後方，顛三倒四地嗚咽自語。在他面前的，則是閃亮的沙娜拉之劍。

他突然想起劍的秘密，也想起他所面臨的困境。猛地抬起頭，他的目光牢牢鎖住前方，恐懼和絕望像冰河般沖過他全身，讓他感覺自己就快要溺死，他開始冒冷汗，雙手也抖個不停，腦子裡有個念頭在吶喊：快逃！趁他發現並殺了他之前，趕快逃！

他搖搖晃晃地站立，身上每一根神經都對他吶喊，叫他趕快衝向門口，拋下沙娜拉之劍，快跑；但是他做不到，內心深處有個東西拒絕放手。他拚命控制自己的恐懼，手緊抓著劍柄，直到關節都發疼泛白；這就是他的所有，在自己和全然驚慌中他只有它，他絕望地握著無用的寶劍。

庸徒，我在這裡！

他的話在深沉的寂靜中迴盪，讓人不寒而慄。夏伊的眼睛看向門口，起初他只發現影子，接下來影子慢慢收緊，凝聚成覆著斗篷的形體，充滿威嚇性地停留在門口；在斗篷深處，那一團綠色迷霧不斷盤繞著，兩盞火焰正是它的眼睛。

庸徒，我在這裡！在我面前屈膝！

夏伊臉色刷白，他在徹底恐慌的危險邊緣努力保持平衡，他的勇氣盡失四肢發軟，渺小如他要如何反抗強大如黑魔君這樣的存在？

在囚房的另一邊，派那蒙看著黑色斗篷不斷靠近夏伊。黑魔君似乎沒有實體，風帽下沒有臉，袍子裡空空如也，但他顯然讓夏伊無力招架，不管有沒有劍都一樣；派那蒙向凱爾賽特點頭示警，壓抑內心的恐懼，舉起左手上的矛就要攻擊，但那黑袍幾乎是很隨意的轉向他，而且看起來不再虛無，反倒充滿了威力。揮個手，他便感覺到有個鋼鐵般的東西鎖住他的喉嚨，猛地將他抓去撞牆；他拚命掙扎，但是完全無法擺脫箝制，而凱爾賽特也跟他一樣。兩人只能眼睜睜地看著黑魔君轉向谷地人。夏伊還是保護性地將劍舉在面前，但是他的抵制卻在黑魔君發動攻擊前瓦解了，他再也無法理性思考，也無力對抗撕裂他的種種感情。

庸徒，把劍放下！

夏伊拚命抵抗聽從的迫切要求，一切事物都變得模糊，呼吸也變得艱難。在內心深處似乎有個熟悉的聲音在呼喚他的名字，他想要回應，在心裡高喊救命；然黑魔君的聲音再度撕扯著他。

把劍放下！

劍微微地放低了。夏伊覺得他的腦子開始麻木，黑暗愈來愈靠近他。劍於他無用，何不扔了它？他對這個可怕的存在來說什麼都不是，他只是一個脆弱、無足輕重的凡人。劍又放得更低了。奧爾・費恩突然驚聲尖叫，跌在地板上哭泣；派那蒙開始反白，凱爾賽特看似被壓進牆壁裡。劍尖緩緩晃動，距離地板只剩下幾吋。夏伊內心深處的聲音再度呼喚他，從某個地方地方傳來的聲音，聽起來就像耳語般縹緲，幾乎讓人分辨不出來。

「夏伊！鼓起勇氣！對劍有信心！」

是亞拉儂！德魯伊的聲音突破糾纏著谷地人的恐懼與疑惑，但是它好遠，好遠……

「相信劍，夏伊。一切都是幻影……」

亞拉儂的聲音在黑魔君震怒的尖叫聲中消散無蹤，但是布羅納警覺得太晚。亞拉儂拋出了生命線，讓夏伊給抓住了，將自己從被打敗邊緣拉回來；恐懼跟疑惑退後，劍稍稍提了起來。

黑魔君似乎往後退了一步，微微轉向奧爾・費恩，嗚咽的地精立刻挺身，像個木偶般不斷抽搐；他不再是自己的主人，黑魔王的卒子衝向前，蠟黃枯槁的手拚命抓住沙娜拉之劍，手指緊緊握著劍身，徒然扭動。但接下來他突然尖叫，彷彿極其痛苦，猛地甩開他口中的寶物；他摔到地上整個人扭曲在一起，雙手遮著眼睛，像是要擋住某些恐怖的畫面。

黑魔君再次下令，簌簌發抖的地精起身，絕望地尖叫，再次衝向閃閃發亮的沙娜拉之劍，又再次痛苦地尖叫跪地，二度鬆開寶劍，淚如雨下。

夏伊看著他倒地，他知道發生了什麼事，奧爾・費恩看到了關於他自己的真相，就跟夏伊初次碰到它一樣；但是對地精而言，真相是難以承受之重。不過這一切似乎有些蹊蹺，為什麼不是布羅納自己來拿劍？這應該只是小事一樁，但相反的，黑魔君一開始試圖用幻影強迫夏伊鬆手，然後又利用已經瘋癲了的地精代勞，法力無邊的布羅納似乎無法把劍拿走？答案已經愈來愈靠近，他開始有點瞭解。

奧爾・費恩又站了起來，還是無能為力只能聽命於黑魔君，乾枯的手指拼命在空中揮舞著；谷地人試著避開，但地精已經失去理智，他的身心靈都不再屬於自己，發出驚天一叫後，便撲向寶劍。當地精緊緊抱著這世上他唯一在意的東西時，他的身體劇烈抽搐，它終於是他的了，但片刻過後他就死了。

夏伊大受震驚，把劍抽出已無生息的身體向後退。黑魔君馬上又對谷地人的內心發動攻勢，企圖全面擊垮他的反抗。這次不搞迂迴前進的小把戲，只有全面性的、具有毀滅性的純粹恐懼；黑魔君用上千種恐怖方式描繪出各種導向滅絕的景象，瞬間湧入夏伊內心，他覺得自己愈來愈卑微，成為地球上最渺小最不重要的生物，看似就要被黑魔君碾成塵土。

但夏伊的勇氣挺住了。他一度差點就要屈服於瘋狂了，這一次他必須堅持，必須相信自己也相信亞拉儂；他雙手緊握著劍，強迫自己往前踏出一小步，踏進前方緊縮的煙霧，以及那面攻擊他的恐懼之牆。他試著讓自己相信這些不過是幻影，他所感覺到的恐懼都不是他的；那面牆往後退了一點，他更努力與之對抗。他想起亞拉儂的話，將注意力集中在黑魔君拒絕去拿劍的疑點上，那可能就是他的弱點；夏伊讓自己去相信寶劍的真實秘密就是一個很簡單的法則，即便是強大如布羅納也無法不受影響。

眼前的濃霧突然變稀，恐懼之牆也片片碎裂，夏伊再次面對黑魔君，紅色火眼在綠色迷霧中瘋狂閃躍，罩袍下的手快速舉起，像是要擋住某個急迫性的危險，黑暗的身軀在他面前逐漸退縮。房間那一頭的派那蒙和凱爾賽特終於掙脫束縛，衝到前方，拿起武器；夏伊感覺到他的主動進擊讓黑魔君難以招架，然後，沙娜拉之劍便往下一揮。

劇烈顫動的斗篷發出一個令人毛骨悚然的無聲尖叫，只剩枯骨的手臂不住地往上痙攣，谷地人把閃亮的劍身用力刺進痛苦扭動的身體，迫使它往後退到牆邊；這裡已經無處可逃，他低聲斷言，這裡將是這個邪靈的終點。如爪子般的手指痛苦地抓著潮濕的空氣，黑色斗篷更是不斷地震動搖晃；黑魔君開始崩潰，激憤地吶喊出他對毀了他的沙娜拉之劍的恨。而在他的尖叫聲後，還併發出了成千上萬長久以來不斷被壓抑著要復仇的聲音。

夏伊感覺到黑魔君的驚恐透過劍傳到他心裡，但是其他聲音給了他力量，他沒有心軟。碰到劍之後，帶來了黑魔君所有幻象和騙術都無法加以否認的真相，那是一個他不能承認、不能接受、不能容忍的真相，也是一個他完全沒有抵抗力的真相；那個真相就是，死亡。

布羅納的存在只是幻影。許久以前，他嘗試過各種延年益壽的方式都未讓他如願以償，他的身體已經死了；然而，不能死去的執念讓一部份的他一直活著，並用極端巫術來維持自己，結果導致自己走向瘋狂。他否認自己已死，緊抓住已經沒有生命的身體來完成不朽；一個存在於兩個世界的生物，他的力量看似驚人，但是沙娜拉之劍強迫他看見，自己其實只是一具腐朽、沒有生命的軀殼，只靠著自己謬誤的信念來維繫，事實上他只是一個靠意志力創造出來的一個騙局，一個空想。他只是一個存在於凡人的恐懼和疑惑中的謊言，一個他試圖掩蓋真相所捏造出來的謊言；但現在這個謊言被戳破了。

夏伊已經能夠接受弱點和缺陷也是他人性本質的一部份，但是黑魔君無法接受沙娜拉之劍所揭露的真相，那個真相就是他所認為的他早在一千年前就已經不復存在，剩餘的布羅納只是個謊言，而今，也被劍的力量一併奪走。

他最後一次大聲喊叫，抗議的嗚咽聲在牢房裡哀戚地迴盪著，混雜著來自其他幽靈所發出勝利的吶喊；

緊接著，所有聲音倏地停止，袍子下的身體分崩離析，他那隻伸出來的手臂開始乾枯，化為沙塵落地，兩盞閃爍不定的火光也在漸漸驅散的綠色迷霧中熄滅，空蕩蕩的斗篷終於垮下，一切灰飛煙滅，只剩下攤在地上的一堆衣物。不一會兒，夏伊也搖搖晃晃站不住腳。他的神經在一時之間承受了太多感情、太多壓力，現在他的身體已經無法支撐，最後他也幽幽倒下，陷入黑暗。

泰爾西斯的人類和靈界生物交戰正酣，卻突然發生巨變。地球從地心深處開始震動，位於泰爾西斯東邊山丘的精靈騎士努力控制受到驚嚇的坐騎，憔悴的弗利克困惑地看著腳下的土地不正常地搖晃。內城牆上的巴力諾擊退一波又一波的攻擊，戰況激烈到連天搖地動也渾然不覺，森迪克大橋邊的巨人則是不安地停下來環顧四周；曼尼安看到古老的石頭出現長長的裂縫，橋上的守軍在搖晃中依舊堅守岡位。來自地底深層的震動變得愈來愈快，釋放出強大的威力造成土石坍落，大地突然颳起一陣風，從阿納爾的庫海文到西方大陸，都能感受到狂風怒吼，四方大陸處處蹶石伐木梢殺林莽。天空變成黑壓壓的一片，沒有雲、沒有太陽、什麼都沒有，巨大的紅色閃電劃破黑暗，連結地平線的兩端；這就是世界末日，這就是所有生命的終點，大屠殺終將如預期的來臨。

但一會兒過後一切便消失於無形，呈現全然寂靜。泰爾西斯忘了戰爭，北方人和南方人驚恐地看著骷髏使者像幽靈般在空中飄盪，痛苦扭曲地驚聲尖叫；儘管震驚，底下的人還是無法將目光移開，而下一秒中，還在盤旋的他們突然開始衰變，黑色的身體慢慢分裂，化為塵土，凋零墜地。幾秒鐘過後，便只剩下一片虛無，籠罩的天空的黑幕開始打開，湛藍的青天再現，白日綻放光芒；底下的人們敬畏地看著黑幕縮成一小朵烏雲，飄向遙遠的北方，然後沉入地平線，永遠消失。

時間一分一秒過去，夏伊還是不省人事。「我不認為他辦到了。」遠方有個聲音傳到他心裡，他滾燙的手和臉突然有股涼意從平滑的石頭傳來。「等一下，他眼皮動了，我想他快醒了！」是派那蒙・奎爾。夏伊睜開眼，發現自己躺在囚房地上，黃色的火光在黑暗中兀自閃爍；現在又是他一人，雖然一隻手仍緊握著沙娜拉之劍，但是寶劍的力量已經遠離，將他們緊緊結合在一起的那股束縛也消失了。他笨拙地用手腳撐起來，但是有個隆隆聲響撼動山洞，他往前摔出，有雙強壯的手馬上抓住他。

「放鬆點、慢一點……」派那蒙粗獷的聲音聽起來就像在他耳邊低語一樣，「讓我看看你。這裡，看著我。」他把小谷地人拉近自己，兩人目光交會，小偷眼底閃過一絲恐懼，然後綻放笑容；「他很好，凱爾賽特。現在讓我們出去吧。」他幫夏伊站起身，朝門口方向走。凱爾賽特走在前面，夏伊不確定地走了幾步後便停了下來。

「我很好。」他的聲音小到幾乎聽不到。突然間，一切都想起來了，沙娜拉之劍的力量在他身體裡流竄，將他們所有人都連結在一起，還有關於自己的內在影像，跟黑魔君之間的決鬥，以及奧爾・費恩的死……他搖搖晃晃放聲大叫。派那蒙快速走向他，用完好的那一隻手緊緊抱住他。「放輕鬆，放輕鬆，都結束了，夏伊；你辦到了，你贏了。黑魔君已經滅亡，但是整座山搖到快解體了，我們必須在整個崩塌之前離開這裡！」

低沉的隆隆聲愈來愈響，天花板、牆上的石頭開始崩塌，砂礫碎石陣陣落下，岩石也已出現裂痕；夏伊看著派那蒙點點頭。「你會好起來的。」紅衣小偷快速起身，「我要帶你離開這裡，這是一個承諾。」

三人快速移向黑暗的通道，隨著地震愈來愈劇烈，牆壁龜裂的速度也愈來愈快，而且開始整面坍方，搖晃到彷彿大地就要裂開，將山脈吞噬的樣子。他們穿越了無數個小型通道，還是找不到安全的出口；有好幾次他們被滑落的土石蓋住，都讓他們成功脫逃，還有巨石崩落擋住他們的去路，幸好有凱爾賽特把這些路障搬走，讓他們得以繼續前進。夏伊開始失去知覺，有股莫名的疲倦感進駐他的身體，無情壓榨著他僅存的精力；當他感覺再也無法繼續時，派那蒙就在他身邊支持他，強壯的手臂輪流抬起他，走過碎石堆時適時推他一把。

他們正好走到一處特別狹窄的地方，通道九十度直角向右轉，此時突然一陣天搖地動，劇烈搖晃著垂死的山脈，整個天花板開始崩裂掉落。派那蒙瘋狂大喊，並把夏伊往下拉，試圖用他的身體來保護小谷地人，凱爾賽特隨即衝過來，用他厚實的肩膀舉起幾噸重的石塊，掉落的塵土瞬間遮蔽了一切；然後派那蒙馬上將谷地人拉起來，催促他趕快通過吃力撐著的巨人，當他爬出去時，抬頭看了巨人溫柔的眼睛，與他四目交會。天花板又更往下掉，岩石巨人使出全身的力氣挺住，夏伊猶豫了，但是派那蒙強而有力的手抓著他的肩膀，將他往前拉，用力甩出轉角到前面比較寬的地方。接著又是一陣土石坍方，他們只來得及看凱爾賽特一眼，魁梧的身軀依然支撐著崩落的巨石；派那蒙想要衝回通道，但是一聲轟隆巨響撕裂山脈核心，數噸重的石塊傾洩而下，他們後方的隧道徹底崩塌，回頭的路也完全消失。夏伊失聲尖叫，衝上石牆，但是派那蒙粗魯地將他拉回來，用尖銳的矛指著他的臉。

「他已經死了！我們現在回去也沒用。」谷地人震驚地回頭看。「繼續移動，離開這裡！」派那蒙勃然大怒，「你要他的努力白費嗎？快走！」

他猛地把夏伊拉起來，推到前面還能通行的通道。山裡持續發出轟隆隆的聲音，一連串強震震得兩人差點站不住腳。現在夏伊只是盲目地往前跑，他的眼睛充滿了塵土和淚水，讓他愈來愈難看清楚，他用力眨眼試圖釐清視線；派那蒙沉重的呼吸聲就在耳邊，而且他還能感覺到他裝著短矛的那隻手在背後推他，催促他跑快點。經過土石的洗禮，他的衣服早就破爛不堪地掛在他滿是汗水的身上，而手上還握著現在對他一無是處的沙娜拉之劍。

剎時，隧道消失在北方灰暗的天空下，他們擺脫了山的威脅，他們面前只有巨人和喑族人支離破碎的身體。大地震得益發厲害，骷髏山底開始出現裂縫，一路朝著包圍著這塊禁忌之地的天險延伸；突然間，一個超乎以往的刺耳巨響，讓掉過頭來的兩人當下瞠目結舌，抱著敬畏之心看著骷髏下陷崩坍。一切的一切似乎同時毀壞，骷髏山不復存在，瞬間傾圮的黃土衝上天際形成一朵厚厚的蕈狀雲，地表深處傳來的轟隆聲響在北方曠野迴盪不已；狂風掃過其他殘山剩水，此時地牛再度翻身，夏伊驚恐地看著刀鋒山在這一次的災變中也開始風雲變色。整個王國正在崩解！

此時派那蒙已經拉著茫然的夏伊，斷斷續續地往隘口方向跑，但是這次谷地人不需催促，他使盡最後氣力，讓派那蒙驚訝地發現自己竟追著他跑。等他們抵達隘口出口時，刀鋒山也開始坍塌，地震山崩不斷，大地為之撼動；進了峽谷之後，巨岩碎石如滾滾洪流持續崩落，兩個南方人沒命似的閃躲，幸好還有從後面灌進來的強風，無形中加快他們的速度，經過彎彎曲曲的岩壁後，他們知道距離峽谷出口已經不遠。突然間，夏伊注意到他的視線變得模糊，生氣地揉眼以期能恢復視力。

峽谷西牆倏地坍在兩人身上，將他們埋在土石堆中。夏伊的頭被某個尖銳的東西打到，讓他暫時失去意識；黑暗之中，被半埋住的他一直試著叫自己醒來。然而還是派那蒙將他挖出來，恍惚之間，他看到高個子身上有血；夏伊費力撐著沙娜拉之劍，緩緩站起身。

派那蒙還是跪著，用手上的矛指向後方的隘口，夏伊連忙朝他所指的方向望去，驚駭莫名地看見有個畸形的生物從沙塵堆中緩緩撲向他們。是個暗族人！像個野獸般拖著腳不斷朝他們逼進。派那蒙看著夏伊獰笑。「他從那邊就一路跟著我們過來，我以為我們可以在落石中甩掉他，但是他還是窮追不捨。」

他緩緩起身，抽出闊劍。「繼續往前，夏伊，我隨後就來。」谷地人目瞪口呆地搖著頭，他一定是弄錯了。

「我們可以跑得比他快，」夏伊終於脫口而出，「反正我們已經快出隘口了，我們可以到那邊再一起對付他！」

派那蒙搖搖頭，黯然微笑。「這一次恐怕不行，我的腳已經無法再跑了⋯⋯」夏伊正要開口時，他再度搖頭，「我不要聽，夏伊！趁現在快跑！別回頭！」

谷地人瞪著他，潸然淚下。「我不能這麼做！」

此時又是一陣天搖地動，派那蒙和夏伊重心不穩雙雙跪地，巨石不斷從山邊滾落，仍然無法阻止唁族人；派那蒙搖搖晃晃地起身，並將夏伊也拉起來。「整個隘口已經在崩塌，」他平靜地陳述，「我們沒有時間爭辯，我可以照顧自己，就像遇見你或凱爾賽特之前那樣。現在我要你快跑，跑出這個隘口！」

他把手搭在谷地人肩上，輕輕地將他推開。夏伊退了好幾步，躊躇不前，威脅性地舉起沙娜拉之劍；派那蒙臉上閃過一絲驚訝的表情，然後那抹玩世不恭的笑容又出現了，他的眼睛充滿光采。

「我們還會再見的，夏伊・翁斯佛。你等著我。」

他再次揮手道別，轉身面對來犯的唁族人；夏伊盯著他看了一會兒，他逐漸消失的視力一定是在唬弄他，有一瞬間，那個紅衣人似乎沒有跛腳。群山再次顫動，谷地人拔腿衝向山麓丘陵，一個人跑出逐漸被落石淹沒的峽谷。

34

午後太陽斜射，溫暖了荒蕪貧瘠的北方大陸，遠方的刀鋒山不再鋒利，山崩地裂揚起的巨大土幕仍懸在殘存的骷髏山上空久久不散。

夏伊逃了出來，漫無目的地在刀鋒山下糾結的山川谷壑間遊走。現在的他，視力半盲精疲力竭，衣衫襤褸的樣子讓人幾乎認不出來；他雙手緊握著劍走向亞拉儂時，完全沒有看到前方有人。看到他的那一瞬間，德魯伊張口結舌瞪著眼前這副景象，然後才如釋重負地驚呼出聲，立刻衝向形容枯槁的夏伊・翁斯佛面前，將他緊緊抱住。

谷地人沉睡許久，當他醒來時已經入夜，正躺在一處有著岩殼懸出的地方棲身，有個小火堆劈哩啪啦地燒著，讓緊緊裹著他的斗篷暖上加暖。他的視力逐漸恢復，一會兒過後，亞拉儂的身影出現在微弱的火光中。

「感覺好點了嗎？」德魯伊招呼著，並坐了下來。亞拉儂有點奇怪，他變得更有人情味，沒那麼讓人害怕，聲音裡帶著不尋常的溫暖。

夏伊點點頭，「你是怎麼找到我的？」

「是你找到我，你不記得了嗎？」亞拉儂說到。

「不，什麼也不記得，那時之後就…」夏伊遲疑著，「有沒有其他人…你有沒有看到其他人？」亞拉儂像是在推敲答案似的審視著他焦急的表情，一會兒過後才搖搖頭，「只有你一個人。」

夏伊覺得有個東西堵住他的喉嚨，躺回溫暖的毛毯裡，困難地吞嚥。所以，派那蒙，也離開了；他沒有料到會有這樣的結局。

「你還好嗎？」黑暗中傳來德魯伊的聲音，「你現在想吃些東西嗎？我想如果你吃些東西的話，會對你有幫助。」

「嗯…」夏伊強迫自己坐起來，坐在火邊的亞拉儂把湯倒入一個小碗，香味直飄進他的鼻子裡。他突然想起沙娜拉之劍，在黑暗中他幾乎馬上就看到劍就躺在他身邊，接下來是他外衣口袋裡的精靈石，但是它們卻不在那裡，讓他慌了手腳，全身上下裡裡外外都找遍了，還是找不到那個小皮囊，它不見了。他的心往下沉，虛弱地躺了回去；也許是亞拉儂…「亞拉儂，我找不到精靈石，」他馬上問道，「是不是你…」德魯伊走向他，將冒著煙的湯碗和一個木湯匙端給他，一臉高深莫測的樣子。

「不，夏伊，一定是你在逃出刀鋒山時弄丟了。」他伸出手拍拍他的肩膀，安慰沮喪的他。「現在已經不需要在意那些石頭了，它們已經達成任務。我要你吃些東西，然後回去睡覺，你需要休息。」夏伊機械化地喝著湯，無法輕易忘懷精靈石丟了的事；打從一開始，他就隨身帶著這些石頭，一路上保護著他，甚至還救了他，他怎能這麼不小心？他試著回想在哪裡弄丟了這些石頭，但再怎麼想都是枉然，任何時候都可能發生。

「關於精靈石，我很抱歉……」他輕聲認錯，覺得應該再說些什麼。

亞拉儂聳肩，並微微一笑。他坐到谷地人身邊後，看起來好像很勞累，而且似乎變老了。「說不定它們等等又出現了。」

夏伊默默喝完湯，一股睡意悄悄襲來，他開始打起盹來，但是他心裡有太多問題困擾著他，他現在就想從能解開這些疑問的人口中得到答案；在經歷了這麼多之後，他絕對有這個資格。他掙扎地坐好，知道亞拉儂正看著他。夜鳥的鳴叫聲劃破寂靜的夜，讓他愣了一下，經過了這麼久，北方大陸再現生機。他把碗放到地上，然後轉向亞拉儂。

「我們能夠談談嗎？」德魯伊默默點頭。「你為什麼沒有告訴我關於沙娜拉之劍的事？」谷地人輕聲問道，「為什麼沒有？」

「你需要知道的一切我都告訴你了，」亞拉儂面無表情，「其餘的，劍自會讓你知道。」夏伊不可置信地看著他。「你必須自己去發掘沙娜拉之劍的秘密，」德魯伊溫柔地繼續發言，「那不是我能夠向你解釋的東西，你必須自己去體驗。你必須先接受自己，劍才能為你所用，拿之對抗黑魔君。這是一個過程，我沒有辦法直接涉入。」

「好吧，那你總能告訴我為什麼劍會毀滅布羅納吧？」夏伊追問。「如果我把一切都告訴你，實際上能幫到你嗎？你能夠繼續搜尋劍嗎？知道了劍不過是揭露自我之後，你還能夠對布羅納拔劍相向嗎？若我說這樣一個簡單的東西能夠摧毀黑魔君那樣的怪物，你會相信我嗎？」他弓著背靠向夏伊。「還是你會當場就放棄對自我的追求？你能夠承擔得起多少真相？」

「我不知道⋯⋯」夏伊含糊地回答。「接下來，我要告訴你之前不能告訴你的事。傑利・沙娜拉，在五百年前，他知道所有一切，但他失敗了。」

「但我以為⋯⋯」夏伊話說了一半，「以為他很成功？」亞拉儂替他把話說完。「如果他成功了，黑魔君怎麼還沒被消滅？不，夏伊。傑利・沙娜拉並未成功。布萊曼將沙娜拉之劍的秘密對精靈王坦承相告，因為他也認為事先知道神劍如何使用，會有助於對抗布羅納；但事實並非如此。儘管他已經被預警他會暴露在自我的真相中，傑利・沙娜拉對他所發現的真相還是毫無心理準備；事實上，可能也沒有辦法事先做好準備，我們對誠實面對自我築了太多道牆。而且，我不認為他真的完全相信布萊曼的警告，直到他終於拿起劍才恍然大悟；傑利・沙娜拉是個戰士，因為天性使然，他本能認為沙娜拉之劍是一個會造成實質傷害的物性武器，就算已經跟他說過不是那樣也無法改變他的想法。當他遇到黑魔君時，寶劍就如布萊曼所預警的一樣，開始在他身上發揮作用時，他卻慌了；他的過人體力、他的英勇無畏、他的作戰經驗，全派不上用場，一切對他來說是難以承受之重。因此，黑魔君才得以逃開。」

夏伊看起來並不服氣，「我或許會不一樣。」但德魯伊似乎沒有聽到。「你找到沙娜拉之劍時，我應該跟你在一起的，等寶劍自己把秘密告訴你之後，我再向你解釋它如何用來對付黑魔君。但是你卻在龍牙山脈失蹤，我到後來才知道你已經找到了沙娜拉之劍，而且獨自往北邊去了，我立刻去找你，差點就為時太晚。在你發現沙娜拉之劍的秘密時，我能夠感覺到你的驚慌，我知道黑魔君也能感覺到；但我距離太遠無法及時趕到，因此我試著呼喚你，把我的聲音投射到你心裡，加上還有黑魔君提防著，沒有足夠的時間告訴你該怎麼做。幾個字便足矣。」他停了下，看起來幾乎就像是睡著了似的，目光停在他們之間的空氣。「但是你自己找到了答案，夏伊，而且你活下來了。」

夏伊撇過頭，雖然他還活著，這也提醒了他，一路陪著他進入骷髏王國的人全都不在人世了。「可能會不一樣，」他木然地重覆。

亞拉儂不發一語，他腳邊的火慢慢燒成紅色的餘燼，夏伊拿起未喝完的湯碗快速喝完，睡意再次襲來，當亞拉儂移到他身邊時，他正在打瞌睡。

「你覺得我沒有將沙娜拉之劍的秘密告訴你是錯的？」他喃喃自語，這句話聽起來像是在陳述事實，而非問題；「也許你是對的，如果我在一開始就跟大家說清楚，也許這樣對所有人更好。」夏伊抬頭看著他。「不，你是對的。」谷地人緩緩回應，「我不確定我能夠面對真相。」

亞拉儂的頭微微歪向一邊，像是在思考這個可能性。「我應該對你更有信心，夏伊，但是我很害怕……」他稍停，谷地人臉上浮現一絲疑惑，「你不相信我，這是事實。對你是，對其他人亦然，我的存在超乎於人類。你忘了一些事，布羅納成為黑魔君之前也是德魯伊，因此就某種程度上來說，德魯伊必須自己承擔後果。我們允許他成為黑魔君，我們的知識給了他機會，接下來的與世隔離讓他逐步茁壯；整體人類可能會被奴役或是被消滅，那個罪孽是我們造成的。德魯伊有兩次機會毀滅他，但是兩次都失手了；我是最後的德魯伊，如果我也失敗了，將無人能夠保護各族免於邪惡勢力的威脅。因此，我很害怕，一個小小的失誤我可能就會讓布羅納永遠逍遙法外。」

德魯伊的聲音漸漸變小，低頭看著他片刻不語。「還有一件事你應該知道。布萊曼對我來說不只是我的祖先，他是我的父親。」夏伊整個人清醒過來，「你的父親！但那是不可……」他說不下去，亞拉儂微微一笑。

「你一定不只一次猜想我可能比任何人類都要老吧。在第一次種族大戰之後，德魯伊發現了長生不老的秘密，但那是要付出代價的，一個布羅納拒絕償付的代價。當中有非常多的要求和原則必須遵守，夏伊，這不是從天上掉下來的大禮；以我們醒著的時間作為交換，我們欠下了某種債務，必須透過一種特殊形式的睡眠來償還，以逆轉我們的老化。要經過許多步驟才能真正達到長生不老，其中有一些並不輕鬆，也沒有一個是簡單的；布羅納一直在尋找不同於其他德魯伊的方法，讓他可以免於承擔相同的代價，免於作出同樣的犧牲。到最後，他找到的只有幻影。」

德魯伊似乎躲進了自己的世界，許久過後才又繼續說道。「布萊曼是我的父親，他原本有機會能夠終結布羅納的威脅，但是他失誤太多，讓布羅納逃了，這是我父親的責任，如果讓黑魔君得逞了，我父親便是罪魁禍首；我一直抱著這樣的恐懼活著，發誓絕不重蹈覆轍。我很害怕，夏伊，我並未對你抱有太大的信心，我擔心你太軟弱無法做到該做的事，我為了自己對你隱藏了真相；從許多方面來說，我對你並不公平，但你是我最後的機會，讓我得以解救我的父親，滌清我為此擺脫不掉的罪惡感，並永遠消除掉德魯伊創造出布羅納的責任。」他遲疑了一會兒後直視夏伊的眼睛，「我錯了，谷地人，你比我認為的更優秀。」

夏伊笑著搖頭。「不，亞拉儂，你才是那個你一天到晚對我說的事後諸葛。留意你自己說的話，歷史學家。」德魯伊報以為笑。「我希望……我希望我們能有更多時間認識彼此，但我有個債必須要償還……」他幾近哀傷地聲音逐漸變小，低頭不語；困惑的谷地人心想他還會繼續，但他什麼都沒說。

「那就等早上在說吧。」夏伊疲倦地伸伸懶腰鑽進斗篷裡，身子被湯和火烘得暖暖的，「回南方大陸的路還遠著呢。」亞拉儂並為馬上回答。「現在你的朋友很靠近了，他們在找你。」他終於有反應，「當他們找到你時，你會將我跟你說的一切告訴他們嗎？」夏伊幾乎沒有聽到他在說話，思緒已經飄回穴地谷和回家的希望。「你說的故事比我說的好聽多了……」他睏倦地喃喃自語。

接下來又是一陣安靜，最後他聽到亞拉儂走進黑暗裡，再次開口時，聲音聽起來好遠好遠。「我可能辦不到了，夏伊。我好累，我的體力已經耗盡；現在，我必須要……睡覺。」亞拉儂的聲音越來越小。

「明天…晚安。」夏伊咕噥著。德魯伊的聲音已經小到像耳語。

「再見，我年少的朋友。再見，夏伊。」但谷地人已經進入夢鄉。

夏伊突然驚醒，早晨的陽光灑在他身上，達達的馬蹄聲和篤篤的腳步聲讓他猛地睜開雙眼，發現自己被一群身著森林綠服裝的人給包圍了；他直覺把手放在沙娜拉之劍上，使勁地坐起來，用力瞇起眼睛想要看清他們的臉。他們是精靈。其中一個精靈走向他，向他垂首致意，深邃、穿透力十足的綠色眼眸鎖住他的視線，然後伸出他結實的手放在谷地人的肩上。「你現在跟朋友在一起，夏伊・翁斯佛。我們是伊凡丁的人。」

夏伊緩緩起身，還是防衛性地抓著劍。「亞拉儂…？」他詢問著，環顧四周尋找德魯伊。精靈遲疑了一會兒，然後搖搖頭。「這裡沒有其他人，只有你。」夏伊大吃一驚，推開他穿過其他騎士，眼睛快速掃視寬闊的深谷，但是只有灰色的岩石和塵土回望他；除了精靈騎士和他，這裡沒有其他人。此時他想起德魯伊跟他說的話，現在他知道，亞拉儂真的離開了。

他木然地走向等待著他的精靈，躊躇間，眼淚不聽使喚地流了下來；不過他氣憤地告訴自己，亞拉儂會一如既往，在需要他的時候回來。他擦去淚水，眺望亮藍色的天空，有一瞬間，他似乎聽到德魯伊從遙遠的地方呼喚著他，他的嘴唇漾起一抹微笑。

「再見了，亞拉儂。」他溫柔地回應。

35

十天之後，當初從庫海文展開這段冒險旅程的人，也該是說再見的時候，那是一個陽光普照，充滿夏日清新氣息的清晨。清風徐來，他們並肩站在泰爾西斯連外道路邊，那是都林和戴耶；都林左手上了夾板，被戴耶從一堆傷兵中找到的他，現在正快速復原當中。穿著鎖子甲和皇家藍色騎馬斗篷的巴力諾・巴克哈納，依舊蒼白的夏伊・翁斯佛，赤血丹心的弗利克，還有曼尼安・利亞，他們平靜地交談，勇敢地微笑，努力試著要表現出親切放鬆的樣子。到了最後，只剩下無言的沉默，然後彼此握手，互相承諾來日再見；這是一個痛苦的道別，藏在笑容和握手之後，是濃濃的哀傷。

接下來，他們便分道揚鑣，各自回家。都林和戴耶往西回貝里歐，戴耶總算能夠跟他的摯愛琳莉絲重聚；翁斯佛兄弟將南返穴地谷，就如同弗利克不斷向他老弟重複說的話一樣，他們要好好休息一下。而曼尼安也決定一同前往谷地，好確定夏伊一路平安，然後再從那裡回高地，他的父親現在可能在想他了；不過他知道他很快就回到等著他的紅髮女孩身邊。巴力諾默默站在路邊目送朋友離開，直到再也看不見才緩緩上馬返回泰爾西斯。

沙娜拉之劍留在卡拉洪，夏伊堅持要將寶劍留給邊境人；為了四方大陸的自由，沒有人付出的比他更多，把劍託付給他，更因為沒有比他更值得信賴的人選。因此，傳說中的寶劍便插在一塊紅色大理石上，放在泰爾西斯人民公園花園中央的墓園，上面則有森迪克大橋為其遮風蔽雨；面對墓園的那面石頭上刻著銘文：

國家忠魂長眠於此
他們追求自由
他們渴望和平
他們勇於追求真相
沙娜拉之劍長眠與此

數週之後，夏伊疲倦地坐在旅館廚房一張木凳上，茫然地看著眼前的食物，而手邊的弗利克已經狼吞虎嚥吃起第二盤。現在是傍晚，翁斯佛兄弟一整天都在修理陽台屋頂。夏天的太陽很毒辣，修繕工作又乏味，但是又累又不開心的夏伊還是沒有胃口；當他父親從門口出現一邊碎碎念時，他還在盤子上東挑西撿。柯薩・翁斯佛不發一語走過來拍夏伊的肩膀。夏伊訝異地抬頭。「還是吃得不多？」父親仔細察看他的晚餐，「如果你不好好吃，要怎麼恢復力氣？」

柯薩停了一會兒，然後才想起來自己要說什麼。「陌生人，我要說的就是這個。現在我認為你又要離開了。」夏伊瞪大眼睛看著他。「我哪裡也不去，你到底在說什麼？」柯薩・翁斯佛拿了個板凳重重地坐下來，仔細地看著他的養子。「夏伊，我們從未欺騙彼此，對嗎？當你跟利亞王子一起回來後，我沒強迫你說在那邊發生了什麼事，即便是你在半夜不告而別，即便是你回來後像個行屍走肉，而且刻意不讓我知道你怎麼會變成這樣。現在回答我！」夏伊想要反駁，但他繼續說道，「我從未要求你告訴我任何事，有嗎？」

夏伊默默搖頭，他父親滿意地點頭。「因為我剛好相信男人要有擔當。但是我忘不了上次你在有人來找你後就離開了穴地谷。現在又有陌生人來找你。」

「又一個陌生人！」兄弟倆同時驚呼。

所有回憶瞬間回到他們腦海裡，亞拉儂的神秘現身、巴力諾的警告、骷髏使者，然後逃跑、恐懼……夏伊從板凳上滑下來。

「有人來這裡……找我？」

他父親點頭，他的兒子一臉憂慮，鬼鬼祟祟瞄向門口，讓他臉色也沉了下來。「跟之前一樣，陌生人，幾分鐘前到的，要來找你，就在大廳那裡等你。但是我不認為……」

「夏伊，我們該怎麼辦？」弗利克匆匆忙忙打斷，「我們甚至沒有精靈石來保護我們。」

「我……我不知道，」他弟弟含糊地說著，試著釐清思緒，「我們可以從後門溜走。」

「現在給我等一下！」柯薩・翁斯佛已經聽夠了，緊緊抓著他們的肩膀，將他們轉過來面對他，不可置信地看著他們。

「我可沒有教我兒子碰到麻煩就逃之夭夭，你們必須學會面對自己的問題而不是逃避。為什麼呢，現在你在你自己家裡，有家人朋友支持你，但你卻說要逃跑。」他放開他們，往後退了一步。

「現在我們一起去面對這個男人。他看起來有點嚴酷，但是我們談話時還蠻友善的，更何況，我不認為一個只有一隻手的人比得過我們三個，就算他裝個矛又怎樣。」

夏伊猛地打住。「一隻手……？」

「他看起來走了很遠的路才到這裡。」老翁斯佛似乎沒有聽到他在說話，「他帶著一個小皮囊，他說那是你的東西；我說我幫你拿，但是他不給我，他說除了你之外，他不能交給任何人，一定是很重要的東西。」

他父親這麼認為，「他說你在回家的路上弄掉了。這是怎麼一回事？」柯薩・翁斯佛必須等一下才能知道答案了。因為他的兒子們已經迫不及待衝出廚房，興高采烈地奔向了旅館大廳。

凱特文化 讀者回函

敬愛的讀者您好：

感謝您購買本書，只要填妥此卡寄回凱特文化出版社，我們將會不定期給您最新的出版訊息與特惠活動資訊！

您所購買的書名：**沙娜拉三部曲I 傳奇之劍**

姓　名 ________________ 性別　男☐　女☐

出生日期　　年　　月　　日 年齡 ________

電　話 ________________

地　址 ________________

E-mail ________________

___ 學歷：1. 高中及高中以下 2.專科與大學 3.研究所以上

___ 職業：1.學生 2.軍警公教 3.商 4.服務業 5.資訊業 6.傳播業 7.自由業 8.其他

___ 您從何處獲知本書：1.逛書店 2.報紙廣告 3.電視廣告 4.雜誌廣告 5.新聞報導 6.親友介紹 7.公車廣告 8.廣播節目 9.書訊 10.廣告回函 11.其他

___ 您從何處購買本書：1.金石堂 2.誠品 3.博客來 4.其他

___ 閱讀興趣：1.財經企管 2.心理勵志 3.教育學習 4.社會人文 5.自然科學 6.文學 7.音樂藝術 8.傳記 9.養身保健 10.學術評論 11.文化研究 12.小說 13.漫畫

請寫下你對本書的建議：

____

____

____

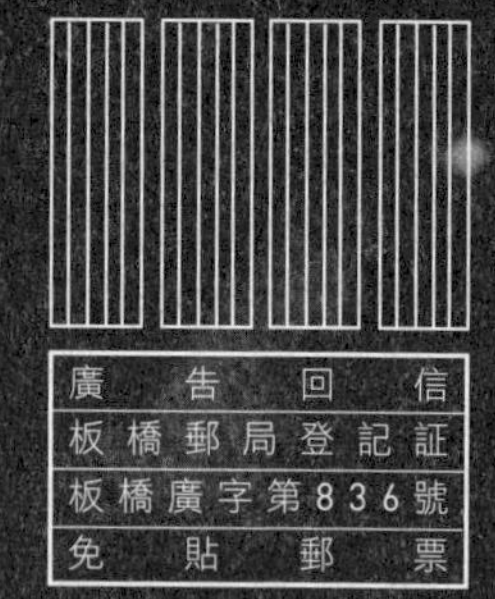

to 新北市23660土城區明德路二段149號2樓

凱特文化創意股份有限公司 收

姓名：

地址：

電話：